本书得到山东大学"双一流建设"学科建设经费资助

中国近代文学论文集·概论与文学理论卷

（1980—2017）

主　编　孙之梅
副主编　薛海燕

苏州大学出版社

图书在版编目(CIP)数据

中国近代文学论文集.概论与文学理论卷.1980—2017／孙之梅主编.—苏州：苏州大学出版社，2021.8
ISBN 978-7-5672-3530-4

Ⅰ.①中… Ⅱ.①孙… Ⅲ.①中国文学－近代文学－文学研究－文集 Ⅳ.①I206.5-53

中国版本图书馆CIP数据核字(2021)第143543号

中国近代文学论文集・概论与文学理论卷(1980—2017)
孙之梅　主编
责任编辑　朱坤泉

苏州大学出版社出版发行
(地址：苏州市十梓街1号　邮编：215006)
广东虎彩云印刷有限公司印装
(地址：东莞市虎门镇黄村社区厚虎路20号C幢一楼　邮编：523898)

开本 787 mm×960 mm　1/16　印张 28.5　字数 559 千
2021年8月第1版　2021年8月第1次印刷
ISBN 978-7-5672-3530-4　定价：80.00元

图书若有印装错误,本社负责调换
苏州大学出版社营销部　电话:0512-67481020
苏州大学出版社网址　http://www.sudapress.com
苏州大学出版社邮箱　sdcbs@suda.edu.cn

《中国近代文学论文集（1980—2017）》编委会

主　任　关爱和

副主任　马卫中　孙之梅　王达敏　左鹏军

委　员（以姓氏拼音为序）

陈国安　陈庆元　杜桂萍　龚喜平　关爱和
郭延礼　侯运华　黄　霖　胡全章　马卫中
孙之梅　王　飚　王达敏　汪孔丰　王双腾
魏中林　谢飘云　薛玉坤　杨　波　袁　进
赵利民　左鹏军

概论与文学理论卷	主编　孙之梅
诗词卷	主编　马卫中
散文卷	主编　王达敏
小说卷	主编　关爱和
戏剧及说唱文学卷	主编　左鹏军

序

关爱和

2017年9月，中国近代文学学会在苏州大学召开学术会议。会中穿插召开理事会，讨论学会成立30周年纪念性学术活动的若干事宜。所讨论若干事宜中最重要的一项就是续编《中国近代文学论文集》。之所以称为续编，是因为20世纪70年代末，在中国社科院文学研究所陈荒煤先生提议下，近代组王卫民、王俊年、赵慎修、梁淑安、裴效维等参与编选过一套《中国近代文学论文集》，其时间起止与卷帙是1919—1949年三卷，1949—1979年四卷。"续编"顾名思义就是"接着选"，从1980年续选至2017年，作为献给中国近代文学学会成立30周年的学术礼物。

中国近代文学学会成立于1988年。当时尚是兵强马壮的中国社科院文学所近代室在编选学术论文的同时，1982年在开封河南大学召开了第一次学术讨论会，之后又有杭州、广州两年一次的学术年会。1988年，在敦煌第四次近代文学会议上，中国近代文学学会成立。学会为民政部登记的全国一级学会，挂靠中国社科院文学所。与会代表推举中国近代文学研究的前辈季镇淮、钱仲联、任访秋为第一届学会名誉会长，文学所副所长邓绍基为会长。自1988年起，学会担负起统筹学术资源、团结学术力量、共襄研究事业的责任。山东大学郭延礼、复旦大学黄霖、文学所王飚先后担任学会会长工作。1990年在济南、1992年在杭州、1994年在广州、1996年在开封、1998年在张家界、2000年在福州、2002年在芜湖、2004年在青岛、2006年在长春、2008年在上海、2010年在赣州、2012在长沙、2014年在天津、2016年在大理，两年一届的学术年会按部就班地进行，目前共成功举办了18届年会。学会中的许多会员组织还在年会召开的空隙时间，穿插召开各类专题性学术研讨会,促进了学术探讨的深入,带动了青年学者的成长,加强了学会成员单位的学术了解。30年间,学会成为名副其实的中国近代文学新老研究者的学术之家。在学会成立30周年之际,我们衷心感谢为学会工作做出贡献的每一位学者,感谢举办每一次年会和专题会议的学会会员单位。中国近代文学学会因为你们的辛勤工作而硕果累累。

续选《中国近代文学论文集(1980—2017)》共有概论与文学理论卷、诗词卷、小说卷、散文卷、戏剧及说唱文学卷5卷,分别由孙之梅、马卫中、关爱和、王达敏、左鹏军担任分卷主编,在中国近代文学学会的领导下工作。每卷论文集的出版费用由各主编自行筹集。苏州大学出版社担负论文集出版的任务。20世纪80年代论文集的出版和眼下续选论文集的出版,如以编选者与出版经费的筹措为标志,80年代的编选,有着更多的官方色彩和政府行为;眼下的续编更多地体现出学术民主、学术下移、学术在民间的发展趋势。

"接着选"可以让我们清楚地看到近四十年间中国近代文学研究从质到量的巨大变化。1980年之后,思想解放的潮流,使中国近代文学的研究挣脱"泛政治化"的牢笼,逐渐回到文学自身,近代文学作为古典与现代文学之间不可或缺的重要一环得到确认,近代文学的学科共识逐渐达成;随着国家学位制度的建立与完善,一个教育背景完整、年龄结构合理、学术传承特色明显、学术个性突出张扬的研究群体出现,并相对形成北京、上海、广州、山东、河南、苏州、西北等近代文学研究与教学的重要基地;本着实事求是的科学精神,近代文学研究工作者逐渐以新的学术眼光审视文学史实,以多元、宽容的学术胸怀,突破着研究中的禁区、敏感区,完成对过去权威的超越。中国近代文学的丰富性、整体性以及自身发展所体现的逻辑性,得到更多的认知;文学史料的收集、整理、研究更多地引起学者的普遍重视,回到文本,还原历史语境,越来越成为一种学术自觉。

"接着选"是一种对近代文学学会精神与学术传统的继承,是对近四十年来近代文学研究成果的检阅,更是为学术的"接着讲"整理一个再出发的平台。一句话:"接着选"目的是更好地"接着讲"。在西学东渐的政治文化场景中,中国发生了天翻地覆的巨大变化。作为中国人情感与心路历程载体的中国近代文学,其地位、作用在中国古典与现代文学链条中,显得越发重要。在近百年的精神与情感演变过程中，古与今的转换，中与西的融合，旧的毁坏，新的生成，其间蕴含着丰富的感情密码和重大的学术命题。在近代文学学科确立，思想藩篱不复存在的新时代，我们需要阅读史料，更需要独立思考；我们需要大开大合的历史宏大叙事，也需要步步为营的细心考证；我们需要与其他学科共有的价值取向，也呼唤近代文学独特的学术话语。"江山代有才人出"，我们这一代肯定还会努力，但把更多的希望寄托于更年轻的一代。苏州会议的另一决策是从2018年开始，学会将设立"季镇淮钱仲联任访秋学术奖"，奖励最近两年间50岁以下学者的优秀论文、论著及文献史料整理著作。因为学会与学术的发展，需要"接着讲"精神的代代传递。只有拥有年轻人，才拥有学会学术的未来。

三十而立。进入而立之年的中国近代文学学会，会更执着于学术的耕耘，享受着学术的收获。在《中国近代文学论文集（1980—2017）》出版之际，愿借用上述的话，与每一位学会会员共勉。

中国近代文学研究寻找"自我"的历程（1980—2017）（代序）

孙之梅

  1983 年，中国社会科学院文学研究所近代文学组编选了《中国近代文学论文集》，收录 1949—1979 年三十年间近代文学研究论文两百余篇，对新中国成立以来近代文学研究的成果做了一次阶段性总结。此后，近代文学研究沐浴着中国改革开放的春风秋雨，又走过了近四十年，中国近代文学学会决定接续上一次的论文编选，回顾 1980—2017 年近四十年近代文学研究的轨迹，为近代文学研究的学术史做一点继往开来的工作。从学术史的角度看，近四十年，研究队伍既有 20 世纪二三十年代出生的老一辈研究者，也有高考恢复后进入高等院校的新生代学者，还有近二十年毕业的博士才俊；研究重点与所使用的理论，既有前三十年的影响与延续，更多的是在改革开放背景下，思想解放不断深入，多元思想研究逐渐成为主流；高校硕士、博士招生制度的恢复和完善，近代文学研究从业队伍得到急遽扩张，研究成果倍增。观念与对象、理论与方法、研究主体都发生了很大的变化。笔者负责近代文学研究有关概论与文论两部分论文的编选，为了反映近代文学研究相关领域的学术进程，尽可能搜集相关论文，在数百篇中选文三十七篇，选文有三个基本原则：一是尽可能反映学术史的步履；二是关注研究对象的开拓与深化；三是注意研究理论与研究成果的创新。由于成果多，入选有限，很多选文不得不割爱，比如有的研究者在某一领域建树颇多，只能选其中一二；有的论文在某一方面有真知灼见，然囿于覆盖面不足而未能入选，如此等等，甚为遗憾。

一、近代文学研究关于自身存在的合理性追问

  文学史的研究基本是分段分专题进行的，古代文学研究者很少关注各朝代文

学的名分与性质，也很少有人去质疑其存在的合理性，而近代文学则是在受近代史的被重视而衍生出来的学术领域，因此在相当长的时间内近代文学研究领域在为自己的"名正言顺"而发声，通过名分的确立和性质的界定，加强自己存在的合理性。这种声音一直延续到20世纪八九十年代。任访秋先生发表于1984年的《关于近代文学研究的我见》一文，可以看到这种痕迹。此文界定近代文学的上下限如下所述：

  近代文学，是中国文学发展史上的一个重要阶段。上限开始于1840年的鸦片战争，而其下限为1919年的五四运动。①

  这80年间的文学史具有怎样的性质，是研究者们喜欢追问的问题，任先生的观点代表了当时比较流行的认识："中国近代史既是中国人民反帝反封建的历史，那么这一时期的文学主流，也必然是反帝反封建的文学。从创作思想上，它既不同于鸦片战争前的古代文学，也有别于五四后的现代文学，而是有其独具的创作特色的文学。"②这个时期"文学一方面继承了中国古文学的传统，同时也受到西方的进步思想与文学的影响，因而形成了一个文学史上的转折时期与蜕变时期，从而为五四文学革命开辟了先路"③。从政治上讲是"反帝反封建"，从地位上讲"为五四文学革命开辟了先路"，为近代文学的存在找寻依据。

  在文学史研究队伍中，近代文学研究者们似乎存在着很重的自卑感，古代文学是经典，独立自主，无须证明；而"五四"以后的新文学，地位高尚，同样不容置疑；近代文学则不同，要把自己的身段放低，即近代文学是过渡文学。吴组缃、季镇淮、陈则光三位先生的《向"五四"新文学过渡的中国近代文学》④一文，由于三位先生都在近代文学某个领域积学有成，文章的视野宽，对问题的把握能抓住肯綮。他们把中国近代文学放在世界近代史的范围内考察，认为中国近代文学是"顺乎世界的时代思潮，适应'世情'和'时序'嬗变的要求而萌生、滋长、茁壮的"。其特点是"求新、求变、求用"，而这些特征正体现了"近代意识"。由于中国文学进入世界体系，"西方的哲学、美学、文学也被引进过来"，因此，此文对西方文学与文学思潮的东渐、翻译文学的高涨、报刊业对于近代文学的影响都给予了特别的关注。难能可贵的是三位先生关注到了近代多

---

① 任访秋. 关于近代文学研究的我见 [J]. 文史知识，1984 (9)：11.
② 任访秋. 关于近代文学研究的我见 [J]. 文史知识，1984 (9)：11.
③ 任访秋. 关于近代文学研究的我见 [J]. 文史知识，1984 (9)：16.
④ 吴组缃，季镇淮，陈则光. 向"五四"新文学过渡的中国近代文学 [J]. 中国文学研究，1991 (1)：53.

·中国近代文学研究寻找"自我"的历程(1980—2017)(代序)·

民族文学的现象和俗文学高涨的现象,"各民族大都有自己的语言文字,也有自己的文学艺术"。"由于蒋智由、梁启超、黄遵宪、狄平子等相继介绍西方民间文艺理论,俗文学和民间文学亦有很大的发展,品种繁多,题材、主题、形式、语言,都发生了变化,出现不少新的曲艺、山歌和民间故事。"在此基础上,得出了这样的结论,"从宏观来考察,中国近代文学的主流大致是由封闭型思维体系向开放型思维体系转化,亦即自我完善、自我调节、自我延续向面对世界、面对新潮、面对社会人生转化"。20世纪转型的文学论题在这里呼之欲出。认识的进步常常只隔着一层纸,由于此文理论模式与20世纪80年代前相差不远,对于近代文学的定位,该文认为"承担着承上启下的重任",是过渡性质的文学。之所以是"过渡文学",是因为"中国近代文学不是纯粹的成熟的资产阶级文学,而是一种含有资产阶级文学性质的过渡形式的文学"。这种定位代表了老一代研究者普遍的认识,应该说也是一种时代的认识。近代文学研究者这种低人一等的心理原因,来自毛泽东关于新旧民主主义的一系列文章,"五四"以后是新民主主义革命,"五四"以前是旧民主主义革命,旧民主主义时期问题很多,有所谓的"妥协性""反动性"等,都有待新民主主义时期解决。因此,"五四"以后的新文学地位不容置疑,而之前的近代文学就变成了文学史中"妾"的地位。

20世纪八九十年代关于近代文学性质、特点、分期的讨论很热烈,1985年9月15日,中山大学召开专门会议,讨论"急需解决的问题"①,结集为《中国近代文学的特点、性质和分期》②。这个文集里的论文多数表现出较突出的二元对立的思维方式,充斥着浓烈的阶级斗争的火药味。期刊发表的论文也大致如此,如管林的《论中国近代文学的特点》③、钟贤培的《再论中国近代文学思想的衍变及其流向》④ 两文时代特征比较明显,管林先生认为近代文学的主要特征是反帝反封建、多样性、复杂性、过渡性,其观点具有相当的代表性。钟贤培先生的论文,其基本理论是:"一个时代的文学思想,就其思想倾向来说,具有两种相互对立的文学思想存在。在封建社会,文学思想的双向性,一种是代表着社会发展的方向,反映着进步的社会思潮的要求,导引着文学向前发展的文学思想,一种是与此相对立的,体现封建政权的需要,反映封建统治阶级的统治意识的文学思想,这种文学思想对文学发展起着一种消极的阻碍作用。"文章认为反面的文

---

① 张海元. 编就琐言[M]//中山大学中文系. 中国近代文学的特点、性质和分期. 广州:中山大学出版社,1986:302.

② 中山大学中文系. 中国近代文学的特点、性质和分期[M]. 广州:中山大学出版社,1986.

③ 管林. 论中国近代文学的特点[J]. 海南大学学报(社会科学版),1989(4):39.

④ 钟贤培. 再论中国近代文学思想的衍变及其流向[J]. 广东社会科学,1991(1):89.

学思想——"产生于中国近代的具有封建性、半封建性或殖民性的文学思想",有"宋诗运动"、桐城派、湘乡派、同光体、鸳鸯蝴蝶派。从文章的材料与行文看,作者熟悉文献,有扎实的学术功力,但是受当时理论模式的影响,所贴标签不免简单武断。

20世纪80年代末随着思想解放的展开,关于近代文学的存在、性质也开始出现别样的声音。1987年,王永健的《关于"近代文学"的深刻反省》① 一文,明确提出"对按社会形态从清代文学中划分出'近代文学',作为中国文学发展的一个独立的阶段,持怀疑的态度"。主张取消"近代文学"概念,恢复"晚清文学"概念,并按传统观念把它归入清代文学的范畴。王永健的观点否定近代文学的存在,其学术观点有待探讨,但其文所表现的个性思维体现了新时期以来人们对于意识形态强加于文学研究的不满,以及对文学研究回归艺术本身的强烈渴望。

在思想解放的时代脉动中,文学史观也悄然发生着变化,王飙发表于1989年的《近代文学研究应当有自己的面貌》② 一文当是其力作。作者认同研究者们把近代文学作为一门学科来对待的意见,但同时,提高近代文学研究的学科整体水平,是近代文学研究领域迫切需要正视的问题,王飙是这样认为的:

> 每门学科都有自己的对象,而且这个对象具有区别于其他学科对象的特质,否则这门学科就没有存在的必要。而这一对象的独特性质、独特地位及其中包含的特殊规律,就是它作为科学研究对象的价值之所在,也是这门学科研究目标之所在,并且是其他学科所不能取代的优势之所在。一门学科的水平,主要取决于它与自身研究目标的距离。只有(也只要)研究对象的独特价值为我们充分认识,并且在研究成果中体现出来,这门学科才能(也就能)确定自己的学术地位并且真正成熟。而这恰恰是以往近代文学研究所没能解决,至少没能很好解决的问题。③

近代文学是从古今文学分割出来的一部分,其背景正如王飙先生所言,"最初并不是对文学史本身充分研究的结果,而很大程度上是接受了来自政治和历史学的现成划分——根据新民主主义理论,这一阶段属于旧民主主义革命时期"。

---

① 王永健. 关于"近代文学"的深刻反省 [J]. 江苏社联通讯, 1987 (5): 35.
② 王飙. 近代文学研究应当有自己的面貌 [J]. 文学遗产, 1989 (2): 12.
③ 王飙. 近代文学研究应当有自己的面貌 [J]. 文学遗产, 1989 (2): 12.

·中国近代文学研究寻找"自我"的历程（1980—2017）（代序）·

因此近代文学作为文学史的一个段落，存在着先天不足、后天困扰的烦恼。其研究方法或者用古代文学的路子，或者用现代文学的眼光，而忽视了对近代文学独特性的认知。那么近代文学作为一个学科呈现怎样的形态，王飙用了一个比喻，是其化蝶之前的"毛毛虫"。这就决定了"近代文学特殊研究价值，决定了近代文学研究有其独特的主题：正确说明传统的古代文学向新文学演化的具体行程、特殊规律和类型特征。……它不是同一文学体系范围内的兴衰、承创、延展、成熟等等，而是一种旧文学体系向新文学体系的演变。所谓文学体系的变革，即它不只是文学的某些方面，而是包括文学的社会属性、社会内容、文化内涵、文学观念、文学结构、艺术思维方式和表达方式、语言符号系统，作家队伍和读者对象，乃至文学的存在方式（出版发表）等各个方面的整体性变革。这一变革虽然到五四后才进入完成期，但变革却在近代已经发生。因此，具体地描述出文学的各个方面变革、演进的轨迹，亦即中国文学近代化的轨迹，是近代文学研究的首要课题"。王飙先生意识到近代文学研究整体的独特性，他更关注近代文学研究中的理论问题，即"一种文学体系向另一种文学体系演变的问题"，"近代化"的问题。这种思考反映了他多年来的研究被"进步还是反动，是洋务派还是改良派抑或革命派，艺术成就是高还是低，哪些是成功的、哪些是失败的"等二元对立问题围困后的挣脱。但是，"毛毛虫"的比喻实质上还是"过渡"文学的另类表述，并无新意，其实质仍然是站在新文学立场对近代文学的"妾"的身份的表述。文学史是动态的过程，每个时代都有"毛毛虫"现象，而以之定性近代文学则不妥。王飙关注"演变"，但支撑这个命题要依靠大量坚实有力的个案研究，这些个案研究要根据不同的研究对象确定不同的理论路径与操作方法，关键是研究者不再被一种理论意识所拘囿，而能本着学术追问的理念，尽可能地探寻文学史的本真，提出可行的理论方法，烛照历史，也能烛照当下。

进入21世纪，关于近代文学多元化的认识成为趋势。2000年，张宜雷的《价值与反思——近代文学变革的历史遗憾与负面影响》① 从反思与批评的角度审视近代的文学变革，其中批评的对象有"文学救国论""工具论"、不注意形式的变革、缺乏对文学审美价值的认识。张宜雷站在新文学的立场对近代文学变革的批评有合理因素，但也存在偏颇之处，无论如何，学术不是一家言，见仁见智正是改革开放给学者们带来的学术语言。

郭延礼先生从20世纪50年代大学毕业后就从事近代文学研究，是该领域从

---

① 张宜雷. 价值与反思——近代文学变革的历史遗憾与负面影响［J］. 天津社会科学，2000（5）：103.

业时间最长且卓有成就的学者。对近代文学的分期、特点、性质等问题同样十分关注，先后发表了《中国近代文学史的分期问题——兼与几部中国文学史的编者商榷》《中国近代文学史的起讫年代——再论中国近代文学史的分期问题》《"五四"这块文学界碑不容忽视——三论中国近代文学史的分期问题》《中国近代文学鸟瞰》《中国近代文学特点初探——在中山大学一个专题讨论会上的发言》等文，这些文章或篇章、或观点大多出现在郭延礼先生的《中国近代文学发展史》中，形成了近代文学研究界郭先生关于性质、特点、分期的一家之言。但随着学术观念的改变，郭先生对早年的观点进行了修正，于是产生了2011年发表的《中国近代文学的历史地位——兼论中国文学的近代化》① 一文。此文所讨论的基本上是关于近代文学的性质与分期问题，所不同的是近代文学的存在性在21世纪受到了更大的挑战，那就是学术界重提"20世纪文学"说、以古代文学与现代文学蚕食近代文学说、民国文学说三种文学史观。郭文对三种做法一一进行了批驳，力证近代文学存在的合理性："近代文学是中国文学史中一个独立的发展阶段，它是指鸦片战争（1840）至五四运动（1919）这八十年间的文学；这八十年是中国文学由古典向现代的转型期，这个转型期也就是中国文学近代化的历程。"关于近代文学的定位郭先生用到了"转型期"文学，而不是过去所用的"过渡"文学。转型期理论来源于近代史与近代思想史研究领域，受其影响，近代文学研究者也提出了转型文学的论题，2000年《文学遗产》第4期发表王飙、袁进、关爱和的《探寻中国文学从古典到现代的转型历程——中国近代文学研究的世纪回眸与前景瞩望》一文，其说得到了同行不同程度的认同。此外，郭先生重提他的近代文学三段分法，但又有所变化：第一，将分期模糊化，即萌生期（1840—1870）、发展期（1870—19世纪末）、完成期（20世纪初—1919），改变了以前的以某年为界断的分法；第二，改变了过去依据社会思潮分期的理论依据，提出："中国文学近代化的过程，从某种意义上说，也就是中国文学学习西方，以及在西方文化的撞击下求新求变的过程。"也就是说把西学东渐的程度作为近代文学分期的主要依据。

长期以来，制约近代文学研究的一是二元对立的理论，一是进化论。改革开放以来，随着学术队伍的换代，前者被新生代学者所放弃，而后者被重新审视则是近年来的事。在进化论的指导下，学术界高度评价新文学，近代文学就成为由古典文学到新文学的"过渡"文学，但凡与新文学有关的，都是近代文学的成就，与新文学关系远的就是保守、落后甚至反动的文学。2013年，左鹏军教授

---

① 郭延礼.中国近代文学的历史地位——兼论中国文学的近代化［J］.文史哲，2011（3）：20.

· 中国近代文学研究寻找"自我"的历程(1980—2017)(代序) ·

的《近代文学研究中的新文学立场及其影响之省思》① 是一篇关于近代文学研究的学术反省的论文,作者回顾近代文学的研究史,认为一直存在着"从新文学立场出发、以新文化的价值尺度为标准进行近代文学研究。这种立场尽管在不同时期、不同领域、不同文体的近代文学研究中有着不同程度、不同方式的体现,但相当强烈地表现在近代文学研究的多个方面,同时也突出表现在多个时期、直至目前的近代文学研究中"。新文学立场主要表现为"持续进化,崇尚变革,向往西学,否定传统的单一化、主观化"的价值观,宁新勿旧、宁西勿中、宁俗勿雅的叙述套路,造成对文学传统的遮蔽疏离。文学史叙述"在内容取舍、叙述框架和价值评判对与新文学相应相关的文学现象、作家作品给予高度评价甚至过度阐释",而对与新文学矛盾对立的文学现象和作家作品视而不见,甚至否定、抨击、批判。新文学的立场与方法,对近代文学的研究史造成了极其严重的负面影响,"在数十年来出版的多种近代文学史著作、近代文学研究论著或相关研究领域的大量著述中,这种新文学立场先入为主式的深刻影响或从新文化立场出发进行研究和评价而遗留的痕迹几乎随处可见"。这个估计一点也不过分,因此他不无痛心地诘问近代文学研究是否找到自己。

2016 年,孙之梅的《对中国近代文学上下限、分期的反思》② 一文表现了对近代文学研究寻求自我的企图。文章对之前所有上下限与分期问题进行了回溯,并追本溯源,寻求这些分期方法的历史学根据,得出这样的结论:"中国近代文学研究长期以来过分依赖历史学科,突出地反映在关于近代文学上下限与分期问题上。"文章认为,"近代文学的上限依据近代史确定为鸦片战争发生的 1840 年,这一上限导致两方面的弊端:一是近代文学研究范围不明确,为了实现文学史家的叙述目的,策略性地挪移作家位置,如龚自珍;二是有重要地位的文学现象、文学流派被割裂,如宋诗派、桐城派。近代文学的分期也是如此,目前的几种观点无不是近代史或依据社会思潮或历史大事件分期的翻版。作为文学史,放下自己的文学立场,把文学现象的选择、描述、解释作为贯彻其历史学科政治判断与价值取向的过程"。有鉴于此,文章认为,"前人关于近代文学上限为'嘉道之际'的观点值得重提,近代文学的分期,依据文学演进的历程,分为道光、咸丰、同治半个世纪为前期,光绪、宣统、民初半个世纪为后期。近代前期经世派、宋诗派和以梅曾亮、曾国藩为代表的桐城派得到完整展现;近代后期,一方

---

① 左鹏军. 近代文学研究中的新文学立场及其影响之省思 [J]. 文学遗产, 2013 (4):134.
② 孙之梅. 对中国近代文学上下限、分期的反思 [J]. 山东师范大学学报 (人文社会科学版), 2016 (1):75.

面是传统文学的结穴,另一方面则是新文学的萌生,二者的消长预示了文学的走向"。

关于近代文学的性质、特点、分期等问题,不过是学术史上的"务虚"研究,本应是建立在充分的个案研究基础之上的概括,但是长期以来近代文学研究缺乏自信,被二元对立的理论与思维方式所制约,习惯于站队、贴标签、定性,似乎这些问题不搞清楚,就不知道自己研究工作的方向和动力是什么。改革开放,思想解放,激活了近代文学研究的活力,理解同情的人文情怀,文学本位、求真创新的学术理念使学者们冲决思想上的藩篱,对近代文学的总体面貌有了多元的认知。

二、近代文学的专题性研究

对近代文学的整体把握也包括部分专题性研究,概括起来有关于审美、西学东渐、尚武精神、语言变革、稿费制度等方面的论题。

陈永标先生认为探讨审美观念与思维方式有益于"加深理解近代文学的性质和特点"①。近代文学的审美观念与思维方式主要有几点,首先,文学与现实的审美关系。作者按照道光咸丰时期、甲午战争以后、辛亥革命前后的顺序,缕述社会、学术思潮与文学之演进,论述近代文学审美观念、思维方式与现实的直接关系。这一部分的论述社会思想史的色彩更多,而关于审美、思维的分析不够突出。其次,主理的知性分析向艺术审美分析的转化。作者认为,"近代理论家在论述文学与现实的审美关系时,十分注重对理学和以考据学问为诗的批判,对艺术把握世界的规律和方式作过不同程度的论述。"其中有"文学情感论""文学形象性和意境论的扩展""文学审美心理分析理论的广泛运用"。再次,"中西文化的融合,也带来了近代文学理论的发展和文学审美观念和思维方式的变化",例如,通过西方小说的介绍,进一步提高对通俗文学美学意义的认识;通过作家作品评价,开启了中西比较文学的研究;通过吸收、借鉴西方美学,扩大了对审美范畴的探讨,扩大了新的审美理论范畴诸如美和美学范畴、悲剧范畴、理想派和写实派创作范畴的研究。作为一篇理论研究文章,此文论述存在一些问题,其认识论表现出较重的时代理论色彩,但是这种从思维、美学层面关照近代文学的尝试是难能可贵的。

西学东渐、中西文化的碰撞融合是近代文学的独特风景,各种概论性的论

---

① 陈永标. 试论近代文学审美观念和思维方式的演变[J]. 华南师范大学学报(社会科学版),1986(3):23.

文、著作无不涉及这一问题。牛仰山连续发表了《论欧风东渐对近代文学的影响》① 与《欧风东渐对近代文学影响的再探讨》② 两篇文章，认为近代文学迥然不同于古代文学是西学东渐使然。在作者的眼里，西学完全被视为一种先进正确的资源："中国近代文学在封建阶级拟古主义和复古主义风气笼罩下，勇敢地冲决封建'文网'的藩篱，大胆地吸取和借鉴外国文化在创作上产生的新变与特色，不但使近代文学得到了发展，而且为'五四'新文学借鉴外国文化来创作更为新颖的文学，也提供了经验和开辟了道路。"③ 对西学接受的程度决定了文学的新旧，西学不仅影响了文学纵向发展的方向，而且还从深层次影响了近代人对文学的认识，引发了近代作家重新认识和估价文学的地位与作用，其中如梁启超的工具论；引发了"近代文艺家对文学特征的探讨"和近代文人对现实主义和浪漫主义两种创作方法的探讨；此外还影响了近代文人提倡文学的通俗化。这些分析虽然不免粗疏，判断价值牵强，但涉及问题较多，大纲领、大关目几乎尽在其中。

与牛仰山先生论文一样关注西学东渐的是谢飘云的《试论西方哲学对中国近代文学思潮的影响》④ 一文，其中重点论述了两个问题：其一，进化论对甲午战争以后文学思潮的影响；其二，西方哲学对王国维美学思想形成的影响。他认为进化论"变"的观点，"帮助人们彻底地打开了久闭的眼界，看清了在这个光怪陆离的世界上，新旧事物和新旧思想在迅速地交易着和交替着。许多原来被认为亘古不移的观念，这时却分崩瓦解了"，"对中国士大夫阶层传统的思维模式产生有力冲击"。进化论直接促成了戊戌变法与梁启超所倡导的文学革新运动和鲁迅文学思想的形成。王国维超功利的美学思想，"对美的非功利性与独立价值的维护，也可视作是中国第一代资产阶级知识分子对初步觉醒的个性的维护"，其思想源头则是来自康德、叔本华与尼采，是西方哲学影响的结果。能对王国维唯心主义美学作出正面评价，在当时已是大胆之论。

尚武是近代文学的一大主题，赵慎修的《近代文学中的尚武精神》⑤ 考察了近代尚武主题及其与古代文学尚武精神比较，认为近代文学中，"不仅在一定时期内出现了较多的作品，而且和社会思潮、文学思潮的变迁有着密切的联系，呈现出鲜明的时代特征"。近代之所以出现这一现象，是因为进化论、革命思潮的

---

① 牛仰山. 论欧风东渐对近代文学的影响 [J]. 社会科学辑刊，1985（4）：85.
② 牛仰山. 欧风东渐对近代文学影响的再探讨 [J]. 浙江学刊，1985（4）：51.
③ 牛仰山. 论欧风东渐对近代文学的影响 [J]. 社会科学辑刊，1985（4）：95.
④ 谢飘云. 试论西方哲学对中国近代文学思潮的影响 [J]. 学术研究，1991（4）：89.
⑤ 赵慎修. 近代文学中的尚武精神 [J]. 文史知识，1984（9）：17.

催化。尚武成为一种精神共识发生在戊戌变法以后,到革命思潮兴起成为"近代中国的一股社会思潮",这一时期的文学作品表现为尚武精神达到高潮。

马亚中的《近代文学的非过渡性与近代歌词创作》①,以近代歌词为例,探究近代文学在中国文学发展史中的地位。作者认为,"文学作为一种审美对象,无论是旧形式、旧体裁,还是新形式、新体裁,只要是成熟的、优秀的作品,它们之间就不存在高低、优劣之别"。因此作者跳出了新文学立场,不同意把近代文学称为"过渡"文学,古代文学、近代文学、现代文学属于同一层次的文学,无所谓轩轾,无所谓优劣。就近代歌词而言,历来研究者都认为是"诗界革命"的硕果,标示着诗歌通俗化、大众化的方向,而作者认为"近代歌词创作是受海外歌词的启发而出现的一种歌唱体的改良",但近代歌词创作"并没有发生本质性的突变,更没有改变其作为歌词的体裁性质,它仍然是中国歌唱文学之一种"。以此将近代歌词放置于中国歌唱体文学的发展体系,进而纠正为实现文学"进化"而强行将近代歌词纳入新诗系统的研究模式。由此及彼,得出结论:"现代文学既非是中国传统文学自然发展的结果,又非西方文学的简单复制品,而是中西两种不同文化性质的文学基因重新组合而产生的新生儿。近代本身并非是古典文学与现代文学之间的过渡,它不过是中国传统文学发展过程中的最后一驿,它与整个中国传统文学一起构成了现代文学的一个亲本,而西方文学则是另一个亲本。"此文表现了作者打通古今的学术视野、扎实的文学史功底、淡化时段概念带来的生拉硬扯的学术理念。

袁进的《试论中国近代文学语言的变革》② 深入文学的本体——语言的研究。由黄遵宪、裘廷梁、梁启超等人的语言变革观念入手,分析近代报刊的出现与西方传教士翻译活动对于近代语言变革的推动作用,进而探究中国近代语言变革的动因:其一,"中国近代的语言变革不是语言发展自发产生的变革,而是社会政治变革带动下的变革";其二,"中国近代语言变革虽然不是语言自生发展的自发产物,但它在客观上却是顺应了近代都市形成,市民阶层崛起,社会由封建形态转向资本主义形态发展的社会需要"。由近代的言文合一,到"五四"白话文运动,论文进行了系统的梳理与公允的评价,认为"五四"时期以文言、白话判定文学的"死""活",失之于粗暴。

与袁进先生的本体研究不同的是对于近代文学所赖以产生传播的制度研究,

---

① 马亚中. 近代文学的非过渡性与近代歌词创作 [J]. 苏州大学学报(哲学社会科学版),1993(1):69.

② 袁进. 试论中国近代文学语言的变革 [J]. 上海社会科学院学术季刊,1997(4):172.

· 中国近代文学研究寻找"自我"的历程(1980—2017)(代序) ·

这种制度研究不是一般意义上所关注的政治社会层面的制度，而是与文学直接发生关系的出版传播制度，郭浩帆的《近代稿酬制度的形成及其意义》① 一文无疑是一篇具有较高学术价值的论文。文章回顾古代酬劳、馈赠、润笔的种种情形，说明古代"作文取酬远未成为一种普遍、规范的社会行为"，并不属于现代意义上的稿酬制度。作者考察近代报刊史，认为1902年11月梁启超在日本横滨创办我国第一份近代小说杂志《新小说》首开明码标价的稿酬制先河，此后产生的小说刊物在征文广告中纷纷标明小说稿酬，如《月月小说》《小说林》《小说月报》等。在报刊上发表小说诗文，报社给予稿酬，虽然在当时尚未成为一种社会条律，但却是行业内普遍认同执行的"制度"。这种制度对近代文学产生怎样的影响？作者认为：第一，吸引了大批文人投身于文学创作事业，作品数量激增；第二，促成了我国第一批职业作家的产生；第三，助长了创作中的媚俗倾向和粗制滥造的作风。总之，稿酬制度的形成，是文人职业化、文学商品化的表现。文学的近代化，概括为爱国主义、反帝反封建固然不错，但是让人感到正确而隔膜，如此切实可感的历史变迁，正是文学近代化过程中不可忽视的现象。

近代文学研究的长足进步，一要解放思想，二要加强文献的整理发掘工作。20世纪八九十年代的学者，似乎对这一问题缺乏紧迫感，进入21世纪随着研究工作的拓展与深化，文献成为学术事业发展的瓶颈，老一辈近代文学研究者郭长海先生敏锐地注意到这一问题，其《中国近代文学文献整理的几点想法》② 一文，对文献整理工作进行了回顾和要求。他认为"从事近代文学本身研究的人较多，而从事近代文献的搜集与整理工作的人较少"。"近代文学文献资料的收藏较为分散，借阅不易，尤其一些资料国内没有收藏，而在外国图书馆里却有相当规模的收藏"，因此，"中国近代文学文献的整理工作，有很大难度"。他充分肯定鲁迅、陈衍、郑振铎、阿英、魏绍昌、梁淑安、樽本照雄等人在近代文学文献方面做出的重要贡献，同时认为"需要继续不断的发掘"，提出了编选《维新变法文学集》《辛亥革命文学集》，与阿英的《鸦片战争文学集》《中法战争文学集》《中日战争文学集》《庚子事变文学集》《反美华工禁约文学集》形成系列。另编一套《维新时期诗辑》和《辛亥革命时期的诗辑》，补充钱仲联、严迪昌先生的《近代诗钞》之缺；编几本近代人的文集。近代文学的文献很多保存在报

---

① 郭浩帆. 近代稿酬制度的形成及其意义 [J]. 山东大学学报（哲学社会科学版），1999（3）：83.
② 郭长海，刘琦. 中国近代文学文献整理的几点想法 [C] //天津师范大学中国古典文献学信息研究中心、天津师范大学古典文献研究所. 文献学与研究生教育国际学术研讨会论文集：中国古典文献学丛刊第三卷. 天津师范大学中国古典文献学信息研究中心，天津师范大学古典文献研究所，2003：8.

刊上，郭先生主张编辑整理出《中国报刊诗辑》；编辑一套近代报纸篇目索引，与已有《中国近代期刊篇目汇录》配合，方便读者查找文献。郭先生的这些建议，有的正在实现，例如上海古籍出版社陆续出版的《近代文学丛书》目前已出版二十多家诗文集，多数作家是第一次整理出版。科技昌明，近代报刊数据库与扫描技术所提供的资讯非老一辈学者所可想象。

三、由泛而专的近代文论研究

文学与文论是文学史研究者必须兼顾的学术视野，缺一不可。近代是文论高涨时期，不仅是清代文论繁荣的继续，同时又受到了西方哲学、美学思想的影响，产生了具有近代特色的文论。20 世纪 80 年代前，近代文论研究相对薄弱，在文献上多依赖于舒芜所编《中国近代文论选》；80 年代后，近代文学文论研究成绩斐然，许多空白得到填补，许多问题得到澄清，许多现象得到重新认识与评价。研究者不再被"进步文学"与"反动文学"，或者"资产阶级新文学"与"封建主义旧文学"的简单模式所困扰，而更多地关注文学现象的背后的学理，与之相应的文论研究产生了许多成果。本书选文 20 篇，以期尽可能反映近四十年各体文论研究的步履。

徐中玉先生的《中国近代文学理论的发展》[①] 一文纵观近代百年的文论，分门别类，既抓主题，又论现象。"变"是近代文论的主旋律，近代文论面临的主要问题有：①"文体的由古奥日趋简易，由难懂到要明白晓畅。"②"近代文学理论在新旧交替、救亡图强的大变革世运中，对充满封建专制思想内容的旧文学、传统文学进行了很多批判，这是要求改良、变革的一种进步表现。"③"在近代文学随着时代发展而进行的变革活动中，必然会产生很多新的问题，做出各种不同的探讨和回答。"徐先生还对近代散文理论、诗歌理论、词学理论、小说理论、戏剧理论进行提纲挈领式的概述。此文概览式的论述方式，正反映了当时文论研究水平。

黄霖先生于 1993 年出版了《近代文学批评史》，这是一部重要的近代文论研究成果，全方位地展现了近代文论的内容，具有很高的理论价值。随后黄先生发表了《中国近代文学批评研究的几个问题》[②] 一文，就近代文论研究提出具有针对性的问题。首先是近代文论的"基本品格"是什么？黄文放弃了当时流行的理论与观念，力图从文学本体、作者主体、服务对象三个方面阐述近代文学批评

---

① 徐中玉. 中国近代文学理论的发展 [J]. 社会科学战线，1992（1）：294.
② 黄霖. 中国近代文学批评研究的几个问题 [J]. 文学评论，1994（3）：20.

的"品格"。认为近代文论品格的形成经历了以维新运动前的渐变和以后突变两个阶段。其次是西学东渐的问题。黄文认为,"中国近代的文学变革就是西与中的碰撞、交融后的产物",是"传统改造了西学"。再次是关于评价标准的问题。针对研究界以政治立场作为评价标准的简单化处理,提出了"人品不等于文品"的观点。所谓人品还上升不到这个层面,其实就是政治立场,把政治立场作为文论评价的准则,脱离了文论本体,其荒谬不言而喻。例如关于太平天国文论的评价。由于黄先生对近代文论的全面深入的研究,新的时代又给了他理论勇气,其见地值得关注。

进入21世纪,近代文论研究成果多起来,概括为几方面:① 鸦片战争时期;② 宋诗派与同光体;③ 桐城派与白话文;④ 梁启超与文学"革命";⑤ 南社;⑥ 小说戏曲与词学;⑦ 翻译文学;⑧ 王国维。

近二十年,近代文学研究的学术热点集中于曾被否定批判的宋诗派、同光体与桐城派。王澧华在曾国藩研究、宋诗风研究积学有年,其治学路数从文献整理入手,其文扎实有见地。《近代"宋诗运动"考辨》① 是较早的关于宋诗派的论文。古代的诗文流派,从未有冠之以"运动"者,王文考证近现代人喜欢使用的"运动",乃是从日本舶来的词语,最初是梁启超与陈子展将之形容诗歌流派。文章考察宋诗派的重要人物程恩泽、祁寯藻、郑珍、何绍基、曾国藩各自的作用与影响。曾国藩的《题彭宣坞诗集》一诗,向来迷惑后学,王文发微索隐,指出其与诗史不合之处,见出文学史研究者之史识史断。贺国强是研究宋诗派的年轻学者,其《"学问"与"性情"的诗学同构——论道咸宋诗派诗论》② 一文打通古今,上溯有清一代学宋的倾向如何逐步走向道咸年间的宋诗派的逻辑过程,改变了过去孤立评判的思维方式;作者从宋诗派诗论述中拈出"学问"与"性情"两个命题,论证二者由严羽的异质而到道咸年间的同构,分析其间的学理路径。同治光绪年间接续宋诗派的是同光体,20世纪80年代前同光体研究基本没有展开,之后也成为研究领域的热门。研究同光体的诗论,离不开对陈衍的研究。胡晓明教授的《唐宋诗之争:陈衍诗学的近代转义》③ 一文,从陈衍入手观察同光体诗学思想的形成过程与基本观点,敏锐地指出陈衍标举学宋的理由:一曰贵创新,二曰崇尚真实本领,三曰重思想。贵创新,即崇唐祧宋,而上达风

---

① 王澧华. 近代"宋诗运动"考辨[J]. 社会科学研究,2005(6):168.
② 贺国强. "学问"与"性情"的诗学同构——论道咸宋诗派诗论[J]. 苏州大学学报(哲学社会科学版),2006(3):53.
③ 胡晓明. 唐宋诗之争:陈衍诗学的近代转义[M]//徐中玉,郭豫适. 古代文学理论研究:第十九期. 上海:华东师范大学出版社,2001:382.

雅，自具面目。"真实本领"，即"深苍也要取材坚"，"须内材充实，语义坚确"，从而达到"诗以骨力坚苍为一要"的审美境界。说到底"真实本领"即学问。"取材坚"不仅是材料的扩大，还涉及"语言的真实可靠"，为此陈衍提出诗歌语言"称"的范畴。"重思想"，陈衍说："道光之际，盛谈经济之学"，"诗学乃兴盛"，"是时之诗，渐有敢言之精神"。经济之学与诗学之盛相表里，诗有"敢言之精神"，即"诗要从美学俗调的沉睡之中醒来，思想从政治高压中渐渐苏醒，作时代思想的良知"。胡文概括陈衍诗论，具有"明确的写实倾向；理性优位的文学观；关怀世道人心的使命感和贤人志士情怀，以及转学古而面向生活世界的文学观"。概括具精湛之思，论述有透辟之力，不可多得。

张煜的《同光体与桐城诗派关系探论》① 一文探源析流，从诗学上源流上梳理桐城诗派与宋诗派、同光体之间的源流关系，纵横沟贯，思路缜密，是一篇有价值的论文。

关于桐城派与白话文的研究同样取得了前所未有的成绩。"五四"运动中恶谥为"谬种"的桐城派，几乎成了文学史被贬抑的对象，其在近代的发展情况或言之不详，或人云亦云，鲜有系统深入的研究。新时期以来，一批研究者系统研究了近代桐城派，打开了坚冰，激活了这一学术领域。彭国忠的《"真"：梅曾亮文学思想的核心——兼论嘉道之际桐城文论的发展》② 勾勒嘉道之际桐城派的文论，认为梅氏文学思想的核心在一个"真"字，约略言之，文章要"景境真""情事真""时代真""性情真"，认为梅曾亮"崇真"的理论是对桐城文论的补充，反映了嘉庆道光之际桐城派文论的发展。梅曾亮何以能做到这一点，主要归结于他对归有光"以真情为文"的发现，而这一发现正与他所主张的"真"相照应，为桐城文的发展补上了一个重要环节。柳春蕊是近年来研究桐城派有成就的年轻学者，其《论晚清古文理论中的声音现象》③ 一文考察桐城派和湘乡派关于古文声音理论，指出"因声以求气"是这两个古文流派的重要理论成果。因声求义，因声求气，是古文的传统修养方式与表达环节，诵读和模拟也成了古文写作的必经之路。晚清古文的声音现象进一步被强化是古文成为美文的重要前提，也势必导致古文实用性的减弱，在文学功利性高涨的时代，成为新文学攻击的对象，良为肯綮之论。

---

① 张煜. 同光体与桐城诗派关系探论 [J]. 苏州大学学报（哲学社会科学版），2015（2）：128.

② 彭国忠. "真"：梅曾亮文学思想的核心——兼论嘉道之际桐城文论的发展 [J]. 文艺理论研究，2007（2）：39.

③ 柳春蕊. 论晚清古文理论中的声音现象 [J]. 文艺理论研究，2008（3）：61.

· 中国近代文学研究寻找"自我"的历程（1980—2017）（代序）·

近年，集中研究白话文的胡全章教授成果斐然，其《清末白话文运动之理论建树》① 一文，主要论述了维新派黄遵宪、裘廷梁的白话理论与白话报的兴盛，刘师培的白话理论，梁启超的白话理论。清末之提倡白话，逐渐从启蒙教育扩大到文学革新领域，俗语文学不仅获得了与文言作品并驾齐驱之资格，而且被越来越多的有识之士视为文学进化发展的必由之路。文章以无可辩驳的事实说明一个道理："五四"的白话文运动实源于近代的白话文启蒙，正所谓"没有晚清，何来五四"？

梁启超与"诗界革命"一直是近代文学研究关注的课题，前辈学者张永芳先生经年研究，其《试论晚清诗界革命的发生与发展》② 一文，从"新诗"的产生，到"诗界革命"的展开，作者认为，"诗界革命没有创造出能够取代旧诗形式的新诗体来，并不在于它起初主要表现为向西方学习，对民歌养料吸收得不够，恰恰在于它实际上对西方文学的养料吸收得太少，而对民歌的模拟痕迹则太重了"。这种通俗的歌唱体，后被称为"新体诗"，"并不能简单看作古典加民歌的结果，而主要是接受了外来影响的产物；在思想内容上，受尚武精神的激励；在艺术形式上，受德日爱国歌曲的启发"。这一观点在 20 世纪 80 年代初还是有见地的。马卫中、张修龄先生的《"诗界革命"新论》③ 概括"诗界革命"的特征："革新图强的思想性""堪称史实的纪实性""求用于世的功利性""眩人耳目的新奇性""明白易传的通俗性"，由此达到对诗界革命的全面把握。2006 年，关爱和先生的《梁启超与文学界革命》④ 在中国人文社科最高刊物《中国社会科学》发表，结合社会变革、开通民智的社会文化背景，分析梁启超所倡导的文学革命的过程及意义，认为"文学界革命借助西方异质文化的撞击力量，打破了中国文学的因循死寂，勉力担负起民族精神革新、民族文明再造的重任，并在历史的废墟上，初步构建新文学的殿堂。……文学革命的支架建立在新民救国的思想基础之上。而当社会政治发生急剧变革，迫使维新家退出政治与思想的中心舞台时，他们在文学革命中的地位也被边缘化，历史合乎逻辑地把思想启蒙与文学革命的接力棒传给了后来者"。因此关先生将文学界革命定义为"20 世纪中国文学自我更新、艰难变革的起点"，对于之后发生"五四"新文学运动有着筚路蓝缕的意义。此文在关于梁启超与文学革命所产生的文化意义，阐释出新义理，达到

---

① 胡全章. 清末白话文运动之理论建树 [J]. 山西师范大学学报（社会科学版），2011（5）：53.
② 张永芳. 试论晚清诗界革命的发生与发展 [J]. 社会科学辑刊，1984（2）：149.
③ 马卫中，张修龄. "诗界革命"新论 [J]. 苏州大学学报（哲学社会科学版），1994（2）：51.
④ 关爱和. 梁启超与文学界革命 [J]. 中国社会科学，2006（5）：167.

了新高度。

21世纪以来，南社是近代文学的研究热点之一，孙之梅的《南社研究》与相关论文不无带动之作用。南社的诗学，以前的研究者或从政治倾向着手，或从其与诗界革命诗歌创作倾向的类似处概括，称前者为"诗歌革命"，后者为"革命诗歌"。孙之梅的《南社与"诗界革命派"的异同》① 一文比较两者诗学的异同，认为其在强调诗歌的社会功用方面，南社与"诗界革命派"取得了共识，创作上南社依然保留着"捃扯新名词以自表异"的痕迹。但这只是表面现象，更重要的是两者存在深层的差异。对诗学传统的体认，"诗界革命派"是在西学东渐的文化背景下，在否定了旧有文化传统基础的同时，企图以新学为根基的诗歌尝试，并把诗歌也作为输入西学的工具；而南社接续的是"大雅""小雅"的诗学传统和"夷夏之辨"的民族主义，继承明清之际几社复社的文化精神与诗学，以"几复风流"为其诗学核心。因此南社的文学思想不是诗界革命的延续，而是与明清之际遗民文学遥相呼应的文学观。

21世纪以来，近代小说、戏曲、词学研究异常活跃，虽然文论性质的成果并不是很多，但我们仍能看到研究思路的活跃。林纾由于与新文化运动的冲突，一直是被批判嘲讽的对象，林薇先生的《论林纾对近代小说理论的贡献》② 是一篇学术观念开通的论文，文章从"中国小说理论从封闭性体系向开放性体系转变的角度来探讨林纾所做出的贡献"，断言："他是资产阶级革命潮流中的先驱者、启蒙者。当19世纪末至20世纪初，在从中国古代文学走向现代文学的大转折的历史进程中，'林译小说'以及林纾为它写的大量序跋，曾经起过不可低估的作用。""林纾在一种封闭、凝固的民族文化心理结构中开始探索中国文学和世界文学潮流联系，筚路蓝缕，其功不可埋没。"林纾对中国文学的贡献，具体言之如下：① 在反奴性的同时，力图改造民族文化心理的构型；② 讴歌英雄精神，甚至呼唤野性，追求阳刚之气；③ 林纾是将西方近代的批判现实主义引进中国的第一人；④ 林译序跋集中于对小说艺术规律的探索；⑤ 第一代中西文学的比较研究者，概括相当全面，论述相当深入客观，表现了作者求实的学术态度和深厚的学术功力。

陈平原先生的《清末民初小说理论概说》③ 以"20世纪文学"说为理论支点，分析"新小说"理论，认为其不可避免地带有明显的过渡性质，其理论既

---

① 孙之梅. 南社与"诗界革命派"的异同 [J]. 山东师范大学学报（社会科学版），2000（5）：16.
② 林薇. 论林纾对近代小说理论的贡献 [J]. 中国社会科学，1987（6）：137.
③ 陈平原. 清末民初小说理论概说 [J]. 中国现代文学研究丛刊，1988（3）：113.

· 中国近代文学研究寻找"自我"的历程（1980—2017）（代序）·

是中国古典小说理论的终结，也是中国现代小说理论的开端。从命题本身，到论证方法及至理论成果，这一时期的小说论无不体现其新旧交替的特性。虽然西方小说理论还没有较系统地被介绍到中国来，但某些概念范畴及某些表现技法却已随着西方小说的翻译介绍而逐步为中国读者所理解、接受，有的甚至已经进入小说批评领域，比如梁启超关于"写实派小说"与"理想派小说"的区分。谢晓霞的《论民初小说理论的转型期特征及其价值》① 专论民初小说理论，认为民初小说理论从重视文学之用到关注文学之体的转型；它也给困扰着中国现代小说家的"体用之辨"和"雅俗之争"问题拉开了序幕，为"五四"文学革命的发生进行了知识背景和理论资源上的准备。

近代的戏剧，无论是创作还是理论，都受到了西方文化的影响，前者表现为新剧种的产生，如话剧；后者是王国维戏剧理论的产生。梁淑安先生的论文《近代戏剧变革与外来影响》② 探讨的就是这一问题。梁文将西方文化的介入视为近代戏剧变革的重要推动力，时间上选取"鸦片战争""19世纪末20世纪初"两个节点，梳理近代戏剧在剧本层面的变革历程。舞台层面的变革则选取地方戏曲与早期话剧两个视角进行论述。此外，作者并未将近代戏剧的变革完全归因于外来文化的刺激，而是认为："中国戏剧之所以在近代接受外来影响，发生划时代的变化，是以其内在的变革要求为先决条件的。"避免了将近代戏剧单纯视为外来文化产物的片面论断。近代词学研究方兴未艾，陈水云先生在《常州词派与近代词学中的解释学思想》③ 一文中论述了常州词派说词法在近代的反响，其中涉及谭献、严既澄、王国维、谢章铤等人，提出了作品与接受会出现的偏差问题。

大量文学作品译介进入中国，加深了近代的西学东渐，随着翻译文学的兴盛，翻译理论也兴起。但是关于翻译理论的论文较少。郭延礼先生的《中国近代文学翻译理论初探》④ 是难得的一文。郭先生曾著有《中国近代翻译文学概论》，其文搜集文献全面，集中论述了严复提出的信、达、雅的问题，意译与直译的问题。

王国维是近代文学批评评价轩轾较大的对象，20世纪80年代以前，讲民初的理论家，众口一词讲鲁迅的《摩罗诗力说》，批判王国维的唯心主义哲学与唯美主义美学。80年代以后，王国维成为清末民初最重要的学问家、美学家，研

---

① 谢晓霞. 论民初小说理论的转型期特征及其价值 [J]. 中山大学学报（社会科学版），2016（2）：29.
② 梁淑安. 近代戏剧变革与外来影响 [J]. 新疆师范大学学报（哲学社会科学版），1989（3）：53.
③ 陈水云. 常州词派与近代词学中的解释学思想 [J]. 求是学刊，2002（5）：99.
④ 郭延礼. 中国近代文学翻译理论初探 [J]. 文史哲，1996（2）：46.

究成果较多。赵利民教授《王国维悲观主义人生观成因新探》[①] 认为已有的研究论著在论及王国维悲观主义人生观及其悲剧观念时，忽视了他的矛盾文化心态对其悲观主义人生观所产生的影响，而这正是揭开王国维自杀原因的关键。王国维的矛盾文化心态主要表现在三个方面：传统思想观念与资产阶级启蒙思想观念的矛盾；对西学本身所具有的矛盾态度；对社会现实政治认识上的矛盾心理。它们都对王国维悲观主义人生观的形成产生了直接影响。文章以扎实的资料与客观求实的态度，深入分析王国维的悲观主义的形成过程，有较高的学术价值。

从学术史上看，四十年不过短暂的一段，但对"中国思想"史而言，这四十年，改革开放、思想解放给学术研究带来勃勃生机，新理论、新方法、新的研究领域让近代文学研究领域的观念发生了沧海桑田般的变迁。回顾这一段学术史，感慨良多。

本论文集选文时间跨度近40年，近半数论文发表于20年前，那时的论文规范与当下有很大差异，为了使论文集符合当下规范，我们对选文所引述资料进行了全面核对，原文所引谬误之处，直接改正；标点符号使用不当处也做了修正；更为烦琐的工作是当时论文注释比较粗放简单，我们一一做了补充（所用版本基本限于论文发表以前所出）。在论文集的编选过程中，我的博士生王双腾同学，下载论文，把所选论文进行了格式上的转换，在此致以特别的感谢！论文集的部分注释补充，得郭建鹏博士和李建江在读博士的倾力相助，在此也致以诚挚的谢意！

2020 年 4 月 8 日

---

① 赵利民. 王国维悲观主义人生观成因新探 [J]. 文史哲, 1999 (3): 64.

目 录

概论编

关于近代文学研究的我见 ······ 任访秋（3）
近代文学中的尚武精神 ······ 赵慎修（8）
欧风东渐对近代文学影响的再探讨 ······ 牛仰山（13）
论中国近代文学的特点 ······ 管林（24）
关于"近代文学"的深刻反省 ······ 王永健（38）
近代文学研究应当有自己的面貌 ······ 王飙（44）
再论中国近代文学思想的衍变及其流向 ······ 钟贤培（53）
向"五四"新文学过渡的中国近代文学 ······ 吴组缃 季镇淮 陈则光（62）
试论西方哲学对中国近代文学思潮的影响 ······ 谢飘云（79）
近代文学的非过渡性与近代歌词创作 ······ 马亚中（88）
试论中国近代文学语言的变革 ······ 袁进（98）
论外来文化对中国近代文学的影响 ······ 苏平（110）
近代稿酬制度的形成及其意义 ······ 郭浩帆（120）
价值与反思
　　——近代文学变革的历史遗憾与负面影响 ······ 张宜雷（131）
中国近代文学文献整理的几点想法 ······ 郭长海 刘琦（138）
中国近代文学的历史地位
　　——兼论中国文学的近代化 ······ 郭延礼（144）
近代文学研究中的新文学立场及其影响之省思 ······ 左鹏军（176）

文论编

概论

中国近代文学批评研究的几个问题 ······ 黄霖（193）

鸦片战争时期
龚自珍、魏源两家诗学辨 …………………………………… 程亚林（207）
性情和学问并举　唐诗与宋诗齐平
　　——论林昌彝与近代初期诗论的兼融趋向 …………… 郭前孔（216）

宋诗派
近代"宋诗运动"考辨 ………………………………………… 王澧华（225）
"学问"与"性情"的诗学同构
　　——论道咸宋诗派诗论 ………………………………… 贺国强（233）

陈衍与同光体
唐宋诗之争：陈衍诗学的近代转义 ………………………… 胡晓明（243）
同光体与桐城诗派关系探论 ………………………………… 张煜（257）

古文与白话文
"真"：梅曾亮文学思想的核心
　　——兼论嘉道之际桐城文论的发展 …………………… 彭国忠（271）
论晚清古文理论中的声音现象 ……………………………… 柳春蕊（283）
清末白话文运动之理论建树 ………………………………… 胡全章（296）

梁启超与诗界革命
试论晚清诗界革命的发生与发展 …………………………… 张永芳（304）
"诗界革命"新论 ……………………………… 马卫中　张修龄（315）
梁启超与文学界革命 ………………………………………… 关爱和（328）

南社
南社与"诗界革命派"的异同 ……………………………… 孙之梅（344）

小说
论林纾对近代小说理论的贡献 ……………………………… 林薇（352）
清末民初小说理论概说 ……………………………………… 陈平原（374）

戏剧与词
近代戏剧变革与外来影响 …………………………………… 梁淑安（385）
常州词派与近代词学中的解释学思想 ……………………… 陈水云（396）

翻译文学论
中国近代文学翻译理论初探 ………………………………… 郭延礼（406）

王国维
王国维悲观主义人生观成因新探 …………………………… 赵利民（418）

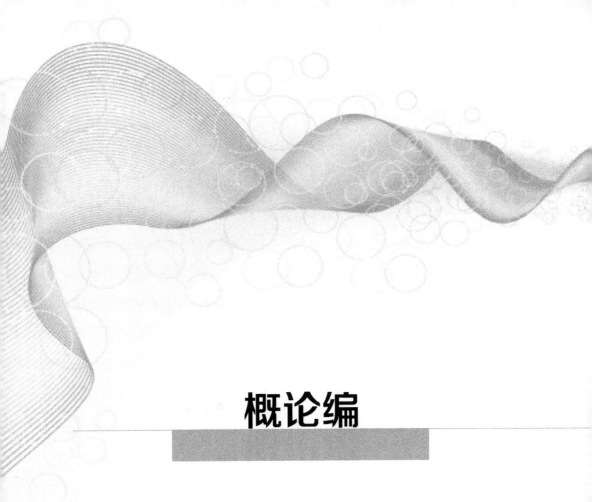

概论编

·概论编·

关于近代文学研究的我见

任访秋

近代文学，是中国文学发展史上的一个重要阶段。上限开始于1840年的鸦片战争，而其下限为1919年的"五四"运动。

在这个时期，中国社会在帝国主义侵略下，逐渐从封建社会沦为半封建半殖民地社会。中国人民为了反抗封建主义、帝国主义的压迫，进行了长期的革命斗争。文学是人民现实生活的反映。中国近代史既是中国人民反帝反封建的历史，那么这一时期的文学主流，也必然是反帝反封建的文学。从创作思想上，它既不同于鸦片战争前的古代文学，也有别于"五四"后的现代文学，而是有其独具的创作特色的文学。有鉴于此，我们学习、研究这个时期的文学，应注意几个问题：

（1）对本期历史发展的全貌，须有一个概括的了解。尤其这八十年中的重大历史事件，如鸦片战争、太平天国的农民革命、第二次鸦片战争、中法战争、中日战争、戊戌变法、义和团的反帝运动、辛亥革命、洪宪帝制、"五四"运动。要正确地了解以上这些历史事件，可以先读范文澜的《中国近代史》（上册）和胡绳的《从鸦片战争到五四运动》。

（2）对近代学术思想的发展也应有一个粗略的了解。近代作家在世界观上同当时的学术流派都有一定的关系，如近代思想先驱龚（自珍）魏（源），晚清维新派的康（有为）梁（启超）谭（嗣同）严（复），革命派的章（太炎）刘（师培）等，不仅是作家而且是学者，是思想家，要了解其作品就必须对他们的学术思想有所了解。因此，有关近代的哲学史及学术思想史的著作必须一读，这方面的著作如梁启超的《清代学术概论》、蔡元培的《五十年来之中国哲学》，近人著作如任继愈的《中国哲学史简编》《中国近代思想史提纲》，都有一读的必要。

（3）西学输入对中国近代文学的影响。鸦片战争后，西学随列强的坚船利炮来到了中国。后来有人形象地称之为"欧风美雨",在哲学、社会科学及文艺思想等领域,都不同程度地直接或间接地介绍到中国来。达尔文的"进化论",卢梭的"民约论",康德、叔本华、尼采等人的学说,也都为中国部分学者所称道,因而给当时哲学思想与文学思想以巨大的影响。"进化论"否定了中国儒道两家的"今不如昔"的复古主义。"民约论"以"天赋人权说"否定了儒家的封建等级如三纲之类的谬论。至于康德、叔本华、尼采的美学观,使中国学者耳目一新,对中国文学重新予以估价,批判了过去儒者卑视宋元以来市民文学的谬见。我们试一读梁启超的《饮冰室诗话》《论小说与群治之关系》,王国维的《人间词话》《宋元戏曲史》,刘师培的《论文杂记》,鲁迅的《摩罗诗力说》,就会理解到,在近代特别到晚清,西学对中国文学的影响,是如何的深而且巨了!

(4)近代文论。要了解近代作家同流派作品的特点,须要读一读作家和属于某一流派作家们的论文,对此已有较系统的选本,如《中国近代文论选》《中国历代文论选》下册近代部分、《晚清文学丛钞》(小说戏曲研究卷)。

如果对这八十年史实及学术思想、文艺思想的发展概况均有所了解,就可以对作家进行深入的探索了。我一向认为文学史的研究,一定要从作家入手。过去的史学家,即深明此义。司马迁的《史记》,班固的《汉书》,都给文学作家设立了专传,除对作家的生平加以论述外,并附了他们的代表作。到范晔的《后汉书》,就特为作家设立了《文苑传》。可见,文学史应以时代为经,而以作家为纬。一部文学史,实际是群众作家与优秀作家们的创作活动与创作成就的评述。因此研究这个时期的文学史,必须以作家研究为基础。

至于研究作家,主要有两方面:对作家与作品的理解和评价。

对作家的理解和评价必须尽可能地搜集掌握比较详尽的有关资料。即如对作家的身世,这就要查阅有关他本人及与他有关的人们的传记一类的史料,自然他的著作,更为可信。一般说来,比较知名的大家,常常已有前人为他们编过比较详细的年谱,这是最可宝贵而且是必读的著作。首先,通过年谱,可以了解作者一生所处的时代和遭遇,只有这样才能了解他的各个时期作品、产生的时代背景和他在什么情况下写出的及为什么要写这些作品。其次,年谱是编年体,通过年谱,了解这个作家各个时期的作品及活动,这不但可以了解作者思想的发展,而且可以了解他的创作思想及创作风格发展的历程。

当然,年谱并不是都写得很完备的,也不可能都能满足我们以上几个方面的要求,但是我们在研究中,对已有的年谱,可以补正其不足。对没有年谱的,我们也应为之写出年表或年谱来,只有这样,才能对作家一生,有一个较系统的理解。

对于作品,也要通过对作家所处的时代、环境、遭遇和他的家庭同师友的关系，了解其思想内容、艺术风格的形成与渊源，并进一步了解其在当时与对后世的影响，从而评价其得失与在文学史上的地位。

当然，上述种种，对研究文学史上所有作家，都应该这样做。但对近代作家，尤其需要这样做。因为近代作家，一般说来，与他们所处的时代，有着更为密切的关系。他们在政治上的分野，首先决定其所代表的阶级利益，其次表现为学术思想与政治主张上的分歧。即如太平天国农民革命被镇压之后，一时出现了以"自强""新政"相标榜的洋务派，主张"开议院，兴民权"的维新派，还有以孙中山为首的民主革命派，以上三种政治派别，代表了太平天国革命失败后，三个时期的三种政治倾向，代表了不同的阶级利益，他们对帝国主义、封建制度的政治态度是有很大差别的。而广大的知识分子，特别是文坛上的作家，只要关心国事的，从中都有所选择，并表现出他们的倾向，这对于评价作家同作品，有着极其重要的意义。

上述三派，对中国传统的儒家思想的看法和态度也是迥然不同的。洋务派不仅尊崇孔孟之道，而且是程朱理学的信奉者。他们为卫护封建官僚地主阶级的利益，对于为这一阶级服务的上层建筑的纲常名教，简直视为他们的命根子，认为丝毫不能动摇。代表洋务派的大官僚如曾国藩、李鸿章、张之洞等，他们为了卫护纲常名教，把革命者视为乱臣贼子，并加以残酷镇压，斩尽杀绝。对改良派也绝不肯放过，最初镇压了参与戊戌变法的六君子，在1900年又镇压了在武汉组织自卫军的唐才常等。

至于维新派，为了用汉代公羊学家的三世之说，因此他们也是卫护孔孟的，同时他们还吸取了西方民主思想及空想社会主义等观点，来构成他们的变法的理论根据。在这一点上，他们比洋务派进步多了。但到了后来民主革命派蓬勃兴起之后，他们竭力加以反对，这样就走上了反动的道路。

民主革命派对为封建地主阶级所卫护的孔孟之道，是采取了批判与抨击态度的。他们逐渐认识到要推翻中国几千年的封建专制制度，建立一个资产阶级民主共和国，不打倒卫护这一制度的儒家思想，是不可能实现的。因此，1906—1910年这个时期，在中国思想界，革命派曾掀起过一个批孔反孔运动。这对后来辛亥革命的爆发起到了一定的积极作用。

从以上三派作家的世界观来看，他们对传统儒家思想的态度基本上可以说明他们在政治上的倾向。洋务与维新两派在政治思想上，是有斗争的。但在世界观上，有些官僚当初也是赞成维新派所提倡的新政的，甚至在戊戌政变后镇压维新派的时候，也还受到株连。但他们的政治观点却是张之洞"中学为体，西学为用"论的拥护者。即如陈宝箴、陈三立父子，也是这样。此外如王国维、林纾等,在晚清三派之中属于洋务派,更是毋庸置疑的。

至于革命派章太炎、刘师培等,早年都是批孔的,刘师培后来政治上变节,章太炎走上了复古倒退。在"五四"时期鲁迅曾用"侦心探龙"讥刺刘氏之反动,而在三十年代章氏逝世后,鲁迅在纪念他的文章中说:"一九三三年刻《章氏丛书续编》于北平,所收不多,而更纯谨,且不取旧作,当然也无斗争之作。先生遂身衣学术的华衮,粹然成为儒宗。"① 但是鲁迅在20世纪初曾深受章太炎及其他革命派批孔的影响,在辛亥前写的《摩罗诗力说》中,已对孔子的文学观进行了批判。到了"五四"运动,成为打倒"孔家店"的闯将。20年代末,当他成为共产主义者后,又成为彻底的批孔论者。这就和他的老师章太炎大不相同了。正由于鲁迅是非程朱、批孔孟的,因此在他的小说《狂人日记》与《祝福》中,揭露了礼教吃人的罪恶。而《祝福》中的鲁四老爷同《肥皂》中的四铭、卜薇园,真是活生生刻画出了当时道学家们自私自利、残忍刻薄,虽然满口仁义道德,却一肚子男盗女娼的虚伪面目来。由此可见,研究作家必须了解他所处时代的学术思想情况和作者本人的思想面貌,否则是不能洞晓他作品思想内容的。

下边再谈一下对作品与作家的评价问题。从文学史上看,历来的批评家,不论其属于哪个阶级,没有不是把政治标准放到第一位,艺术标准放到第二位的。毛泽东同志《在延安文艺座谈会上的讲话》中所说的批评标准,不仅无产阶级如此,封建阶级、资产阶级也如此。《西厢记》《水浒传》《红楼梦》是一般群众最爱读的古典文学名著,而封建儒者则诋之为"诲淫""诲盗"之作,封建统治者无不通令加以禁止。提倡恢复封建道德的吴趼人即在小说《恨海》中攻击《红楼梦》说"后人每指称《红楼梦》是诲淫导淫之作,其实说一个'淫'字,何足以尽《红楼梦》之罪"(第八回)。即以近代文学作品而论,龚自珍的作品,在晚清凡具有改革思想的进步作者,如维新派的梁启超、谭嗣同、黄遵宪等,无不极口称道,说他们"初读定庵文集,若受电然"②。而革命派南社的发起人柳亚子,更称他为"三百年来第一流"。但他却受到王国维的诋訾,举《己亥杂诗》中的一篇为例,说是"其人之凉薄无行,跃然纸上"。由此可见,由于批评者阶级立场不同,对同样的作品其评价的高下悬殊简直有天渊之别。

对近代作家的评价则应注意到,由于近代政治风云急剧变幻,往往影响到作

---

① 鲁迅. 关于太炎先生二三事 [M] //《文史知识》编辑部. 文史专家谈治学. 北京:中华书局,1994:205.

② 梁启超. 清代学术概论:二十二 [M] //《文史知识》编辑部. 文史专家谈治学. 北京:中华书局,1994:206.

家政治态度上的巨大变化。不能笼统地看一个人，一个作家早期进步，但到后来成为落伍或反动的不乏其人。对这些人必须实事求是地进行全面考察，仔细地分析，如实地予以公允的评价。即如这个作者在早期对人民曾有过贡献，他的论著对历史发展曾经起过积极作用，那么对之即应予以肯定。同时对他以后落伍或反动的表现，当然也要予以批判。在晚清的文学作家中（也是当时的政治活动家），像康有为、严复、章太炎等，鲁迅在杂文《趋时与复古》中，曾给他们以较为公允的评价，他说：

广东举人多得很，为什么康有为独独那样有名呢，因为他是公车上书的头儿，戊戌政变的主角，趋时；留英学生也不希罕，严复的姓名还没有消失，就在他先前认真地译过好几部鬼子书，趋时；清末治朴学的不止太炎先生一个人，而他的声名，远在孙诒让之上者，其实为了他提倡种族革命，趋时，而且还"造反"。后来"时"也"趋"了过来，他们就成为活的纯正的先贤。但是晦气也夹屁股跟到，康有为永定为复辟的祖师。袁皇帝要严复劝进，孙传芳大帅也来请太炎先生投壶了。原是拉车前进的好身手，腿肚大，臂膊也粗，这回还是请他拉，拉还是拉，然而是拉车屁股向后，这里只好用古文，"呜呼哀哉，尚飨"了！①

用历史唯物主义的观点，与一分为二的方法，对近代作家进行评论，鲁迅先生给我们树立了典范，我们是应该向他学习的。

总之，我国近代史在发展上有其不同于古代史的特点，而作为反映社会生活的近代文学，自然也同样有其特点。因此在这个时期，中国文学一方面继承了中国古文学的传统，同时也受到西方进步思想与文学的影响，因而形成了一个文学史上的转折时期与蜕变时期，从而为"五四"文学革命开辟了先路。至于这个时期的作家，由于对现实急剧发展变化的态度不同，加上所代表的阶级意识，又极复杂，在严酷的阶级斗争与民族斗争的旋涡中，呈现出纷纭多变的政治面貌，因此在研究时就不能简单从事，而要了解多方面的情况，然后认真考察，分析比较，不仅要知道问题的本然，还要进而探究阐明其所以然。只有这样，对近代文学的研究，才能取得较好的成果。

（原发表于《文史知识》1984 年第 9 期）

---

① 鲁迅. 花边文学：趋时和复古 [M] //鲁迅先生纪念委员会. 鲁迅全集：第五卷. 北京：人民文学出版社，1973：594.

近代文学中的尚武精神

赵慎修

我国近代文学产生于旧民主主义革命和东西方文化交流的时代，它以新的姿态出现于世，无论在理论还是创作方面自然都具有若干新的特点，而尚武精神即是其中的一个重要特点。

文学中的尚武精神古已有之，《诗经》中的《无衣》、屈原的《国殇》、杨炯的《从军行》、王昌龄的《从军行》《出塞》、王维的《老将行》、李白的《塞下曲》、岑参的《轮台歌奉送封大夫出师西征》等都是这一类的名篇，陆游作品中则更多一些。但是，这类作品在整个古代文学史上毕竟是寥寥无几，而且和当时的社会思潮、文学思潮也没有十分紧密的联系。

近代文学中的尚武精神则不然，它不仅在一定时期内出现了较多作品，而且和社会思潮、文学思潮的变迁有着密切的联系，呈现出鲜明的时代特征。

尚武，是近代中国的一股社会思潮。自从中英鸦片战争之后，随着中国一次次的丧权辱国、割地赔款，都要或大或小地引起一次次的社会变动和思想变动，于是，形形色色的救国议论和救国方案也随之而起。由于国家和民族危机的加深，人们的认识也日渐深化。当初，人们以为圣明的皇帝，加上贤能的王侯将相，再加上西方新式的坚船利炮，中国仍然可以与列强抗衡，转败为胜。后来，西方的民约论、民主革命、君主立宪、进化论传到了中国，促使人们的认识有了很大的改变。资产阶级维新派在谋求变法的同时，首次提出了"开通民智"的问题。1895年，严复在《原强》一文中，根据"物竞天择""优胜劣败""适者生存"的进化论原理证了民之强弱决定国家强弱的理论。他指出："盖生民之大要三，而强弱存亡，莫不视此。一曰血气体力之强，二曰聪明智虑之强，三曰德行仁义之强。是以西洋观化言治之家，莫不以民力、民智、民德三者断民种之高下。"东西方列强之所以强，在于他们民力强、民智高、民德厚；中国之所以贫弱，就在于"民力已苶，民智已卑，民德已薄"。戊戌变法失败之后，梁启超创办《新民丛报》，发表《新民说》，把培养造就新式国民当作当日"中国第一急务"。资产阶级民主革命派主张革命，推翻封建制度，建立民主共和国，和资产阶级维新派截然对立，但他们也批判地接受了维新派的"新民说"，大力提倡国民教育。所以，当时各派政治力量差不多都对国民性及其改造问题进行过探讨。一般说来，维新派的探讨比较空泛，革命派突出地批判了奴隶精神。当时，各派也都对塑造新式国民提出了方案，但其中比较突出的一点是提倡尚武精神。如梁启超说，"中国以文弱闻于天下，柔懦之病，深入膏肓""我不速拔文弱之恶根，一雪不武之积耻，20世纪竞争之场，宁复有支那人种立足之地哉"①。《云南》杂志发刊词中也把培植马革裹尸、葬身鱼腹、执戈从戎的"尚武思想"列为创刊宗旨。《江苏》杂志也把培养"军人魂"作为塑造新式国民的标准之一（壮游《国民新灵魂》）。陈天华在《国民必读》中把尚武精神列为国民教育的内容，并断言中国非到"人人有尚武精神，人人有当兵资格"绝无希望。邹容在《革命军》中把"养成冒险进取，赴汤蹈火，乐死不避的气概"当成革命教育的重要内容。当时，爱国革命团体要以"军国民教育会"命名，讲戏剧改革的要以造就"梨园界革命军"为目标。可以说，在辛亥革命的前些年，资产阶级的政治活动家是把尚武精神当成了一种改造社会的精神武器，企图以此振奋民族精神，提高中国人民的精神境界与身体素质，改造萎靡不振、无所作为的社会风气，有效地进行反帝斗争和革命斗争。虽然有些人也接受了日本军国主义教育的影响，但在当时兴起的尚武思潮主流却是进步的、爱国的。

这股社会思潮影响到当时的世风民俗，也影响到文学思潮和文学创作。

在辛亥革命前十来年当中，一些人曾经大力倡导过资产阶级性质的文学改革，介绍过西方资产阶级的文学作品，鼓吹过外国资产阶级的意识形态。在这些活动中，他们又曾经以尚武精神作为文学和艺术改革的标准、文学批评的尺度和文学翻译取舍的准绳。

梁启超是倡导文学改革的领袖，又是鼓吹尚武精神最力的人物。他在《饮冰室自由书·祈战死》一文中说，日本国俗与中国国俗有一个最不相同的地方，就是日本尚武，而中国尚文。日本人欢送亲朋子弟入伍都以"祈战死"三字相赠，报刊所载的赠人从军诗，都以"勿生还"相祝贺，整个"日本之诗歌无不言从军乐"；而"中国历代诗歌皆言从军苦"，大体如杜甫的《兵车行》之类，"牵衣顿足拦道哭，哭声直上干云霄"，凄凄惨惨。他又在《论尚武》一文中对东西方列强和中国的风俗与文学做了比较。他说，东西方列强对军人最为尊重，敬之，礼之，馨香礼

---

① 梁启超. 新民说：论尚武[M]//梁启超. 饮冰室合集：专集之四. 北京：中华书局，1989：108-118.

拜之,一人从军,则父母以为荣,宗族友朋以为宠,邻里以为幸,"一切文学,诗歌、戏剧、小说、音乐,无不激扬蹈厉,务激发国民之勇气以养为国魂",故举国之人无不把从军视为"人生第一名誉之事";而中国则一向以从军为苦,"学人之议论,词客所讴吟,且皆以好武喜功为讽刺,拓边开衅为大戒。其所谓名篇佳什,类皆描荷戟从军之苦况,咏战争流血之惨态,读之令人垂首丧气,气夺神沮"。诗歌如此;至于小说、戏剧,则以描写才子佳人的旖旎柔情见长,音乐则以描摩柔软靡曼、亡国的哀音为能事。全部古代文学与艺术无不"颓损人之雄心,销磨人之豪气"。以如此之风俗与文艺,怎么能"铸成雄鸷沉毅之国民"呢?因而"中国以文弱闻于天下,柔懦之病,深入膏肓",文学与艺术则不能辞其咎。① 此外,梁启超又在一首赞扬陆游诗歌的诗中表达了同样的见解:"诗界千年靡靡风,兵魂销尽国魂空。集中什九从军乐,亘古男儿一放翁。"②

梁启超的这些言论显然是十分偏激的,算不得科学的文艺批评。但知人论世,却应该体察当年的资产阶级宣传家借此以鼓吹文学尚武精神,希望以文艺"铸成雄鸷沉毅之国民"的良苦用心。

梁启超倡导"诗界革命"是以黄遵宪为创作旗帜的,但令他最为之倾倒的是黄氏的二十四章军歌《出军歌》《军中歌》《旋军歌》的歌词。从诗歌的角度看,它并非黄氏的佳作,而梁氏却认为它具有尚武精神,雄壮活泼,沉浑深远,诗歌而兼备音乐,能令人感发奋起,"诗界革命之能事至斯而极矣"③。竟推为"诗界革命"的极品!

林纾是当年最负盛名的文学翻译家,本来,他不懂外国语言文字,要靠合作者口译而笔之于书,他的翻译是谈不上有什么严格选择的。但他同样强烈地借文学翻译鼓吹尚武精神。他早年的翻译以言情小说和戏剧居多,而且以《巴黎茶花女遗事》鸣世,显然与宣扬尚武精神无关。但他后来却来了个一百八十度转变。1905 年,他承认他翻译的 19 种书,"言情者实居其半",表示以后将要注意选择"足以振吾国民尚武精神"的作品。④ 对于具备一定的反抗精神、尚武精神的翻译作品,他表示要画龙点睛,说明其翻译的寓意,或者借题发挥。例如,他说他之所以翻译《黑奴吁天录》,是因为中国已面临沦为奴隶的险境,"不能不为大

---

① 梁启超. 新民说:论尚武[M]//梁启超. 饮冰室合集:专集之四. 北京:中华书局,1941:108-118.
② 梁启超. 读陆放翁集(之一)[M]//梁启超. 饮冰室合集:文集之四十五(下). 北京:中华书局,1941:4.
③ 梁启超. 饮冰室诗话[M]//梁启超. 饮冰室合集:文集之四十五(上). 北京:中华书局,1941:35.
④ 林纾.《埃及金塔剖尸记》译余剩语[M]//阿英. 晚清文学丛钞:小说戏曲研究卷. 北京:中华书局,1960:211.

众一号",该书的翻译"亦足以振作志气,(为)爱国保种之一助耳"!① 他说他翻译《利俾瑟战血余腥录》是为了使国人"用代兵书读之",一旦临敌应战,不至于"触敌即馁,见危辄奔"②,《埃司兰情侠传》本为言情小说,难以利用它宣扬尚武精神,但他仍然借题发挥。他说,自从东汉光武帝以柔道治世以来,形成姑息柔弱的世风,积重难返。他"思以阳刚振之,又老耄不能任兵,为国民捍外侮,则惟闭户抵几骂",译书又不能左右逢源,此书又为言情小说,对于男女爱情的描写只能存真。而他之所以取名"情侠传",本意只在于取其"侠"也。③ 因为历来任侠与尚武相近,不得已取其次。

蔡锷大声疾呼,认为当日的中国"国力孱弱,生气销沉",如再不普及军国民主义的教育,必然亡国。造成如此国力与民气,与传统的教育、学术、文学、音乐均有密切的关系。他说,在中国文学中,如"不破楼兰终不还"这样的诗句凤毛麟角,寥寥无几,绝大多数诗人都是竭力摹写"从军之苦与战争之惨",竭力造成"悲神泣鬼,动魄惊心"的艺术效果,以至于使读者"垂首丧气,黯然销魂"。影响及予国民精神是"馁且溃"而不尚武(《军国民篇》)。那么,从普及军国民教育,造就尚武荣军的国民需要出发,提倡尚武精神的文学,也当是必然的结论。

资产阶级革命派主张武装革命,顺理成章,应当提倡尚武精神的文学。但因为在文化上有相当一部分人务求与维新派针锋相对,以保存国粹、抱残守缺为荣,这就限制了他们在文化上的创造精神。尽管如此,在一些革命烈士的创作中却也充溢着尚武精神,在周实的《无尽庵诗话》中也显示着这种文学观点。《但氏遗稿》中有诗云:"匹马还将随李广,横刀直欲斩楼兰。只知世上从军乐,谁道人间行路难。"周实评曰:"时时诵此,可以增长尚武精神。"左汉钺有诗云:"欧风墨雨海西波,禹陆将沉唤奈何!政府千年专制毒,国民一曲太平歌。金戈铁马中原鹿,棘地荆天洛下驼。落落男儿怀热血,莫将《民约》让卢梭。"武装革命和民主主义的思想十分显豁。周实盛赞这一类诗有"鸣钲伐鼓,激烈铿锵,有惊四座、辟万夫之慨",可以振国魂,锄奴性,一振柔弱卑下之气。

在上述社会思潮和文学思潮的影响下,在当时的文坛上出现了较多的具有尚武精神的文学作品。

---

① 林纾.《黑奴吁天录》跋[M]//阿英.晚清文学丛钞:小说戏曲研究卷.北京:中华书局,1960:197.
② 林纾.《利俾瑟战血余腥录》叙[M]//阿英.晚清文学丛钞:小说戏曲研究卷.北京:中华书局,1960:205.
③ 林纾.《埃司兰情侠传》序[M]//阿英.晚清文学丛钞:小说戏曲研究卷.北京:中华书局,1960:204.

在辛亥革命前后的十几年中，正是中国资产阶级为创造资产阶级共和国而斗争的时代，是他们进行了血与剑的斗争，也是他们留下了具有尚武精神的文学作品。就作者的派别来说，既有维新派，又有民主革命派。两派曾经互为仇敌，但又同属资产阶级，其作品主旨有相同的一面。它们都是鼓吹尚武精神、献身精神和英雄主义，同仇敌忾，反对帝国主义侵略，憎恨专制制度，召唤国魂，憧憬理想。这些作品，就其慷慨赴敌、保家卫国这一点来说与古代具有尚武精神的文学作品相同。但两者相比，却又有大不相同之处。古代的这一类作品虽然具有爱国主义和英雄主义，但其理想又往往不过是万里封侯，重睹汉官威仪，收拾旧山河。而近代的多数具有尚武精神的作品其理想要远大得多，思想要深刻得多！

　　这些作品一般都是面向世界，高瞻远瞩，已经认识到只有武装斗争才能抗击帝国主义的侵略，保卫世界和平，认识到进行国内的民主革命和反帝斗争是一致的。丘逢甲的《欧冶子歌》通篇以宝剑为喻。他呼吁当代的欧冶子出世，铸造出斩妖神剑，以昆仑为砺，大奏神效，使"五洋沉军舰，六洲平战垒""天地乃清宁"。秋瑾的《宝刀歌》《宝剑歌》，都是尚武精神、英雄主义的颂歌，其中包含着以武装革命推翻封建专制制度和保卫世界和平的精辟思想。"誓将死里求生路，世界和平赖武装""世无平权只强权""公理不恃恃赤铁""除却干将与莫邪，世界伊谁开暗黑"等诗句，是中国人民反帝斗争的经验之谈。其认识的清醒，至今尤令人叹服。陈天华的小说《狮子吼》描写狄必攘提倡体操，组织民众按军事编制，进行军事训练，孙肖祖明白宣示"如今的世界，只有黑的铁，赤的血，可以行得去"，是这种思想在小说界的反映。

　　这类作品都有着创造新的国家、家乡，改造社会，塑造新式国民，建设新的精神文明的理想和追求。如杨度的《湖南少年歌》宣言"诸君尽作国民兵，小子当为旗下卒"，要以敢战的英雄之气与鲜血召回国魂和民族精神。黄宗仰的《读学界风潮有感》有句云："遂见旌幢翻独立，不换自由宁不生。革除奴才制造厂，建筑新民军国营。"赵声的《赠吴樾》："大好头颅拼一掷，太空追攫国民魂。"杨振鸿的《述怀》："欲起神州文弱病，拼将颈血溅泥沙。"熊朝霖的《绝命诗》："须知世界文明价，尽是英雄血换来。"张纯一的《学生军军歌》高唱从军乐，要"为国民重新铸个头脑"，等等，都说明这些作者的理想已经远远超出了"痛饮黄龙"的理想范围。

　　总之，不管如何提出问题和认识问题，但在近代中国曾经出现过尚武的思潮，曾经把尚武精神当成文学批评的尺度，又曾经出现过与古代不尽相同的尚武作品，这却是应当注意的事实。

（原发表于《文史知识》1984年第9期）

·概论编·

欧风东渐对近代文学影响的再探讨

牛仰山

中国近代文学从戊戌变法前后开始到"五四"运动爆发,受西学东渐的熏染和欧洲文学思潮的影响,不仅在文学创作上显示了它的特色①,而且对文学的地位与作用、文学的特征、文学的创作方法、文学的语言等一系列文艺科学中的重要问题,都进行了勇敢的和创造性的探索。这种借鉴外国文学财富来建立自己文学理论体系的创举,在中国文学史上的确是一个划时代的巨大变化。

近代文学史上从严复、梁启超,到苏曼殊、马君武,以至鲁迅等许多著名人物,他们游历或留学异邦他乡,亲眼看到过外国政治、经济、文化的变化,且动手译介过异国他邦的文学著作。于是,在他们的思想上对文学范畴内的一些理论问题,就产生了新的看法。这些新观点是"引渡"欧西"新风"的产物,是近代文艺家自觉向异邦求新声的结果。因此,探讨近代文艺家受欧风影响在理论上阐述了哪些问题(主要的),有什么特点,就显得很重要了。

一、重新认识和估价文学的地位与作用

中国是文明古国,诗歌与散文并列,一向被认为是文学的正宗。宋元以后,小说与戏剧兴起,为文艺增添了新的花朵。但从汉朝班固贬斥小说是"小道","君子弗为也"以来,直到清末桐城派文人吴汝纶,对小说与戏剧是鄙视的。"在轻视的眼光下,自从18世纪末的《红楼梦》以后,实在也没有产生什么较伟大的作品。"② 其实,就是传统的诗文,在"宋诗派"和"桐城派"风靡之时,具有现实主义和时代精神的作品,也并不多。龚自珍和魏源虽给清末荒凉萧条的文坛注进一股生气,但是他们的创作终究未能在理论上给正统的文学观念以

---

① 黄世仲. 小说风尚之进步以翻译说部为风气之先 [J]. 中外小说林, 1908 (4).
② 鲁迅. 朝花夕拾 [M]. 北京:中国言实出版社, 2016: 96.

有力的批判。恰恰就在此时，欧洲的许多国家，"随着资产阶级的发展，随着贸易自由的实现和世界市场的建立，随着工业生产以及与之相适应的生活条件的趋于一致，各国人民之间的民族分隔和对立日益消失"①。这就为欧洲文艺的繁荣与发展创造了极为有利的条件。那时欧洲的文坛上，涌现出许多文学巨匠，产生出许多震惊世界的名作。文学的地位越来越高，它所起的作用也愈来愈大。在这种强烈的对照下，中国的文学就显得非常落后。随着海禁大开，欧风吹来，资产阶级维新派和革命派中一些眼光敏锐的文人，就借助这股风势，展开了对文学地位与作用的重新认识与估价。

　　自古以来，在诗歌领域里，就盛行着"温柔敦厚""思无邪"的理论，流传着"言志"与"兴、观、群、怨"的观点。孔丘及其门徒提出的这些看法，自应予以历史的科学的评价。但是，儒家的这种正统诗论相传几千年，为历代封建阶级所利用，严重地影响了诗歌的发展。中国诗史上虽然产生过不少大诗人，但像欧洲的拜伦、雪莱那样具有"摩罗"精神的人，竟未出现。中国诗史上的杰作很多，但总是缺乏一种"反抗挑战"之声。这种现象的产生，就其根本上说，则是牵涉到对诗的地位与作用的认识问题。

　　怎样来看待诗的地位与作用呢？清末的黄遵宪觉察到，社会现实生活的改变，诗也必须真实地反映新的社会现实。于是，他从早年提出"别创诗界之论"，到中年主张诗人必须面向现实和反映现实②，再到晚年认识到："诗虽小道，然欧洲诗人出其鼓吹文明之笔，竟有左右世界之力。"③ 他看出了诗在社会生活中的作用。当然，黄遵宪的诗论，也并不是没有受传统的"以志为体"说的影响，但他竟敢主张写"古人未有之物，未辟之境"，并把诗界出现"若华盛顿、哲非逊、富兰克林"式的诗人，"寄希望于诸君子"，却和传统的诗论有了明显的区别。南社诗人马君武声称诗能发挥"疾声唤狮梦"的作用，要求诗人紧紧掌握它，使之成为"挥戈挽落日，蓄电造惊雷"的战斗武器，都是在新的时代激荡下对诗的价值与意义的充分认识和肯定。鲁迅在《摩罗诗力说》里把诗歌当作"国民之心声"，又据德国与法国交战中运用军歌鼓舞士气，使德国终于胜利的事实，批判了"黄金黑铁，断不足以兴国家"的思想，指出诗歌有救

---

　　① 马克思.共产党宣言［M］//中共中央马克思恩格斯列宁斯大林著作编译局.马克思恩格斯选集：第一卷.北京：人民出版社，1995：291.

　　② 《人境庐诗草自序》云："仆尝以为诗之外有事，诗之中有人，今之世异于古，今之人亦何必与古人同。"转引自：郭绍虞.中国历代文论选：第四册［M］.上海：上海古籍出版社，1980：127.

　　③ 黄遵宪.与丘菽园书［M］//郭绍虞.中国历代文论选：第四册.上海：上海古籍出版社，1980：131.

国救民的作用,就把对诗的地位与作用的估价,推进了一步。

诗的地位与作用如此,对小说与戏剧这种新的文学作品,又该怎样认识呢?梁启超在《饮冰室诗话》中说:"读泰西文明史,无论何代,无论何国,无不食文学家之赐;其国民于诸文豪,亦顶礼而尸祝之。"因为他从欧西及日本等国政治变革中感觉到小说所起的作用,所以,他认为欲救中国与教育人民,必须提倡小说和戏曲。并说"小说为文学之最上乘","戏曲为优美文学之一种",还大声疾呼:"故今日欲改良群治,必自小说界革命始;欲新民,必自新小说始。"[1] 梁启超一反封建士大夫阶级轻视小说的观点,把小说看成是改造社会和改良人生的武器,极大地提高了小说的地位,对当时小说的蓬勃发展起了积极的推动作用。

必须指出,梁启超等人对文艺的看法,虽然受到欧洲启蒙主义思想的启发与影响,但从根本上说,还是立足于中国的社会现实,和当时所进行的旧民主主义革命有着不可分割的联系。从19世纪末到20世纪初,中国处于"内外交伐"的危境。为了摆脱这种危境,倡导文艺改造社会、教育人民,是包含着变革社会现实的积极意义的。因为,脱离斗争实践,孤立地提倡思想革命,固然不对,但不重视思想启蒙,同样也是错误的。批判的武器不能代替武器的批判,而武器的批判也不可能代替批判的武器。所以,清末以梁启超为首的资产阶级文艺家夸大文艺的作用虽不正确,但积极倡导文艺(尤其是小说),要它发挥"改造社会""转移性情"的作用,是不可否定的。

与上述观点相反,王国维则从康德、叔本华那里接受唯心主义文艺思想,主张"唯美之物,不与吾人之利害相关系;而吾人观美时,亦不知有一己之利害"[2]。梁启超等人不但认为文艺是一种社会现象,而且强调文艺要作用于社会和人生,证明梁启超等人对文艺的职能是有认识的。实践也证明,梁启超等人的文艺观和当时的现实斗争的需要是相适应的。王国维的观点却是认为文艺是"自由的",和现实人生无关。同时代人都接受外国文艺的影响,但对文艺的作用却产生不同的看法,这是值得思考的。

二、阐述文学的特征

明确了小说与戏剧的地位及作用,并不等于对它们的性质就有充分的认识,也不等于就一定能够写出"怡情移性"的作品。要使文艺(包括诗与散文)在

---

[1] 梁启超. 小说与群治之关系[M]//郭绍虞,罗根泽. 中国近代文论选:上. 北京:人民文学出版社,1981:161.

[2] 王国维. 叔本华之哲学及其教育学说[J]. 教育世界,1904:75-77.

社会现实中发挥它应该发挥的作用，近代文艺家又以西方文学为依据，对文学的特征进行了阐述。

他们提倡诗的改革，要使它具备"新意境"和"新语句"。

他们主张散文的革新，要求它在文辞上"雄放隽快"，"流利畅达"。

更重要的是，他们希望诗歌与散文尽量吸取外来词语和采用民间俗语、谚语。

这些主张和看法虽然简单，但它对改进诗文创作、提高诗文艺术确是起了作用的。因此，从近代诗文的发展主流来说，固然不能说全是"精思熟虑""声情激越""感人至深"之作，也因为开始吸取外来文辞与语句，还显得不够自然，但总的说来，诗文艺术形式上的"阳开阴阖，千变万化"，语言的通俗易懂，文辞的"雄壮活泼"，题材的多样，是有一定的艺术性的。

对于小说与戏剧，尽管维新派作家竭力提倡，并充分肯定它们的作用。但由于从他们当时从事的政治运动需要出发，把小说与戏剧看成是纯然的政治宣传工具，为他们推行的政治运动服务，所以，对小说与戏剧本身所具有的艺术特征，既不认识，也没有把握。他们虽然也谈到小说的特点，像康有为所说，读小说可"庶俾四万万国民，茶余睡醒用戏谑"。又像柳亚子说戏剧的改革，则是"捉碧眼紫髯儿，被以优孟衣冠，而谱其历史"①。再像梁启超说小说的特色，最主要的是"谐谑"。当然，小说与戏剧具有"戏谑"或"谐谑"及"被以优孟衣冠"等特征，是有"寓教于乐"之意的。但是，他们并没有从根本上认识到小说与戏剧的特点。他们还是着眼于利用小说这种易为人所接受的形式来宣传维新与推翻清朝统治的思想。因此，梁启超宿愿撰写小说，长达五年，其目的则是"令欲发表区区政见，以就正于爱国达识之君子"。在这种思想指导下，他写成的《新中国未来记》，如他自己所说："似说部非说部，似稗史非稗史，似论著非论著，不知成何种文体。"至于"编中往往多载法律、章程、演说、论文等文，连篇累牍，毫无趣味"②，真可谓句句是实，对自己小说存在的缺点，没有任何掩饰。《新中国未来记》之所以失败，其原因固然很多，但最重要的原因是没有遵循小说创作的规律，全凭作者凭空虚构，大发议论，根本没有认识和把握小说的艺术特征。

稍后，黄遵宪看到梁启超创办的《新小说》杂志和梁启超发表的小说时，

---

① 亚庐.二十世纪大舞台发刊词[J].二十世纪大舞台，1904（1）：2.
② 梁启超.《新中国未来记》绪言[M]//阿英.晚清文学丛钞：小说一卷上册.北京：中华书局，1960：2.

便致书于他，一面赞扬他为繁荣小说开辟阵地和带头写小说，"果然大佳"；另一方面则严肃地指出："此卷所短者，小说中之神采（必以透彻为佳），之趣味耳（必以曲折为佳）。"① 黄遵宪所说的"神采"和"趣味"，正是小说应具备的艺术特色。他批评的小说缺乏"神采"和"不透彻"，指的是脱离现实生活，只是凭主观想象进行虚构；他批评小说没有"趣味"和没有"曲折"，指的是叙述多、描绘少。而且，他进一步指出，要使小说创作走上轨道，避免"似说部非说部，似稗史非稗史，似论著非论著"的毛病，至少在形式体裁上像个小说，他认为《新小说》刊登的《东欧女豪杰》，"于体裁最合"，"笔墨"也"极为优胜"②。黄遵宪对于小说艺术特点的论述，虽然还不尽完善，也没有把小说与其他形式的作品在艺术上的特点加以区分，但毕竟提出了重视小说艺术特点的问题。

小说的艺术特征是什么呢？徐念慈依照黑格尔和邱希孟的美学观点，认为小说必须具备"形象性"③。但是，怎样才能使小说具备这个特点呢？和徐念慈同时期的黄人指出：小说必须写人物形象，塑造人物性格，才能显示它的特色，使它具存感人之力。他说："小说之描写人物，当如镜中取影，妍媸好丑，令观者自知。"④ 所谓"镜"，"无我者也"，就是说，作者要描写人物形象，必须真实客观地写出人物生活的环境，叙述人物活动的故事；所谓"影"，就是对人物形象的描摹。这两者之间，互相依存，不能分离。通过对故事情节的叙述和环境的描写来写人物，人物才显得真实；如果单纯地写人而不叙述人物活动的场所，不写故事情节的由来与发展，人就会成为孤立的无所依附的东西。因此，只要把人物放在一定的时代背景和社会阶级的环境中，同故事情节的描述紧紧地联系在一起，着力描写其思想、品质、行为、习惯等特征，才能塑造出典型人物，刻画出典型性格。这样，人物形象才是饱满的，人物性格才是鲜明的，才能给人以真实的感觉，才能显示作品的思想力量。否则，它就会失去艺术的真实，变得苍白无力。可见，通过人与人及人与环境的关系来描写人物形象，塑造人物性格，是显示小说特征的最主要途径。

---

① 黄遵宪. 黄公度先生手札（未刊稿）. 北京图书馆藏. 另见：丁文江, 赵丰田. 梁启超年谱长编[M]. 上海：上海人民出版社, 1983：300-301.
② 黄遵宪. 黄公度先生手札（未刊稿）. 北京图书馆藏. 另见：丁文江, 赵丰田. 梁启超年谱长编[M]. 上海：上海人民出版社, 1983：300-301.
③ 东海觉我. 新法螺[J]. 小说林社, 1905：25.
④ 黄人. 小说小话[M]//阿英. 晚清文学丛钞：小说戏曲研究卷. 北京：中华书局, 1960：351-376.

诚然，黄人提出的"镜中取影"原则，并非完美无缺。但是，从梁启超提倡小说以来，没有一个人从理论上对小说的艺术属性，做过这样精辟的论述。黄人对小说特征的认识，在当时的历史条件下，是具有很大意义的。

本来，文艺并非认识客观世界的唯一手段，通过其他方式同样可以达到认识世界的目的。例如，哲学、历史、法学、科学（自然科学）、伦理学等，它们都是人们在认识世界和改造世界时所凭借的一种手段，但文学之所以不同于哲学、历史、科学，只是因为它必须通过艺术形象的精雕细琢来反映现实，给人以美的感觉，从而起到教育的作用。若是"一秉立诚明善之宗旨"，而不重视对所反映的现实和表达的思想加以生动形象的描绘，只是赤裸裸地对这样的文学作品进行宣教，"则不过一无价值之讲义，不规则的格言而已"①。和哲学、政治学等其他学科没有什么区别。后来，鲁迅写《摩罗诗力说》，其中一个重要观点，就是对文学与科学的不同，做了说明，突出地强调了文学的特征。他说："世界大文，无不能启人生之闷机，而直语其事实法则，为科学所不能言者。""所谓闷机，即人生之诚理是已。此为诚理，微妙幽玄，不能假口于学子。"为了进一步说明文艺与科学的不同，阐明文艺的特征，鲁迅又说，文艺"虽屡判条分，理密不如学术，而人生诚理，直笼其辞句中，使闻其声者，灵府朗然，与人生即会"。这就比较具体地阐明了文艺的特点和功用，指出了文艺创作必须遵守的规律。看来，鲁迅对"人生诚理，直笼其辞句中"这个文艺的具体性、形象性特征，认识是清楚的。②从这一认识出发，他开始从事文艺，翻译外国文学，固然是追求"叫喊和反抗"的"新声"，但也很注意它的艺术特点，甚至为自己立下译事的原则，务求翻译时"弗失文情"③。

近代文艺家对文学特征的探讨，由浅入深，由不明确到明确，虽然经历了一番曲折，也并未将涉及文学特征的所有问题都进行探索，但他们向异邦吸取文学营养来丰富和发展自己民族文学理论的观点是鲜明的，态度是坚定的。

二、探讨文学创作方法

创作方法，或曰艺术方法，指的是作家在创作时所遵循的反映现实和表现现实的基本原则和方法。在文学史上，由于作家对现实生活观察与认识的不同，由

---

① 黄人. 小说林发刊词［M］∥阿英. 晚清文学丛钞：小说戏曲研究卷. 北京：中华书局，1960：158.

② 鲁迅先生纪念委员会. 鲁迅全集：第一卷［M］. 北京：人民文学出版社，1973：66.

③ 鲁迅. 域外小说集：序言［M］∥鲁迅先生纪念委员会. 鲁迅全集：第十一卷. 北京：人民文学出版社，1973：185.

于作家接受的艺术流派和个人艺术修养的不同，更由于作家世界观的不同，因而在反映现实、塑造形象时就会采用不同的方法。但是，现实主义和浪漫主义则是文艺史上的两大思潮与流派，始终不断地丰富和发展着。中国文学史上的现实主义和浪漫主义文学，从神话与《诗经》开始，就连绵不断地发展着，古人对这两派文学的产生及其特色，也曾做过论述。但近代文人对这两种创作方法的讨论，其热烈、集中与明确的程度，远胜过以往文学史上的任何一个时期。之所以如此，一是因为近代的社会是一个封建阶级的统治临近崩溃而尚未完全消亡的时代，又是新生的资产阶级刚刚兴起还未成熟的时代；二是因为传统的现实主义、浪漫主义创作方法对近代文学虽有影响，但从欧洲传来的文学思潮又给它以很大的刺激与启发。这就促使近代作家对文学创作方法，展开了讨论。这一讨论，一方面看出近代文人对于创作方法的认识，另一方面也看出他们遵循一定的创作方法在创作上所形成的特色。

近代文艺家对创作方法的探讨，主要有三种不同的倾向：

一派人主张，文学作品应以社会上日常现实生活为描写对象。他们提倡写实的出发点和根据是："言曰习之事者易传，而言不习之事者不易传。"当时有不少人支持用现实主义方法进行创作。蜕庵说："小说之妙，在取社会上习见习闻，人人能共解之事"，以"淋漓"的文笔"摹描"而就，就会使"读者入其境界愈深"，"受感刺也愈剧"。① 可以看出，作家要担负起教育人民的任务，首先必须面向现实，真实地反映现实，不能向壁虚构。但是，要反映现实生活，还必须深入生活和熟悉生活，进一步将观察所得的材料，进行取舍。黄遵宪说："仆意小说所以难作者，非举今日社会中所有情态，一一饱尝熟烂于纸上，而又将方言俗语，一一驱遣，无不如意，未足以称绝妙之文。"② 既要取材于社会现实，又要将所取的材料经过凝神静思的筛选与构思，而后用群众熟悉的语言写出，方可称之为现实主义作品。如果按照黄遵宪的看法写作，即使作家一时还写不出比现实生活更集中、更有代表性的作品，至少不会尽是罗列生活现象的、令人一笑了之的作品。只可惜，黄遵宪的意见，未引起小说作者的注意。倒是梁启超号召作家把"所怀抱之现象，所经历之境界"，"和盘托出，彻底而发灵之"的观点，对小说创作，起了很大影响。所以，晚清的许多小说虽将官场、商场、"洋场"、

---

① 梁启超，等. 小说丛话 [M] //阿英. 晚清文学丛钞：小说戏曲研究卷. 北京：中华书局，1960：310.

② 黄遵宪. 黄公度先生手札（未刊稿）. 北京图书馆藏. 另见：丁文江，赵丰田. 梁启超年谱长编 [M]. 上海：上海人民出版社，1983：300-301.

学界、女界等丑恶现象，做了淋漓尽致的揭露和批判，但因缺乏对素材的提炼和加工，只是"和盘托出"，"感人之力顿微"，"终不过连篇话柄"而已。

另一派人则提倡写理想。他们认为写理想之重要，是因为"凡人之性，常非以现境界而自满足"，而要身驰于"身外之身，世界外之世界"的。带有浪漫主义色彩的文学，就能"导人游于他境界，而变换其常触常受之空气者也"①。他们强调小说创作应当遵循这种方法，举凡一切文学作品，也应当遵循此法。这是为什么呢？梁启超说，"天下之境有二：一曰现在，一曰未来。现在之境狭而有限，未来之境广而无穷"②。用这种方法创作，要求作家在反映现实时，能抒发出对未来理想境界的热烈追求。因此，写这类作品，就必须用热情奔放的语言、瑰丽的想象和夸张的手法，塑造形象。梁启超则是从理论上倡导写理想到创作实践上体现写理想的代表人物。读他的诗歌、散文或未完篇的小说，尽管存在一些无可避免的缺点，但都充满一种对未来理想世界的憧憬与追求，给人一种热情洋溢、气势昂扬的感觉。不独梁启超的创作如此，从庚子事变以后，资产阶级作家为了描绘他们理想中的资产阶级共和国，大多采用这种方法进行写作。

但是，一种理论的产生并在社会上得到普遍的承认，并不是一帆风顺的。在梁启超提倡以浪漫主义手法进行文学创作的同时，有人却坚决反对。其理由是：常人"皆住现在，受现在，感现在，想现在，行现在，乐现在"，如"以过去、未来导人，不如以现在导人"③。而且，持这种观点的人，并不是个别人，是近代文坛上的一种普遍现象，就是梁启超本人，也有这种倾向。不过梁启超竭力主张写理想，必须肯定。

近代文坛上浪漫主义思潮的产生，自然可以追溯到屈原、李白以至龚自珍等浪漫主义优良传统，然而，从当时的形势看，受欧洲18世纪末和19世初盛行的浪漫主义思潮的影响，也是事实。因为，产生于欧洲资产阶级革命时代的思潮，反映了资产阶级上升时期的意识形态。它在政治上反对封建制度，在文艺上反对古典主义，是起过进步作用的。在我国，从甲午中日战争之后，维新派活跃在政治舞台和文艺舞台，为了救亡图存，奔走呼号，积极进行变法维新，又在思想与文艺上号召以欧洲及日本文学为师，改革中国文艺，就很自然地会接受从外国传来的文学思潮。更何况当时外国浪漫主义作家及其作品，已逐步传入中国。梁启

---

① 梁启超. 小说与群治之关系［M］∥郭绍虞，罗根泽. 中国近代文论选：上. 北京：人民文学出版社，1981：161.

② 梁启超. 说希望［M］∥梁启超. 饮冰室合集：文集之十四. 北京：中华书局，1936：18.

③ 狄葆贤. 论文学上小说之位置［M］∥郭绍虞. 中国历代文论选：第四册. 上海：上海古籍出版社，1980：236.

超在《新中国未来记》中首先择译拜伦的诗歌,且在他主办的刊物上译印雨果的照片,就是最明显的例证。等到资产阶级革命派酝酿和进行辛亥革命时期推翻清朝统治的革命之时,苏曼殊译介雨果的《悲惨世界》、拜伦的《哀希腊》《去国行》等作品,必然会对他们的文艺思想产生影响。这一切,都证明了他们政治思想上的积极向上与文艺上接受外国浪漫主义文学思潮,是完全吻合的。

还有一派人是提倡写实与理想相结合的。把现实与理想结合起来,既抨击现实中的腐朽事物,又热情地讴歌新生事物,使写实与写理想辩证地统一起来,这是一种理想的创作方法。洪子贰说得好:"从来创说者,事贵出乎实,不宜尽出于虚,然实之中虚亦不可无者也。苟事事皆实,则必出于平庸,无以动诙谐者一时之听。苟事事皆虚,则必过于诞妄,无以服稽古者之心。是以余之创说也,虚实而兼用焉。"① 他虽然谈的是历史演义小说的创作,但虚实结合这种方法,同样适用于其他形式的文学创作。事实上,现实主义与浪漫主义往往是同根并荣、相辅相成、颇难分别的。近代受欧洲文艺思想影响较深的王国维,对这个问题,做了比较精辟的论述。他说:"大诗人所造之境,必合乎自然,所写之境,必邻于理想故也。"这是什么原因呢?他解释道:"自然中之物,互相关系,互相限制。然其写之于文学及美术中也,必遗其关系、限制之处。故虽写实家,亦理想家也。又虽如何虚构之境,其材料必求之于自然,而其构造亦必从自然之法则。故虽理想家,亦写实家也。"② 从理论上看,这些认识是正确的。按照这种理论进行文艺创作,使文艺作品表现出现实主义和浪漫主义的艺术风格,它不但有利于充分发挥作家创作的独创性,而且也会使作品以更进步的思想教育人民和鼓舞人民,还可以促进文艺作品题材、形式、风格的多样化,推动文艺事业的前进与发展。遗憾的是,从近代文艺作品的实际考察,始终也没有产生现实与理想相结合的优秀作品。这种情况的产生,因素固然很多,也很复杂,然其中最主要的是两条:首先,当时的许多从事创作的文艺家,同时又是著名的政治活动家。这些人搞文学创作,目的是利用文艺这个武器,为他们进行的政治运动服务。只要能以最快的速度和最简便的方式编写出作品来推动政治运动,就算完成了任务,并没有认真地考虑过采用两者结合的方法会取得更好的艺术效果问题。其次,一个创作理论的提出到付诸实践,是要经过一段思索与探索的过程的。没有一个认识与实践的过程,是难以引起广大作家的注意的。而且,近代不少人已经习惯于用

---

① 洪子贰. 中东大战演义 [M] //郭绍虞. 中国历代文论选:第四册. 上海:上海古籍出版社,1980:231.

② 王国维. 人间词话新注 [M]. 滕咸惠,校注. 济南:齐鲁书社,1981:40.

批判现实主义写作，要他们改变方式，也不是容易的事。但不管怎样，他们从理论上对写实与理想这个原则，进行了探讨，就是一个很大的突破。

四、提倡文学语言的通俗化

历代有识之士，虽对各式各样的"伪体文"进行过斗争，也提出过以俗语为文的问题，但在封建正统思想的维护下，沿用了几千年的文言文，是不会轻易退出历史舞台的。通俗易懂的白话文并未代替文言取得正宗的地位，这是文学不能在广大群众中普及的最重要原因。到了清末，海禁大开，时事变易，人们深深感到文言文既不能适应社会发展的需要，也难以用它反映复杂多变的社会现实，更无法凭它来动员群众投入挽救国家危亡的革命运动。于是，主张言文合一，提倡以通俗易懂的语言进行创作，便成了当时文化战线上的一项重要任务。黄遵宪首先指出："语言与文字离，则通文者少，语言与文字合，则通文者多。"① 从此，便有"白话为维新之本"主张的出现，便有"愚天下之具，莫文言若；智天下之具，莫白话若"②的深刻论述。只有突破文言的限制，运用白话，才能"便幼学"和"便贫民"，才能使"天下之农工商贾，妇女幼稚，皆能通文字之用"。此论一倡，促进了白话文的兴起与发展，为文艺创作用"明白晓畅"之语做了舆论上的动员。

同时，资产阶级文艺家从各国历史得悉，"罗马古时，仅用拉丁语，各国以语言殊异，病其难用"，造成了阅读与写作的困难。"自法国易以法音，英国易以英音，而英、法诸国文学始盛。"③ 因此，废文言而崇白话，提倡"适用于今，通行于俗"的语言与文体，是大势所趋。单从文学发展演变的角度看，也必须如此。梁启超说："文学之进化有一大关键，即由古语之文学变为俗语之文学是也。各国文学史之开展，靡不循此规道。"④ 既然世界各国的文学都是按照这个规律发展的，中国又岂能例外。因此，为了使文学向通俗化的方向发展，更为了普及思想，梁启超又说："苟欲思想之普及，则此体（指通俗文体）非徒小说家采用

---

① 黄遵宪.日本国志学术志二文学[M]//郭绍虞.中国历代文论选：第四册.上海：上海古籍出版社，1980：117.

② 裘廷梁.论白话为维新之本[M]//郭绍虞.中国历代文论选：第四册.上海：上海古籍出版社，1980：172.

③ 黄遵宪.日本国志学术志二文学[M]//郭绍虞.中国历代文论选：第四册.上海：上海古籍出版社，1980：117.

④ 饮冰.小说丛话[J].新小说，1903（7）.

而已，凡百文章，莫不有然。"① 要求所有的文学都用通俗语言，这并不仅仅是梁启超、黄遵宪等几个人的主张与看法，也是近代许多文学家共同的心愿。著名小说家吴沃尧认为深奥难懂之文，"不如粗浅趣味之易入也"②。另一个著名小说家曾朴，在其所著《孽海花》中，也表达了同样的看法："现在我国民智不开，固然在上的人，教育无方，然也是我国文字太深，且语言分途的缘故，那里能给言文一致的国度比较呢？兄弟的意思，现在必须另造一种通行文字，给白话一样的方好。"在这种普遍要求以白话代文言的思潮推动下，黄遵宪将"方言俗语"入诗，李伯元、吴沃尧、刘鹗、曾朴以白话写小说，梁启超以流利畅达之语写散文，形成了一股巨大的洪流，促进晚清通俗文学的发展。后来"五四"新文学运动兴起，高举反对文言文与提倡白话文旗帜，继续前进，从文学发展史上看，它是清末白话文运动的继承与发扬。可见，晚清文艺家提倡文学语言通俗化所做的贡献，是永载史册的。

综上所述，近代资产阶级文艺家在欧风美雨的激荡下，对文学的地位作用、特征、创作方法、语言等几个主要问题，提出了与封建文学大不相同的看法，这是我国文学发展史上的一次历史性变化。但是，半封建半殖民地条件下的中国民族资产阶级是在很不成熟的状态下被推上政治历史舞台的，它所发动的政治运动和文学运动，虽然来势很猛，但却像阵雨，仅仅打湿了封建主义的地皮，并未摧毁它的根基。而对西方传来的文学，虽然感到新颖奇特，但并没有进行认真的思考，也没有完全消化。因此，近代文艺家根据西方文学观点对几个重要的理论问题所做的探讨，只能说是开始接触，还没有做出深入的论述。不过，回顾近百年来资产阶级文艺家在紧张的救亡图存的条件下，随着政治上向西方找真理的进展，在文学上也产生了向异邦求新声的要求，并在文学理论上进行了筚路蓝缕的开拓，是值得称赞和肯定的。

（原发表于《浙江学刊》1985年第4期）

---

① 饮冰. 小说丛话 [J]. 新小说, 1903（7）.
② 吴沃尧. 月月小说序 [M] //郭绍虞. 中国历代文论选：第四册. 上海：上海古籍出版社, 1980：251.

论中国近代文学的特点

管 林

中国近代文学作为中国古代文学的终结和"五四"新文学运动的历史准备，无论从文学的发展趋势、思想内容和形式方面的变化，还是从文学思想的新旧交替、作家队伍的错综复杂诸方面来观察，都产生了许多既不同于中国古代的传统文学，又不同于"五四"以后新文学的特点。例如，爱国主义和民主主义是这一历史时期文学的重要主题；文学题材和文学体裁的多样性；作家作品的复杂性和由旧文学向新文学转变的过渡性等。下面就这些特点分别加以论述。

一、反帝反封建性

这是中国近代文学的基本特性。这一特性从鸦片战争时期的文学创作中就开始表现出来。其标志是对渐趋崩溃的封建社会进行历史的批判和反侵略爱国主义文学潮流的形成。龚自珍在诗文中，对行将崩溃的封建制度的批判，与历史上为数极少的、在特定条件下批判封建统治的前辈不同，以恢狂瑰奇的文学语言，从总体上明白地揭示出封建社会已无可挽回地进入"衰世"这一历史趋势。龚自珍对封建社会的批判由道德批判上升到历史批判，即不仅仅以某些道德理想为准绳去谴责君主专制"杀人"或兼并聚敛"虐民"（例如黄宗羲、唐甄那样），而是以历史的眼光指出封建制度的痼疾已导致其走向反面，造成整个封建官僚机器僵朽和全国性危机，想改变已"不亦暮乎"。龚自珍的这种敏锐的时代感和反传统精神，渗透在他的诗文中，对后来的维新派、革命派乃至"五四"时期的一些作家，都产生了广泛的影响。龚自珍在诗文中还触及近代另一主题：对"英夷""叩关"的警惕和"海氛未靖"的深忧。后来由魏源、张际亮、姚燮、贝青乔、张维屏、林则徐、姚莹、鲁一同等一大批作家发展为新的时代主题。鸦片战争时期反侵略爱国主义文学，已不只是古代爱国主义文学的延续，而且已显示出近代爱国主义的新特征。鸦片战争暴露了当时中国社会政治、经济、军事乃至文化的腐朽落后，促使作家初步认识到战争的失败不只是庸主苟安或懦将无能，在自己的创作中，形成了反殖民者侵略同反腐朽封建统治相结合的新特点，淡化了反侵略爱国思想中的"忠君"观念，更多地表现出与人民的联系。大量作品着重描绘人民的苦难，反映沿海百姓和汉、满、蒙、回、壮等族爱国将士的抗战业绩，而且还把人民作为反侵略英雄来歌颂。少数作品已萌发了很新的思想，发出"船炮何不师夷技""题本如山译国书，何不别开海夷译馆筹边谟"①"委员开矿非善策……此事要俾男操权"②的呼声。鸦片战争前后的爱国主义文学，无论就其规模、深度和广度而言，都可以说形成了一股潮流。从这时开始经中法战争、甲午战争、义和团运动、辛亥革命直至"五四"运动时期的文学，都贯穿着反帝爱国文学的主潮。

  19世纪末到20世纪初，近代文学发展到一个新阶段。诗界、文界、小说界"革命"和戏剧改良标志着中国文学近代化运动的加速。这一文学运动的倡导者是一批资产阶级代表人物，而且与西学传入有极大的关系，因而人们往往把这一时期的文学与西方启蒙文学类比。其实，两者虽有类似之点，而差别却是很明显的。近代中国，由于帝国主义的侵略，危及中华民族存亡，而腐朽的封建制度和清王朝统治实际上已与帝国主义相结合，陷中国于沦亡的边缘，因此救国必须反封建，由维新进而革命。这一基本特点也渗透在文学思潮、文学创作和文学翻译中。梁启超倡导文学革新，其理论核心是他的"新民说"。所谓"新民"，其一是"实行民族主义于中国"，以"当列强之民族帝国主义"；其二是宣传"君相常倚赖国民，国民不倚赖君相"的民主思想。③ 此后一些革命派文学家提出"慨念国魂不振，奴性难锄"④，要以文学为"鼓吹革命""唤起国民精神之绝妙武器"⑤。这也是梁启超这一文学思想的发展。这一时期，文学创作的爱国主义主题，总是同抨击清朝投降政策和专制结合在一起。即便是像谴责小说那样着重暴露清朝官僚政治腐败和社会现实黑暗的作品，也同时揭露了洋人的嚣张跋扈和统治者的崇洋媚外、苟且偷安。许多表达作者政治理想或宣传政治主张的诗文，也往往同时包含外抗强权、内求民主以改造中国的内容（尽管改造的方式有主维

---

① 魏源. 都中吟[M]//魏源集. 北京：中华书局，1976：676.
② 张维屏. 金山吟[M]//松山诗录：卷十. 清刻本.
③ 梁启超. 新民说[M]//梁启超. 饮冰室合集：专集之四. 北京：中华书局，1941：56.
④ 周实. 无尽庵诗话[M]//无尽庵遗集. 周人菊，辑校. 国光印刷厂，1912. 另见：刘运祺，蔡狂生. 辛亥革命诗词选[M]. 武汉：长江文艺出版社，1980：196-203.
⑤ 顾忧庵. 漱铁和尚遗诗序[J]. 复报，1906（7）：56.

新，有主革命的不同)。这就是孙中山说的"发扬民族主义""宣阐民生主义"①。这一时期进步的诗文、小说和戏剧，无不鲜明地表现这一主题。在翻译文学方面，当时译介者的意图主要不在借鉴西方文学的艺术经验（虽然客观上起了开拓作家艺术眼界的作用），而在于引入外国进步文学中革命精神和民主意识以改造中国文学，正如鲁迅所指出的那样，那时"注重的"，"特别是被压迫的民族中的作者的作品。因为那时正盛行着排满论，有些青年，都引那叫喊和反抗的作者为同调的"②。鲁迅自己写了《摩罗诗力说》。林纾也想以译书"为振作志气，爱国保种之一助"③。

在我国古代文学中，反侵略的爱国文学作品为数也不少。但是，许多反侵略的作品却不反封建，爱国与忠君又常常糅合在一起。近代文学中的爱国主义作品与我国古代文学中的爱国作品相比，有如下一些鲜明的特点：反对殖民主义、帝国主义列强的入侵，维护祖国的独立和尊严；爱国思想与民主主义思想相结合，既反侵略也反封建；与维新思想、革命思想相结合，宣传维新，鼓吹革命。总之一句话，反帝性与反封建性相结合。

二、多样性

中国近代文学的多样性特点，包括文学题材的多样性和文学体裁的多样性两个方面。由于近代社会生活的发展，作家活动空间的扩大，眼界的开阔，近代作家所选取的题材、所描写的领域，都比古代文学更多样和广阔了。从空间范围看，近代文学的取材不仅局限于本国，而且也涉及外国的历史、现实、自然科学及异国风光、民俗人情等。古代文学中虽然也触及海外题材，但为数不多。而在近代文学中，不仅有大量的记叙作者亲身经历的外国游记，而且还有用新手法撰写的外国人传记；不仅有抒发海外观感的诗作，还有全面反映一个国家历史和现实变革的史诗，如黄遵宪的《日本杂事诗》。再以国内来说，各次重大的历史事件：帝国主义的侵略战争、农民的革命斗争及资产阶级的维新变法运动和民主革命运动，近代文学从各个不同的角度都有所反映。各种社会生活，城市、乡村、民间、官场、朝内、朝外；各种愚昧落后现象：缠足、赌博、纳

---

① 孙中山. 洪宪纪事诗叙辞 [M]//刘成禺, 张伯驹. 洪宪纪事诗三种. 上海：上海古籍出版社, 1983：33.

② 鲁迅. 我怎么做起小说 [M]//鲁迅先生纪念委员会. 鲁迅全集：第五卷. 北京：人民文学出版社, 1973：106.

③ [美] 斯土活（H. W. B. Stowe）. 黑奴吁天录 [M]. 林纾, 魏易, 译. 北京：商务印书馆, 1981：206.

妾、嫖妓、卜卦、相命、吸鸦片、看风水……都有作品给予抨击。各个阶层的人物：帝国主义分子、传教士、贵族、官僚、吏胥、清客、师爷、洋奴（西崽、二毛子）、买办、商人、财主、华侨、知识分子、市民、兵勇、地痞、妓女、贫苦群众（农民、工人）、革命者（农民革命者、资产阶级革命者）……都是近代文学描写的对象。在谴责小说作者的笔下，那些奴颜婢膝、贪污腐化的封建官僚和那些不学无术、寡廉鲜耻的新旧文人，都原形毕露。在近代文学领域中，出现了古代文学当中所没有的许多新题材，如反帝题材、华侨题材、资产阶级维新运动题材、资产阶级革命运动题材、外国现代生活的题材等。总之，中国近代文学不仅描绘了外国生活的某些方面，而且相当全面地描绘了中国半殖民地半封建社会的面貌。而反映这个社会面貌的文学体裁，也是多种多样的。在诗歌方面，不仅有民歌、古诗、近体诗诸体裁，而且还增加了新派诗、白话诗和译诗。在散文方面，既有古代文学中文言散文的诸文体，又出现了新文体散文和白话散文。在小说方面，既有文言短篇小说，长、短篇白话小说，又出现了翻译小说。在戏剧方面，既有杂剧、传奇剧等传统的文学体裁，又增加了京剧和其他地方剧，还从外国引进了话剧这一新体裁。总之，到了近代，文学体裁更加完备，在传统文学体裁的基础上，增加了不少新体裁。至此，现代文学中各种文学样式已初具规模。

三、复杂性

复杂性主要指作家作品的复杂性。由于近代是一个急剧动荡的社会变革时期，政治领域和意识形态领域内的斗争异常激烈，而且错综复杂，新旧思潮回环交错，中西文化相互融合，仅一个派别内就鱼龙混杂、变化万千，在一个作家身上或一部作品当中，也出现了十分复杂、矛盾的情况。龚自珍作为从封建社会进入半殖民地半封建社会这一历史转折时期的进步思想家、爱国主义者和著名的文学家，他对封建社会的认识和批判，对殖民主义侵略的愤慨和谴责，在文学上的成就，都在思想史和文学史上产生过巨大的影响。他既是当时异乎社会时尚的新思想的代表者，又是生死轮回、因果报应、修行解脱和佛力无边等思想的信仰者。他有时是勇于批判黑暗现实，提倡"更法""改图"的进步思想家，有时又简直是一个虔诚的佛教徒，他是文学"尊情"说的倡导者，又是以"歌诗"瓦解"犯上作乱之民"的鼓吹者。与龚自珍同时的，作为启蒙思想家、进步学者和爱国诗人的魏源，综观他的一生是积极入世的。在鸦片战争前，他以幕僚的身份，积极参与漕运、盐政、水利等弊政的改革活动。鸦片战争爆发后，又亲身参加了抗击英国侵略者的斗争，在斗争中先后提出了"富国强兵""援本急标"等政治、经济主张,鼓吹向西方学习。但是,到了晚年,他却陷入了不可解脱的矛盾当中,他对清王朝完全绝望了,对太平天国革命运动又感到困惑恐惧。终于他辞了官,在彷徨迷惘中去寻找一片与世无争的"净土",皈依佛门,最后孤寂地离开了人世。龚、魏之后的康有为,是中国共产党诞生之前向西方寻找真理的代表人物之一,也是近代中国资产阶级思想启蒙运动的先行者;他曾经是一个勇敢的改革家,在19世纪后期走在历史的前列,他呼吁救亡图存,领导维新变法,一往直前,在他的策划和努力下,终于掀起了维新变法的高潮,震动了神州大地。他的著作和诗文充满激情,感人至深,他不愧为一代学人文豪。但是在戊戌变法失败后,他反对共和,对抗革命,在政治上成为时代的落伍者。但是,即使处在时代落伍者的情况下,在护国战争中,他还变卖香港、澳门的房产资助反袁;护法时期,实际上附和孙中山反对西南军阀的联省自治,并痛斥过联省自治的主张;对于"五四"运动,尽管他不懂得它反帝反封建的意义,但还是采取支持的态度,表现了他在一些重大问题上仍坚持爱国主义的立场。这些都说明,康有为的晚年,总的来说,政治上是倒退了,但他仍然是救国之心不减,爱国之志不衰。与康有为并称的梁启超,更是一个复杂矛盾的人物。古今中外新旧种种都集中于一身,处处自相矛盾。这不仅体现在他的前后时期,而且同在一个时期,同在一本书中,甚至在一篇文章中,也还会多多少少暴露出来。他在戊戌变法时期是最先进的一类人物,戊戌变法失败后则成了既是保皇派,又是杰出的资产阶级启蒙宣传家。辛亥革命后,他又是民主共和政体的积极拥护者,在反对袁世凯称帝的斗争中起过积极的作用。在"五四"运动中,他率先斥责巴黎和会是"分赃的会议,强盗的会议",斥责政府卖国,但他又反对群众起来斗争。中国共产党诞生,工农革命运动蓬勃发展,他站在敌对的立场,反对无产阶级革命。但作为资产阶级著名学者,学术上的巨大成就却大多是晚年做出的。作为一个维新变法人物,他与洋务派、顽固派人物有着千丝万缕的联系,但更多的时候还保持自己独特的色彩。在对外政策上主张妥协、忍让,但在他身上始终没有销尽爱国热情。在辛亥革命前,他坚决反对封建专制,要求改变政体,但又鼓吹保皇。他歌颂清王朝的深仁厚泽,同时又无情地揭露晚清政治的黑暗和腐朽,提倡"破坏主义",客观上告诉人们革命势在必行。在学术上,他一方面提倡"为学术而学术"的纯客观研究,另一方面又主张学术要"药时代之弊"。在不少具体学术问题上,他留下了十分精湛的见解。戊戌变法前后,他帮助康有为,政治上对封建顽固派进行激烈的斗争,思想上对"天下变道亦不变"的顽固守旧理论进行了勇敢的抨击。在中国近代第一次思想解放的潮流中,他立下了不可磨灭的功勋。戊戌政变后，他流亡海外，除继续宣传维新变法理论外，还大量输入资产阶级的各种流派的学术思想，对中国民主主义思潮的传播，在客观上起了促进作用。他还大力提倡"诗界革命""文界革命""小说界革命"，使中国近代文学以新的思想、新的意境、新的形式开出了绚丽的花朵。他带头进行文体改革，故以满含感情的笔触、热情奔放的语言、舒展自如的形式，写出了许多脍炙人口的篇章。这些文章，即使是他在政治上倒退之后，在青年中仍然受到欢迎。从邵飘萍到张季鸾，从邹韬奋到郭沫若，从陈独秀到毛泽东，他们在青少年时代，无不有过一段崇拜梁启超的时期。1903年的鲁迅，还是梁启超文章的热心读者。郭沫若回忆他在辛亥革命前几年所受到的文化影响时，也断言当时的青少年"无论是赞成还是反对，可以说没有一个没有受过他的思想或文字的洗礼的"①。作为资产阶级革命派的宣传家和理论家的代表人物章太炎，政治上主张革命，在文体上却主张复古。他崇尚先秦和魏晋之文，并推为极则。他几乎完全否定了唐宋以后的诗歌发展，认为"韵语代益陵迟"，一代不如一代，"唐以后诗，但以参考史事存之可也，其语则不足诵""古诗断自简文以上"②，连杜甫、王维、白居易、韩愈等也已不如古人了。辛亥革命时期成立的进步文学团体——南社，其早期成员绝大多数属于新起的资产阶级、小资产阶级知识分子阶层。当他们开始踏进文化战线时，曾经表现得朝气蓬勃，很有一点批判勇气和战斗精神。但是，他们大多受到封建文化的影响，身上保存着不少封建余毒，对复古思潮，他们只打了几个回合，很快就偃旗息鼓，宣告退却，有些人还成了复古思潮的俘虏。南社成员中，还有部分地主阶级反清派。他们是复古主义思潮的起劲鼓吹者，在某些时间内和某些问题上，他们可以表现出向资产阶级、小资产阶级转化的趋势，而在另一些时间内和另一些问题上，他们又可以退缩回去，南社组织庞大，成员众多，不免鱼龙混杂。在辛亥革命前，它还能为革命做些工作。辛亥革命后，在反袁斗争中，也起过一定的作用，但以后就衰落了。有的人蜕化变节了，有的人销声匿迹了。随着辛亥革命的失败，南社的活动也陷入停顿。总之，这一时期的不少作家，前期思想先进，后期则往往落后甚至反动。在思想处于先进时期也往往掺杂着不少落后甚至反动的成分，在思想落后甚至反动的时期，有的也能保持民族气节，或在学术上做出自己应有的贡献。

---

① 郭沫若. 少年时代 [M]. 北京：人民文学出版社，1979：112.
② 章炳麟. 国故论衡 [M] // 郭绍虞. 中国历代文论选：第四册. 上海：上海古籍出版社，1980：113.

四、过渡性

过渡性主要表现为新旧共处，新的因素逐步增长，为"五四"新文学的产生做了先导和准备。

从中国近代文学的创作方面来看，它的过渡性特点则表现为新旧杂处、文白并存。在思想内容方面，维护封建统治的文学与反帝反封建的文学并存，封建主义的文学虽已衰落，成为强弩之末，但尚未消灭，仍在苟延残喘，继续挣扎，新的资产阶级民主主义文学虽已萌生，但还比较软弱，并未成长壮大。在诗歌、散文、小说等方面，都存在着为封建主义服务的反动文学和充满战斗精神的反帝反封建的进步文学的对立。既有封建地主阶级的仿古诗，也有以新事物、新意境为内容的新派诗，还有适应新兴资产阶级需要的翻译诗，既产生了以曾国藩、张裕钊等为代表的"中兴"的桐城派古文，即湘乡派古文，也出现了适应维新变革需要的"新文体"。小说方面的思想内容，大致也可以分为两类，一类是反映封建地主阶级思想的，另一类是反映软弱的资产阶级和小资产阶级的维新和革命的。第一类如俞万春的《荡寇志》（又名《结水浒传》），"使山泊首领，非死即诛"，维护封建统治是很明显的。第二类小说作者的政治态度或世界观，并不一定是资产阶级的，但是它们的客观效果却暴露了现实，有利于维新和革命；作者的思想无形之中也多少受了一些资本主义文化思想的影响。如鲁迅所称述的四部"谴责小说"，就是这类小说中较好的。在表现手法方面，这一时期的创作，除了继承古代文学的传统手法外，也吸收外国的表现手法。以诗歌为例，中国近代诗歌的变革受西方浪漫主义思潮的影响是不容忽视的。从艺术表现手法上说，浪漫主义崇个性、重抒发的艺术主张，启示着近代诗人去追求自己时代的艺术风格。首先，在感情的表达上，不再像古典诗人那样强调"止乎礼义"的节制，而是更接近西方浪漫主义诗人那样，彻底打开感情的闸门，任其自由奔腾，在他们的笔下，反抗挑战的怒吼与长歌当哭的悲愤，代替了"怨而不怒"的温柔敦厚。"以杀报杀未为过，复九世仇公义昭。"① "饮刃匆匆别鉴湖，秋风秋雨血模糊。"② "要从荆天棘地里，还我金刚不坏身。"③ 这里有痛快淋漓的怒骂，有热血飞扬的激动，有艰苦奋斗的决心，这种冲破拘束的感情与表达方式，明显有别

---

① 高旭. 海上大风潮起作歌 [N]. 民国日报, 1903-08-23.
② 柳亚子. 吊鉴湖秋女士 [M] // 柳亚子. 柳亚子诗词选. 北京：人民文学出版社, 1959：12.
③ 周实. 感事 [M] // 周实, 阮式. 无尽庵遗集：外一种. 朱德慈, 校理. 西安：陕西人民出版社, 2009：67.

于古典诗歌的节制。其次，是形象的刷新，如果说重主观、崇个性是浪漫主义文学的特点，那么在近代诗歌中，首先是抒情主人公形象的解放。再次，是诗歌形体上的变革。总的来说，近代诗人还只是简单地使用了古典诗歌的五、七言古诗，律诗和绝句等传统形式。在诗歌形体上虽没有突变，但也发生了新的文化。例如古风体的复兴，诗体的自由化。梁启超的《去国行》《志未酬》、秋瑾的《宝刀歌》《宝剑歌》、高旭的《海上大风潮起作歌》《登富士山放歌》等，都是这类作品。它比起前人的作品来，更着意于突破拘束，更富于句式、声韵上的变化。再看小说方面，由于翻译小说的熏陶，已触及对科学技术的描写，开始接受世界现代物质文明的成果。在中国小说陈旧古老的躯体中，注入了新鲜的血液。如吴趼人在《二十年目睹之怪现状》中，对电镀就做了相当细微的描写，并且介绍了镀镍工艺；在他的《新石头记》中，还介绍了生物学的知识、机械原理等。不仅如此，近代小说的作者们，还把眼光从《儒林外史》等转向西洋小说，开始学习西洋小说作法，如倒叙法、插叙法、补叙法、第一人称叙述法及不同于中国小说的人物外貌、人物心理、自然环境的描写法等，把中国传统小说的技法打破了。如吴趼人的《九命奇冤》，内容叙述雍正年间，广东番禺县梁、凌两家亲戚，因"风水"问题，受坏人的挑拨，以致渐成仇敌，并造成九命奇冤。最后以梁家上京告状，朝廷派钦差前往查办，才使沉冤得以昭雪作结。《九命奇冤》虽仍属章回体小说，但在结构布局、人物描写等方面，都吸收了外国侦探小说的技法。如此书的结构布局，先叙强盗纵火烧死梁家八口，然后追叙原委。待追叙原委完毕，到第十七回"闻凶耗梁天来气死，破石室黄知县验尸"，才接着第一回发生的事，直叙下去，直至冤案了结为止。这种结构布局的方法，在我国古代小说中是罕见的。《九命奇冤》是根据安和的《警富新书》改编而成的，将两者的结尾做一比较，也可以看到近代小说摆脱古代小说技法的一个侧面。此外，近代小说与古代小说在手法上的不同，还表现在叙述模式方面。我国古代小说的叙述模式，一般可分为第三人称和第一人称的叙述模式，在这两类叙述模式中，又分客观的、评述的、主观的或主观参与的。近代小说则不像传统小说那样了，它往往在同一小说中，同时包含了客观的、评述的和主观参与的三种叙述模式。这些叙述模式的并存，是对古典传统小说技法很重要的突破。

　　在文学体裁方面，旧体裁仍在发挥作用，新体裁也在陆续出现。在诗歌方面，近体诗、古诗、民歌诸形式仍广泛被采用，同时新派诗、白话诗、译诗也应运而生。在散文方面，文言散文仍被广泛运用，新文体（或称报章体）也风靡一时，而白话散文也被不少报刊所提倡。在小说方面，可说是文言小说与白话小说并存，传统小说与翻译小说并举。在戏剧方面，大部分杂剧、传奇剧本成为名副其实的"案头剧"。形成于乾隆年间的京剧,具有唱词、说白通俗易懂,唱腔变化也比较灵活的特点,受到当时人民群众的欢迎。与此同时,像川剧、粤剧等地方戏也进行了某些改良,受到当地群众的欢迎。由于时装新戏的发展,加上外国戏剧的影响,终于在20世纪初,出现了放下锣鼓,丢开唱腔,摆脱旧剧姿态,跳出旧剧圈套的话剧。这种形式新颖、通俗易懂的早期话剧,为"五四"以后话剧运动开辟了道路。

在语言运用方面,这一时期除继续使用文言来表现作品的思想内容外,还有"笔锋常带感情"的"报章体"语言。《官场现形记》《二十年目睹之怪现状》《老残游记》《孽海花》等小说,不仅是用白话写的,还大胆地采用了方言。加之它用现实主义手法描写当时社会的情况,使它们与"五四"白话文学结下了最亲近的血缘关系,成为"五四"白话小说的先驱。

近代文学的过渡性特点,表现在文学思想方面是:抱残守缺与观念更新同在。中国近代各种社会矛盾错综复杂,也反映在文学思想领域内,形成了不少代表各种社会势力的文艺派别。一类是代表封建旧文化的派别,其中影响较大的有桐城派和宋诗派。他们为了维护封建统治,保住自己在文坛上的"正统"地位,就大肆宣扬封建"道统"和"文统",在文坛上筑起一道与现实生活隔绝的围墙,给诗文创作设置了许多"清规戒律"。他们只许作家阐经释道,不许作家反映新的现实、表达新的思想;在艺术上蹈常袭故,反对新的艺术创造;对新的文学思想,竭力加以围攻和扼杀。另一类是反映资本主义要求的文学派别,如维新派、民主革命派,他们对封建文学派别进行猛烈的抨击,大力宣传自己的文艺理论主张,要求突破封建"道统"和"文统"对文学的束缚,主张文学面向现实,表现新的现实、新的思想,以开民智,为资产阶级的政治革新服务。在鸦片战争时期,出现了以龚自珍、魏源等人为代表的地主阶级改革派,他们要求改革现状,希望为日趋没落的封建社会找出一条生路。在文学思想上,他们主变敢逆,以求摆脱封建"道统"和"文统"加给诗文的束缚,提倡经世致用,使诗文与现实相结合;强调直抒胸臆,以利于诗文表现个性。他们是近代进步文学家的先驱,对后世起着启蒙作用。在太平天国时期,太平天国的领袖们在文学思想上也较为激进,提出了"除邪留正,革故鼎新,重实用,反浮文"的主张,与封建文学观形成鲜明的对立。到了维新变法时期,新兴的资产阶级维新派活跃在历史舞台,其政治立场与太平天国不同。他们主张变政维新,以发展资本主义经济,建立君主立宪的政治制度作为追求的目标。在文学思想上,他们接受西方的资产阶级文学观来观察和论述问题,重视文学感染群众的威力,大力提倡小说、戏曲等通俗文学,夸大文学的社会功能,企图利用文学作为社会改革的主要手段。由于以西方资产阶级思想和自然科学学说为理论武器来论述问题，就使批判封建的文学观的论述有了新的立论和新的内容。随着戊戌变法的流产，资产阶级革命派应时而起。他们以反清革命、抵抗外侮、建立民主共和政体为主要的文学思想，因此特别重视文人的气节，宣传汉族文化的光荣传统，大力提倡能通俗地宣传民族革命思想的戏曲，崇尚能抒发革命理想的浪漫主义。总之，近代文学观念的更新，前期是缓慢的，是古代文学思想的延伸期，在"情"与"理"的矛盾中，出现了新的抗争；中期是剧变的，是新旧文学思想的交替期，以程朱理学为指导的旧文学思想日暮途穷，以资产阶级思想为指导的新文学思想脱胎而出，维新派提倡文学革新运动，发动一连串的文学"革命"，锋芒毕露；后期则是有所反复的，是资产阶级文学思想的衰退期，革命派继承和发展了维新派的文学思想，但革命派受到种族主义思想的束缚，文学思想上的保守性又多于先进性。

上述中国近代文学特点的形成，并非偶然，是有多方面的原因的。

第一，政治斗争的需要。

鸦片战争以后，中国由封建社会逐步沦为半殖民地、半封建的社会。外国资本主义的入侵，造成了中国的民族危机。帝国主义和中华民族的矛盾，封建主义和人民大众的矛盾，成为中国社会的主要矛盾。经过中法战争、中日战争、八国联军侵华，帝国主义列强步步进逼，清王朝统治集团日益堕落为帝国主义的走狗。君主专制制度的腐败、衰朽已经暴露无遗，先进的中国人认识到君主专制制度再也不能维持下去了。中国人民进行了太平天国起义、义和团运动、辛亥革命等反帝反封建的伟大斗争。民族危机的空前严重，阶级矛盾的激烈复杂，给文坛以巨大的影响，使这个时期的文学具有不同于封建时代的鲜明特点。西欧资本主义国家的发展是同民族独立、统一相联系的，是同国内封建王国的兼并、国外开拓殖民地和侵略别国相联系的。而中国近代史，是维护国家完整和民族独立的历史，是反对国际资本主义侵略的历史。由于清王朝对外国资本主义采取妥协、投降的政策，中国人民在反侵略的同时，又要反封建王朝。中国人民不屈不挠的反帝反封建斗争，决定了中国近代文学的反帝反封建性。反殖民统治、反帝、反封建是中国近代文学最重要、最基本的主题。由于近代政治斗争的复杂和激烈，近代不少作家，往往前期进步而后期转向保守，甚至反动。也有的人前期思想反动，后期则跟上时代的步伐。有些人的政治思想和文化学术思想在历史上曾有过不同的作用。这种复杂的情况必然也给近代文学的复杂性和过渡性带来重大影响。

第二，西方文化的撞击。

外来文化的输入，古已有之，但西方文化的大量输入和中西文化融合却始于近代。西方文化对我国近代思想界影响最大的是赫胥黎的《天演论》和卢梭的《民约论》。《天演论》宣传了达尔文的进化论,"物竞天择,适者生存"是其主体精神。在当时中国遭受外国侵略、民族危亡的情况下,《天演论》及其主体精神的传入,犹如一声春雷,极大地震动了当时的思想界。人们认识到:中国如不奋发图强,亡国灭种之祸,迫在眉睫。它的传入推动了中国维新变法思想的传播,而且也对文学产生反响。王国维就指出,自《天演论》一出,"嗣是以后,达尔文、斯宾塞之名,腾于众人之口,物竞天择之语见于通俗之文"①。作家写文赋诗宣传"物竞天择"的理论,藉以唤醒民众,救亡图存。卢梭的《民约论》是对中国近代思想界影响最大的另一部名著。从资产阶级维新派作家到革命派作家,他们作品中的民主、平等、自由,乃至共和、革命,大多是从《民约论》中汲取的营养。清末文学革新运动的提倡者康有为、梁启超、黄遵宪、谭嗣同等代表了一批向西方寻求真理的先进的中国人认识到:要救国,只有维新,只有学外国。戊戌变法期间,对"新学""西学"的介绍达到高潮。据统计,光绪末季翻译的外国书籍已有 533 种。② 在这些书籍中,社会科学类已占了不小的比例。西方文化思想涌进中国舞台,在一定程度上影响了文学变革。在谭嗣同、夏曾佑的诗歌中,我们看见了"喀私德""巴别塔"这些外国名词;在黄遵宪的诗歌中,也不难找出咏火车、轮船、电报、相片及东西两半球昼夜相反的篇章;在梁启超的"新文体"中有了"外国语法";在小说、戏剧理论中,在白话文的倡导中有了对外国情况的鲜明借鉴。总之,中国近代文学题材的扩大,新人物、新意境、新思想、新名词的出现,新的艺术手法的吸取,无不与西方文化的撞击有关。

第三,社会思潮的影响和审美意识的变化。

近代前期的社会思潮出现了转向,明显地表现为经世致用之学的兴起。经世致用之学是鸦片战争时期严重的社会危机与民族危机的产物,反映了这一时期地主阶级改革派的利益和要求。近代中期形成了维新变法思潮。资产阶级维新派认为要救国,只有维新变法。他们主张改革,向外国学习,但抵制人民革命,对帝国主义抱有幻想。近代后期,资产阶级维新派继续介绍西学,同时宣传"尊孔保皇"论;资产阶级革命派则宣传民族民主革命思想,注意发动人民群众革命,但

---

① 王国维. 静庵文集:论近年之学术界 [M] //王国维. 王国维遗书:第五册. 上海:上海古籍书店,1983:93-94.

② 马祖毅. 中国翻译简史("五四"以前部分) [M]. 北京:中国对外翻译出版公司,1984:366. 原书指明,杨寿椿在其《中国出版界简史》中,根据《译书经眼录》所收目录,统计而得出前引出版数据。

又受种族主义思想的束缚。尽管这一时代,存在着向西方学习与保存国粹,维新变法与推翻封建王朝的矛盾斗争,但在社会思潮方面,出现了具有时代特点的新思想,如社会进化论、民族民主革命、男女平等、妇女解放等思想,都直接或间接地影响着近代文学反帝反封建性、过渡性等特点的存在。

文学审美意识是文学创作经验和人们审美实践的结晶。随着社会历史的发展和西方文化的撞击,我国近代文学审美意识也随之发生了变化,在文学与现实的关系上,从文学的"经世致用",到教育民众、"开通民智",再到"启民生之闶机""道人生之诚理"①的演变,预示着文学与现实的审美关系,朝着更高层次,即向着文学为大众、为民族、为人生的审美观念的飞跃和转化。对艺术把握世界的规律问题,由文学情感论的深化,到文学形象和意境论的扩展,再到审美分析理论的广泛运用,反映出主理的知性分析向艺术审美分析的转化。此外,近代文论家们进一步提高了对通俗文学美学意义的认识,开启了中西比较文学的研究,通过吸收、借鉴西方美学,扩大了审美范畴的探讨。我国近代文学审美意识的变化,必然或强或弱地影响着近代文学特点的形成。

第四,旧文学的没落趋势和翻译文学的影响。

中国古代文学的样式,发展到清代中叶已非常齐全。虽然其中有些文学样式仍能起到言志、抒情和反映生活的作用,但也有不少文学样式(如传奇、杂剧、骈文、辞赋等)已经日趋僵化,不能适应时代和人民生活发展变化的需要。这就促使旧文学逐渐走向衰亡。同时,由于向西方学习的结果,不仅西方的自然科学、社会学说被介绍进来,西方的文学也被介绍进来了。从鸦片战争时期到"五四"新文化运动前夕,翻译小说曾盛极一时,据统计,这一时期的翻译作品约占全部小说的三分之二。翻译小说的盛行,必然会影响本国小说的创作。我国翻译小说最早始于乾隆年间,当时都是根据《圣经》和西洋小说重新写作的,把一切人名、地名乃至风俗习惯全部中国化,不但失去原作精神,而且连外貌也随之改变。到19世纪末资产阶级维新派倡导变法之时,经梁启超等人提倡,翻译小说才蓬勃发展起来。仅林纾一人所译,已刊未刊者加在一起,已达183种之多②。其中有英、法、俄、比、西、挪、希、日、瑞士等国的作品。尽管林纾所译的小说使用的是文言文,但在当时的影响是不能抹杀的。阿英在《晚清小说史》中曾指出,林纾"使中国知识阶级接近了外国文学,认识不少第一流的作

---

① 鲁迅. 摩罗诗力说[M]//鲁迅先生纪念委员会. 鲁迅全集:第一卷. 北京:人民文学出版社,1973:66.

② 马祖毅. 中国翻译简史("五四"以前部分)[M]. 北京:中国对外翻译出版公司,1984:304.

家,使他们从外国文学里去学习,以便促进本国文学的发展"。的确,当时的人只知道"洋鬼子"船坚炮利,工业发达,哪里知道英国有莎士比亚、司各特、狄更斯的文学,法国有大仲马、小仲马、巴尔扎克的文学,西班牙有塞万提斯的文学,日本有德富健次郎(德富芦花)的文学,挪威有易卜生的文学。林纾的译作一出,使国人大开眼界。郭沫若在《我的幼年》中,也谈到林译小说对于他"后来在文学上的倾向有一个决定性的影响",还说林纾把司各特《撒克逊劫后英雄略》的"那种浪漫派的精神""具象地提示给我了",与此同时,还有用报章体或白话文翻译小说的周桂笙。周桂笙译的《毒蛇圈》是当时用白话直译的较好的小说之一。第一回开端是父女俩的对话,其体式是第一次被介绍到中国来。《毒蛇圈》在《新小说》杂志第一卷第八期发表之后,到第一卷第十二期就发表了吴趼人的《九命奇冤》,其开端即叙述强盗的对话,明显受《毒蛇圈》这种西洋体式的影响。不仅如此,翻译小说所描绘的资产阶级社会形态,传播的科学、民主气息及欧洲被压迫民族争取自由和解放的斗争图景,也在精神上给予中国近代小说以营养。当然,翻译小说对中国近代小说的影响,也有消极的一面。旧文学的没落和翻译文学的影响,从不同侧面促使了近代文学多样性、复杂性和过渡性特点的形成。

第五,社会的急剧变化和读者群的扩大。

从鸦片战争到"五四"新文化运动前夕,虽然只有八十年左右的时间,但我国社会发生了急剧的变化,由自给自足的闭关自守的封建社会,逐步变成半封建、半殖民地的社会。封建地主阶级、资产阶级、小资产阶级内部各自不断分化。从戊戌变法到辛亥革命,不到20年,终于推翻了统治中国两百余年的清王朝,结束了统治中国两千余年的封建专制制度。但是,封建剥削的根基——地主阶级对农民的剥削不但依旧保持着,而且同买办资本和高利贷资本的剥削结合在一起,在社会经济生活中占着明显的优势。民族资本主义虽有了某些发展,但没有成为中国社会经济的主要形式,力量很薄弱,其中有的还与外国帝国主义、国内封建主义存在千丝万缕的联系。这就决定了中国资产阶级的特点:"一方面——参加革命的可能性,又一方面——对革命敌人的妥协性,这就是中国资产阶级'一身而二任焉'的两面性。"① 近代社会的急剧变化和中国资产阶级的特点,必然要反映到文学领域中来,使中国近代文学的复杂性和过渡性带有明显的时代特点。

中国近代社会产生了新的阶级,即资产阶级和工人阶级,封建社会原有的阶

---

① 毛泽东. 新民主主义论[M]//毛泽东. 毛泽东选集:第二卷. 北京:人民出版社,1952:667.

级、阶层也发生了变化，因此，文学的读者群也须随着社会的发展日益扩大，逐渐形成以工、农、商、学、兵为主体的新的读者群。由于读者群的扩大，近代文学不仅要适应不同阶级、不同阶层人们的政治需要，而且还要适应他们不同的欣赏趣味的需要。随着社会生活的迅速变化，这种需要也在经常变化。读者群的扩大和需要的不断变化，必然要反映到文学创作领域中来。读者的能动作用不仅表现在能够影响甚至决定文学作品在不同历史时期的评价和地位，还表现在它能够间接地影响文学的生产。接受过程不是对作品简单的复制和还原，而是一种积极的、建设性的反作用。读者在阅读和其后的反思过程中会提出道德和美学上的新问题、新要求，作家在再创作中必须对此做出反应和回答，而这又会逐渐引起旧的题材、形式和表现技巧的死亡和被淘汰，新的题材、形式和技巧的产生和被运用。中国近代文学也正是在这种生产和接受的复杂交错、不断延续的过程中，形成它与古代文学不相同的特点的。

［原发表于《海南大学学报》（社会科学版）1989年第4期］

关于"近代文学"的深刻反省

王永健

我对按社会形态从清代文学中划分出"近代文学",作为中国文学发展的一个独立的阶段,持怀疑的态度。我主张取消"近代文学"这个概念,恢复"晚清文学"这个概念,并按传统观念把它归入清代文学的范畴。

一、问题的提出和历史的回顾

诚如王俊年、梁淑安、赵慎修同志在《建国三十年来中国近代文学研究的回顾》中所指出的:"对于从鸦片战争到五四运动这一历史时期文学的研究,在新中国成立之前就有人着手进行,并且也不乏值得珍视的成就。""建国以后,近代文学作为文学史上的一个独立的阶段也开始了比较系统的研究。"[1] 近十年来,近代文学的研究又进入了一个更开放的新时期,无论是研究的力量,还是研究的实绩,都超过了以前的20多年。三次全国性的近代文学学术讨论会的召开,河南师范大学、华南师范大学、苏州大学等高校相继成立了近代文学研究室、明清诗文研究室,一套近代文学资料丛书正在编辑之中,凡此种种,都充分证明了这一点。

但是,近代文学研究和教学长期存在的问题,并没有得到解决。近代文学研究在整个中国文学史的研究中,仍属最薄弱的环节。中国社会科学院文研所主编的《中国近代文学资料丛刊》已经停刊;中山大学中文系主编的《近代文学论丛》迄今仅出版了两期;在高校中国文学史教学中,近代文学处于"两不管"的状况也没有根本改变。更值得引起重视的是,无论从事中国古代文学,还是中国现代文学教学和研究的同志,尽管在口头上,谁都承认近代文学的重要性,但

---

[1] 中国社会科学院文学所近代文学研究组. 中国近代文学论文集:概论卷 [M]. 北京:中国社会科学出版社,1981:18.

是真正对近代文学重要性有足够认识的同志到底有几何？……与古代文学、现代文学和当代文学相比，我们不得不正视这样的现实：近代文学是一个被研究和教学冷落、遗忘的角落。那么，除了客观上的诸多因素之外，其本身有没有值得深刻反省之处呢？依我的肤浅之见，近代文学本身确有值得深刻反省之处。这就是近代文学能不能作为中国文学史上的一个独立的阶段存在？为什么中国古典文学清代之前可以"基本上以主要封建王朝作分期的标志"①，唯独清代文学要一分为二，非按社会形态划分出"近代文学"不可呢？"近代文学"与清初至清中叶的文学到底有什么本质上的差异？

  中华人民共和国成立之前，从事中国文学史研究的学者，并没有忽视从鸦片战争到"五四"运动这一历史时期文学的研究。可是，不管是文学史、小说史论著，还是文选、资料，很少有人使用"近代文学"这个概念，一般皆冠以"晚清"二字，以示与清代前期文学的区别。王俊年等同志论文所提到的《中国小说史》《晚清文选》《晚清小说》等就是一例；阿英同志于1963年年初编辑出版的这个时期的资料也仍名曰《晚清文学丛钞》。杨荫深在《中国文学史大纲·例言》（1937）中，还特别指出："中国文学史虽可用政治的时代来划分，但这方面究嫌勉强。著者以为文学本身自有它的历史，所以全依各种文学演进的史迹来分章节，一面仍于章节之中划分时代，使读者仍知某时代有什么重要的文学。"

  这种看法在当时中国文学史研究者中是带有普遍性的，很值得我们注意。

  中华人民共和国成立以后，自20世纪50年代末和60年代初，几部有影响的中国文学史和中国小说史著作对"近代文学"做了专编论述。复旦大学中文系1956年版《中国近代文学史》、北京大学中文系师生选注《近代诗选》、人民文学出版社编辑部选编《中国近代文论选》相继问世之后，"近代文学"从此便形成了一个完整的概念，并作为一个独立的阶段存在于中国文学史上了。不过，这个时期也仍有学者在论述中国文学发展史时，并不采用"近代文学"这一概念。比如，刘大杰先生的《中国文学发展史》（1958），全书共分三十章，其最后三章分别论述"封建社会末期与清代文学的特质""清代的诗歌与词曲""儒林外史、红楼梦与清代小说"。直至近年，钱仲联先生主编的《清诗纪事》同样将近代诗人的诗作包括在清诗之内，其《编写体例》指出："诗家收录原则：尊重客观历史，无论帝王后妃、将相吏士、释道闺秀，只要生活在有清一代，均在选录范围之内。"

  在我看来，"近代文学"独立出来的原因不外有三。

---

① 游国恩，王起，等. 中国文学史：说明 [M]. 北京：人民文学出版社，1963.

一是以历史分期代替文学分期，其理论根据是毛泽东同志的《中国革命和中国共产党》。比如，游国恩等主编的《中国文学史》把八十年的中国近代史分为三个时期：鸦片战争和太平天国时期，资产阶级改良主义运动和义和团运动时期，资产阶级民主主义革命时期。与此相对应，把清代这个历史阶段的文学也分为三个时期：资产阶级启蒙时期的文学，资产阶级改良主义运动时期的文学，资产阶级民主革命时期的文学。

二是以政治代替艺术，把反帝反封建这个属于题材、内容和政治倾向方面的特点，看成是这个历史阶段的文学区别于清代前期文学的最重要的标志。

与上相联系的第三个原因是，以内容代替形式，只看到这个历史阶段的文学在题材、内容上的一些变化，却并不深究作家的意识及其作品的艺术形式和风格与清代前期的文学，以至整个封建社会末期文学相比较是否已经有了本质上的差异。

现在我们要问，把"近代文学"独立成一个阶段的做法及其理论根据，是否真有道理？

二、"近代文学"与中国封建社会末期文学，即明清文学，并无本质上的差异

主张把"近代文学"从清代文学中独立出来的同志，他们无疑是确认"近代文学"与清初到清中叶文学存在着本质的差异。在这方面，游国恩等主编的《中国文学史》的观点是有代表性的。

在"近代文学"的《概说》中，《中国文学史》的编者认为，随着近代社会历史的发展，"在阶级矛盾、民族矛盾进一步尖锐化、表面化的情况下，文学从内容到形式逐渐发生了变化，因而出现了新的文学面貌和文学潮流。这是服务于反帝反封建斗争的文学，同时为维护封建统治的各种腐朽文学也在进行着不断的挣扎"。并且强调指出：

> 正是由于新的政治经济和思想意识的产生和发展，传统文学才在理论上出现了新的文学观点，反对模拟，主张文学为现实政治社会服务；在创作上才打破陈腐的面貌，反映新的现实内容，歌颂广大人民和英雄人物对外国侵略者的英勇抵抗，揭露清王朝及其官僚士大夫的昏庸和腐朽无能，同情人民的生活疾苦等等；因而产生了进步的文学潮流。①

---

① 游国恩，王起，等. 中国文学史：第四册[M]. 北京：人民文学出版社，1979：310.

首先，说"近代文学"从内容到形式逐渐发生了变化，这是正确的。可是，这种变化是否从根本上改变了"近代文学"的性质呢？其次，说近代出现了新的文学面貌和文学潮流，也是符合事实的。不过，近代的文学面貌和文学潮流到底"新"在哪里呢？

我认为，"近代文学"在内容上的变化，主要表现在增添了反帝的内容；至于反封建的内容并不始于近代，这是不言而喻的。在形式方面，应该承认，"近代文学"也发生了一些变化，出现了几种前所未有的艺术新品种，如话剧、翻译小说、新闻体白话文等。但是，就其总体而言，无论是传统的诗文词赋，还是通俗的小说、戏曲，与明清两代文学相比较，并没有发生根本性的变化。说到近代文学风貌和文学思潮的"新"，可以一言蔽之："新"在于既从属于当时的反帝反封建的政治斗争，又反转来给予一定的影响于反帝反封建的政治斗争。另外，我们还要看到，近代的诗人、散文家、戏曲家和小说家，生活于新的变革的时代，其思想观念与清代前期的文学家当然有所不同。但是，他们大多数缺乏近代意识，甚至连站在时代前列的一流作家亦不例外；他们的文学观点和主张，并没有超越明清两代进步文学家的思想体系；他们所创作的各种样式的文学作品，除了反帝反封建的内容之外，在艺术上并没有多少新的特点和光彩。因此，在我看来，若从文学的体制形式、艺术风格和艺术审美等内部规律做全面的考察，"近代文学"与清代前期以至明代文学并没有本质上的差异，它们仍然属于中国封建社会末期文学的范畴。

先说小说，随着资产阶级改良主义和民主革命的蓬勃发展，光绪年间的小说界十分活跃，理论和创作都非常繁荣，小说刊物如雨后春笋般地涌现，还出现了用古文翻译的域外小说。应该看到，这个时期用科学论文形式提出的小说理论，与明代中叶以至清代前期通过评点所阐说的小说理论，在内容和形式上确实有所不同。而"小说界革命"口号的提出，在中国小说史上也是颇有意义的新事物。遗憾的是，就创作来看，具有浓郁平话色彩的侠义小说（如《三侠五义》），以暴露、谴责社会黑暗的社会小说（如四大"谴责小说"），敷演历史故事的历史小说（如《洪秀全演义》），描绘艳情、哀情的言情小说（如鸳鸯蝴蝶派小说），以及反映青楼、男优生活的狭邪小说（如《海上花列传》《品花宝鉴》），从艺术上来看，都是明代和清代前期各类小说的继承和发展，却又无法与明代的"四大奇书"及清代的《儒林外史》和《红楼梦》相媲美。

近代的戏曲艺术也出现了一些新事物，比如《二十世纪大舞台》的创刊、春柳社剧团的成立及话剧和外国剧作介绍到国内。可是，京剧（包括汪笑侬的改良京剧）也好，杂剧和传奇也好，充其量也只是"旧瓶"装"新酒"。小说界尚且提出了"革命"的口号,与之相比,戏曲界显得更为保守和沉寂,成就亦远不及小说。

在散文领域,鸦片战争以后,虽也有人提倡"新文体"。可是,占统治地位的始终是古文,林纾用古文翻译西洋小说名著,章太炎也撰写深奥难懂的古文,说明当时古文势力之大。"五四"运动时高呼打倒"桐城谬种",更可见近代古文影响之深远。

与小说、戏曲和散文相比,近代的诗坛,由于大批名流倡导"诗界革命",从表面上看变化似乎较为显著。实际上,若从诗歌的美学层次来进行审视,无论是"诗界革命"的实践者,还是提倡"宋诗运动"和"同光体"的复古派诗人,他们的作品,从总体上来说,比之小说、戏曲更缺乏现代意识。

龚自珍在诗坛上举起反传统的旗帜,标志着清代诗歌进入了一个新的阶段。他那富有激荡风雷的生气和浪漫主义色彩的诗作,雄奇瑰丽,令人耳目一新,起到了"叱起海红帘底月,四厢花影怒于潮"①的作用,成为后来"诗界革命"的先导。不过,审视龚氏诗作的艺术形式、风格和意境,不得不说它并没有冲破传统诗歌的藩篱。

由于"诗界革命"的实质还是"改良",加上倡导者强调"熔铸新理想以入旧风格",这派诗人运用旧体诗形式所作的诗篇,虽不无"新理想",但脱不了"旧风格"。等而下之,只是"颇喜挦扯新名词以自表异"②。

综上所述,从鸦片战争到"五四"运动这个历史时期的文学,虽然其主潮是反帝反封建的现实主义文学,在形式上也力图冲破旧传统、旧体制和旧风格的束缚,还引进了域外的话剧和小说,创造了几种新的艺术样式,可是,全面审视这个时期文学的艺术特征和审美价值,与真正在近代意识指导下的近代文学尚有相当大的距离。③ 与其从历史和政治角度,把它看成是中国文学发展过程中独立的一个阶段,倒不如着眼于艺术,让它仍然归属于清代文学。

文学的分期,是为了探究其发展的阶段性和规律性,理应着眼于艺术,根据特定历史时期文学发展的实际情况,从内部关系做全面的考察。忽视艺术,强调为政治服务,简单地用历史时代来划分文学的发展时期,显然是不科学的。从中

---

① 龚自珍. 梦中作四截句(十月十三夜也)[M]//龚自珍. 龚自珍全集:第九辑. 上海:上海人民出版社,1975:496.

② 梁启超. 饮冰室诗话[M]. 北京:人民文学出版社,1959:49.

③ 直到"戊戌变法"之后,各种文学样式在近代意识指导下,才产生了一些不同清代前期文学的新的特点,与此同时,新的理论也萌生了。可是这已经是19世纪末和20世纪初的事了。当然,不能用这一小段历史来代表从鸦片战争到辛亥革命这一整个阶段。

国文学的历史发展实际出发,依据其已为人们所认识的规律,我主张把中国文学史(自先秦至今)一分为二:自先秦至晚清为古代文学;自辛亥革命(1911)到今天为现代文学。既取消"近代文学"的概念,也舍弃"当代文学"的概念。

最后,需要指出的是,用晚清文学取代"近代文学",把它看成是有清一代文学不可或缺的部分,并非贬低从鸦片战争到辛亥革命这个历史时期的中国文学。这个时期是中国古典文学发展的最后一个阶段,它既对中国源远流长、独具风格和丰富多彩的中国古典文学做了一个光辉的终结,又为从观念到内容、从形式到风格都焕然一新的现代文学揭开了序幕,其成就不可低估,其历史功绩更不可抹杀。

(原发表于《江苏社联通讯》1987年第5期)

近代文学研究应当有自己的面貌

王 飙

最近十年间,中国近代文学研究取得了相当大的,可以说是前所未有的进展。十年前,当文学科学随着整个国家历史的转折而开始新的起步时,中国近代文学研究的境况还是十分困窘的。直到1978年前,全国还没有一个专门从事近代文学研究和教学的机构,没有一个专门的刊物,没有出过一本专门的论文集,甚至没有一支队伍:除了寥寥可数的几位学者孜孜矻矻在这块荒地上耕耘外,大多数有关论文的作者都是主要从事其他领域研究偶尔兼及近代文学。因此,这十年中,许多近代文学研究者表现出一种强烈的而且是可贵的、自觉的学科建设意识,不仅致力于自己的课题,还关切整个学科的命运,努力改变它的落后面貌。今天可以说,这些努力是有成效的。

然而,这只是就学科自历史做纵向比较而言。在考察近代文学研究的进展时,我们也意识到,其他学科正以同样的甚至更猛的势头推进。这种推进不仅是各学科原有研究体系和研究模式的延展、膨胀,而且是对原有体系或模式本身的突破和改造。它已经使各学科的文体显示出一种新的面貌,并有可能将中国文学研究推向一个新的水平。这种形势与近代文学研究的状况形成一种新的反差。相对而言,过去十年近代文学研究的进展主要还是在基础的加强和规模的扩展方面,而在研究的深度方面虽有掘进却并不突出。应该说明这是有理由的。这门学科的基础较之其他学科要薄弱得多,因而当时必须首先重视基础建设,而且这方面许多工作刚刚开始,需要长期努力。经过这十年的发展后,近代文学研究自身条件和面临的形势都有了很大改变,我们在继续充实基础的同时,是否可以而且应该逐步向提高学科整体水平阶段发展呢?我想,是的。

需要认真思考的倒是:怎样理解"学科整体水平"?

每门学科都有自己的对象,而且这个对象具有区别于其他学科对象的特质,否则这门学科就没有存在的必要。而这一对象的独特性质、独特地位及其中包含的特殊规律，就是它作为科学研究对象的价值之所在，也是这门学科研究目标之所在，并且是其他学科所不能取代的优势之所在。一门学科的水平，主要取决于它与自身研究目标的距离。只有（也只要）研究对象的独特价值为我们充分认识，并且在研究成果中体现出来，这门学科才能（也就能）确定自己的学术地位并且真正成熟。而这恰恰是以往近代文学研究所没能解决，至少没能很好解决的问题。

目前的近代文学研究，大体上仍然是以作品内容和作家意图的阐释、创作特点的分析和思想艺术成就的评判为中心，基本上袭用了传统的古代文学研究体系。这种情况与该学科形成的特殊背景有关。把鸦片战争到"五四"之前断为文学史上的一个时代即近代文学，最初并不是对文学史本身充分研究的结果，而很大程度上是接受了来自政治和历史学的现成划分——根据新民主主义理论，这一阶段属于旧民主主义革命时期。因而就文学本身而论，把这不足百年的文学划分为一个时代的理由，亦即这一对象的特殊性，并未得到充分说明。① 长期以来在许多文学史家心中，它仍然只是"晚清文学"，是晚清文学的一部分，是古典文学的骥尾。由此造成两个后果。一方面，在许多人看来，在古典文学范围内与辉煌的古代文学相比，这个"近代文学"是一个没有伟大的作家作品，没有一种臻于至境的文体，也没有成功的艺术创新的时代。加上传统的文学批评观念中存在一种片面的、缺乏科学眼光的平庸偏见，似乎作品的研究价值与其思想、艺术成就成正比（这显然混淆了研究与鉴赏的界限），因而近代文学研究曾长期遭到冷落。另一方面，就是上文所说，即使研究近代文学，也几乎完全袭用古代文学研究批评的一套思路、模式、评价标准。近代文学研究未能显示出自己的特色和优势，这个由"先天不足"而带来的后遗症，是重要原因之一。

中国近代文学有其独特的研究价值，中国近代文学研究也应该有自己的面貌。

20世纪初，《孽海花》的始作者、诗人金松岑在一篇论近代小说与新社会关系的文章中说："夫新旧社会之蜕化，犹青虫之化蝶也，蝶则美矣，而青虫之蠋则甚丑。"② 其实这个比喻也适用于近代的文学。20世纪40年代，杨世骥先生就直接用这一比喻来说明近代文学（戏剧）的特点了："必须经过丑恶的幼虫和蛹

---

① 近年来，近代文学断代问题引起争论，根源也在于此。不过，这个涉及面很广的问题毕竟还在讨论中，本文暂置勿论。

② 松岑. 论写情小说于新社会之关系 [J]. 新小说，1905，2 (5).

的时代，方能蜕化出美丽的蝴蝶。"① 1982 年，一位学者在和我谈如何研究近代文学时，也把近代文学比作"一只还没有变成蝴蝶的毛毛虫"。这确实是一个形象而恰切的比喻。近代文学在中国文学史上处于一个重要而特殊的阶段。它是古代文学这只"美丽的蝴蝶"所孕生，已经变态，却还没有变成一只新的"美丽蝴蝶"的"毛毛虫"。它之所以往往被忽视或轻视，是因为它只是一只丑陋的毛毛虫；而它之所以具有古代文学与现代新文学所不可能具有的研究价值，也恰恰因为它是一只"毛毛虫"。我认为："毛毛虫的审美价值无论如何不能同蝴蝶比，但在昆虫学家看来，毛毛虫的研究价值未必在蝴蝶之下，否则就无法了解蝴蝶的形成史和繁衍史。"② 从这个意义上说，近代文学研究是一门"毛毛虫学"，是中国文学的"变态繁殖学"或新文学的"发生形态学"。这门学问的研究目标和主题、审视角度和重点及参照系和方法，都应当有不同于"蝴蝶学"，不同于其他文学学科的特点。是否可以这样说：我们应当以探索中国文学近代化历程为主轴和目标，来建构这门学科的体系？

　　近代文学的特殊地位及其特殊研究价值，决定了近代文学研究有其独特的主题：正确说明传统的古代文学向新文学演化的具体行程、特殊规律和类型特征。

　　从中国古代文学到现代新文学的变革，不同于以往文学史上任何朝代、任何阶段文学的变化。它不是同一文学体系范围内的兴衰、承创、延展、成熟等，而是一种旧文学体系向新文学体系的演变。所谓文学体系的变革，即它不只是文学的某些方面，而是包括文学的社会属性、社会内容、文化内涵、文学观念、文学结构、艺术思维方式和表达方式、语言符号系统，作家队伍和读者对象，乃至文学的存在方式（出版发表）等各个方面的整体性变革。这一变革虽然到"五四"后才进入完成期，但变革却在近代已经发生。因此，具体地描述出文学的各个方面变革、演进的轨迹，亦即中国文学近代化的轨迹，是近代文学研究的首要课题。然而不能不承认，我们现在对这一行程的认识和描绘还是相当笼统、相当模糊的。比如小说，我们已经大体勾画出近代几个时期小说流派的概貌：前期的公案侠义小说和狭邪小说，戊戌变法以后小说界革命时期的政治小说、谴责小说、言情小说等，辛亥革命以后的鸳鸯蝴蝶派和黑幕小说。但是多年来近代小说研究和争论的重心一直放在这些流派或作家、作品是进步还是反动，是洋务派还是改良派还是革命派，艺术成就是高还是低，哪些是成功的、哪些是失败的，诸如此类问题上。这类研究当然需要而且以后还会继续。问题是，如果近代小说研究局

---

① 杨世骥. 戏曲的更新 [J]. 新中华（复刊），1944，2.
② 王飙. 近代文学的研究领域亟待开拓 [N]. 光明日报，1984-07-10.

限在这类文学批评上,那么实际上仍然是把近代文学当作一只只"蝴蝶"(好看的或不好看的)来研究,而忘记了它们可能都不过是一只只"毛毛虫"或"毛毛虫"蜕变的几个阶段。因此,至今似乎仍然很难说清我们本来应该回答的问题:中国古代小说怎样经过近代而发展到"五四"新小说?能否和在什么意义上说这些近代小说流派是《西游记》《红楼梦》到《狂人日记》《阿Q正传》之间的"过渡"?和古代小说相比,以及近代各时期小说彼此间相比,有哪些文化的、艺术的因素保留了,又有哪些被逐步摒弃了?掺入了哪些新的因素(外来的或创造的)?后来又如何改变、发展或消失了?概言之,我们还没有能比较具体地描述出中国小说近代化的线索。岂止小说,诗歌、散文、戏剧等各种文体由古代向现代演化的轨迹都不甚清晰。未必我们不能回答(当然这要付出艰巨的劳动),恐怕更多的是因为固有模式框住了思路,遗失了自己应有的主题。

近代文学研究整体水平的提高,很大程度上取决于我们能否把重心转移到揭示中国文学近代化历程这一独特主题上来,因为它关系到整个中国文学史的研究。许多文学史著作大多指出,近代文学是旧文学向新文学过渡的时代,然而由于未能切实地说明,因而许多同志常常忘记有这样一个"过渡",把"五四"新文学看成一切都是重新创造出来的,或者从西方移植过来的。有人断言,"空前强烈、空前深刻的""外国外民族文化影响"刷新了文学的总面貌,造成文化传统"连续性的中断",使"五四"文学"同以往""有极大的截断性"。于是,一部中国文学史被人为地"截断"为两部。我们发现一个有趣的现象:外国学者曾经认为中国文学的变化完全是西方文学影响的结果,但最近二三十年许多外国学者却认为应该从中国民族文学自身演化过程去探索现代文学的形成,因而"意识到了晚清文学中所发生的变化以及将其作为过渡现象加以研究的必要性"。加拿大学者米伦娜·维林吉诺娃就认为:"人们常常把中国现代文学的形成解释为白话文学取代文言文学的激烈而短暂的过程……然而这种解释不免有些简单化,因为它没有考虑到中国文学中那些虽然不太明显,但却非常重要的演化过程。这些过程在达到极盛时期之前很早就已开始,到现代则变得十分显著。"而这些过程中的许多方面"还没有被作为形成中国现代文学的重要因素而加以充分认识"①。对鲁迅杂文的研究就是一例。大凡论及鲁迅杂文出现的文学史基础者,或横涉重洋,到西欧"随笔"中寻其种因;或远逾千年,从魏晋晚唐求其渊源。其实鲁迅杂文是近代散文演变的结果。散文从龚自珍开始就突破了传统文体义

---

① [加]维林吉诺娃.世纪转折时期的中国小说[J].伍小平,译.中国现代文学研究丛刊,1985(3):125.

法,"别开近代生面"。他的文章"讥切时政",而又"文不中律,便于放言",形成一种"迷离恍惚,骤读使人不觉"的特异的杂文风格。自龚自珍后,政论性文章的长足发展成为近代散文的一大特点,经王韬形成"报章文体",其及时性、针对性更加鲜明,到梁启超的"新文体笔锋常带感情",使这类文章更具浓烈的文学色彩。嗣后政论文章又渐分两途,一路向长篇大论发展,另一路则向短小精悍、尖锐泼辣发展。梁启超的《饮冰室自由书》,"东鳞西爪,不见全牛",而"以精锐之笔,说微妙之理,谈言微中",就是一部精彩的杂文集。辛亥革命前后,报刊上已普遍出现"时评""杂文""随感录"等专栏。《浙江潮》《民意报》专栏刊头就叫"杂文"。《中国日报》的"鼓吹录"、《平民报》的"冷评"、《国民报》的"拉杂谈"、《天铎报》的"俳言""痛言"等皆属此类。出现了如于右任、徐血儿、陈冷血、林白水等一批杂文作家,为文"发端于苍蝇臭虫之微,而归结于政局"。因此,当鲁迅在《新青年》上发表"随感法"时,这种形式并未像他的小说那样惊世骇俗,因为它早为人们习见。理清了这条线索,才能真正切实地说明鲁迅杂文的成因。近几年现代文学研究界出现一种叫近代文学"寻根"的趋势,许多研究者把目光投向晚清这个文学与社会共振的时代,这不奇怪。"五四"文学革命令人炫目的光焰曾使先前的一切黯然失色,但当后世的人们终于能以一种更为冷静的科学眼光勘察这一文学火山爆发遗迹时,必然会鉴明(有的可能不无惊奇地发现)地火早已在岩层下腾涌奔突。近代不足百年的文学,留下了人民反抗帝国主义和封建势力的呐喊与斗争业绩,留下了社会黑暗腐败与民族灾难深重的真实,留下了一代代人在寻求救国道路上探索、思考、痛苦、彷徨、觉醒、奋起以至为之献身的心灵和行动历程,留下了近代文明曙光与封建传统夜幕的冲突在人们观念、情感和心理状态上引起的矛盾、变形、渴望和追求,留下了文学家们为艺术的变革、开拓、创新所经历的艰辛和曲折。勘察近代文学社会内涵、文化内涵、审美内涵所经历的演变痕迹,应该是近代文学研究特定的任务。

在此基础上,我们才能进一步探讨近代文学发展过程中的特殊矛盾及其运动特点,亦即中国文学近代化的特殊规律。一些同志常说近代文学的特点是"变",恐怕不够确切。文学的发展就是变化,任何时期的文学相对之前文学都在变。因此,这门学科所要研究的不是一般意义的变,而是一种文学体系向另一种文学体系演变的过程,与以往时代那种在基本同一的体系内的文学变化有所不同。中国古代文学有"通变""正变""新变""踵事增华",而近代文学却似表现为一种"裂变",文学在发展方向上发生分裂和分化。这种裂变与分化贯穿了近代文学全过程,是一个不断进行的过程。而分化过程伴随着重新组合和互相渗透，构成一种复杂的矛盾运动。例如鸦片战争前后，"道咸多故，文体日变，龚魏之徒，乘时立说"，从传统文学中分化出来，是一种裂变。而属于传统文学的桐城派中也出现了姚莹、鲁一同等倾向于改革与抗英斗争的作家，这也是一种分化。"雅不欲混入梅郎中之后尘"的曾国藩却接过桐城派旗号，并染上与龚、魏等经世文派相近的"经济"色彩，形成湘乡文派，这又是重组与渗透。此后曾门四弟子中薛福成、黎庶昌与吴汝纶、张裕钊之间又表现不同趋向；后期桐城派侧翼又出现林纾、严复；维新派与革命派之间及他们各自内部，都发生过裂变、分化、重组、渗透。而文学的新因素正是在这种裂变中曲折地萌生、发展，传统的文学也在这种分化中顽强延存而渐衰。这一复杂的运动过程，恐怕不是过去那种"进步文学"与"反动文学"，或者"资产阶级新文学"与"封建主义旧文学"的简单模式所能概括的，也不是用"继承与创新"这种古代文学发展一般公式所能描述的，需要我们更深入地研究以做出独特的解释和概括。

中国文学近代化的另一个重要因素是欧风东渐的影响，从这时开始了"求新声于异邦"的变革过程。然而在这里也有一个如何认识中国近代文学特殊性的问题。近年来有一种时髦理论，所谓"中外文学撞击论"或者"走向世界文学论"，不过，这些理论的准确度还值得推敲。仔细观察就可发现，19世纪以来西方人所"发现"的"东方文化"，是东方包括中国的古代文化；而当时中国人所发现和重视的却相反，不是古希腊罗马文化，而是启蒙时代到19世纪的欧洲近代文化。显然，清末中国人对欧洲文化、文学产生向往，主要不是因为它属"异邦"，而是因为它乃"新声"。这种"新声"与中国文化的区别不仅仅是且主要不是地域性的，而是时代性的。这一点恰与古代中外文学交流（如印度、波斯文化传入）不同。因此，与其用"中外文学撞击"等，不如用"古代文明与近代文明的冲突"更为恰当。两种不同时代的文明的冲突，又与近代中国始终存在的"制夷"与"师夷"的社会矛盾纠缠在一起，再加上文化交流固有的文化隔离机制与文化融会机制的矛盾，产生了一种特殊的作用机制，造成许多近代特有的文学现象。这类现象仅仅用"一国文学既要保持民族特性又要吸收外国长处"之类一般性理论难以解释得圆满准确。例如，南社中一些人提倡"国魂""国粹"，就很难简单断言他们是"保守的"，还是"维护民族性的"。

近代文学变革过程中这些矛盾现象，包含着近百年来中国文学发展的一些特殊规律。只是简单地将一般文学发展论套用到近代文学这条"毛毛虫"上，不会提高，反而只会降低我们的学术水平。只有认识到这一点，我们才能努力去发现和揭示这些特殊的规律，从而在理论上有所创见，而且可能会对今天我国文学的发展有启示意义。

特殊的研究目标使得我们在研究工作中的审视角度、评价标准及考察重点等都会有一些特殊的要求。

我们说这门学科应该以探索中国文学近代化的历程为主轴和目标，当然不是排斥作家作品。作品总是构成文学史的"化学分子"。近代作品则是中国文学近代化轨迹的"点"。因此，近代作家作品研究，除了一般的阐释、评价以外，更重要的是确定这个"点"在整个发展坐标上的位置，才能进而把这些"点"连接成一条曲线。从这个角度反省我们的研究现状，也可发现一些问题。像龚自珍，多数学者都着重肯定他对清王朝腐朽现状的尖锐揭露和改革主张，并且认为这是其作品主要思想价值所在。若仅以当时社会和文学状况为参照系，这个判断完全可以成立。但如果以中国文化、文学史为参照系，就会产生疑问：龚自珍的这些批判和改革主张虽然尖锐，却基本未超出他的前辈如王夫之、黄宗羲等已达到的水平。那么，在什么意义上龚自珍是"近代最初的一位诗人"呢？其实，我们过去最重视的，未必是龚自珍作品中最具有近代意义的，或者说我们还很少从"近代意义"这个角度去审视龚自珍。如果从这个角度考察，那么更有价值的可能是他明确声言"天地"是"人所造，众人自造"，众人"自名曰我"这样的觉醒；是崇尚"心力"的精神解放要求；是敢于对"天地之久定位"的原则加以"心审"的怀疑精神和文学思想等。这种文化精神和后来谭嗣同的"心力"论与"冲决罗网"说，和鲁迅的"立人"思想与"掊物质而张灵明"的主张，都是相沿而下的。在审视和确定近代作家作品在文学近代化过程中的位置这方面，我们还有大量工作要补做或开始。

与此相关的就是价值判断标准。作家作品的评价一般至少包括从创作论的角度判断即成就评价，以及从发展论的角度判断即历史评价两方面。这两种评价并不总是一致的，有时可能差别很大甚至相反。正如人类社会生活中有些事物，从经济学或伦理学角度看是残酷暴虐的，而从社会发展史角度看却在一定时期是必需的、进步的（如奴隶制的产生、资本原始积累）一样，在文学领域里，也有一些作品可能思想艺术成就未必很高，但其在文学发展史上却很重要，反之亦然。过去受"文学批评两条标准"的限制，往往只有思想艺术评价，取消了历史评价，或者混淆两种评价的区别，用前者取代了后者。这种评价是不全面的。而近代文学研究恰恰需要更侧重按文学变革和发展的标准对作家、作品、理论做出价值判断。在这方面也有许多问题可以重新思考或进一步思考的。如对梁启超的"文学新民说"评价不一，争论双方都仅从思想倾向（或肯定其为维新变法服务，或指斥其旨在以改良抵制革命）和艺术科学（或强调重视文学的社会作用，或批判其颠倒文学与生活的关系）两方面析论，而忽略了从文学观念演变和理论批评史这方面衡量。其实"文学新民说"包含着传统的"文学化民说""载道说"的某些成因，但本质上已与"化民说"相反，一在思想启蒙，一在思想统制。如果进而把它同"五四"时期的以文学"改良人生""改造国民性"的主张，乃至更后来的要求文学能使人民"惊醒起来，感奋起来"斗争的理论联系起来对比分析，对"文学新民说"的评价可能会与以前有所不同。

即便如此，仍然应指出，对近代文学研究来说，作家作品论只是一种基础性的要素研究。而文学近代化的历程绝不是这些作家作品的简单拼接。而且近代文学演变往往并不集中地突出地表现在单个作家作品中，而表现为一种普遍的文学现象。因此近代文学研究需要努力改变那种习惯于作家作品论的思维模式，更多地关注特殊文学现象和文学潮流，加强各类专题研究，把研究重心移到从各个角度、各个侧面去把握文学近代化的历程。有的要从制约文学近代化的各种因素方面考察，如西学东渐几个阶段与文学演变，印刷出版业的近代化与文学，"门户开放"与海派文学等。有些可按主题、题材、形象（意象）、情节、语言等文学要素，从主题学、类型学、叙事学、符号学等层面进行描述，如近代诗歌中爱国主义的发展，诗歌意象及其构成方式的变异，近代社会语言与文学语言的渐变等。要研究作家队伍和读者队伍构成成分的改变及其对文学的影响，理清文学思潮及各类文体演化的脉络，有大量专题需要研究。在这方面，本学科较之古代文学研究条件更有利，毕竟只有八十来年，还较易把握。因此把重心转到专题研究上，更易显出学科的优势和特色。这类研究还将引起研究方法的变革。此外，近代文学研究的参照系、学科体系的层次结构等也都应该与学科研究目标相一致而自成系统。这些问题都需要我们进一步讨论。

的确应该认真地思考和进一步讨论。不管上文提出的看法有无价值，提高中国近代文学研究的整体学术水平，使这门学科有一个更大的发展，是大家共同的愿望，也是学术界的期望。中国近代文学学会成立时，胡绳同志和刘再复同志都曾致函表示了他们对近代文学研究的意见和希望。胡绳同志在信中说："鸦片战争以后七十年间，中国人民在反对帝国主义，反对封建主义，争取民族独立和民主革命胜利的斗争中所创造的一切具有民主性、科学性的文化遗产，是我们的民族文化遗产中的一部分。怎样以实事求是的科学精神来区分中国近代文学中的精华与糟粕，怎样科学地总结中国近代文学变革的经验和规律，利用民族文化的优秀遗产，来为当前的现代化建设和精神文明建设服务，为发展社会主义艺术服务，还是一个尚待解决的重要课题。这也是近代文学研究工作者的任务。在这方面是大有可为的。"刘再复同志说希望近代文学研究应当进一步打开自己的思路，应当有一个大的发展，"近代文学是转型期的文学，它继往开来，包含着'五四'现代文学的全部胚胎,揭开了我国具有现代意义的文学革命的序幕。不深刻了解近代文学,就不可能深刻了解现代文学与当代文学"。"我们希望通过你们的研究成果,能更深地了解我国近代特殊的文学现象,以及这种现象所包含的特殊的文化精神和中华民族处于历史更替期的文化心理;更深地了解这一时期文学与我国其他时期文学的纵向联系,以及和外国文学的横向联系;也更多地了解由于政治原因而被忽视的文学史实、文学人物和文学思想,包括这时期文学对我国现代文学、现代文化发展中的特殊作用。"这两位学者的信中都十分强调近代文学的研究价值,尤其是它的特殊性。我想这也是希望近代文学研究能有自己独特的面貌。这些话对我们是会有启示的,那么,就以此结束本文。

(原发表于《文学遗产》1989年第2期)

再论中国近代文学思想的衍变及其流向

钟贤培

文学与时代，正如舟楫与江海，总是紧密相关。文学是时代的文学，文学思想也是时代的文学思想。一个时代的文学思想，就其思想倾向来说，具有两种相互对立的文学思想存在。在封建社会，文学思想的双向性，一种是代表着社会发展的方向，反映着进步的社会思潮的要求，导引着文学向前发展的文学思想；一种是与此相对立的，体现封建政权的需要，反映封建统治阶级的统治意识的文学思想，这种文学思想对文学发展起着一种消极的阻碍作用。本文讨论的是后一种思想倾向的文学思想，即产生于中国近代的具有封建性、半封建性或殖民性的文学思想。

一

鸦片战争时期与进步的文学思想相对立的，一是宋诗运动的文学思想，一是湘乡派的文学思想，刘熙载的文学思想亦属于同类型思想倾向的文学思想。

宋诗运动是鸦片战争前后在诗歌方面一个较有影响的流派。这一流派发其端的是程恩泽，代表诗人有何绍基、郑珍、莫友芝。他们继承明清宋诗派的余绪，标榜宋诗，以苏（轼）黄（庭坚）为宗。这一派诗人开始时颇有一股要革新诗风的锐气。他们总结了清初以来各家诗派兴衰衍变的经验教训，提出了改变诗风的理论。

一是强调"诗为心声"，要"立诚不欺"，认为"只有人与文一"，写出"真我",绝去模拟,绝去依傍,表现出自己的襟抱、性情,才能自成面目,自成一家。①② 郑珍也说:"言必是我言,字是古人字。固宜多读书,尤贵养其气。"③

如何才能做到作诗显露心声,立诚不欺呢?他们在翁方纲主学之说的基础上,提出了学养功力说,将诗文创作与为人品行联系起来,强调学诗先学为人,"诗文不成家,不如其已也";然"家之所以成,非可于诗文求之也,先学为人而已矣","人之无成,浮务文藻,镂脂剪楮,何益之有!"④ 要学为人,则需向经史外求学问,不要受考据之学的牵制。而衡量学养功力的标准,标尺在于"不俗",所谓"从来立言人,绝非随俗士"⑤,强调为人要有主见,不要随俗沉浮。

二是在学古与革新的关系上,强调要立足于创造,学古不是要事事仿古,食古不化,如"学周公像周公,学老子像老子",无论必无此事,即有之,"亦优孟而已"。他们明确指出,"学诗要学古大家,止是借为入手,到得独出手眼时,须当与古人并驱,若生在老杜前,老杜还当学我"⑥。

上述诗论,显然是针对从清初王士禛的"神韵说"到清中叶沈德潜的"格调说"所鼓吹崇尚盛唐的诗风而言的,也是足箴诗弊的。但是这一派诗人,或是高官显贵,或是汉学家、经学家,他们的诗学观受政治地位和理学思想所制约。他们一方面强调诗自性情出,同时又说"性情又自学问出",而学问则是义理、训诂、辞章⑦。很明显,他们的诗学是建立在体现封建统治阶级意识的理学的基础上的,因此,他们在强调"立诚""真我""不俗"的前提下,是要恪守政教法规,不能有"豪诞语、牢骚语、绮艳语、疵贬语"⑧,而这些主张的内涵,就是封建统治阶级从巩固封建政权的要求提出的建立封建秩序的思想,用何绍基的

---

① 何绍基. 使黔草自序 [M] //郭绍虞. 中国历代文论选:第四册. 上海:上海古籍出版社,1980:30.
② 何绍基. 与汪菊士论诗 [M] //郭绍虞. 中国历代文论选:第四册. 上海:上海古籍出版社,1980:35.
③ 郑珍. 论诗示诸生时代者将至 [M] //郭绍虞. 中国历代文论选:第四册. 上海:上海古籍出版社,1980:40.
④ 何绍基. 使黔草自序 [M] //郭绍虞. 中国历代文论选:第四册. 上海:上海古籍出版社:1980:30.
⑤ 郑珍. 论诗示诸生时代者将至 [M] //郭绍虞. 中国历代文论选:第四册. 上海:上海古籍出版社,1980:40.
⑥ 何绍基. 与汪菊士论诗 [M] //郭绍虞. 中国历代文论选:第四册. 上海:上海古籍出版社,1980:39.
⑦ 程恩泽. 金石题咏汇编序 [M] //程恩泽. 程侍郎遗集:卷六,图书集成初集本.
⑧ 何绍基. 东洲苹堂诗集序 [M]. 清同治六年长沙无园刻本.

话说是:"扶持纲常,涵抱名理。"① 以封建之道"立身处世",从正统保守的政治立场出发去另辟"不俗"的艺术天地,结果文学创作还是走向自己所批评的"或逐时好,或傍古人"的唐派所走的道路。

湘乡派是与宋诗运动同时发展起来的一个文学流派。由于他们的诗学观和诗作与宋诗派相近,亦有人把他们看作是宋诗派。

湘乡派主要表现于散文方面。曾国藩是这一文派的领袖,围绕在曾国藩周围的大多是他的幕僚和部属,主要作家有号称曾门四弟子的张裕钊、薛福成、吴汝纶、黎庶昌。这一派文人,以中兴桐城派为己任,咸同文人,大多受他们的影响。

曾国藩的文学思想深受桐城派的影响,他继承了桐城派"文以载道"的文学观,强调文学的使命在于以理学为皈依,使文学"立不悖之言以垂教于宗教乡党"②。但曾国藩的时代,已不是桐城派兴起时的康乾"盛世",而是以太平军和捻军为代表的农民革命风暴正风起云涌,封建政权受到极其沉重的打击,程朱理学遭到前所未有的猛烈批判的时代。因此,他的文学思想更多地发展了理学"穷理而致用"③和桐城派"经济天下"④的思想,他在梅曾亮泛泛而言文章要"随时而变"的基础上,明确地指出"文章与世变相因",强调文学与时代的关系,又在姚莹所鼓吹的为学四要端(义理、经济、文章、多闻)的基础上,明确地提出了将"经济之学"纳入文学的范畴,认为古文"有义理之学,有词章之学,有经济之学,有考据之学","此四者缺一不可"。曾国藩的"经济之学"的内容,一是以"礼"为根本,所谓"先王之道,所谓修己治人、经纬万汇者,何归乎?亦曰礼而已矣";二是立足于当世,从政治上着眼,"辨后世因革之要"。这就使桐城派所鼓吹的"义理"由空疏变为实在可用,而且使"义理、考证、辞章"三者合一的理论带上更加鲜明的、体现封建统治阶级意识的政治色彩。必须指出的是,曾国藩的文学思想不同于一般意义上的复古的思想,同当时以龚自珍为代表的爱国诗人的文学思想一样,是在"经世致用"的思潮下的产物,为了适应时代的变化,他们要求文学也应该变,他们与龚自珍等人不同的是,龚自珍主张文学向违忤封建纲常的个性解放的方向变,以变求新;曾国藩则主张向巩固封建统治的"经济之学"的方向变,以变固旧。也正由于他们鼓吹"经济之

---

① 何绍基. 题冯鲁川小像册论诗[M]//郭绍虞. 中国历代文论选:第四册. 上海:上海古籍出版社,1980:33.
② 曾国藩. 致刘孟容[M]//曾文正公书札:卷一. 上海:东方书局,1983:23.
③ 真德秀. 文章正宗:纲目[M]. 康熙殖学斋刻本.
④ 姚鼐. 荷塘诗集序[M]//姚鼐. 惜抱轩集. 乾隆五十五年(1790)刻本.

学"，这一文派作家大多参与政治活动，不少还是洋务派的骨干中坚，他们作诗为文比较务实，注重世情，多涉时事，少浮夸之气，也写出了一些体现反侵略的爱国诗文，鼓吹变法，主张学习西方先进科学技术，富国强兵，体现强烈的爱国思想。

在文学创作上，曾国藩也强调"情"。但更强调从理出情，而曾国藩所说的"理"，是"周、程、张、朱"的"义理"，"皆法韩氏之气体以阐明性道"。曾国藩以理出情的理论，正反映了清朝统治阶级用理学统治文学的本意。当然，曾国藩在论述诗文创作时，也提出了一些积极的主张。例如他并不重视门户，一方面说义理、词章、考据是"学问之途"，但他又认为三者泛泛而言，不知在三者之中专攻其一，不要受桐城义法的束缚①。他和其弟子的文章，也的确不完全墨守桐城义法，广泛吸取经史秦汉之文，有的强调文章"一以意为主，而辞气与法胥从之矣"②，有的强调"以气为主，才由气见者也"③，薛福成则鼓吹不名一家、自成风格④。在诗学方面，今人认为宋诗运动是在曾国藩的鼓吹推动下发展起来的，其实曾本人也并不专宗宋诗，他认为诗不必专宗于一家，应根据自己性之所好。他自己就推崇自魏、晋至清十九家诗，而十九家诗中，又酷爱唐之李、杜，宋之苏、黄⑤。

在创作方法上，为文则提倡骈散相济，为诗则主张韵语与散文笔意相结合；在道与文方面，作文反对崇道贬文，主张"道与文俱至"，"道与文兼至交尽"，作诗则鼓吹理与情通。

刘熙载的文学思想主要体现在他晚年写的《艺概》中，他是与宋诗派、湘乡派同时的文学批评家。

刘熙载一生主要从事经学研究，深受程朱理学思想熏陶，因此，他的文学思想比之宋诗派、湘乡派更为明显地表现出浓厚的经学意味。他论文，开宗明义第一句话就是："六经，文之范围也。圣人之旨，于经观其大备；其深博无涯涘，乃《文心雕龙》所谓'百家腾跃，终入环内'者也。"所以他论文强调"须贯六

---

① 姚鼐.荷塘诗集序［M］∥姚鼐.惜抱轩集.乾隆五十五年（1790）刻本.
② 张裕钊.答吴挚甫书［M］∥郭绍虞.中国历代文论选：第四册.上海：上海古籍出版社，1980：439.
③ 吴汝纶.与杨伯衡论方刘二集书［M］∥郭绍虞，罗根泽.中国近代文论选：上.北京：人民文学出版社，1959：301.
④ 薛福成.寄龛文存序［M］∥郭绍虞，罗根泽.中国近代文论选：上.北京：人民文学出版社，1959：311.
⑤ 曾国藩.圣哲画像记［M］∥郭绍虞，罗根泽.中国近代文论选：上.北京：人民文学出版社，1959：59.

经九流之旨"①。他论诗,认为"诗要超乎空欲二界。空则入禅,欲则入俗。超之之道无他,曰'发乎情止乎礼义'而已"。又说:"不发乎情,即非礼义,故诗要有乐有哀;发乎情,未必即礼义,故诗要哀乐中节。"② 他强调文学要表现性情,但他却把"情"建立在忠孝节义的基础上,正如他说的:"词家先要辨得情字。……所贵于情者,为得其正也。忠君孝子,义夫节妇,皆世间极有情之人。流俗误以欲为情,欲长情消,患在世道。倚声一事,其小焉者也。"③ 他推崇苏、辛为"至情至性人,故其词潇洒卓荦"。但他又说苏辛之情"悉出于温柔敦厚"④。这就使他的文学思想与宋诗运动、湘乡派的文学思想同属于封建统治阶级倡导的理学思想的范畴。但刘熙载是一位具有强烈的要求变革文学现状的文学理论批评家,在他的文学思想中,表现出要求变革文学现状的强烈愿望,其中刻意探求艺术创作规律的论述,尤有价值,体现了中国近代文学思想旧中有新的特色。首先,他针对当时文坛复古、模拟的文风,大力提倡艺术的独创性。他认为,"明理之文,大要有三,曰:阐前人所已发,扩前人所未发"⑤。他十分鄙夷专事模拟之作,认为"词要清新,切忌拾古人牙慧。盖在古人为清新者,袭之即腐烂也。拾得珠玉,化为灰尘,岂不重可鄙笑"⑥。刘熙载在强调独创时,也同时强调继承古代优秀传统的辩证关系,他认为"诗不可有我而无古,更不可有古而无我"⑦。有我,即作家的独创精神;有古,即继承前人传统,刘氏将"有我"与"有古"看作一对矛盾又有机的整体,而且把"有我"看作是二者关系中起主导作用的,这是完全正确的。其次,他强调作家的人品对于创作的重要性,他提出"文,心学也"⑧ 的命题。所谓"心学",指的是作家的思想感情、品格、个性等。他从文学即心学的思想出发,非常注重作家的品格对于文艺作品的决定作用,所谓"诗品出于人品","论词莫先于品","赋尚才不如尚品"等。最后,刘熙载很看重创作的真实性,他认为"诗可数年不作,不可一作不真"⑨。又说:"诗可借色而无真色,虽藻缋实死灰耳。"⑩ 所谓真色,是指客观事物本质的美;

---

① 刘熙载. 艺概:文概 [M]. 上海:上海古籍出版社,1978:41.
② 刘熙载. 艺概:诗概 [M]. 上海:上海古籍出版社,1978:81.
③ 刘熙载. 艺概:词曲概 [M]. 上海:上海古籍出版社,1978:123.
④ 刘熙载. 艺概:词曲概 [M]. 上海:上海古籍出版社,1978:110.
⑤ 刘熙载. 艺概:文概 [M]. 上海:上海古籍出版社,1978:37.
⑥ 刘熙载. 艺概:词曲概 [M]. 上海:上海古籍出版社,1978:120-121.
⑦ 刘熙载. 艺概:诗概 [M]. 上海:上海古籍出版社,1978:84.
⑧ 刘熙载. 游艺约言 [M]//刘熙载. 刘熙载文集. 南京:凤凰出版社,2017:751.
⑨ 刘熙载. 艺概:诗概 [M]. 上海:上海古籍出版社,1978:49-85.
⑩ 刘熙载. 艺概:诗概 [M]. 上海:上海古籍出版社,1978:65.

借色,是指人工雕饰的美。因而,他强调作家进行创作"言此事必深知此事"的重要性,只有对事物有了深刻入微的了解,才能写出如《考工记》那样"确凿不可磨灭"的作品①。此外,刘熙载还继承了苏东坡说的"诗外尚有事"的思想,主张作家像杜甫、元结、白居易那样深入"闾阎"中去,了解百姓的疾苦,感同身受,"直与疾病之在身者无异"②,作家才能超越自我的生活圈子,写出"代匹夫匹妇语"的佳作,这无疑体现了创作与生活的正确关系。刘熙载在上述探索艺术规律时所提出的主张,体现了艺术辩证法思想,对当时文坛产生一定的影响,在今天也有其借鉴价值。

二

维新变法前后,随着维新变法思潮的发展变化,维新派倡导的文学革新也以运动的形式出现,形成了中国历史上规模最大的文学革新运动。但与文学革新运动相对立的文学思想也以各种形式出现,其中有以邓辅纶、王闿运为代表的宗汉魏六朝诗的诗派,以张之洞、樊增祥、易顺鼎为代表的宗中晚唐诗的诗派,以陈三立、陈衍等为代表的同光体诗派等。他们都以固守中国传统诗学为标榜,反对诗界革命,反对中国文学近代化的进程。其中又以同光体诗派影响最大。

所谓"同光体",是指同治、光绪年间出现的诗派。陈衍于光绪二十七年在《沈乙庵诗序》中说:"吾于癸未(1883)、丙戌(1886)间闻可庄(王仁堪)、苏堪(郑孝胥)涌君(沈曾植)诗,相与叹赏,以为同光体之魁杰也。"又说:"同光体者,苏堪与余戏称同光以来诗人不墨守盛唐者。"这大概是最早提出"同光体"的言论。这一诗派的代表诗人有陈三立、夏敬观、陈衍、郑孝胥、沈曾植、袁昶等。陈衍的《石遗室诗话》则是与倡导诗界革命的《饮冰室诗话》相对立的,代表同光体诗派诗学思想的诗学理论专著。这一诗派延续的时间较长,由维新变法前后至中华民国成立以后,"五四"运动以后还有一定的影响。这一派诗人,从政治上看,他们在年轻时大多参加维新变法运动,是当时思想进步的知识分子。但维新变法失败后,又大多成为时代的落伍者,强烈反对民族民主革命。中华民国成立以后,则以遗老自居,反对共和,诋谤革命。这一派诗人都死抱宋诗魂灵,以"三元说"作为写诗、品诗的准绳,说:"盖余谓诗莫盛于三元:上元开元,中元元和,下元元祐也。"③ 他们倡言"三元",虽推本李、

---

① 刘熙载. 艺概:文概[M]. 上海:上海古籍出版社,1978:37.
② 刘熙载. 艺概:诗概[M]. 上海:上海古籍出版社,1978:65.
③ 陈衍. 石遗室诗话:卷一[J]. 庸言,1912,1(1).

杜，或推本杜、韩，其实重点在宋，有的看重黄庭坚，有的看重王安石，有的看重杨万里、姜夔、陈与义。此外，这一派诗人还继承宋诗派的考据入诗的主张，强调诗关学问，大力提倡学人之诗，陈衍在《瘿盦诗序》中说："严仪卿有言，'诗有别才，非关学也'。余甚疑之，以为六义既设，风、雅、颂之体代作，赋、比、兴之用兼陈，朝章国故，治乱贤不肖，以至山川风土草木鸟兽虫鱼，无弗知也，无弗能言也。素未尝学问，猥曰'吾有别才也'，能之乎？汉魏以降，有风而无雅，比兴多而赋少；所赋者眼前景物，夫人而能知而能言者也；不过言之有工拙，所谓'有别才'者，吐属隐，兴味足耳。……故余曰：诗也者，有别才而又关学者也。"后来他在《近代诗钞》中，更明确地提出"合学人诗人之诗二而一"的说法，并追踪溯源，把写"学人之诗"归之于倡言宋诗运动的程恩泽、祁隽藻、何绍基、郑珍的门下。同光体诗人强调学人之诗，强调诗关学问，其实是反对诗人与社会接触，引导诗人在故纸堆中求学问，在学问中出诗。同光体诗人倡导学人之诗的论说中，也就更强调学古，认为只有学古，"体会渊微"，诗才不会浅俗，追求语言的典雅、出奇、精练。

同光体诗派的诗学观，是"宋诗运动"诗学观的发展，无疑也是与梁启超、黄遵宪所倡导的"诗界革命"的诗学观针锋相对的。这一派诗人，由于大多是学者，中华民国成立后，又多在高等学府任教，再加上陈衍的《石遗室诗话》为其诗学大肆张扬，影响很大。同光诗风，风靡一时。南社一成立就引发一场反对同光体的论争，南社文学思想的革命性，也多在反对同光体的论争中显露。

三

1905年前后，中国资产阶级革命运动进入了一个以建立民主共和政体为核心的民族民主革命阶段。随着资产阶级革命运动的发展，以南社为代表的革命派文学也迅速勃兴。南社的文学思想也代表着革命派文学思想的走向。

与革命派文学思想相对立的文学思想，除了诗坛上的以同光体诗派为代表的诗学思想外，就是在小说领域反映半殖民地化的以鸳鸯蝴蝶派为代表的小说观和小说创作了。

鸳鸯蝴蝶派是中国进一步半殖民地化和辛亥革命失败的产物，它最早被人称为"滥调四六派"①，钱玄同在《"黑幕"书》中称之为"鸳鸯蝴蝶派的小说"②，大约这是鸳鸯蝴蝶派较早的称谓。鸳鸯蝴蝶派起源于清末民初（1908年

---

① 志希. 今日中国小说界 [J]. 新潮, 1919, 1 (1).
② 语出自《新青年》第6卷第1号，1919年1月15日。

前后),和南社成立时间大致相同。但它不是一个文学团体,只是一些文学观点、创作态度、作品的题材与风格大致相同或相近的作家群体,全盛期是在辛亥革命后至"五四"运动前后,余波一直延续至1949年,因此中华人民共和国成立后又曾被称为"民国旧派文学"。鸳鸯蝴蝶派的成员大多是浙江人,阵地在上海,他们先后创办了许多刊物,"五四"运动前后几乎控制了整个文坛,其中以《小说丛报》和《礼拜六》影响最大,这是他们的大本营,因而鸳鸯蝴蝶派又称"礼拜六派"。

鸳鸯蝴蝶派的作品以小说(特别是长篇)为主,"五四"运动前多用文言,"五四"运动后多用白话。这一派作家虽然没有一个严密的组织和文学纲领维系,但他们的文学观却是一致的,就是反对"小说界革命"所倡导的小说的社会性和重要性,反对小说与群治关系,与政治变革紧密相连,他们打出"趣味第一""消遣为尚"的旗号。小说不再是维新派、革命派所鼓吹的改良群治的武器,而是怡神除劳、排闷消愁的消遣之物。正是从这一观点出发,他们公开标榜办刊的主旨"常注意在'趣味'二字上,以能使读者感到兴趣为标准"①,"无论文言俗语,一以兴味为主"②。他们的文学观正如时人所指出的"是游戏的消遣的金钱主义"③,文艺当作高兴时的游戏或失意时的消遣工具。

鸳鸯蝴蝶派的文学观的出现不是偶然的,是辛亥革命失败后中国进一步殖民地化和袁世凯复辟帝制及复古思潮泛滥的特有的社会产物。因此,鸳鸯蝴蝶派的小说家抛出来的小说,就其作品的主导倾向而言,大多是为了迎合封建遗老遗少、资产阶级和小市民的庸俗口味,大肆渲染传奇性和趣味性。为了迎合读者口味的需求,作品内容也经常变化,可谓五花八门,大致可分为社会、黑幕、娼门、言情、家庭、武侠、神怪、侦探、滑稽、宫闱等。其中又以写青年婚姻悲剧尤为突出,在这类小说里,充满着灰色颓废的情调,着意刻画爱情上无聊的三角纠葛,迷惘、灰暗和猥琐的心态与哀艳的情怀。在形式上也大多形式主义地模仿西方小说的结构与手法,缺乏创造精神,使小说的形式日趋僵化。

这里必须指出,就一般而言,文学思想是受政治思想所制约并指导文学创作的,而文学创作的实践又丰富和促进了文学思想的发展。但中国近代是中国历史上灾难最深重的时代,中华民族正面临着中国历史上从来没有过的亡国灭种的危难,而民族危难又将各族人民聚集到挽救国家民族的救亡道路上来,文学也顺应

---

① 赵苕狂. 花前小语 [J]. 红玫瑰, 1940, 2 (3).
② 语出自《小说大观》例言。
③ 茅盾. 自然主义与中国现代小说 [J]. 小说月报, 1922; 13 (7).

历史地承担了民族救亡的时代使命,因此,在上述代表保守、落后的文学思想中,不同程度地出现在中国文学发展史上并不多见的现象:一是这类作家并不完全恪守旧规古训,他们虽然一再标榜宗宋宗唐,守桐城规范,但都自觉不自觉地调整符合、适应救亡的时代需要,同进步的文学思想一样,要求文学上的变革,这种变革尽管与进步的文学思想所倡导的文学变革不同,但往往异中有同,有其合理的或适应时代的积极成分。二是这类作家在进行文学创作时,特别在反映民族矛盾问题上,并不完全恪守他们在文学上的主张,不同程度地突破他们所构筑的文学思想的壁垒,写作弘扬民族气节、呼号反帝爱国的积极主题的作品。宋诗运动的程恩泽,早在道光十二年就写了《粤东杂感》,抨击鸦片走私,谴责英国侵略,这是中国近代较早出现的反对殖民侵略的爱国诗章之一;湘乡派的薛福成写出了号召学习西法的《变法》长文;王闿运、樊增祥分别写了反映爱国情思的著名长诗《圆明园词》和《前、后彩云曲》;即便是鸳鸯蝴蝶派的小说,也有部分作品突破了"趣味第一"的藩篱,反映了反帝爱国的积极主题。这类事例也并不是个别现象。自然,这类作家的文学创作实践也促使他们的文学思想向积极方面的变化,从而在他们的文学思想中呈现出旧中有新、新旧杂糅的复杂现象。

综上所述,中国近代文学中保守落后的文学思想,是一个很值得研究的领域。应与中国近代进步的文学思想一样,将它放在一定的历史背景和文化背景上,不仅把它作为一种文学现象,而且作为一种社会现象来研究。着眼于产生这样文学思想的时代,着眼于中国近代文学思想的变化和发展,这将有助于从两种相互对立的文学思想的异同和斗争中全面考察中国近代文学思想发展的轨迹,也能为发展社会主义文学思想提供有益的启示和借鉴。

(原发表于《广东社会科学》1991年第1期)

向"五四"新文学过渡的中国近代文学

吴组缃　季镇淮　陈则光

　　19世纪中叶,英国殖民者为了在东亚强迫推行鸦片贸易,于1840年对中国发生了野蛮的侵略战争,使中国几千年的封建制度解体,逐渐沦为半殖民地半封建社会,从而拉开了中国近代历史的序幕,直到1919年"五四"运动爆发而告一段落。中国进入近代的这一历史进程,比起西方的资本主义国家来,迟了整整两百年。

　　西方的近代史是以1640年英国资产阶级革命为开端的。在这之前,有声势浩大的倡导人文主义的文艺复兴运动和对西欧封建专制的主要支柱天主教会进行冲击的宗教改革运动作为先导。在这之后,英、法、德、美的产业革命导致科学技术突飞猛进,美国的独立和解放黑奴,德国的资产阶级革命,特别是1789年法国的资产阶级革命,为推翻封建制度、确立资本主义制度奠定了牢固的基础,民主共和的浪潮波及全世界。

　　世界近代史是全球范围内资产阶级战胜封建阶级,即封建主义衰落、资本主义取而代之的历史。面对这不可逆转的历史潮流,任何国家民族都不可能不顾与世界的联系,而能靠各自的文明得以孤立独处。这是新兴的资产阶级自觉革命的结果。中国的情况是:在鸦片战争前,生产和生产关系还是封建性的,并没有形成一支成熟的进取的资产阶级队伍。在鸦片战争以后,战乱不已,封建制度虽然受到猛烈的冲击,然而封建势力并没有消亡,资产阶级虽然应运而生,然而力量薄弱,在帝国主义和封建主义的双重压力下,资本主义并没有得到充分发展。他们前仆后继的斗争,不是惨遭扼杀,就是果实被掠夺而中途受挫。不论政治、经济、思想、文化,均以资本主义为取向,又未铲除封建主义的藤葛,其自身的特点与西方是截然不同的。

　　出现于中国近代的资产阶级所进行的变革实践,虽然没有完成彻底反帝反封建的任务，建立起像西方那样强有力的资产阶级共和国，但是为谋取民族的生存、国家的富强、政治的民主所做的努力，光耀史册。它促使古老的中国发生前所未有的变局，社会前进的车轮从此进入新的轨道，改变了一向耽于惰性和惯性的历史进程，展现出东方的觉醒。

"文变染于世情，兴废系乎时序。"① 随着帝国主义一系列的侵华战争，中国人最初采取的对策是"师夷长技以制夷"②。首先从西方传入能制造"坚船利炮"的自然科学，继而是欲用以改变中国政治经济结构作为蓝图的社会科学。与此同时，西方的哲学、美学、文学也被引进。鲁迅说："世界的时代思潮早已六面袭来，而自己还拘禁在三千年陈旧的桎梏里。于是觉醒、挣扎、反叛，要出而参与世界的事业。"对文学领域来说，即"文艺之业"③。中国近代文学就是在这样的背景下，顺应世界的时代思潮，适应"世情"和"时序"嬗变的要求而萌生、滋长、茁壮的。史实证明："旧文学衰颓时，因为摄取民间文学或外国文学而起一个新的转变，这例子是常见于文学史的。"④ 中国文学至"五四"时期因摄取外国文学产生了新文学，便是最明显的例子。这一新的转变，其实在近代就已经发生，日益纵深扩展，至"五四"时期孕育成熟。考察"五四"新文学的诞生，不可不溯源于近代文学。

求新，求变，求用，是中国近代各派倾向进步的作家的共识，实为中国近代文学的主要特征，即所谓近代意识。无论初期启蒙者、洋务派、维新派和革命派，思潮歧异，政治态度各不相同，而认为文学务必更新，务必变革，如龚自珍一派以独创、开风气自励，还是少数派。这是当时的形势所决定的。中国近代文学萌蘖于19世纪中叶，先是龚自珍眼看到世道陵夷，危机四伏，呼吁"大变""速变"，接着魏源献出"师夷制夷"的御侮救国方策，为朝野所信从，影响极其深远。当时洋务派的外交官和派遣出国的留学生接触了西方的物质文明和精神文明，向国内广为传播，于是变法的呼声愈来愈高。文学是与时代共脉搏的，处此卷地风涛之中，变，才有可能救亡图强，才有希望从山重水复到柳暗花明。这因积习已久的传统文化心理不易改辙，瞬息间突变不可能，须经过一个认识和反

---

① 刘勰. 时序篇 [M] //范文澜. 文心雕龙注. 北京：人民文学出版社，1962：675.

② 魏源. 海国图志叙 [M] //魏源. 默觚：魏源集. 赵丽霞，选注. 沈阳：辽宁人民出版社，1994：270.

③ 鲁迅. 而已集：当陶元庆君的绘画展览时 [M] //鲁迅先生纪念委员会. 鲁迅全集：第三卷. 北京：人民文学出版社，1973：529.

④ 鲁迅. 且介亭杂文：门外文谈 [M] //鲁迅先生纪念委员会. 鲁迅全集：第六卷. 北京：人民文学出版社，1973：101.

思的过程。因此鸦片战争至中日甲午战争这几十年,可说是始变时期。这时期太平天国的进步文化思想,无非是过眼云烟。一班士大夫都是以旧式的诗文来抒发自己的政见、理想和爱国热情,文学变革的步子跨得不大,但已经向前迈进。道光咸丰年间,包括桐城派、宋诗派在内的各文学流派都有变化发展。甲午海战覆败,洋务运动彻底破产,国势危如累卵,瓜分豆剖之祸迫在眉睫,举国有志之士受到莫大的震撼而因之猛省,康有为、梁启超积极倡导的变法维新运动,顿时风起云涌,达到高潮。他们一方面鼓吹君主立宪,改变政体;另一方面大力倡导全面变革文学,相继提出"诗界革命""文界革命""小说界革命""戏剧改良""曲界革命"的口号。这些口号开中国文学史的新纪元,动摇了旧文学的根基,激励人心。凡关心国家民族命运的新老作家无不竭诚响应,拿起笔来从事创作,并大量翻译外国文学作品,扩大视野,探寻改造旧文学的途径。维新运动虽然很快被扼杀了,但那生机勃发的文学活动并没有终止。作家们像希腊神话中想要为人间盗得火种的普罗米修斯,解放思想,鼓起探索的勇气,加快前进的步伐,为文学启动了运转的契机,是值得大书特书的。戊戌变法前后仅十余年,中国近代文学发生了巨变。继康、梁变法失败之后而崛起的是孙中山、黄兴领导的民族民主革命运动。革命派在政治上处于优势,在文学上也曾有激进的表现,他们组织了庞大的文学团体南社,以推翻清帝制相号召,为革命推波助澜,起了很大的作用。但这是一个松散的组织,除"排满"的旗帜之外,并没有大家所认同所信奉的继续奋进的文学理想。辛亥革命后,便逐渐分化,步调和倾向越来越不一致。袁世凯称帝,军阀篡权,张勋复辟,革命果实被掠夺,国民革命并未成功。反映在文学战线上,既有积极拓展的一面,那就是在"五四"前夕,已经有人在准备、酝酿,企图发动一次真正的文学革命,也有部分作家置身于时代风云之外,或哀怨于情网,或踯躅于官场,或注目于黑幕,或寄兴于武侠,比起前一时期来,文学激进的浪潮却不如戊戌变法时期汹涌澎湃,未免步履缓慢,声势微弱,与现实不相协调。辛亥革命前后十余年间,中国近代这种复杂的文学现象、曲折的演进过程,同样是与当时的历史演变密切相关的。

  从宏观来考察,中国近代文学的主流大致是由封闭型思维体系向开放型思维体系转化的,亦即自我完善、自我调节、自我延续向面对世界、面对新潮、面对社会人生转化。这个转化的必然性,有外因,也有内因。近代文学是从古代文学的母体中产生,有其历史性的联系。明末的公安派、竟陵派反对前后"七子"

的复古主义,发动文学革新运动,大胆发出"能转古人,不为古转"①的呼声,写下文学史上光辉的一页。李贽赞美《西厢记》《水浒传》为"古今至文"②;汤显祖以传奇猛烈抨击封建礼教,为小说戏剧争得了公正的评价。清初朴学家顾炎武、黄宗羲、王夫之、颜元等的民主思想和"经世致用"的文风,唐甄、李塨、方以智等重实际的务实精神,一直为后人所崇尚。金圣叹把《水浒传》《西厢记》与《庄子》《离骚》《史记》《杜诗》并列,吴敬梓讽刺士林和抨击科举制度,曹雪芹所描绘的封建贵族家庭的悲剧,蒲松龄借狐鬼批判世情,李汝珍假托女儿国提倡男女平权,这些进步的思想遗产和文学遗产,近代的文人学者有所继承。此其一。"政治先行,文艺后变"③,是古今中外一条普遍的规律。鸦片战争后,原封不动的祖宗陈法已经不能克敌制胜、挽救当前的危局,不得不改弦更张。在激烈的矛盾斗争中,政见不同的朝野人士组成各自的政治派别,他们都需要文学作为教育宣传的工具,争取支持者,贯彻他们的政治主张。鼓吹君主立宪的维新派意欲借助文学"开民智,振民气,鼓民力",以期达到拥君变法的目的。坚持推翻清王朝的革命派意欲利用文学"振大汉之天声",以期实现民主共和。文学不是政治的附庸,但政治的变革是当时人民迫切期待的,因此文学随政治的需要而变革,不可避免。此其二。古文学到鸦片战争时期已是日暮途穷,失去了生机和活力。长期遵循的"原道""征圣""宗经"的准则,"文以载道"的信条,"温柔敦厚"的"诗教",经不起欧风美雨的侵袭,势必易辙。桐城派的"义法"不再被奉为圭臬而牢牢主宰着文坛,规唐模宋,或模拟魏晋六朝,辗转因袭仿造,永远跳不出前人的框架。迷惘才子佳人、美化清宫侠客的小说,远离现实生活;歌颂忠孝节义、追求高雅唱腔的昆曲,远离平民百姓。白居易早就说过:"文章合为时而著,歌诗合为事而作。"④满足于依傍古人的士大夫们却背道而驰,总是向后看。这种故步自封的衰颓现象,只能使文学陷入无所作为的穷途。到底文学的出路在哪里?是每个有责任感的近代作家不得不思考的问题。要摆脱文学本身的困境,必须寻求与时代相适应的新路,已经到了非变不可的时候。此其三。

---

① 袁中道. 中郎先生行状[M]//袁中道. 珂雪斋集. 钱伯城, 点校. 上海: 上海古籍出版社, 1989: 754.
② 李贽. 童心说[M]//郭绍虞. 中国历代文论选: 第三册. 上海: 上海古籍出版社, 1980: 117.
③ 鲁迅. 三闲集: 现今的新文学的概观[M]//鲁迅先生纪念委员会. 鲁迅全集: 第四卷. 北京: 人民文学出版社, 1973: 143.
④ 白居易. 与元九书[M]//郭绍虞. 中国历代文论选: 第二册. 上海: 上海古籍出版社, 1980: 98.

外因则是由于西方文化的传播，它是促成中国文学发生变革的导火线，至关重要。凡属开明强盛的国家，莫不吸收外来文化用以丰富刷新本民族的文化。考中国的历史，中外文化交流屡见不鲜。中国的佛教文化就是从印度输入的，起自东汉，经魏晋南北朝，至唐代而极盛。宋人的理学实质是"外儒里佛"，与儒学互为表里。佛学影响中国的音乐、绘画、雕塑、哲学、文学及学术思想，源远流长，至明清而未衰。元代版图辽阔，欧亚交往频繁。世祖忽必烈襟怀豁达，礼遇外宾，接触了阿拉伯波斯文化。意大利、法兰西的学人络绎来华，传授科学技艺，开西方文化东渐之端。古希腊的戏剧乘此机运一度流入中国，助成了元人杂剧的勃起。① 16世纪末，罗马旧教受新教压迫，遂往海外传教，一批意大利、西班牙、葡萄牙、瑞士、法兰西等国传教士于明万历、天启年间相继来到中国，受到中国皇帝的优待，其中著名的有利玛窦、汤若望、艾儒略、南怀仁等。他们在中国著书立说，介绍天文历算、地学物理，阐释耶稣会教义。徐光启承受其学理，成为传播西方科学的先驱。康熙帝接受他们的科学知识制定永年历，为康熙帝所赏识的焦秉贞是一位精通西方美术原理的西洋画家。这些史实的记载，说明了吸收外国文化有裨于本国文化的恢宏和发展。1723年，雍正帝当政，一反前辙，放逐耶稣会教士，对内大兴文字狱，钳制士大夫的口舌，对外采取闭关锁国政策，自以为华夏文明盖世无双，西学何足道哉。此后百余年，乾嘉学派取得的成就，仅限于训诂考证，固然也有不同流俗的诗人、戏曲家、小说家出现，他们的作品则被视为异端，甚至列为禁书。从政治到文学，拘守旧垒，闭目塞听，与世隔绝，安于故常，不求开拓，逐渐僵化而不自知，清王朝遂成了马克思所比喻的是"小心保存在密闭棺材里的木乃伊"②。一旦与拥有军舰大炮的西方列强交手，如螳臂当车，莫之能御，这才恍然发现古老的华夏文明，何尝无敌于天下。环顾曾受汉文化哺育的近邻，除了日本，都是列强铁蹄下的殖民地。而农奴制度的俄国，自彼得一世效法西欧，谋取改革，国运遂以振兴，强邻为之慑服。受封建幕府割据困扰的日本，自明治维新，舍弃汉学而遵行西法，竟民富国强，跻身于列强的行列。俄国，特别是日本走的道路，是当时对中国最有吸引力的样板。有识之士深感要救国，唯有仿效西方。康有为第一次上书光绪帝请求变法，便是援引俄国彼得一世和日本明治维新的先例。政治如此，经济如此，文学也是如

---

① 参阅渊实（廖仲恺）1905年所撰《中国诗乐之迁变与戏曲发展之关系》。文见：阿英. 晚清文学丛钞：小说戏曲研究卷[M]. 北京：中华书局，1960：84.

② 马克思. 中国革命和欧洲革命[M]//中共中央马克思恩格斯列宁斯大林著作编译局. 马克思恩格斯选集：第一卷. 北京：人民出版社，1995：692.

此。译书之所以风行一时，旨在吸取外国文学的养料以疗救中国文学的沉疴。

在这西风东渐的重大历史转折时期，新式印刷术代替木板印刷而广为采用，促进近代文化事业的迅速兴起。报章杂志的创办，如雨后春笋，文章、著作、图书的出版，不像往时那样艰难，很快便能面世，作用于读者。科举制度的废除，出国留学被视为时尚，风气丕变、价值观念转移，形成丰富而复杂的文化形态，扩展了广大文化消费市场。于是出现一批靠卖文谋生的职业文人，他们不再依附于官府，充当幕僚，作为御用工具，而不受羁绊，可以任意驰骋自己的笔墨，以抒发政见，表达思想，宣泄义愤。具备这样有利的条件，才有可能踊跃地迈出走向近代化的步伐。这也是近代文学得以向前推进的一个重要因素。

每一时代的理论思维，都是一种历史的产物。在不同的时代，具有非常不同的形式，并因而具有非常不同的内容。时代奔腾的流速，推动着理论思维的演化，也推动着文学形式和内容的演化。"芳林新叶催陈叶，流水前波让后波"①乃是不可抗拒的自然法则。然而旧文场不是一下子能打扫干净的，因此新旧文学思潮的斗争非常激烈，未曾停止过。守旧派、拟古派、国粹派、翼教派仍有相当势力，与革新派较量，争夺牛耳。即使站在时代前列的作家群中，也有人与传统观念未能彻底决裂，难免时而出现沉滓的泛起。中与西的碰撞，古与今的抵牾，旧与新的裂变，贯穿整个中国近代文学的过程。其表现是部分作家的理论思维是多元的，不是单纯的。在他们的著作里，往往西方近代思潮与儒、佛、道、墨的教义交相为用，作品的形式和内容，往往古今杂糅、新旧交织，这种双重投影的复合体现象，是那个急遽交替的过渡时代相应的产物。一经审视，自能穷究其根蒂，分辨其主次。

就文学的主旋律而言，显然在不断摆脱旧传统的束缚，向开放了的文学新路奋勇突进。长期以来阻碍中国社会进步的两大壁障：一是清王朝利用孔孟之道来严格控制人们的思想，二是神圣不可侵犯的专制皇权，在无情的烽火燃烧之下，已是暗淡无光，濒临坍塌了。醒悟的中国人不得已睁眼看世界，向西方寻找救国救民的真理，以哥白尼、伽利略、笛卡儿、培根、牛顿、瓦特、斯蒂文森等西方著名自然科学家的新成果、新概念、新方法，重新衡量中国陈旧的教条，否定了所谓"天不变道亦不变"，"理"是永恒的汉、宋人的唯心主义。以西方社会科学的新思想、新学说、新理论，如达尔文、赫胥黎的进化论（《天演论》），卢梭的民约论（天赋人权论），孟德斯鸠的法学，亚当·斯密的经济学，斯宾塞的

---

① 刘禹锡. 乐天见示伤微之、敦诗、晦叔三君子，昔有深分，因成是诗以寄 [M] //刘禹锡. 刘禹锡集笺证. 瞿蜕园，笺证. 上海：上海古籍出版社，1989：1148.

社会学，穆勒的逻辑学，为变法维新和民族民主革命的理论依据。尤其是达尔文的进化论和卢梭的民约论，维新派和革命派莫不奉为至理而反复引用。人文主义、世界主义、功利主义、实用主义、自由主义及伊壁鸠鲁、狄德罗、洛克、拉美特利、费尔巴哈的唯物主义等哲学名词，屡见于时人的论作。无政府主义、社会主义、马克思主义也初步被介绍过来。这些新思想、新学说、新理论直接纳入改革者的思维体系，改变了他们对世界的认识，也改变了由来已久的传统文化心理结构，不再独尊儒术，迷信皇权了。这一转折使中国思想史、文化史有了一个新的起点。

随着西方自然科学、社会科学和哲学的输入，西方的美学思想和文学理论也同步输入。从欧洲第一部文学理论巨著亚里士多德的《诗学》、康德的《对美感和崇高感的观察》、培根的《论美》、黑格尔的《精神现象学》和《美学》、叔本华的《作为意志和表象的世界》、尼采的《悲剧的诞生》，到托尔斯泰的《艺术论》、赫尔岑的《科学中的一知半解》、别林斯基的《艺术的观念》、车尔尼雪夫斯基的《艺术的现实的审美观念》等著作所标举的美学思想和文学理论，近代作家渐有接触，他们的文学观念和审美态度的改变大多以此为依据。中国自古有现实主义和浪漫主义两类作品，直到梁启超接受西方文学理论才阐明这两种创作方法的界说，"薄今爱古"是中国文人的积习，梁启超却"恶闻此言"①，表示异议；崇奉虚假的仁义，舞弄陈腐的空文，已成为循环往复的痼疾。包括梁启超在内的革新派作家则意识到文学应正视和反映人生，文学的社会功能在于"新民"，改造"国民性"。中国早有悲剧作品存在，但缺乏悲剧概念与理论，至王国维运用叔本华的美学思想解释《红楼梦》，始建立悲剧理论的基础。王国维的美学代表作《人间词话》，糅合中西诗论，阐述文学创作主观与客观的关系，创立"境界说"。由于政治上趋向民主共和，憧憬自由平等，群体意识、科学意识、新道德意识逐渐取代了旧意识。蒋智由提出："自由而于宗教界、于政治界、于学术界，无不破坏其旧习惯，而开一新面目。文艺亦然。"因此自由文学"遂其统而代之"②，是无可厚非的。这是近代文学界思想解放的一个标志。首先，中国历来的文学理论和文学批评，主要表现形式为评点和序跋，像《文心雕龙》那样系统的鸿篇巨制是不多见的。一般重直观的感受，印象式的评断，较少思辨式的缜密分析。宋中叶以后，评点盛行，古文、诗歌、小说乃至戏曲，均有评点

---

① 梁启超. 饮冰室诗话［M］∥郭绍虞. 中国历代文论选：第四册. 上海：上海古籍出版社，1980：134-135.

② 蒋智由译《维朗氏诗学论》第二章之按语，《新民丛报》第22号，1905年。

刊本。所发议论，无非是："触目赏心，漫附数语于篇末，挥毫拍案，忽加赘语于幅余。"① 零星点滴，缺少完整性和系统性。诗文集的序跋固不乏精辟见解，然毕竟浮光掠影，概乎言之者居多，未能就某一理论问题的探索，达到应有的广度、深度和力度。其次，诗话、词话、曲话也是一种表现形式，近代颇为盛行。这种形式，仍然只就一鳞半爪着眼，纵有佳什，不过是碎锦而已。自梁启超的《论小说与群治之关系》、王国维的《〈红楼梦〉评论》、鲁迅的《摩罗诗力说》等长篇论作问世，以其新颖的文思和高昂的格调，跳出固有的藩篱，打破一贯的模式，一新耳目，大大提高了近代文学理论的水平。

这时期的散文创作，虽然曾国藩还在重复着姚鼐的"天下之文章，其在桐城乎"②的老调，实际上桐城派已道丧文弊，无法保持原来权威的地位了。曾国藩欲挽救其厄运，只得做一番修正补充的工作，于义理、考据、词章三者之外；参照理学家的"穷理而致用"和姚莹所强调的"义理""经济""文章""多闻"四要端③，提出将"经济之学"纳入文学的范畴，使空疏的"义理"变得实在可用。另编《经史百家杂钞》，经史子集一概选录扩大，姚鼐所编《古文辞类纂》只取经、史、子的范围。他笃守夷夏之大防，而作为洋务派的首领不得不仰仗西方的科学技术，实行"中体西用"。在镇压太平天国的年代不得不写了一些颇为通俗的文告和歌词，晓谕兵丁百姓，以达到"中兴"清室的政治目的。到过欧洲出任外交官的曾派门人郭嵩焘、薛福成更认识到"文章之变，日新月盛，有非古人所能限者"④，赞成内容、词藻兼采西方。可见桐城派的"堤防"业已在内部溃决。及梁启超出，从"文须补于世"的观点出发，鼓吹"文界革命"，创立"新文体"，与桐城派古文对峙。梁启超的"新文体"是从桐城派古文和东汉魏晋文解放出来的一种新创文体，曾受日本散文家德富苏峰的影响。其特点是：平易畅达，兼采俚语、韵语及外国语法，"纵笔所至不检束"，条理明晰，笔端常带感情，故对读者"别有一种魔力"。即使反对者"诋为野狐"，而"学者竞效之"⑤，风靡一时，不仅在于形式自由，笔力雄放，语言比较浅近，而且在内容方面，"将其国古来谬误之理想，摧陷廓清，以变其脑质"，"取万国之新思想"，

---

① 张潮. 虞初新志：凡例［M］∥张潮. 虞初新志. 石家庄：河北人民出版社，1985.

② 姚鼐. 刘海峰先生八十寿序［M］∥姚鼐. 惜抱轩诗文集. 刘季高，标校. 上海：上海古籍出版社，1992：114.

③ 姚莹. 与吴岳卿书［M］∥姚莹. 东溟文集：卷二. 清道光十三年刊本.

④ 郭嵩焘. 古微堂诗集序［M］∥郭绍虞. 中国历代文论选：第四册. 上海：上海古籍出版社，1980：18.

⑤ 梁启超. 清代学术概论［M］. 上海：复旦大学出版社，1986：5.

"他社会之事物理论，输入之而调和之"。① 既革其形式，又革其内容，"文界革命"的魔力在此。黄摩西说："欧和文化，灌输脑界，异质化合，乃孳新种。"②所谓"新文体"，即"欧和文化"与中国文化化合的产儿。后人称梁启超开白话文的先河，其实他的"新文体"基本上还未脱离文言格调，但那平易的文风，比之艰深的桐城派古文及龚自珍、王闿运、章太炎等文派的文章，大大缩短了与中下层读者的距离，"五四"以前的文化人胡适、陈独秀、李大钊莫不受其影响。当时"言文合一"的俗语文学的倡导，也是他与黄遵宪首先发难的。彻底更新文学语言，可说是进一步强化"文界革命"了。裘廷梁推而广之，明确提出"崇白话而废文言"，肯定"白话为维新之本"③。自是写白话文的，创办白话报刊的遂日渐盛行。这一浪潮的蔓延，实为"五四"白话文运动的先导。

近代诗界革命，产生了新派诗，以与模拟因袭的"同光体"等旧派诗相颉颃。但初期的新派诗"颇喜捋扯新名词以自表异"④，满足于搬弄西洋典故，令人难以索解，坚冰破了，风气开了，却没产生足以取代旧派诗的作品。梁启超是中学、西学并重的，有感于此，领悟到要打倒"鹦鹉名士"，扫除一味拾前人牙慧的泥古之风，"不可不求之于欧洲"。认为"今日不作诗则已，若作诗，必为诗界之哥伦布、玛赛郎（麦哲伦）然后可"。提出作诗"不可不备三长，第一要新意境，第二要新语句，而又须古人之风格入之"⑤，也就是"旧风格含新意境"⑥。这当然是不彻底的。然而他勉励诗人要像发现新大陆的哥伦布那样去发现意境，使用新鲜活泼的语言，是富有创造精神的。"诗界革命"巨子黄遵宪的见解与梁启超相近，认为"东西文明，两相结合"，乃是诗歌的出路，但首先要跳出古人的圈子，"今之世异于古，今之人亦何必与古人同"，"不名一格，不专

---

① 梁启超. 本馆第一百册祝辞并论报馆之责任及本馆之经历 [M]//清议报全编：第一集. 横滨：横滨新民社辑印.
② 黄摩西. 清文汇序 [M]//郭绍虞，罗根泽. 中国近代文论选：下. 北京：人民文学出版社，1981：493.
③ 裘廷梁. 论白话为维新之本 [M]//郭绍虞. 中国历代文论选：第四册. 上海：上海古籍出版社，1980：168.
④ 梁启超. 饮冰室诗话 [M]//郭绍虞. 中国历代文论选：第四册. 上海：上海古籍出版社，1980：134.
⑤ 梁启超. 夏威夷游记 [M]//梁启超. 饮冰室合集：卷三十七. 北京：中华书局，1936.
⑥ 梁启超. 饮冰室诗话 [M]//郭绍虞. 中国历代文论选：第四册. 上海：上海古籍出版社，1980：134.

一体"①。"我手写我口,古岂能拘牵。"② 诗人想写什么就写什么,怎样说就怎样写,风格、形式多样,挥洒自如,这样写出来的诗就有个性,歌吟的天地自然宽广了。王韬强调诗人"自有一家面目在"③,康有为标榜"新诗瑰奇异境生,更搜欧亚造新声"④,黄遵宪是大致做到了的。虽然他没有完全实践自己的主张,但他的诗歌理论和诗歌创作,为"五四"时期的新诗运动起过开辟的作用。南社诗人高举革命大旗,高呼"以我为诗,而不以诗缚我"⑤。高旭、马君武激情地写道:"霸才狂似虎,诗胆大于天。"⑥ "唐宋元明都不管,自成模范铸诗才。须从旧境翻新样,弗以今魔托古胎。"⑦ 苏曼殊宣称以但丁、拜伦为师,鲁迅号召"别求新声于异邦"⑧。"诗界革命"必须借鉴外国文学,与革命的需要相结合。他们冲破旧诗的格律,解放诗体,扫荡了信而好古的风习,逾越王士禛的神韵说、沈德潜的格调说、翁方纲的肌理说、袁枚的性灵说,而追求新的蹊径,推动了诗歌逐渐向自由化、通俗化、现代化发展,黄遵宪而外,梁启超、康有为、蒋智由、丘逢甲、苏曼殊、秋瑾、柳亚子、高旭、陈去病、黄摩西、宁调元等的诗作,以至林纾的《闽中新乐府》,都从不同的题材、感受和角度表现了这一趋向。

戊戌变法之前,给予小说正确估价的始见于同治年间的蠡勺居士。他深感小说"其感人也必易,而其入人也必深",理直气壮地质问道:"谁谓小说小道哉?"⑨ 愤愤不平地抨击了一向视小说为"小道"的谬见,经学家俞樾初见《三侠五义》,以为"何足一盼"。及阅至终篇,则为之吸引,亲自动手改编,而不以稗官为不足齿数。不过小说在近代文学的始变时期,变化是不明显的。俞樾改编的《七侠五义》,仍未摆脱旧套。1902 年,梁启超大声疾呼:"今日欲改良群

---

① 黄遵宪. 人境庐诗草自序 [M]//郭绍虞. 中国历代文论选:第四册. 上海:上海古籍出版社,1980:127.

② 黄遵宪. 杂感 [M]//郭绍虞. 中国历代文论选:第四册. 上海:上海古籍出版社,1980:131.

③ 王韬. 蘅花馆诗录自序 [M]//郭绍虞. 中国历代文论选:第四册. 上海:上海古籍出版社,1980:7.

④ 康有为. 与菽园论诗兼寄任公孺博曼宣 [M]//郭绍虞. 中国历代文论选:第四册. 上海:上海古籍出版社,1980:187.

⑤ 高燮. 潄铁和尚遗诗序 [J]. 复报,1906 (7):58.

⑥ 高旭. 寄景帝召 [M]//郭长海,金菊贞. 高旭集. 北京:社会科学文献出版社,2003:115.

⑦ 马君武. 寄南社同人 [M]//莫世祥. 马君武集. 武汉:华中师范大学出版社,1991:425.

⑧ 鲁迅. 坟:摩罗诗力说 [M]//鲁迅先生纪念委员会. 鲁迅全集:第一卷. 北京:人民文学出版社,1973:58.

⑨ 蠡勺居士.《昕夕闲谈》小序 [J]. 瀛寰琐记,1872 (3).

治,必自小说界革命始。"作家纷纷响应,以从事小说创作为光荣职责,促成晚清小说空前繁荣,可谓近代文坛的盛举。"小说界革命"的提出,首先是对小说的社会功能大力肯定,提高了小说的地位,康有为说:"仅识字之人,有不读经,无有不读小说者,故六经不能教,当以小说教之;正史不能入,当以小说入之;语录不能谕,当以小说谕之;律例不能治,当以小说治之。"小说既能普及于仅能识字的群众,其功能如此之大,为什么不可以与"七略""四部"并列呢?①梁启超则谓"诸文之中能极其妙而神其技者,莫小说若"。他肯定"小说为文学之最上乘",盛赞英人视"小说为国民之魂"。他运用西方心理学,深入分析了小说之所以产生莫大感染力的原因,是因为其具有"熏""浸""刺""提"四种力,能使读者为之感染,为之"移情"。其次排斥了写小说仅仅是为了娱乐和消遣,而应着眼于政治、社会、人生。梁启超鉴于欧美各学政界日进,"政治小说为功最高"。日本维新之初,奏效最快亦以编译小说之力居多。② 所以他特别重视政治小说,大力鼓吹"以稗官之体,写爱国之思"③。王钟麒把当时作家创作小说的动机归纳为:"一是愤政治之压制""二是痛社会之混浊""三是哀婚姻之不自由"。意在改良社会。④ 狄平子说"小说者,社会之X光线也",应该如实地反映社会生活。他因金圣叹未读"西哲诸书""未见过《茶花女》,不懂得借鉴西方的重要性"⑤,引为憾事。曾朴说他写小说在唤醒"四百兆同胞",愿他们"早登觉岸"⑥。吴趼人认为小说的审美规律,是"寓教育于闲谈"⑦。金松岑认为写情小说重在抒爱国之情、革命之情,使"同胞建出所厌恶之旧社会,而入所谙羡之新社会"⑧。黄摩西强调"出一小说,必自尸国民进化之功;评一小说,

---

① 梁启超. 译印政治小说序 [M] //郭绍虞. 中国历代文论选:第四册. 上海:上海古籍出版社,1980:205.
② 梁启超. 译印政治小说序 [M] //郭绍虞,罗根泽. 中国近代文论选:上. 北京:人民文学出版社,1981:157-161.
③ 梁启超. 本编之十大特色 [M] //清议报全编:第一集. 横滨:横滨新民社辑印.
④ 王钟麒. 中国历史小说史论 [M] //郭绍虞. 中国历代文论选:第四册. 上海:上海古籍出版社,1980:259.
⑤ 狄葆贤. 论文学上小说之位置 [M] //郭绍虞. 中国历代文论选:第四册. 上海:上海古籍出版社,1980:235-240.
⑥ 曾朴.《孽海花》修改后要说的几句话 [M] //魏绍昌. 孽海花资料. 上海:上海古籍出版社,1982:128.
⑦ 吴趼人.《西晋演义》序 [M] //阿英. 晚清文学丛钞:小说戏曲研究卷. 北京:中华书局,1960:183-184.
⑧ 松岑. 论写情小说于新社会之关系 [M] //阿英. 晚清文学丛钞:小说戏曲研究卷. 北京:中华书局,1960:31-33.

必大倡谣俗改良之旨"①。这些议论，无不是写小说以"导世"，写小说以"益世"，一致抱着功利主义的创作目的。再次是受域外小说创作、美学思想和文学理论的引导，丰富了中国的小说品种，如侦探小说、科学小说，是中国旧小说所没有的。程小青的《霍桑探案》便是模仿英国的柯南道尔，创造出一个中国的福尔摩斯形象。小说的表现形式、表现手法和审美角度在不断发生变化。旧有的章回体已被打破；主人翁常用第一人称；倒叙方法、抒情色彩、心理描写、景物描写、象征手法、截取横断面，亦常被作者采用。关于艺术形象的塑造，须合乎"理想美学""感情美学"。坚持美学原则，论定其美感价值。这便是近代小说变化的迹象。此外还发表了一些前人未曾意会到的见解，刊载于《小说林》的《小说小话》，指出"小说之描写人物，当如镜中取影，妍媸好丑，令观者自知，最忌掺入作者论断"②。作者的思想倾向，通过艺术形象表达出来，让读者自己去判断，效果会更好。徐念慈谓"小说固不足生社会，而唯有社会始成小说"③，小说的源泉是社会生活，因此社会生活决定小说，而不是小说虚构社会生活，表现了唯物主义反映论观点。吴趼人谓，"写小户人家之情形""非亲历其境，躬遇其人者，写不来"④。南社小说家亦有谓"小说以叙述下流社会情况为最难着笔，非身入其中，深知其事者，断不能凭空结撰，摹绘尽致，此文人学士之所短。而旧小说如《金瓶梅》等书，所以旷世不一见也。在西方的小说家中，也只有英之狄更斯、美之马克·吐温、法之查拉（左拉）、俄之杜瑾纳夫（屠格涅夫）等数人长于此道，所以他们的作品脍炙人口"。⑤ 这些作家已感到深入生活的重要性，不熟悉生活不可能写好人物。他们的目光开始注意下层人民，对描写对象价值观念的转移，为小说创作打开了新户牖。晚清小说的繁荣，梁启超可说是元勋，但他过分估计小说的力量，是不切实际的。他企图以小说为他的政治主张服务，片面地偏重政治小说，导致小说为政治说教，忽视艺术性的深层探求，他重复封建文人《水浒传》海盗、《红楼梦》海淫的论调，贬低这两部古典杰作，显然是错误的。王钟麒、黄摩西、徐念慈等对此进行了修正，是一大进步。近代小说种种变化的迹象，早自文康的《儿女英雄传》开其端，吴趼人、李伯

---

① 黄摩西. 小说林发刊辞 [M] //阿英. 晚清文学丛钞：小说戏曲研究卷. 北京：中华书局，1960：158-160.

② 《小说小话》的作者，署名"蛮"，有人说是张鸿，有人说是梁启超，有人说是黄摩西。

③ 徐念慈. 余之小说观 [M] //阿英. 晚清文学丛钞：小说戏曲研究卷. 北京：中华书局，1960：43.

④ 吴趼人. 二十年目睹之怪现状 [M]. 北京：人民文学出版社，1985：350.

⑤ 王文濡. 南社小说集 [M]. 上海：文明书局，1917.

元、刘鹗、曾朴、苏曼殊等名家的作品，其出新的蛛丝马迹更为显著。稍后涌现的大量短篇小说，如鲁迅的《怀旧》、叶圣陶的《穷愁》、周瘦鹃的《真假一爱情》、恽铁樵的《工人血史》、李劼人的《强盗真诠》等篇，不论取材、构思、手法、语言，与旧的文言短篇小说很不一样了。这并不是域外小说的移植，而是取法于域外小说的缘故。

近代戏剧的发展，从昆曲到话剧，经历了四个阶段，即由旧杂剧传奇到新杂剧传奇，到新戏，到改良新戏，再到话剧。也就是从宫廷戏（雅部）到地方戏（花部，又称"乱弹"，包括皮黄、京戏及各地区剧种），到文明戏（新戏和改良新戏），然后到现代戏（外国输入的话剧）。从这个过程来看，近代戏剧的发展是超时速的，是多渠道的，变化很快很大，一则是因为适应时代的迫切要求，二则是"戏剧改良"和"曲界革命"积极推动的结果。长期为封建贵族扶持垄断的昆曲，题材喜采用历史上的英雄美人、忠臣孝子、义夫贞女，内容老化，不能与时代合拍，侧重曲律，不能为广大群众所欣赏，淡漠了戏剧本身的价值。表演艺术总是模仿前人。渐趋规范化、程式化，进而走向凝固，失去了旺盛的生命力。昆曲的衰落，遂不可避免地被清廷屡次禁演，而为平民百姓普遍爱好的皮黄和地方戏所代替。由雅而俗，由虚而实，由道而理，是近代戏剧发展的必然趋势。戏曲改良后，题材扩大，曲律放松，适应政治形势，灌输爱国思想，舞台日益为国人所倚重。诚如当时许多剧作家和理论家所指出的："唯兹新戏，最洽人情，易俗移风于是乎在，即以为荡平之左券焉，亦何不可也。"①　"口不读信史，而是非了然于心；目未睹传记，而贤奸判然自别；通古今之事，辨明夷夏之大防，睹故国之冠裳，触种族之观念，则捷矣哉！同化力之入之易而出之神也。"② "戏园者，实普天下人之大学堂也；优伶者，实普天下人之大教师也。……惟戏曲改良，则可感动全社会，虽盲得见，虽聋可闻，诚改良社会之不二法门也。"③ 视剧场为学校，视演员为教师，即使未读过书的老百姓，甚至盲人聋人也能使之受到感染，受到教益，戏剧是唤醒群众、教育群众最有效的艺术手段。有此认识，戏剧的位置基本上摆正了。戏剧家们把古今的英雄人物如文天祥、史可法、瞿式耜、郑成功、张苍水、花木兰和林则徐、谭嗣同、秋瑾、徐锡麟等搬上舞台；仿效法国之于普法战争、美国之于独立战争，谱写帝国主义侵华的剧本，并

---

① 余治. 庶几堂今乐：自序［M］. 光绪六年（1880）刊本.
② 陈佩忍. 论戏剧之有益［M］//阿英. 晚清文学丛钞：小说戏曲研究卷. 北京：中华书局，1960：63.
③ 三爱（陈独秀）. 论戏曲［M］//阿英. 晚清文学丛钞：小说戏曲研究卷. 北京：中华书局，1960：53。

借外国革命故事，广为宣传，鼓舞斗志。梁启超用外国题材写的戏曲，影响颇大。被台湾人誉为"中国莎士比亚"的戏剧理论家齐如山认为，研究中国戏曲必须用西方的戏剧理论，此观点为戏剧界一致首肯。柳亚子鼓励戏剧界："吾侪崇拜共和，欢迎改革，往往倾心于卢梭、孟德斯鸠、华盛顿、马志尼之徒，欲使我同胞效之""谱其历史"，建立一支为反清的民主革命服务的"梨园革命军"而效力。① 至于由文明戏演进而来的话剧，这一新的剧种，其表现手法与中国传统的"说白剧"有相耦合之处，实际是从日本的新派剧和欧洲的爱美剧嫁接过来的，最初上演的剧本也是从外国名著改编的。它在萌蘖时期，便以崭新面貌闪耀于剧坛。在蜿蜒奔腾的戏剧洪流中，剧作家有如小说家，留下了极其可观的富有战斗气息的剧作，题材广泛，人物包括古今中外，单是谱写秋瑾、徐锡麟被害故事的传奇杂剧不下十种，充分表现了作者的爱心和勇气，连俞樾、李慈铭、林纾也投入传奇的写作。勃起于嘉、道以后的京剧，《庶几堂今乐》的作者余治，编写《党人碑》一系列新剧的汪笑侬，改编《新茶花》《黑奴吁天录》的潘月樵等，是有功于弘扬京剧剧运的佼佼者。保存至今的《车王府曲本》800余种，除少部分昆曲和另几个剧种，绝大部分是京剧，它们像《打渔杀家》一样，没有留下作者姓名。其他地方戏也是一样，只有评剧作者成兆才、川剧作者黄吉安少数几人为世所知。早期的话剧剧本，先是译作，如《牺牲》《夜未央》《热血》《鸣不平》《女律师》等。后来有了创作，可惜多不存，现在还能看到的有《黄金赤血》《共和万岁》《黄鹤楼》《恨海》《家庭恩怨记》十数种。这些艺术上尚不十分成熟的幼年期剧本，却为"五四"以后的话剧运动做了开路的先锋。

西方文学的火光既然烛照着中国文学革新之路，那么翻译介绍西方文学作品便成为当务之急了。近代第一部翻译的外国文学作品是英国长篇小说《昕夕闲淡》，当时连载于1873年上海申报馆出版的《瀛寰琐记》月刊上，译者蠡勺居士在序文中说他的用意是介绍"西方名士"的文学观念，"以广中土之见闻"。从这时起，近代作家逐步将触角伸展到外国文学的堂奥了。戊戌变法失败后，梁启超接连译出日本柴四郎的《佳人奇遇》和矢野龙溪的《经国美谈》，轰动文学界。至是译书之风露行，真是"泰西之新吉"，有如"共太洋澎湃而来"。其中尤以小说为最多，仅林纾就与人合作翻译了欧洲各国小说183种，致使晚清翻译小说的数量竟高出于创作小说的两倍。其他如诗歌、戏剧、散文、寓言等，译者亦不乏人。甚至一书数译，《伊索寓言》的译本多达十余种。一些世界文学巨匠

---

① 柳亚子. 二十世纪大舞台发刊辞［M］//阿英. 晚清文学丛钞：小说戏曲研究卷. 北京：中华书局，1960：175.

或知名作家，差不多都有一两种译书。在屈指可数的翻译家中，严复、林纾是运用古文翻译西书的代表，周桂笙是最早用白话从事翻译的，徐念慈重视保持原著的风貌，采取直译，他们两人可说就是开辟翻译新途径的先驱。其他如王韬、苏曼殊、马君武、周瘦鹃、包天笑、吴梼、伍光建、鲁迅、胡适、刘半农、陈鸿璧、徐卓呆、陈冷血、戢翼翚等都曾为翻译外国文学尽了各自的力量，取得令人瞩目的成绩。现在看来，不少译作，或作品选择不严，或译文有欠准确，或任意删节原文，或未脱离文言笔调，但它扩大了作家创作的参照系，为摧毁文学旧垒提供了取法途径，为促进中国近代文学的变革发展，起了推动和催化剂的作用。

综上所述，在当时中不敌外的形势对比下，中国近代文学的走向是向西看，向西方资产阶级文学倾斜，是显而易见的。但它并不是纯粹的成熟的资产阶级文学，而是向资产阶级文学探索前进的过渡形式的文学。梁启超在1901年所写的《过渡时代论》一文里指出："今日之中国，过渡时代之中国也。"其特点："人民既愤独夫民贼愚民专制之政，而未能组织新政体以代之，是政治上之过渡时代也；士子既鄙考据词章、庸恶陋劣之学，而未能开辟新学界以代之，是学问上之过渡时代也；社会既厌三纲压抑、虚文缛节之俗，而未能研究新道德以代之，是理想风俗之过渡时代也。"① 梁启超的这一论断，切合当时社会历史的实际。文学亦然，文人既鄙弃旧文学的陈腐，却又未能健全和巩固新文学的阵地以代之，尚停滞于一种过渡形式。从古典文学看来，它已跨越封建社会历史的终点，结束了旧文学的衰落阶段，进入新的轨道。从现代文学看来，是传统文学观念转变的开端，是酝酿新文学运动的信号，但还在初生和未成年的幼稚时期。它在古典文学与现代文学之间架起了一道桥梁，承担着承上启下的重任。文学的历史既是历史对文学的选择，也是文学自身选择的历史。中国近代文学的变革与演进，同样是经过双向选择的过程。不过这双向选择是自然叠合的，并不是逆反而行的。中国近代文学这种特殊的过渡性质，是中国特殊的社会历史进程所造成的。

西欧的资产阶级文学，孕育于14世纪的文艺复兴时代，到20世纪已经好几百年了。随着资本主义的充分发展，文学名家辈出，杰作纷呈，是无怪其然的。而中国自鸦片战争到"五四"运动，仅仅八十年，要超越或赶上西欧几百年，根本不可能，何况中国并没有建立起真正的资本主义制度。作家们本着爱国热忱，昂然挺立，不托庇于权势，以文取媚，冲决森严的文网，用楮墨剪除榛莽，开辟光明的未来，以期救生灵于涂炭，拯国家于水火，这种精神是令人肃然起敬的，然而匡时济世之心太切，多为应急之作，不能像曹雪芹写《红楼梦》那样

---

① 任公. 过渡时代论 [N]. 清议报，1901（83）：5209.

"披阅十载,增删五次"。因此,不少作品的美学价值未能达到较高的层次。处于中西文化撞击的潮头中,有些作家思想准备不够,未能廓清视野,牢牢把握正确的方向。他们还不十分理解继承传统文学必须使之现代化,借鉴外国文学必须使之民族化。这个问题没解决好,写出来的作品未免新旧驳杂,古今糅合,中西两种文化之间没有融合的焊接点,难免瑕瑜互见,精华与糟粕并存。近代作家都受过传统文化思想的陶冶,当他们接受了西学,资产阶级物质文明和精神文明,科学、人权、自由、民主、平等、博爱,一一纳入他们的审美范围,然而传统文化所遗留的心理定式和思想积淀,并没有涤荡尽净,致使他们的世界观和人生观构成矛盾复杂的载体,有时迷惘,有时失望,甚至回潮、倒退,即使是代表人物也在所难免。呼唤风雷的龚自珍、力主师法西方的魏源,晚年退守故垒,重礼佛经;敢于打破偶像、冲决一切罗网的谭嗣同却慨叹"有心杀敌,无力回天";领导公车上书的维新派主将康有为,由思想界的急先锋一变而为保皇党,再变而为帝制复辟派;学识深宏、笔锋"所向披靡"的大学者兼革命家章太炎,文章偏爱古奥,政治日趋保守,最后"粹然成为儒宗";曾大量翻译外国文学作品,有功于中西文化交流的林纾,始终迷恋桐城派的骸骨,而成为顽固反对白话文运动的复古主义者;崇拜积极浪漫主义诗人拜伦、改编过雨果《悲惨世界》的苏曼殊,时僧时俗,情绪矛盾而终于不能自拔;有志会通中西、自立体系的王国维,竟念念不忘清室,结果绝望自沉;甚至为推动近代文学变革发展立下首功的梁启超,由于自外于民族民主革命的洪流,无视社会主义思潮的必然趋势,以致不得不与旧势力妥协,日益走上落伍的末路。这许多中国近代文学史上的风云人物,思想的矛盾和局限导致他们的才能难以高度发挥,不禁令人感到惋惜。所以说,中国近代文学不是纯粹的成熟的资产阶级文学,而是一种含有资产阶级文学性质的过渡形式的文学。

尽管如此,近代作家仍然有其不可磨灭的卓越成就,他们为缔造中国的新文学做出了重大的贡献。散文、诗歌、小说、戏剧外,词人亦以千计。由于蒋智由、梁启超、黄遵宪、狄平子等相继介绍西方民间文艺理论,俗文学和民间文学亦有很大的发展,品种繁多,题材、主题、形式、语言都发生了变化,出现不少新的曲艺、山歌和民间故事。有的农民、船民取代了才子佳人;有的神话、寓言表达了反叛者的性格;有的对劳动生活、劳动场面与民俗进行了描写,表露了歌颂、自信和自重的态度;有的直接写起义、写阶级剥削;即使是写儿女私情,那所流露的感情也比较健康了。这是可贵的跃进。

中国是一个多民族的国家,各民族大多有自己的语言文字,也有自己的文学艺术。这时期知名的少数民族作家有满族的文康、汪笑侬,蒙古族的尹湛纳希,藏族的米庞嘉措，壮族的黄焕中，回族的蒋湘南，等等，还有大量流行于民间的歌谣、故事等各种作品，它们是中国近代文学一个重要的组成部分。在中国文学史上，没有任何八十年像近代涌现出这么多作家和作品。作家们面对险恶的现实，从浓烈的忧患意识升华出来的高度历史责任感，满怀反帝爱国激情，扭断封建枷锁，冲出禁锢樊笼，鞭挞清廷昏庸无能，揭露官场丑恶腐化，控诉社会的黑暗，反映人民的疾苦，表达人民的呼声，反对专制，争取民主，争取全方位改革。它呼啸着历史潮流的最强音，散发出硝烟弥漫的时代气息。这种生气勃勃、洋溢着鏖战气氛的文学局面突破了几千年古代文学的思想局限，可说是开风气之先，具有划时代意义，是最可宝贵的，也是值得发扬光大的。

可是这八十年间无比丰富的文学遗产，长期以来，却未受到足够的重视，以致研究者寥寥，所出成果不多。前辈学者固然也有一些这方面的著作，然而后继者因限于条件和其他种种缘故，不可能做全面深入的探讨，近代文学遂成为中国文学研究领域的一个薄弱环节，被视为无足轻重，在文学史上几乎成为古代、现代两不管的地带。这种现象是不正常的，必须矫正。为了正确了解"五四"新文学发生发展的历史过程，继承和发扬中国人民爱国主义的传统，有必要对这一时期的文学认真发掘、整理，做出适当的评价，以弥补中国文学史长期遗留下来的这一空白，这是今日我们的文学工作者、文学评论家、文学史家不可忽视的重大责任。

（原发表于《中国文学研究》1991年第1期）

· 概论编 ·

试论西方哲学对中国近代文学思潮的影响

谢飘云

中国近代中外文艺思潮的交会融合肇始于甲午战争前后,这是近代历史与文学艺术的转捩点。历史巨大的转折关头,往往是不同哲学学派和文艺流派思想观点及审美观点纷呈的时代。在近代这一社会激变的年代里,随着外来文化的大量涌进,传统文化与外来文化发生了全面冲突与交会,如西方进化自然观,卢梭的天赋人权论,康德、黑格尔的美学,叔本华、尼采的唯意志论,等等,像博览会上的商品一样展销于中国舞台,传统文化面临着西方文化的步步进逼,一再改变自己的形态,以适应时代的潮流,以捍卫自己的生存。因此,中西哲学相互混合,逐渐形成了以进化论为主线的中外哲学思想杂糅的哲学氛围;特别是戊戌变法前后兴起的文学翻译热潮,西方的文学思想和作家作品被介绍到中国,开始被近代作家所了解和接受,并指导创作。"有时出现一种新哲学、新文学、新艺术、新科学,而思想既已更新之后,于是人类的一切活动也就慢慢地都起变化。"① 中外哲学、文艺思潮的相互撞击,既引起了中国政治思想的巨大变化,也推动了我国文学观念的更新和艺术思维方式的变革。

一

鸦片战争前后,随着中国社会的变化,风行于乾嘉时期的那种脱离现实的考据学派的学风,日益暴露出它窒塞人们思想、戕害民族精神的弊端,封建士大夫和知识分子群中的一些开明之士,开始不满于"汉宋之学"的学风,多少敢于正视社会政治现实的黑暗面,并表达了要求改革社会的愿望,从而出现了与"汉

① 转引自:刘介民. 比较文学译文选 [M]. 长沙:湖南人民出版社,1984:159.

宋之学"相对立的具有某些近代意识的"经世致用"之学，学风为之一变。龚自珍、魏源、林则徐都是为这一思潮开风气之先的代表人物，他们开始重新认真评估中外文化的各自历史价值。在龚自珍身上，隐伏于"理欲之辨"的思辨外衣下的个性解放思想，以前所未有的亮色显示其生命的力度。龚自珍不再是一般地议论"欲"的合理性，而是以明确的语言宣告了自我意识的诞生。他针对"天地育万物，圣人育万民"的封建正统思想，发出了近代"人"的意识觉醒的第一声，提出了天地"非圣人所造"，而是"众人自造"，"众人之宰，非道非极，自名曰我"① 这一新的命题。它把长期以来囿于哲学范畴的"理欲之辨"提到了社会本体论的高度，并由此派生了作者历史观、社会观、文学观等方面一系列主张。虽然其理论形态还显得相当朦胧，但他那充满着批判精神、激荡着时代风雷的诗文，仍足以昭示社会心态的某种变异，标志着中国文化与文学走出传统围困的可贵的第一步。林则徐、魏源则把眼光转向广阔的外部世界，倡导研究外国历史和现状。魏源不但从正面提出了变法的要求，而且最早从正面提出了向西方学习的理论。他在林则徐编纂的《四洲志》的基础上，将其扩充增补而成《海国图志》，这一有关世界知识的书使一些先进的知识分子逐渐地认识世界并认识自己。促使了文学思想和文学创作的转变，首先是题材的开拓和文风的改革。魏源的公羊家法议论时政的文章，他在作品中的一些主张，在一定程度上体现了一种在外来思想影响下，要求改变封建社会、发展商品经济的朦胧思想。同为早期维新派的王韬，其文学创作大量用于介绍西方科学及经济情况，他的散文更摆脱传统古文的影响。他和冯桂芬等一批早期维新派散文作家，抛开桐城派及其他古文派的束缚，使散文成为服务于社会变革的重要工具。但是，鸦片战争前后的作家们所使用的哲学武器，主要还是带有中国文化传统特色的"经世致用"的"古方"，只有随着历史变革的纵深发展，文化的革新才终于由器用、制度等浅表层次和中间层次，逐渐下移到深层的文化观念，促使传统文化的核心开始发生裂变。这一裂变约产生于戊戌变法前后，并有一个逐渐扩大和深化的过程。因为只有到了戊戌变法前后，才是中外文化自觉交流的时代，也才是中国文化全面变革的时代。

甲午战争前后，一向抱有经邦济世之志的严复第一个较为系统地介绍和传播西方资本主义文化和科学思想，并猛烈地抨击封建的文化学术。他通过对《天演

---

① 龚自珍.壬癸之际胎观第一[M]//龚自珍.龚自珍全集.王佩诤，校.北京：中华书局，1959：12.

论》的翻译，着力阐述了"变"的哲学观点，认为天演进化是"贯天地人而一理"①，是事物发展不可抗拒的规律。它帮助人们彻底地打开了久闭的眼界，看清了在这个光怪陆离的世界上，新旧事物和新旧思想在迅速地交易着和交替着。许多原来被认为亘古不移的观念，这时却分崩瓦解了。作为西方文艺思潮理论基础之一的西方哲学思潮，对中国士大夫阶层传统的思维模式产生有力冲击。其直接的结果，是首先促进他们自身观念形态的转化，导致了他们传统价值观的动摇和新价值观的萌生。倘若把社会经济的运动和意识形态的强化，分别比作促使新旧阶级消长的"作用力"和"反作用力"的话，那么，先进知识分子的转化则更多的是直接接受了意识形态那一"反作用力"，并使他们观念形态的转化与其阶级主体相比有超前的特点。谭嗣同、夏曾佑等"捋扯新名词"的"新诗派"的出现，正是反映了人们的这种精神面貌和思想状态，表明了渴望艺术革新的勇气。

  诗人黄遵宪超越了他的前辈，学习到西方以机械唯物主义为基础的资产阶级进化论，强调事物的演变进化，这一思想在《日本国志》和《日本杂事诗》中得到明确的反映。不过，黄遵宪对于西方进化论的吸收，是糅合了中国传统的历史变易观点的。所以，在此基础上产生的文学思想，便是以"旧瓶装新酒"为指归。还在青年的时候，黄遵宪就针对诗坛的复古诗风，提出了"我手写我口"的进步主张，尝试着所谓"诗界改良"。他在1891年所写的《人境庐诗草自序》中说："诗之外有事，诗之中有人，今之世异于古，今之人亦何必与古人同？"反映了当时维新派面对现实，追求新、追求变，反对空虚无物的封建复古主义倾向。因此，这也使这位杰出的现实主义诗人的许多诗篇极富浪漫主义色彩。他的一些诗作别具风味地表述了不无幼稚的社会和自然科学见解，如《以莲菊桃杂供一瓶作歌》等。这不仅扩大了诗的题材，还表现了人们的物质生活愈来愈科学化、社会化。这些包含了浓厚的积极浪漫主义的主观想象色彩，他的积极浪漫主义的特征，其原因在于他接受了资产阶级启蒙者维新变法思想的指导，在于他相信社会是在不停地前进的进化论思想。他的《锡兰岛卧佛》诗，最后也落脚在"治则天下强"的变法呼吁上，努力不把自己的前途和佛国的乐土相联系，直到晚年他还在一首诗中写道："乱草删除绿几丛，旧花别换日新红。去留一一归天择，物自争存我大公。"② 当然，黄遵宪没有也不可能用历史唯物主义观察世界，

---

  ① 严复.译天演论例言[M]//郭绍虞.中国历代文论选：第四册.上海：上海古籍出版社，1980：123.
  ② 黄遵宪.己亥杂诗[M]//黄遵宪.人境庐诗草笺注.钱仲联，笺注.上海：上海古籍出版社，1981：808.

但他努力摆脱唐宋以来文人失意逃禅的陋习,渴望新的社会制度的心情至衰不竭,无疑给近代文坛带来了新的气息。

康有为是维新的领袖人物,他的社会历史观点主要受西方资产阶级自然科学进化论思想的影响。不过,他的进化论思想却又是中西哲学复合体。梁启超在见到《天演论》译稿后,于1896年写给严复的一封信中谈到严复翻译的《天演论》:"书中之言,启超等昔尝有所闻于南海;而未能尽。南海曰:'若等无诧为新理,西人治此学者,不知几何家几何年矣。'及得尊著,喜幸无量。启超所闻于南海有出此书之外者,约有二事:一为出世之事,一为略依此书之义而演为条理颇繁密之事。"① 这说明,在严复翻译《天演论》之前,康有为已了解到一些西方资产阶级的进化论思想,在《天演论》尚未译成之时,康有为已在宣传这思想了,只是不系统不完整而已。康有为是将他当时所获得的变易进化思想应用到社会历史,"演为条理颇繁密"的"三世说"的历史进化观。后来,他才把哲学观念、政治观念、道德观念统一为一个和谐的有机整体,并把哲学上变易进化观与文学的发展紧紧地联系在一起,促使文学观念的变化。如果说在文学和现实的关系上,康有为的主张和创作首先是古代"为社会、为政治、为人生"的精神的继承,是在国难当头、大厦将倾的危机意识下,积极把文学推向了为政治、为现实服务的一端,那么,适应新时代的要求,就要进一步从根本上冲破中国文学的封闭体系,以世界的文学为参照系,给传统文学注入新鲜的血液,更好地适应世界大势,更好地为政治维新服务。康有为从自己的审美体验中,提出了一个改革文学的方向性问题,那就是"采欧美人之长,荟萃熔铸"②,"更搜欧亚造新声"③。也就是说,要改变传统的文学观念,学习西方文学,摒弃陈腐的夷夏之辨。作为诗人,康有为在清醒认识现实的基点上,盛赞黄遵宪的诗作"精深华妙,异境日辟"④,更加体会到黄诗"吟到中华以外天"的必要性,也站在世界的高度,看到世界的新异,体会到文学走向世界的迫切性。所以,他极力强调文学创作要博采西方、日本诸国文学之长,为人所用。他要求作家要自觉地反映新世界,扩大诗的领域,创造诗的"异境"和"新声"。康有为所要求的"新声",其深远

---

① 梁启超. 饮冰室合集:文集之一[M]. 北京:中华书局,1941:109.
② 康有为. 人境庐诗草序[M]//郭绍虞. 中国历代文论选:第四册. 上海:上海古籍出版社,1980:180.
③ 康有为. 与菽园论诗兼寄任公孺博曼宣[M]//郭绍虞. 中国历代文论选:第四册. 上海:上海古籍出版社,1980. 181.
④ 康有为. 人境庐诗草序[M]//郭绍虞. 中国历代文论选:第四册. 上海:上海古籍出版社,1980:180.

意义不仅在于文学本身观念的更新和作家视野的广阔,而更在于使几千年来的封闭型的中国封建文学开始面向世界,使中国文学在广阔的世界文学的历史背景下得以发展。并由此发轫,中国文学必将最终在完整的意义上融入世界文学的格局。

如果说,严复、黄遵宪、康有为等以进化论的世界观和他们的文学创作激起人们救国自强的热情,那么,梁启超当年的大量诗文与论著则把这一观念更为具体地、生动活泼地贯彻和灌注到各方面。诚然,梁启超接受西方哲学思想不仅是多元的,而且是随着时代的发展而不断变化的。不过,在文学上,梁启超所接受的主要还是西方进化论的思想。他在宣传维新变法和深究文艺问题中所提出的文学见解和他革新、新民的思想相一致,也是顺应了历史潮流而形成的颇具特色的文学观。首先,表现在用进化论的观点,分析论述中国文学的发展,肯定了"诗界革命"的实绩,极力反对盲目崇古和拟古。他指出:"中国结习,薄今爱古,无论学问、文章、事业,皆以古人为不可几及。余生平最恶闻此言。窃谓自今以往,其进步之远轶前代,固不待蓍龟,即并世人物,亦何遽让于古所云哉?生平论诗,最倾倒黄公度。……吾敢谓有诗以来,所未有也……有诗如此,中国文学界足以豪矣。"① 梁启超认为:"支那非有诗界革命,则诗殆将绝。"还预言:"今日者,革命之机渐熟,时哥伦布、玛赛郎(麦哲伦)之世,必不远矣。"② 因此,他盛赞黄遵宪的《以莲菊桃杂供一瓶作歌》,说它"半取佛理,又参与西人植物学、化学、生理学诸说,实足为诗界开一新壁垒"③。这里的所谓"佛理",实即以佛家因果轮回之说与进化论及物质不灭定律相附会的。梁启超对黄遵宪的《今别离》四章,却引用陈三立的话,推为"千年绝作",并说"开缄不自知其距跃三百也;亟为流通之于人间世,吾以是因缘,以是功德,冀生诗界天国"④。可谓推崇备至。在进化论思想的影响下,梁启超对文学的社会价值进行了新的探讨,他不仅注意文学的审美作用、审美理想、审美趣味和心理艺术情感等美学论题,更非常强调文学的功利性,把文学当作政治斗争的工具,以为文学具有改造国家、改造社会的奇特功能。他肯定了文学向群众化、通俗化发展的走向。梁启超在肯定宋元以来白话文学的兴盛是历史发展的必然结果的同时,预言在中国大地上语文合一的时代定将到来。"文艺之进化,有一大关键,即由古语之文学变

---

① 梁启超. 饮冰室诗话 [N]. 新民丛报, 1902(9).
② 任公. 汗漫录(一名半九十录) [N]. 清议报, 1900(35): 2265.
③ 梁启超. 饮冰室诗话 [N]. 新民丛报, 1902(18).
④ 梁启超. 饮冰室诗话 [N]. 新民丛报, 1902(14).

为俗语之文学是也。各国文学史之开展，靡不循此轨道。"① 接着，他猛烈地抨击了"谓宋元以降为中国文学退化时代"的谬说，指出："自宋以后，实为祖国文学之大进化。何以故？俗语文学发达故。"他还进一步强调说："苟欲思想之普及，则此体非徒小说家当采用而已，凡百文章，莫不有然。"② 因此，他提出"务为平易畅达"的"新文体"，倡言纵笔所至，"笔锋常带感情"③ 对解放文体、宣传民众具有重要意义。他具有近代思想意识的文学观，见解新颖，影响了整整一个时代的文学理论和文学创作的走向。

青年时期的鲁迅，从严复译的《天演论》中接受了达尔文、赫胥黎、斯宾塞等人的进化论学说。当然，他当时还难以分清斯宾塞学说中的糟粕，只是认为进化论"究竟指出了一条路，明白自然淘汰，相信生存斗争，相信进步"④。从进化论进入现代哲学，鲁迅一开始就没有离开过社会改造的目的。进化论不但改变着鲁迅对文学艺术的基本理解，而且更重要的是逐步改变着对社会、对人类文学艺术所表现的重要对象的根本观念，促成了他有关新的"人"的观念的形成。他在1907年所作的《文化偏至论》一文中写道："个人一语，入中国未三四年，号称识时之士，多引以为大诟，苟被其谥，与民贼同。意者未遑深知明察，而迷误为害人利己之义也欤？"⑤ 就是说，在这个当时连现代概念中的"个人"尚未被理解的中国，鲁迅主张尊重个人精神，通过"个人的确立"来建设作为其联合体的"人的国家"。以固定不变的道德标准，表现人、表现人的思想面貌，判断人、判断人的善恶美丑，这是一切形式的封建文学的主要特征之一，同时也是封建主义文学中表现人物、判断人物的主要艺术原则。到了近代，"人"的观念发生了根本的变化，但对资产阶级思想学说而言，人性的要求成了判断人的思想行为的最基本依据。封建主义文学中关于"人"的基本表现原则被新的"人"的观念代替了。作为鲁迅，一旦他把进化论的学说与他后来的反封建思想的斗争实践结合起来，便很快形成了社会思想和社会伦理道德的进化发展的观念。正是这种观念，使他不但彻底否定了中国封建伦理道德的具体内容，而且建立了与之完全不同的"人"的观念及表现人、描写人的艺术原则。

---

① 饮冰，等. 小说丛话（节录）[M]//陈平原，夏晓虹. 二十世纪中国小说理论资料：第一卷. 北京：北京大学出版社，1997：82.
② 梁启超，等. 小说丛话 [M]//阿英. 晚清文学丛钞：小说戏曲研究卷. 北京：中华书局，1960：308-350.
③ 梁启超. 清代学术概论 [M]. 上海：复旦大学出版社，1986：122.
④ 冯雪峰. 回忆鲁迅 [M]. 北京：人民文学出版社，1957：1.
⑤ 鲁迅. 鲁迅全集：第一卷 [M]. 北京：人民文学出版社，2005：51.

二

作为学者的王国维，他的文艺观则与资产阶级维新派和资产阶级革命派恰恰相反。严复的译著《天演论》问世，开了中西文化交流的新纪元，但对王国维没有产生重大影响，唯一在他早年（1894—1898年）所作的一首读史诗中，流露出一句"惨惨生存起竞争"①的说法。而康德、叔本华这些西方贤哲却对王国维一生所走过的学术道路，产生了极其深刻的影响。

王国维主要从康德、叔本华、尼采那里接受了唯心主义的文艺观。在他看来，哲学与美学是绝对不能与政治、社会的活动相联系的，康德在理论上为他提供了依据。"伟大之形而上学，高严之伦理学与纯粹之美学"②都是作为非政治功利的学术思想而出现的。他与康有为、梁启超、谭嗣同等人以学术为维新变法的政治目的服务的倾向不同，认为他们"不重文学自己之价值"而视文学"为政治教育之手段，与哲学无异"，有"亵渎哲学与文学之神圣之罪"③。他主张"唯美之物，不与吾人之利害相关系，而吾人观美时，亦不知有一己之利害"④，这种与当时大多数忧国忧民的知识分子背道而驰的治学道路，便给王国维带来了复杂的意义。当然，作为中国近代美学奠基者，王国维对美学本质的理解，对美的非功利性与独立价值的维护，也可视作是中国第一代资产阶级知识分子对初步觉醒的个性的维护。在"文以载道"的文学观念下，传统的中国知识分子一向认为个性唯有寄植于政治价值中方能得以高扬，文学创作通常只是作家政治抱负的另一种宣泄形式。"致君尧舜上，再使风俗淳"方是文学的至善至美。从孔子的"诗可以观"至梁启超的"欲新民，先新一国之小说"，是一脉相承的。然而，王国维的美学思想大背于此。他对文艺作用的强调与叔本华纯粹的"解脱"意义也不尽一致，在他看来，个性在外界的种种束缚之下无以实现，只能通过自己的活动以求自娱。这虽然不过是场白日梦，但在毫无个性自由可言的封建社会背景下，软弱的知识分子也唯有求请艺术这一块自由意志的小小领地了。但是，王国维那超功利的、脱离政治的、任意夸大审美的独立价值的文学观，结果造成他政治意识的薄弱，以致在政治大节上辨不清是非，造成他与时代的隔膜与背离。他抛开美的物质性、自然性、社会性等内容，抛开美的实践斗争的理想并且

---

① 王国维. 读史 20 首 [J]. 学衡, 1927 (66).
② 王国维. 静庵文集续编自序 [M] // 王国维. 王国维遗书: 第五册. 上海: 上海古籍书店, 1983: 21.
③ 王国维. 论近年之学术界 [J]. 教育世界, 1905 (1).
④ 王国维. 论叔本华之哲学及其教育学说 [J]. 教育世界, 1904 (75/77).

以脱离生活寻求解脱的观点为出发点来判断文学艺术美,便必然使他产生与现实不相协调的悲观主义美学观。

王国维的悲剧观集中表现在他于1904年所撰的《〈红楼梦〉评论》中。他说,此文是以叔本华的哲学为"标准""观察"我国文艺实际的产物。王国维把《红楼梦》置于中国传统文化的对立面上加以肯定,这对于一向以"瞒"和"骗"为心理平衡,以知足常乐为生活平衡的传统文化心理,不能不说是一个强有力的刺激。王国维也正是以新的审美眼光对《红楼梦》进行了新的探求,从而突破以往那种单纯的社会学批评、政治附会和烦琐考证的藩篱,揭示了《红楼梦》的悲剧美学价值。这不仅具有反对中国文艺旧传统的精神,而且具有振聋发聩的深远影响。

王国维又是近代史上较早地从国民精神上探索中国落后原因的人,他开了中国新世纪哲学与美学的先河,他是中国近代美学思想的最早启蒙者,也是用悲剧观念进行文学批评的第一人。虽然王国维有其唯心主义的一面,但他能以西方资产阶级的哲学观念与方法,研究中国古代哲学、文学和历史文献,在批判整理中国的旧文化方面,做出了不可磨灭的贡献。

鲁迅在早期一方面深深扎根于"改造国民性""改良社会"的民族民主主义传统中,而另一方面却立足于所谓文学(小说)应排除一切功利观点这相互矛盾的基点之上。他在美学思想上也受到康德、尼采的影响。他曾强调新诗歌应"自振其精神而绍介其伟美于世界"①,却又认为美学的本质是"使观听之人,为之应感怡悦"②,而"与个人暨邦国之存,无所系属,实利离尽,究理弗存"③。这种矛盾态度在1913年作的《播布美术意见书》里说得更清楚:"美术诚谛,固在发扬真美,以娱人情,比其见利致用,乃不期之成果。沾沾于用,甚嫌执持,惟以颇合于今日国人之公意,故而从略述之。"④ 从非功利的观点上说,鲁迅与王国维没有什么大相背之处。但王国维执着于康、叔美学体系,并极力完善和维护这一体系的严密性;鲁迅却在接受外来观念时,取舍标准仍在精神主体,

---

① 鲁迅. 坟:摩罗诗力说 [M] // 鲁迅先生纪念委员会. 鲁迅全集:第一卷. 北京:人民文学出版社,1973:57.

② 鲁迅. 坟:摩罗诗力说 [M] // 鲁迅先生纪念委员会. 鲁迅全集:第一卷. 北京:人民文学出版社,1973:65.

③ 鲁迅. 坟:摩罗诗力说 [M] // 鲁迅先生纪念委员会. 鲁迅全集:第一卷. 北京:人民文学出版社,1973:65.

④ 鲁迅. 坟:摩罗诗力说 [M] // 鲁迅先生纪念委员会. 鲁迅全集:第一卷. 北京:人民文学出版社,1973:57.

是服从其为了改造社会这一精神主体的大目标的。他在改造社会的同时，也不断进行自我更新和自我突破，这就使鲁迅的精神历程总是与时代的步伐紧紧扣在一起，使他始终处于开放、发展、前进的精神状态之中。不然，鲁迅就不可能借《狂人日记》如此激烈而准确地击中"人吃人"的封建制度的本质，从而显示出鲁迅文学独特的现实主义精神。

（原发表于《学术研究》1991 年第 4 期）

近代文学的非过渡性与近代歌词创作

马亚中

20世纪以来，文学史研究受进化论的影响非常深刻，有些研究者把整个近代文学看成是古代文学与现代文学之间的一种过渡形态，而现代文学则是古代文学的一种"进化"——一种比古代文学更高级、更优越的形态。其实这种看法似是而非。文学作为一种审美对象，无论是旧形式、旧体裁，还是新形式、新体裁，只要是成熟的、优秀的作品，它们之间就不存在高低、优劣之别。屈《骚》、杜诗、鲁迅小说之间，恐怕是永远难分轩轾的。在这个问题上，马克思对于古希腊艺术的高度赞美和价值肯定，至今仍非常富有启发意义。而旧形式、旧体裁与新形式、新体裁之间也并不一定会出现过渡形态。然而在"过渡"观念的支配下，某些研究者总觉得古代文学与现代文学之间必须有一个过渡阶段，而且在艺术形式上，也理所应当有一种过渡形态，否则似乎就是不可思议的了。结果就出现了"拉郎配"之类硬觅证据的现象。譬如把诗歌中的长短句式、散文句式、声韵拗折等，把小说中比较巧妙的结构安排及心理描写等，这些前代文学中司空见惯的艺术特点统统视为"过渡"特征。而对于"语言""意象""想象世界""创作意识""叙述模式"等文学的重要"基因"却很少做深入的研究及总体上中肯的估价。

如在诗歌中，人们对诗界革命的实绩期望过高，其中被崇奉为典型的"过渡形态"的"新形式"就是歌词。结果歌词创作作为诗界革命的最主要成果而被抬到了不恰当的高度。本文将就歌词创作的实际做一探讨，以求管中窥豹。对整个近代文学的性质和进程有一个"点"的了解。

一、近代歌词是一种动机明确的有意识的歌词体创作

关于这一点，梁启超的《饮冰室诗话》做了最集中、最明确的阐述。梁启超从思想启蒙的要求出发，认为"盖欲改造国民之品质，则诗歌音乐为精神教育

之一要件……至于今日，而诗、词、曲三者皆成为陈设之古玩。而词章家真社会之蠹矣"①。又抱憾说："昔斯巴达人被围……此教师为作军歌，斯巴达人诵之，勇气百倍，遂以获胜。甚矣声音之道感人深矣。吾中国向无军歌……于发扬蹈厉之气尤缺。"② 所以当他一读到《江苏》杂志上阐述中国音乐改良之义的文章及谱出的军歌、校歌后，遂"拍案叫绝"，认为"此中国文学复兴之先河也"，并且进而更明确地指出："今日不从事教育则已，苟从事教育，则唱歌一科，实为学校中万不可阙者。"③ 梁启超这番议论有两点是需要强调的：其一，他所大力倡导的是"唱歌一科"，而非案头阅读的诗；其二，倡导"唱歌一科"的动机是为了改造国民之品质，这是与梁启超对于文学基本功能的认识完全一致的。

基于上述认识，梁启超还更进一步具体地探讨了歌词创作的形式要求，归纳起来有三方面比较重要：

（1）在体裁上，他接受了黄遵宪的建议。黄遵宪曾于1902年写信给梁启超，认为当今的歌词创作"不必仿白香山之《新乐府》、尤西堂之《明史乐府》，当斟酌于弹词粤讴之间。句或三或九或七或五或长或短，或壮如《陇上陈安》，或丽如《河中莫愁》，或浓如《焦仲卿妻》，或古如《成相篇》，或俳如俳技词，易乐府之名，而曰杂歌谣，弃史籍而采近事"④。这一见解有两点非常值得注意：一是他不主张取法乎丧失了歌唱性而案头化的"新乐府"，而主张兼取具有歌唱性和通俗性的民间说唱文艺的特色；二是在风格上则"取法乎上"，以汉魏乐府作为榜样。而黄遵宪本人还身体力行，现身说法，亲自创作了《出军歌》《军中歌》《旋军歌》24首，以及《小学校学生相和歌十九章》。这些歌词，在体裁形式上完全实践了作者本人的创作主张，在句法、章法及内容的直抒风格方面很明显地继承发展了汉魏乐府及弹词、粤讴的传统（限于篇幅，不做引证展开），而梁启超本人创作的《爱国歌》《黄帝》《终业式》诸篇则似乎在笔调神气方面更能传汉魏歌词庄重文雅的精神，其中如《黄帝》四章就颇有《大晋篇》的神采。而如康有为的《演孔歌》在体裁风格方面则基本模仿汉魏郊庙歌词。

（2）在语言上，梁启超则主张调适于雅俗之际，"盖文太雅则不适，太俗则无味。斟酌两者之间，使合儿童讽诵之程度，而又不失祖国文学之精粹，真非易也"⑤。而另一全力提倡"歌唱一科"的曾志忞，则主张采用通俗语。他在《教

---

① 梁启超. 饮冰室诗话 [M]. 北京：人民文学出版社，1959：58.
② 梁启超. 饮冰室诗话 [M]. 北京：人民文学出版社，1959：42.
③ 梁启超. 饮冰室诗话 [M]. 北京：人民文学出版社，1959：59，77.
④ 龙扬志. 黄遵宪集 [M]. 广州：广东人民出版社，2018：109.
⑤ 梁启超. 饮冰室诗话 [M]. 北京：人民文学出版社，1959：97.

育唱歌集》卷首语中指出:"诗人之诗,上者写恋、穷、狂、怨之态,下者博渊博、奇特之名,要皆非教育的、音乐的者也。近数年有矫其弊者,稍变体格,分章句、间长短,名曰学校唱歌,其命意可谓是矣。然词意深曲,不宜小学……以是教幼稚,其何能达唱歌之目的?……与其文也宁俗,与其曲也宁直,与其填砌也宁自然,与其高古也宁流利。"这种观点更倾向于民间通俗说唱体风格,也更强调实用教化功利(通过歌呼鼓动情绪、振奋精神)需要,而对歌词本身的艺术品位则似乎无暇多顾,而梁启超则似乎还不愿完全放弃文人的情趣,所以还要讲"雅",讲"祖国文学之精粹"之类纯艺术的品位。但对社会"唱歌一科"发生较大影响的,还是曾志忞的见解,因为继曾志忞《教育唱歌集》之后,出版的诸如沈庆鸿的《学校唱歌初集》、叶中泠的《小学唱歌》、胡君复的《新撰唱歌集初编》等"唱歌集",语言大多趋向于通俗口语,更接近于民间说唱体风格。

(3)因为是歌词创作,所以梁启超还就谱曲问题提出了自己的看法。梁启超认为当今的歌词音乐在艺术形式上"似不必全用西谱。若能参酌吾国雅、剧、俚三者而调和取裁之,以成祖国一种固有之乐声,亦快事也。将来所有诸乐、用西谱者十而六七,用国谱者十而三四,夫亦不交病焉矣"①。这番议论很明显地表明了他对传统的留恋和所持的保留态度。从歌词形式到音乐形式,梁启超都主张在继承古代艺术传统精神的同时,而有所发展。他并不是全盘西化者,虽主张对西艺兼收并蓄,但在作《饮冰室诗话》之时,可以说他尚未达到要求将中西艺术形式融会贯通、熔铸为一、以创新体的思想高度。②

梁启超对于歌词乐曲的这一看法,又从一个侧面折射出了近代歌词创作的局限性。

---

① 梁启超.饮冰室诗话[M].北京:人民文学出版社,1959:62.
② 按1903年《新小说》第3号所载梁启超《新中国未来记》第四回篇末有拍虱谈虎客(韩文举)总批语,云:"今之称为革命诗者,或徒摭拾新学界之一二名词,苟以骇俗子耳目而已……著者不以诗名,顾常好言诗界革命,谓必取拿西文豪之意境之风格,熔铸之以入我诗,然后可为此道开一新天地。"由这番引言来看,梁启超在诗歌方面似已有将中西艺术形式融会贯通、熔铸为一、以创新体的设想,但统观同一时期梁启超发表的《饮冰室诗话》,梁只主张将新语句、新意境与旧风格三者结合起来,而并无取泰西新"风格"熔铸入诗之意,这一点至关重要,它涉及梁氏对于新诗艺术形式的态度,引言是要求用"新瓶"装"新酒",而《饮冰室诗话》只是要求用"旧瓶"装"新酒",一语之差,差之千里。笔者以为韩文举的引言并不严谨,只是大约之意,故当以梁氏自撰之《饮冰室诗话》为准。

二、梁启超等强调诗乐合一，是为提高新歌词的地位而找出的一种理论解释

虽然梁启超等对歌词的名称，并没有采取回避的态度，但为了给歌词争得一个"正宗"地位，同时又为了强调歌唱性的重要，他们又搬出诗乐合一的理论，梁启超说："中国乐学，发达尚早。自明以前，虽进步稍缓，而其传统犹绵绵不绝。前此凡有韵之文，半皆可以入乐者也。"并进而又慨叹道："本朝以来，则音律之学，士夫无复过问，而先王乐教，乃全委诸教坊优伎之手矣。……若中国之词章家，则于国民岂有丝毫之影响耶？推原其故，不得不谓诗与乐分之所致也。郑夹漈有言：'古之诗曰歌行，后之诗曰古、近二体。歌行主声，二体主文。诗为声也，不为文也。……诗未有不歌者也……二体之作，失其诗矣。'（《通志乐略》）其言可谓特识。"① 很显然，这番议论的深意是要为歌词创作张目。

其实这种观点，不过是老调重弹而已。刘勰在《文心雕龙·乐府》中就曾指出："诗为乐心，声为乐体"，"凡乐辞曰诗，诗声曰歌"。清代冯班亦云："诗乃乐之词耳，本无定体，唐人律诗亦是乐府也，今人不解，往往求诗与乐府之别。"② 这些议论是为推崇乐府而发。实际上，诗与乐之间的关系比较复杂。黄宗羲认为，"原诗之起，皆因于乐，是故《三百篇》即乐经也"③。而在他之前的朱熹则已针对类似的观点予以驳斥："来教谓诗本为乐而作，故今学者必以声求之，则知其不苟作矣。此论善矣，然愚意有不能无疑者。盖以《虞书》考之，则诗之作本为言志而已，方其诗也，未有歌也；及其歌也，未有乐也。以声依永，以律和声，则乐乃为诗而作，非诗为乐而作也。"④ 考证诗与乐最初之关系并非本文目的，这里只想说明，诗与乐之间的关系在最初也并不单纯，而应该是辩证的。即使假定诗乐最初是合一的，但以后诗、乐之分途却是客观事实，所以即使冯班也承认："自后世文士或不闲乐律，言志之文乃有不可施于乐者，故诗与乐画境。"⑤ 黄宗羲也认定，"《三百篇》而降，诗与乐遂判为二，胡然而作之，

---

① 梁启超. 饮冰室诗话 [M]. 北京：人民文学出版社，1959：59.
② 冯班. 钝吟杂录 [M] //王夫之，等. 清诗话. 上海：上海古籍出版社，1978：42.
③ 黄宗羲. 乐府广序序 [M] //郭绍虞. 中国历代文论选：第三册. 上海：上海古籍出版社，1980：34-35.
④ 朱熹. 答陈体仁 [M] //朱熹集. 成都：四川教育出版社，1996：1673.
⑤ 冯班. 钝吟杂录 [M] //王夫之，等. 清诗话. 上海：上海古籍出版社，1978：37.

胡然而用之，皆不知其故"①。诗与乐相互之间虽不断有所交流影响，但一侧重于案头的阅读品位，一侧重于口头的放情歌唱，因此也就有不同的形式要求，从而形成了两个自有个性的不同系统，在中国文学史上，考察诗、乐府、词、曲及民间说唱体各自的发展历程及相互之间的关系，就颇能说明诗与乐之间相合相分之关系的微妙和复杂。明人俞彦曾指出："词何以名诗余？诗亡，然后词作，故曰余也。非诗亡，所以歌咏诗者亡也。词亡，然后南北曲作，非词亡，所以歌咏词者亡也。谓诗余兴而乐府亡，否也。"② 这段话就比较简洁地说明了诗乐之间既分离又互相影响的大致线索，尽管歌唱性体裁不断诗化，而最终形成新的案头文学样式，但历代歌唱性体裁却从未消隐过。而在这层次不断增积的文学金字塔的构筑过程中，处在金字塔尖顶上的狭义的诗越来越文人化、典雅化，越来越远离民间歌唱性体裁，而且诗、乐府、词、曲及民间说唱体之间的分野也日趋明朗、清晰。恰如明人王骥德所云，"词之异于诗也，曲之异于词也，道遇不侔也"③。

相对而言，歌唱性体裁主要以声情动人，一发即逝，所以不宜于慢慢地细细品味，这就决定了它不仅在遣词造句方面特别讲究音乐性，而且语言还须通俗易懂、明白畅达，思想情感也不宜太含蓄，最好能直抒胸臆、放情而出。王骥德曾做比较说："诗与词，不得以谐语方言入，而曲则唯我意之欲至，口之欲宣，纵横出入，无之而无不可。故吾谓，快人情者，要毋过于曲也。"④ 而李开先则谓："诗宜雠远而有余味，词宜明白而不难知。"⑤ 清人黄周星亦称："曲之难有三：叶律一也，合调二也，字句天然三也……亦有三易：可用衬字衬语，一也；一折之中，韵可重押，二也；方言、俚语，皆可驱使，三也。是三者皆诗文所无。"⑥ 吴乔则指出了诗之所适："诗在今日，但可为文人遗兴写怀之作而已。"⑦ 而田同之又辨析说："诗贵庄而词不嫌佻，诗贵厚而词不嫌薄，诗贵含蓄而词不嫌流露，

---

① 黄宗羲. 乐府广序序 [M] //郭绍虞. 中国历代文论选：第三册. 上海：上海古籍出版社，1980：34-35.
② 俞彦. 爱园词话 [M] //唐圭璋. 词话丛编. 北京：中华书局，1986：399.
③ 王骥德. 曲律：杂论 [M] //中国戏曲研究院. 中国古典戏曲论著集成：四. 北京：中国戏剧出版社，1959：159.
④ 王骥德. 曲律：杂论 [M] //中国戏曲研究院. 中国古典戏曲论著集成：四. 北京：中国戏剧出版社，1959：160.
⑤ 李开先. 西野春游词序 [M] //李开先. 李开先集：上. 北京：中华书局，1959：334.
⑥ 吴乔. 制曲枝语 [M] //中国戏曲研究院. 中国古典戏曲论著集成：七. 北京：中国戏剧出版社，1959：119.
⑦ 吴乔. 答万季野诗问 [M] //王夫之，等. 清诗话. 北京：中华书局，1978：33.

之三者，不可不知。"① 诸如此类，不一而足，皆说明了诗与乐之间的客观区别，如有耐心，只要翻检一下早期乐府，早期的词、曲及民间说唱体，只要所见到的这些体裁文化，"诗"化的程度尚不高，就不难发现，前引诸家辨析都是非常中肯的。明白了这一点，那么对于梁启超的诗乐合一理论就会有一个比较确切的评判，就可以看出他之所以不顾诗乐分途的客观事实而重提这一理论的真实用意。同时，在认识近代歌词在文学史上的位置时会有同一的参照系，而不至于做不对口的比较，用其他系统的标准来衡定它的价值。

三、近代歌词创作是受海外歌词的启发而出现的一种歌唱体的改良

尽管从总体上来看，近代歌词创作是中国传统歌唱系统的一次新变，而这次新变是在海外歌词的启发下出现的，却是一个不容置疑的事实。

第一，倡导歌词的人物大多曾客居海外，如梁启超曾较长时期流亡日本，而如曾志忞、沈庆鸿、高寿田、肖友梅、辛汉等都是在20世纪初留学日本的，他们都较多地受到海外音乐的熏染，并有志于向祖国输入海外新的音乐文化，以改造固有的传统音乐。而为梁启超称道的"屡陈中国音乐改良主义"的《江苏》杂志（由秦毓鎏、张肇桐、汪荣宝主持）亦于1903年4月创刊于日本东京，沈庆鸿甚至在东京创办过音乐讲习班。

第二，海外歌词翻译还是海外文学输入中国的最早突破口之一。1871年，王韬与张宗良合译《普法战纪》时，曾随译德国、法国国歌各一首。尽管译者无心，而在梁启超看来却极有意义，以为"于两国立国精神大有关系者"②。故梁启超创办《新民丛报》曾在第二号以"棒喝"为题刊登了《日耳曼祖国歌》《题进步图》《日本少年歌》《德国男儿歌》等译作。这些歌词不仅对于"新民"产生积极影响，而且对于歌词改良有直接的启示引导作用。

第三，尽管中国历代都不乏歌唱性的作品，但比较适宜于普通百姓日常咏唱的山歌小曲，却充斥着缠绵的爱情主题，诚如梁启超所指出的"于发扬蹈厉之气尤缺"。这种山歌小曲显然是不适宜于作为救亡图存、启发民众、鼓动民气之宣传品的，所以那些肩负启蒙、"新民"使命的爱国志士，一俟看到海外歌曲之振奋人心的作用，自然会大受启发，从而立志去改良中国固有的歌唱性体裁。这是完全可以理解的。所以，他们对中国传统歌唱性体裁的改造，首先着眼于内容方面，由《饮冰室诗话》列举的歌词及20世纪初出版的许多歌曲集来看，该特点

---

① 田同之. 西圃词说 [M] //唐圭璋. 词话丛编. 北京：中华书局，1986：1452.
② 梁启超. 饮冰室诗话 [M]. 北京：人民文学出版社，1959：37.

非常明显。可以说这些新歌词大多洋溢着爱国、抗争、奋进的思想感情和"发扬蹈厉"的气概。而且从救亡图存、振奋民心的要求出发，随着西方新式教育体制和学科的引进，那些充溢着"发扬蹈厉"之气的新歌词，自然也就成了中小学教育最好的启蒙教材，而学校"唱歌一科"的开设反过来又促进了新歌词的创作。试想如果只引入西方教育中的"唱歌一科"，而不改变传统山歌小曲的内容，让少男少女们大唱"郎呀""妹呀"，这在救亡图存的时代，又将是怎样一种怪谬和荒唐！对于当时的启蒙志士来说，在教育中引入"唱歌一科"，也就是希望用"发扬蹈厉"的新歌词在人的少年时代就播下"新民"的种子，所以对于歌词内容的改造无疑是最迫切的，宣传的、功利的要求压倒一切，至于艺术审美的要求还是其次的。

其次在形式上，由于中外语言上的隔阂，使得歌词创作与诗和小说的创作一样，无法直接将海外文学作为模拟的对象，而且反过来，像苏曼殊用古诗的形式、梁启超用散曲的形式、林纾用传奇的形式去翻译海外诗和小说一样，歌词的翻译也免不了受到传统歌唱体的同化。可以说早期的新歌词创作除了在语言上吸取了某些新名词以外，在章句、结构等形式方面还尚未受到海外歌词形式的严重熏染，也并没有发生本质上的突变。

所以，海外歌词对近代歌词的启导作用主要表现在内容方面，表现在社会知识阶层对歌词地位和价值的再认识和重新估价方面。

总之，近代歌词创作尽管受到了海外歌词的启发，但它并没有发生本质的突变，更没有改变其作为歌词的体裁性质。它仍然是中国歌唱文学之一，理所应当放在整个歌唱体文学的发展系统中加以认识，而不应当强行纳入诗的系统中加以比较评价。用批评诗歌的标准去批评歌词，无异是以驴唇对马嘴，然后大谈其驴唇是如何不同于马嘴，因此如何有了"革命"性的变异，这样是不利于辨明真相的。

只要有兴趣耐心地考察一下中国歌唱体文学的发展历程（实际上，只要从头到尾读一下郑振铎的《中国俗文学史》也就足够了），就不难发现，历代都有为普通百姓所喜闻乐见的通俗歌曲。

古歌谣太久远了，可以先不去管它，只要读一下汉代的民间乐府、南北朝的民歌、唐代敦煌曲子词，甚至是早期文人词曲中的一部分，诸如戴叔伦的《调笑令》、韦应物的《三台》、刘禹锡的《竹枝词》、白居易的《浪淘沙》《宴桃源》《长相思》等，宋代的鼓子词、转踏、唱赚及诸宫调，元代前期散曲，明代锁南枝、黄莺儿、劈破玉歌、挂枝儿、山歌之类俗曲，清代的小曲、西调、寄生草、马头调、岔曲、秧歌、岭头调、湖广调、粤讴等俗曲，就很容易看到民间歌曲的系统原来也是那样丰富多彩，与文人诗相比毫不逊色。这些民间歌曲都采用非常生动的通俗白话来表情达意，虽然也有文与俚、直露与含蓄的区别，但即使是最文的、最含蓄的作品放在文人诗里也是俚俗的、直露的。恰如钱锺书对中西诗的比较："在中国诗里算得'浪漫'的，比起西洋诗来，仍然是含蓄的。我们以为词华够浓艳了，看惯纷红骇绿的他们还欣赏它的素淡；我们以为'直恁响喉咙'了，听惯大声高唱的他们只觉得不失斯文温雅。"① 歌词与诗理应有自己不同的批评标准。故若按歌词的标准来衡量，近代歌词的形式仍然不过是中国传统歌唱系统的一次新变而已，并没有本质上的突变。不能一看到采用通俗白话，就说是发生了"革命"。

笔者曾在拙著《中国近代诗歌史》中提出过下面这样一种看法，即在中国语言发展史上，"言文趋一与规范化是一对基本矛盾，它们构成了语言发展的内在辩证运动"②。这一辩证运动实际贯穿于整个文学史，因此自从文学形成以来，就有关于"言文合一"的主张，同时又有要求语言规范化的主张。而在创作实践中，也同样具有两条充分体现上述主张的基本发展线索，两条线索既对立又统一。我们不能只注重一面，而忽视另一面。歌词创作是"言文合一"线索上的组成部分，它们相对来说虽比较粗糙，但却是中国文学中最活跃、最有活力的生力军。而近代白话运动的重大意义，并不在于它是首创的，而在于它顺应了时代发展的需要。由于戊戌以后，受到海外文化的强烈刺激，新语词数量剧增，使固有的书面语结构难以容纳急剧丰富起来的新思想、新感受，口语与书面语之间本来已经差距较大的情况更趋严重。不解决这个问题，中国的思想和文学就不会有远大的发展前途，因此极大地缩小言文之间的距离，是时代的当务之急。近代白话运动为解决这一当务之急做出了先锋队的积极贡献，为后来现代白话运动的重新兴起做了历史铺垫。

而新歌词创作的意义则在于它能沿着传统口语化的歌唱体文学的发展途径，继续前进，从而顺应了近代言文合一的时代要求，并为推动言文合一的时代进程发挥了它所能发挥的积极作用。它对于现代文学形成的价值，并不表现在它的形式本身，而是表现在它对现代白话文学语言的促进作用上面。而它自身则并不是古典诗与白话诗之间的过渡形态，正像前面列举的种种歌唱体一样，它就是它自己，不过是最年轻的一员而已。

近代歌词创作只是近代文学的一个点，但由这个点，也就可以从一个侧面来

---

① 钱锺书. 中国诗与中国画［M］//钱锺书. 旧文四篇. 上海：上海古籍出版社，1979：11.
② 马亚中. 中国近代诗歌史［M］. 上海：复旦大学出版社，2011：22.

折射近代文学的某些性状。事实上现代文学的形成,并不只是在近代文学形式基础上的又一次更新。用现代遗传学术语来讲,现代文学的形成一方面固然是某些传统文学基因突变作用所致,但更显著、更主要的还是西方文学基因被大量整合到传统文学的细胞之中带来的结果。这种整合作用,造成了文学遗传性状的本质突变,导致了崭新的不中不西的文学新形式的产生。现代文学既非中国传统文学自然发展的结果,又非西方文学的简单复制品,而是中西两种不同文化性质的文学基因重新组合而产生的新生儿。近代本身并不是古典文学与现代文学之间的过渡,它不过是中国传统文学发展过程中的最后一驿。它与整个中国传统文学一起构成了现代文学的一个亲本,而西方文学则是另一亲本。

现代文学的形成是一次重大的突变,而非中国传统文学渐变的结果。但这一突变的实现是需要现实条件的,而近代开始的较大规模的中西文化交流则正是在创造这种现实条件。近代文学则是中西文化交流中的一个组成部分。梁启超提出的改造传统文学的方案(诗界革命、文界革命、小说界革命),尽管没有改变中国传统文学的性质,但却为打开关闭的中国文学大门做出了积极贡献。近代文学以对新名词、新语句的热情运用,则迈出了创造现代白话的第一步。梁启超在20世纪20年代写的《〈晚清两大家诗钞〉题辞》中曾相信:"白话诗将来总有大成功的希望。"① 但认为"须有两个条件:第一要等国语进化之后,许多文言都成了'白话',第二要等音乐大发达以后,作诗的人都有相当音乐智识和趣味"②。这在梁启超说来,自然颇为通达,但"国语的进化"是在自己的脚下,等是等不来的。殊不知,他们早年对新名词的倡导,正是这种"进化"的第一步。而继严复等对西方社会科学思想的译介之后,林纾、苏曼殊、马君武等较大规模地对西方文学的译介则更是近代文学为文学突变创造条件所做出的又一大贡献。它不仅与严复等对西方新思想、新文化的译介一起,为输入新词汇、新概念、新意识从而建构现代新白话增添了实质性的内容,而且还在意象组合、叙述模式、情节结构、想象世界、创作意识等许多文学艺术的重要方面提供了全新的"基因"。现代文学倘若没有这些现实条件的准备,是不可能诞生的。所以近代文学乃至于整个近代文化对于现代文学所发生的积极作用,就在于它创造了一个开放的、有利于中西文化、中西文学发生较大规模交流的客观环境,也在于近代文学形式做了过渡性的准备。正是在这个意义上,我们才能深刻理解文学观相当保守的严复、林纾等人对于文学现代化进程做出的始料未及的积极贡献。

---

① 周岚,常弘. 饮冰室书话 [M]. 长春:时代文艺出版社,1998:452.
② 周岚,常弘. 饮冰室书话 [M]. 长春:时代文艺出版社,1998:452.

·概论编·

这样来看待近代文学并不会影响它的价值，而只会有助于对其艺术形式的性质，以及它与传统文学之间的关系做出正确的评判，从而也有助于认识传统文学自身发展的局限性。有时过分相近的艺术血缘之间的结合，并不利于创造全新的、优良的艺术作品。而20世纪以来逐渐形成的新的社会环境、新的审美趣味，虽然钟情于新文学，但这并不会改变传统文学固有的审美价值，也并不说明新文学的审美价值就一定高于传统文学。现代新文学具有现实性，但它并不能替代传统文学。近代文学虽然为现代新文学的形成创造了外在客观条件，但近代文学并不是对传统文学价值的否定。尽管为了改良传统文学，梁启超辈曾发表过一些实用主义的过激观点，但他们最终却并没有去否定整个传统文学，相反，越到后来却越认识到了传统文学不可替代的历久不衰的特有魅力。诗界革命派成员之所以到后来"纷纷望古树降旗"①，其原因恐怕不唯是它们立场不稳、缺乏远见，而重要的也许还是由于新文学形成以后，与之相对而存在的作为一种完成艺术的传统文学具有其不可替代的历久不衰的特有魅力。这种魅力反而因新文学的形成而有了新的对照，从而变得更加鲜明。那些人物的审美眼光基本上是在传统文化中陶冶而成的，他们在这样的对照之中，很难说对传统文学不会有一种重新发现的亲切感。他们会因这种重新发现，而对古代文学做出新的选择。而这种选择则颇有代表性地反映出近代文学与古代文学之间具有更为单纯、亲密的血缘联系。

[原发表于《苏州大学学报》（哲学社会科学版）1993年第1期]

---

① 黄霖. 近代文学批评史 [M]. 上海：上海古籍出版社，1993：369.

试论中国近代文学语言的变革

袁 进

一

"语言是外在于任何人的,虽然仅仅部分地是这样;但是,重要的是,一种特定的语言乃是说这种语言的那些人的集体意识的一部分,语言也使这种集体意识成为可能。"① 在中国古代,文言文的训练形成中国文人的集体意识,他们很难自己发现文学需要新的语言,直接表达自己的情感。这种发现必须在外国的参照之下。只有在外国语言变化的参照之下,才能发现中国言文脱离的弊病。

中国近代将中国语言与外国语言进行比较的首推黄遵宪:"余闻罗马古时,仅用腊丁语,各国以语言殊异,病其难用,自法国易以法音,英国易以英音,而英法诸国文学始盛。"② 因此,他认为:"语言者,文字之所以出也。语言与文字合,则通文者多;语言与文字离,则通文者少。"③ 黄遵宪的语言改革主张实际分为两方面:从教育来说,必须言文合一,有助于平民受教育,方能保国保种。从文学说,必须打破禁忌,自铸新辞,"我手写我口",不受古人的拘牵,方能创作出好作品。这两方面就成为中国近代"白话文运动"的指导思想,导致了中国近代的语言变革。如果说《古谣谚》搜罗的毕竟是古代作品,仍是言文脱离的;那么,黄遵宪则想从当时的山歌中吸取语言,他辑录当时的歌谣,赞美山歌的艺术性:"每以方言设喻,或以作韵,苟不谙土俗,即不知其妙,笔之于书,殊不易耳。"并将当时的山歌与儒家的经典《诗经》并列:"十五国风妙绝古今,

---

① [美] 祁雅理. 二十世纪法国思潮 [M]. 吴永宗,等,译. 北京:商务印书馆,1987:169.
② 黄遵宪. 日本国志·学术志二·文学 [M] //郭绍虞. 中国历代文论选:下. 北京:中华书局,1963:353.
③ 黄遵宪. 梅水诗传序 [M] //郭绍虞. 中国历代文论选:下. 北京:中华书局,1963:358.

正以妇人女子矢口而成，使学士大夫操笔为之，反不能尔，以人籁易为，天籁难学也。"① 他不仅主张变革语言，而且身体力行，表现了比刘毓崧更大的魄力与勇气。

　　黄遵宪辑录当时山歌吸取民间语言的这一做法在当时未必受到重视，但是他的"言文一致，方能保国保种"的论断，却打动了无数士大夫。中国正处于积贫积弱时期，五千年文明古国正面临亡国灭种的危机，"前朝盛衰，与文消息"。相信"文学"能够"治国平天下"的士大夫当然要从"文"上寻找国家衰弱的原因，梁启超称中国腐败是由旧小说造成的，不过是其中一例。黄遵宪提出中国积弱在于受教育者少，受教育少的原因在于语言与文学脱离，符合当时先进士大夫的心态，容易为他们所接受。1897年，裘廷梁发表了《论白话为维新之本》，全面发挥了黄遵宪的观点，他提出"文字之始，白话而已矣"，"后人以为佶屈难解者，年代绵邈，文字不变而语变也"。先从发生学上破除"复古主义"的传统观点，然后分析言文分离，导致文人的知识结构老化，真正的"实学"无人过问，所以"文言兴而后实学废，白话行而后实学兴，实学不兴，是谓无民"。日本的福泽谕吉早已认为中国是精通文学之人多而钻研实学之人少，这一看法后来逐步成为日本人当时对中国的看法。黄遵宪、裘廷梁等人接受了这一看法，并找出"文学"与"实学"成反比的原因就在于"文言"。这样，语言的变革就成为"救国"的民族复兴运动的当务之急。

　　梁启超对"言文一致"问题的感觉，起初并不敏锐。1897年，他到湖南时务学堂任职，订立了《湖南时务学堂学约》，其中第六条规定："传曰：'言之无文，行而不远'。学者以觉天下为己任，则文未能舍弃也。传世之文，或务渊懿古茂，或务沉博绝丽，或务瑰奇奥诡，无之不可；觉世之文，则辞达而已矣，当以条理细备，词笔锐达为上，不必求工也。"他还是认为"传世之文"应当"渊懿古茂""沉博绝丽""瑰奇奥诡"，只是"觉世之文"可以"不必求工"。其时他已经在《时务报》上发表了大量的"觉世之文"，开始创立他的"新文体"，但他还没有完全意识到语言变革的重要性。戊戌变法失败后，梁启超亡命日本，精心研究西学，才发现"文学之进化有一大关键，即由古语之文学变为俗语之文学是也。各国文学史之开展，靡不循此轨道"②。他已发现语言的变革不光是"保国保种"问题，而且是文学发展的必然规律。

　　事实上，早在黄遵宪、裘廷梁、梁启超等人提出语言变革之前，一场不同于

---

① 黄遵宪. 山歌题记［M］//郭绍虞. 中国历代文论选：下. 北京：中华书局，1963：344.
② 饮冰. 小说丛话［J］. 新小说，1903（7）.

白话小说的语言变革已在悄悄进行，书面语言已经在发生变化。这种变化首先是由报刊问世引起的。

早在传教士马礼逊于马来亚的马六甲创办《察世俗每月统记传》，这第一份中文近代报刊所用的语言，便既不是士大夫用的文言，也不是白话小说中的古代白话，而是一种接近口语、掺杂文言而又含有外来语法的书面语言。编者明确宣称，刊登的文章"必不可难明白"，"盖甚奥之书，不能有多用处，因能明甚奥之理者少故也。容易读之书者，若传正道，则世间多有用处"①。编者已经从适合读者需要出发，不以士大夫为报刊的主要读者。其后，《申报》在上海创刊时，也认为"典瞻有质"之文只能供"儒者之清谈，未必为雅俗所共赏"。所以他们确定的办报方针是："文则质而不俚，事则简而能详，上而学士大夫，下及农工商，皆能通晓者。"② 强调要面向广大市民。这大体上也是当时其他报刊的办报方针。

只是办报的主编大多是落魄士人，都经受过良好的文言文训练，一旦编起报刊，那些文言文便不知不觉地流露于笔端。同时，撰写报刊文章是比较自由的，不像士大夫作文有诸多禁忌，文章的描写对象，也比传统古文广泛得多，大量新事物、新思想在古文中找不到适当的词汇语句表达；中文报刊又是模仿外文报刊的，它在语言上当然也不可能完全不受外文报刊的影响。所有这些都促成了早期报人偏离传统诗文的叙述轨道。王韬将自己刊登在报刊上的文章汇编成集，自己也知道它们不合乎传统士大夫对文章的要求："自愧言之无文，行而不远，必为有识之士所齿冷，惟念宣尼云：'辞达而已'，知文章所责在乎纪事述情，自抒胸臆，俾使人人知其命意之所在，而一如我怀之所欲吐，斯即佳文。至其工拙，抑末也。"③ 所以早期华文报刊的语言虽已逸出传统文言文的轨道，但是由于主编们自身的局限，仍然受到传统文言文的很大束缚。

如果说中国报刊主编在适应市民需要的同时还常常受到自己知识结构的束缚；那么，这时翻译西方书籍、主编中文报刊的外国传教士则完全不同了。一方面，传教士们意识到士大夫在中国社会所处的领导地位，他们很希望自己的思想能为士大夫们接受，所以在作文时尽量模仿士大夫文体，为了翻译得像样一些，常拉一位士大夫当助手。另一方面，他们没有经受过士大夫从小必须经受的文言文训练，中国传统的文言，对他们来说过于艰难，他们喜欢用浅显明白的语言来

---

① 《察世俗每月统记传》序 [N]. 察世俗每月统记传, 1815-08-05.
② 本馆告白 [N]. 申报, 18702-04-30 (1).
③ 王韬. 弢园文录外编：自序 [M] // 王韬. 弢园文录外编. 沈阳：辽宁人民出版社, 1994：1.

表达他们的思想。他们的文章不用典，不夸饰，注重一般读者也能阅读，为梁启超"新民体"之先声。

事实上，这时大量西方书籍被译成中文，大量的在中国古代没有的西方近代科学要用汉语表达出来，迫使文言已经无法守住传统的壁垒。首先是大量涌入新词汇。傅兰雅为江南制造局翻译西方科技书时，就曾提出两条翻译原则："一、中文已有之名，不论是民间约定俗成，或先前所译者，只要合用就沿用；二、中文尚无译名者，则采用英译法或加偏旁造新字，如镁、矽、砷等都是新造的字。"① 这一翻译词汇的原则，后来大体被中国翻译界所接受。西方的自然科学与社会科学进入国内，大量专有名词也相继涌入。随着翻译的发展，中国对外国语法的了解，产生了用语法来规范汉语的需要。中国第一本语法专著《马氏文通》就是在这时问世的。《马世文通》运用大量的西洋语法分析方法来说明中国的文言语法，其中虽然不无牵强附会之处，但它却使中国语法从一开始就站在一个较高的起点上。翻译的大量进行，促使外国语言的句型渗入汉语之中，梁启超"欧人中国分割之议，倡之既有年，迄于今而其声浪愈高"②，用的就是日语的句型。汉语的文言文已经出现了许多新的成分，社会需要，读者变化，都促使它走向变革，走向"言文一致"。

大体说来，这一变革的次序从传教士翻译西方书籍，外国人创办华文报刊开始，到19世纪90年代末先进士大夫从"救国"出发倡导"言文一致"，开始进入高潮。"言文一致"的重要性为越来越多的人所认识，提倡白话的要求日益强烈。"庚子事变"后的数年之内，全国涌现了一大批白话文报纸，出现了"白话文运动"。这一白话文运动的目标是用白话来开发民智，同当时占主导地位的文学观念是完全一致的。所用的白话已经不是中国小说用的"古白话"，也不完全是当时的口语，白话中有大量来自西方日本的新名词，夹杂着一些外国语言的句型。为了帮助广大民众认识汉字、接受新思想，还有人发明了注音字母③。有的留学生甚至主张不用汉字，用"万国语"。许多意见都与"五四"白话文运动极为相似。

二

周作人在论及晚清白话文运动时，将它与"五四"时期相比，提到它有两

---

① 顾长声. 从马礼逊到司徒雷登 [M]. 上海：上海人民出版社，1985：230.
② 梁启超. 论中国人种之将来 [M]∥梁启超. 饮冰室合集：文集之三. 影印本. 北京：中华书局，1941：48-49.
③ 王照在1900年发明了官话合声字母。

大局限:"第一,现在白话文,是'话怎么说便怎么写'。那时候都是由八股翻白话。"还举了具体的例子,证明"那时的白话,是作者用古文想出之后,又翻作白话写出来的"。"第二,是态度的不同,——现在我们作文的态度是一元的。就是,无论对什么人,作什么事,无论是著书或随便地写一张字条儿,一律都用白话。而以前的态度则是二元的,不是凡文字都用白话写,只是为一般没有学识的平民和工人才写白话的。""但如写正经的文章或著书时,当然还是用古文的。"因此,他得出这样的结论:"总之,那时候的白话,是出自政治方面的需求,只是戊戌政变的余波之一,和后来的白话文可说是没有大关系的。"① 周作人的这一看法曾经为学术界广泛接受,引入各种论著之中。

其实,周作人的看法颇有贬低晚清"白话文运动"之处。他是"五四"白话文运动的领袖之一,这种贬低也情有可原。但如果学术界把他的论断当成事实,则不免失之毫厘,差之千里。试看周作人说的第一点:晚清确有人从文言翻白话,但写纯粹白话的也并非没有:"天气冷啊!你看西北风呜呜的响,挟着一大片黑云在那天空上飞来飞去,把太阳都遮住了。上了年纪的这时候皮袍子都上身了,躺在家里,把两扇窗门紧紧关住,喝喝酒,叉叉麻将,吃吃大烟,到也十分自在。……"② 这些句子并没有一点文言翻成白话的气息,就是放在"五四"新文学中,也并不逊色。周作人之论,不免有以偏概全之嫌。至于周作人认为晚清白话文运动与"五四"白话文运动没有大关系,更是偏颇之论。"五四"提倡新文学的,与晚清提倡小说界、文学界、诗界革命的,确属两批人。晚清倡导白话小说甚力的梁启超、夏曾佑、狄葆贤等人,在"五四"新文学运动中不再充当领袖人物。然而恰恰在主张白话上,可以看出两者之间的联系。"五四"白话文运动的领袖陈独秀在晚清白话文运动中办过《安徽俗话报》,写过不少白话文。率先提倡白话文运动的胡适,也在晚清白话文运动中主编过《竞业旬报》,写过不少白话文。他们在晚清白话文运动中的经历,为他们在"五四"白话文运动中成为领袖,做了必要的铺垫。

晚清的白话文运动是以"改良政治"为动力的,要推行"民主",普及教育,必须"言文一致",让更多的平民接受教育。晚清白话文运动失败的原因之一就是以"改良政治"为动力。一旦革命党人将宣传变为行动时,白话文就很少有人再作。民国的建立,更使许多人觉得政治任务已经完成,白话文已经失去了它的宣传作用。这时白话报刊便很少了。但是,晚清也有人能撇开政治,从学

---

① 周作人. 中国新文学的源流 [M]. 上海: 华东师范大学出版社, 1996: 52-65.
② 白话道人. 中国白话报发刊词 [N]. 中国白话报, 1903-12-19.

术与文学上重视语言变革的必要性，他们的代表是王国维。王国维在当时似乎有一个与其他先进知识分子不同的立足点，他没有像一般的维新志士那样，将中国的贫弱归于"民智不开"，归于使用文言。他从中西语言的不同，意识到中西思想方法的不同。他认为："夫语言者，代表国民之思想者也，思想之精粗广狭，视言语之精粗广狭以为准，观其言语，而其国民之思想可知矣。"那么中国人之思想方式如何呢？"抑我国人之特质，实际的也，通俗的也；西洋人之特质，思辨的也，科学的也，长于抽象而精于分类，对世界一切有形无形之事物，无往而不用综括及分析之二法，故言语之多，自然之理也。吾国人之所长，宁在于实践之方面，而于理论之方面，则以具体的知识为满足，至分类之事，则除迫于实际之需要外，殆不欲穷究之也。"① 他把文言和白话综合起来对照外国语言，他是中国最早从汉语反省思想方式局限的先驱之一。这就使他高屋建瓴，得出不同凡响、至今仍有启迪意义的结论。

把文言与白话综合起来作为中国语言考察，更能看出它的局限。因此，王国维坚决主张引入新名词，使汉语更趋严密："事物之无名者，实不便于吾人之思索，故我国学术而欲进步乎，则虽在闭关独立之时代，犹不得不造新名，况西洋之学术骎骎而入中国，则言语之不足用固自然之势也。"他把语言看作是表达思想感情的工具，而摈弃了正统的"雅俗"之界，以"自然"为准则。他将这一价值标准用于文学批评，赞美白话文的《红楼梦》是最优秀的文学作品，赞美元曲"为中国最自然之文学"，是有"意境"的作品，因为它"写情则沁人心脾，写景则在人耳目，述事则如其口出"。他发现"古代文学之形容事物也，率用古语，其用俗语者绝无。又所用文字数亦不甚多。独元曲以许用衬字故，故辄以许多俗语或以自然之声音形容之。此自古文学上所未有也"。因此，他将元杂剧视为"于新文体中自由使用新言语"②，充分肯定了它的艺术成就。值得注意的是，王国维并非主张文学非白话不可。他提出了"古雅"的审美新范畴，他没有像胡适等人那样将文言文作品看成是"死文学"，而是把它们与三代的钟鼎文，秦汉之摹印，汉、魏、六朝、唐、宋之碑帖，宋元之书籍等合在一起考察，主张它们的美都来自不同今日的古形式，所以"古雅"应当是一个独立的审美范畴，充分肯定了"典雅"的审美效用③。这种做法看来似乎是想折中"雅俗"

---

① 王国维. 论新学语之输入［J］. 教育世界，1905：4.
② 王国维. 宋元戏曲史［M］. 上海：上海古籍出版社，1998：98-104.
③ 王国维. 静安文集：古雅在美学上之位置［M］//海宁王静安先生遗书. 北京：商务印书馆，1940：121.

的区别，调和白话与文言的矛盾，其实不然。众多的文言文作品是宝贵的文学遗产，它们将永远作为艺术被人鉴赏，引起读者的美感。把"文言文"称作"死文学"的胡适之类，其实是回避了这一事实，抛弃了中国古代文学遗产。王国维是在本着"实事求是"的精神做求"真"的探索。由此也可看出他与同时代学者有两个很不相同的地方：一是他始终是从学术、文学出发，而很少受政治干扰。他在政治上是保皇党人，但是这一政治态度从未影响过他的学术研究，他从不用他的学术与文学主张来为他的政治主张服务。二是他的思想方法是比较全面的，很少有那时人的"非此即彼"的简单化思维特征。这也许就是王国维的众多学术论述至今仍有生命力的原因。

平心而论，"言文一致"在文言与口语相距太远时作为口号提出，推行白话文是可以的，但它其实是不可能做到的。"我手写我口"多少带有空想的性质，因为口头语与书面语是不同的，两者决不能完全一致。口头语最活跃，变化大；书面语的要求总要比口头语高，比口头语规范稳定得多。如果把书面语降低到口头语的水平，决不能产生优秀的第一流的文学作品。但是口头语与书面语的距离又不能过大，成为两种不同的语言，它们必须能准确地表达人们的思想情感，满足社会交流的需要。有的文言最初也是口头语，如《尚书》的诏诰，汉代的手诏，它们与后来的口头语相比，变化之大，远远超过书面语的变化。世界上没有一个民族的口头语与书面语是完全一样的。所以，"言文一致"作为口号在从晚清到"五四"时期提出，促进了白话文运动的发展，使汉语的书面语产生重要变革，由"雅"向"俗"发展，丰富了它的表现力，具有很大的功绩。但是这个口号不是一个科学的口号，它有着自身的片面局限，因此它不可能成为书面语发展的最终目标，它在"五四"白话文运动胜利后便遭抛弃，是必然的。

中国近代的语言变革不是语言发展自发产生的变革，而是社会政治变革带动下的变革。尽管报刊已经崛起，"报章体"也初具雏形，但是它们的力量还不足以引起一场语言变革，因为此时报章主要集中在上海等少数几个城市，中国大部分地区感受不到它的冲击。报刊等带来的语言变化，是在晚清先进知识分子掀起的"救国"热潮中才转变为语言变革，形成潮流的，它汇成潮流的关键在于把提倡"白话文"与"救国"结合起来，而原来享有文言文专利的士大夫中，分化出一批先进分子，成为提倡白话文的急先锋。裘廷梁、梁启超、黄遵宪、林白水、陈独秀、蔡元培等人大多是举人，至少也是秀才，有的还是进士出身。他们提倡白话，并不是由于他们擅长写白话文（恰恰相反，他们写文言文的能力都远远超过他们写白话文的能力），而是由于他们确信运用白话文能够普及教育，减少中国人花在无用的文学上的受教育时间，从而腾出更多的时间来接受科学知识及社会科学知识的教育，促使国家富强起来。白话文运动能够汇成潮流，形成中国近代的语言变革，也是因为当时的士大夫和后来的民国当政者都接受了这一看法，将白话文列为学堂的基本语言。事实上，一直到笔者在20世纪五六十年代接受教育时，当时政府提倡简化汉字，其简化汉字的理由，仍是如此。与晚清提倡白话文的理由相比，变化并不大，由此可见这一指导思想的影响与威力。

中国近代语言变革虽然不是语言自生发展的自发产物，但它在客观上顺应了近代都市形成，市民阶层崛起，社会由封建形态转向资本主义形态发展的社会需要。政治变革把语言变革作为副产品，以扩大政治变革的社会基础，这一变革次序客观上也促进了白话文市场的扩展。这一市场中最有趣的是士大夫，他们出于拯救国家的需要赞同语言变革，成为白话文市场的消费者之一，但是白话文的崛起却取消了士大夫在书面语言上享有的专利，促成了他们的消亡。他们的地位逐渐由学生成长起来的新型知识分子所取代，但是新型知识分子在社会中的地位却远不如原来的士大夫。中国社会的变革屡屡会产生这样的异事。

三

尽管中国近代的语言变革得以持久，得以成功，是因为社会变革正在形成语言变革的基础。但是，它毕竟不是由运用新语言的市民阶层及附属于他们的知识分子发起的，并由他们来打倒士大夫阶层；而是由先进士大夫本身发起，由趋新的士大夫作为骨干。这一状况一方面证明了新生力量的弱小；一方面也意味着语言变革本身的曲折与复杂。近代语言在"由雅变俗"的同时，另有一种"由俗趋雅"的变化，就是一个例子。

文学语言的"由俗趋雅"首先表现在小说语言向"雅化"发展上。小说本是俗文学，所谓"言辞鄙陋，不登大雅之堂"，故为正统文人所鄙视。文人为了提高小说的地位，借小说抒发自己的感觉，寄托情感，在创作小说时，有时便在语言上力求使小说典雅起来。嘉庆年间，屠绅用古文创作《蟫史》长篇小说，陈球用骈文创作《燕山外史》，都是例子。咸丰年间，魏子安创作《花月痕》，就小说而言，本身并无突出之处，但是小说中穿插了大量的功力颇深的诗歌，哀感顽艳，令小说获得极大的成功。从古文的标准看，语言之精练典雅，也超过以往的小说。当时即有人评道："《花月痕》虽小说，毕竟是才人吐属。其中诗文、词赋、歌曲，无一不备，且皆娴雅，市侩大腹贾未必能解。"[①] "《花月痕》小说，

---

① 谢章铤. 课余续录：卷一［M］∥赌棋山庄. 赌棋山庄诗集：卷四. 光绪刻本.

笔墨哀艳凄婉，为近代说部中之上乘禅。"① 以至《花月痕》成为小说之楷模，地位一度还在《红楼梦》之上，在清末民初有着极大的影响。有人批评《九尾龟》："用笔以秀丽胜，叙事中，或间以骈语一二联，颇得清圆流利之致，盖仿《花月痕》体裁也。"② 叶楚伧称"《花月痕》白话中每插入文言，极为精妙，如韦韩欧洪愉园小饮一段，几乎无语不典，而神采奕奕，逼真怀才不遇，迂衡当世口吻"③。民初小说家大多模仿过《花月痕》，李定夷便认为民初的"排偶小说，词华典瞻，文采斐然，与其说是脱胎于《燕山外史》，毋宁说是拾《花月痕》牙慧"④。小说家有意向运用"雅化"语言的作品认同，以之为模仿楷模，显示出小说语言"由俗趋雅"的变化。

晚清语言变革的独特之处就在于：一方面变革语言，白话取代文言成为主导趋势，"报章体"盛行，文言文纷纷出现"俗化"倾向；另一方面，原来是最"俗"的"俗文学"的小说，却出现了"雅化"的倾向，至少是在小说领域中，"雅化"压倒了"俗化"。鲁迅记得他1903年编译《斯巴达之魂》时，"当时的风气，要激昂慷慨，顿挫抑扬，才能被称为好文章。我还记得'被发大叫，抱书独行，无泪可挥，大风灭烛'是大家传诵的警句"⑤。如果说在晚清还是翻译小说用文言较多，而创作小说用白话与浅近文言较多，到了民国初年，创作小说也大半成了文言文的天下。讲究词章本是做文言文的风气，现在也成了做小说的风气。主编《小说月报》的恽铁樵便竭力提倡"词章"，勉励小说作者阅读《礼记》，主张"必能为真正之文言，然后可为白话，必能读得《庄子》《史记》，然后可为白话"⑥。当时人论小说，也主张："大抵小说之笔，一宜简，二宜雅，三宜显。不简则拖泥带水令人恶，不雅则鄙俗令人厌，不显则沉晦令人闷。"⑦ 民国初期于是出现了一大批古文长篇小说，还出现了骈文长篇小说，排偶对仗，讲究词藻，一时成了小说界的风气。它成为短暂的中国小说史上文言小说创作得最多的时期，成为文言小说消亡时的回光返照。白话小说此时基本为文言小说所压

---

① 雷瑨. 雷颠随笔 [M]//孔另境. 中国小说史料. 上海：上海古籍出版社，1982：233.
② 潭瀛室随笔 [M]//朱一玄. 明清小说资料选编：下. 济南：齐鲁书社，1990：819.
③ 叶楚伧. 小风杂论 [M]//小说杂著. 新民图书馆，1919.
④ 李健青. 民初上海文坛 [M]//上海市文史馆、上海市人民政府参事室文史资料工作委员会. 上海地方史资料：四. 上海：上海社会科学出版社，1986：216.
⑤ 鲁迅. 集外集：序言 [M]//鲁迅先生纪念委员会. 鲁迅全集：第七卷. 北京：人民文学出版社，1973：370-371.
⑥ 铁樵. 小说家言 [J]. 小说月报，1915，6（6）.
⑦ 张行. 小说闲话 [M]//古今文艺丛书：第二集. 上海：上海广益书局，1913.

倒，连民初白话小说的著名作品《广陵潮》《留东外史》，也曾遭到退稿的厄运。

文言小说的兴旺，在晚清已可见出端倪。1908年，徐念慈统计了当时小说的销售情况，发现当时的文言小说销量已经大于白话小说，徐念慈由此判定，当时小说的主要读者是"出于旧学界而输入新学说"的士大夫①。梁启超在1915年也认为提倡小说的十年以来，小说读者大大增加，而且主要是"举国士大夫"②。士大夫原来是拒斥小说的，是小说的潜在市场；一旦他们接受了小说，成为小说的读者，小说市场自然要大大扩展，同时，士大夫的欣赏趣味自然也要进入小说。这就是近代小说出现"雅化"的原因。正是由于中国历史上从未有过的众多士大夫加入小说读者队伍，造成了中国小说史上文言小说最为发达的阶段；也正是由于加入小说读者队伍的士大夫阶层已经濒于灭亡，所以文言小说的兴旺只能是昙花一现。

文学语言的"由雅变俗"与"由俗趋雅"似乎显示了士大夫所处的困境：为了救国，为了唤起老百姓，他们接受了语言"由雅变俗"的主张，但是他们所受的教育，他们的欣赏趣味，又决定了他们不能完全接受适合老百姓的俗话，而要把它变为适合士大夫欣赏趣味的文言。周作人说晚清文人提倡白话是先用文言想好，再从文言翻成白话，并没有完全说错，晚清确实有不少这样的情况，只是它们不能代表晚清白话的最高水平。梁启超便曾感慨用白话翻译外国小说远较用文言困难，所以只能"文俗并用"③。这种状况也证明了这场语言变革不是语言自发产生的，连提倡变革语言的领袖们也不能提供新语言的模板。

然而，文学语言的"由雅变俗"和"由俗趋雅"既是矛盾的，又是相辅相成的。"报章体""新民体"使典雅的古文出现了"俗化"的潮流。林纾是桐城古文大家，都已无法坚守古文的阵地。在新文体的冲击下，他不得不主张古文不要拘守程式，禁忌过多。"古文者，非每字每句，必效古人之声吻为吐发者也。义理明于心，用文词以润泽之，令读者有一种严重森肃之气，深按之又弥有意味，抑之不尽，而绎之无穷，斯名传作。"④他也提倡"古雅"，但是他的看法别具一格："所谓古雅者，非冷僻之谓。字为人人所能识，为义则殊；字为人人所习用，安置顿异。"⑤他推动的小说语言"雅化"，虽然压倒了"俗化"，但是从"雅"的标准来看，林纾倡导的"雅化"，却又受到了"俗化"潮流的渗透。林

---

① 觉我. 余之小说观［J］. 小说林，1908（10）.
② 梁启超. 告小说家［J］. 中华小说界，1915，2（1）.
③ ［法］焦士威尔奴. 十五小豪杰［N］. 少年中国之少年，译. 新民丛报，1902（6）.
④ 林纾. 春觉斋论文：论文十六忌［M］. 北京：人民文学出版社，1998：100.
⑤ 林纾. 春觉斋论文：论文十六忌［M］. 北京：人民文学出版社，1998：102.

纾用古文翻译外国小说,但桐城古文是禁止运用小说词汇的,于是林纾不得不做适当通融,所用的语言也就不是纯粹的桐城古文语言①。章太炎便曾讥笑林纾的古文是"辞无涓选,精彩杂污,而更浸润唐人小说之风"②,语言驳杂,不是纯粹的古文。

这种"由雅变俗"和"由俗趋雅"的对流渗透,既避免了泥古不化,又力图在融合古代文学遗产的基础上尽量适应社会时代的需要。周作人、鲁迅用比林纾更加正宗古奥的文言翻译《域外小说集》,由于背离了"俗化"的发展趋向,便受到社会的拒斥,在东京、上海两地只卖掉21本,影响远远不如林译小说。反观民初盛行的骈文小说《玉梨魂》,骈文是讲究"用典"的,陈球的《燕山外史》就是"四六"文体,用典极多,而《玉梨魂》却是骈散结合,用典也大大减少。当时不少士大夫认为它文格不高,算不上正宗的骈文。但正是这样的骈文小说,却能赢得社会的青睐。

就在这时,朝廷废止了科举,与科举连在一起的士大夫也走向灭亡。晚清的学堂规定学生都要读外语,外语在学堂所有课程中所占课时量最多。中华民国成立后,当时的教育部一条最重要的措施,就是在学校中废止读经,还要抽出一定课时学习自然科学。学堂的教科书都重新编过,学生可以无须花费巨大精力沉浸于经书之中,揣摩精研古人的语句和思想。在老一代士大夫心目中那么神圣的经学和文言,在学堂培养出来的新一代学生心目中,已经开始为西学和浅近的文俗结合的报章体所取代。最重要的是:这一代学生不再像士大夫那样习惯于用文言思维,他们的思维不再按照古人的方式。于是,这一代知识分子便成为"五四"白话文运动的社会基础。1917年,胡适在《新青年》上发表《文学改良刍议》,包天笑在《小说画报》上宣称不是白话小说不登,它们意味着"文言热"的"雅化"已经过去,"俗化"的白话文运动又占了上风。

一般人常有误会,以为"五四"白话文运动提倡白话是要推行"平民文学"。其实这是晚清白话文运动的宗旨,"五四"白话文运动已经远远超过这一宗旨。尽管"五四"白话文运动的倡导者们在"推倒迂晦的艰涩的山林文学,建设明了的通俗的社会文学"③,而且明确提出"平民文学"的口号,连林纾批驳白话文运动,也认为"凡京津之稗贩均可用为教授"④。但在事实上,"五四"

---

① 钱锺书. 旧文四篇:林纾的翻译[M]. 上海:上海古籍出版社,1979:62-95.
② 章太炎. 与人论文书[M]//章太炎全集:四. 上海:上海人民出版社,1985:168.
③ 陈独秀. 文学革命论[J]. 新青年,1917,2(6).
④ 林纾. 致蔡鹤卿书[M]//郭绍虞. 中国历代文论选:第四册. 上海:上海古籍出版社,1980:522.

白话文运动与晚清白话文运动的重要区别，就是面向普通老百姓宗旨的淡化。新白话绝非通俗到如白居易诗歌，连当时一般的老太太也能懂。其实当时识字的老太太们宁可去读鸳鸯蝴蝶派的白话，或者文白相杂的浅近文言，也不要读新文学的白话。鲁迅的母亲就是例子，她宁可读张恨水等人的小说，也不喜欢看儿子所著的小说。新文学不通俗的原因是多方面的，其中之一就是语言表达大量引进外国语的表达方式，使用"欧化"的白话。

"欧化"的白话在新文学的倡导者们看来是必需且不可避免的。胡适主张："白话文必不能避免'欧化'，只有'欧化'的白话方才能够应付新时代的新需要。"① 他确信汉语要严密，讲究"文法"，必须借助于"欧化"，虽然"欧化"并不符合他提倡的"言文一致"精神。明乎此，我们就不难理解：虽然"文言文是死文学，白话文是活文学"的提法并不公正，并不符合事实（就连胡适自己教儿子，也要他读文言文，而不是光读白话文）；但是它确实有助于提高白话文的地位，帮助青年学生接受白话文，奠定白话文完全取代文言文的基础，而且可以完全不顾"欧化"白话"文"的非口语，与"言"并不一致。因此书面语言仍可按照书面要求发展，只要它是"白话"，判定作品的价值标准首先由语言形式来判定。相比文言，白话也确实更能适合"欧化"的需要。只是"五四"一代作家做出的许多"欧化"努力，只有一部分积淀在现代汉语中，还有一部分只能成为历史。

然而，由白话或文言来决定"活文学"与"死文学"，虽然谈的是"文学"，对文学来说却有个重大失误：抽掉了文学的审美价值的内涵。艺术标准不再是决定"活文学"与"死文学"的标准，它由语言形式决定。于是《两个黄蝴蝶》之类的作品，竟成为新诗的发端。轻率地否定所有的文言作品使得古人对汉语格律音调的探索难以为后人继承，它们至今仍是新诗面对的难题。最重要的，它在中国文学史上开创了一个粗暴践踏艺术的先例，非艺术的语言形式标准，很容易转化为其他非艺术标准，来干扰践踏文学艺术。这已为后来的文学发展所证明了。

（原发表于《上海社会科学院学术季刊》1997年第4期）

---

① 胡适. 中国新文学大系 [M]. 上海：上海良友图书印刷公司，1935：19.

论外来文化对中国近代文学的影响

苏 平

延续数千年的中国文学发展的历史，曾经历过两次大规模的外来文化的冲击，一次发生在3世纪汉代末期，来自西域近邻诸国的印度佛教文化，跨山越水，绵延不断地传入中土，前后长达数百年，其对华夏文化的影响，涉及音乐、舞蹈、绘画、雕塑、文学、建筑等多个方面；另一次发生在19世纪末20世纪初，以英、法、美、德为代表的几乎所有当时已进入资本主义扩张阶段的西方列强，凭借武力上的绝对优势，强行撞开了中国的国门，一种具有现代形态的全新的"西洋文化"潮水般地涌入中国，仅二三十年的功夫，便形成了对中国传统文化的强烈冲击。这两次外来文化的大规模输入对中国文学的影响是显而易见的，尤其是第二次"西洋文化"的总体冲击，发生在中国历史的转折时刻，呈现出更多的突变特征，产生了一系列有别于传统的新的文学现象来，这些新的文学现象主要表现在三个方面：一是留学生运动及其相应的翻译小说的兴起；二是由翻译小说引发的白话文的突破；三是现实主义文学在中国的长盛不衰。这些文学现象的发生，当然与中国传统文学有着千丝万缕的联系，但是在19世纪末20世纪初这个特定的历史时期里，它们更多的是与外来文化联系在一起的。在中国文学史上，与外来文化有如此突出的密切联系的文学现象并不多见，本文拟从这种联系的产生、发展入手，探讨"西洋文化"在中国近代文学的嬗变中所起的关键性作用，并对其做出相应的评价。

一、留学潮和西洋小说热共同促进中国近代文学的嬗变

留学潮在先，西洋小说热在后，中国近代文学的嬗变，很大程度上是在它们的共同促进下完成的。

在第二次鸦片战争后，马克思说过这样一句话："天朝帝国万世长存的迷信

受到了致命的打击，野蛮的、闭关自守的、与文明世界隔绝的状态被打破了。"①应当说，受到致命打击的，首先是中国的军事力量，面对西方列强坚船利炮的攻击，中国军队已经老朽得不堪一击了。一直到距离这场屈辱的战争近半个世纪之后，这个打击才落到中国传统文学的头上，不同的是，这一次，是我们中国人自己抡起大锤，砸向了自己的传统文化，而这把大锤，不是别的，恰恰是被我们骂为"洋鬼子"们的"西洋小说"。

这个东西本不属于中国，是我们从西洋人那里"拿来"的，拿得多了，成了风气，因此形成了"主义"。中国近代文学的发展与这个"拿来主义"有着直接的密切关系，这已是不争的历史事实。

在这个"拿来"的过程中，唱主角的是谁呢？是中国留学生。

进入20世纪以来，中国留学生的数量一改断续、零散的低迷状态，呈现出突发性的跃进态势，以先近后远的顺序，迅速由日本国扩展到欧美大陆，形成一股具有世界规模的留学潮。

由于地理的近缘，抑或是人种的接近，中国人外向的目光首先瞄准了同处东方、隔海相望的日本。此时的日本，经过明治维新运动，已发展成为资本主义国家，对外奉行侵略扩张政策。历来视中国为楷模、甘当"小学生"角色的日本，此时掉转头来，"学生打先生"了。中国人正是在屡遭惨败、痛定思痛之后，不得不"屈尊学学枪击我们的洋鬼子"（鲁迅语）。从1898年戊戌变法失败，先是一批改革维新派人士出逃日本，随后许多具有先进思想和创新精神的中国知识分子看清了清王朝的腐朽本质，认定"所余的只有一条路，到外国去"（鲁迅语），于是，他们也奔向了日本。10年间，赴日的中国学生一批接着一批，累计多达数万人，其中1905年、1906年连续两年人数超过万人以上。

1908年，美国借返还部分中国庚子赔款之机，在中国办学兴教，组织中国学生去美国留学，以一年选派一至两批的规模，前后共派出十几批庚款留学生，总人数达千人以上，加上同期自费去美国留学的中国学生，实际人数还要多得多。

1912年，先期留学法国的李石曾等人发起并组织了"赴法勤工俭学"运动，如果说，以官派身份赴美、日留学的殷实子弟居多，那么，这种以打工仔的身份边干边学的留学方式，则让一大批贫穷而有志气的中国青年圆了出国留学的梦。在近8年的时间里，"华法教育会"共从海路送出10批赴法勤工俭学的学生，人

---

① 中共中央马克思恩格斯列宁斯大林著作编译局. 马克思恩格斯选集：第二卷 [M]. 北京：人民出版社，1972：2.

数多达一千六百余人。

  这是三个接纳中国留学生最多的国家。除此之外,英、德、意、奥等欧洲国家的土地也印上了中国学生的足迹。统计表明,主要发生在20世纪头十几年的中国留学生运动,规模之巨大,形式之多样,在中国历史上是空前的,它为中国近代文学的嬗变和发展创造了必不可少的条件。

  不难看出,近代中国留学生以路线为界分出东西两路,并由此产生了文学上的两大派别:东路的留日派和西路的欧美派两派之间在文学观念、文学主题、艺术形式、写作风格诸多方面都存在差异。留日学生多以文学艺术为改造社会和改良国民的武器,热衷于文学与政治的联姻,在中国社会由传统向现代转型的艰难过程中,从一开始,这种带有强烈政治功利性的文学,便在中国文坛上占据了主导地位,并左右着中国文学发展的方向;欧美留学生所处的社会环境相对稳定,由于欧美文学比较纯粹,受社会政治的制约少,具有较强的独立性,因此,他们不大考虑借助文学作为手段去达到非文学的政治或社会目的,而更倾向于文学自身的审美和娱乐特性,追求一种高贵、典雅的情调,形成欧美"学院派"风格(当然这仅是一种大而化之的分法,实际上,两派留学生无论是人员,还是观点,都有交叉和重叠)。在这两派中,先后都产生出一批学贯中西、自成重镇的文学家和文艺理论家:留日派以梁启超为先驱,后有陈独秀、鲁迅、周作人、郭沫若、郁达夫、郑振铎等人;欧美派有胡适、吴宓、刘半农、徐志摩、闻一多、林语堂、梁实秋等人。两派之间在历史上曾因观点和情趣的差异而发生过忤触甚至冲突,但中国的现代文学,正是在这些文学巨人所创造的辉煌业绩上建立起来的,并因这种差异的存在而更显得瑰丽多彩。

  无论是东路学生,还是西路学生,在实际学习中,最先和最深切感受到的,是中西文化间的巨大差异。与中国传统文学不同,西方文学以诗歌、小说、戏剧为主,具有更纯粹的文学性质;文学理论以西方哲学为基础,具有更多的思辨性和普遍意义。从进化的观点看,西洋文学处在比中国传统文学更先进的阶段上。但是,对中国学生最具吸引力的,不是西洋戏剧,也不是现代诗歌,而是西洋小说。西洋小说的内容、结构、语言、风格与中国传统小说迥然相异,比较之下,他们在中国章回小说先有楔子,然后是伏线、接榫、变调、过脉一套陈陈相因、千篇一律的呆板模式之外,感受到一股清新、活泼的风貌。几乎是不约而同地,两派留学生都开始着手翻译西洋小说,他们要将这种新式的小说移植到中国来,介绍给中国的读者。

  随着留学生的增加,翻译小说也水涨船高起来。从时间上看,翻译小说热的形成与留学高潮有三年至四年的间隔,这正是中国学生在国外滞留的平均年限。

因此，从 20 世纪头十年的后期开始，随着中国留学生陆续返国，翻译小说急剧发展，呈现出风起云涌、五方杂糅之势，很快形成一股翻译小说的热潮。最兴盛时，甚至夺去了中国传统小说很大一块地盘，造成反客为主的局面。当时新兴的各种文学刊物争相打出翻译小说的旗号，1902 年创刊的《新小说》杂志宣布："本馆所登各篇，著译各半。"1904 年，"小说林书社"在"小说林社总发行启"中说："本社爰发宏愿，筹集资金，先广购东西洋小说三四百种，延请名人翻译。"而在实际操作上，以当时的出版社和文学刊物计，翻译的数量往往超过了创作，有时甚至出现一边倒的态势。这既有译者投稿的原因，也有读者需求的原因。据统计，1901—1914 年，翻译小说的数量达 1000 种以上，是创作小说的两倍。徐念慈曾对 1906 年出版社所出书目做过调查，结论是"综上年所印行者计之，则著作者十不得一二，翻译者十常居八九"①。这个比例是惊人的。

这种文坛新格局，直到 1914 年以后才发生变化：在这一年，创作首次超过翻译，从此以后再未出现倒置。

具有全新性质的西洋小说的传入，使中国人拥有了思考和审视自己的传统文化的不同标准和价值尺度，同时也给中国传统文学带来了新的观念、新的内容和新的表现方法。中国真正具有现代形态的新小说，是在这种大量的翻译小说的基础上产生的，正如时人所说："翻译者如先锋，自著者为后劲，以译本小说为开道之骅骝。"② 而中国留学生则是外国小说翻译的主力军。这种翻译多于创作的局面，伴随着中国留学大潮而出现、而发展，它是 20 世纪初中国文学独有的现象。虽然随着社会的剧变，中国留学生热逐渐降温，但是，以他们而起的翻译文学热却丝毫不减，一直保持强劲的发展势头。不能不说，西洋小说对中国近代文学的巨大影响，很大一部分是由中国留学生造出来的。

二、白话文运动与西洋翻译小说促使文言文的全线崩溃

白话文运动与西洋翻译小说一旦拉起手来，文言文的全线崩溃便指日可待了。

白话文，相对于文言文而言，是中国文学语言形式之一。说起来，它与西方语言文字分属于两个完全不同的体系，无法相提并论，第一个将这两种不同类型的文字进行系统比较的，是胡适。他认为，西方实行文字改革前通行的书面语言——希腊文、拉丁文，相当于中国的古文（文言文），而改革后的英文、法

---

① 觉我. 余之小说观 [J]. 小说林, 1908 (9).
② 世. 小说风尚之进步以翻译说部为风气之先 [J]. 中外小说林, 1908: 2 (4).

文、德文则等于中国的白话文。近代西方已完成了口头语言和书面语言的统一，即"言文合一"。那么，中国要做到这一点，即在书面语言上用白话文取代文言文，也不是办不到的事情。胡适进行的这种研究和比较，至少揭示了这样一个事实，当你将西洋近代小说翻译成中文时，不管你愿意不愿意，也不管你是否意识到，你已经在与一种言文合一的新的语言形式发生关系，从这一刻起，它对你的影响便开始了。如果从这个视角去观察和理解中国近代白话文运动，我们会产生不同以往的新的认识。

在中国文学史上，文言与白话本来是长期共存的，自秦汉以后，平行发展达两千余年，只是到了近代，才开始了文白之争。19世纪末，变法先驱思想家黄遵宪提出"我手写我口"的口号，以创作一种"天下农工商贾、妇女幼稚皆能通文字之用"的文学。① 之后，梁启超宣称："文学之进化，有一大关键，即古语之文学变为俗语之文学也。各国文学之开展，靡不循此轨道。"② 他所说的"俗语文学"，就是指"言文合一"的白话文学。他们的这些言论发出了以白话文取代文言文的明确信号。

这种呼声，在当时的文化知识界并未引起大的反响，多数文化人仍然认为，以诗文为正宗的中国文学，只适合用文言文来表述，而用白话文创作的文学作品则难登大雅之堂。1898年，严复翻译赫胥黎的《天演论》，用的是桐城古文。据胡适考证，当时"严复用古文译书，正如前清官僚戴着红顶子演说，很能提高译书的身价"，因此，凡译者译书，"自然不便用白话，若用白话，便没有人读了"。③

周氏兄弟（即鲁迅和周作人）在日本求学期间，将他们翻译的十余篇外国小说收集成册，以《域外小说集》为名结集出版，他们采用的是"文言硬译法"。周氏兄弟坚持用古文译书的初衷不得而知，这可能与他们深厚的旧学功底有关，但毕竟干的是费力不讨好的事。因为行文生涩，读起来"佶屈聱牙"，十年间，这部集子仅卖出去21本，连鲁迅自己都承认，这一次是"大为失败"了。尽管如此，当时的知识人士仍把这部集子视为译界的楷模，称赞它"字字忠实，丝毫不苟，为译界开辟一个新时代的纪念碑"④。这个称赞，应当也包括它的文字在里面。可见，直至20世纪头十年的末期（周氏兄弟的《域外小说集》1909年正

---

① 黄遵宪. 日本国志：学术志［M］. 影印本. 台北：文海出版社，1981：22.
② 梁启超. 小说丛话（选录）［M］//郭绍虞. 中国历代文论选：第四册. 上海：上海古籍出版社，1980：125.
③ 胡适. 五十年来中国之文学［M］//胡适作品集. 台北：远流出版社，1986：150-151.
④ 许寿裳. 亡友鲁迅印象记［M］. 上海：峨嵋出版社，1947：10.

式出版发行），文白之争仍未见出分晓，在文化知识界，文言文仍然占着上风。

但是，从进化的观点看，与文言文相比，中国白话文与西洋近代文学有着更为亲近的近缘关系，严复、周氏兄弟以古文译书，舍近而求远，已是不近情理的事情，因中西、文白语言的差异而引发的诸多矛盾，更常常令严复大伤脑筋，以致他屡屡发出"译书难"的感慨来。严复坚持用桐城古语译书，至死没有改变。周氏兄弟则聪明得多，知错即改，不再重蹈覆辙。后来周作人明晰流畅的白话文翻译深受读者的欢迎，也从反面证明，文言文翻译的路是走不通了。

此时，以白话文翻译的西洋小说逐渐流行开来，虽然它们还得不到中国正统知识分子的承认，进不了正宗的中国文学的殿堂，但却赢得广大民众的喜爱，它拥有自己的读者群，其读者数量很大，且与日俱增。这是白话文翻译小说的长处，也是它的优势所在。西洋小说以与白话文联手的形式去争取读者、扩大影响，在中国文坛引起了震动，是一班死抱文言文不放的旧文人所始料不及的。

对发生于文学革命前期的白话文运动，梁实秋说过这样一句话："近年倡导白话文的几个人差不多全是在外国留学的几个学生，他们与外国语言文字的接触比较多些，深觉外国的语言与文字中间的差别不若中国言语文字那样的悬殊……所以我想，白话文运动是由外国影响而来。"[①] 他的话点明了白话文运动与外国文化的关系，同时告诉我们，这个运动是从国外回来的"几个学生"搞起来的。从白话文运动与"五四"文学革命的密切关系来看，提倡白话文的这"几个学生"与文学革命的鼓吹者应当是同一批人。事实确实如此。胡适，第二批庚款留美学生，作为"五四"新文化运动的发起人，他以一篇《文学改良刍议》发难，文中提出文学革命的八条主张，其中"不避俗字俗语""不模仿古人""不用典"全是针对改革文言文说的。他更在《建设的革命文学论》中提出："'新文学论'的唯一宗旨，只有十个大字：'国语的文学，文学的国语。'" 在1917年接连两期《新青年》上，他用白话翻译发表了法国作家莫泊桑的两篇小说，将其作为文学革命的实验新成示人。陈独秀，多次东渡日本求学考察。作为新文化运动的主将，他用一篇《文学革命论》与胡适应和，对胡适的改革主张表示坚决的支持，同时提出了更激进的革命宣言，宣言的第二条即是针对"死的文字"文言文的。刘半农，留法学生，他的一篇《复王敬轩书》，矛头直指"以唐代小说

---

① 梁实秋. 近代中国文学浪漫的趋势 [M] // 梁实秋. 浪漫的与古典的 文学的纪律. 北京：人民文学出版社，1988.

之神韵,译外洋小说",从而"替古文延长了二三十年的运命"① 的林纾,明确打出了"反对文言文、提倡白话文"的旗号。文章发表在《新青年》4卷3号上。仅隔一期,即两个月后,4卷5号的《新青年》便面目一新,全部改用白话文,正式结束了它使用文言文的历史。这一年是1918年。随后,《每周评论》《新潮》等刊物也全部改用白话,不出一年时间,白话刊物如雨后春笋般迅速发展,数量达400种以上。这场延续了20年之久的文白之争。最后以白话文的全面胜利而告结束。

近代中国,翻译小说的兴起打破了文白之争长期相持不下的僵局,使天平由文言文向着白话文发生了倾斜。白话文运动的迅猛发展,则为文学革命的最后胜利奠定了坚实的基础。历史的发展证明,翻译小说的兴起和繁荣,是与白话文的推广和普及相伴相随、同步进行的。随着文言文的全线溃败,中国旧文学的根基动摇了,文学革命以白话文的全面胜利为突破口,乘胜前进,形成破竹之势。翻译小说、白话文运动与文学革命一起,共铸了中国近代文学的辉煌。

三、不同文艺流派的不同命运

当西方诸多文艺流派传入中国时,谁也不会想到,它们的命运竟是如此不同。

中国近代文学的嬗变,与欧洲中世纪文学的发展是完全不同的。西方几百年的文艺发展史,在近代中国,仅几十年的时间便被匆匆浏览了一遍,它使本应递次渐进、相互衔接的西方文艺思潮、文学流派一股脑地涌进来,互相重叠,杂陈在中国人面前,让人无所适从。但是,在20世纪初,中国人情有独钟的,是一种被称作"政治小说"的东西。它并不能确切地归属到哪一个西方文学流派中,却以强烈的政治色彩和显著的社会功效赢得了中国人的青睐。20世纪初叶,中国文坛上最时兴的就是这种"政治小说"。

很奇特的是,法国作家儒勒·凡尔纳的科学幻想小说被首选为"政治小说"的典型代表,最先把凡尔纳的科幻小说作为"政治小说"来翻译和宣传的,是清末民初资产阶级改良运动的先驱思想家梁启超。1902年,他翻译了凡尔纳的《海底旅行》,在他主办的《新小说》上刊出。这是梁启超以"开发民智"为宗旨的西洋科学小说翻译的代表之作。1904年,他又译出凡尔纳的《十五小豪

---

① 陈炳堃. 古文的演变与新文体的发生 [M] //陈炳堃. 最近三十年中国文学史. 上海:太平洋书店,1930:92.

杰》，意在用它"吸彼欧、美之灵魂，淬我国民之心志"①。受梁启超宣传鼓动和翻译小说的影响，鲁迅也加入凡尔纳小说翻译者的行列中来，1903年，他翻译了凡尔纳的《月界旅行》，仅隔两个月，又译出另一部《地底旅行》。在小说前言中，他说："欲弥今日译界之缺点，导中国人群以进行，必自科学小说始。"一语道明他翻译科学小说的宗旨。与梁启超如出一辙，在随后的年月里，凡尔纳的小说接二连三地被翻译过来：《秘密海岛》《无名之英雄》《铁世界》……十余年的时间，数量竟多达14种，还不包括重译本在内。这种竞相翻译凡尔纳科幻小说的现象，在日本明治维新时的文坛上也曾出现过，中国人对凡尔纳小说的翻译，倒有一半以上是从日文转译过来的。

在法国，凡尔纳的小说并不具有很高的文学价值，归属于浪漫主义文学范畴，却不是这个文学流派的代表作。但是在中国，他的作品被当作"新民救国"的工具，摇身一变成为"政治小说"的代表，受到来自译者和读者两个方面的欢迎，这是为什么呢？

梁启超在《译印政治小说序》一文中说："彼美、英、德、法、奥、意、日本各国政界之日进，则政治小说为功最高焉。""往往每一书出，而全国之议论为之一变。"可见，他把凡尔纳的科幻小说当作"政治小说"移植到中国来，为的是改良社会制度，促进中国"政界之日进"。与其说他在鼓吹"政治小说"，不如说在鼓吹"小说政治"更为贴切。这种以政治标准来挑选和翻译西洋小说，只强调文学的社会功能，而忽视小说自身审美价值的做法，使梁启超很难正确地评价西方文学，他对西洋小说的认识，基本上没有超出政治的层面。但是，他的这种观点，这种选择适应了中国时局的剧变，迎合了人们急于图新求进、富国强兵的心理，因此受到广大民众的支持和欢迎，在当时的社会上确实起到了振聋发聩、鼓舞人心的作用。梁启超的文学观点和翻译实绩影响了当时很多人，鲁迅就是其中的一个。

这种突出政治功利性的文学观，其缺陷和弊端是显而易见的，但是在大的社会变革和文学改良运动中，这种文学观代表了潮流的走向，因此，它的不足被淹没了，没有受到更多人的重视。

文学革命到来时，中国人已基本理清了西洋文学流派渐次演进的历史，对西方文学的认识有了长足的进步，但是，中国的社会大环境并没有发生根本的改变，中国半封建半殖民地的进程正在加快，反帝反封建成为新文化运动的主要政

---

① 白葭. 十五小豪杰序[M]//郭绍虞，罗根泽. 中国近代文论选：上. 北京：人民文学出版社，1981：238.

治任务，在中国传统文学急骤蜕变、现代形态的新文学迅速孕育的过程中，中国文学高度强调政治目的和社会价值的特点不抑反扬。当然，在这个阶段，已不会再发生将凡尔纳的科幻小说当作"政治小说"来使用的幼稚事情了，但那种不灭的政治热情却一脉相传地被继承下来，在文学上，则表现为一种以写实主义、自然主义为特征的现实主义文学观。（当时文学革命一班人尚未完全分清自然主义和现实主义的区别，主要是站在现实主义的立场上去看待自然主义的，有时又把两者混为一谈。）在西方诸多文学流派中，现实主义受到最多的吹捧和模仿，几乎所有的新文化运动的重要作家都在不同程度地呼唤它、实践它。1920年，在《小说月报》尚未改革前，茅盾在第11卷第1号发表了一篇《小说新潮栏宣言》，列出近期急需翻译的西洋小说名目，其中19位作家的40部作品，清一色地全部属于现实主义一派。可以说，当时现实主义的地位超乎西方古典主义、浪漫主义、现代主义之上，这同"政治小说"流行时的情况几乎一样。

"政治小说"的下场并不美妙，它的兴盛局面只维持了七八年的时间，之后便迅速衰落，随之而起的，是对"政治小说"的反动——侦探小说和言情小说的泛滥。阿英曾对20世纪初叶中国的翻译出版状况做过统计："如果说当时的翻译小说有千种，翻译侦探要占五百部上"，以至"执笔者不得不搜索诸东藉以迎合时尚"，"当时译家，与侦探小说不发生关系，到后来简直可以说是没有"。① 徐念慈的调查除进一步证实了这一点外，还证实了政治、科学小说的没落，他在《丁未年小说界书目发行调查表》的"小说销数之类别"栏中统计："记侦探者最佳，约十之八九；记艳情者次之，约十之五六……而专写军事、冒险、科学、立志诸书的为最下，十仅得一二也。"② 不过数年功夫，"科学""立志"诸书从顶峰一落千丈，跌入谷底，曾盛极一时的凡尔纳科幻小说在其后的整整30余年间（1919—1950），总共只有两个译本问世，还都是重译本，"政治小说"的好日子一去不复返了。

20世纪初中国"政治小说"面临的结局，是否会轮到文学革命后兴起的现实主义文学头上，不是本文专门要讨论的问题，但有一点可以肯定，即现实主义文学只有不断地改进和丰富自己的观念和方法，形成一种开放的而非封闭的体系，才会有光明的前途。如果从这个角度去认识中国文学的发展，意义就不同了。

外来文化对中国文学的影响是深远的、持久的，在近代的中国更显得突出。

---

① 阿英. 晚清小说史［M］. 北京：人民文学出版社，1980.
② 觉我. 丁未年小说界书目发行调查表［J］. 小说林，1908（9）.

在这些影响中,有积极的一面,也有消极的一面,但总的说,积极的影响占了主导地位,而这种作用,是中国传统文化本身所无法替代的。当我们为自己民族光辉灿烂的文学而感到无比自豪时,不要忘记,这里面也有着外来文化的一份功劳。

(原发表于《文艺理论与批评》1998年第6期)

近代稿酬制度的形成及其意义

郭浩帆

  稿酬,亦称稿费,指新闻出版机构在文稿、书稿采用后支付给著作人的报酬。在我国,稿酬制度的确立是相当晚的事情,而文人写稿取酬则有着很长的历史。宋人洪迈《容斋随笔》说"作文受谢,自晋宋以来有之,至唐始盛",而王楙《野客丛书》则将此上溯到汉武帝时代的司马相如为陈皇后作的《长门赋》①。尽管"陈皇后无复幸之事,此文盖后人拟作"②,但是汉末蔡邕一生为人撰写碑志不下数十篇,"得万金计",则是实有之事。因此,人们一般认为我国之有"稿酬",始于东汉末年。唐宋以来,作文受谢在社会上已经比较普遍,当时人们把这类酬谢称为"润笔"("润笔"一词,始见于《隋书·郑译传》)。唐人李邕"尤长碑颂,中朝衣冠及天下寺观,多赍持金帛,往求其文。前后所制,凡数百首,受纳馈遗,亦至巨万。时议以为自古鬻文获财,未有如邕者"③。唐代古文运动大家韩愈一生颇得润笔之利,其所撰《平淮西碑》和《王用碑》就分别得到过"绢五百匹"和"鞍马并白玉带"的酬谢④,以至于刘禹锡《祭韩吏部文》中称其"公鼎侯碑,志隧表阡,一字之价,辇金如山"。宋人司马光修《资治通鉴》,书成上奏,神宗皇帝给了他"银绢、对衣、腰带、鞍辔马等厚重的酬劳"⑤。在宋代,撰碑志而接受润笔,甚至被目为"国

---

  ① 《野客丛书》云:"作文受谢,非起于晋宋,……观陈皇后失宠于汉武帝,别在长门宫,闻司马相如天下工为文,奉黄金百斤为文君取酒,相如因为文,以悟主上,皇后复得幸。"王楙. 野客丛书 [M]. 上海:上海古籍出版社,1991:254.
  ② 顾炎武. 日知录:卷十九 [M] //顾炎武. 日知录集释. 栾保群,吕宗力,校点. 苏州:花山文艺出版社,1990:863.
  ③ 刘昫,等. 旧唐书:李邕传 [M]. 北京:中华书局,1975:504.
  ④ 赵翼. 陔余丛考:润笔 [M]. 北京:商务印书馆,1957:663.
  ⑤ 司马光. 资治通鉴 [M]. 北京:中华书局,1956:159.

之常规"。李清照的公公赵挺之曾说："乡中最重润笔，每一志文成，即太平车中载以赠之。"① 明清两代，不仅碑志，而且诗文字画也可以待价而沽，并且出现了一批职业的书画作家，如郑板桥在未入仕途之前，就以画竹卖文为生，61岁去官回乡后，重操旧业，自订书画润格，"大幅六两，中幅四两，小幅二两，书条、对联一两，扇子、斗方五钱"，并且特意声明，"凡送礼物食物，总不如白银为妙"②。《明史·李东阳传》中也有李东阳辞官后因生活清贫曾卖文补贴家用的记载。

简略回顾我国古代润笔的历史，可以发现其有如下三个明显的特点。第一，润笔的来源主要有两条途径：一是为朝廷、官府起草文件或著书而获得赏赐，如北宋初年，"内外制凡草制除官，自给谏、待制以上，皆有润笔物。太宗时，立润笔钱数，降诏刻石于舍人院，每院官则移文督之"③。二是替达官贵人撰写碑志而获得酬谢，如韩愈、李邕辈即是。润笔的支付包括付实物和货币两种方式。第二，并非所有的文章都可以得到润笔。就目前所见的资料可知，当时能够换取润笔的主要是碑志、公文及社会上常用的一些应用文字，文学作品一般是没人给发稿费的。第三，尽管历史上为换取润笔而作文、甚至讨价还价者不乏其人，但大多数文人都把鬻文获财看作一种不够光明正大、有损气节道义的举动，耻于卖文。白居易将为老友元稹作墓志不得已收下的稿费悉数捐献出来修香山寺，并声明"凡此利益功德，应归微之"④。元人胡汲仲家贫到断炊，也不肯为宦官之父作墓志铭，以换取"钞百锭"的润笔。此外，王禹偁、王安石、苏轼等人都有过不接受润笔之举，在历史上被传为佳话。由此可知，尽管润笔在我国由来已久，但大致不出官府赏赐和私人酬谢两途，作文受谢的范围很小，而且基本上没有定例（书画作家自订润例属于另一问题），润笔的支付带有明显的个别性、随意性，文人的商品意识还比较淡薄，作品的商品化程度还很低，作文取酬远未成为一种普遍、规范的社会行为，现代意义上的稿酬制度还未能形成。

追至近代，特别是19世纪末20世纪初，随着西学影响的深入及印刷技术的显著提高，我国的新闻出版事业突飞猛进，呈现出前所未有的繁盛局面。据统计，从1815年外国传教士创办《察世俗每月统计传》，到1911年海内外累计出

---

① 王明清. 挥麈后录 [M]. 北京：中华书局，1964：159.
② 郑燮. 郑板桥文集：板桥润格 [M]. 成都：巴蜀书社，1997：320.
③ 沈括. 梦溪笔谈：卷二 [M] // 胡道静. 新校正梦溪笔谈. 北京：中华书局 1957：34.
④ 白居易. 修香山寺记 [M] // 白居易. 白氏长庆集. 北京：文学古籍刊行社，1955：1695-1696.

版的中文报刊即达 1 753 种;清末民初,全国各地的出版机构有近 200 家①。巨大的报刊图书市场需要数量庞大的稿件来维持,而依靠传统的出版运行机制显然无法满足这种需求,因此,具有现代意义的稿酬也便应运而生了。

由于受传统观念的束缚,在近代初期,人们的稿酬观念还相当淡薄。1962年5月7日《上海新报》的一则"征稿启事"说:"毕人如有切要时事,或得自传闻,或得自目击,但取其有益华人,有益于同好者,均可携之本馆剞劂,分文不取。"1872年《申报》创刊时,刊登在创刊号上的《本馆条例》中有这么两条:"如有骚人韵士,有愿以短什长篇惠教者,如天下各区竹枝词,及长歌纪事之类,概不取值";"如有名言谠论,实有系乎国计民生,地利水源之类者,上关皇朝经济之需,下知小民稼穑之苦,附登新报,概不取酬"。《申报》初创时期,每份有八个版面,内容以广告、新闻、论说为主,而广告即占了一半的篇幅,这是要收取刊登费的。能为投稿人提供一个发表作品的园地,声明不收费已经是相当优惠了,付稿酬之事自然无从谈起。不仅出版商这样想,就是在文人中不愿意接受稿酬的也有很多,如迟至1914年创刊的《小说丛报》在征文通告中还特别声明:"有不愿受酬者请于稿尾注明,本报出版后当酌赠若干册以答雅意。"尽管如此,随着报纸图书市场的不断扩大,作品商品化程度的不断提高,社会大众的稿酬意识还是逐渐确立起来了。

根据目前所见的材料,近代最早由出版机构确立稿酬标准的是绘画界。书画在古代就已经流入市场,并产生过依靠出卖书画作品谋生的职业书画家,但在报刊上明码标价、明确规定画稿稿酬则还是在19世纪七八十年代以后。《申报》初创时期,对于所登文章一律不付稿酬。但在1884年6月,为给《点石斋画报》征稿,特刊出《招请各处名手画新闻》的启事,宣布"海内画家,如遇本处有可惊可喜之事,以洁白纸新鲜浓墨绘成画幅,另纸书明事之原委,如果惟妙惟肖,足以列入画报者,每幅酬笔资两元"。这是《申报》首次表示支付给作者稿酬,也是我国新闻出版界之有稿酬一说的开始。

在小说界,尽管书商支付给作(编)者酬谢的事古代就曾有过②,但就整个小说史而言,这种现象还不是很普遍,而且缺乏明确、统一的标准。在近代,小

---

① 据时萌《晚清小说》,晚清时全国的出版机构约有近170家;袁进等《上海近代文学史》云,晚清100余年间仅上海的小说出版机构即多达100余家。另据熊月之《西学东渐与晚清社会》,从1811年马礼逊在中国出版第一本中文西书到1911年共100年间,全国出版西学书籍的机构多达100余家,出书凡2291种,其中仅翻译、出版日文西书的机构即达95家。

② 如明末书商请冯梦龙、凌濛初编撰"三言""二拍",大约是要付报酬的;清初天花藏主人、烟水散人等作家大量创作才子佳人小说,"为稻粱谋"当是其中的重要原因之一。

说界明确稿酬标准大约是19世纪90年代以后的事。1902年11月，梁启超在日本横滨创办我国第一份近代小说杂志《新小说》。此前半个月，先在《新民丛报》上刊出《新小说社征文启》，其主要内容为：

  小说为文学之上乘，于社会之风气关系最钜。本社为提倡斯学，开发国民起见，除社员自著自译外，兹特广征海内名流杰作，绍介于世。谨布征文例及酬润格如下：

第一类 章回体小说在十数回以上者及传奇曲本在十数出以上者

自著本甲等	每千字酬金	四元
同 乙等	同	三元
同 丙等	同	二元
同 丁等	同	一元五角
译 本甲等	每千字酬金	二元五角
同 乙等	同	一元六角
同 丙等	同	一元二角

第二类 其文字种别如下：一、杂记；一、笑话；一、游戏文章；一、杂歌谣；一、灯谜酒令楹联等类。此类投稿恕不能奉酬金，惟若录入本报某号，则将该号之报奉赠一册，聊答雅意。①

  这是目前所见最早的内容详备的征文启事。征稿广告在我国元代即已经出现，《天一阁藏本》中有孙存晋编、虞集校选，至元二年（1336）印刷的《元诗》，其书即附有一征诗广告："本堂今求名公诗篇，随得随刊，推以人品齿爵为序。四方吟坛多友，幸勿责其错综之编。倘有佳章，毋惜附示，庶无沧海遗珠之叹云。李氏建安书堂谨咨。"②与此相比较，《新小说社征文启》显然更富于现代色彩，内容的丰富具体倒还在其次。它将所征求的稿件明确分为若干等级，并且明码标价，实行按字数计酬的方法，这已与现代的稿酬制度十分接近。可以说，《新小说社征文启》的出现，标志着近代稿酬制度的初步形成。由于《新小说》的示范作用，此后产生的小说刊物在征文广告中纷纷标明小说稿酬。如《月月小说》声明"如有佳作小说愿交本社刊行者，本社当报以相当之酬劳。……如有科学理想哲理教育家庭政治奇情诸小说，若有佳本寄交本社者，一

---

① 参见：《新民丛报》第19号，1902年，该文在《新小说》创刊号上又刊出来，题为《本社征文启》。

② 伊永文. 宋元的商标与广告［J］. 文史知识，1994（2）.

经入选，润资从丰"①。《小说林》明确规定"甲等每千字五圆，乙等每千字三圆，丙等每千字二圆"②。《小说月报》更将稿酬分为五等，"甲等每千字五圆，乙等每千字四圆，丙等每千字三圆，丁等每千字二圆，戊等每千字一圆"③。清末民初，还没有普遍实行抽版税的办法④，小说作者主要通过卖版权来获得稿酬。据包天笑回忆，当时上海的小说市价，普通是每千字二元为标准，最低者可以压到每千字五角。平江不肖生向恺然刚从日本回国时，还是个名不见经传的小人物，他写的一部《留东外史》小说，就是无奈之下以千字五角的低价卖出去的，结果销路颇旺，让出版商看实赚了一笔。商务印书馆请林纾译写小说，每千字付稿费五元，后来又增至六元；请包天笑译写教育小说，每千字三元，但在《小说林》和《小说时报》，包天笑的小说只能卖到每千字二元⑤。胡适于1910年赴美留学之前，曾在上海华童公学教授国文。当时王云五劝他"每日以课余之暇多译小说，限日译千字，则每月可得五六十元"⑥，依此推算，每千字稿酬也当在二元上下。不过那时的统计字数基本上是约略估计出来的，不像后来那样精确。包天笑翻译的《三千里寻亲记》和《铁世界》两部小说，就是以一百元的价格卖给上海文明书局的⑦；而周作人将《红星佚史》的译稿卖给商务印书馆，得到的稿酬是整二百元⑧。此外，自梁启超在《新民丛报》上发表自著的《劫灰梦》《新罗马传奇》，在《新小说》上发表《侠情记传奇》，并开辟"传奇体小说"栏目，宣称"欲继索士比亚、福禄特尔之风，为中国剧坛起革命军"⑨后，清末文学界一般把戏剧也归入小说范畴之内，因此其时的小说杂志上几乎都有戏剧作品发表，而小说稿酬中也大多包括了戏剧在内，如《月月小说》即刊出"征求班本"的广告，宣称"本社现欲征求新剧本数种，如有见惠者，不论一剧或数出均可，倘能合宗旨，当报以相当之利益"⑩，而《新小说社征文启》更是

---

① 月月小说征文启［J］. 月月小说，1906（2）.
② 募集小说［J］. 小说林，1907（1）.
③ 本社通告［J］. 小说月报，1911（6）.
④ 1900年，张元济主持的南洋公学译书院出版严复所译《原富》一书，给予译者两成的版税。1903年，严译甄克思《社会通全》（《社会进化史》）由商务印书馆出版，严复与商务订立合同，规定版税率为40%（每部收净利墨洋五角）。不过这种情况在当时并不普遍。
⑤ 包天笑. 钏影楼回忆录：在小说林［M］. 香港：大华出版社，1971：323.
⑥ 中国社会科学院近代史研究所中华民国史研究室. 胡适的日记［M］. 北京：中华书局，1985：10.
⑦ 包天笑. 钏影楼回忆录：译小说的开始［M］. 香港：大华出版社，1971：170-174.
⑧ 周作人. 知堂回想录［M］. 香港：三育图书有限公司，1980.
⑨ 《新小说》报社. 中国唯一之文学报《新小说》［N］. 新民丛报，1902（14）.
⑩ 月月小说征求班本［J］. 月月小说，1907（6）.（标题为编者所加）

将传奇曲本与章回体小说开列一处，执行统一的稿酬标准。

较之小说、戏剧，诗文的付稿酬为时要更晚一些。据包天笑回忆说，"当时的报纸除小说以外，别无稿酬，写稿的人，亦动于兴趣，并不索稿酬的"①。1862年，《上海新报》声明刊登"有益华人有益于同好"的新闻外稿，"分文不取"；1872年，《申报》馆宣布刊登"骚人韵士"的"短什长篇"及"名言说论"之类文字，"概不取酬"，根本谈不到付稿酬的事。1902年，新小说社向社会公开征诗，允诺"寄稿一章者，以印出之本号报奉谢。常年寄稿，每年在十二章以上者，以全年小说报奉谢"②，也不提及稿酬之事。其"征文启"于杂记、笑话、游戏文章、杂歌谣、灯谜酒令楹联等文字，也只声明"此类投稿者恕不能奉酬金，惟若录入本报某号，则将该号之报奉赠一册，聊答雅意"；其第8号上刊登搜集诗词杂记奇闻笑谈启事，也不提及稿酬。受《新小说》的影响，当时的刊物登载诗文、杂记作品，多以书券或样刊酬谢作者，如《月月小说》称"如有短篇、记、杂歌、灯谜、剧本或诗词、寓言等关于小说宗旨而愿付本报刊行者，当视其字数酌量赠以本报或报以新书，结文字之缘"③；《小说林》第4期刊出"募集文苑杂著"启事，声明"以图书代价券酌量分赠"；《小说月报》也称"如有将诗词杂著游记随笔以及美人摄影风景写真惠寄者，本社无任感纫，一经采用，当酌赠本报若干册，以答雅意"④；包天笑主编《时报》副刊《余兴》，刊载新闻、论说以外的杂著，如讽刺歌曲、游戏文章之类文字，一律没有稿酬，只酌送有正书局的书券。《小说时报》曾许诺"如有异闻逸事、崇文宏论、诗记歌词之类，欲借本报发表不愿取资者，本报苟经登录，亦必有报酬，用答高谊"⑤，但未具体说明是什么形式的报酬，况且还预置了一个前提，即作者先不要存拿稿费的想头。据说在1905年前后的上海报界，写作"论说"文章是有稿酬的，大概是每篇五元⑥，但诗文作品之普遍有稿酬，大约已是民国以后的事了。据郑逸梅回忆，《申报》馆于1911年增辟副刊《自由谈》后，天虚我生陈蝶仙一度任副刊编辑。他在编发文章时，把来稿分为甲、乙、丙三等，按等级发给稿费，并把甲、乙、丙等级列于每篇之末。有一个投稿者故意开玩笑，誊录了一篇较冷僻的唐代柳宗元的文章，随便化个名，寄给《自由谈》。天虚我生采用

---

① 包天笑. 钏影楼回忆录：时报的编制 [M]. 香港：大华出版社，1971：345-350.
② 征诗广告 [N]. 新民丛报，1902（15）.
③ 月月小说征文启 [J]. 月月小说，1906（2）.
④ 本社通告 [J]. 小说月报，1910（2）.
⑤ 本社通告二 [J]. 小说时报，1909（1）.
⑥ 包天笑. 钏影楼回忆录：新闻记者的开场 [M]. 香港：大华出版社，1971：317.

了,列入丙等。那人即致信天虚我生,说明这篇文章是柳宗元的,身任大编辑,连唐宋八大家的中坚《柳河东集》都没有读过,且柳文只够丙等资格,试问谁有资格列入甲、乙等呢?弄得天虚我生啼笑皆非,结果只得向这人道歉,从此取消了这个等级。在当时,各家报纸的副刊,如《申报》的《自由谈》,《新闻报》的《快活林》等,大约都是要支付稿酬的①,"《申报》和《新闻报》的稿费,一个月一结算。逢到月初,便把上个月投稿的名单,发表在附刊的末端,有名的前往报社会计处领取,取到后,在发酬簿上盖印"②。与此同时,杂志支付稿酬也不再局限于小说、戏剧,如1914年创刊的《民权素》,其三集上刊《征文广告》,规定来稿按优等、特等、中等付酬,并不限于小说。实际上,《民权素》刊载的作品以诗文词杂记一类文字为主,小说只占一小部分。但是总的来说,诗文付稿酬总不如小说的普遍和丰厚。据说创刊于1915年的《新青年》就是没有稿酬的,1916年创刊的《晨报》副刊也只有一两厘的稿酬,但不管怎样,清末民初,从《上海新报》的"分文不取"、《申报》的"概不取值"到《新小说》的"明码标价",又经过十余年的演进,稿酬制度毕竟从无到有,逐渐形成了。

近代稿酬制度的形成,是作家作品高度商品化、社会化的表现,也是我国新闻出版事业在西方文化影响下逐步进入近代化运作阶段的重要标志。清末民初,我国虽尚无关于稿酬的成文法律,但在新闻出版界,除却部分纯粹进行政治或宗教宣传的报刊,受文化市场发展趋势的影响,有关稿酬标准、支付范围及形式等问题,实际上已逐渐达成基本的共识,形成有规可循的惯例。实行稿酬制度,首先受益的当然应该是报馆书局。它们可以借此组到更多更好的稿件,加强自身的市场竞争能力,从而赢得更大的受众队伍,获取可观的经济效益。所以说,稿酬制度的形成,对近代新闻出版事业的发展有着重要的驱动作用。不仅于此,稿酬制度还对其时以报刊和平装书为主要传播媒介的文学创(译)作活动发生过重要的影响,其主要表现为:

第一,吸引了大批文人投身于文学创作事业,作品数量激增。清末民初,特别是"戊戌维新"以后,随着新闻出版事业的迅猛发展,文学创作也呈现出前所未有的繁盛局面。仅以小说为例,日本清末小说研究会所编《新编清末民初小

---

① 谢菊曾《十里洋场的侧影》"我的业余写作生活"中说,那时的《申报》"自由谈"、《新闻报》"庄谐选录"(不久改为"快活林"),都有现金稿酬,每千字稿酬银币一元至三元不等。

② 郑逸梅.清末民初文坛轶事:从首订稿约谈到王蕴章[M].上海:学林出版社,1987:228.

说目录》共收录近代创作、翻译小说10 011种,其中仅1915年就有1 893种①,其数量之庞大,已远远超出了前代产生的所有小说的总和。造成这种局面的原因固然有很多,但稿酬制度的实行使小说商品化,自是其中的关键因素之一。我们不能否认其时有一些作家为了政治理想或艺术追求而创作小说的现象确实存在(如梁启超等人),但著译小说可以卖钱这一事实,对于那些普通的读书人来说,无疑是一条更为便当的谋生之路,于是他们纷纷踏上此途,争相著译小说给报刊书局投稿。在这方面,包天笑的情况很有代表性。1901年,包天笑与杨紫麟合译《迦因小传》,加上后来译的《铁世界》《三千里寻亲记》,他都交由上海文明书局出版,共得稿酬一百余元。他后来回忆道:"文明书局所得的一百余元,我当时的生活程度,除了到上海的旅费以外,我可以供几个月的家用,我又何乐而不为呢?""我于是把考书院博取膏火的观念,改为投稿译书的观念了。"② 于是便一发而不可收,从1901年至1919年"五四"止,共翻译作品80余种③,还创作了不少小说。在当时,像包天笑这样为获取稿酬而投身于小说创(译)作活动的人正不知有多少。《小说林》杂志每期刊登《募集小说》的启事,结果征求来的稿子非常之多,曾朴不得不专门请人去帮助他们看稿子和改稿子④。与古代的小说创作相比,近代的小说作家极多,创作速度极快,创作数量极大。如李伯元1903年开始编辑《绣像小说》时,是《官场现形记》《文明小史》《活地狱》《醒世缘》《经国美谈》《时调唱歌》等若干种著作同时写作的,故而后来有人说《绣像小说》的稿费几乎为李伯元独力包办。据陈平原《20世纪中国小说史》第一卷中说,吴趼人七八年间共写了长篇小说18部,短篇及笔记文学集十二三种,李定夷创作生涯不足十年,即创作长篇小说等近50种,李涵秋15年间写成的长篇小说多达33部,这在古代是极难以想象的事情。除了作家们的才情似海外,获取稿酬当是他们大投入、高产出的重要驱动力。

第二,促成了我国第一批职业作家的产生。中国古代产生的文学作家多不胜计,但他们基本上属于业余的而非专业化的作家,即,有一份比较固定的工作和相应的经济收入,在工作之余从事文学创作活动,到作品积到一定数量后由自己

---

① 《新编清末民初小说目录》,日本清末小说研究会1997年10月出版,共收录近代小说16046件,剔除一书多种版本的重复,计收创作小说7 466种,翻译小说2 545种,共10 011种。这是目前海内外著录作品最多的一部近代小说书目。详见:郭延礼. 对中国近代小说的新认识——简评《新编清末民初小说目录》[J]. 文史哲,1998(2).

② 包天笑. 钏影楼回忆录:译小说的开始 [M]. 香港:大华出版社,1971:170-174.

③ 郭延礼. 中国近代翻译文学概论 [M]. 武汉:湖北教育出版社,1998:424.

④ 包天笑. 钏影楼回忆录:在小说林 [M]. 香港:大华出版社,1971:323.

出钱或朋友甚至后代出资刻印集子，以期流传后世。靠卖文谋生的文人不是没有，但为数极少。这倒不完全是因为古代的文人全都鄙弃金钱，而是由于当时社会上没有给文学作品付稿酬的风气。到了近代则不同了。随着稿酬制度的逐渐形成，其时的作家就有可能通过创（译）作赚取稿酬、获得养家糊口的基本生活资料。特别是1906年停开科举后，文人失去了传统的仕进之路，而文学创作（特别是小说）又有利可图，而且正可以发挥文人写作的特长，于是许多读书人纷纷投身于创作，将其作为谋生之路，所谓"吾与汝皆一介布衣，文字而外无他长"①；"既无技术性的生产能力，又不能手缚一鸡"，只好"卖文谋食"，"在生活压迫之下，不写这许多东西换钱，是无法应付开门七件事的"②。当时的稿酬算不上特别丰厚，但较之普通人的收入水平，其数量还是比较可观的，特别是写作小说。吴趼人1906年出版的《恨海》，"仅十日而脱稿，未尝自审一过，即持以付广智书局"③。《恨海》一书约四万余字，按当时小说的普通稿酬千字二元计，作者即可得稿酬近百元，而吴趼人年轻时在江南制造总局当雇员时，月薪仅得8元。据1909年10月《民吁日报》的记载，当时一个店伙的月收入为15元，一个教员的月薪为40元，而男、女仆的月薪仅为11元和4元④。1913年前后，商务印书馆附设的尚公小说，其主事（相当于教务长）月薪为37元，高一的级任教师为25元，其余教员均为17元⑤。与此相比，小说家，只要他的书稿能够卖掉，多数人的稿费收入是可以超过普通职员的。例如，翻译大家林纾的译稿，商务印书馆给到了千字六元（更有人说是千字十元），林纾每天工作4小时，每小时译1 500字，一天下来就是6 000字，可得稿酬36元，这是当时一个普通教员一个月的薪水。林纾一生翻译外国文学作品180余种，其中小说163种，除支付合作者的酬金外，他所得的稿费仍然相当可观，以至于朋友有呼其室为"造币厂"之戏语。⑥ 此外，吴趼人创作小说超过150万字，李汉秋创作小说超过1 000万字，他们拿的稿酬自然也绝不会少。依靠写稿卖稿可以养家糊口，甚至过上较为充裕的生活，而不必如前人那样为了生计而另谋出路，文学创作成了主

---

① 吴双热. 枕亚浪墨 [M]. 香港：清华书局，1915.
② 李健青（定夷）. 民初上海文坛 [M] // 上海市文史馆、上海市人民政府参事室文史资料工作委员会. 上海地方史资料：四. 上海：上海社会科学院出版社，1986：204-205，204，216-217.
③ 魏绍昌. 吴趼人研究资料 [M]. 上海：上海古籍出版社，1980：326.
④ 刘德隆. 稿酬制度的建立对晚清小说繁荣的影响 [M] // 郭延礼. 爱国主义与近代文学. 济南：山东教育出版社，1992.
⑤ 谢菊曾. 十里洋场的侧影 [M]. 广州：花城出版社，1983：95.
⑥ 钱锺书. 林纾的翻译 [M] // 薛绥之，张俊才. 林纾研究资料. 福州：福建人民出版社，1983：292-323.

要甚至唯一的生活内容,由业余而专业,于是社会上第一批职业化作家便应运而生了,如林纾、伍光建、吴梼、张春帆、孙玉声、李涵秋等即是。这时的多数作家在创作的同时还兼任报刊编辑,其稿酬收入与编辑工作报酬一般无法截然分开。如1909年前后,包天笑在上海写小说、编杂志,其中时报馆每月固定送他80元,小说林社每月40元,此外,他还为有正书局编《小说时报》,不过不拿编辑费而拿稿费①。与此情况类似的还有吴趼人、李伯元、曾朴、黄小配、陈冷血、徐念慈、周桂笙、欧阳巨源、周瘦鹃、徐枕亚、李定夷等,他们都是以创作小说为主要谋生手段,同时兼任报刊或书局的编辑工作②。当然,在当时的社会条件下,文人中能够把写作作为职业的毕竟还为数不多。如果他们的文稿不能为报馆书局的老板相中而售出,那么无论如何努力写作都无法在经济上有所收获,事实上在当时因生计所迫而拼命写稿但终不免于贫穷的读书人为数更多,而且,由于稿酬制度的不完善,报馆书局对一般投稿人的稿费推三阻四不肯爽爽快快地支付,甚至视投稿人为"文丐",在稿费上加以盘剥的情况也时有发生③,这些,都严重制约了职业作家队伍的发展和壮大。

第三,助长了创作中的媚俗倾向和粗制滥造的作风。稿酬制度的形成,刺激了清末民初文学事业的繁荣,同时又给其时的创作带来了明显的消极影响。文学作品商品化,使得文人不一定再如前人那样走科举、入幕或教书的老路。经济上的相对独立在一定程度上促进了作家思想、人格的自由独立,从而根据自己的生命体验和艺术趣味去从事创作。然而,做到这一点须有一个前提,即作家的作品能够通过报馆书局为社会上的广大读者所接受,精神产品能够直接转化为生活资料。这样,作家们就不能不在创作中考虑广大读者的欣赏趣味以及整个文化市场对作品的需求。中国的"民"虽然经由梁启超等仁人志士们"新"了若干年,但他们的精神面貌、艺术品位较以前并未有质的改观,于是,作家们在摆脱封建正统观念束缚的同时,又被套上了"市场"这一条锁链,自觉不自觉地走上了迎合社会、趋时媚俗的创作路子。小说界热闹有余,成就不足,创作潮流一阵接一阵,侦探小说、言情小说、黑幕小说、官场小说各领风骚,而梁启超提倡最力的政治小说却始终不被世人青睐,即是明显的证据。因为要煮字疗饥,换稿酬养家糊口,作家们就不得不揣摩大众的审美口味,听命于报馆书局的要求,而且希

---

① 包天笑. 钏影楼回忆录:在小说林 [M]. 香港:大华出版社,1971:323.
② 陈平原. 20世纪中国小说史:第一卷 [M]. 北京:北京大学出版社,1989:97-105.
③ 谢菊曾. 十里洋场的侧影 [M]. 广州:花城出版社,1983:143.

望最好是多多益善，于是"率尔操觚"①，"朝脱稿而夕印行，一刹那间即已无人顾问"②，粗制滥造的现象比比皆是。在其时的许多作家眼里，文章已不再是"经国之大业，不朽之盛事"，"披阅十载，增删五次"的创作方式无异于自断生路，再加上报刊连载的不能间断，所以在他们的作品中，细节的错漏、重复，个别篇章的转相抄袭，全书质量的参差不齐，都是极普通的现象。对此，当时的有识之士曾给予严厉的批评，说其时的"著书与市稿者，大抵实行拜金主义"③；"操觚之始，视为利薮，苟成一书，售诸书贾，可博数十金，于愿已足，虽明知疵累百出，亦无暇修饰"④；"甚有草创数回即印行，此后竟不复续成者，最为可恨。虽其文豪推之饮冰室主人，亦蹈此习，他何论焉！"⑤ 不能说为赚取稿酬而创作的作品都是低劣的，但清末民初产生的万余种小说中，求一能与《水浒传》《红楼梦》相提并论的作品而不能得，稿酬的刺激实在难辞其咎。著译作品可以卖钱这一事实，使得其时的作家不仅受制于整个社会的政治文化思潮及个人的生命体验和文学趣味，而且还要面对市场，受庞大的报纸图书市场的制约，虽属出于无奈，但他们在艺术上付出的沉重代价则是有目共睹的。

以上是关于我国近代稿酬制度形成过程及其意义的简略回顾和探讨。本文认为，虽然文人写稿取酬在我国古已有之，但稿酬作为一种规范或制度，是晚至20世纪初才逐步形成的。稿酬制度的形成，主要得自西方文化的影响。它体现了新闻出版界对著作人权利的承认和尊重，是作家作品高度商品化、社会化的表现，也是新闻出版事业进入近代化运作阶段的重要标志。稿酬制度的形成，对于新闻出版乃至整个文化事业的发展都有重要的推动作用。就文学领域而言，稿酬制度吸引了大批文人投身于著（译）作事业，并直接促成了我国第一批职业作家的产生，刺激和推动了文学事业的发展和繁荣。与此同时，创作界出现了大量媚俗的、缺乏作家生命体验的、粗制滥造的作品，对此，稿酬制度的实行应负一定的责任。在近代，稿酬制度尚处于草创初成的阶段，从形成到确立尚需要经过漫长的发展过程。

[原发表于《山东大学学报》（哲学社会科学版）1999年第3期]

---

① 眷秋. 小说杂评 [J]. 雅言，1912 (1).
② 寅半生. 小说闲评叙 [J]. 游戏世界，1900 (1).
③ 天僇生. 中国历代小说史论 [J]. 月月小说，1907 (11).
④ 寅半生. 小说闲评叙 [J]. 游戏世界，1900 (1).
⑤ 眷秋. 小说杂评 [J]. 雅言，1912 (1).

·概论编·

价值与反思
——近代文学变革的历史遗憾与负面影响

张宜雷

在中国近代文学80年的历史上,从19世纪末起到"五四"新文学出现这一历史阶段的文学现象,向来最为人们所注重。在这短短的20年左右的时间里,中国文学从观念到形态都发生了一系列突变,这就是人们通常所说的近代文学变革。这场变革使延续了两千多年的古典文学走向终结,也为即将到来的现代文学开辟了道路。关于这场变革在中国文学史、文化史和民族心灵史上的作用、意义,已经有许多论著做过详尽的评价,兹不赘述。我在这里所要说的是:从历史的角度,以辩证法的眼光来看,这场文学变革却不仅仅是有些论著所描述的那种一维单向的进化论的喜剧。正如马克思所说的,"文明的每一次进步都是以退步为代价的"。在喜剧的背后隐藏着无可逃避的悲剧。由于变革的基础和起点的局限,也由于变革者自身素质的制约与准备的不足,使这场文学变革付出了沉重的代价,不仅形成了某些历史的遗憾,而且带来了不容忽视的负面影响。

一

近代文学的整体性变革始于19世纪末的戊戌变法前后,变革的发动者是资产阶级维新党人,1895—1896年,夏曾佑、梁启超和谭嗣同一起试作"新诗";1897年,严复、夏曾佑在《国闻报》上发表长篇论文《本馆附印说部缘起》倡导小说创作。他们的这些文学活动,可以看作是这场文学变革的先声。戊戌变法失败后,1899年,流亡海外的梁启超在《夏威夷游记》中正式提出了"诗界革命"与"文学革命"的口号。1902年,梁启超在《论小说与群治之关系》这篇文章中又提出了"小说界革命",并创办了《清议报》《新民丛报》《新小说》等报刊,大量发表维新派作家的诗、文和小说等文学作品。以"三界革命"为标志,掀起了这场文学变革的第一个高潮。

追溯梁启超等人的思路，我们不难看到，维新派发动这场文学革命的理论支柱，就是所谓"文学救国论"。梁启超等认为，变法失败的原因在于民众不觉悟。1902年，梁启超著《新民说》，提出要"新国"必先"新民"，而要"新民"必要先"开民智"。于是文学便被视为"开民智"的利器，而受到高度重视，梁启超曾说："日本之变法，赖俚歌与小说之力。"① 在谈到"小说界革命"时，他又说："故今日欲改良群治，必自小说界革命始；欲新民，必自新小说始。"② 当时许多维新派诗人和小说家都在制造这种"文学救国"的神话。这种极端功利主义的"文学救国论"虽然在扩大文学的影响、促进文学的变革方面起了一定作用，但却在夸大文学功利作用的同时使文学的审美特性大大被忽视了。梁启超曾指责古典诗歌《孔雀东南飞》是"诗虽奇绝，亦只儿女子语，于世运无影响"。③ 正可以看出他们在文学价值观上的偏颇。

在这种极端功利主义的理论影响下，文学创作必然会走上重政治、轻艺术，重功利、轻审美的道路。梁启超自己创作的小说《新中国未来记》可以看作是"文学救国论"的一次实践。这篇小说的主要内容是写书中人物黄克强与李去病两人的辩论。黄主张维新，李主张革命。两人反复舌战四十四次，达一万六千余言。其中黄克强基本上代表了梁启超本人的观点。小说满篇政治名词术语，人物基本上成了作者的传声筒。黄遵宪对此曾批评说："此卷所短者，小说中之神采（必以透彻为佳）之趣味（必以曲折为佳）耳。"④ 一篇小说如果没有了"神采"与"趣味"，那它还有什么艺术性可言呢？《新中国未来记》在《新小说》创刊号上发表时，列入"政治小说"一栏。当时的"政治小说"还有署名"雨尘子"的《洪水祸》、署名"羽衣女士"的《东欧女豪杰》、署名"玉瑟斋主人"的《回天绮谈》、颐琐的《黄绣球》等。《新小说》在《新民丛报》上为该刊"政治小说"所作的广告称："政治小说者，著者欲借以吐露其所怀抱之政治态度也。"⑤ 既然作者的目的就是为了"借"小说以表示政治态度，那么他所关心的当然首先是达到政治上表态的目的而不是艺术效果这样的小说，在那个特定的政

---

① 梁启超．《蒙学报》《演义报》合叙［M］∥黄霖．中国文学批评通史：近代卷．上海：上海人民出版社，1996：387．

② 梁启超．小说与群治之关系［M］∥郭绍虞，罗根泽．中国近代文论选：上．北京：人民文学出版社，1981：161．

③ 梁启超．饮冰室诗话［M］．北京：人民文学出版社，1982：4．

④ 黄遵宪．与梁启超书［M］∥黄遵宪．人境庐诗草笺注．钱仲联，笺注．上海：上海古籍出版社，1981：1250．

⑤ 《新小说》报社．中国唯一之文学报《新小说》［N］．新民丛报，1902（14）．

治氛围里或许还能吸引一些读者,政治氛围一旦变换,很快也就被人们放弃了。

小说是如此,诗歌也同样。19世纪末,夏曾佑、梁启超、谭嗣同三人试作"新诗"。"新诗"常因生搬硬套新名词而弄得"佶屈聱牙",为人们所诟病。到梁启超公开提出"诗界革命"的口号之后,在《清议报》与《新民丛报》上开辟了"诗界潮音录"专栏,集中发表维新派的诗作。这时他们在"新名词"的使用上已臻于成熟,不那么突兀生硬了。但重政治、轻艺术的倾向却有增无减,其中不少诗句实际上就是押韵的标语口号。如梁启超所作的《爱国歌》,原诗四章,今举第一章:

> 泱泱哉我中华!最大洲中最大国,廿二行省为一家。物产腴沃甲大地,天府雄国言非夸。君不见英、日区区三岛尚崛起,况乃堂裔吾中华!结我团体,振我精神,20世纪新世界,雄飞宇内畴与伦!可爱哉我国民!可爱哉我国民!

作者的感情不可谓不真挚,爱国精神不可谓不强烈,但纵观全篇,只是一些标语口号化的句子,在语言上已完全公共化,又大又空,毫无艺术性可言。这样的例子在当时是很多的。如蒋智由的《奴才好》、署名"突飞之少年"的《可惜歌》、署名"铁血头陀"的《危哉行》、署名"西樵樵子"的《心不死》等。我们且举《心不死》为例,其诗云:

> 败不忧,成不喜,不复维新誓不止。六君子头颅血未干,四万万人心应不死。

通篇几乎完全是用政治口号堆砌起来的,与其说是诗,还不如干脆说是标语口号。这是标语口号化倾向在中国诗坛的第一次发生。这种诗虽然没有也不可能得到流传,但这种倾向却始终没有得到应有的批判,在一些文学史论著中甚至被当作正面的东西来肯定。正是在这种导向下,在20世纪30年代和五六十年代,中国诗歌又曾两度出现标语口号化的倾向。这种屡次发生而又难以纠正的风气也是从这里开了头的。

1905年前后,资产阶级革命派取代维新派,成为近代文学变革的主流,这时梁启超等人鼓吹的"文学救国论"由于在现实中难以奏效,已失去了在人们心目中的位置。革命派认识到文学不能救国,只能革命救国。这原是不错的,但那个充满血与火的时代,却使他们未能深入理解文学自身的特性,而简单地把文学看成了革命宣传的工具。南社成立时,高旭、高燮等人发表了已故友人顾忧庵(灵石)的《漱铁和尚自序》,认为诗是"唤醒国民精神之绝妙机器"。柳亚子则说：“至于旧体诗，我认为是我的宣传品，也是我的武器。”① 这是社会矛盾冲突更为激烈的时代氛围中极端功利主义演变的必然结果，也是文学对其地位无限提高的自我否定。这种"工具论"实际上比梁启超等人的"文学救国论"更接近传统的"载道论"。虽然所载之"道"有所不同，但作为一种文学职能观，两者在理论结构方式上并无区别。文学地位虽然下跌，功利主义倾向却有增无减，而审美价值则进一步受到贬抑、冷落。由于"工具论"的谬误，资产阶级革命派未能为自己提出在整体上比维新派更为先进的文学观念，也使他们难以为文学变革开辟新的道路。革命派中一部分人的某些作品（如《自由结婚》《洗耻记》《卢梭魂》《大马扁》等政治小说），陈天华的《猛回头》《警世钟》等，政治化和标语口号化的倾向比维新派更甚，这些作品在为民主革命斗争所做的宣传上，确实取得了某些效果，有宣传工具的价值。但在艺术上，毋庸置疑它们是失败的。

二

与"文学救国论""工具论"造成的重政治、轻艺术的倾向相关联，近代文学变革的另一个重大缺陷是不注意形式的变革。从维新派到革命派，都是片面地只强调革新内容，而忽略革新形式或有意识地提倡旧形式。梁启超在发动诗界革命时即称："第一要新意境，第二要新语句，而又须以古人之风格入之，然后成其为诗。"② 此后他又多次提出："过渡时代，必有革命。然革命者，当革其精神，非革其形式。""能以旧风格含新意境，斯可以举革命之实矣。"③ 南社领导人柳亚子说得更明确："文学革命所革当在理想，不在形式。形式宜旧，理想宜新，两言尽之矣。"④ 在这些一味主张"旧风格""旧形式"的文学思想主导下，近代文学发展在内容与形式上很不平衡，常常出现激进新颖的内容被陈旧形式所囿的情况。梁启超曾举麦孟华的两句诗"圣军未决蔷薇战，党祸惊闻瓜蔓抄"为例，称其"侪辈中利用新名词者，麦孺博为最巧"⑤。其实这两句诗只是"工巧"而已，并非上乘之作。曾参加过"诗界革命"，后又倾向资产阶级革命派的诗人金天翮，后来曾以国际政治事件为题材，写了《虫天新乐府》十章及《黑

---

① 柳亚子. 我的诗和字 [J]. 上海文史资料, 1980（1）.
② 梁启超. 夏威夷游记 [M] // 丁文江, 赵丰田. 梁启超年谱长编. 上海：上海人民出版社, 1983：176.
③ 梁启超. 饮冰室诗话 [M]. 北京：人民文学出版社, 1982：51.
④ 柳亚子. 与杨杏佛论文学书 [M] // 胡适诗话. 成都：四川文艺出版社, 1991：176.
⑤ 梁启超. 饮冰室诗话 [M]. 北京：人民文学出版社, 1982：51.

云都》《花门强》等诗作。这些诗写于"五四"之后,现代新诗业已出现,并在诗坛上占了主导地位的时代,虽极尽以旧形式写新内容之能事,也只是一种后滞性的文学现象,被人评为"如城中高髻,好作时装"①。这正是"以旧风格含新意境"这一命题之失误在现实中酿成的苦果。

如果说梁启超等人的"以旧风格含新意境"还只是忽略形式变革,那么继起的革命派作家则是在"反清排满"的国粹思潮影响下,在文学审美取向上复古、复旧。革命派在文化战线上的主将章太炎向以文章古奥著称。他的某些文章,甚至比先秦诸子之文还要难懂。其诗《丹橘》七章,胡适说他猜想了五年,才认为"大概是为刘师培作的"②。文章古奥到章太炎这种程度的人当然不多,但好古却是革命派作家中普遍存在的心态。南社重要诗人高旭就曾说:"新意境、新理想、新感情的诗词,终不若守国粹的用陈旧语句为愈有味也。"③ 在这种思想倾向主导下,革命派在文学的语言、意境、风格等形式范畴整体地向传统回归。柳亚子在南社首次雅集时赋诗一首以记之,其颈联云:"莫笑过江典午鲫,岂无横槊建安才。"典故的堆砌使时代气息几乎完全被淹没。柳亚子论诗本宗唐离宋,但在用典过多这一点上,柳诗却恰恰与宋诗犯同样的毛病。南社另一领导人陈去病曾搜罗描述明朝亡国惨状的史料,辑为《陆沉丛书》,并作《辑陆沉丛书初集竟题首》,诗云:

胡马嘶风躞蹀来,江花江草尽堪哀。寒潮欲上凄还咽,残月孤明冷似灰。誓死肯从穷发国,舍身齐上断头台。如今挥泪搜遗迹,野史飘零土一坯。

这里的语句、意境、风格,都几乎与明末诗人所作没有什么区别。近代爱国主义本来具有的民族革命的底色,在这种陈旧的形式中却一点也表现不出来了。柳亚子曾说:"南社文学,在反清反袁上是不无微劳的。不过它不能领导文学界前进的潮流,致为'五四'后的《新青年》所唾弃,却也是事实。"④ 南社不能领导文学前进的潮流,其根本原因,就是忽视、拒绝文学形式上的变革,这使他们虽有志于文学革命却无从革命。由于艺术形式上的复古倾向,他们无法继续把文学变革向前推进。

---

① 郑逸梅. 艺林散叶 [M]. 北京:中华书局,1982:211.
② 胡适. 五十年来之中国文学 [M]. 上海:上海申报社,1922:47.
③ 高旭. 愿无尽庐诗话 [M]//杨天石,刘彦成. 南社. 北京:中华书局,1980:53.
④ 柳亚子. 关于《纪念南社》——给曹聚仁先生的公开信 [M]//中国近代文学论文集:概论·诗文卷. 北京:中国社会科学出版社,1988:232.

文学形式变革的问题，直到"五四"文学革命中才得到解决。但后来又几度发生反复，以各种名目一味主张"利用旧形式"而反对探索、创造新形式的声音在现当代文学中时有出现。从思想根源上说，这与近代文学变革中梁启超、柳亚子等人的失误也不是没有关系的。

三

辛亥革命后不久，胜利的成果即被北洋军阀首领袁世凯窃夺。资产阶级革命派作家们在经历了短暂的兴奋之后，很快陷入悲愤与颓唐。特别是讨袁的"二次革命"失败之后，革命派作家群基本解体。而近代都市社会日益商业化的趋势，又为文学的商品化提供了可能。在这样一种文化环境中，以"鸳鸯蝴蝶派小说"和"黑幕小说"为代表的商业性通俗文学畸形地迅速发展起来。据统计，仅1914年，以这一类小说为主的刊物就创刊16种之多。连同此前的《小说月报》《香艳小品》等，仅上海一地，此类刊物就多达34种①。

这也是一种文学的繁荣，但却不是文学的荣耀。这些小说放弃了从"小说界革命"以来的启蒙意识，而直接认同于市场的倾向和趣味，庸俗的爱情描写、陈腐的伦理观念、曲折离奇不着边际的情节与对个人隐私的揭发，成了这类小说的主要内容，娱乐性、趣味性、休闲性则是这类小说自我标榜的特征。这时文学已不是救国的法宝，也不是革命的工具，而是比"梨园顾曲""酒楼觅醉"乃至"平康买笑"更为"省俭而安乐"的消遣行为②，比"大饼油条"销路更好的商品③。徐枕亚写了小说《玉梨魂》，因为销路好，便改为日记体的《雪鸿泪史》，内容完全相同而篇幅扩充近一倍。李涵秋自称："但求作品一出，使一般读者见之，以为玩好，作茶余饭后之谈助耳。且吾文是售世的，不是寿世的。"④ 单是看看《孽海鸳鸯》《蝶花劫》《刻骨相思记》《棒打鸳鸯录》《断肠花》《潘郎怨》《情海风花录》这些书名，就不难想象这是一些什么样的作品。

近代文学变革的先驱者们对这类文学的出现显然缺乏足够的思想准备。曾鼓吹"小说为文学最上乘"的梁启超，大概做梦也没有想到小说竟会变成这般模样。他连声惊呼："呜呼！吾安忍言！吾安忍言！其什九则诲盗与诲淫而已，或

---

① 赵遐秋，曾庆瑞. 中国现代小说史 [M]. 北京：中国人民大学出版社，1984：139.
② 王钝根. 礼拜六出版赘言 [M] //芮和师，等. 鸳鸯蝴蝶派文学资料：上. 福州：福建人民出版社，1984：171.
③ 周瘦鹃. 花前新记 [M]. 南京：江苏人民出版社，1958：78.
④ 贡少芹. 李涵秋 [M]. 上海：天忏室出版部，1923：55.

则尖酸轻薄、毫无意义之游戏文也。"① 资产阶级革命派对这种现象虽然不满，但也不知所措。不少南社成员甚至变为鸳鸯蝴蝶派小说作者。鸳鸯蝴蝶派主要作家如徐枕亚、包天笑、王钝根、王蕴章、吴绮缘、周瘦鹃、闻野鹤、陈蝶仙、赵苕狂、贡少芹、姚鹓雏、蒋著超、朱鸳雏等，皆为南社社员。

作为近代文学变革者的维新派和革命派作家面对这股商业性通俗文学的狂潮，几乎全无抵制能力，这绝不是偶然的，而恰恰暴露了他们文学观的缺陷。因为他们主张的政治化的文学表面上与这种商业化、娱乐化的文学似乎完全相反，但在深层也有着某种相通之处。此二者都几乎毫无保留地全盘继承了传统中国文学的实用性格，而缺乏对文学审美价值的认识。在这种实用性格支配下的文学总是不以文学自身创造的审美愉悦为目的，而千方百计地要把它手段化、器具化，利用它来达到文学之外的某种具体的、实用的目的。或以文学为载道之具，或以文学为救国之具，或以文学为消遣娱乐之具，或以文学为赚钱牟利之具。而随着社会热点与作家心态的变换，一种目的达不到就改为另一种目的，也是常见的现象从这一角度来看待一部分南社作家演变为鸳鸯蝴蝶派作家的现象，也就可以理解了。

近代鸳鸯蝴蝶派小说、黑幕小说等掀起的商业化通俗文学的狂潮，体现了文学对近代中国社会经济生活商品化、市场化趋势的认同与适应。故而一味谴责这类小说"诲淫诲盗"，显然并未击中要害。只要文学成为商品，这类文学的存在就是不可避免的。但文学又不仅仅是商品，它还应是一个民族的心声，一个时代艺术创造力的精华。因此，无论如何不能只有这类文学，不应让这类文学成为充斥文坛的主流。这就需要进步的文学家和批评家们的努力，既要拿出能够吸引人、使人心灵走向崇高的作品，又要站在时代前列，引导读者正确地看待文学。这显然是近代文学的变革者们力所不及的。而面对这个难题，他们文学观念中的最大欠缺，仍然是在对审美的理解和认识上审美能力的缺失再度成为近代文学变革中的"软肋"留下了历史的遗憾。

(原发表于《天津社会科学》2000年第5期)

---

① 梁启超. 告小说家 [M] //刘纳. 嬗变. 北京：中国社会科学出版社，1998：233.

中国近代文学文献整理的几点想法

郭长海 刘 琦

文学文献的内容,大体上包括了三方面的内容,即作品的原始资料、作者的传记资料,文学的研究资料和相应的工具书与索引资料。

中国古代文学文献的搜集与整理,经过几个世纪,多少代人的长期不懈的努力,大体上已经完备,或者说已经达到了相应的规模。留给后人要做的工作,虽然还有,但是已经不多了,相比较而言,中国近代文学文献资料的整理工作,虽然已经做了许多工作,并且也有了一定的成绩,但是仍然不够。一是因为,近代文学文献的搜集整理工作起步较晚,从事近代文学本身研究的人较多,而从事近代文献的搜集与整理工作的人较少。二是因为,近代文学文献资料的收藏较为分散,借阅不易,尤其一些资料国内没有收藏,而在外国图书馆里却有相当规模的收藏,如近邻的日本及远方的英国、美国等。国内的研究者当然无缘看到。三是因为,近代文献的收藏不易。当时都是一些手边之物,如报纸、宣传品之类。当时看过,即随手弃之,到今天则成了极为珍贵的资料,例如清末的小报,有30多种,保存到今天,竟然没有一种是完整的,大多残缺不全。而且有些已经破碎,无法使用。所以,中国近代文学文献的整理工作,有很大难度。即或这样,很多前辈专家学者做了大量的工作,整理出一大批近代文献。

一、中华人民共和国成立之前的近代文学文献的整理

中国近代文学文献的搜集整理工作,是从20世纪20年代开始的。1920年,鲁迅先生率先在北京大学开设中国小说史,把近代侠义公案小说、狭邪小说、讽刺小说列成三章来讲授,并且为讽刺小说定了一个特有的名字:谴责小说。从此,近代小说在文学史中有了立足之地。1923年,胡适作《五十年来之中国文学》,全面地论述了中国近代文学的大致内容,即四个板块:诗词、戏剧、散文、小说。此后,研究者由此向下延伸:一个是近代文学研究,一个是近代文献的搜

集与整理。1923年，郑振铎先生出版了《晚清文选》，把"晚清"这个名词引用到近代文学研究的领域。同年，陈衍出版了《近代诗钞》，又把"近代"一词引入近代文学研究的领域。此后，近代文学的研究或近代文学文献的搜集和整理，都是在这两个概念的支配下进行的。1929年前后，陈子展先后出版了《中国近代文学之变迁》和《最近三十年中国文学史》，大体上勾勒出了中国近代文学的面貌。1932年钱基博的《现代中国文学史》出版，以资料的丰富和论述的详瞻，使得近代文学的研究更加成熟。

  但是，随着研究的深入，对于近代文献资料的需求也就更加紧迫。在这个基础上，出现了阿英先生。他对于晚清文学资料、文献资料的潜心收集，使他成为最负盛名的晚清文学史料专家，1937年出版的《晚清小说史》，显现了他独特的目光和拥有资料的丰富。不过，大量的晚清文学文献资料的出版，还是在中华人民共和国成立之后。如《晚清小说戏曲目》（1954），《晚清文艺报刊述略》（1957），《晚清文学丛钞》之《小说卷》《小说戏曲研究卷》《杂剧传奇卷》《域外文学卷》《俄罗斯文学卷》等，大多出版于1960年前后，另外还有《近代反侵略文集》共五种，即《鸦片战争文学集》、《中法战争文学集》、《中日战争文学集》、《庚子事变文学集》、《反美华之禁约文学集》（1958—1960），另外，还有论文集《小说闲谈》1—4册。上述论著在近代文学的研究方面及近代文献的搜集整理方面所做出的贡献，是多年以来许多人所难以做到的。

  在阿英先生出版上述著作的同时，上海图书馆推出了一套大型资料索引：《中国近代期刊篇目汇编》，共六卷，收录从1857—1917年出版的杂志近500种篇目，为治学者提供了极大的方便，如果和1981年书目文献出版社出版的《全国中文期刊联合目录》配合使用，那么，将会有更大的价值。

  从另一个角度，张静庐的近代人物笔名研究则别有贡献，他所编辑的《辛亥革命时期重要报刊作者笔名录》《戊戌变法前后报刊作者笔名录》，对查阅近代人物的笔名、别名、化名等，具有很高的价值。此后，徐为民又出版了《中国近现代人物别名词典》①。而最为完整的，要算陈玉堂先生的《中国近现代人物名号大辞典》及其续编，收录多，范围广，资料全。有此一编在手，则近代人物的名、字、号可以了然于胸。

  魏绍昌先生对于近代文学文献也做出了贡献，他与人辑录的《老残游记资料》《孽海花资料》《李伯元研究资料》《吴趼人研究资料》是研究近代四大谴责小说的必备参考书。

---

① 徐为民. 中国近现代人物别名曲 [M]. 沈阳：沈阳出版社，1993.

1998年以来，中国社会科学院文学研究所的几位同志整理了中国近代文学研究的重要论文，并作了选编和索引，先后出版了《中国近代文学论文集》的1919—1949年部分和1949—1979年部分，分别选成四个集子，即小说、诗歌、戏剧、散文和民间文学集。差不多百年里的近代文学研究于此可见其概貌。

1996年出版的《中国近代传奇杂剧经眼录》是对近代传奇、杂剧两种戏剧形式的全面辑录，在此基础上，青年学者左鹏军又做了若干补充，使之更加完整。

最晚出的近代文学文献资料是《中国近代文学大系》，皇皇三十卷巨著，全方位地收集了中国近代文学的资料，特别是《史料索引卷》，对近代文学文献的搜集更加广泛和全面，为保存和研究中国近代文学提供了丰富的资料。

最后，不能不提到的，是日本著名学者、中国近代文学研究专家樽本照雄先生，他以一人之力，完成了多部研究中国近代文学的著作，如《清末小说闲谈》《清末小说探索》《清末小说论集》《清末小说丛考》《初期商务印书馆研究》等大部头著作，并且又独自支撑着《清末小说通讯》和《清末小说》两种刊物的编辑、出版、发行工作，贡献可谓大矣！不仅如此，他还以一人之力，编成了《清末民初小说目录》和《清末民初小说年表》两大册资料。全面详细地收录了中国近代至中华民国成立之初的小说出版刊行情况，这是几十年来，继阿英之后所做的最为杰出的贡献。

二、今后的工作

尽管中国近代文学文献的搜集整理工作已有一定的规模，取得了很大的成绩，但是，正如古代文学文献的搜集整理工作一样，还需要继续不断地发掘、深入的探索。

首先，建议编选两种书：一是《维新变法文学集》，二是《辛亥革命文学集》。中国近代文献的搜集经过阿英先生的努力，从纵的方面来看，已经形成了一系列发展的链条，比如此链条的《鸦片战争文学集》《中法战争文学集》《中日战争文学集》《庚子事变文学集》《反美华工禁约文学集》等五种。仔细研究就会发现，在《中日战争文学集》之后，还缺少一个段落，这就是《维新变法文学集》；在《反美华工禁约文学集》之后，还应当补上一个《辛亥革命文学集》。这样，近代文学研究的纵向发展与总体概貌才算清晰、才算完整。由于这两个时期文献资料的编录没有完成，因此在几本近代文学史的论述上，都用作家论来代替对这两个时期文学的社会现象进行分析研究，未免有失偏颇。又如，由于文献资料的不足，对梁启超倡导的"诗界革命"缺乏全面的、具体的研究，

·概论编·

有人把产生于"诗界革命"之前的诗人黄遵宪也拉到"诗界革命"之中来论述，并且列为重点来论述，未免失当。还有"诗界革命"本来取得了很大的成绩，而有些人却为它下了"失败了"的结论，真是太离奇了。文献链条的重要性于此可见。又如，"辛亥革命时期的文学"这一命题，在后期，本来包括了"广州起义时期的文学""武昌起义时期的文学""中华民国成立时期的文学""反袁时期的文学"这些重要的内容，可惜却无人做研究。近代文学和古代文学研究的一个不同之处就是，它不完全依赖于作家留下的文集、诗集等文献资料去研究当时的文学现象，而是依靠大量的当时在报刊上及时发表的具有强烈鼓动意味的诗歌论文、戏曲、小说等进行论述，才是全面的、科学的。再如，武昌起义时期，有三篇最重要的报刊文章，可以说是犀利无比的政论文，这就是，叶楚伧的《新七杀碑》、詹大悲的《大乱者救中国之妙药也》和于右任的《黄鹤楼之风声》这三篇政论文，在当时起了非常大的作用，在"辛亥革命时期的散文"这一章里，几部近代文学史都没有给他们一定的地位。文献的不足，影响了文学研究的认识和延缓了文学研究的进行，这是很可惜的。

其次，建议编选一套中国报刊诗辑。从横向上来说，小说方面，我们已经有了一套较为完整的小说目录，甚至小说全编，如百花洲文艺出版社出版的《近代小说大系》；戏剧方面，我们已经有了《近代传奇杂剧经眼录》和《中国早期话剧剧本选》；散文方面，也有一套《辛亥革命前十年时论选集》。但是独在诗词方面却付阙如。阿英先生计划《晚清文学丛钞》时，曾有一种《诗词卷》，不知为什么，四十年过去了，迄今未见出版。当然，陈衍的《近代诗词》不失为一部有价值的诗选，但是他对辛亥革命时期革命诗的选入都很少，例如那些歌颂革命党人英勇斗争的诗，那些反袁的诗。也可以说，有了《中国近代文学大系》的《诗歌卷》和《词卷》，也可以说，有了钱仲联先生的《近代诗钞》三大卷和严迪昌先生主编的《近代词钞》三大卷。但是他们的选诗方式，都是以人存诗。在近代，在社会大变动的时期，很多本来无名的人，都写出了深刻反映当时社会变革的好诗，写出了具有爱国倾向和革命倾向的好诗。这些诗，应当进入文学史研究的范围，应当永久地流传下去。然而实际情况却不是这样。再如，中国近代是一个产生了大量讽刺诗的时代。中国近代有三大讽刺诗运动，一是清末，二是反袁时期，三是在1945年。前两个讽刺诗运动产生的讽刺诗歌数量大，质量高，形式多样。可是我们现在几部近代文学史，却没对这个讽刺诗运动给予充分的肯定。

当前，国内一些专家学者正在集中精力编辑《全明诗》《全清诗》《全明词》《全清词》，这当然是好事情。但是到具体的问题出现时，便不好解决了。如编

《全清诗》时怎样划分清末诗人和民国诗人？例如邹容、秋瑾，可以说是清代诗人，虽然习惯上把它放在近代来论述。但是，黄兴、宋教仁是清朝诗人还是民国诗人？柳亚子、陈去病、高旭、叶楚伧，是近代诗人还是民国诗人？这恐怕就不好分了，为此，不妨在近代诗歌文献的探索整理上，整理出《维新时期诗辑》和《辛亥革命时期的诗歌》，作为临时的过渡。这样既整理了一代文献，又为文学研究拓宽了新的研究视角。

再次，建议编辑一套近代报纸篇目索引。如前所述，我们以往有了《中国近代期刊篇目汇录》这样一套完整的资料目录，查找杂志上的文章篇目，可以说很方便。还有一套《辛亥革命时期期刊介绍》。近代文学的文献资料主要由两部分组成，一部分是杂志，另一部分则是当时的资料。这样，困难就来了，中国近代共有多少种报纸，都收藏在哪里？哪些报纸上有过文学的副刊？哪些报纸上刊登过创作小说、翻译小说？我们对这些都懵然无知。现在还没有一个完整的、全面的报纸篇目索引提供给研究者。由此而带来的研究者的迷惘现象，例如近代的佛门高僧弘一大师在披剃之前，在日本曾经写过一篇文章，叫《若人欤，若人》，是一篇言情小说，情节很动人，高旭读后，很受感动。为此，他写了一首词，叫《蝶恋花》。后来，高旭又在自己的诗话中再一次提到此事，可见此事的确凿。但是，查遍樽本照雄先生编撰的《清末小说年表》和《清末民初小说目录》，却不见此小说的记录。那么有一种可能，就是发表在当时的报纸上。但是，什么报纸、哪里出版的？却无从得知。

近几年，一些专家学者已经从事报刊上的近代作家作品的辑佚整理工作，而且成绩也不少。例如南京大学王立兴教授从报纸上查得吴趼人的一封信；甘肃颜廷亮教授从报纸上查得吴趼人的一篇文章；最为充分的是上海刘德隆先生，他从近代报刊上查得近代小说每年的出版情况，并对此进行了深入的研究，成为卓有成绩的专家。

另外，对照近代出现的一些文献资料，还需要通过当年的报刊资料来进行甄别，以鉴定其真伪，例如，最近出现的一本《南亭回忆录》中保存了大量的李伯元的佚著，有一些已经被《李伯元全集》收录。但是，这些作品是否都出自李伯元之手，是有疑问的，特别是其中有些署名"白云词人"的作品，"白云词人"是不是李伯元的笔名，这个问题，从不为人所知，因此只有查阅当年出版的报纸，才能得出最后的结论。

最后，建议编几本近代人物的文集。近代著名的作家和社会活动家有130~150人，其中大部分都有了文集或全集。还有少数几位应该有而尚未编辑，如蒋智由、杨笃生、王无生、叶楚伧、林白水、杨杏佛等人。蒋智由是清末诗界革命的重要人物，梁启超曾经高度评价过他的诗。叶楚伧是清末至中华民国初年的重要作家之一，其诗文、小说、政论都很有特点。王无生也是一位重要作家，写过小说、戏剧、诗文，也都很有影响。杨笃生则是一位烈士，20世纪初，他的政论影响很大。以上诸人的诗文至今未有文集，这就影响了对他们的研究和评价。例如王无生，人们只知道他是一位小说理论家，写过四篇重要的小说论文，其他则付阙如，由于文献的不足，影响了对他的评价。因此，在研究上述几位人物时，应该首先把他的文集整理出版，为读者提供一个广阔的研究天地。几年前，中华书局出版过《中国近代人物文集丛书》，华中师范大学出版社出版过《辛亥人物文集丛书》。最近几年，社会科学文献出版社、中国人民大学出版社出版了《国际南社学会·南社丛书》，都是可喜的现象。如果能进一步扩大范围，比如辛亥革命时的山西省两位重要人物：景耀月和景梅九，著述也多，在辛亥革命前后，都起过重要的作用，也应该为他们编一本文集。

（原发表于《文献学与研究生教育国际学术研讨会论文集（中国古典文献学丛刊第三卷）》2003年）

中国近代文学的历史地位
——兼论中国文学的近代化

郭延礼

中国近代文学（1840—1919）是中国文学发展中一个重要的历史阶段。它作为中国文学的四大段（古代、近代、现代、当代）之一，作为一个独立的学科，其历史地位是必须坚持的。笔者记得1986年王瑶先生在中国社会科学院文学研究所举办的一次"中国近、现、当代文学史分期问题学术研讨会"上说："关于中国文学史的分期问题，今后如何分我不能肯定，但就目前来讲，将中国文学史分为古、近、现、当四大段，还是合理的、必要的。"王先生作为中国文学史著名的专家，他的这段话既反映了学术界对中国文学史分期认同的看法，同时也表达了他本人对当前中国文学史分为四大段的赞同态度。这一分期也得到学界多数学者的认同，这只要检阅一下以"近代"冠名的各种文学史[①]就可以得到证明。

一

为什么要提出"近代文学的历史地位"这个问题呢？

近十几年来，学界有些专家，似乎在有意无意地消解为期八十年的近代文学。

章培恒、骆玉明先生主编的《中国文学史》（复旦大学出版社，1996年）从先秦一直叙述到清代，下限到1911年清朝灭亡，比通常所说的古代文学史（1840年前）下延了七十年[②]。此书的增订本《中国文学史新著》（复旦大学出

[①] 如已出版的不止一种的《中国近代文学史》《中国近代文学发展史》《近代文学批评史》《中国近代美学思想史》《中国近代文艺思想论稿》《中国近代小说史》《中国近代诗歌史》《中国近代散文史》《中国近代传奇杂剧经眼录》《中国近代翻译文学概论》《20世纪中国近代文学研究学术史》《中国近代文学编年》《中国近代小说编年》《近代女性文学研究》等。

[②] 类此者还有马积高、黄钧主编的《中国古代文学史》（北京：人民文学出版社，2009）。

版社、上海文艺出版总社，2007年）下限是1900年，比首次版本上提了十年，但还是比通常的古代文学史的下限延伸了六十年。

目前的现代文学史，也有人主张不从"五四"或1917年开始，将上限提前到1898年或1894年。还有的学者主张以1892年的《海上花列传》作为现代通俗文学的起点，这又比通常现代文学史的分期上溯了二三十年。

古代文学史下延六十年，现代文学史上溯20年，两相连接，八十年的中国近代文学史就不存在了。笔者认为这样处理中国文学史的分期是不科学的。

更值得注意的是，有的文学史著者，已取消了"近代文学"这一文学史概念。章、骆两位先生主编的《中国文学史》第八编《清代文学》，将近代文学化解为"清代文学"的两章："第七章 清代后期的诗词文""第八章 清代后期小说"。著者在第八编"概说"中交代，这里所指的清代"后期"，即通常所说的"近代"①。章先生在另一篇文章中说得更清楚："古代文学研究与现代文学研究是两个学科，前一个学科的终点是后一个学科的起点。"② 中间的"近代文学"呢，既没有了它的时空范围，当然也就不存在了。前述《中国文学史》的"终章向新文学的推进"，将"五四"新文学的源头或曰"推进"力量上溯到元明清。不错，周作人的《中国新文学的源流》曾追溯到晚明的思想解放运动。作为一种文学或思想资料，二者也许有某些联系；但更直接地推进"五四"新文学运动的恐怕还不是元明清文学，而应当是近代文学。近代的社会思潮、西学东渐、"四界革命"（诗界革命、文界革命、小说界革命、戏剧界革命③）、白话文热潮与"五四"新文学运动的关系，要远比"元明清文学"与"五四"新文学运动的关系直接得多，这是无须争辩的事实。

消解近代文学的另一策略，是将一些自定的标准作为区分近、现代文学的理论根据，即凡具有"现代性"的作品就是现代文学。有学者说："现代文学是靠其现代性而有别于古典作品的。"④ 把《海上花列传》定为现代通俗文学的开山之作，大约就是根据小说中的"现代大都会""现代生活方式""现代气息""现代化的运作方式"来判定的吧！由于在英文中"近代"和"现代"都是同样的

---

① 章培恒，骆玉明. 中国文学史：下册［M］. 上海：复旦大学出版社，1996：386.
② 章培恒. 不应存在的鸿沟——中国文学研究中的一个问题［N］. 文汇报，1999-02-06.
③ 近代戏剧界革命，一般称"戏剧改良"，实际上柳亚子撰写的《20世纪大舞台·发刊词》已明确提出"戏剧革命"的口号，其革新内容和精神与"诗界革命""文界革命""小说界革命"相同，为统一起见，本文称"戏剧界革命"。
④ 范伯群. 论中国现代文学史起点的"向前位移"问题［M］//范伯群. 多元共生的中国文学的现代化历程. 上海：复旦大学出版社，2009：32-33.

一个词modern，而modernity，既可以译为"现代性"，也可译为"近代性"，以上所举"现代大都会"等，均可置换为"近代大都会""近代生活方式""近代气息""近代化的运作方式"。那么，什么是"现代性"呢？各家的解说不一。钱中文先生说："把现代性看作是促进社会进入现代社会发展阶段，使社会不断走向科学进步的一种理性精神、启蒙精神，一种现代意识精神，一种时代的文化精神。"他还说："新理性精神主张现代性是在传统的基础上建立起来的现代性，又是使传统获得不断发展、创新的现代性。"[①]由此可见，现代性（或曰近代性）并不是现代文学作品所独有的，更不是区别现代文学与古典文学的唯一标准。

20世纪90年代中期学术界用"现代性"取代"现代化"并成为核心话语之后，"现代性"就成为现代文学属性的一个标志，虽然对什么是"现代性"的阐释相当宽泛，而且每个人对其内涵的理解也不尽一致，但有的学者却把它视为区分古典与现代、近代与现代文学作品的一个标签，大有20世纪50年代学界使用"人民性"的趋势。也有的专家以这个内涵不十分确定的概念在近代文学中寻求其现代性，并以此划分近代/现代的归属。在此观照下，几乎全部近代小说都具有"现代性"。从《海上花列传》到四大谴责小说，从徐枕亚的《玉梨魂》到杨尘因的《新华春梦记》，从蔡东藩的《清史通俗演义》到《中国黑幕大观》[②]……以此为坐标，并将中国现代文学史的上限逐渐上升，其前移时间（1919年前移至1892年）几乎等于现代文学时限三十年的本体。笔者以为这样做并不能提高现代文学的地位；恰恰相反，而是对"五四"作为新文学开端地位的忽视，以致有意无意地消解了"五四"文学革命对于中国现代文学的开端和奠基意义。二十五年前，笔者曾在中国社会科学院文学研究所主办的"中国近、现、当代文学史分期问题学术研讨会"上有一个发言，题目是《"五四"这块文学界碑不容忽视》[③]，笔者至今仍认为"五四"作为文学界碑，有两点尤其值得注意。第一点是"五四"前后文学语言的不同。"五四"前基本上是文言，"五四"后基本上是白话，这是谁都不能否认的客观存在。这里笔者又想起王瑶先生的一段话。什么是现代文学呢？王瑶先生说：所谓"现代文学"，"就是用现代人的语言来表现现代人的思想的文学"；"现代人的语言是白话文，现代人的思想就是民主、

[①] 钱中文. 新理性精神与文学理论研究 [M] //钱中文文集：第三卷. 哈尔滨：黑龙江教育出版社，2008：396-397.

[②] 范伯群. 中国现代通俗文学史 [M]. 插图本. 北京：北京大学出版社，2007.

[③] 郭延礼. "五四"这块文学界碑不容忽视 [J]. 东岳论丛，1986（6）.

科学以及后来提倡的社会主义"。① 可见王先生是非常重视文学形式对文学分期的决定意义的。第二点是"五四"前后文学作品给人的总体艺术感受不同。所谓总体艺术感受,既包括作品所表现的社会生活和语言形式,也包括作家的审美理想、思维方式、表现艺术和美学风格。这里,我们不妨做一个简单的类比:把黄遵宪的新派诗与郭沫若的《女神》、艾青的《大堰河》对读,把《官场现形记》等近代小说与茅盾、巴金的小说对照,把吴梅的戏曲与曹禺的《雷雨》《日出》比较,就不难发现,近代作品和现代作品给人的艺术感受、美学效果是完全不同的。不知道主张将现代文学的上限划到1892年的师友们,是否曾意识到这个问题,是否认识到"五四"前后文学"质"的差别。

还有一种消解近代文学的方式就是"破体位移",即将近代主流作家纳入现代文学的范围。目前最明显的例证是王国维和梁启超。

王国维(1877—1927)和梁启超(1873—1929)是近代最有成就的两位文学理论家、批评家和美学家。这两位大师级的人物是中国近代文学理论史和批评史上的双子星座。但近年来,一些学者千方百计地将这两人进行"破体位移":从近代拉到现代。有一部《中国现代文学批评史》,把王国维作为现代文学批评的开拓者,其第一章的标题就是"王国维批评的现代性"。又有学者也试图将梁启超划入现代,2008年4月下旬在杭州召开的以梁启超的文学思想为讨论中心的学术研讨会,就命名为"中国现代美学、文论与梁启超",其用意和指向已十分清楚。

王国维、梁启超是中国文学史、文学理论批评史、美学史上的大家,受到学界愈来愈多的关注,有更多的学者对他们进行多侧面、多角度、多方位的研究是一种很正常的学术现象,不同学科专家的共同参与,也有助于研究的深入和突破,笔者也绝非主张因为王国维、梁启超是近代作家,只有研究近代文学的人才能参与。这里笔者只是想说,如果把近代顶尖级的作家"破体位移",划入现代文学史或古代文学史,那便无形中加速了中国近代文学的解构。其实,对某些文学大家的归属,学术界亦有个约定俗成的潜规则。比如鲁迅,众所周知,他的文学活动早在近代(1903年)就开始了,但鲁迅先生的主要文学成就是在现代,所以就应当放在现代来讲。写近代文学史可以提到鲁迅、周作人,但不能把他们作为近代作家看待。中国近代文学史上并非没有大家,但如果把王国维、梁启超

---

① 王瑶. 序[M]//中国现代文学研究会. 在东西古今的碰撞中——对"五四"新文学的文化反思. 北京:中国城市出版社,1989.

等人划到现代,再把龚自珍、黄遵宪、康有为、章太炎拉到古代①,那中国近代文学史真的要变为只有丘陵不见高山的广袤的大平原了。

二

近代文学是中国文学史中一个独立的发展阶段,它是指鸦片战争(1840)至"五四"运动(1919)这八十年间的文学;这八十年是中国文学由古典向现代的转型期,这个转型期也就是中国文学近代化的历程。不论称文学的转型期,还是文学近代化的历程,既然有时空范围,就有其存在的位置。因此,中国近代文学(1840—1919)既不是古代文学的延伸和尾巴,也不是现代文学的背景和前奏。它是一个独立的文学发展阶段。

近代化是17世纪以来开始于西欧的世界性的历史潮流,但由于历史条件的不同,西欧与东方诸国走向近代化的道路是不同的。西方的近代化有一个漫长的历程,如果以文艺复兴作为欧洲近代历史的序幕,或者将1640年的英国资产阶级革命作为西方近代史的开端,至19世纪末,西方的近代社会已经历了数百年的历史。与此相应的近代化(政治的、经济的、文化的)也已走向了成熟的阶段。东方国家则与此不同。东方诸国(日本除外)走向近代化大多是在殖民主义入侵后,为了抵御侵略、救亡图存而被迫走上近代化道路的。作为意识形态的东方文学,它一步入近代就是以反抗殖民侵略、批判封建专制、弘扬爱国主义作为旗帜的。但东方各国步入近代文学的道路和方式又是不同的。以亚洲而论,大体有两种类型:一种是由古代文学自身变化而来,如越南、缅甸;另一种是借用外国文学(欧洲文学)的文学形式,开创近代文学的新纪元,如菲律宾、印度、日本。中国属于前者。中国近代文学是由古代文学演变而来的;但是中国古代文学向近代文学的转化,其内在动力不足,它需要西方文化的介入和碰撞。

文学的近代化是一个历史范畴,它有一个萌芽、发展和基本确立的过程,笔者把中国文学的近代化分成三个阶段,即萌生期(19世纪40年代至70年代)、发展期(19世纪70年代至19世纪末)、完成期(20世纪初至1919年)。

中国文学近代化的过程,过去学界认为"是反帝反封建和爱国民主的文学产生和发展的过程"②,这个概括既有偏重政治和抽象之嫌,也有混淆近代、现代文学界限之弊。笔者认为:中国文学近代化的过程,从某种意义上说,也就是中

---

① 章培恒,骆玉明. 中国文学史:下册 [M]. 上海:复旦大学出版社,1996.
② 颜廷亮. 关于中国文学近代化过程的几个问题 [M] //中山大学中文系. 中国近代文学的特点、性质和分期. 广州:中山大学出版社,1986:240.

国文学学习西方及在西方文化的撞击下求新求变的过程。根据这一认识，笔者认为促进中国文学近代化的，主要有四种力量：一是中国文学自身创造性的转化；二是西方文化的影响；三是在中西文化撞击下，第一、第二种力量的合力所引发的求新求变的本土文学革新运动；四是中国社会的近代化对文学的呼唤和促进。

19世纪中叶，西方殖民主义者用大炮轰开了中国闭关自守的大门，随着一次次的武力入侵和不平等条约的签订，古老的封建帝国面临着严重的生存危机，"天朝帝国万世长存的迷信破了产，野蛮的、闭关自守的、与文明世界隔绝的状态被打破"[1]；与此同时，西方文化以它特有的强势进入中国，史称第二次"西学东渐"。西方文化的输入首先来自传教士。传教士来华，固然有其明确的宗教目的，但其对中国文学的近代化，特别是20世纪前有着促进意义，这也是不争的事实。面对外敌的入侵和中华民族的危机，一部分先进的中国士大夫开始面对现实，寻求出路，林则徐、魏源是其代表。"师夷长技以制夷"成为时代的命题。它包括两方面的内容：一是防御殖民主义者的侵略；二是向西方学习。"向西方学习"已成为当时最迫切的问题，近代的"经世致用"思潮就包括这两个内涵，这也是它和传统的"经世致用"之学不同点之一。

从鸦片战争至19世纪70年代是中国文学近代化的萌生期。

从鸦片战争至19世纪70年代，中国社会开始步入近代化。尽管这种近代化并非中国社会自然演变的结果，而是一部分先进人物在民族危机面前为寻求救亡图存借助西方文化所采取的求强、求富措施，这就是近代史上早期的自强运动（后来又称"洋务运动"）。自强运动的思想体系，虽然是"中体西用"，但它的基本内容却是为了回应时代的命题："师夷长技以制夷"，并由此产生了一种社会变革思潮。

早在鸦片战争之前，具有卓识远见的龚自珍基于对清王朝已历史地进入它的"衰世"的认识，就提出变革、"更法"的概念，大声疾呼"一祖之法无不敝"[2] "奈之何不思更法"[3]。随着殖民主义的入侵和民族危机的加深，这种变革的呼声已形成一种社会思潮。从洪仁玕的《资政新篇》、冯桂芬的《校邠庐抗议》、郑观应的《救时揭要》，到容闳向洪仁玕提出的改良政府、组建军队、改变教育体制、举办洋务等七条建议，都表现了此时社会精英观念的变化和社会改革的理

---

[1] 马克思. 中国革命和欧洲革命[M]//中共中央马克思恩格斯列宁斯大林著作编译局. 马克思恩格斯选集：第一卷. 北京：人民出版社，1995：691.

[2] 龚自珍. 乙丙之际著议第七[M]//龚自珍. 龚自珍全集. 王佩诤，校. 北京：中华书局，1959：6.

[3] 龚自珍. 明良论四[M]//龚自珍. 龚自珍全集. 王佩诤，校. 北京：中华书局，1959：35.

想：求富求强，救亡图存。中国社会在近代化道路上也迈出了第一步。

在文学上，近代化的变革还不太明显。由于中国古典文学的历史悠久，它已形成一个超稳定的固定系统，因此文学近代化的变革，其步子更加缓慢，也不显著。但随着近代历史革命风暴的到来、铁与血的召唤及经世致用思潮的推动，文学也在或显或隐地朝着近代化前进。鸦片战争时期所出现的以反殖民主义侵略为主题的爱国诗潮，就是中国文学近代化的开端。作品中抒情叙事主体关注民族命运、国家前途的忧患意识，对中国人民反殖民主义爱国精神的赞颂，正是中国近代化初期诗人的呐喊及其精神世界的艺术体现。而这类诗中的爱国主义也已具有近代色彩。笔者此前多次谈过：鸦片战争前的爱国主义，就其性质而言，基本上属于中华民族长期融合、发展、形成过程中掠夺与反掠夺、压迫与反压迫的性质，它有侵略与反侵略、正义与非正义之分，长期形成的这一历史事实，我们不能抹杀；但如从近代国家多民族这一新的视角、新的理念来考察，它基本上还是属于中华民族大家庭中带有民族性质的内部矛盾。鸦片战争之后，爱国主义有了新的含义，它包括各少数民族在内的中华民族团结起来共同反抗世界殖民主义的侵略，挽救国家危亡，争取民族独立和解放。这是此前中国古代文学史上爱国主义诗歌所未有的新的内容。近代诗人张维屏有《书愤》诗云：

> 汉有匈奴患，唐怀突厥忧。界虽严异域，地实接神州。渺矣鲸波远，居然兔窟谋。鲰生惟痛愤，洒涕向江流。

张维屏从中华民族这一整体观念出发，正确指出匈奴、突厥虽曾为汉唐之患，但它们仍是中国境内的兄弟民族，所谓"往者蛮夷长，依然中国人"[①]；而今天侵略中国的却是远隔重洋的英国殖民主义者。这种认识表现了作者民族意识的新观念，连地处天末的贵州布依族诗人莫友芝也说："卧榻事殊南越远，可容鳞介溷冠裳。"[②] 他说：殖民主义者的入侵，远非古代南唐、朱崖可比。南唐是本民族的事，朱崖当时虽系"蛮夷"，但与英、法等外国侵略者是不同的。这两位分别处于鸦片战争前线和后方的诗人都一致指出：近代初期以反殖民主义为主要内容的反侵略战争，与古代中国境内诸民族间的反侵略、反压迫的战争已具有不同的爱国主义内容。这种观念上的变化，所反映的是鸦片战争时期文学家近代民族国家整体意识的萌生和强化。

---

① 张维屏. 越台 [M] // 张维屏. 张南山全集：松心诗集. 邓光礼，程明，校点. 广州：广东高等教育出版社，1995.

② 钱仲联. 近代诗钞：一 [M]. 南京：江苏古籍出版社，2001：374.

笔者之所以把近代初期的这次爱国诗潮作为文学近代化的开端,不仅仅着眼于它反殖民主义侵略和爱国主义的主题,还因为它表现了诗人主体意识的强化。这次爱国诗潮的创造主体虽然多数还属于士大夫阶层,但他们的书写活动既不是遵命文学,也不是酬酢之作,更不是无病呻吟,而是一次自觉地为中华民族而战的群体怒吼。外国殖民主义者的侵略罪行,激发了诗人的民族意识和爱国主义情感,促使他们以自己的诗笔参加了这次反对殖民主义侵略、保卫中华民族的神圣的爱国战争。创造主体第一次站在了中华民族共同利益的立场上去书写这场战争,他们的创作所包含的思想意蕴不仅具有无可争辩的正义性,同时也显示了近代初期这个诗人群体的历史使命感。以中华民族为立足点,团结国内各兄弟民族共同反抗外敌入侵,这既表现了诗人主体意识的强化,同时它也是民族国家建构初期重要的思想资源。而这一点,是三千年的古代文学因受历史局限所未能达到的思想高度。

　　近代文学在其初期,其近代色彩不够显著,这是事实,尤其在文体形式方面与1840年前的古代文学相比变化不太明显,这是因为文学的变革较之社会的变革要缓慢得多,而文学形式(如旧体诗)一旦形成,就有它固有的稳定性。如果有学者因此就认定19世纪中后期(1840—1900)的近代文学与1840年之前的古代文学完全一样,仍作为古代文学的继续和尾巴,从笔者上面的举例,即可表明这种看法是不符合近代文学的实际情况的。另外,有些学者还是形而上学地看问题,他们不理解作家与历史传统的联系,更不是用"历史的意识"观察问题。英国文学批评家托·斯·艾略特(1888—1965)说:"历史的意识又含有一种领悟,不但要理解过去的过去性,而且还要理解过去的现存性。历史的意识不但使人写作时有他自己那一代的背景,而且还要感到从荷马以来欧洲整个的文学及其本国整个的文学有一个同时的存在,组成一个同时的局面。这个历史的意识是对于永久的意识,也是对于暂时的意识,也是对于永久和暂时的合起来的意识。就是这个意识使一个作家成为传统性的。同时也就是这个意识使一个作家最敏锐地意识到自己在时间中的地位,自己和当代的关系。"① 如果我们用这种"历史的意识"观察近代前期的文学作品,可能就会有新的发现。

　　随便举两个例子。比如近代前期诗人姚燮(1805—1864)的长篇叙事诗《双鸩篇》,这是写一对青年男女在封建势力的迫害下双双殉情的悲剧。就诗作主题而言,它和一千八百多年前的《孔雀东南飞》没有太大的差别,可以看出

---

① [英]托·斯·艾略特. 传统与个人才能[M]. 卞之琳,译//[英]戴维·洛奇. 20世纪文学评论:上册. 葛林,等,译. 上海:上海译文出版社,1987:130.

《双鸩篇》的历史继承性。但倘若我们进一步探索它的思想意蕴，就明显地感到两者的时代差异。如果说《孔雀东南飞》的悲剧主要是迫于封建礼教的家庭伦理（婆媳不和），那么《双鸩篇》的悲剧则是由于资本初期金钱力量的破坏。为了金钱，女方父母竟逼迫男主人公丢下爱妻外出赚钱："不得金钱弗还里。"为了金钱，他们又强逼女儿改嫁："东家西家郎，手中累累千金黄。"经过两年的颠沛流离，在男主人公囊空衣破归来后，他们竟不让自己的女儿和丈夫同居，最后迫使一对年轻夫妻双双饮鸩自杀。造成这一悲剧的原因（金钱势力）和《孔雀东南飞》封建家长专制对爱情的破坏是有显著不同的。而这一点也正显示了这首长诗的时代性，也就是"近代性"。它反映了在封建经济逐步解体、资本主义经济开始成长的近代时期金钱拜物教的作用，以及它在近代社会生活中所表现出来的利害关系。诚如《共产党宣言》中所揭示的：这个时代"资产阶级撕下了罩在家庭关系上的温情脉脉的面纱，把这种关系变成了纯粹的金钱关系"①。

再如，近代小说《荡寇志》，表面上看来，与明代小说《水浒传》在叙述方式上没有什么差别，但认真研究起来，我们即可发现两者的时代差异。如关于军事技术（武器）的描写，小说中出现的"奔雷车"（近于坦克）②、"沉螺舟"（近于潜水艇）、"火鸦"（空中炸弹）、"飞天神雷"（火箭炮）、"水底连珠炮""飞楼"等，在古代小说中都是见所未见的，它们已和《三国演义》中的"木牛流马"大不相同，也不是《荡寇志》中吴用所说的"吕公车"；它已具有近代色彩。联系《荡寇志》的写作背景，则明显地可以窥见在鸦片战争中被"船坚炮利"的英国人打败后，中国知识界对于"师夷长技""富国强兵"的回应和艺术想象③。至于小说中宋江聘请的那位"深目高鼻，碧睛黄发"的欧罗巴人白瓦尔罕，其博学多才，也或多或少地反映了中国知识界对于"洋鬼子"科学技术的认同心态。以上两例正可以回应那些认为近代前期的文学与古代文学没有什么差别之无据。

三

从19世纪70年代开始到19世纪末是中国文学近代化的发展期。

---

① 马克思，恩格斯. 共产党宣言［M］//中共中央马克思恩格斯列宁斯大林著作编译局. 马克思恩格斯选集：第一卷. 北京：人民出版社，1995：275.

② 奔雷车构造之完善、装备之精良、威力之大、战守皆宜，详见：俞万春. 荡寇志［M］. 北京：人民文学出版社，1985：631-633.

③ 王德威. 想象中国的方法：历史·小说·叙事［M］. 北京：生活·读书·新知三联书店，1998：48.

·概论编·

  这一时期世界各主要资本主义国家加紧对外扩张,中法战争、中日战争又相继失败,割地赔款,民族危机日趋严重,庚子事变的发生,《辛丑条约》的签订,中国半殖民地化的程度日益加深,亡国灭种之祸迫在眉睫。19世纪70年代后,中国出现了以发展资本主义和救亡图存为主旨的维新运动,虽然以谭嗣同等六君子的流血宣告了它的失败(史称"戊戌政变"),但这次带有发展资本主义和爱国主义性质的改革运动,其意义是不可低估的。这是在外国列强掀起瓜分中国狂潮的背景下发起的一次爱国救亡运动,同时也是早期准知识分子①力图摆脱封建思想束缚的一次思想解放运动。在思想战线上,也是一次"新学"反对"旧学"的斗争。维新运动对中国社会的政治、经济、思想、教育以及文学的近代化都有积极的推动作用。

  文学的近代化在这一时段的发展较为显著,其主要原因有二:一是维新变革思潮的高涨;二是在维新思潮的推动下,对西方文化/文学的汲取,较前主动和自觉。发展期对文学近代化的推进主要表现在以下几方面:

  第一,文学中求新求变的思潮日趋高涨。

  求新求变,是中国文学近代化历程中的一个突出特点。随着社会的进步和发展,社会生活也在日新月异地发生变化。为了适应社会的需求,文学也要变革,而西方文化的输入又刺激与推动了近代文学的变革,从而加速了文学近代化的进程。19世纪70年代之后,与维新思想的发展相适应,以黄遵宪为代表的新派诗人普遍地要求诗歌要书写新事物、新思想、新意境。

  求"新",首先是时代向诗人提供了大量的新事物、新思想。诸如声光电化、火车、轮船、外国风物,以及自由、平等、民主、博爱,都成了诗人歌咏的对象。五彩缤纷的社会生活,熔铸了诗人新的审美意识,使诗人的审美趣味、审美感受,由古代历史文化转移到资产阶级的物质文明和精神文明。

  早在近代初期,有的诗人就把审美视觉投向社会生活中新的景观。1847年,魏源游澳门,在《澳门花园听夷女洋琴歌》中就有了"新意境"②。1863年,何绍基的《乘火轮船游澳门与香港,作往返三日,约水程二千里》写了轮船的"神速":"火急水沸水转轮,舟得轮运疑有神。约二时许七百里,海行更比江行驶。"③ 1864年,壮族诗人郑献甫在《辛酉六月二十六日于花舫观番人以镜取影

---

  ① 笔者认为中国第一代知识分子群体的正式形成在20世纪初,故把19世纪晚期的这部分人称为准知识分子。
  ② 魏源. 澳门花园听夷女洋琴歌[M]//魏源集:下册. 北京:中华书局,1976:739.
  ③ 何绍基. 何绍基诗文集[M]. 龙震球,何书置,校点. 长沙:岳麓书社,1992:572.

歌》中描写了照相（摄影）艺术的逼真与传神："呼之欲出对之笑，珠海买得珍珠娘。"1866年，自称"东土西来第一人"的清政府外交人员斌椿在他的诗集《海国胜游草》和《天外归帆草》中有许多描写异域风光和西方自然科学成就的诗作，内有一篇《与太西人谈地球自转理有可信》书写了"地动说"："地转良可信，破的在一言。"① 这更是古代诗人所梦想不到的。

描写新事物，在"诗界革命"新派诗人的作品中更为习见。黄遵宪的《今别离》四首被时人誉为是"以旧风格含新意境"的"千年绝作"②，诗人把火车、轮船、电报、照片和东西半球昼夜相反等西方自然科学的新成就、新知识写进自己的作品，通过这些新的审美对象来表达传统的男女相思的主题，从而使这组诗具有了新意境。曹昌麟、毛乃庸亦仿黄氏之《今别离》各作四章，通过咏蜡像、蒸汽循环、月球和地球、报纸、留声机、电话、望远镜、南北两半球寒暑相反，来写男女相思和情爱（限于篇幅，引诗从略）。

近代诗人中有许多曾涉足海外。除前面已提到的斌椿外，著名的还有王韬、黄遵宪、康有为、梁启超、马君武、潘飞声等人都到过欧美，而东渡日本的那就更多了。诗人身居异邦，眼界开阔了，审美对象丰富了，异国的风光、风俗人情及政治、科学、文化、艺术，都成了他们诗歌创作的题材。经过诗人的艺术创造，在他们的作品中就产生了新意境。康有为说："新世瑰奇异境生，更搜欧亚造新声。意境几于无李杜，目中何处著元明。"③ 丘逢甲说："直开前古不到境，笔力纵横东西球。"④ 就是对近代文学这一求新求变思潮的简要概括。求新求变是近代文学思潮中的主流，即使当时较为保守的一些诗人也受到这一思潮的影响。宋诗派诗人江湜说："意匠已成新架屋，心花那傍旧开枝。"⑤ 樊增祥也说："今当万求新日，故纸陈言要扫空。"⑥ 就连被胡适称为"假古董"的王闿运都说："五十年来事事新，吟成诗句定惊人。"⑦ 革新派和传统派诗人均已认识到求

---

① 斌椿. 海国胜游草 [M]//钟叔河. 走向世界丛书. 长沙：岳麓书社，1985：178.
② 钱仲联. 梦苕庵诗话 [M]. 济南：齐鲁书社，1986：176.
③ 康有为. 与菽园论诗兼寄任公、孺博、曼宣（三首）[M]//人民文学出版社编辑部. 康有为诗文选. 北京：人民文学出版社，1958：264.
④ 丘逢甲. 说剑堂集题词为独立山人作 [M]//丘逢甲. 岭云海日楼诗钞. 上海：上海古籍出版社，1982：84.
⑤ 江湜. 近年 [M]//江湜. 伏敔堂诗录. 左鹏军，点校. 上海：上海古籍出版社，2008：139.
⑥ 樊增祥. 余论诗专取清新，以为古作者虽多，于诗道固未尽也，赋此示载传、午诒 [M]//樊增祥. 樊樊山诗集：下. 涂晓马，陈宇俊，校点. 上海：上海古籍出版社，2004：1378.
⑦ 王闿运. 忆西行与胡吉士论诗因及翰林文学 [M]//马积高. 湘绮楼诗文集. 长沙：岳麓书社，1997：1588.

新求变是时代的召唤和文学自身发展的必然趋势，而这一点也正是促进文学近代化的一个重要契机。

新思想、新事物、新意境，在这一时段的旅外游记中更为突出，其代表作如王韬的《漫游随录》、郭嵩焘的《伦敦与巴黎日记》、黎庶昌的《西洋杂志》、薛福成的《出使英法意比四国日记》中的部分散文，更是琳琅满目。限于篇幅，兹从略。

第二，翻译文学的介入，促进了文学的近代化。

近代西学传播的途径首先是自然科学，而后是社会科学，最后才是文学。文学的译介最迟，大约在19世纪70年代之后①。在此之前虽然也有传教士翻译的西洋文学，如1853年出版的宾威廉译的英国作家约翰·班扬（John Bunyan, 1628—1688）的小说《天路历程》和威妥玛（T. F. Wade, 1818—1895）译的美国作家朗费罗（Henry Longfellow, 1807—1882）的《人生颂》等，但真正由中国人翻译的外国文学作品大约要在19世纪70年代之后。目前所知，19世纪70年代到19世纪末，除翻译了少数诗歌、寓言外，主要是小说翻译，大约译了17种②，其中不仅有社会小说《昕夕闲谈》、游记小说《绝岛漂流记》（《鲁滨逊漂流记》）、爱情小说《巴黎茶花女遗事》，而且还有政治小说《佳人奇遇》《经国美谈》、侦探小说《福尔摩斯侦探案》、科学小说《八十日环游记》，后面这三种类型的小说，中国过去都没有，它们对此后的近代小说创作产生过很大影响。近代后期创作的政治小说（如梁启超的《新中国未来记》、陆士谔的《新中国》）、侦探小说（如讷夫的《钱塘狱》）、科学小说（如徐念慈的《新法螺先生谈》）都是在翻译小说的影响下产生的。翻译文学的出现，对于中国文学的近代化，从文学观念、文学思想、文学体制到语言建构均有重要的影响。即以叙事模式而论，林译《巴黎茶花女遗事》的第一人称叙事、倒叙，以及书中插入书信、日记，对此后苏曼殊的自传体小说《断鸿零雁记》、徐枕亚的《玉梨魂》、何诹的《碎琴楼》均有一定影响③。

顺便再提一点，笔者虽然不主张将外国传教士翻译的作品列入中国翻译文学④，但李提摩太于1894年译的《百年一觉》稍有例外，这是因为它不同于专门宣传基督教义、主要供教民阅读的小说《天路历程》。《百年一觉》是一部带

---

① 郭延礼. 中国近代翻译文学概论［M］. 修订本. 武汉：湖北教育出版社，2005：12.
② 樽本照雄. 清末民初小说年表［M］. 日本清末民初小说研究会，1999.
③ 郭延礼. 中国前现代文学的转型［M］. 济南：山东大学出版社，2005：139-142.
④ 郭延礼. 中国近代翻译文学概论［M］. 武汉：湖北教育出版社，1998：12.

有浓厚幻想色彩的政治小说,它不但对当时的梁启超、康有为、谭嗣同等维新派人士在思想上有很大影响①,而且在叙事艺术上对近代小说创作也有一定的启示,比如梁启超的政治小说《新中国未来记》所使用的"未来幻想曲"的结构方式,就有可能受到这部小说的影响②。再一点,小说的白话译文对近代白话欧化式的语言建构也许有鸿爪可寻。

第三,文学题材聚焦于大都市。

文学题材并不能完全决定文学的时代属性,但某一时段社会生活的原生态对文学书写肯定是会有影响的。正如马克思所论述的:"与资本主义生产方式相适应的精神生产,就和与中世纪生产方式相适应的精神生产不同。如果物质生产本身不从它的特殊的历史的形式来看,那就不可能理解与它相适应的精神生产的特征以及这两种生产的相互作用。从而也就不能超出庸俗的见解。"③ 19 世纪 70 年代之后,随着中国沿海城市的崛起及资本主义工商业的发展,随之而来的是农村经济的凋敝和破产,农村人口流入城市,这是资本主义发展进程中全球性的现象。因此,在近代文学中描写都市生活的小说很多,其中以描写妓女题材的所谓"狭邪小说"最为著名,这类小说背景的活动范围大多集中于上海、南京等沿海大城市或商业繁荣的文化名城(如扬州、苏州、杭州),1892 年出现的韩邦庆的《海上花列传》是这方面的代表作。此前的这类小说有《花月痕》(1873)、《青楼梦》(1878)、《绘芳录》(1878)、《风月梦》(1883),此后的小说有《海上繁华梦》(1903)、《九尾龟》(1906—1910)等。19 世纪 70 年代后出现的这些描写妓女题材的小说,大多把镜头锁定在商业大都市。这类小说所描写的社会背景、风土民情,正是近代半殖民地、半封建社会的中国大都市的典型写照。从外国租界、巡捕班房、十里洋场,到酒楼烟馆、赌场剧院,灯红酒绿,纸醉金迷,无不打上近代半殖民地大都市的烙印。娼妓制度,是剥削阶级社会的产物,在近代,它又是伴随着资本主义的发展而盛行的一种社会文化现象。妓女多是农村破产后盲目流入城市的乡村姑娘,嫖客则是与商业有关的名流,什么红顶巨商、招商局局长、财界大亨、当铺掌柜、银行买办,他们成了小说中的主人公,上海这个典型的近代中国半殖民地的大都会,就成了他们的伊甸园。这类所谓"狭邪小说"(金肉交易)已和 1840 年前的古典言情小说中才子佳人(佳人中也有妓女)

---

① 郭延礼. 中国近代翻译文学概论 [M]. 武汉:湖北教育出版社,1998:102-103.
② 郭延礼. 中国近代翻译文学概论 [M]. 武汉:湖北教育出版社,1998:102-108.
③ 马克思. 剩余价值理论 [M]//中共中央马克思恩格斯列宁斯大林著作编译局. 马克思恩格斯全集(第二十六卷第一册). 北京:人民出版社,1972:296.

的书写模式（重才、重貌、重情）大不相同。小说在题材上展示的这种由农业文明向工业文明蜕变中所呈现的近代性，是中国文学近代化进程中必然出现的文学现象。

第四，近代白话文热潮促进了文学语言的近代化。

近代白话文热潮出现于19世纪末，它的出现并非偶然，它是近代社会政治、经济、文化发展的产物，也是文学近代化进程中出现的语言现象。随着近代资本主义的发展和西学东渐的深入，新的科学技术和新事物、新思想、新名词不断进入社会生活领域，与此相适应，作为直接反映这种变化物质外壳的语言也必然相应地有所变化。另外，一些具有维新思想的文学家，为了思想启蒙和推动文学进入民间，也需要建构一种文体——由文言变为白话。

近代白话文热潮的兴起，是近代文学家不断探索的结果。早在1868年，黄遵宪就提出"我手写我口"的主张，后来在《日本国志》中他又针对中国言文分离的现状，表达了文体改革的意向，即创建一种"适用于今、通行于俗"的"文体"，这种文体也就是"言文合一"的白话文体。此后，梁启超、谭嗣同、狄葆贤、王照等人对这个问题都有过类似的论述，可见主张"言文合一"已是时代共同的呼唤。正是在这种情况下，裘廷梁（1857—1943）发表了《论白话为维新之本》（1898），正式提出了"崇白话而废文言"的口号，标志着近代白话文热潮进入了一个新阶段。

在以裘廷梁为代表的近代白话文理论的倡导下，19世纪末20世纪初出现了一个白话文热潮，其主要表现是白话报刊如雨后春笋般地出现[1]，白话书籍的大量印行和白话小说的出版。这些白话载体/传媒的运作，扩大了白话文在社会上的影响，有力地推动了近代白话文热潮的健康发展，并取得了显著的成绩。

近代白话文的语言建构也有一个发展变化过程，大体上说，在其前期，近代白话文以通俗化和口语化为其主要特点，随着近代白话文的发展和拟想读者接受程度的调整，雅化和欧化又成为近代白话文后期的发展趋势。在近代白话书面语变革中，通俗化—口语化—雅化—欧化（新名词的进入和模仿外国语法）的变迁，也就是近代白话文语言建构中近代化的过程。它不仅推动了文学语言的近代化，而且也为"五四"白话文运动奠定了物质基础和社会接受的舆论准备。

近代白话文热潮这一冲击波对于文学创作主体也有一定的影响。梁启超的"新文体"虽系言文参半，还不是纯白话，但它在近代文学语言建构中，无疑是

---

[1] 据胡全章《清末民初白话报刊研究》（博士后研究工作报告，2010年6月）统计，1897—1918年有白话报刊371种。

白话文热潮中的一支生力军。特别是活跃于20世纪初文坛的一批作家,如秋瑾、陈天华,以及白话小说家李伯元、吴趼人、刘鹗、曾朴、陆士谔等人,他们的白话散文、弹词、小说有力地支持与推动了近代白话文热潮的发展。在此影响下,连坚守古文阵地的林纾也曾一度在《杭州白话报》上发表白话体的《闽中新乐府》32首,为文崇尚魏晋、语言古奥艰深的章太炎也写了通俗诗歌《逐满歌》。更值得注意的是,章太炎和国学大家刘师培还用白话文体写述学文①,由此不难看出近代白话文热潮对近代文学的影响。

近代白话文热潮的核心是对古代文学语言雅俗格局的颠覆。数千年来,古代文学语言尚"雅",或以"雅言"相称,这是因为古代文学的创造主体和接受主体都是士大夫阶层的高雅之士。宋元之后的通俗文学虽"尚俗",但并没有改变古代文学语言雅俗格局的基本定位。近代以来,基于经世致用思潮和思想启蒙的需要,作为文学物质外壳的语言必然也要变革,要"言文一致",要由雅入俗。近代白话文热潮虽然还不是想"用一种汉语书面语系统取代另一种汉语书面语系统"②,但它却为此后这种"取代"("五四"白话文运动)奠定了理论和实践的基础,并有效地推动着中国文学的近代化。这便是近代白话文热潮的历史功绩。

四

20世纪初至1919年的"五四"运动是中国文学近代化的完成期。

20世纪初的中国思想界较之19世纪末更加活跃,这是因为"天演论"与"民约论"的传播所带来的巨大活力。19世纪末(1898),严复所译的《天演论》出版,书中宣传的"物竞天择,适者生存""优胜劣汰"的理论,成为当时及此后近半个世纪中国知识分子与封建顽固派进行斗争的思想武器。《民约论》的传播,使"天赋人权"学说,以及自由、民主、平等、博爱乃至革命,日渐深入人心。柳亚子在他的《放歌》中云:"卢梭第一人,铜像巍天阊。《民约》创鸿著,大义君民昌。"③ 由此可见《民约论》在知识界的巨大影响。

---

① 刘师培曾在《中国白话报》(1904)上连续发表白话述学文十多篇,如《黄梨洲先生的学说》《泰州学派开创家王心斋先生的学术》等。章太炎在日本创办的《教育今语杂志》(1910)上发表白话述学文6篇,1921年收入上海泰东图书局出版的《章太炎的白话文》一书。详见胡全章博士出站报告《清末民初白话报刊研究》。

② 汪晖. 地方形式、方言土语与抗日战争时期"民族形式"的论争[M]//汪晖. 现代中国思想的兴起:下卷第二部. 北京:生活·读书·新知三联书店,2004:1494.

③ 柳无非,柳无垢. 柳亚子诗词选[M]. 北京:人民文学出版社,1959:3. 另,蒋智由在《卢骚》诗中亦云:"《民约》倡新义,君威扫旧骄。力填平等路,血灌自由苗。"见拙编《近代六十家诗选》(济南:山东文艺出版社,1986:438)。

·概论编·

　　随着近代民主、自由和革命思想的传播，近代民族主义、民主主义革命思潮日趋高涨，第一代知识分子群体逐渐形成，以梁启超、柳亚子为代表的知识精英，他们在19世纪后期文学革新运动的基础上正式提出了"诗界革命""文界革命""小说界革命""戏剧界革命"的口号，极大地推动了中国文学近代化的进程，随着"四界革命"的发展、西方文学的传播、新的文学观念的确立、新的文体结构的形成及新型传播媒介的建立，至"五四"前夕，中国文学基本上走完了近代化的道路，故笔者称20世纪初至"五四"为中国文学近代化的完成期。

　　对于20世纪初至"五四"运动这20年文学近代化的定性，不论是赞成派还是消解派①，都承认这20年是具有最充分的近代性或现代性的20年，是与古代文学不同质的20年。于此，有的学者已做了必要的论述②。这里笔者再作如下补充。

　　第一，中国第一代知识分子已成为创造主体的主力军，加速了文学的近代化。

　　中国古代文学的创作主体和接受主体都是士大夫阶层，至19世纪中后期，这种状况也没有大的改变。20世纪之后，由于新式教育的迅速发展和留学生的增多，在第一个20年，第一代知识分子构成了近代文学创作主体的主力军③。

　　近代知识分子（intellectual）是中国第一代知识分子，它和科举时代的"士"（scholar）不同。近代知识分子是与近代新式教育联系在一起的，它包括三部分人：一是使外人员及其在国外从事文化活动的知识精英，如黎庶昌、薛福成、曾广铨、王韬、黄遵宪、蒋智由、梁启超、辜鸿铭等；二是新式学堂和教会学校培养的学生，这部分人在20世纪后越来越多，如女翻译家陈鸿璧、黄翠凝、陈翠娜、杨季威、郑申华、黄静英、高君珊等都是教会学校培养的高材生，男性作家更多；三是留学生，其中不少人是近代著名的文学家和翻译家，如马建忠、严复、陈季同、马君武、苏曼殊、吴梼、伍光建、戢翼翚、陈天华、高旭、李叔同、秋瑾、张昭汉、吕碧城、薛琪瑛、沈性仁、刘韵琴、吴弱男等④，这三部分

---

① 赞成派指赞同1840—1919年为中国近代文学时期者；消解派指提出中国文学史中没有"近代文学"这一时期者。
② 章培恒. 关于中国现代文学的开端——兼及"近代文学"问题[J]. 复旦学报（社会科学版），2001（2）.
③ 大约在19世纪80年代之后，作家队伍中开始出现知识分子，如王韬、黎庶昌、薛福成、马建忠、黄遵宪、陈季同、严复、陈寿彭、辜鸿铭、曾广铨等人。
④ 近代留学生是一个庞大的群体，有学者统计，南社社员中有留日者49人，留学欧美者8人。

人占了近代主流作家的三分之二以上。

近代知识分子与古代"士"的不同，主要表现在知识结构、生活理想和行为方式上。在知识结构方面，前者多数具有自然科学或社会科学、人文科学的知识，于西方文化亦有程度不同的了解，有的还精通一国或数国语言；而古代的"士"一般不具备以上知识。在生活理想方面，古代的"士"是走科举做官的道路，"学而优则仕"是晋升的阶梯；近代知识分子已放弃了科举做官的道路，他们多数想通过自己的一技之长（专业知识）服务于社会，并作为谋生的手段。比如李伯元，有人曾推荐他应征经济特科，他拒不参加，而是自愿去办报纸、写小说。近代知识分子所向往的是西方的科学和民主，并希望在社会生活中求得自己独立的位置和保持自己独立的人格。这也可以看出近代知识分子的生活理想、行为方式已和古代的"士"迷恋于科举仕宦或皓首穷经，是大不相同了。

近代知识分子（包括女性）进入创作主体并成为主力，以他们新的生活姿态、新的审美感受和新的美学理想加速了中国文学近代化的进程；这也是中国文学近代化进入完成期的决定性因素之一。

第二，近代以"四界革命"为主要内容的文学革新运动，促进了文学的近代化，并为"五四"新文学的产生奠定了文学基础。

梁启超等文学精英所倡导的"四界革命"，是一次有纲领、有组织、有理论、有队伍、有阵地的文学革新运动，它反映了在西学东渐下中国文学求新求变的革新诉求，揭示了中国近代文学新的走向，它对中国近代文学的发展及文学的近代化具有积极的促进意义。

诚然，"四界革命"是想通过文学开启"民智"、培养"民德"、激发"民气"，并为思想启蒙和民主革命服务，带有明确的功利目的和政治色彩；但梁启超等人，冲破传统桎梏，更新文学观念，使文学由过去的"世教民彝""劝善惩罪"、宣扬"孝道""忠义"，变为开启民智、传播西方文化、宣传变法革新和民族、民主革命的一种艺术形式，把文学视为一种独立的意识形态，而不是儒家所说的"雕虫小技""六经国史之辅"。他们从进化论的理念出发，大力主张文学革新，应当说，这对促进文学的近代化是有积极意义的。

近代的"文界革命"和"诗界革命"促进了文体和诗体的解放，并向着"平民化"和"通俗化"的方向发展。"小说界革命"和"戏剧界革命"颠覆了小说戏剧向来"荒诞""淫词"不登大雅之堂的传统观念，促进了小说、戏剧的重新定位，使古代处于边缘地位的小说和戏剧，由文体结构的边缘向中心转移，并为"五四"新文学最后形成小说、戏剧、诗歌、散文为主体的现代文体结构奠定了文学基础。

第三，西方文化的输入促进了文学的近代化。

文学的生存环境对于文学的发展与变革具有重大的影响。中国近代文学与古代文学在生存环境方面最主要的不同就是西方文化的引入。西学东渐对近代文学的影响是全方位的，从创作主体、文学观念、文学主题、文体结构、叙事模式、艺术表现、文学语言到传播媒介，都受到西方文化的影响。这些笔者在《中西文化交汇中的近代文学理论》和《西方文化与近代小说形式的变革》[①] 中已有论述，不再赘言。这里再以上面提到的"四界革命"为例，探讨一下它所受西方文化的影响。

梁启超等人提倡文学革新，就是受到西方文化的启示，并试图用西方文化精神来改造中国的旧文学。梁启超提倡"诗界革命"，要求诗歌引进欧洲的新思想、新意境和新语句。他提倡"文界革命"，主要是受到日本明治维新时代启蒙思想家福泽谕吉和政论家德富苏峰的影响，但他们二人的"文思"也是西欧文化影响下的产物，梁氏称"西欧文思"。"文界革命"的起点就是要输入这种"西欧文思"。"小说界革命"主张翻译西欧和日本的政治小说，认为世界诸国的政治变革和社会进步，"政治小说为功最高焉"，为了启迪民智和宣传变法的维新思想，他写了《译印政治小说序》，目的是将外国小说中"有关切于中国今日时局者，次第译之"，至于他在《论小说与群治之关系》中，将小说提升为"文学之最上乘"，称"小说为国民之魂"，极力强调小说的社会作用和文学地位，其理论资源也是取之于西方文化。

柳亚子、陈去病等人所倡导的"戏剧界革命"，也明显地受到西方文化的影响。柳亚子主张编演西方革命历史题材的剧作，以宣传资产阶级民主革命。柳亚子说："吾侪崇拜共和，欢迎改革，往往倾心于卢梭、孟德斯鸠、华盛顿、玛志尼之徒，欲使我同胞效之；而彼方以吾为邹衍谈天、张骞凿空，又安能有济？今当捉碧眼紫髯儿，被以优孟衣冠，而谱其历史，则法兰西之革命，美利坚之独立，意大利、希腊恢复之光荣，印度、波兰灭亡之惨酷，尽印于国民之脑膜，必有欢然兴者。"[②] 选用西方历史题材，特别是资产阶级革命历史题材，通过西方资产阶级革命志士的舞台形象来教育中国人民，激发青年的爱国情感和尚武精神。梁启超的《劫灰梦传奇》《新罗马传奇》《侠情记传奇》也属于这一类。由此可见近代的"戏剧界革命"与西方文化的关系。

---

① 郭延礼. 中国前现代文学的转型 [M]. 济南：山东大学出版社，2005：109-142, 201-216.
② 柳亚子.《二十世纪大舞台》发刊词 [M]//阿英. 晚清文学丛钞：小说戏曲研究卷. 北京：中华书局，1960：176-177.

至于作家个人自觉地摄取西方文学及哲学、美学理论中的营养以建构自己的理论体系者,其所受影响那就更加清楚了。如大家所熟知的王国维,他的美学理论和文艺思想就深受德国哲学家康德、席勒、叔本华、尼采及丹麦心理学家海甫定的影响。再如黄人,他在《中国文学史》中关于"文与文学"一节,于文学的定义、特质、目的等问题的论述均借鉴日本文学批评家太田善男的《文学概论》一书,而太田善男的《文学概论》又是吸收了英国19世纪浪漫主义运动中关于文学的新观念及稍后兴起的唯美主义思潮中对文学形式的强调。与此相类似的还有成之(吕思勉)的《小说丛话》也受到太田善男《文学概论》中新观念的影响①。

近代作家主动、自觉地吸纳西方文化和文学思想中的新观念,是西学东渐中常见的现象。随着近代文学研究的深入,我们将会发现更多借鉴、吸纳西方文学资源的情况,同时也帮助我们进一步认识西方文化/文学与近代文学的关系。至于像梁启超、康有为、林纾、蒋智由、柳亚子、高旭、马君武、苏曼殊、秋瑾、吕碧城等近代主流作家吸纳西方文化及所受影响,已是尽人皆知,兹不赘述。

第四,近代传播媒体的诞生促进了中国文学的近代化。

19世纪、20世纪之交,传媒发生了巨大的变化,主要有两点:一是报刊的大量出现并成为文学作品的主要载体;二是平装书的问世。报纸和杂志刊登文学作品虽不始于20世纪,但报刊普遍地、大量地刊登诗词、散文、戏剧,特别是小说,则是20世纪之后的事情。20世纪初,继《新小说》(1902)之后,小说杂志如雨后春笋,发展很快,到1919年"五四"前,小说杂志不下50种,既刊登创作小说和翻译小说(就连中长篇小说,也是先在报刊上连载,然后再结集出版),也刊登诗词、戏剧、游记、政论和理论批评,报刊成了文学作品的主要载体。所以有人说,20世纪几乎成了"刊物化"的时代②。

平装书的出现,也是传播史上的一件大事。进入20世纪,随着印刷术的进步,活字铅印、石印和机器复制的近代印刷体系已经形成,印刷效率空前提高。许多文学作品的单行本,大多采用铅印和石印的平装,这和此前木刻、线装、手工操作有了很大的不同。文学传媒和印刷上的这两大变化,促进了文学的繁荣以及文学创作主体和阅读群体的平民化,价格低廉的报纸、杂志和平装书,城镇市民、学生几乎可以人手一册。消费群体的这种变化,他们的审美趣味和娱乐需求

---

① 陈广宏. 黄人的文学观念与19世纪英国文学批评资源[J]. 文学评论,2008(6).
② 柳珊. 民初小说与中国现代文学的开端[M]//章培恒,陈思和. 开端与终结——现代文学史分期论集. 上海:复旦大学出版社,2002:71.

又影响了文学的内容和形式，使文学向着平民化、通俗化、人性化的方向发展。由传媒和印刷术所引起的这一变化，正是促进文学近代化的又一动力。

上面笔者曾说过，中国文学的近代化是东方国家类型的近代化，它是在面临西方殖民主义者的武力威胁，以及强势文化入侵的历史背景下完成的，且历程较短（欧洲国家的近代化有百余年或数百年的历史），与西方发达资本主义国家的文学近代化相比，显得不够充分。尽管如此，中国文学近代化的历史轨迹还是鲜明的，既有发展阶段可寻，也有着自身的特点：即启蒙、开放、变革、多元。具体而言，中国文学的近代化是以思想启蒙为主旨，爱国主义、民主主义是其主旋律，在中西文化交流、撞击、融合中不断地探索着文学变革，形成了文学体裁、书写模式、艺术表现、美学风格、语言形式上的多元共存的局面，为"五四"新文学的诞生奠定了思想基础和文学基础。以上概括也可以视为中国近代文学的本体性和特点。

五

近代文学是中国文学史发展链条上重要的一环，它有其独立的历史地位和不可替代的价值。这一点，笔者上面已谈到，下面再对其不可替代的价值做简要的论述。

关于近代文学的总体成就，20年前笔者在拙著《中国近代文学发展史》的"绪论"中有一段钩玄提要的话：

> 这不平凡的八十年产生了不同凡响的文学。作家视野的开阔，文学体裁的完备，人物形象的刷新，审美理想的变化，都有别于古代文学；而话剧的产生，翻译文学的繁荣，比较文学的诞生，女性文学的别开生面，文学期刊的出现，文艺社团的兴起以及"诗界革命""文界革命""小说界革命""戏剧改良"等资产阶级文学革新运动的此起彼伏，形成了近代文学繁荣兴盛、万紫千红的局面，开创了一代文学的新纪元，其成就是光辉的。[①]

今天，笔者仍认同这一看法。列宁说过："判断历史的功绩，不是根据历史活动家没有提供现代所要求的东西，而是根据他们比他们的前辈提供了新的东

---

① 郭延礼. 中国近代文学发展史：第一卷[M]. 北京：高等教育出版社，2001：1.

西。"① 近代文学有无其独立的历史地位,那就看它比古代文学是否提供了"新的东西",而这些"新的东西"对后来的文学是否有着不可忽视的影响。

近代文学固然是在中国传统文学母体中诞生和发展的,它有着对古典文学优良传统的继承;但以鸦片战争为开端的近代社会,是一个"两千年未有之大变局"的社会,再加上西方文化的影响,中国近代文学不论从思想基础、文学观念、创作主题、艺术形式,还是传播媒介、接受群体,与鸦片战争前的古代文学均有着显著的不同。比如在文学品种上,像话剧这种新的艺术形式就是在近代戏剧革新的基础上、在日本新派剧和西方戏剧的影响下产生的一个新品种,其他如翻译文学、报告文学,都是在近代产生的。再以小说类型而论,古代小说不外志人、志怪、讲史三大类,倘再细分,可区分为言情小说、历史小说、讽刺小说、神魔小说、公案小说等。但在近代小说中,除以上类型外,还有政治小说、科学(科幻)小说、侦探小说、教育小说,这四种类型的小说在古代小说中是没有的。以上还只是近代文学中一些外在的表层现象,是大家所能看到的。下面笔者再就若干古代文学中所无而为近代文学所开创者略举数例,以见近代文学独特的贡献。

第一,文学上全方位的近代变革在中国文学史上首次出现。

中国近代社会是一个剧烈动荡、民族灾难空前深重的时代,也是一个呼唤风雷、变革求新的时代。随着近代经世致用—维新变法—民主革命思潮的发展,随着中国近代"民族国家"思想的建构,随着西学东渐及学习西方意识的强化,中国文学在近代化过程中发生了全方位的近代变革。文学创作主体,由古代的士大夫变成近代知识分子。文学观念上,文学由古代的政治附庸变为独立的存在,由文以载道、社会教化变为思想启蒙或"审美的艺术创造"。文学结构由杂文学体系逐渐形成小说、戏剧、诗歌、散文的现代文体结构,小说、戏剧由文体边缘进入文体结构中心。文学语言总的走向是由文言向白话过渡。近代文学语言是一个多元混合体,从现存的文本分析,有文言、浅近文言、文白交错和白话四种。传播媒介由手工雕版、线装变成铅印、石印、平装和机器复制。报刊成为文学文本的主要载体,读者也由士大夫阶层变为平民百姓。这种全方位的文学变革,是中国近代社会变革的一部分,也是文学近代化进程中的产物。这是因为近代文学的开端正处在马克思、恩格斯所说的"世界的文学"的时代②,鸦片战争的炮火

---

① 人民出版社编辑部. 马克思恩格斯列宁斯大林论评价历史人物[M]. 北京:人民出版社,1975:36.

② 马克思,恩格斯. 共产党宣言[M]//中共中央马克思恩格斯列宁斯大林著作编译局. 马克思恩格斯选集:第一卷. 北京:人民出版社,1995:276.

使古老的中国"闭关自守的、与文明世界隔绝的状态被打破"①，并被迫地卷入世界市场。在这种历史语境下，随着西学东渐，知识精英学习西方和求新求变意识的日益强化，发动了一系列的文学革新运动，推动并完成了中国文学全方位的近代变革。

第二，近代对"美"的新认识和新发现。

近代之前的中国古典美学，自然也有丰厚的遗产，但"美学"作为近代西方一个专门的学科门类，笔者认为，真正意义上的中国美学应始于近代。诚然，古代也讲"美"，如诗美、美文，但这个"美"，是美好、称赞的意思，孔子所谓"尽美""尽善"是也②。先秦时代，美是和"味""声""色"联系在一起的。此后孔子主张以"仁"为美，庄子则主张以"自然"为美，汉代的王充以"真"为美，建安文学以"慷慨悲凉"为美，明清之后，李贽以"童心"为美，汤显祖以"情"为美的核心，袁枚倡"性灵"美，但以上所说的"美"与西方"美学"（Aesthetics）范畴中的"美"，其概念并不完全等同。中国近代美学是摄取了西方美学理论而形成的一门审美科学。20世纪第一个20年，近代文学家已有若干对美的新认识和新发现。文学史家兼批评家黄人提出了"美为构成文学的最要素"③，是文学的一种属性、一种品格，把美视为文学批评的一条标准。他又在《小说林发刊词》中说："小说者，文学之倾于美的方面之一种也。"如果有写小说者忽视其美的属性，自称"吾不屑屑为美，一秉立诚明善之宗旨，则不过一无价值之讲义，不规则之格言而已"，足见他对"美"之作为文学品格的重视。黄人在《中国文学史》（1903）"总论"中曾提出真善美的统一，他说："人生有三大目的，曰真，曰善，曰美。……而文学则属于美之一部分，然三者皆互有关系。""美为构成文学的最要素，文学而不美，犹无灵魂之肉体。盖真为智所司，善为意所司，而美则属于感情，故文学之实体可谓之感情云。"④ 他又进而提出文学所表现的主要是人的感情世界。如果说，黄人发现了美，并把文学的魅力归之于美或感情，见解深刻，另一位文学理论家徐念慈则吸取了德国哲学家黑格尔和基尔希曼的美学理论，较系统地论述了小说美学的五大特点，强调小说

---

① 马克思. 中国革命和欧洲革命［M］//中共中央马克思恩格斯列宁斯大林著作编译局. 马克思恩格斯选集：第一卷. 北京：人民出版社，1995：691.

② 杨伯峻. 论语译注［M］. 北京：中华书局，1958：36.

③ 黄人. 中国文学史：总论［M］//黄人. 黄人集. 江庆柏，曹培根，整理. 上海：上海文艺出版社，2001：357.

④ 黄人. 中国文学史：总论［M］//黄人. 黄人集. 江庆柏，曹培根，整理. 上海：上海文艺出版社，2001：323，357.

要有"美之快感",要有"具象理想",要以"形象"感人①,称"小说者,殆合理想美学、感情美学而居其最上者"②。徐念慈从"美"和"审美"的角度对小说艺术特点的阐释,尽管存有概念含糊、论述简单乃至与西哲原著有抵牾之处,但他较早自觉地运用西方美学理论对小说中的形象性、个性化、理想化、美感作用乃至典型化问题进行新的阐释,这对于提高人们对小说美学特点的认识,进而纠正当时小说创作中忽视"美"的倾向,都是有积极意义的。

在近代美学方面成就更突出的是王国维。王国维较早从西方引进了"美学""审美""美育""悲剧""欧穆亚""优美""崇高"(他称之为"宏壮")等新概念,并把它们用于文学批评,开创了近代文学批评的新范式。王国维的论著已构成文艺美学一个较完备的体系。它包括非功利说、悲剧说、喜剧说、慰藉说、古雅说(第二形式之美)、美育说、境界说,它们各有其自身的理论内涵,而又相互联系、相互补充,在近代美学史上矗立起一座丰碑。在王国维的美学建构中,他的"悲剧说""境界说"影响尤大,分别见于他的《〈红楼梦〉评论》和《人间词话》。前者揭开了中国小说批评史上崭新的一页,也为现代性的文学评论提供了一种新的范式;后者则在传统的形式中注入了现代的理论内涵,从中西文化融合的角度讲,《人间词话》较之《〈红楼梦〉评论》在理论上显得更加成熟。两者的理论内涵,见拙著《中国近代文学发展史》第3卷"王国维的文学批评"章,兹从略。王国维在美学理论和文学批评上的建树和贡献是多方面的,本文的主旨意在说明近代美学的原创性和王国维在中国美学史上不可替代的地位,故论述只能是概括和举例性的。

在近代美学史上,蒋智由的贡献也是不可忽视的。如果说,王国维是从解脱生活之欲给人生带来痛苦的角度肯定悲剧,带有出世和消极的思想倾向,蒋智由则是从悲剧能"鼓励人之精神,高尚人之性质,而能使人学为伟大之人物"③的角度推崇悲剧的。他在《中国之演剧界》中,以拿破仑爱看悲剧为例,说"使剧界而果有陶成英雄之力,则必在悲剧"。蒋氏又引拿破仑的话说:"夫能成法兰西赫赫之事功者,则坤纳由(comeille,现通译为高乃依——引者)所作之悲剧感化之力为多。"高乃依是法国古典主义第一期的著名作家,其悲剧尤有名。蒋智由在历史呼唤英雄的近代,从认定悲剧能陶冶造就英雄的角度出发,称赞悲剧,是具有积极的现实意义的。

---

① 郭延礼. 中国近代文学发展史:第三卷 [M]. 北京:高等教育出版社, 2001:454-455.
② 徐念慈. 小说林缘起 [J]. 小说林, 1907 (1).
③ 观云. 中国之演剧界 [N]. 新民丛报, 1905, 3 (17).

蒋智由还翻译和介绍了法国19世纪著名的美学家欧仁·维龙《美学》①中的诗学观，通过按语，表达了蒋氏新的文学观念，如蓄积感慨说、创作自由说（论述从略）。他如金天翮（即金松岑）提出的文学的双重美术性②，成之（即吕思勉）在《小说丛话》中提出的小说乃是一种"美的制作"，它需经过模仿、选择、想象和创造四阶段，论述了文学典型化的过程及其基本特征，丰富与完善了20世纪初黄人、徐念慈等人关于小说美学的理论。这些美学论述，不仅融入了近代之前中国美学中所不具有的中西文化汇通的特色，而且突出强化了20世纪第一个20年文学理论、文学批评中的美学品格。这一点，是近代之前所不具备的。近代文论家对美学的新发现和新建构，应当视为近代文学的重要成就之一。顺便说一句，仅就近代美学理论这一点，那种否定近代文学独立存在的观点就站不住脚。

第三，翻译文学始于近代。

笔者认为严格意义上的中国翻译文学始于近代③。中国历史上有三次大的翻译活动，前两次分别是汉唐的佛经翻译和明末清初的西学翻译。佛经翻译虽然对我国汉唐之后的哲学、文学和艺术产生过重大影响，但佛经属哲学，尽管其中有些片段，文笔空灵，词采华美，特别是譬喻文字和传说故事，更具文学色彩，但佛经并不是文学作品，它不属文学翻译。明末清初的西学翻译，主要是自然科学，当时所译的宗教书中虽也杂有文学性质的片段，如传教士译的《畸人十篇》《七克》中所引伊索寓言，以及《圣经》中的部分故事，但都不具有独立的翻译文学性质。真正的翻译文学始于近代。从19世纪70年代开始，中国翻译文学正式诞生，才有了中国人自己用中文（主要指汉语）翻译的外国文学作品。据笔者粗略统计，近代出现的译者约250人，共翻译小说2 569种④，翻译诗歌百余篇，翻译戏剧20余部，还有翻译散文、寓言、童话若干。近代翻译文学为中国作家打开了一个新的艺术天地，它向人们介绍了西方和东方数十位著名外国作家的文学作品，这不仅开阔了中国人民的生活视野和艺术视野，而且也从翻译文学中汲取了新思想和艺术营养，学到了许多新的艺术手法和表现技巧。近代文学家

---

① 欧仁·维龙的《美学》一书最先由日本的中江笃介译成日文，蒋智由是从日文转译成中文的，题为《维朗氏诗学论按语》，刊于《新民丛报》第70号（1905年12月11日）、第72号（1906年1月9日）。

② 金天羽. 文学上之美术观［M］//徐中玉. 中国近代文学大系：文学理论集一. 上海：上海书店，1994：146-149.

③ 笔者认为，中国翻译文学始于近代，理由详见拙著《中国近代翻译文学概论》（修订本）（武汉：湖北教育出版社，2005），第12页。

④ 据日本学者樽本照雄《新编增补清末民初小说目录》（济南：齐鲁书社，2002）中的数据。

乃至"五四"时期一批著名的作家如鲁迅、周作人、郭沫若、郑振铎、冰心、庐隐、郁达夫、茅盾等人都不同程度地受到过近代翻译文学的影响。我们应该把近代翻译文学视为对中国文学史的一大贡献。

第四,近代女性文学别开生面。

近代女性文学尤其是20世纪第一个20年的女性文学,在中国女性文学史乃至整个中国文学史上都有独特的贡献,具体而言,就是出现了四大女性作家群体:即女性小说家群、女性文学翻译家群、女性政论文学家群和南社女性作家群。前三个群体在中国女性文学史上均系首次出现,实属破天荒的文学现象。

中国女性文学遗产虽相当丰富且有不同凡响者,如蔡文姬的《悲愤诗》、鱼玄机的诗、李清照的词、朱淑贞的诗词,但其文体比较单一,主要是诗词。近代之前,中国女性没有写小说的,第一位写小说的女性是近代满族词人顾太清。她晚年写了《红楼梦影》(1877年出版),此后又有陈义臣的《谪仙楼》,但彼时尚属孤立创作,真正在中国文学史上出现一个女性小说家群体则是在20世纪初。这个群体有小说家60余人,其所作小说有长篇,也有短篇,首次面世几乎全部刊登在报刊上,计有长篇小说17部,短篇小说150余篇,短篇小说集5种。这个女性小说家群体的出现具有重要的文学史意义。它不仅打破了中国文学史上无女性小说的纪录,开创了女性参与小说书写的新时代,而且也为"五四"时期女性小说家群体的出现提供了文体样板,奠定了文学基础,这就是为什么"五四"刚过便有这么多的女性小说家脱颖而出,出现了像冰心、庐隐、白采、白薇、冯沅君、凌叔华这样一批优秀的小说家。现在答案已很清楚,正是20世纪初第一代女性小说家群体的创作实践,为"五四"时期的女性作家成功地登上小说文坛搭起了阶梯。

女性文学翻译家群体登上译坛,这更是中国文学史上一个破天荒的文学现象。古代女性作家大都是名门闺秀,她们接受的教育还是传统的旧式教育,没有学过外文,她们更没有机会走出国门,接触外国文学和外国语言,所以中国古代不可能有女翻译家,这是完全可以理解的。近代由于新式女性教育的发展,女性在中小学已有机会学习外国语,有的更出国留学,于是在20世纪初出现了一个女性文学翻译家群体。据现在发现的材料,大约有15人至20人;虽然人数不多,但她们所涉及的翻译领域还是比较宽的,翻译的作品既有中长篇小说、短篇小说,也有随笔和戏剧,其翻译方式,除薛绍徽一人采用"林译式"外,其他女性翻译家均是独立翻译。

女性政论也是古代女性文学中较少见的文学形式。20世纪初,随着女权运动的发展和大批女性报刊的出现,近代后期女性政论应运而生,并拥有一个比女性小说家、女性文学翻译家人数更多且具有较高社会知名度的写作群体（约60人），其代表性的作家有秋瑾、陈撷芬、林宗素、张默君、何震、唐群英、张竹君、燕斌、吕碧城等。她们对"五四"后的女性政论文学也有积极的影响。

南社女性作家群有61人，其中虽也有小说家、翻译家、政论文学家，但更多的还是诗人或词人。她们多数受过新式教育，也有的是留学生。

20世纪初中国女性文学四大作家群体及其创作在中国女性文学史上占有重要的地位。她们多数是中国第一代知识女性，其创作成就富有开拓意义，有些文体或文类都是古代女性文学所没有的，值得学界关注，并应当将其视为对中国文学史和中国女性文学史的一大贡献。

第五，比较文学的出现始于近代。

比较文学（Comparative Literature）作为一门学科已有百余年的历史，中国学术界开始关注、研究比较文学是20世纪30年代的事。但时间不长，由于种种原因，20世纪50年代后，长期被搁置。大约直到20世纪80年代初，随着中国改革开放和思想解放运动的到来，比较文学才在中国复苏。作为中国比较文学的源头，笔者认为，20世纪初，以王国维、林纾、严复、梁启超、周桂笙、黄人、徐念慈为代表的近代文论家便为中国比较文学的建立奠定了基础。王向远教授在他的《中国比较文学百年史》中把1898—1919年称为比较文学的发生期①，笔者认同这一见解。

随着中西文化交流的深入，随着中国近代翻译文学的发展，中国文学家对西方（包括日本）文化及文学的了解愈来愈多，在知己知彼的基础上，自然形成了世界视野和比较意识。一些文化精英开始对中西文化（文学）产生了比较的想法和比较研究。尽管他们当时并不了解"比较文学"这一学科概念，但他们所做的工作，毫无疑问，是属于比较文学的研究范畴的。

20世纪初期的比较文学多数还是平行比较，主要是对中外文学（特别是小说）的优劣比较。这些比较，由于多数比较主体不能读原著，他们主要是通过自己的翻译实践（如林纾）或当时的译本进行比较评论，加之其文本形态多数是零散的片段，缺乏系统（王国维除外），严格地说，也只能算是中西"文学比较"，但它是中国比较文学的雏形和萌芽，这是可以肯定的。

所谓"平行研究"，主要是指"对那些没有事实联系的不同民族的作家、作

---

① 王向远.中国比较文学百年史[M]//王向远.王向远著作集：第六卷.银川：宁夏人民出版社，2007：6.

品和文学现象进行研究,比较其异同,并在此基础上引出有价值的结论"①。近代的比较文学大多属于平行研究。早在19世纪末,严复和夏曾佑在他们合写的《国闻报馆附印说部缘起》(1897)②中就提出了"公性情"这一人类共通的问题。文云:"抑无论亚洲、欧洲、美洲、非洲之地,石刀、铜刀、铁刀之期,支那、蒙古、西米底(塞兰人)、丢度尼(俾格米人)之种,求其本原之地,莫不有一公性情焉。此公性情者,原出于天,流为种智。儒、墨、佛、耶、回之教,凭此而出兴;君主、民主、君民并主之政,由此而建立。故政与教者,并公性情之所生,而非能生夫公性情也。何谓公性情?一曰英雄,一曰男女。"正是因为人类有公性情,就产生了人类文化的共通性。所谓"东海西海,此心此理"③;"南海北海此心同,此理同"④。这种"心同""理同"的文化共通性,便成为两种文化/文学进行比较的逻辑前提。黄人进而又阐释道:"小说为以理想整治实事之文字,虽东西国俗攸殊,而必有相合之点。如希腊神话,阿拉伯夜谈(《天方夜谭》)之不经,与吾国各种神怪小说,设想正同。盖因天演程度相等,无足异者。"⑤ 人类、宇宙间这种"心理""事理"的相通,便为跨民族、跨文化的比较研究奠定了基础。在中西文化交流的语境下,这种比较意识便催生了近代比较文学的萌芽。在平行研究方面,林纾是有代表性的。林纾一生翻译欧美、日本等几个国家的180余种小说(包括部分未刊稿),长期的翻译实践使他逐渐感悟到中外文学的异同。基于此种认识,他为其所译小说写了大量的序跋,就小说的思想内容、创作方法、艺术形式、表现手法与中国文学进行比较,其中有不少真知灼见。但林纾系古文家,他所熟悉的是古文家的"伏线、接榫、变调、过脉"等笔法,他认为西方小说在谋篇、布局、剪裁、联系方面与我国司马迁的《史记》有相似之处。他说:"西人文体,何乃类我史迁也。"⑥ 又说:"哈氏(英国小说家哈葛德)文章,亦恒有伏线处,用法颇同于《史记》。"⑦ 他又将《左传》

---

① 陈惇. 比较文学 [M]. 北京:高等教育出版社,1997:66-67.
② 此文原刊于天津《国闻报》光绪二十三年(1897)十月十六日至十月十八日,原题如上文,后因为梁启超在《小说丛话》中提到此文,名曰《本馆附印说部缘起》,以是后来均依梁氏题名。
③ 王国维. 叔本华像赞 [M]//王国维. 王国维哲学美学论文辑佚. 佛雏,校辑. 上海:华东师范大学出版社,1993:172.
④ 黄人. 小说小话 [M]//黄人. 黄人集. 江庆柏,曹培根,整理. 上海:上海文艺出版社,2004:321.
⑤ 黄人. 小说小话 [M]//黄人. 黄人集. 江庆柏,曹培根,整理. 上海:上海文艺出版社,2004:321.
⑥ 林纾.《斐洲烟水愁城录》序 [M]//阿英. 晚清文学丛钞:小说戏曲研究卷. 北京:中华书局,1960:216.
⑦ 林纾.《洪罕女郎传》二题:跋语 [M]//阿英. 晚清文学丛钞:小说戏曲研究卷. 北京:中华书局,1960:225.

《史记》与狄更斯的小说并举："左氏之文，在重复中能不自复；马氏之文，在鸿篇巨制中，往往潜用抽换埋伏之笔而人不觉；迭更司亦然。"又说："左、马、班、韩能写庄容不能描蠢状，迭更司盖于此四子外，别开生面矣。"① 林纾认为，狄更斯的文学成就并不在我国左丘明、司马迁、班固、韩愈之下，称赞狄更斯的《块肉余生述》完全可与《史记》《水浒传》《红楼梦》媲美②，这都是很有眼力的。

这些比较，虽有见地，亦有局限，即小说与古文毕竟不是一种文体。古文笔法的那一套很难与小说文体的人物形象、结构艺术、环境描写、心理刻画相对应。笔者认为林纾在比较文学中最大的贡献是对于西方小说中批判现实主义的阐发与介绍。林纾翻译英国狄更斯的小说五种，即《块肉余生述》（今译《大卫·科波菲尔》）、《孝女耐儿传》（今译《老古玩店》）、《滑稽外史》、《贼史》、《冰雪因缘》（今译《董贝父子》）。他对19世纪这位批判现实主义小说家十分喜爱，评价甚高。林纾通过狄更斯的小说与中国文学作品的比较，揭示了批判现实主义创作方法的若干特点，尽管林纾当时对"批判现实主义"这一概念并不清楚。

描写小人物，并以他们为作品的主人公是批判现实主义小说的一个主要特点。林纾说：

> 中国说部，登峰造极者，无若《石头记》。叙人间富贵，感人情盛衰，用笔缜密，着色繁丽，制局精严，观止矣。其间点染以清客，间杂以村姬，牵缀以小人，收束以败子，亦可谓善于体物。终竟雅多俗寡，人意不专属于是。若迭更司者，则扫荡名士美人之局，专为下等社会写照：奸狯驵酷，至于人意所未尝置想之局，幻为空中楼阁，使观者或笑或怒，一时颠倒，至于不能自已，则文心之邃曲宁可及耶？③

林纾将《孝女耐儿传》与《红楼梦》对比，指出两者在人物设置上的不同。《红楼梦》中的人物主要是王公贵族、少爷小姐，而狄更斯小说中，主要是书写小人物，为他们立传，所谓"扫荡名士美人之局，专为下等社会写照"。人物设

---

① 林纾.《滑稽外史》短评数则［M］//阿英. 晚清文学丛钞：小说戏曲研究卷. 北京：中华书局，1960：276-277.

② 林纾.《块肉余生述》二题：前编序［M］//阿英. 晚清文学丛钞：小说戏曲研究卷. 北京：中华书局，1960：254.

③ 林纾.《孝女耐儿传》序［M］//阿英. 晚清文学丛钞：小说戏曲研究卷. 北京：中华书局，1960：252.

置上的这一变化是平民文学与贵族文学的一个显著区别。对此,恩格斯称这是小说创作发生的一次革命:"先前在这类著作中充当主人公的是国王和王子,现在却是穷人和受轻视的阶级了,而构成小说内容的,则是这些人的生活和命运、欢乐和痛苦。最后,他们发现,作家当中的这个新流派——乔治·桑、欧仁·苏和查·狄更斯就属于这一派——无疑地是时代的旗帜。"①

与此相关,描写下等社会的生活,乃至"家常平淡之事",这也是批判现实主义作品的一个特色。林纾说:古代小说,"从未有刻画市井卑污龌龊之事,至于二三十万言之多,不重复,不支厉,如张明镜于空际,收纳五虫万怪,物物皆涵涤清光而出,见者如凭栏之观鱼鳖虾蟹焉;则迭更司者盖以至清之灵府,叙至浊之社会,令我增无数阅历,生无穷感喟矣"②。

狄更斯的小说描写下等社会、日常生活之所以这样真实、生动,惟妙惟肖,这与他的出身和社会经历有关。狄更斯出身于贫苦的小职员家庭,他十二岁时,父亲因负债入狱,他自己为谋生到一家作坊当学徒。由于他自幼过着穷苦的生活,后来又在律师事务所和新闻报社工作,广泛地接触英国下层人民,熟悉城乡群众生活和议会政治③,因此他的小说能广泛、真实地反映英国下层社会的现实。林纾在《滑稽外史·短评数则》中云:"迭更司,古之伤心人也。按其本传,盖出身贫贱,故能于下流社会之人品,刻画无复遗漏。笔舌所及,情罪皆真;爱书既成,声影莫遁。"④

狄更斯小说中深刻的揭露与批判的锋芒是联系在一起的。林纾所译的《冰雪因缘》就将英国社会的黑暗和世态人情暴露于光天化日之下,他说:"迭更司先生叙至二十五万言,谈谈间出,声泪俱下。言小人则曲尽其毒螫,叙孝女则直揭其天性。至描写东贝之骄,层出不穷,恐吴道子之画地狱变相不复能过,且状人间茸苕诌佞者无遁情矣。"⑤这种无情的揭露和尖锐的批判正是批判现实主义作品的基本特征。值得注意的是,林纾在谈到这类作品时,又和我国具有批判现实主义精神的谴责小说联系起来。他在谈到小说能改良社会现实弊端时说:

---

① 恩格斯. 欧仁·苏 [M] //马克思恩格斯论艺术:第二卷. 北京:中国社会科学出版社,1983:247.

② 林纾.《孝女耐儿传》序 [M] //阿英. 晚清文学丛钞:小说戏曲研究卷. 北京:中华书局,1960:252.

③ 杨周翰. 欧洲文学史 [M]. 北京:人民文学出版社,1979:157.

④ 林纾.《滑稽外史》短评数则 [M] //阿英. 晚清文学丛钞:小说戏曲研究卷 [M]. 北京:中华书局,1960:275.

⑤ 林纾.《冰雪因缘》序 [M] //阿英. 晚清文学丛钞:小说戏曲研究卷. 北京:中华书局,1960:265.

> 迭更司极力抉摘下等社会之积弊，作为小说，俾政府知而改之。……顾英之能强，能改革而从善也。吾华从而改之，亦正易易。所恨无迭更司其人，能举社会中积弊，著为小说，用告当事，或庶几也。呜呼！李伯元已矣。今日健者，惟孟朴及老残（指曾朴、刘鹗——引者）二君。能出其绪余，效吴道子之写地狱变相，社会之受益，宁有穷耶！仅拭目俟之，稽首祝之。①

林纾将狄更斯的批判现实主义小说视为改良社会之利器，这和鲁迅所论述的"命意在于匡时"，"揭发伏藏，显其弊恶，而于时政，严加纠弹"②的中国近代谴责小说在精神实质上是一致的。众所周知，李伯元、吴趼人、刘鹗、曾朴是近代谴责小说的代表作家，林纾把他们与狄更斯并举，由此更可以看出林纾对于批判现实主义创作确有一定的认识。

批判现实主义作家于社会现实揭露深刻、批判尖锐、讽刺犀利，但他们的心地是善良的，并具有严正的立场。林纾在大力称赞《孽海花》"描写名士之狂态，语语投我心坎"时，又说作家"至刻毒之笔，非至忠恳者不能出。忠恳者综览世变，怆然于心，无拳无勇，不能制小人之死命；而形其彰瘅，乃曲绘物状，用作秦台之镜。观者嘻笑，不知作此者揾几许伤心之泪而成耳！"③作家之所以对社会黑暗、现实丑恶进行无情的揭露和深刻的批判正是基于作家鲜明的爱憎和善良的心地，他们旨在秦镜高悬，引为鉴戒。这也正是批判现实主义小说的社会功能。

在近代比较文学中，属于平行比较者尚有一些，如侠人在《小说丛话》中对中西小说的比较，结论是：中国之小说长处有三，短处有一；西洋小说长处有一，短处亦多。结论是中国小说优于西洋小说。但侠人对西洋小说的认识，只就其译本而言，并不了解全部西洋小说，其比较亦有偏颇。周桂笙于中西小说的比较，其结果是：中国小说不如外国小说。但周桂笙用于比较的内容，如"身份""辱骂""诲淫""公德""图画"，均不是构成小说创作的要素，缺乏说服力④。

---

① 林纾.译贼史序 [M] //郭绍虞，罗根泽.中国近代文论选：下.北京：人民文学出版社，1959 第725页.

② 鲁迅.清末之谴责小说 [M] //鲁迅.中国小说史略.郭豫适，导读.上海：上海古籍出版社，1998.

③ 林纾.《红礁画桨录》译余剩语 [M] //阿英.晚清文学丛钞：小说戏曲研究卷.北京：中华书局，1960：227-228.

④ 梁启超，等.小说丛话 [M] //阿英.晚清小说丛钞：小说戏曲研究卷.北京：中华书局，1960：348-349.

此外，黄人也有对中西小说的平行比较①，且见解较侠人、周桂笙等人为高，这里从略。

在近代比较文学研究中，成就最突出的是王国维。王国维治学不分中西，他于中学和西学都有研究，这为他进行跨文化、跨学科的比较研究奠定了良好的基础。王国维于哲学上特别喜爱德国哲学，对于康德、叔本华、尼采，用力尤深。他的《〈红楼梦〉评论》就是一篇较早引鉴西方哲学、美学理论研究中国古典小说的具有开创性的学术论文，也是近代一篇富有智性和思辨力的比较文学论文。按比较文学研究的分类，它属于"阐发研究"。所谓"阐发研究"，简而言之，就是"试图以A文化的文学理论阐释B文化的文学作品，或以B文化的文学理论阐释A文化的文学作品"②（按：A文化与B文化必是两种文化）。王国维在这篇长文中提出了《红楼梦》是"悲剧中之悲剧"的命题。王国维根据叔本华的悲剧理论，将悲剧分为三种，他认为《红楼梦》则属于第三种悲剧：

> 由于剧中之人物之位置及关系而不得不然者，非必有蛇蝎之性质与意外之变故，但由普通之人物，普通之境遇，逼之不得不如是。彼等明知其害，交施之而交受之，各加以力而各不任其咎。此种悲剧，其感人贤于前二者远甚，何则？彼示人生最大之不幸非例外之事，而人生之所固有故也。
>
> 《红楼梦》的悲剧不是由于外部势力或具有蛇蝎心肠的人的破坏，而是由普通人在普通境遇中所发生的最常见而又是最惨的悲剧。这种悲剧的不幸，从本质上讲，几乎和同时代人周围的生活近似到惊人的程度，以致使接受主体会怀疑自己是否已置身其中。它无时而不可坠于吾前，且此等惨酷之行，不但时时可受诸己，而或可以加诸人，躬丁其酷，而无不平之可鸣，此可谓天下之至惨也。③

王国维又把悲剧引向广义，认为悲剧不仅存在于戏剧中，也存在于小说和其他文体中，他认为《红楼梦》就是中国文学史上最具悲剧精神的作品，称之为"悲剧中之悲剧""彻头彻尾之悲剧也"。

王国维在这篇文章中又运用"平行研究"，将《红楼梦》与歌德的诗剧《浮

---

① 黄人.小说小话[M]//黄人.黄人集.江庆柏，曹培根，整理.上海：上海文艺出版社，2004：302-322.

② 王向远.中国比较文学百年史[M]//王向远.王向远著作集：第六卷.银川：宁夏人民出版社，2007：12.

③ 刘刚强.王国维美论文选[M].长沙：湖南人民出版社，1987：39.

士德》相比，认为两书的主人公都是悲剧人物，"法斯德（浮士德——引者）之苦痛，天才之苦痛；宝玉之苦痛，人人所有之苦痛也"。正因为贾宝玉之痛苦是普通人所有之痛苦，这种痛苦就带有更大的普遍性和更深刻的社会意义。但有一点应当指出，王国维把这部深刻地批判封建社会罪恶、揭露旧礼教残酷的现实主义巨著《红楼梦》，仅视为"展示人生之苦痛与其解脱之道"，也是错误的。

近代比较文学研究尚处于萌芽期，其运作方式和理论深度都不高，但它从无到有，毕竟标示着中国比较文学已迈出了第一步。

第六，近代文学在它的成长过程中出现过许多文学现象，这其中，既有艺术经验，也有历史教训，都值得文学史家做认真的反思和总结；而且它们一直影响到现代和当代。比如，文学大众化、通俗化问题，文学的雅俗问题，文学的功利与审美，文学与政治，中国诗歌的走向，戏剧与表现现代生活，中国文学与西方文化的关系，等等，在现当代文学史上都曾是讨论的热点。所以袁进先生说："从发生学来说，近代的选择，实际上一直影响到现在。"[①] 著名美籍华人学者王德威先生更进一步地认为：近代小说四大文类（狭邪、狭义公案、谴责、科幻小说），"其实已预告了20世纪中国'正宗'现代文学的四个方向：对欲望、正义、价值、知识范畴的批判性思考，以及对如何叙述欲望、正义、价值、知识的形式性琢磨"[②]。这又再次说明：中国近代文学并非可有可无，而是有其独特的文学史意义的。

综上所述，可以看出，中国近代文学是中国文学史发展中重要的一环，它具有承前启后、继往开来的转型意义；它又是一个独立的发展阶段，有不可替代的价值和独特的历史贡献，是中国文学史研究中亟须强化的部分。其成功的经验和失败的教训都值得我们认真借鉴和吸取，这对21世纪中国文学的走向和发展，以及中国文学史的科学总结都有着重要的启示意义。

（原发表于《文史哲》2011年第3期）

---

① 袁进. 中国文学的近代变革 [M]. 桂林：广西师范大学出版社，2006：3.
② [美] 王德威. 被压抑的现代性——晚清小说新论 [M]. 宋伟杰，译. 北京：北京大学出版社，2005：55.

近代文学研究中的新文学立场及其影响之省思

左鹏军

20世纪初以来,在中外文化、新旧学术思潮冲突融合的背景下,伴随着文学史意识的加强和文学史观念的更新,中国文学史研究和著述迅速成长壮大起来,并早已成为一个蔚为大观的学术领域。中国近代文学研究作为整个中国文学史研究中的一个阶段性领域,也是在这一文化学术背景下产生和发展的。假如将20世纪20年代至30年代作为近代文学研究走向自觉、着意建构和正式建立的标志,那么这一时期出现的多种比较专门的文学史著作就是具有显著学术史意义并值得特别关注的。胡适《五十年来中国之文学》(1922)、陈子展(即陈炳堃)《中国近代文学之变迁》(1928)和《近三十年中国文学史》(1929)、周作人《中国新文学的源流》(1931)、吴文祺《新文学概要》(1936)等堪称其代表。鲁迅《中国小说史略》(1923,1930年改订)、阿英《晚清小说史》(1937)等单一的文体史著作也产生了至今犹在的深远影响。

一方面,更早出现的梁启超的《汗漫录》(后改名《夏威夷游记》,1899)、《饮冰室诗话》(1902—1907)、《清代学术概论》(1920)等虽然并不是专门的近代文学史著作,但由于其彰显的以汇合中西、融通古今为基本路径、以解决现实社会文化问题为核心目标、建立中国现代学术基础的文化意义和产生的巨大思想影响,仍然可视为与近代文学研究密切相关的标志性著作。从学术史的角度来看,这些著作不仅开创了近代文学的研究风气,奠定了近代文学的学科基础,而且对后来直至当下的近代文学研究都产生了重大影响。

另一方面,这一时期出现的从传统文学与文化立场出发研究和评价近代文学的一些著作,如钱基博的《现代中国文学史》(1932)、汪辟疆的《光宣诗坛点将录》(1945)等,虽然具有颇高的学术水准并在当时产生了重要影响,但其影响却未能有效延续，甚至在其后相当长的时间内几乎处于湮没无闻的状态。

从近代文学学术史的角度来看，这种新旧文学与文化立场的一热一冷、现代思想方法与传统学术方式的一兴一衰，不仅构成了强烈的思想对照和学术反差，而且形成了一个意味深长、值得关注的学术史现象。

一、近代文学研究中存在一种新文学立场

在20世纪20年代至30年代以来的近代文学研究中，有一种重要的研究立场是值得特别重视并应当认真反思的，就是从新文学立场出发、以新文化的价值尺度为标准进行近代文学研究。这种立场尽管在不同时期、不同领域、不同文体的近代文学研究中有着不同程度、不同方式的体现，但相当强烈地表现在近代文学研究的多个方面，同时也突出表现在多个时期直至目前的近代文学研究中。因而这种现象可以看作近代文学研究中一种重要的学术思潮或研究方式。

从文学史观念和研究方法来看，这种新文学立场主要表现为持续进化、崇尚变革、向往西学、否定传统的单一化、主观化的文学史观念；由于这种基本观念的支配，在具体的研究过程中就必然表现出与之相同的价值向度和思想特点，思想内涵不断强化，学术内涵逐渐减少，使文学史研究走向了过分逻辑化、简单化、观念化的道路。胡适在自道其文学观念时曾明确指出："胡适对于文学的态度，始终只是一个历史进化的态度。"① 这种"历史进化的态度"可以代表一大批新文学家对于文学发展历程的总体认识。至于对西学的态度，陈子展的看法是有代表性的："他们的新学，是他们的新诗料。他们不徒在政治上谋革新，还要闹着'诗界革命'，怎能不叫当日那些守旧党嫉忌他们的野心，惊骇他们的大胆？……但是我们要了解他们是生在外来学术输入中国不过一点半滴的时候，尽其最善之力，只能做到如此。同时我们还得佩服他们革新的精神，向新诗大陆探险的精神！"②

在如此分明的新文学立场驱动之下，近代文学研究在内容取舍、叙述框架和价值评判等方面也就同样具有明显地以新文学为标准的思想倾向。主要表现为一方面对与新文学相应相关的文学现象、作家作品给予高度评价甚至过度阐释，另一方面对与新文学矛盾对立的文学现象和作家作品不予理睬、完全否定甚至进行

---

① 胡适. 五十年来中国之文学 [M] //胡适. 胡适古典文学研究论集. 上海：上海古籍出版社，1988：154.

② 陈子展. 中国近代文学之变迁：最近三十年中国文学史 [M]. 徐志啸，导读. 上海：上海古籍出版社，2000：43.

非学术的抨击批判。这种倾向在诗歌方面表现得最为充分。一些诗人诗作遭到了严厉的批判，而另一些诗人诗作则得到了高度的赞誉。金和与黄遵宪就是被高度评价并得到殊荣的诗人。胡适指出："这个时代之中，我只举了金和、黄遵宪两个诗人，因为这两个人都有点特别的个性，故与那一班模仿的诗人，雕琢的诗人，大不相同。这个时代之中，大多数的诗人都属于'宋诗运动'。宋诗的特别性质，不在用典，不在做拗句，乃在做诗如说话。……但后来所谓'江西诗派'，不肯承接这个正当的趋势（范、陆、杨、尤都从江西诗派的曾几出来），却去模仿那变化未完成的黄庭坚，所以走错了路，跑不出来了。近代学宋诗的人，也都犯这个毛病。"① 在高度肯定赞誉金和与黄遵宪的同时，基本上全盘否定了近代倾向于学习宋诗的所有诗人。从中国近代文学史和中国诗歌史的角度来看，这种判断的科学性显然是大有问题的，不只是对宋诗派的否定明显偏狭片面，就是对金和、黄遵宪褒奖的恰当与否也大有重新考量的必要。

从评价标准和评判尺度的角度来看，出于新文学立场的近代文学研究同样带有明显的注重实用价值、思想意义、革命精神，而轻视学术价值、文化内涵、科学精神的倾向。特别突出者，如保守还是革新、文言还是白话、雅正还是俚俗，这些相对观念或范畴已经成为非常重要甚至唯一的评价标准和评判尺度，成为新文学立场的一个显著标志。胡适明确宣称古文学已是"死文学"，而只有新文学才是"活文学"，"近五年的文学革命，便不同了。他们老老实实的宣告古文学是已死的文学，他们老老实实的宣言'死文字'不能产生'活文学'，他们老老实实的主张现在和将来的文学都非白话不可。这个有意的主张，便是文学革命的特点，便是五年来这个运动所以能成功的最大原因"②。他还更加大胆地指出："一九一六年以来的文学革命运动，方才是有意的主张白话文学。……白话并不单是'开通民智'的工具，白话乃是创造中国文学的唯一工具。……这个运动老老实实的攻击古文的权威，认他做'死文学'。……这个文学革命便不同了；他们说，古文死了二千年了，他的不孝子孙瞒住大家，不肯替他发丧举哀；现在我们来替他正式发讣文，报告天下'古文死了！死了两千年了！你们爱举哀的，请举哀罢！爱庆祝的，也请庆祝罢！'"③

---

① 胡适. 五十年来中国之文学 [M]//胡适. 胡适古典文学研究论集. 上海：上海古籍出版社，1984：121-122.

② 胡适. 五十年来中国之文学 [M]//胡适. 胡适古典文学研究论集. 上海：上海古籍出版社，1984：91.

③ 胡适. 五十年来中国之文学 [M]//胡适. 胡适古典文学研究论集. 上海：上海古籍出版社，1984：153-154.

由于如此清晰明确的文学变革、文学革命目标的强力驱动，新文学立场下的近代文学研究遂采取了二元对立、非此即彼的思维方式，表现出日趋明显的否定传统、瓦解正统的思想倾向；与此密不可分的言说方式或书写方式也就必然具有同样的倾向，甚至形成了一种在当时颇具叛逆色彩、后来却广泛流行的一套以新文学、新文化为评价标准和理想目标的话语系统。新文学家对传统古文，特别是桐城派、湘乡派的否定性评价就很能说明这一点。胡适曾指出："曾国藩死后的'桐城——湘乡派'，实在没有什么精采动人的文章。"① 又说："严复的英文与古中文的程度都很高，他又很用心，不肯苟且，故虽用一种死文字，还能勉强做到一个'达'字。他对于译书的用心与郑重，真可佩服，真可做我们的模范。"② 陈子展也曾这样评价近代的传统古文："平心论之，桐城派的文章，'清淡简朴'，'屏弃六朝骈丽之习'，'选言有序，不刻画而足以昭物情'，这是他们的长处。但到了末流，只抱着'宗派'，守着'义法'，既不多读古书撷取古人之精华；又不随时代而进步，从活泼的时代取得活泼的真理；所以只能做出内容空疏、形式拘束、毫无生气的文字来。"③ 这种以新文学、新文化为标准的话语系统不仅规定了其后相当长的历史时期内新文学的基本观念和范畴体系，而且深刻地影响了作为学术领域的近代文学研究。在近代文学研究已经走过了近一个世纪历程的今天，这种话语系统和文化倾向的局限性不能不引起足够的重视。

　　基于对传统文学的否定批判和对新文学的向往鼓吹，新文学立场之下的近代文学研究非常明晰地认定了方兴未艾的新价值标准和评价尺度，而且这种认定对于传统文学而言是不可调和的、是具有排他性的；由此生发出来的文学和文化指向也必然是以未来可能走向兴盛并占据主导地位的新文学为目标的，从而必然彻底否定传统文学与文化。关于"新文体"的认识和评价就可以证明这一点。胡适指出："梁启超最能运用各种字句语调来做应用的文章。他不避排偶，不避长比，不避佛书的名词，不避诗词的典故，不避日本输入的新名词。因此，他的文

---

① 胡适. 五十年来中国之文学 [M]//胡适. 胡适古典文学研究论集. 上海：上海古籍出版社，1984：92.

② 胡适. 五十年来中国之文学 [M]//胡适. 胡适古典文学研究论集. 上海：上海古籍出版社，1984：103.

③ 陈子展. 中国近代文学之变迁 [M]. 影印本. 上海：上海书店，1982：105. 后来陈子展（炳堃）又表达过同样的意思，"平心论之：桐城派的文章，'清淡简朴'，'屏弃六朝骈丽之习'，'选言有序，不刻画而足以昭物情'，这是他们的长处。但到了末流，只抱着'宗派'的空招牌，守着'义法'的空架子。既不多读古书，撷取古人的精华；又不随时代而进步，从活泼的时代取得活泼的真理；所以只能做出内容空疏，形式拘束，毫无生气的文字来"。（陈炳堃. 最近三十年中国文学史 [M]. 上海：上海书店，1989：84）

章最不合'古文义法',但他的应用魔力也最大。"① 陈子展对文学革命目标的认识更加清楚:"《新青年》最初只是主张思想革命的杂志,后来因主张思想革命的缘故,也就不得不同时主张文学革命。因为文学本来是合文字思想两大要素而成;要反对旧思想,就不得不反对寄托旧思想的旧文学。所以由思想革命引起文学革命。"②

概括地说,新文学、新文化立场下的近代文学研究具有一系列突出特点:在新与旧的关系上,新文学的兴起及其地位的确立,是以旧文学的没落衰败为前提的;在古与今的关系上,革新派与革命派文学是在否定和批判保守文学派别的过程中成长壮大起来的;在中与西的关系上,对中国传统文学的兴趣和体认远不如对西方文学的热情与好感,所有重要的文学观念都是建立在西方文学基础之上的;在道与艺的关系上,载道文学或革命文学是在彻底否定和严厉打击传统的消闲文学、游戏文学的过程中迅速发展直至确立唯我独尊地位的;在文与白的关系上,白话文被大力提倡和着力宣扬,是在丑化歪曲、打击瓦解文言文的同时发生的;在雅与俗的关系上,俗文学被充分肯定和大力倡导,是在长期以来处于正统地位的雅文学被大肆否定的同时进行的。总之,新文学、新文化立场下的近代文学研究,习惯性地表现出一种非此即彼、两军对垒、二元对立的文学观念和文化态度。

二、新文学立场的广泛影响和复杂结果

近代文学研究中的这种新文学立场虽然发生于新文化运动、文学革命、左翼文化运动兴起并确立的20世纪20年代至30年代,但由于20世纪以来中国社会形态、文化思想的特殊处境和经历,这种以新文学、新文化为核心的思想观念、基本观点、评价角度、文化态度、话语系统等,在后来的近代文学研究特别是文学史写作中,产生了至今犹在的深远影响。在数十年来出版的多种近代文学史著作、近代文学研究论著或相关研究领域的大量著述中,这种新文学立场先入为主式的深刻影响或从新文化立场出发进行研究和评价而遗留的痕迹几乎随处可见。

近代文学的"过渡性"是一个相当流行、长期存在甚至被再三解释、广泛接受的基本文学史观念。从近代文学研究中的新文学立场的角度来看,特别是从

---

① 胡适. 五十年来中国之文学 [M] //胡适. 胡适古典文学研究论集. 上海:上海古籍出版社,1984:113.
② 陈子展. 中国近代文学之变迁:最近三十年中国文学史 [M]. 徐志啸,导读. 上海:上海古籍出版社,2000:174.

近代文学的相对独立性与文学史的连续性及其与整个中国文学古今演变的复杂关系来看，这也是一个应当认真反思的文学史观念，特别是对其科学性与主观性、学术性与思想性、合理性与局限性的深刻反省。这种观念大概与梁启超的著名文章《过渡时代论》（1901）有着某种深刻的关联①，也与梁启超的另外一些言论密切相关②。陈子展在多年后指出："他（引者按：指黄遵宪）只想做到'我手写我口，古岂能拘牵'，他虽未能做到完全采取口头流俗语，但流畅自然，明白如话，确是他的诗歌特色之一。"③ 又说："想在古旧的诗体范围中创造出诗的新生命，谭、夏不过是揭竿而起的陈胜、吴广；黄遵宪即不能成为创业垂统的刘邦，以他的霸才，总可以比譬于'力拔山兮气盖世'的项羽。"④ 可见此类观点与梁启超的某些论断之间的密切关系。时隔几十年之后，陈平原也指出："'20世纪中国文学'是从古代中国文学向现代中国文学转变、过渡并最终完成的一个进程。"⑤ 实际上，对这种"过渡"的深入认识是需要充分的理论研究和细致的史实描述才有可能实现的，而中国文学从古典旧时代向现代新时代的转换演进恰恰是其中一个关键性问题。可惜这一问题并没有受到应有的重视。王德威也说过："我觉得要弄清现代文学的发展，我们必须回到晚清，也必须要兼顾当代，首尾呼应，这样才能看出这个时代错综复杂的脉络。"⑥ 显然也是以"现代文学"为基点来考察晚清文学，并将晚清文学作为一个过渡阶段来看待的。

关于近代文学的过渡性质问题，显然也是从新文学立场出发考察近代文学得出的一个似是而非的认识或结论。假如把"过渡"理解为一种变化革新、一个连接前后时代的桥梁或纽带，那么认为近代文学具有过渡性特点自无不可；假如把"过渡"理解为不成熟、不完整、不独立的话，那么必须强调，这样的观念和看法未能从中国文学古今演变历程的意义上有效揭示近代文学的特性与文学史地位，也未能从严格的学术研究的意义上揭示近代文学在整个中国文学史上的应有地位和特殊价值。在这样的语境之下，有必要强调近代文学在整个中国文学变革历程中的相对独立性和特殊意义。必须指出，近代文学的学术价值和文化价值丝毫不亚于已经被公

---

① 李华兴，吴嘉勋. 梁启超选集[M]. 上海：上海人民出版社，1984：166.
② 梁启超. 饮冰室诗话[M]. 舒芜，点校. 北京：人民文学出版社，1959：51.
③ 陈子展. 中国近代文学之变迁；最近三十年中国文学史[M]. 徐志啸，导读. 上海：上海古籍出版社，2000：12.
④ 陈子展. 中国近代文学之变迁；最近三十年中国文学史[M]. 徐志啸，导读. 上海：上海古籍出版社，2000：20-21.按：其中"谭、夏"指谭嗣同、夏曾佑。
⑤ 黄子平，陈平原，钱理群. 关于"二十世纪中国文学"的对话[M]//黄子平，陈严原，钱理群. 二十世纪中国文学三人谈. 北京：人民文学出版社，1988：36.
⑥ 田志凌，杨琳莉. 把抒情还原到更悠远的文学史里去[N]. 南方都市报，2007-04-08.

认为具有独立意义或重要价值的其他文学史学科或文学史阶段。

近代文学研究中盛行的新文学标准或"五四"标准,一方面使这种标准的学术合法性和文学史、思想史意义得到了空前充分的显现,使近代文学某些方面的价值和意义得到了空前充分的彰显;另一方面,也有意轻视、遮蔽甚至否定了同样丰富、同等重要、依然具有顽强生命力和重要思想艺术价值的众多传统文学样式,造成近代文学研究内容与范围的主观随意、残缺不全、与文学史实际显然不符。对于中国文学史研究中存在的问题,陈思和深有感触地指出:"在当代文学的研究者的思考中,不自觉地存在着一种'五四'的标准。"① 还进一步指出:"我们自己把本来很丰富的传统简单化了,形成了一个想象的传统。'五四'就像茫茫黑夜中的一盏路灯,它照到的地方是核心,是精华,应当珍惜,但毕竟只能是一小部分,而照不到的那些地方非常广阔。"② 早在20世纪前中期、当中国文学史学科正在兴起并走向建立的时候,这种倾向就已经相当明显地出现了,并且如此分明地表现在近代文学研究中。陈子展指出:"总之:这个时期的诗界,无论新派旧派,都有求新的倾向,求新是他们共同的倾向。"③ 他还总结道:"这次文学革命运动的起来,几个先驱者的提倡之功固不可没,但若我们已经知道甲午之役以来,诗界求新的倾向,新文体的发生,小说的发展——文学上所受种种时代潮流的激荡,至少也可以知道这种运动的酝酿,已有二三十年之久了。"④ 他已经如此分明、自然而自信地将近代的文学改革与现代的"文学革命"运动联系在一起。

吴文祺在《新文学概要》开头就指出:"五四以来的新文学的产生,并不是突如其来的。文学的进化,也和社会的进化一样,是由渐变而至突变的。从渐变的过程看,便是所谓进化;从突变的过程看,便是所谓革命。假使没有先前的渐变,那后来的突变也不会发生。而且文学的变迁,往往和政治经济的变迁有连带的关系的。"⑤ 又说:"新文学的胎,早孕育于戊戌变法以后,逐渐发展,逐渐生长,至五四时期而始呱呱堕地。胡适之、陈独秀等不过是接产的医生罢了。"⑥

---

① 陈思和."五四"文学:在先锋性与大众化之间[N].中华读书报,2006-03-08.
② 陈思和."五四"文学:在先锋性与大众化之间[N].中华读书报,2006-03-08.
③ 陈子展.中国近代文学之变迁:最近三十年中国文学史[M].徐志啸,导读.上海:上海古籍出版社,2000:76.
④ 陈子展.中国近代文学之变迁:最近三十年中国文学史[M].徐志啸,导读.上海:上海古籍出版社,2000:213.
⑤ 吴文祺.新文学概要:导言[M]//民国丛书:第一编第五十八册.上海:上海书店,1989:1.
⑥ 吴文祺.新文学概要:导言[M]//民国丛书:第一编第五十八册.上海:上海书店,1989:13.

视野显然开阔了许多,也同样是从追溯中国新文学历史渊源的角度关注到近代文学的,进化论对文学史观念的决定性影响清晰可见。周作人在追索中国新文学源头的时候,视野更加广阔,把目光放在了晚明时期。他指出:"那一次(引者按:指明末)的文学运动,和民国以来的这次文学革命运动,很有些相像的地方。两次的主张和趋势,几乎都很相同。更奇怪的是,有许多作品也都很相似。"① 又认为:"我们可这样说:明末的文学,是现在这次文学运动的来源,而清朝的文学,则是这次文学运动的原因。"② "所以,今次的文学运动,和明末的一次,其根本方向是相同的。其差异点无非因为中间隔了几百年的时光,以前公安派的思想是儒家思想道家思想加外来的佛教思想三者的混合物,而现在的思想则又于此三者之外,更加多一种新近输入的科学思想罢了。"③ 这种思考方式和文学观念,不仅与周作人一生读书、治学兴趣相一致,而且仍然是以新文学为考察基点才得出判断的。

在半个多世纪以后的20世纪80年代中期,在周作人《中国新文学的源流》等著作所表达的文学观念的直接影响下,任访秋撰写了《中国新文学渊源》一书,指出:"'五四'的文学革命与思想革命,从反孔教到反复古主义文学,就中国固有的传统来说,实上承晚明的文化革新运动。随着中国历史的发展,作为市民阶级后身的资产阶级与伴随资产阶级而出现的工人阶级登上政治舞台,于是在吸取西方的科学与民主思想和文学观,并上承中国市民阶级的反封建主义文学和反对为封建统治阶级服务的复古主义文学的进步传统的基础上,爆发了新的文化革命运动,终于为中国文学的发展开辟了一个光辉的历史新时代。"④ 从这种以进化观念和激进主义为总体特征的认知角度、思想方法和主要观点中,不仅清晰可见此书的基本观念,而且可以视为新文学、新文化立场影响下近代文学研究的一个突出例证。

这种从新文学立场或"五四"文学立场出发评价近代文学及相关文学现象的观念,已经延续了几十年,直至当下仍然有着显著的影响。近年来一些颇为重要的学术观念或研究方式可以证明这种影响。比如1985年正式提出、随后发生重大影响的"20世纪中国文学"就是特别重要的一例。这种从新文学角度进行的"20世纪中国文学"研究在其后的大量著作和论文中得到了变本加厉式的发

---

① 周作人. 中国新文学的源流 [M]. 影印本. 上海:上海书店,1988:52.
② 周作人. 中国新文学的源流 [M]. 影印本. 上海:上海书店,1988:55.
③ 周作人. 中国新文学的源流 [M]. 影印本. 上海:上海书店,1988:90.
④ 任访秋. 中国新文学渊源 [M]. 郑州:河南人民出版社,1986:221.

展,其间普遍存在对新文化背景下的传统文学,尤其是对 20 世纪前期的中国文学(即近代文学的最后阶段)缺少关注、缺少了解的问题。这种状况已经给"20 世纪中国文学"研究带来了严重的局限。[①]

长期以来近代文学研究中存在的非此即彼、二元对立、思想斗争、军事壁垒、政治阵营的思维模式,遮蔽了至近代仍然大量存在并具有深远影响的传统文学的某些重要方面,造成对文学传统的普遍性疏离,对古典文学的现代命运与终结过程的明显隔膜甚至有意嘲讽,作为学术概念和文学史学科的近代文学由此缺少应有的文化基础与学术标准,并变得极不完整甚至支离破碎。将传统文化、传统文学与新文化、新文学对立起来,将两者假想成一种势不两立、不共戴天的关系,这种明显的主观臆断、一厢情愿是许多新文学家的重要思想特点。将这种思想观念、思维模式运用于为新文化、新文学的确立和壮大而进行的文学思想斗争中,令传统文化与传统文学处于无可容身之地,当然可以收到预期的效果。但是,假如将这种做法运用于作为学术领域的近代文学研究之中,就必然带来非常严重的问题。非常不幸的是,这种简单粗暴地蔑视传统、一味地批判否定传统、自我作古的思维习惯不仅早已被运用于近代文学研究之中,而且产生了至今犹在的深远影响。

在对待传统文学的态度方面,胡适仍然是有代表性的。他曾在《整理国故与打鬼》中说:"平心说来,我们这一辈人都是从古文里滚出来的,一二十年的死工夫,或二三十年的死工夫,究竟还留下一点子鬼影,不容易完全脱胎换骨。……大概我们这一辈半途出身的作者不是做纯粹国语的人。新文学的创造者应该出在我们的儿女的一辈里。"[②] 每生不能与传统古文彻底决裂、完全断绝之恨,并寄希望于后人。这可以看作新文化、新文学倡导者的一种普遍的文化态度,并且对后来的许多知识分子包括一部分近代文学研究者产生了深刻的影响。又如,1931 年 7 月鲁迅发表演讲《上海文艺之一瞥——八月十二日在社会科学研究会讲》的本来目的是进行文艺斗争和左翼文学、革命文学宣传,因此其中有这样的文字就毫不足怪:"所以,我说,现在上海所出的文艺杂志都等于空虚,革命者的文艺固然被压迫了,而压迫者所办的文艺杂志上也没有什么文艺可见。然而,压迫者当真没有文艺么?有是有的,不过并非这些,而是通电、告示、新

---

① 关于这一问题的详细讨论,可参见左鹏军《"二十世纪中国文学"研究中的一种普遍性缺失》一文,2008 年 10 月"中国近代文学的转型与传统"国际学术研讨会暨第十四届中国近代文学年会论文(上海,复旦大学);后发表于《汉语言文学研究》2011 年第 1 期。

② 陈子展. 中国近代文学之变迁:最近三十年中国文学史 [M]. 徐志啸,导读. 上海:上海古籍出版社,2000:256.

闻、民族主义的'文学'、法官的判词等。"① 令人遗憾的是，几十年之后许多人对"鸳鸯蝴蝶派"的认识和评价恰恰仍然停留在当年鲁迅、钱玄同、茅盾等新文学倡导者和左翼文学战士的思想斗争水平上，并没有回归到必须具有的学术立场上来。这种情况，到20世纪80年代中叶以后才逐渐发生了明显的改变。

在20世纪的中国政治史、思想史或文化史中经常占据主流地位甚至盛行不衰的不断革命逻辑、激进主义思潮、反传统主义观念，虽然不能不说对近代文学研究的推动是非常明显的，但从学术史的意义上看，更值得注意的是这种观念对近代文学研究造成的极大限制和明显伤害，以至于加剧了已日渐明显的近代文学研究中的非学术化倾向。将近代以来的中国思想史和文化史解释为一个持续反对传统、日趋激进、不断革命的过程，并逐渐形成了一种革命到底的逻辑、反传统主义的观念②。从近代中国历史提供的多种可能性和发展路径的角度来看，这样的观念是很成问题的。由于历史决定论的限制而阻碍了对既往的历史过程进行审视和反省的可能，也就失去了从中获取经验教训的机会。而将这种观念有意无意地运用于作为学术领域的近代文学研究之中，其负面影响甚至不良后果就更加明显。最为突出的是，这种观念在提供了对内涵非常丰富的近代文学进行政治化、意识形态化解释这一种可能性的同时，也必然甚至当然地遮蔽或否定了本来应当具有的多种解释的可能性。

陈子展曾指出："胡适之在他的《五十年来之中国文学》里面说：'这五十年的词都中了梦窗（吴文英）派的毒，很少有价值的所以他不评论晚清以来的词。我以为近代词人的词固然多少中了梦窗派的毒，但他们这派词人在近代文学史上实在有论列的必要。"③ 显然是对胡适《五十年来中国之文学》的一个有力补充。而陈子展在《最近三十年中国文学史》中表现出来的对于小说、词曲、俗文学的重视，特别是专辟两章讨论"敦煌俗文学的发现和民间文艺的研究"，

---

① 鲁迅《上海文艺之一瞥——八月十二日在社会科学研究会讲》，后收入《二心集》，见：鲁迅. 鲁迅全集：第四卷［M］. 北京：人民文学出版社，2005：299-310。按：本文最初发表于上海《文艺新闻》第20期和第21期，1931年7月27日和8月3日出版；其后作者曾略加修改。据《鲁迅日记》，此次讲演日期应是1931年7月20日，因此文章副标题所记8月12日有误。亦可参见：鲁迅先生纪念委员会. 鲁迅全集：第七卷［M］. 北京：人民文学出版社，1973，291。

② 关于这一问题，可参阅林毓生著、穆善培译《中国意识的危机——"五四"时期激烈的反传统主义》（贵阳：贵州人民出版社，1988），林毓生《中国传统的创造性转化》（北京：生活·读书·新知三联书店，1988），王元化《九十年代反思录》（上海：上海古籍出版社，2000）以及《九十年代日记》（杭州：浙江人民出版社，2001；上海：上海古籍出版社，2008）。

③ 陈子展. 中国近代文学之变迁：最近三十年中国文学史［M］. 徐志啸，导读. 上海：上海古籍出版社，2000：52. 按：其中"五十年来之中国文学"表述不确，当作"五十年来中国之文学"。

不仅是对此前所著《中国近代文学之变迁》的重要补充，而且可以理解为作者文学史观念的拓展和进步，有利于纠正否定传统文学、排斥民间文学的倾向。

可以认为，新文学、新文化立场笼罩之下的近代文学研究，反映出复杂的学术史景观，带来了繁复多变的研究结果。这种学术史历程中蕴含的经验和教训也是如此分明、如此紧密地交织在一起的。近代文学研究既因为新文学、新文化立场而得以相当迅速、颇为顺利地确立，同时又因此而带上了某种仿佛先天性的不足或遗憾，留下了值得认真反思和深入总结的学术史经验。对这种经验与教训共生、优势与局限并存的学术历程的总结和认识，是推进近代文学持续发展并企望走向新水平的重要内容和必经阶段。

三、确立科学通达的近代文学研究立场

回眸近百年的学术历程，可以看到，从新文学、新文化立场出发进行近代文学研究并非近代文学学术史的全部，只是其中的一种学术路径或思想方式。值得特别注意的是，在这种思想观念驱动之下进行的一系列近代文学研究，无疑处于近代文学研究的主导位置，成为近代文学学术史上一个非常重要的思想学术现象。在部分研究者的思想观念中，以新文学、新文化立场为起点进行近代文学研究并对有关问题作出评判，似乎已经成为一种不证自明的正确选择或自然而然的学术习惯。因此，我们提出从近代文学研究史和学科建设的角度对这种新文学、新文化立场进行回顾反思与清醒认识，其主要目的不仅在于对这一学术现象或文化态度进行评价分析，而且希图从比较自觉的学理角度和比较开阔的理论高度入手，进行深入细致的学术省思并有所行动，改变以往曾一度盛行、当下仍屡见不鲜的单一狭隘的学术立场，建立多元互补的近代文学学术范式和研究格局。

实际上，那些出于新文学宣传、新文化建设的目的而进行近代文学研究的早期新文学家们，对于传统文学的熟悉程度远远高于包括今天的许多研究者在内的后来者。从思想史的逻辑和新文学建设者的文化心态来看，可以认为，也可能恰恰是由于倡导建立新文学和进行文化思想斗争的需要，才使得他们对传统文学采取了如此坚决的态度和如此决绝的立场。

但是，文学和文化的发展总是前后连续、彼此相关的，新旧文学或传统文学与新文学之间本来并无不可逾越的天然鸿沟，亦无不可跨越的根本障碍。这一点，包括胡适、周作人、陈子展、吴文祺、阿英等在内的许多出身于新文学立场的近代文学研究者早已意识到，只是他们没有或不愿意将两者自觉地贯通起来而已。后来的研究者作为新旧文学的局外人，对新旧文学的态度则要平静通达许多，更可能接近文学史的本相，得出的认识也更具有学理性和启发性。陈思和就

曾深刻地指出："我们如果把新旧文学的分界暂时悬置起来就会发现，晚清文学的传统作为文学的某些因素并没有消亡。"① 对近代文学研究而言，这一论断中至少有以下两点是值得特别重视的：第一，新旧文学之间的界限并不是天然形成的一种文学史必然，而具有相互融通的基础和可能；第二，传统是在变动中形成和传承的，晚清文学的某些因素已经成为一种传统活在后来的文学、包括新文学之中，并有可能在未来的变化发展中以新的形式传承下去。

从学理性和科学性的角度来看，文学史的价值和意义经常是在复杂多样的联系比较中、在具体的历史动态过程中、包括与其对立及相关方面建立起的多重关联中逐步显现的，也只有在这种渐趋真切的联系比较、动态发展格局中才有可能得出有学术价值的判断。一切文学史研究概莫能外，近代文学研究也自然不能不如此。概括地说，中国近代这一特殊的文学史阶段中所具有的西方文学与文化因素是此前的古代文学所不具备的；而近代文学中所蕴含的强大的传统文学与文化因素也是此后的现代文学所无法比拟的，从而形成了中国文学发展历程中"中西古今"各种因素非常奇特地相遇并存、不可或缺地产生作用、发生影响的历史场景。因此，建立联系的、动态的、宏观的文学史观念，在中国文学中外冲突、古今变迁的整体格局中认识近代文学的价值，就不仅是重要的，而且是必然的。

王德威为了强调晚清文学的特殊意义，曾指出："我觉得这个时段太重要了。我曾经写过一篇文章《没有晚清，何来"五四"？》，在大陆引起了很多议论。后来北京大学出版社出版了全书，就是《被压抑的现代性》。在序言里我提到我的观点，晚清复杂的文学面貌、晚清的活力，还有晚清文学上种种不可思议的实验，都不是'五四'那一代所能企及的。……晚清其实有很多文学、思想、文化的资源，提供了'五四'一些最重要的线索。……我认为'五四'重要，但是晚清一样重要，你能从中看出整个文学、文化史里非常微妙、细腻、辗转周折的改变。"② 相当明显，这样的看法不仅对长期以来的近代文学研究现状包括新文学立场下的近代文学研究具有直接的针砭作用，而且对更加准确充分地认识近代文学自身的学术价值、有效提升近代文学研究者的学术信心也大有助益。当然，这更是从中国文学史整体发展的角度恰当认识近代文学价值和意义的一个有说服力的理论观念。

从新文学、新文化立场对近代文学研究造成的影响来看，目前非常需要研究

---

① 陈思和."五四"文学：在先锋性与大众化之间 [J]. 当代文学研究资料与信息，2006（5）.
② 田志凌，杨琳莉. 把抒情还原到更悠远的文学史里去 [N]. 南方都市报，2007-04-08.

者在学术史意义上准确认识以往研究中取得的成就与经验的同时,从更高远的学术立场和更宏通的文化观念出发,同样深刻地认识仍然明显存在的种种局限和不足。对近代文学这一学术领域的基本建设、近代文学研究的发展进步而言,对以往学术史历程经验的总结和教训的吸取同样重要,而后者正是长期以来的近代文学研究中明显欠缺的。

假如怀有更多学术的期待、从更高的标准来考察,特别是与中国文学研究其他领域的已有水平和发展趋势相比较,就不得不承认,近代文学研究的建设与发展还极不充分,还有太多的工作有待研究者去进行。应当特别指出,目前特别需要切实加强对近代文学史上以往关注明显不够、研究极不充分的传统文学样式、正统文学派别与代表性文学家、重要文学现象的关注,并在深入研究的基础上给予恰如其分的评价,切实改变时下常见的某些人云亦云、陈陈相因、缺乏创新、浮躁功利的非学术化现象。

在新文学与新文化立场之下,近代文学史上大量存在并传承有序、影响深广的相对传统或正统、保守或守旧的思潮流派、创作现象、文学样式、作家作品,经常处于被抨击否定或置之不理的位置;加之从事这些问题研究的难度通常较大,对研究者提出的学术要求自然更高,因此特别需要较长时间凝神静气的深入研究和持之以恒的学术积累。从近代文学研究建设与发展的角度来看,这种以新文学、新文化立场为主导和标准的情况的长期存在并广泛延续,大不利于学术研究的进展和学术水平的提高,早已到了应着力调整、显著改变的时候。

从中国文学古今演变和历史变迁的角度来看,近代文学所处的特殊文化环境、遭逢的奇特精神经历和具有的显著特殊性,决定了研究者必须具有深度自觉、相对独立和科学通达的学术立场与文化自觉。一些重要的思想观念或学术范畴在近代文学这个既古老又年轻、既成熟又幼稚的学术领域中都必然遇到,这既是相当严峻的学术考验,同时也提供了更多的学术可能和更广阔的学术空间。因此研究者知识结构的自我更新和不断完善、学术立场的自觉调适与稳固确立,就显得异常重要。在研究者与研究对象构成的这种相互制约、彼此依存、共同创造的学术文化场域中,也从近代文学学术建设与发展的意义上对研究者提出了更高的学术要求和期待。

八十年前,钱基博在《现代中国文学史》(1932)中曾说过:"民国肇造,国体更新;而文学亦言革命,与之俱新。尚有老成人,湛深古学,亦既如荼如火,尽罗吾国三四千年变动不居之文学,以缩演诸民国之 20 年间;而欧洲思潮又适以时澎湃东渐;人主出奴,聚讼盈庭,一哄之市,莫衷其是。权而为论,其弊有二：一曰执古，一曰骛外。"① 明确指出文学革命运动中出现的两种弊端，即"执古"和"骛外"。假如从这一角度考察几十年来的近代文学研究历程，则可以说，新文学、新文化立场下的近代文学研究更多地带有"骛外"的色彩，却对自己的民族文学传统缺少应有的体认与吸收。从近代文学研究和学术建设的角度来看，不能不说，这是一个巨大的文学损失，也是一个巨大的文化损失。钱基博在讨论评价了以胡适为代表的"白话文"之后还指出："十数年来，始之非圣反古以为新，继之欧化国语以为新，今则又学古以为新矣。人情喜新，亦复好古，十年非久，如是循环；知与不知，俱为此'时代洪流'疾卷以去，空余戏狎忏悔之词也。报载美国孟禄博士论：'中国在政治上、文化上，尚未寻着自己。'惟不知有己，故至今无以自立。"② 从中清晰可见在当时种种观念变革的文化背景之下的花样翻新，也依稀可见竭力寻求出路、不断追求创新、引领时代风潮的新文学、新文化倡导者们左冲右突、疲意以极甚至伤痕累累的背影。

的确，从 20 世纪初以来中国文学史学科草创建立、发展壮大所经历的种种政治动荡与文化变迁中，从文学史研究的理论观念、研究范式、学术方法、技术习惯等方面取得的丰富经验和留下的诸多可堪记取的教训中，均可感受到近代文学研究在新的学术背景下奋力寻求发展和突破的热切企盼。其中包含着值得深思并应当寻求解答的疑问是：近代文学研究是否已经或者究竟如何才能"寻着自己"？近代文学研究是否已经可以说"有己"并且可以宣布"自立"？或者，在日新的学术条件和文化环境之下，近代文学研究究竟需要如何建设和发展才能真正做到"有己"并且足以"自立"？

从学术建设与发展的意义上看，一个比较理想的局面是，在认真清理、深刻反思以往的学术史历程、深入总结经验教训的基础上，以相关学科或研究领域的经验为参照，确立兼顾中外、融通古今、科学通达的近代文学研究立场，从而在学术立场、学术范式、学科基础、知识谱系、研究方法、研究格局的意义上全面推动近代文学研究的持续发展和扎实建设。相当明显，这样的学术理想对任何一个具体的研究者来说都是极其困难、难以企及的；但是具有这种清晰自觉的学术意识和学术追求并朝着这个方向努力，对具体研究工作可能产生的作用和影响也将是明显而深刻的。因此可以说，这种带有分明理想色彩的学术追求与建设，对正在发展壮大的近代文学研究来说，是一项可以并且应当孜孜以求、努力践行的学术事业。

（原发表于《文学遗产》2013 年第 4 期）

---

① 钱基博. 现代中国文学史 [M]. 长沙：岳麓书社，1986：8.
② 钱基博. 现代中国文学史 [M]. 长沙：岳麓书社，1986：506.

文论编

中国近代文学批评研究的几个问题

黄 霖

一、近代品格与时间断限

胡适于 1922 年发表的《五十年来中国之文学》，揭开了"五四"后系统研究近代文学及文学批评的序幕。至 20 世纪三四十年代，陆续出现了一些研究近代文学批评与文艺思潮的专著或专论，如张增龄的《晚清的文艺思潮》、陈子展的《中国近代文学之变迁：最近三十年中国文学史》、吴文祺的《近百年来的中国文艺思潮》、钟平言的《中国近代文艺思潮发展过程》等。出于研究者各自对近代文学的不同认识和不同的写作年代，分别将研究对象限定在"晚清""三十年""五十年""近百年"等某一特定的时间内。到后来，学术界逐步都趋向于承认中国文学和文学批评有"近代"这一特殊的时期，它既不同于"古代"，又不同于"现代"，其时间从 1840 年鸦片战争到 1919 年"五四"运动。但由于对近代文学及文学批评的基本性质、特征等问题并没有进行认真透彻的讨论，在实际研究工作中近代文学及文学批评常常被作为古代的"尾巴"或现代的"先声"而沦为附属，而且随着历史的推移，由中华人民共和国成立再到 20 世纪即近尾声，文学发展历史阶段的划分又重新成为一个热门的话题。于是，"近百年文学理论批评史""20 世纪文学"等提法被一些学者作为一种"新颖的文学史观"而广为流行；郑振铎于中华人民共和国成立后提出的把 1840—1949 年"半封建半殖民地时期"的文学称作"近代期"也再度得到了一些学者的强调①；乃至有人把道光初年到20世纪20年代这一百来年断为中国文学近代期，甚至更把上限推前到明代、宋代。于此种种，不能不使人觉得有必要重新认真地思索：中国文学及文学批评的发展究竟有没有一个"近代期"？假如有的话，其基本品格又是什么？这才是问题的关键，至于具体时间的断限，在某种意义上可以说会随着时间的推移、环境的变化而见仁见智的。

所谓"近代"，本是一个相对于"古代"和"现（当）代"的时间概念，然而历史学上通常将欧洲的资本主义时代（一般指1640—1917）称为世界近代历史期。毛泽东在《中国革命和中国共产党》《新民主主义论》等著作中指出："自从1840年的鸦片战争以后，中国一步一步地变成了一个半殖民地半封建的社会。"至1919年"五四"运动期间的中国革命"是属于旧的世界资产阶级民主革命的范畴之内的"，有别于以后的"新民主主义"革命。"这种区别，在政治上如此，文化上也是如此"。据此，一般研究者也认定中国近代文学思想的基本性质是资产阶级的。如陈则光在《中国近代文学的社会基础及其特征》中提出："资产阶级的文学思想，便是中国近代文学思想的主流。"② 黄保真在《中国文学理论史》第七编《概述》中也说："本时期文学理论发展的主流就是中国资产阶级文学理论的酝酿、发生、发展到最后蜕变、分化；而本时期文学理论发展的主线则是形形色色的资产阶级文学思想与形形色色的封建正统的文学思想之间所发生的各种形式、各个方面的复杂斗争。"③ 与此稍异的是，有些学者用"反帝反封建的民族民主文学"来概括近代文学的基本性质，强调"东方"的近代社会与"西方"有别，"一个是只反对本国封建势力的类型，一个是除了反封建，还要着重反对帝国主义的类型"④。这两种提法稍有差别而实则相同，即都是从阶级和阶级斗争的观点出发，用中国社会和中国革命的性质来规定文学性质的。中国特色的资产阶级民主革命，即是反帝反封建的民族民主革命，两者合二而一也。在这里，我认为特别要注意不要孤立地用"反帝反封建"来衡量中国文学的近代化。因为从近代到现代，不少人就此而自觉或不自觉地对历史的判断产生了误会和偏差：一，往往会容易不加分析地对待外国侵略和西方文明、封建性的糟粕和民主性的精华，一股脑儿地将洋人当作魔鬼，将传统视为阻力。二，反过

---

① 中山大学中文系. 中国近代文学的特点、性质和分期 [M]. 广州：中山大学出版社，1986：8.
② 陈则光. 中国近代文学的社会基础及其特征 [J]. 中山大学学报，1959（21）：71.
③ 黄保真，成复旺，蔡钟翔. 中国文学理论史：五 [M]. 北京：北京出版社，1987：7.
④ 中山大学中文系. 中国近代文学的特点、性质和分期 [M]. 广州：中山大学出版社，1986：18.

来又简单地将"反"等同"革命",不细究本身用什么武器来"反",向着什么方向去"反"。是用科学、民主、进步来反帝反封建,还是用愚昧、专制乃至用更加落后的一套来对待西方势力和清王朝?因此,只有强调用资产阶级的科学和民主来反帝反封建,才能有一个比较全面而正确的认识。否则的话,假如仅仅狭隘地用"反帝反封建"这个中心来研究中国近代文学和文学批评的结果,就会像有的同志那样,以所谓"三个革命运动"(即太平天国、义和团和辛亥革命)的高潮来作为近代文学分期的标志。显然,这与中国近代文学和文学批评发展的进程是不相合拍的。

至于把中国近代文学和文学批评的基本性质归属于资产阶级的,这从阶级和阶级斗争的观点来看的话,大致是得当的。这也将上与封建地主阶级占统治地位的和下与无产阶级领导的文学有所区别。然而,从文学理论批评史的角度来看,其具体的、可操作的,而又有一定概括意义的基本品格又是什么呢?张方在《近代文学思想的特征及研究方法刍议》中提出:"近代文学思想的独到之处及其最有光彩的东西,是文学观念的变革。"在此之前,叶易的《中国近代文艺思想论稿》的《前言》也说:"中国近代的八十年间,正是文艺思想急速演变的时期。"对于这种演变,他在《中国近代文学思潮史》中演绎成"适应外势,主变倡逆""新旧并陈,东西交杂""革弊启蒙,务实重用""终古萌新、变中过渡"四节。这四点提法在逻辑上有点重复回环,其核心似是"中西交融、新旧过渡"两语而已。因此,中国近代文学批评的基本品格可以概括为"新变"两字,也即急遽地从古代型向现代型过渡。这个变,是中西交融的变,是旧向新转化的变。

然而,这种提法毕竟还过于笼统。人们不禁要进一步追问:这种新变具体又表现在哪些方面呢?张方说:"从文学思想的表现形态看,近代文学理论中出现了诸如小说观念演变、强调文学的启蒙作用、清除封建传统思想以及多方面借鉴西方文艺理论等等令人耳目一新的气象。"任访秋先生主编的《中国近代文学史》的《绪论》也列举了诸如"创新求奇,不依傍古人渐成为新的文学风尚""文学重在表现人之情感的观念被普遍接受""小说戏曲被引进文学的殿堂""创作方法的区分与文学批评的更新""现代悲剧意识的萌生""语言出现变革的趋势"等。应该说,这些说法都是有道理的。人们或许还可以更多地概括出几条来。然而,在这几点中什么才是带有根本性的、起着主导性的作用呢?在这里,我注意到了黄保真的独特见解。他认为:"在这个历史时期中,中国文学理论的基本观念与概念体系开始发生了历史性的变化。"其变化的"基础",乃是杂文学观念向纯文学观念的变化,从而使在此"基础"上构建的整个文学理论体系逐步转变①。很清楚,他是从文学本体着眼,努力抓住了近代文学思想"历史性转变"的这个纲的。最近又读到了黄曼君的《文学理论批评史》一文。他参考了西方浪漫主义时代的特征,认为"文学理论批评近代品格的确立,很重要的一点就是批评家自我主体精神的觉醒和高扬"。他以王国维、鲁迅为代表,并以文学理论批评本身进行自觉反思为依据,论证了近代文学理论批评的价值取向上就是强调文学主体的精神力量,强调个性的率真不羁,强调情感的自由表现。他认为,在这意义上"我国文学理论批评的近代品格才开始确立,这个转折期在中国文学理论批评史上是有划时代意义的"。显然,他主要是从创作主体的角度上着眼的。应该说,黄保真和黄曼君两位先生都是确有所见,是抓住了近代文学批评变革的根本性问题的。不过,我在这里想从另一个角度,即从接受的角度补充一点:中国近代文学观念的变革,同时也表现在改变文学为封建统治服务而为广大"国民"服务。换言之,也就是在文学为谁服务的问题上发生了重大变革。在中国古代封建社会中,从来就强调文学"载道""为君"。周作人曾一针见血地指出封建文学的实质乃是"实利所归,一人而已",而近代文学变革的特点在于"夺之一人,公诸万姓"②。所谓"万姓""国民",即是资产阶级领导下的人民大众。我认为,这一变革从根本上改变了文学的性质和方向,是决不可忽视的。综合以上三点,乃是关系到接受对象、文学本体和创作主体的带有根本性的变化,具有纲领性的意义。它们犹如三大支柱,影响到近代文学理论批评的整体构架,决定了近代文学理论批评的基本品格。而就此三点而言,其中文学为谁服务的观念的变革相对更为要害。因为它不仅是近代文学批评资产阶级性质的最直接的显现,而且对另外两点变革在某种意义上具有制约作用。它应该是近代文学观念变革的首要标志。

根据以上认识,再来考虑中国文学理论批评史的断限和分期,就不会觉得将1840—1919年定为"近代期"有什么不妥。当然,在这整个八十年中,假如以维新运动前后为界线,大致可以分成渐变和突变两个阶段。但是,自鸦片战争开始,前六十年的渐变也是沿着总的轨迹变化的。梁启超在《清代学术概论》中指出:"'鸦片战役'以后,志士扼腕切齿,引为大辱奇戚,思所以自湔拔;经世致用观念之复活,炎炎不可抑。又海禁既开,所谓'西学'者逐渐输入……于是以其极幼稚之'西学'智识,与清初启蒙期所谓'经世之学'相结合,别

---

① 黄保真,成复旺,蔡钟翔. 中国文学理论史:五 [M]. 北京:北京出版社,1987:6.
② 周作人. 论文章之意义暨其使命因及中国近时论文之失 [J]. 河南,1908(4/5).

树一派，向于正统派公然举叛旗矣。此则清学分裂之主要原因也。"① 梁氏所指出的这种对于传统的背叛和分裂，正像当今"20世纪文学"论者在强调1898年前后文学变革时所用的"断裂"的字眼一样，无非说明文学的变革进入了一个新的阶段。事实上，在鸦片战争时期，当姚莹强调文学与"经济"的关系，方东树呼喊"文不能经世，皆无用之言"时，已经突破了文学仅为封建王朝服务的狭隘圈子，含有挽救民族危亡、改造中国社会的更广泛的意义；当梅曾亮声称"稍知者独文字"，稍后曾国藩提出"道与文，竟不能不离而为二"时，也流露了文学本体的重视和纯文学观念的萌动；至于龚自珍高喊"尊心""尊情"，他的朋友何绍基力主"不俗""真我自立""独往独来"，都具有尊重自我、追求个性独立和高扬主体精神的意义。"20世纪文学"论者在强调1898年才开始与古代中国文学所谓"断裂"之时，无视或忽视了从鸦片战争开始"中国人有意识地向西方学习"以来文学观念上的早已有过的一次"分裂"。当然，前一次"分裂"比后一次所谓"断裂"的力度和广度要小，或许用"破损"一词来形容更为确切，但这无疑也有划时代的意义，可以作为新变起始的标志。以后所谓"断裂"的完成，就是起初"破损"的结果。今天，假如为了凑合"20世纪"或"近百年"这样一个时间概念而去突出后一次所谓"断裂"，从而对近百年文学做一整体的认识和评价，本无可厚非，但假如从整体上把握近代文学和文学批评从古代型向现代型转化过程中的新变性、过渡性的话，显然还是把前60年和后20年统一起来加以考量更为合理。

至于将近代期的下限放在1919年前后，也是大致妥当的。"中国新文学的诞生，当然应该断自'五四'始。"② 这早被现代新文学作家和研究者所普遍认同。即使是近来强调"必须越过'五四'"的"20世纪文学史"论者和"半封建半殖民地社会（1840—1949）文学史"论者事实上谁都无法越过"五四"这个阶段性的标志。《20世纪中国文学三人谈》说，"断裂"从1898年开始，就是到1919年"五四"运动"最后完成了这一断裂"。王飚在论述1840—1919年间的"反帝反封建的民族民主文学"时也说："'五四'文学革命标志近代反帝反封建民族民主文学进入新阶段和文学近代化的完成期。"③ 最近，任访秋也据整个半封建半殖民地的社会性质和资产阶级民主革命性质来提出近代文学史的断限时，

---

① 梁启超. 清代学术概论［M］//梁启超. 饮冰室合集：第五卷. 北京：中华书局，1941：52.
② 郁达夫. 五四文学运动之历史意义［M］//郁达夫文论集. 杭州：浙江文艺出版社，1985：547.
③ 中山大学文学系. 中国近代文学的特点、性质和分期［M］. 广州：中山大学出版社，1986：29.

仍不得不承认："'五四'文学革命，才为中国文学开辟了一个新纪元。"① 事实上，'五四'前后，无产阶级及中国共产党逐步登上了领导文学的历史舞台，在文学创作和理论批评方面都发生了一系列的重大变革，这里借用《20世纪中国文学三人谈》的一句话说：这时期的文学"越过了起飞的临界速度，无可阻挡地汇入了世界文学的现代潮流"。它已经通向"现代型"的范畴了。

当然，历史本来就像一条滚滚向前的河流，其文学观念的产生、发展、变化都有一个前后相接的过程，从严格意义上看，任何一种断限和分期都如抽刀断水，有其不尽如人意之处，但反过来，站在不同的角度上，依据不同的尺度来探索文学及文学批评发展的不同阶段，都有其一定的合理性；至于用"古代""近代""现代"这样一些时间性很强的概念，在不同的历史阶段，人们也将会有不同的认识。在认识过程中，又往往会详近而略远，即对于近世的分期会细一些，更多注意较短时期内不同阶段、不同特点，而对于远世的分期会粗一些，更多注意较长时期内不同阶段的共同性。于是上下几千年，犹如弹指一挥间，统统归之于"古代"。因此，假如站在20世纪90年代的今天来看，不论是"20世纪文学史"论，还是"半殖民地半封建社会文学史"论，甚至以"清朝""民国"来划分，虽然都有一定的理由存在，也都能自圆其说，自成一流，但那只能叫作"20世纪文学史"或者"半殖民地半封建社会文学史"等，假如要说既不同于"古代"，又不同于"现代"，而作为一种从古代向现代过渡型的中国近代文学及文学批评史的话，那么其断限还是当以1840—1919年为好。

二、传统改造了西学

中国近代文学思想的变革，是与中西文学观念的碰撞、融合分不开的。吴文祺《近百年来的中国文艺思潮》将鸦片战争作为开端，是因为认定这是"西洋文化输入中土的枢机"，其全文实立足在"欧风东渐"这一基点之上。陈子展的《中国近代文学之变迁》从维新运动讲起，其主要原因之一也由于"这个时候才开始接受外来的影响"。两者的起点时间不同，但都将接受西方文化影响作为一个重要的标准。近年来的文学批评史研究者，也大多接受这种观点，有的甚至变本加厉地把中国文学批评的近代化完全归功于西方文化的引进，而把中国的传统视为前进的绊脚石。这就不能不引起我们的思考：在中国文学批评近代化的过程中，中与西各自究竟居于何等地位？起了什么作用？而当前特别需要审视的，无疑是近代文学变革中传统文学思想的地位和作用问题，因为长期以来这往往是被

---

① 任访秋. 关于近代文学史的断限与分期问题 [J]. 河南大学学报（社会科学版），1992（2）：1-5.

有意无意地忽略了的。

　　本来，近代文学批评家在对待中西文学观念方面是因人而异、因时而异，情况极为复杂的。假如稍做梳理的话，可分这样三类：一，以传统为本位的；二，以西方为坐标的；三，随机而定，取长补短的。其中，以传统为本位的，又有拒绝接受西方观点和不同程度地接受西方观点的区别；以西方为坐标的，也有彻底否定传统观点和有选择地予以否定的不同。就具体的文论家而言，前后的观点也往往有所变化，不尽一致。但不管情况是何等复杂，相互的态度何等对立，谁都无法摆脱传统文学观点从正反两方面带来的影响，从而促成了各家观点的选择和成立，推动了近代文学思想的变革。因此在某种意义上说，近代文学变革的过程也就是一个西方文学观念被传统扬弃、消化和改造的过程。

　　在这里，我们且不说近代开始一批改革派提出的经世论、因变论、尊情说、不俗说、沉郁说等在相当程度上还是属于传统文学内部的调整，也不论太平天国时期洪秀全、洪仁玕等在大反儒家之道的同时也接受了传统的文学工具说、通俗论等形成了自具特色的文学思潮，而只着重审视维新运动之后较为明显地受到西方文学思想和美学观念冲击之后的文学变革，看一看传统在这时究竟扮演了何等角色？在这时期，接受西方观念的热情较高、否定传统的态度较为坚决、影响大而又具代表性的文学批评家，当推梁启超、王国维、鲁迅和周作人。梁启超"无限制"地杂采西方各说，强调各体文学的"革命"，然其思想根本终不脱孔孟儒学，其论文核心即是号召文学为维新政治服务，强调其功利性。这实际上仍然未脱传统的文道论的模式。他严厉地批评古代小说"诲淫诲盗，不出两端"，乃至是"中国群治腐败之总根源"，与其热情地号召学习"美、英、德、法、奥、意、日本各国政界之日进，则政治小说为功最高"一样，都是立足在传统的文学工具说的基点之上。与梁启超相反，王国维及周氏兄弟都反对文学的功利性，否定传统的文道论，鼓吹超功利的"纯粹艺术"。王国维在《文学小言》等一系列作品中，吸取了康德、叔本华等美学观，猛烈地抨击了中国"历代诗人多托于忠君爱国劝善惩恶之意"，使"美术无独立之价值"，追求一种纯粹的"真文学"。鲁迅和周作人在《摩罗诗力说》《论文章之意义暨其使命因及中国近时论文之失》等文中，也据当时日本流行的浪漫主义文学的精神，尖锐地指责中国古代文论"理想在不撄"，核心求"平和"，以束缚人心，窒息生气，后患无穷。王国维与鲁迅和周作人的理论旨趣不同：一着眼于作品本体艺术的纯真，一着重在创作主体精神的张扬，但都以激烈地否定传统的面目出现，且往往直接地、大量地照搬甚至照抄外国的论著来向国人兜售。表面看来，似与传统文论格格不入、水火不容，其实，他们仍然与传统的文学思想有着难分难解的血肉关系。这至少表现在：一，其理论动力与出发点本身是出于从反面接受了传统文道论的影响，包括对梁启超等用西学改造过了的新时期的文道论的反动。二，他们在引进和阐释西方文论时，往往是通过解释中国传统的作品来实现的，其中以王国维通过《红楼梦》来阐发叔本华的美学观最具代表性。三，人间的艺术，不论是东方还是西方，毕竟有共同的规律在。他们所引进的西方理论往往与中国古代某一流派的文论也有相通之处，乃至自觉不自觉地选用了一些中国传统文论中固有的术语。如王国维以叔本华厌世哲学为基础的纯文学论，与中国古代带有出世色彩的道家文论颇有相通之处，其所用的"无欲""解脱""静观""物我同一"等名目几乎都是从传统武库中捡来的。至于周树人鼓吹的"摩罗诗力"，与中国明清以来性灵派的诗论等也有接近之点。他从"纯文学"的角度来阐述文学的本质时，所用的"兴感怡悦""思理""神思"等术语，也都采自传统的文论。因此，他们在引进西方文学观念时，尽管从这里反对中国传统出发，但最后又从那里与中国传统结下不解之缘。而且，这个缘结得越和谐，其成绩就越突出。王国维的《人间词话》之所以高出包括他自己以往的文化著作在内的一般译介，就因为他将西方的观点与中国的传统融为一体，用传统的"意境说"消化了叔本华的艺术论。四，更何况他们的反传统有时本身就并不彻底。如周树人一方面极力鼓吹纯文学的超功利观，以反对传统的文道论，但另一方面又提出了"不用之用"的观点。具有强烈的民主革命情绪，一心想当"精神界之战士"的他，终究不能像王国维那样悲观消极地对待人生，到头来还是不忘文学之"用"，大力鼓吹"刚健抗拒破坏挑战"的精神，终于与梁启超殊途同归，甚至也过分夸大了文学的社会功用，与传统的文学工具论接上了轨。综合以上四点，可证在近代文学思想变革的潮流中，再西化的文论家也很难摆脱传统，这正像人站在地球上很难被人推出地球一样。

  当然，我们说近代文学变革中不能摆脱传统的影响，并不意味着否定引进外来西学的功绩，更不同于"引中国古事以证西欧"，认为"彼之所长，皆我所有"，用一种虚幻的"西学中源说"来自我陶醉。事实上，中国近代的文学变革就是西与中的碰撞、交融后的产物。假如站在西学的角度上看问题，可以说是西方文学思想对中国的传统进行了冲击，产生了影响；假如站在中学的立场上看问题，那么也可以说是悠久、博大、精深的中国文学传统扬弃、消化、改造了西方的文学观念。而且，不论是以西学为主，还是以传统为本，一旦在这个特定的历史时期、特定的文化圈内出现，它们在事实上已带有新的特质，成为一种新的形态。梁启超的政治小说观就既不同于中国古代的文道论，也有别于日本的政治小说论；王国维的纯文学观也既与道家的文论不同，又与叔本华的观点有异。同样，当时传入的典型化原则、创作方法论、悲剧观等，一旦在中国这块土地上得以立足和传播，都深深地反映了中国近代文学变革的时代特征。换言之，在建设中国近代文学理论形态的过程中，中与西各自起着独特的作用：假如从全球意识来看，在促进中国近代文学及文学批评变革的过程中，西方文论的输入，其功甚伟；假如从文学理论的时代性和民族性的角度来看，西方文学思想的引进是无法越过现实的中国和特定的传统而凌空而降的。因此，在近代文学变革中，西学与中学各有其价值，都不可取代。今天，我们强调重视研究传统文论在近代文学思想变革中的作用，既不是出于封建社会"华夏中心"的遗绪，也不是出于对"西方资产阶级"的简单排斥，而只是希望更客观地面对现实，对这个长期被忽略了的问题能予以适当的注意，以求对近代文学批评史的发展做出实事求是的分析，并为当前文学变革提供正确的借鉴。

三、人品不等于文品

在近代文学批评史的研究中，还有个"人品与文品"的问题常常困扰着人们。从孔夫子"有德者必有言"到现代流行的"首先是革命家，然后是文学家"的观点深深地影响着中华民族的心理，影响着人们对文学家及文学批评家的评价。于是，在对于近代文学批评研究的三个层面上往往容易沾染上简单化的毛病：一，在人品的高下与文论的高下之间画上等号；二，人品的高下又往往以政治态度（甚至只是某一时期的政治态度）作为主要的甚至是唯一的标准；三，对于政治的理解又往往狭隘地从反帝反封建甚至反清王朝来加以衡量，而不问其用什么来反帝反封建，也不问其在其他方面对祖国、对社会有什么贡献。这样，就会对一系列的问题及批评家的评价产生偏差。

当然，一般说来，人的品格对文章的品格具有一定的制约作用，这就诗歌和散文的创作而言更为明显，所谓"清流不出于淤泥，洪音不发于细窍"①。扬雄在《法言·问神》中曾说："言，心声也；书，心画也。声画形，君子小人见矣。"但是我们也不能否认，由于不同的心理素质、生活经验、传统影响、时代风尚、周围环境，甚至是一些个别的偶然因素，作家完全可能"为文而造情"，作品也可以成为"隐藏着作家真实面目的'面具'或'反自我'"②，人品与文品之间毕竟不能完全画上等号。元好问《论诗三十首》就指出了"性轻躁，趋世利"③的潘岳与其作品之间存在着极大的反差："心画心声总失真，文章宁复

---

① 屠隆. 白榆集：抱桐集序 [M] //屠隆. 白榆集：卷三. 明刻本.
② [美] 韦勒克，奥·沃伦. 文学理论 [M]. 北京：生活·读书·新知三联书店，1984：72.
③ 房玄龄，等. 晋书：潘岳传 [M]. 北京：中华书局，1974：1504.

见为人。高情千古《闲居赋》,争信安仁拜路尘!"后来陈廷焯在《白雨斋词话》中进一步指出谢灵运、杨武人、陈子昂、刘过、史达祖、蒋竹山、冯延巳等一系列作家的作品"不尽能定人品",得出了"诗词原可观人品,而亦不尽然"的结论。诗词作为直接抒情言志型的作品尚且如此,其理论批评相对于人品之间可以保持一定距离,那就更不能简单地以人来论文。再从人本身来看,又是十分复杂的。政治态度固然是大节所在,然有的人的政治倾向并不十分明显,且时有变化,而人的品格又牵涉到道德操行、气质秉性等诸多方面,它们与审美观点也均有联系,但这种联系各有多强多弱,实因人因时而异,不能一概而论。因此,我们不能先简单地将批评家划分为革命或反革命,资产阶级或封建地主阶级,然后对所谓革命派的落后言论加以曲饰回护,对所谓保守派、反动派的真知灼见视而不见,这样就难以做出实事求是的分析。这里且以金松岑为例。金氏在20世纪初期是个相当活跃的资产阶级革命派,曾作《国民新灵魂》《女界钟》及译述《三十三年落花梦》《自由血》等鼓吹革命,风行一时,其论文之作也注意吸取一些西方观点来解释文艺现象,鼓吹"独立改制""赤手开创""新纪元"。然而我们不能因此而认为他的文论都是先进的。须知他同时在脑子里未能彻底摆脱"先圣先贤所传"的"风俗教化必以人伦为之纲纪"① 的教条,因此在论文时常常露出一条封建的尾巴。如其著名的《论写情小说于新社会之关系》一文,一方面为当时大量出现的"新小说而喜",认为它们"有不可思议之力支配人道","必有大影响、潜势力于将来之社会",鼓吹"小说界革命",另一方面又害怕受西方"自由""平等"思想的影响而有伤"风化",主张"厉行专制"。对于这种矛盾性、复杂性,必须加以揭示,并做具体分析。但事实上对这种情况往往很难把握,特别是对一些名气响的大家更容易一边倒。比如对章太炎的评价就很有代表性。章太炎可谓是资产阶级革命派中名气最响的"有学问的革命家"。长期以来,人们在评价他的文学思想时不知不觉地总想使他的文论与他的革命地位相称,于是或称他为"杂文学理论体系的终结",或赞他是"承先启后的人物",甚至认为"章氏的文学主张,对于新文学运动帮助甚大"②。当然,我们不否认章太炎写过一些如《序〈革命军〉》之类富有革命精神的文论,也不否认他的某些文学见解与"五四"精神有相通之处,更不否认他在20世纪初期的辉煌的

---

① 金天羽. 两京纪游诗序 [M] //沈云龙. 近代中国史料丛刊:天放楼文言(附诗集). 台北:文海出版社,1969:124.

② 吴文祺. 近百年来的中国文艺思潮 [J]. 学林,1940(3/1). 另见:中国人民大学古代文论资料编选组. 中国古代文论研究论文集 [M]. 上海:上海古籍出版社,1989:352.

革命功绩。但是，我们同时也应该看到，章太炎当时积极地投入反清斗争，其主要动力是"种族革命"。这与孙中山为代表的民主革命派的宗旨是有不小差别的。他的文化思想是以古文经学和佛学唯识宗为主干的。他虽然也广泛阅读西学著作，但反对"委心向西"，拒绝吸取西方的文学观念。他又自踞于民众之上，加之以意气用事、门户之见和目空一切，使他的文学理论和文学批评常常打上了保守的烙印和陷于矛盾、片面的境地，在总体上与中国近代文学潮流的发展是不相合拍的。这至少表现在以下三大方面：一，中国近代文学潮流之一，是在传统文学理论的深化和中西文化交流的基础上，对于文学审美特性的认识有了新的转机和提高，而章太炎竭力抹杀文学的特性，将"文"的定义和范围回复到遥远的古代；二，中国近代文学潮流之二，是提倡"言文合一"，走文学语言通俗化的道路，而章太炎强调"言语"与"文辞"分途，作文以"小学"为基础，反对白话化；三，中国近代文学潮流之三，是努力运用进化论来分析古代文学发展的历史，而章太炎信而好古，未能将传统的"通变"论坚持到底，最终倒向了历史的退化论。一个革命者，而其文论的主要倾向却趋于保守，这是客观事实。假如我们把章太炎看作一个活生生的人而不是一个简单的革命家的"模式"的话，就不会觉得奇怪。反之，像曾国藩这样一个近代文学批评史上的大家，过去由于只是把他看作是一个镇压农民革命的刽子手，故往往把他乃至把整个近代桐城派文论一笔抹杀，其缘由实际上与过高地评价章太炎一样，都是因为简单地用政治态度取代了对人对文客观具体分析的缘故。

与以上相关的是，相当一段时间内在中国近代史乃至中国史的研究中，有时对"革命性"的理解本身是简单、片面的。马克思主义的阶级斗争学说被庸俗化之后，不问其理想、动机、手段等如何，一股脑儿将反"外夷"、反官府都视为反帝反封建，乃至把十足的扰乱社会正常秩序的土匪强盗与农民起义之间画上等号，然后就廉价地贴上了"革命"的标签。与近代文学批评史关系较大的，就是对于太平天国的研究。太平天国长期被认定是一场农民革命运动，因此其文学主张自然也被认为是"革命"加"现实主义"的。我总觉得情况并非这样简单。太平天国初起时，他们确实曾经带着广大贫苦百姓的要求，以政治、经济、民族、男女四大平等为号召，鼓吹"天下一家，共享太平"的理想，吸引了千万群众为摧毁腐朽没落的清朝封建统治而作了殊死的斗争。太平天国领导集团中也有过如洪仁玕那样颇具科学与民主的色彩，"凡欧洲各大强国所以富强之故，亦能知其秘钥所在"[1]。但像他这样的人物，在太平天国队伍中并未真正拥有实

---

[1] 容闳. 西学东渐记[M]. 长沙：岳麓书社，1985：95.

权,在根本上也没有得到洪秀全及诸王的理解和支持。而以洪秀全、杨秀清为首的领导核心,实际上越来越以西方基督教的皮毛与中国传统的封建思想结合来作为其指导思想,其政权是越来越宗教化、封建化、专制化,最后与其说是以农民革命而失败,还不如说是以封建专制而告终。退一步说,即使太平天国自始至终其主要倾向是革命的,那也由于整个十年都在战争动乱之中,以及领导集团文化素质等多方面因素,故从其一系列禁令、诏书、文告中所反映出来的文化政策和文学主张,实际上是明显地带有专制性、实用性与神学化的特点,与整个文学批评近代化的历史潮流也是多有相左之处。不过,我认为,对于太平天国文学主张的研究出现分歧,首先还是在于对这场农民运动的性质在认识上存在着分歧。假如我们抛开各种偏见,用代表近代社会进步的主要精神以及科学和民主的眼光来衡量这场运动的话,是不难找到正确的结论的。假如再用文学和文学批评近代化的标准来实事求是地衡量太平天国的文学主张的话,同样也就能作出客观的评价。

四、"同而不同"处下功夫

与上同样关系到批评家个性特征的还有一个怎样对待"派与人"的问题。在中国近代文学批评史上的相当一段时间内,占统治地位的是桐城派、宋诗派和常州词派,此外有与桐城古文相对的选学派,与宋诗派相左的尊唐派、汉魏六朝派等,可以说是宗派林立。后来,经过晚清和"五四"两次文学运动,特别是经过以柳亚子为首的"南社"社员对宋诗派的严厉批评和钱玄同喊出"选学妖孽、桐城谬种"八字之后,桐城派、宋诗派等长期被现当代的文学研究者归入保守、落后或者反动一流,于是这些流派中的文学批评家也往往被不分青红皂白地一概加以贬斥。近年来情况有所转变,但我认为对于同一流派中的不同批评家的个性特征的分析还有待加强,还当过细地辨析批评家们"同而不同"的问题。

本来,以派论人的现象在近代文学批评史上就屡见不鲜。像章太炎、柳亚子那样的革命家在论人时之所以在一些问题上有所失误,其重要原因之一就是由文学上的派性所造成的。章氏独推汉魏六朝派"王闿运能尽雅",而斥方苞、刘大櫆为"故未识字""榛芜秽杂",乃至累及桐城宗奉的唐宋八大家及归有光,诋龚自珍"文词侧媚""佻达无骨体",甚至危言耸听地说:"自自珍之文贵于世,而文学涂地垂尽,将汉种灭亡之妖耶!"[①] 同时又将康有为、梁启超、黄遵宪、谭嗣同、严复、林纾等一概骂倒。这虽然与经今古文学的门户之见和革命与维新

---

① 郭绍虞,罗根泽. 中国近代文论选:下 [M]. 北京:人民文学出版社,1959:445.

等宗派情绪有关，但其中也与所重的不同文学流派大有关系。柳亚子更是先以同光体诗人中多为"罢官废吏""盗臣民贼"而否定他们的诗；进而将同光体所宗奉而对他说来"本来没有什么仇怨"的宋诗也一概否定；最后就以尊唐与宗宋来作为论人的标准，将"唐音"与"宋诗"几乎当成了革命与反动的代名词：谁学唐音，谁就是进步；谁学宋诗，谁就遭到攻击；以致后来将一生孤贫而"学为南北宋凄清枯涩之音"① 的青年"布衣"朱鸳雏逐出"南社"，与一批"南社"社员发生争执，而"南社"也从此不振，很快分崩离析了。柳亚子后来对此事很懊悔，写了《我和朱鸳雏的公案》表示歉意。这场公案之所以发生，其原因是多方面的。从柳亚子方面来看，不做具体分析，不尊重诗人个人的艺术爱好，将艺术趣味、艺术流派与政治态度之间的关系看得过于紧密，乃至将两者之间简单地画上等号，无疑是一个重要的因素。

对于这类以派论人的现象，早有人有所异议。近代李详在《论桐城派》一文中就从"派"字讲起，对所谓"桐城派"在不同阶段的不同人物做了分析，指出"古文无派"，并认为所谓"派"仅"于古有承者，皆谓之派，期无负于古人斯已矣"。这也就是说，只在某一点上有所承传而已。言下之意，也不排斥各人具有不同的特点，如"文正之文，虽从姬传入手，后益探源扬、马，专宗退之，奇偶错综，而偶多于奇，复字单义，杂厕相间，厚集其气，使声采炳焕，而夏焉有声"，这说明了曾国藩的文章虽从学习姚鼐起步，但实际上后已"自为一派"。李详的这一分析尽管较为简略，但是是很有见地的。可惜后来人们在评价近代桐城派时还常常只重其"同"而不重其"不同"，没有在"同而不同"的分析上下功夫。比如在评价鸦片战争前后的姚门弟子时，就往往因为他们都宗奉"义法"、鼓吹"义理"而被全盘否定，被定为龚自珍、魏源等人倡导主变倡逆、文随时变、经世致用、自抒胸臆的进步文论家的对立面。事实上，姚门弟子中不少与龚、魏是好友，在文论方面也有不少相通之处。以管（同）、梅（曾亮）、方（东树）、姚（莹）为代表的姚门弟子中各人的情况并不相同。其中管同早卒于1831年，姑且不论。其余三人对"义理"的态度也各不一样：梅曾亮常以文人自居，最短于考证和少谈义理，强调自己"稍知者独文字耳"；姚莹以功业名世，是著名的反侵略英雄，在理论上也强调关"世道"，通"经济"；方东树虽以卫道著称，但其"道"也要求"随时以适当时之用"，"本之以经济以求其大"，宋儒鼓吹的一套义理气节，都被他涂上了时代的色彩而加以改造过了。他们在文学方面的主张也各有偏重和特色，如梅曾亮论"真"，方东树论"法"，

---

① 叶楚伧. 朱鸳雏墓志铭［N］. 申报，1936-05-25.

姚莹论"文贵沉郁顿挫",都很有深度和个性。他们这种各自不同的论文特色,是那个不同于方、刘、姚(指方苞、刘大櫆、姚鼐)当年的大奇大变的时代的产物,也与各自所走的生活道路不同分不开的。梅曾亮20余年安定的小京官生涯却以其古文名重一时;方东树辗转游幕、教书,穷愁以终;姚莹有用世才,却因抗英被逮,贬官四川,再罚入藏,历尽困穷险阻。这就使他们有条件、有感情对某一问题感受最深、思考最勤,最后形成了自己的文论特色。

我写到这里,不禁想起了孟子早就提出的"知人论世"说。两千多年来,文学批评家谁都知道那段话,但要真正予以贯彻实在也并不容易。21世纪以来,在西方各种思想的影响下,论世与知人相较,论世即论社会背景、经济基础、时代特征等相对比较注重;在论人之中,论人的社会性、阶级性等带有普遍意义的属性,较之论人的个性特征及心理素质、主观感情等又相对比较注重;在论人的个性特征时,对于从事文学创作的作家、诗人的研究又较之文学理论批评家的研究相对比较注重。总而言之,在文学理论批评史的研究中,对于文学批评家的个性特征、心理素质、主观感情的研究从来就相对薄弱。这不仅仅表现在近代研究方面,更不仅仅表现在对"派"与"人"的研究上。我在此从"派"与"人"的角度切入,只是为了较为方便地说明这个研究而已。孟子说:"颂其诗,读其书,不知其人可乎?"文学批评史的研究同样要努力做到"知人"。要真正做到"知人",就切不可忽略对各个批评家的个性的研究,当在"同而不同"处下功夫。这或许能使我们的研究迈出更为坚实的一步,使我们的结论更为有血有肉,而不再把我们的研究对象弄成某一模式中套出来的一般化的玩意儿了。

(原发表于《文学评论》1994年第3期)

鸦片战争时期

龚自珍、魏源两家诗学辨

程亚林

龚自珍与魏源并称,由来已久。不少论者常在"并称"的误导下,认为龚、魏思想完全一致。当代学者王元化先生率先指出两人个性、思想不同,得出了魏源比龚自珍"觉醒得比较晚,批判力亦稍逊"① 的结论。其后,论述龚、魏文学观之异同的文章、著述也陆续出现②。本文将承前辈时贤之余绪,主要论证龚、魏诗学之不同。

一

魏源的《定庵文录叙》是联系龚、魏思想的一篇重要文献。③ 其中,"以逆复古"一说被认为是对龚自珍主导思想的准确概括。但在笔者看来,这只是魏源主导思想的"夫子自道",而与龚自珍的主导思想无关。

先说内证。魏源在该文中说:

昔越女之论剑曰:"臣非有所受于人也,而忽然得之。"夫忽然得之者,地不能囿,天不能嬗,父兄师友不能佑。其道常主于逆,小者逆

---

① 王元化. 龚自珍思想笔谈 [M] //朱东润:中华文史论丛:第七辑(复刊号). 上海:上海古籍出版社,1978:125.

② 较早者如:管林. 龚自珍、魏源文学思想之比较 [J]. 海南大学学报(社会科学报),1984(3):40-47.

③ 黄保真,成复旺,蔡钟翔. 中国文学理论史:五 [M]. 北京:北京出版社,1991:16-37.

谣俗，逆风士，大者逆运会，所逆愈甚，则所复愈大。大则复于古，古则复于本。若君之学，谓能复于本乎？所不敢知，要其复于古也决矣。①

这段话中的某些用语的确可以在《龚自珍全集》中找到出处。龚自珍在《辨知觉》一文中有"忽然知之"之说："古无历法，尧何以忽然知之？古无农，后稷何以忽然知之？此先觉之义。"②"主逆"也是龚自珍的观点。他在《壬癸之际胎观第五》中曾以"一匏三变，一枣三变，一枣核亦三变"为例，指出世界上万事万物的发展变化都有初、中、终三个阶段，每个阶段具有不同特征，但第三阶段又是对第一阶段在高级形态上的重复："初异中，中异终，终不异初。""变"的动力则是"反"："万物一而立，再而反，三而如初。"经历的是以"反"为动力，由肯定到否定，再到否定之否定的发展过程。"三变"，语出《淮南子·谬称训》"禾有三变"说，高诱注："三变，始于粟，粟生于苗，苗成于穗也。"也就是由种子（粟）变为植物（苗），再变为包含种子的果实（穗）这种由低级到高级发展的过程。龚自珍讲"三变"，当取此义。他还认为，宇宙自然、社会人事发展变化中自然而然出现的相承相继，是"反"的表现："哀乐爱憎相承，人之反也；寒暑昼夜相承，天之反也。"与自然而然的变化不同的人为努力，也具有用"逆"的性质，人类瓜瓞绵绵，但慎终追远，崇拜祖先，是用"逆"；人在春夏秋冬四季循环中生活而又极力御寒消暑，是用"逆"；即使是为传统所肯定而不一定为龚自珍所赞同的某些治世治人方式，如以《易》治乱，以礼节情，以乐和声，也在用"逆"。这叫作"天用顺教，圣人用逆教"。因而，相"反"是万事万物发展变化的动力，用"逆"是人在宇宙社会中生存必须遵循的法则。但这种"主逆"思想却不能用"大则复于古，古则复于本"概括。尽管在后面一些例子里，龚自珍对用"逆"用"反"如何促使事物经由"三变"而完成由低级到高级发展的过程没有进行详细阐释，但他主"逆"主"反"以促进事物"三变"的主导思想是明确的。这意味着，他已朦胧地意识到了事物的辩证发展规律：宇宙自然、社会人事等万事万物都以"逆""反"为动力，经由肯定到否定，再到否定之否定三个阶段不断向前发展。这是"以逆发展"观，而不是"以逆复古"观。魏源的概括显然未深契龚自珍"主逆"思想的要旨。

再说外证。龚自珍的确在《己亥杂诗》中说过："何敢自矜医国手，药方只贩古时丹。"但这不能作为他有"复古"思想的根据。该诗下有自注："己丑殿

---

① 魏源. 魏源集[M]. 北京：中华书局，1976：238. 下引魏文如未注出处，均见是书。
② 龚自珍. 龚自珍全集[M]. 王佩诤，校. 北京：中华书局，1959：127. 下引龚文均见是书。

试，大指祖王荆公《上仁宗皇帝书》。"这也就是说，他所谓"古时丹"仅指王安石那篇文章的用意，并不指复古的理想。王安石在《上仁宗皇帝书》中，虽然极陈法"先王之政"，但他只是"法其意"而不主张在"去先王之世远，所遭之变，所遇之势不一"的"今之世""一二修先王之政"即照搬古代典章制度。以"法先王之政"为口号不过是为了在"不至于倾骇天下之耳目，嚣天下之口"的情况下推行他自己"改易更革天下之事"的主张罢了。龚自珍廷试时的《对策》一文同样强调"三代上为一端，汉以降为一端，今之孰缓、孰亟、孰可用、孰不可用为一端"这古今异势的"三端"。他虽然称颂"经史"，但又说："至夫展布有次第，取舍有异同，则不必泥乎经、史，要之不离乎经、史。斯又《大易》所称神而明之，存乎其人者欤？"更重视"人"之用古而反对泥古、复古。更重要的是他在《乙丙之际箸议第七》中认为商之代夏、周之代商，都是发展、进步的表现，并认为每一个朝代（当然包括常被美化的三代在内）"革前代之败"和在"将败"之时"豫师来姓"即以改革前代之弊而兴盛并必将为代表新兴力量的王朝所代替是历史发展的必然规律，任何朝代概莫能外。这就叫作"穷则变，变则通，通则久"。这又岂有"复古"痕迹？所以，无论以内证还是以外证，魏源以"以逆复古"概括龚自珍的主导思想都不准确。

与强烈的变革意识相联系，龚自珍在《尊命二》一文中针对儒家诗歌教条"发乎情，止乎礼义"提出了针锋相对的口号"发于情，止于命"。主张用诗歌尽情宣泄个体情感。正是在摆脱束缚、解放思想的基础上，他体悟到了与生俱来、伴人终生的生命哀情并主张宣泄这种情绪。①

但他并不因此走向悲观、无所作为，而是在意识到"哀惨出智慧"② 的基础上，反复强调诗歌应该表现真实的情感、"拗怒"的情感，③ 完整地传达个性、人格，建立了以"哀、真、怒、完"为核心的诗学。如果将他这种诗学主张与他对历代"霸天下"者"仇天下之士，去人之廉，以快号令，去人之耻，以崇高其身，一人为刚，万夫为柔""积百年之力，以震荡摧锄天下之廉耻""戮其能忧心、能愤心、能思虑心、能作为心、能无渣滓心"④ 等做法的深刻批判结合起来看，他实际上是想在批判专制、解放思想的前提下，用诗歌重新建构一种悲

---

① 龚自珍. 宥情；长短言自序；写神思铭 [M]. 北京：中华书局，1959：89-90，232-233，414-415. 参见：程亚林. 龚自珍"尊情说"新探 [J]. 文艺理论研究，2000（1）：91-97.

② 龚自珍. 壬癸之际胎观第七 [M]. 北京：中华书局，1959：17-19.

③ 龚自珍. 己亥杂诗；送徐铁孙序；书汤海秋诗集后 [M]. 北京：中华书局，1959：526，166，241. 这些诗学主张各种研究龚自珍诗学的文章、论著中都有，不赘。

④ 龚自珍. 古史钩沉论一；乙丙之际箸议第九 [M]. 北京：中华书局，1959：20，6-7.

壮的民族人格精神。这又岂是"以逆复古"?

二

的确,魏源对"发乎情,止乎礼义"的传统诗学规范也是不满的。他曾说:

> 《诗》三百,一言以蔽之,曰:"思无邪。"曷可以能令思无邪?说之者曰:"发乎情,止乎礼义。"乌乎!情与礼义,果一而二,二而一耶?何以能发能收,自制其枢耶?①

他赞成孔子对《诗经》思想内容的概括,也认为诗人应该具备"无邪"心态,但是,他对以"发乎情,止乎礼义"的方式求得"思无邪"是否可能表示怀疑。他质问道:情与礼义,果真能在分裂为二的情况下通过以礼义节情的方式再合二为一吗?如果不能,人们究竟应该用什么作为控制情感的内在机枢呢?很显然,他认为"发乎情,止乎礼义"这一命题是针对情感与礼义已经发生分裂、产生对立的情况提出的。他之所以对这个命题不满就在于他认为它面对情感与礼义分裂、对立的状况,只知道用外在的"礼义"强制性地制约内在情感,而没有探本溯源寻找分裂的原因,以建立控制情感的内在机枢,其结果便是达不到使人"思无邪"的目的。他又说:

> 常人畏学道,畏其与形逆也。逆身之偷而使重,逆目之冶而使暗,逆口之荡而使默,逆肝肾之横佚而使平,逆心之机械而使朴,无事不与形逆,矫之、强之、拂之、阏之,其不终败者几希矣。语有之:"惩忿如摧山,窒欲如填壑。"乌有终日摧山填壑而可长久者乎?②

这就是说,一般人之所以畏惧学"道",就在于他们认为"道"与受肉体("形")需要所支配的感官欲望相"逆"、相对立。学道的过程就是用外在的礼法道义亦即"礼义"强制性地"矫、强、拂、阏"感官欲望的过程。这好比摧山填海,既无尽期,又达不到目的。这也意味着,情感之所以与"礼义"分裂,就在于人们早已用肉体需要支配感官欲望,将"礼义"看成是满足自身欲望的桎梏了。在这种情况下,一味强调以礼义节情,就只能治标而不能治本。因此他主张:

> 君子之学,不主逆而主复。复目于心,不期暗而自不冶矣;复口于

---

① 魏源.默觚上:学篇四[M].北京:中华书局,1976:11.
② 魏源.默觚上:学篇四[M].北京:中华书局,1976:10-11.

心，不期默而自不欺矣；复肝肾于心，不期惩忿而自节矣；复形于心，不期重而自重矣；复外驰之心于内，不期诚而自不伪矣……夫是故口、耳、百体无不顺正以从其令，夫何逆之有？①

他认为，如果能使目、口、肝、肾乃至于整个肉体和外驰之心都受"诚而不伪"的心支配，"道"与"形"逆、"礼义"与情感分裂的状况就能得到彻底解决。这样，也就用不着以"道"制"形"，以"礼义"节情了。因此，从根本上说，不是用外在的"礼义"节制情感便能达到"思无邪"的目的，而是恢复了"诚而不伪"的本心，也就是"思无邪"的本心，才能自觉地以"礼义"节情。由此可见，重视道德自律而轻视"他律"，企图使外在的"礼义"规范转化为内在的自觉意识，是魏源在协调情感与"礼义"的矛盾问题上所持的基本态度。②

他认为这才是古代圣人如文王、周公的"治情之政"，是"反情复性""尽性至命"之学：

> 吾读《国风》始《二南》终《豳》，而知圣人治情之政焉；读大小《雅》文王、周公之诗，而知圣人反情复性之学焉；读大小《雅》文王、周公之诗，而知圣人尽性至命之学焉。乌乎！尽性至命之学，不可以语中人明矣；反情复性之学，不可语中人以下又明矣。③

所谓"反情复性"，就是回归本然性情。《礼记·乐记》："是故君子反情以和其志。"陈皓注："反情，复其性情之正也。"所谓"尽性至命"，根据《礼记·中庸》所说："为天下之至诚，为能尽其性。"就是以至诚立命，以至诚作为人生最高原则。人具有了至诚的本然之性，其情之发莫不中节，这样，人就建立了可以控制情感的内在机枢。魏源认为，这是古圣贤的"性命本原之学"，非"发情止礼义"之说可比：

> 然则发情止礼义者，惟士庶人是治，非王侯大人性命本原之学明矣。④

在他心目中，"发乎情，止乎礼义"是治理一般知识分子和老百姓情感的办法，是不得已而用之的办法，以至诚本然之性节情，才是最高明的"治本"的办法。

---

① 魏源. 默觚上：学篇四 [M]. 北京：中华书局，1976：11.
② 魏源. 默觚上：学篇四 [M]. 北京：中华书局，1976：11.
③ 魏源. 默觚上：学篇四 [M]. 北京：中华书局，1976：11-12.
④ 魏源. 默觚上：学篇四 [M]. 北京：中华书局，1976：12.

那么，怎样才能使人"反情复性""尽性至命"，培养至诚的本然性情呢？魏源提出的具体措施是体会古代圣贤制礼作乐的用心。

如上文所述，他特别推崇《诗经》中被历代儒家认为是文王、周公创作或制定的诗歌，如《大雅》《小雅》《颂》。他认为这些可诵可歌可舞的诗歌是文王、周公以礼乐化天下的有力武器，鲜明地体现了"反情复性""尽性至命"之学的精神。他曾称赞《诗经·颂·清庙》一诗说：

> 洛邑明堂既成，周公会千有七百国诸侯进见于清庙，然后与升歌而弦文、武，诸侯莫不玉色金声，汲然渊其志，和其情，愀然若复见文、武之身焉。性与天道，贯幽明礼乐于一原，此岂可求之乡党士庶人哉？古之学者，"歌诗三百，弦诗三百，舞诗三百"，未有离礼乐以为诗者。①

又引申发挥《礼记·孔子闲居》一篇的旨义，赞美无体无声的礼乐之教的作用说：

> 《孔子闲居》一篇，深明礼乐之原，与《易系》《中庸》相表里，中人以下不得闻也。无声之乐，无体之礼，无服之丧，极其所至，无至无不至。正明目而视之不可得而见，倾耳而听之不可得而闻，志气塞乎天地，此之谓五至、三无。由是发皆中节，溥博渊泉而时出之，犹天时风雨霜露无非教，地载形气风霆流行无非教焉。其在我者，惟清明在躬，志气如神而已。时行物生，天何言哉！此圣人无言之言也……与其谭无极谭先天也，曷洗心于斯！②

这就是说，如果统治者能像文王、周公那样兴"礼乐"，就不必借助于程朱理学"无极""先天"之谈、"存天理，去人欲"之说来遏制人们的情感欲望，而能用无体无声的"礼乐"为人们"洗心"，使人们"反情复性""尽性至命"。

他还认为，"化"比"教"更重要：

> 教以言相感，化以神相感，有教而无化，无以格顽；有化而无教，无以格愚。圣人在上，以《诗》《书》教民，以礼乐化民；圣人在下，以无体之礼、无声之乐化民。善气迎人，人不得而教之；静气迎人，人不得而聒之；正气迎人，人不得而干之；其德盛者化自神，其气足以动物也。积学未至而暴之遽，积诚未至而教之强，学之通弊矣。故言立不

---

① 魏源. 默觚上：学篇四 [M]. 北京：中华书局，1976：12.
② 魏源. 默觚上：学篇一 [M]. 北京：中华书局，1976：2.

如默成，强入不如积感。①

总之，不满于以礼义节情的传统观念，批判程朱理学以"礼"强制性教人，主张兴礼乐以培养无邪、至诚的本然性情，是魏源的重要思想。相对于程朱理学风行天下的现实来说，这是一种主"逆"的革新思想；相对于上古文化传统来说，这又是一种主"复"的复古思想，与他所谓"以逆复古"的观点相一致。

这种思想在诗学上的反映便是主张以诗歌表达一种纯正、高古的情志。他反对某些诗论家"专取藻翰""专沽名象"或"专揣于音节风调"，只在语言表现、名物训诂、格律音调等形式上兜圈子，鼓吹华而不实的诗风而"不问诗人所言何志"的观点。他心目中理想的诗歌则是以"比兴"手法言志而内含"忧勤惕厉"之思、"萧瑟嵯峨"之境、于"深微"中展现"塞乎天地"的"无声之礼乐志气"的诗歌，也就是将文王、周公"无声礼乐"之教彻底内化而写出的诗歌。②

而且，为了让人们把《诗经》当成体现文王、周公"无声礼乐""反情复性""尽性至命"之教的典范作品来诵读，他还专门写了《诗古微》一书揭示"周公、孔子制礼正乐之用心"。他采用的方法就是重新阐释《诗经》，"豁除《毛诗》美、刺、正、变之滞例"，使人读《诗经》时不带"美、刺、正、变"的先入之见，而体会其"无声之礼乐志气塞乎天地"的"深微"之处，③ 从而，"洗心"革面，自觉生成纯正、高古的情志。

在他看来，所谓"美、刺"并非《诗经》中诗歌自身的性质，而是"说诗者"如采诗的太师、教育公卿大夫子弟的史官为了达到另外的目的加上去的解释。太师采诗贡献于天子，是为了让天子了解民风，决定官吏的赏罚升降，为了达到这个目的，他必须按照目的的要求、天子的意图来说诗，"以作者之词而谕乎闻者之志，以即事之咏而推其致之之由"，对采来的诗做了或美或刺的解释。史官为了编诗以供盲乐师吟唱教育公卿士大夫子弟，"则以讽此人之诗，存为讽人人之诗，又存为处此境而咏己咏人之法"，将诗意拔高、普遍化，力图证明诗中有"劝惩"之意。这样，"美、刺"之说就出现了。但"作诗者之心"并不同于"采诗编诗者之心"，诗歌的本意也不同于"说诗者""赋诗者""引诗者"从中发现、引申的意义。《毛诗序》以"美、刺"解诗，依据的不过是"采诗编诗之意"，而不是《诗经》本意。因而，不能从"美、刺"角度来理解《诗经》

---

① 魏源. 默觚下：治篇十三 [M]. 北京：中华书局，1976：69-70.
② 魏源. 诗比兴笺序；简学斋诗集序；诗古微序 [M]. 北京：中华书局，1976：231, 230, 120-121.
③ 魏源. 诗古微序 [M]. 北京：中华书局，1976：120-121.

中的诗歌,以免"锲舟胶瑟""畛域自画"①。

同样在他看来,《诗经》中也没有正风正雅、变风变雅之分。关于这一点,他是通过对所谓"四始"做出新的解释来完成的。什么是"四始"?历来有不同的看法。郑玄认为风、小雅、大雅、颂为"四始",司马迁认为风、小雅、大雅、颂的首篇如《关雎》《鹿鸣》《文王》《清庙》为"四始",而魏源认为"四始"指风、小雅、大雅、颂四类诗开头有"连奏"意味的三篇诗歌,这十二篇诗歌都是周公述"文王之德"、表达了"达孝之极思"和"仁至义尽"之心的作品。正因为如此,孔子自卫返鲁,"正乐正雅颂",才"特取周公述文德者各三篇冠于四部之首",它们是"全诗之裘领,礼乐之纲纪"②。但是,魏源又不同意"四始"之外的诗都是"变"诗的说法。他说:"以下诸诗谓之非始则可,谓之非正则不可。"它们都是"正始"的"附庸"或"余响",并不是所谓"变"诗。"四始"只"以始为义,不以正为义"③。这样,在他看来,《诗经》中收录的就是最好的道德之歌和受这种道德教化影响而写出、与之相呼应、同样具有相当道德水准的诗歌。这样,他要求人们通过诵读《诗经》以培养纯正、高古的情志也就有根据了。

三

通过以上比较,我们完全可以说,"以逆复古"并非龚自珍的主导思想,而只是魏源的"夫子自道"。以此为基础,他们的诗学思想也各择异途:龚自珍坚持反对传统诗学规范,建立以"哀、真、怒、完"为核心、强调个体人格精神的诗学;魏源则想为传统诗学规范补苴罅漏,建立以道德内化为核心、强调纯正高古道德的诗学。由此,笔者引出如下两点感想:

(1)尽管龚、魏并称已久,但是读他们的书,就会发现他们"貌同而心异"。对现实不满,其"貌"也同;但在如何变革现实的问题上,其"心"却异。龚以历史发展观为主导思想,呼唤的是反对专制、解放思想,重新建构民族人格精神;魏却以历史退化观为主导思想,企图通过重新阐释、理解"原典"意义的方法,变道德强制为道德内化,复兴理想化的远古精神。这虽然是以"逆"复古,同样要求变革现实,并在客观上也表达了对重建民族人格精神的期待,但毕竟是"复古"。如果按照王国维在《殷周制度论》中的观点,殷周之际

---

① 魏源.诗古微一:齐鲁韩毛异同论中[M]//王先谦.清经解续编.上海:上海书店,1988:656.
② 魏源.诗古微二:四始义例篇一[M]//王先谦.清经解续编.上海:上海书店,1988:665.
③ 魏源.诗古微二:四始义例篇二[M]//王先谦.清经解续编.上海:上海书店,1988:665.

"周公制作之本意"不过是通过制定立子立嫡之制以及由此而生的宗法及丧服之制、封建子弟之制、君天子臣诸侯之制和庙数之制以及同姓不婚之制"纲纪天下","纳上下于道德,而合天子、诸侯、卿、大夫、士、庶民成一道德团体"的目的,那么,魏源要"复"的,岂不也是这个以道德为表的专制制度之"古"?不冲击封建专制制度而只主张"以逆复古",表达的不过是不满现实而又有"恋古""复古"情结的知识分子"苦忠"式的心态而已。

(2)龚自珍不愧为近代启蒙的斗士,他主张用诗歌重新建构民族人格精神的观点构成了近代诗学的主题,强调建构悲壮的民族人格精神,也在既认为人生是痛苦又主张于宇宙人生"入乎其内,出乎其外",历经"三境界"而成人间"大事业、大学问"的王国维诗学中得到了呼应(以上两点,笔者有另文论述),他的诗学值得我们重新审视。魏源诗学在近代也有影响。前期"宋诗派"主将何绍基同样认为,强调"规矩步行,儒言儒服""孝弟谨信,出入有节"以及饱读儒学典籍这些外在形式根本不能培养人的"真性情",他主张深刻体会被宋代江西派领袖黄庭坚反复强调的《论语》中的曾子语录:"临大节而不可夺也。"以培养独立不俗的人格。晚清词家如谭献、陈廷焯、况周颐等人也意识到在内外交困的封建末世已不能用词歌舞升平或抒写闲愁浅怨,主张以词为"史",用"外甜心酸"的形式、"沉郁"的风格抒写"孽子孤臣"式苦忠情怀,都与魏源诗学有精神上的联系。① 由此也可见,在由古代向近代转型时期,除极少数封建专制制度的卫道士外,清醒、进步的知识分子主"变"是必然的,但如何变,又有分歧。即使从未发生冲突,而且被视为同一战线上的"战友"的人,其根本主张在本质上也可能自有泾渭,龚、魏即是一例。个中奥妙与深微,值得仔细辨析。

(原发表于《文艺理论研究》2001年第1期)

---

① 参见:何绍基. 使黔草自序;题冯鲁川小像册论诗;与汪菊士论诗 [M] //何绍基. 东州草堂文钞;卷三,卷五. 同治六年长沙刻本. 谭献. 复堂词话 [M]. 北京:人民文学出版社,1959. 陈廷焯. 白雨斋词话 [M]. 北京:人民文学出版社,1959. 况周颐. 蕙风词话 [M]. 北京:人民文学出版社,1960.

性情和学问并举　唐诗与宋诗齐平
——论林昌彝与近代初期诗论的兼融趋向

郭前孔

  道咸年间，是学术思想嬗变的时期，由乾嘉时期的考据学占据主要地位，排斥宋学，两者互相诋毁，到合汉宋，兼虚实，两者相互融合、相互吸收，形成了近代初期独特的学术风貌。同时，以经世实学济宋学"外王"之不足、主张解决现实问题的经世致用思潮也勃然兴起。受其影响，诗学思潮也发生了变化，对唐宋诗认识在一定程度上摈弃门户之见，趋于融合。道咸年间的士大夫大多学富五车，论诗也主张性情与学问并举，"盖诗之为事，本乎性情而纬以学问。性情不真诗必浅，歌哭动止皆傀儡也；学问不深诗必杂，纂组珠玉皆土苴也，此不待辨而明者也"①，可以说是这一时期士人的一种共识。著名诗人张维屏论诗亦云："人有性情，诗于是作。志发为言，声通于乐，波澜须才，根柢在学。"② 林昌彝持论与之相同。作为道咸年间最具影响力的诗论家，林昌彝的诗论代表了这个时期的诗学风尚。

一、性情和学问并举

  林昌彝（1803—1876），字惠常，又字芗溪，别号茶叟、五虎山人等，福建侯官（今福州）人，道光十九年（1839）举人。怀有爱国之心、经世之志，不徒以学者诗人名世。尽管如此，一生著述甚丰，治经著作有《三礼通释》《诗玉尺》等九种，另有《小石渠阁文集》《衣讔山房诗集》，今人辑为《林昌彝诗文集》。但他最名于世的是三部诗话：《射鹰楼诗话》《海天琴思录》《海天琴思续录》。三者不仅广泛收录了鸦片战争时期众多诗人的作品，成为研究该时期诗歌

---

① 乔松年. 海秋诗集序 [M] //续修四库全书：一五二九. 上海：上海古籍出版社，2002：352.
② 袁行云. 清人诗集叙录：第三册 [M]. 北京：文化艺术出版社，1994：2017.

创作状况的重要文献，而且也是当时最重要的诗学批评著作，于各家诗歌倾向、论诗宗旨皆有品评。林氏早年受业于陈寿祺，学问诗论深受其师的影响。林氏评说其师云："先生经学精博，有《左海经辨》《五经异义疏证》《尚书大传定本》《洪范五行传定本》《三家诗考证》《东越儒林文苑传》《左海文集》《左海乙集》骈体文行世。先生诗苍雄逸秀，溯源浣花。五古雅近建安，七古合高、岑、王、李为一手，横厉处复近韩、苏，近体则淹有明空同、弇州及国朝梅村、竹垞之胜。"① 于此，我们发现陈氏不仅学问渊博，在诗歌创作上，也广采博取，不名一家，出入唐、宋、明、清名家堂奥，并不规矩于一朝一代之诗，而以唐诗为宗。他的另一位业师为当时宋诗派代表人物何绍基，他回忆道："师（何绍基）内行出于天性，处家庭间，恂恂孝友。其于学无所不窥，博涉群书，于六经子史，皆有著述；尤精小学，旁及金石碑版文字，凡历朝掌故，无不了然于心。尝论诗，以厚人伦、理性情、扶风化为主。其为诗，天才俊逸，奇趣横生，一归于温柔敦厚之旨。"②

正是在这样的成长经历中，加之他本人也是一个学者，著作等身，经术深湛，于诗持论自然将学问置于作诗的非常重要地位，由此对宋末以来偏执一端的言论有所不满，在序郭嵩焘《养知书屋诗集》中云："或谓诗家者流，方谓微妙不可思议，又谓诗有别长，妙悟不关学识。吾不谓诸说尽非也，然必有立于是诗之先者，且必无连篇累什，皆无可指之实，而尽为微妙难言者也。而江湖游客与夫纤诡轻薄之人，方借别长、妙悟之说，以为城社之凭，则经《诗》三百，圣人未尝有是训也。"③ 这显然是针对严羽诗论及其后继者而发，也是后世宗宋诗论的矛头所向。其包含要点有二：一是对"诗有别长，非关学也"之说的修正，认为学诗之先，必有深厚的学识，乃能有所根柢凭借，不至于空乏肤廓。二是"别长""妙悟"之说，古人无此说法，以此动摇严氏持论的根基。其学问性情折中的观点略见一斑。而且，他还从创作角度对严羽提出质疑："世之梏腹枯肠者，每以严叟之论为借口，抑知严叟所自为诗，特小乘辟支果耳。竹垞老人论诗云：'诗篇虽小伎，其源本经史。必也万卷储，始足供驱使。别材非关学，严叟不解事。'斯论足以扶严叟口矣。"④ 朱彝尊是林昌彝最为赞扬的诗人之一，其由唐入宋、前唐后宋的学诗经历，精湛的学识与婞雅

---

① 林昌彝. 射鹰楼诗话 [M]. 王镇元，林虞生，标点. 上海：上海古籍出版社，1988：438.
② 林昌彝. 射鹰楼诗话 [M]. 王镇元，林虞生，标点. 上海：上海古籍出版社，1988：101.
③ 林昌彝. 林昌彝诗文集 [M]. 王镇元，林虞生，标点. 上海：上海古籍出版社，1989：285-286.
④ 林昌彝. 林昌彝诗文集 [M]. 王镇元，林虞生，标点. 上海：上海古籍出版社，1989：294.

的诗风是林氏所追慕的对象。林氏引用朱说以诋严羽之论,增强了说服的力度。在他看来,学问是作诗必不可少的要素,但并未把学问看作诗是否写得好的先决条件,他对性情也同样甚至更为重视。有清一代经史硕儒皆能诗,"世谓说经之士多不能诗,以考据之学与词章相仿。余谓不然。近代经学极盛,而奄有经学词章之长者,国初则顾亭林炎武也,朱竹垞彝尊也,毛西河大可也;继之者朱竹君筠也,邵二云晋涵也,孙渊如星衍也,洪稚存亮吉也,阮芸台元也,罗台山有高也,王白田懋竑也,桂未谷馥也,焦里堂循也,叶润臣名澧也,魏默深源也,何子贞师绍基也;吾乡则龚海峰景瀚也,林畅园茂春也,谢甸男震也,陈恭甫寿祺先生也。诸君经术湛深,其于诗,或追踪汉、魏,或抗衡唐、宋,谁谓说经之士,必不以诗见乎?"① 桐城派说文合"义理、考据、词章"为一,诗歌何不可以融学问性情为一体?经术深湛,于诗也大有裨益。他批判袁枚,因其只讲性灵,不讲学问,仅就作诗话来说,"简斋之一味滥收,则诗话不必作可也。简斋诗话尤滋学者之惑,为诗话之蠹"②,学问空疏,对作诗与作诗话都不利。由袁枚而至性灵主将,林昌彝也罗致不满,云:"余谓蒋诗,五七古苍苍莽莽,独往独来,为其擅场,然豪放有余,雄厚不足,其气味尚嫌近薄耳。袁诗早岁丰姿骀宕,有晚唐人风格,及召试鸿博以后,猖狂恣肆,诗格日卑,其《才子歌》及赠其门人刘霞裳诗,有碍风俗,颇失诗旨,无足取也。赵诗品格浅俗,如打油钉铰,此调断不可学也。"③ 大致说来,林氏鄙薄性灵派主将或"气味近薄",或"诗格日卑",或"品格浅俗",其根源都在学识不力。学识浅,故诗格浅俗。但他并非学问至上者,翁方纲是清中叶以考据为诗的代表人物,林氏对他也颇有微词,就因为其诗专主学问,欠缺性情,批评说:"覃溪诗患填实,盖长于考据者,非不能诗,特不可以填实为诗耳。以填实为诗,考据之诗也。故诗有别才,必兼学、识三者,方为大家。"④ 只有学问,没有性情,只是考据诗,而非真正的文学作品。诗歌是才(性情)、学(学问)、识(见识)三者的统一,具体来说,"诗之道有根柢,有兴会,根柢原于学问,兴会发于性情,二者兼之,始足称一大家"⑤,他对惠栋这一论断甚为欣赏。方濬师为《海天琴思续录》所作《题词》云:"扫除靡曼辟境界,三唐两宋文章升降凭折中",

---

① 林昌彝. 射鹰楼诗话[M]. 王镇元,林虞生,标点. 上海:上海古籍出版社,1988:149.
② 林昌彝. 射鹰楼诗话[M]. 王镇元,林虞生,标点. 上海:上海古籍出版社,1988:95.
③ 林昌彝. 射鹰楼诗话[M]. 王镇元,林虞生,标点. 上海:上海古籍出版社,1988:150.
④ 林昌彝. 海天琴思续录[M]. 王镇元,林虞生,标点. 上海:上海古籍出版社,1988:468-469.
⑤ 林昌彝. 射鹰楼诗话[M]. 王镇元,林虞生,标点. 上海:上海古籍出版社,1988:282.

"发言往往本至理，不肯偏执轻排攻。"① 很能说明他对两者持中的态度。总之，林氏性情学问并重，既是自身诗学观的显现，也是时代诗学精神的体现。

也应当看到，林昌彝论诗从推崇性情、天籁出发，虽主张以学人诗，但却反对奥折的学人诗，认为"作诗贵情挚，情挚则可以感人"②，不满意朱筠"古郁盘奥，佶屈聱牙，使人读之，难于索解"之诗③。当然，如果诗中典实太多，尤其是僻字僻典，也明确表示不喜欢。对于他一向推崇的朱彝尊，虽赞扬"名篇佳什，非胸罗数万卷者不能办"，但认为他"六十以后隶事太繁"④。林氏主张"诗本天籁"。所谓"天籁"，指直抒胸臆，不烦绳削之诗，如其赞赏李白之诗，如举张子树"道在官无小风清宦易成""云端双涧落，雨外一峰晴"等句，都能明白晓畅、浅近自然。《论诗》之一云："万卷罗心胸，天籁出口吻。君看好女子，不用施脂粉。"⑤ 他欣赏的是虽胸有万卷，但表达自然清新的诗作，既不堆垛板滞，又非过分人工藻饰，诗"贵通其大意，闻其风旨，至于妃配对偶，表饰典实，抑末矣"⑥。

事实上，昌彝处理性情与学问的关系有其矛盾之处，前期（如《射鹰楼诗话》）基本上持中和态度，两者并重。其师陈寿祺的诗正是他理想中的融合之境。"驰骋才华，驱役典籍，音调迫近盛唐，而不必依傍摹拟，独能拔出林派之外"，既能"无一字无来历"，又能"不着一字，尽得风流"，风韵绵远。⑦ 后期（如《海天琴思录》及《海天琴思续录》）对性情的强调明显放在突出的地位，如上所举，讲究感情表达的自然旨趣成为他格外关注的问题。

当然，若从创作实践的角度，他也感到"作诗隶事而有神韵最难"⑧，两者虽能结合，但要结合好着实不易。他举陈子龙诗"禁苑起山名万岁，复宫新戏号千秋"一联，谓"力则有之，巧则未也"；举王士禛《襄阳怀古》"岂有鸩人羊叔子，更无悔过宝连波"，谓"巧则有之，趣则未也"。⑨ 学问典实固能增强诗歌的表达力度，但处理不好则影响诗歌趣味的表现，使诗歌固有情韵受到伤害。因

---

① 方濬师. 题伺 [M] //林昌彝. 海天琴思续录. 王镇元，林虞生，标点. 上海：上海古籍出版社，1988：211.

② 林昌彝. 射鹰楼诗话 [M]. 王镇元，林虞生，标点. 上海：上海古籍出版社，1988：411.

③ 林昌彝. 射鹰楼诗话 [M]. 王镇元，林虞生，标点. 上海：上海古籍出版社，1988：152.

④ 林昌彝. 射鹰楼诗话 [M]. 王镇元，林虞生，标点. 上海：上海古籍出版社，1988：406.

⑤ 林昌彝. 林昌彝诗文集 [M]. 王镇元，林虞生，标点. 上海：上海古籍出版社，1988：63.

⑥ 林昌彝. 射鹰楼诗话 [M]. 王镇元，林虞生，标点. 上海：上海古籍出版社，1988：445-446.

⑦ 林昌彝. 射鹰楼诗话 [M]. 王镇元，林虞生，标点. 上海：上海古籍出版社，1988：46-47.

⑧ 林昌彝. 射鹰楼诗话 [M]. 王镇元，林虞生，标点. 上海：上海古籍出版社，1988：46.

⑨ 林昌彝. 射鹰楼诗话 [M]. 王镇元，林虞生，标点. 上海：上海古籍出版社，1988：46.

而，在某种程度上，学问固然重要，但诗歌作为一种语言艺术，作为"文之难精者"①，诗情的表现程度与方式显得尤为重要。学问只是根柢，是一种学养，"性情可以为诗，而非诗也。诗者，艺也"②，两者必须统帅在才的指引下，方能成为艺术成品。为此，他对诗人之诗与学人之诗进行了初步区分，他说：

> 昔人论诗人之用才也，谓才与境接，出静入动，瞳晓萌拆，唯变所适，变而成方，是有本焉。得其本，则以不变驭至变，其变可自持也；失其本，则以至变汩不变，其变不自知也。穷本知变，诗人之诗也；穷本而不知变，为才用而不能用才，成为学人之诗耳。③

他从创作机制角度把握诗人之诗与学人之诗。大而言之，在诗歌创作中，以才驭物（客观的外物，主观的情志、学识），物为才所用，谓之"诗人之诗"；才为物所役，谓之"学人之诗"。可见，在诗歌生成过程中，他认为"才"的作用更为重要。

从诗歌构成来区分诗歌古已有之，宋人刘克庄曾总结诗史以来的诗歌，首分"风人之诗"与"文人之诗"两类④，并给予同等对待，此后钱谦益、黄宗羲等人的划分与之大体相似。林氏似从中受到启发，他后来又进一步将诗歌分为四类，《四持轩诗钞序》云："夫诗者，所以宣扬风雅，感发志意，故有学人之诗，有才人之诗，有诗人之诗，有志士之诗。"⑤尽管他没有做出具体解释，却是对由宋以来诗坛关于诗歌类型思考的深化。与同时期的张际亮分诗为"学人之诗""才人之诗""志士之诗"三种类型基本吻合⑥。诗歌类型的划分是诗歌发展到高级阶段的产物，是诗学的自觉，正如魏晋六朝时期的文笔之辨。然而诗歌质料的丰富性要求却是清诗的突出特点之一，性情与学问之于诗歌的互动关系在创作中得到不断加强，林昌彝等人的诗论无疑是这种现象的理论反映。

二、唐诗与宋诗齐平

诗学史上有关唐宋诗相较的言论一直此起彼伏，争论不休。自清代以来，为

---

① 赵汝腾. 石屏诗序 [M]//蒋述卓，等. 宋代文艺理论集成. 北京：中国社会科学出版社，2000：953.
② 钱锺书. 谈艺录 [M]. 补订本. 北京：中华书局，1984：39-40.
③ 林昌彝. 海天琴思续录 [M]. 王镇元，林虞生，标点. 上海：上海古籍出版社，1988：435.
④ 刘克庄. 跋何谦诗 [M]//蒋述卓，等. 宋代文艺理论集成. 北京：中国社会科学出版社，2000：1072.
⑤ 林昌彝. 林昌彝诗文集 [M]. 王镇元，林虞生，标点. 上海：上海古籍出版社，1989：279.
⑥ 张际亮. 答潘彦辅书 [M]//张际亮. 张亨甫文集. 同治六年建宁孔庆衢寄吾校刊本.

宋诗争地位的呼声不断高涨，国朝初期吕留良、吴之振合刊《宋诗钞》，明目张胆宣扬宋诗。中期有翁方纲的"肌理派"，拈出宋诗的突出特点，并倡导宋诗。但持平之论也大有人在，如叶燮、潘德舆等。林昌彝总体上对唐宋诗平等看待，他说："宋诗之不及唐者，以其少沉郁顿挫耳，然亦自成为一代之诗，不可偏废也。昔人谓诗盛于唐，坏于宋，及刘后村谓宋诗突过唐人，皆非确论。方正学诗：'前宋文章配两周，盛时诗律亦无俦。今人未识昆仑派，却笑黄河似浊流。'所论亦未的。"① 他认为宋诗也取得了独特成就，不失为一代之诗。在唐诗早已深入人心、无可撼动的情况下，肯定宋诗的固有价值是提高宋诗地位的惯有策略，也被视为宗宋的标志性言论。林氏并非宗宋者，他在具体事例的评价中也基本上依靠诗歌固有的美学规范，实事求是予以评定，如元遗山论诗诗曰："奇外无奇更有奇，一波才动万波随。只知诗到苏黄尽，沧海横流却是谁？"他认为"遗山意以苏、黄诗稍直，少曲折，故不及李、杜，故曰：'沧海横流却是谁？'李、杜诗汪洋澎湃，而沉郁顿挫，赴题曲折，故如沧海横流，苏、黄之不及李、杜者以此，遗山之所不足苏、黄者以此。此中神妙，难与外人言也。故遗山论诗又曰：'鸳鸯绣出从君看，不把金针度与人。'"② 这并非以唐绳宋，苏、黄诗直白的特点是公认的，这也是诗论史上宗唐者不满宋诗之一，如李梦阳否定宋诗之言云："古诗妙在形容之耳，所谓水月镜花，所谓人外之人，言外之言。宋以后则直陈之矣。"③ 林氏的诗学趣味固然一贯推崇意在言外、韵味无穷的诗歌，但理论上并不着意对宋诗的直陈、议论等特性加以指责，也无意于以强调唐诗的特性而贬抑宋诗，融通的诗学观是明显的。

对宋诗话的批评和否定向来与唐宋诗之争紧密联系在一起。崇唐的茶陵诗派领袖李东阳谓："唐人不言诗法，诗法多出于宋，而宋人于诗无所得。所谓法者，不过一字一句，对偶雕琢之工，而天真兴致，则未可与道。"④ 李梦阳亦有类似表述："宋人主理，作理语，于是薄风云月露，一切铲去不为；又作诗话教人，人不复知诗矣。"⑤ 这些极端看法出自明代显然与门户之见密切相关。林昌彝认为"诗话作而诗亡"一语太过，他说："不知唐人无诗话，至晚唐风格卑弱，已几于亡；宋人始有诗话，而宋诗至东坡、山谷、渭南，雄视一代，而苍然入古，

---

① 林昌彝. 射鹰楼诗话 [M]. 王镇远，林虞生，标点. 上海：上海古籍出版社，1988：247.
② 林昌彝. 射鹰楼诗话 [M]. 王镇远，林虞生，标点. 上海：上海古籍出版社，1988：414.
③ 李梦阳. 论学下篇第六 [M] //李梦阳. 空同集. 上海：上海古籍出版社，1991：605.
④ 李东阳. 麓堂诗话 [M] //丁福保. 历代诗话续编：上. 中华书局，1983：1371.
⑤ 李梦阳. 缶音序 [M] //蔡景康. 明代文论选. 北京：人民文学出版社，1993：106.

是诗至宋而未尝亡。诗之存亡，关一代之运会，不关于诗话之作与不作也。"①此论又与宗唐者划清了界线，看法有理有据而公允得当。

就具体学诗而言，林主张不分唐宋，他说："学诗实不论汉、魏、六朝、唐、宋，皆可学，特词与意之别耳。"② 各个时代的诗歌有着不同的审美规范，唐宋诗更是如此。后世学诗者应学其神理，遗其形貌，何、李、王、李之病就在于词多意少，貌似神离。然而，林昌彝从取法乎上的角度，对明清以来对唐宋诗的崇尚者仍然抱有差别的看待，"前明七子，规模汉、魏、盛唐，未免太似，故转授轻薄者以口实。然变而为抱苏守陆，斯取法愈卑矣"③，从中我们不难发现，林氏事实上又存在个人的陋见。纵观他的整个论诗体系，在丰富的诗学资源中，对《诗三百》最为推崇。林昌彝曾明言自己作诗话的宗旨，"余所为诗话，意专主于射鹰，及有关风化者次录焉，其备古今，纪盛德，及辨句法，正讹误，又次焉"④。事实上，其前后期诗话之作《射鹰楼诗话》和《海天琴思录》及《海天琴思续录》的内容和宗旨一脉相承，表达对英帝国主义侵略的痛恨居先，次则表达"美教化""厚人伦"的传统诗教观，而这正是《诗三百》的主旨所在，也是诗教的源头所在。当然，这也与其师何绍基的影响有关。林昌彝在《蓉初诗集序》云："诗教所施，至广且博。自郊庙、朝会、祭祀、燕飨、使臣之咨询，军旅之劳旋，以及朋友交游、赠答，近而室家昆弟，欢好和乐，远之羁旅行役，怨恨愁苦，其大者若政治之得失，民俗之臧否，古人靡不发为咏歌，以感发志意，而治其性情，考鉴真伪，识所趋向，故圣人立教，于诗尤谆谆焉。"⑤ 就诗歌表达风格而言，温柔敦厚，得《三百篇》之遗之作尤为林昌彝所喜爱。如评林则徐戍中之诗，对其和平中正之音，怨而不怒、婉而多讽之风倍加称赏，又如："昔王若虚评白乐天诗：情致曲尽，随物赋形，所在充满，殆与元气相侔。至长韵大篇及乐府，动数百千言，语语顺适，中含讽劝，是古诗人和平中正之响。余友善化孙芝舫鼎臣太史诗，逸秀雄深，宏亮高隽，不必与香山同调；要其和平之旨，沁人肝脾，又多讽劝之辞，可谓异曲同工者矣。"⑥

《诗三百》的温柔敦厚、婉而多讽风格的表达更多依赖比兴手法的运用，因而林昌彝对比兴手法在诗歌创作中的作用特别推崇，相形之下，对赋则少有倡

---

① 林昌彝. 射鹰楼诗话 [M]. 王镇远，林虞生，标点. 上海：上海古籍出版社，1988：95.
② 林昌彝. 海天琴思录 [M]. 王镇元，林虞生，标点. 上海：上海古籍出版社，1988：19.
③ 林昌彝. 海天琴思录 [M]. 王镇元，林虞生，标点. 上海：上海古籍出版社，1988：19.
④ 林昌彝. 射鹰楼诗话 [M]. 王镇元，林虞生，标点. 上海：上海古籍出版社，1988：505.
⑤ 林昌彝. 林昌彝诗文集 [M]. 王镇元，林虞生，标点. 上海：上海古籍出版社，1989：290.
⑥ 林昌彝. 射鹰楼诗话 [M]. 王镇元，林虞生，标点. 上海：上海古籍出版社，1988：30.

言。"作诗者须知博依之义。《记》曰:'不学博依,不能安诗。'依者何? 广譬喻也。依或为衣,博依者,知比兴也。深于比兴,便知博依,盖隐语也……《白虎通》云:'衣者,隐也'……故学诗必先学隐也。"并举《吕氏春秋·重言篇》及《史记·楚世家》中楚庄拒谏,不能直谏,伍举以鸟为喻,使楚庄悦而受之之例,① 说明比兴不仅具有含蓄转折之效果,而且能使诗歌变得韵味悠长、绵邈不尽。又云:"《三百篇诗》,《国风》多设喻之辞,此衣讔之义也。正言之不足,故反言之。齐、鲁、韩、毛四家诗,惟韩诗最明此义,衣讔之义,即大喻譬之义也。"② 并将其住所名为"衣讔山房",诗集名为《衣讔山房诗集》,足见其讲究比兴之力。

从中国诗歌发展史来看,唐以前的诗歌以比兴为主要手法,宋代则以赋体为主,何景明就有"秦无经,汉无骚,唐无赋,宋无诗"之论③,论诗不偏袒唐宋的潘德舆也认为比兴与赋的多寡是造成唐宋诗审美差异的重要因素:"唐以前比兴多,宋以来赋多,故韵味迥殊。"④ 因而这也造成了林昌彝选诗评诗除清诗特别是同时代诗人的诗作外,就主要是唐人之诗,而对宋诗则极少选评。这特别体现在后期所作《海天琴思录》及《海天琴思续录》中。即使同一诗人的诗作,也是重在评述唐诗格的诗作,如对朱彝尊的诸体诗,特别赞赏其"风格雄秀,追步盛唐"之作⑤。对张南山诗,也多选取风韵婉丽、意味深长之作。尤其是晚年所作诗话著作《海天琴思录》,评唐人诗尤多,尤其是盛唐诸贤,如云"盛唐诗,各体俱妙,而王、孟之五言律尤最"⑥。到晚年,愈加推崇唐诗风格的诗。如评方子箴《銮江闲咏》二绝句"诗中有无限感慨,诗外有无限缠绵,风格如蕉花垂露,竹叶含烟,令读者如见唐人神韵也"⑦,对李白、王昌龄的绝句,更是推崇不已,视为"不着一字,尽得风流"的典范,特重神韵之诗。纵观林氏论诗,倡导学人之诗似只体现在理论上、观念上,而在具体选诗品评上,主要是倾向具有唐诗风格的诗。这也难免称唐诗是"正轨"⑧,赞扬赵执信"其说诗力

---

① 林昌彝. 海天琴思录 [M]. 王镇元,林虞生,标点. 上海:上海古籍出版社,1988:22.
② 林昌彝. 海天琴思录 [M]. 王镇元,林虞生,标点. 上海:上海古籍出版社,1988:54.
③ 何景明. 杂言十首 [M]//蔡景康. 明代文论选. 北京:人民文学出版社,1993:121.
④ 潘德舆. 养一斋诗话 [M]//郭绍虞,等. 清诗话续编:下. 上海:上海古籍出版社,1983:2014.
⑤ 林昌彝. 射鹰楼诗话 [M]. 王镇元,林虞生,标点. 上海:上海古籍出版社,1988:223.
⑥ 林昌彝. 海天琴思录 [M]. 王镇元,林虞生,标点. 上海:上海古籍出版社,1988:12.
⑦ 林昌彝. 海天琴思录 [M]. 王镇元,林虞生,标点. 上海:上海古籍出版社,1988:79.
⑧ 林昌彝. 海天琴思录 [M]. 王镇元,林虞生,标点. 上海:上海古籍出版社,1988:133.

排严羽,尤不取江西宗派,此有卓识"①。

在闽地诗人中,林昌彝实处于承上启下的地位。明代"闽中七子"崇唐音,林总结闽中诗坛,"吾闽前明诗家,自林子羽以下十子总持诗教,及郑少谷出,乃大振骚坛,雄视一代。继之者曹石仓、黄石斋、徐幔亭、徐兴公、谢在杭诸君,可称一时风雅。钱虞山论诗每鄙薄闽中诗派,岂非坐井观天,蚍蜉撼树乎!"② 林氏上承闽派宗尚唐诗的传统,又受其师陈寿祺与何绍基的影响,较多地吸取了宋诗因子,主张学问与性情并重,区分学人之诗和诗人之诗,开同乡后辈陈衍的学人之诗与诗人之诗合理论的先河。从所处时代看,他的诗学观深深打上近代初期诗学氛围的印记。龚、魏既是今文经学大师,也强调真情在诗歌创作中的作用,他们都摒弃祧唐祢宋的门户壁垒之见,不拘一格,自抒情志;姚燮的诗歌,以抒写性灵为主,但因学识渊博,也在作品层面上著上些许书卷气,镇海陈继聪评云:"(姚燮)胸有万卷书,而又辅之以真情浩气,文章之大观也,不得仅以韵语目之。"③ 鲁一同弟子周韶音跋其诗云:"先生之言曰:凡文章之道,贵于外闳而中实。中实由于积理,理充而纬以实事,则光采日新;文无实事,斯为徒作,穷工极丽,犹虚车也。"④ 朱琦认为"取世之风云月露,摹绘之以悦俗耳而已,非诗之本也",主张写"究心世务"之诗。⑤ 均主张将性情与学识、性情与时事相结合,反对诗歌仅以"风云月露"为诗料、外表藻绘虚车的创作之风。这是近代初期学术风气之于诗学的反映,也是对乾嘉诗坛浮滑空廓诗风的自觉反拨。林昌彝的诗学理论代表了这一时期的价值趋向,也对以后近代诗的发展产生了一定影响。

(原发表于《古代文学理论研究》第二十六辑)

---

① 林昌彝. 海天琴思录 [M]. 王镇元,林虞生,标点. 上海:上海古籍出版社,1988:89.
② 林昌彝. 射鹰楼诗话 [M]. 王镇元,林虞生,标点. 上海:上海古籍出版社,1988:389.
③ 姚燮. 复庄诗问:下 [M]. 上海:上海古籍出版社,1988:1313.
④ 周韶音. 通父诗存 [M] //续修四库全书:一五三二. 上海:上海古籍出版社,2002:542.
⑤ 朱琦. 怡志堂文初编:藤华馆诗序 [M] //续修四库全书:一五三〇. 上海:上海古籍出版社,2002:234.

宋诗派

近代"宋诗运动"考辨

王澧华

一、何为"宋诗运动"

就我目前所见,国内学者最早在文章中提出"宋诗运动"一说的人,当是胡适。他在 1922 年为《申报》创刊 50 周年所作的《五十年来中国之文学》中说:"这个时代之中,大多数的诗人都属于'宋诗运动'。"① 关于"宋诗运动",全篇仅此一句,且加引号,或系援引成说,亦似别有用意。

1929 年,陈子展《中国近代文学之变迁》出版,第三章为"宋诗运动及其他旧派诗",但通篇并无一言说明何为"宋诗运动"。1930 年,其《最近三十年中国文学史》继出,始有接近于规范意义的界说:"……和曾国藩同时的著名诗人,如郑珍、魏源、何绍基、莫友芝之流都喜谈宋诗。这种宗尚宋诗的风气,我们可以把它叫做:'宋诗运动'。"②

"宗尚宋诗的风气",为什么"可以把它叫做'宋诗运动'"?首先请看,民国初年的所谓"运动",到底指些什么东西。清末民初学者笔下的"运动",大多用于表达思想、文化、学术思潮的场合,如"清学启蒙运动""晚清'今文学运动'""主义的运动""排荀运动""新文学运动""文学革命运动""字母的

---

① 胡适. 胡适文存二集:卷二 [M]. 上海:亚东图书馆,1928:144.
② 陈子展. 中国近代文学之变迁:最近三十年中国文学史 [M]. 徐志啸,导读. 上海:上海古籍出版社,2000:138-139.

运动"等。1920年10月,梁启超撰《清代学术概论》开宗明义即"论时代思潮",谓"今之恒言,曰'时代思潮'……凡时代思潮,无不由'继续的群众运动'而成。所谓'运动'者……其中必有一种或数种之共通观念焉,同根据之为思想之出发点。此种观念之势力,初时本甚微弱,愈运动则愈扩大,久之则成为一种权威……一种共公之好尚,忘其所以然,而共以此为嗜。若此者,今之译语,谓之'流行',古之成语,则曰'风气'"①。

那么,"今之译语谓之'流行',古之成语则曰'风气'",又是怎样成为了"所谓'运动'者"呢?这便不能不归之于日本名词的引进和日本文法的吸收。随着明治维新运动的展开,日本人在翻译西文论著时,借用汉字的拼写与音读,意译与音译并行,创造了大量的新名词。日文的'運動',即借助于古代汉语,用以意译英文之"sports""athletics""games"和"campaign""movement",指称"体育运动"与"政治的社会的活动"。

1905年,王国维撰《论新学语之输入》,称"近年文学上有一最著之现象,则新语之输入是也……言语者,思想之代表也,故新思想之输入,即新言语输入之意味也……数年以来,形上之学渐入于中国,而又有一日本焉,为之中间之驿骑。于是,日本所造译西语之汉文,以混混之势而侵入我国之文学界。"②"运动"一词以至"宋诗运动"一说,便是这种时代风气的产物。一篇《清代学术概论》,"运动"一词,比比皆是,胡适即谓梁启超行文"不避日本输入的新名词"③。但是,他自己就在《五十年来中国之文学》这篇四万多字的文章里,把"运动"一词反反复复用了几十次,名目繁多的"运动"也有十几种。其实,维新运动以后,作为"刺目之字"的"日本名词"(张之洞语),正如王国维所言,"好奇者滥用之,泥古者唾弃之,二者皆非也"。但是,"事物之无名者,实不便于吾人之思索,故我国学术而欲进步乎,则虽在闭关独立之时代,犹不得不造新名,况西洋之学术骎骎而入中国,则言语之不足用,固自然之势"。"处近今日而讲学,已有不能不增新语之势","而日本之学者,既先我而定之矣,则沿而用之,何不可之有"?④

谭汝谦《中国译日本书综合目录》统计,从1894年甲午战争到1911年辛亥革命,日译西籍1 469种,而中译日籍958种,其中多为日译西籍,致使许多日

---

① 梁启超. 清代学术概论 [M]. 朱维铮,导读. 上海:上海古籍出版社,1998:1-2.
② 刘刚强. 王国维美论文选 [M]. 长沙:湖南人民出版社,1987:78-79.
③ 胡适. 胡适文存二集:卷二 [M]. 上海:亚东图书馆,1928:131.
④ 刘刚强. 王国维美论文选 [M]. 长沙:湖南人民出版社,1987:79-81.

文甚至日本文法为汉语吸收。胡蕴玉《中国文学史序》曾指出:"日本文法,因以输入。始也译书撰报,以存其真;继也厌故喜新,竞摹其体。"① 而"宋诗运动"一语的语法结构,也反映出典型的日本文法。王国维曾指出:"日本人多用双字,其不能通者则更用四字以表之,中国则习用单字。"② 日语属于黏着语,因而便于重复累加修饰补充成分,用以表示复杂的对应关系,而中国传统文言则异于此。在旧时文言文中,人们可以说"宗宋""宋体",或者"宋调"之类,但从未见过"宋诗运动"之说。

由此可见,"运动"一词为民初文人所喜闻乐见,而"宋诗运动"一说为学术界所认同接受,这些全都来自"新语之输入"这一近代学术史上"最著之现象"。因此,陈子展这才可以说,"宗尚宋诗的风气,我们可以把它叫做'宋诗运动'。"

二、"宋诗运动"的重要人物及其作用与影响

对于这个问题,陈衍《石遗室诗话》、钱基博《现代中国文学史》、钱仲联《梦苕庵诗话》、黄霖《近代文学批评史》中多有精当的论述,也为多数人认可。在此,我谨提出几点补充和异议。

(一) 程恩泽的发轫者地位是怎样形成的

这个问题,首先应当从当时诗坛的实际情况来分析。神韵、格调、性灵、肌理诸说兴衰相继,道光诗坛,诗论消歇,诗老淹逝,出现了理论与创作的双重冷寂。不过,自清初以来出现的"亲宋疏唐"情结,始终一脉未绝,注重学问,注重个性,几乎成为诗人们的共同追求。桐城派姚鼐弟子方东树、梅曾亮等人虽然专注于文,但诗学倾向,亦在宗宋。

在这种特殊的历史环境下,程恩泽作为一名学问出色的汉学家,同时作为肌理论者翁方纲的再传弟子,他的诗论与诗作,便很容易走上宗宋一路。他宣称"独于西江社,筛以杜韩帜"(《赠谭铁箫太守》),并且认为"《诗》《骚》之原,首性情,次学问……学问浅则性情焉得厚",因此,他认为,"性情又自学问中出也"(《金石题咏汇编序》)。同人张穆誉之为"昌黎、山谷,兼有其胜",形之篇咏,率多排奡妥帖,力健声宏。③ 所以在陈衍看来,程氏虽天不假年,但

---

① 郭绍虞,罗根泽. 中国近代文论选:下[M]. 北京:人民文学出版社,1981:476.
② 刘刚强. 王国维美论文选[M]. 长沙:湖南人民出版社,1987:81.
③ 程恩泽. 程侍郎遗集二:金石题咏汇编序[M]//王云五. 丛书集成初编. 上海:商务印书馆,1935:143.

得其弟子郑珍、何绍基、莫友芝等人发扬光大，祁寯藻又随之而起，桴鼓相应，这样，"道、咸以来诗家一变局"①便得以形成。如此说来，程恩泽之于"宋诗运动"，确可称为适逢其时；反过来也一样，"宋诗运动"之于程恩泽，又何尝不是适逢其人呢？

本来，我们应当把程氏其人的诗作诗论作为重点加以考察，但传世的《程侍郎遗集初编》只有两卷，这可能只是他一生著述的一小部分。好在他的交游大多有文集留存，我们可借以做些横向考索。

（二）祁寯藻、郑珍对于"宋诗运动"的意义

如果说程恩泽是"宋诗运动"的发轫者，那么祁寯藻就是它的积极响应者与支持者。从科名、官职、学问、诗名上看，在志趣、好尚等方面，能够而且愿意对程氏及其"宋诗运动"做出有力回应的最佳人选，当时唯有祁寯藻。他的父亲祁颖士，专精边疆史地，他本人也精于文字训诂之学。当程恩泽去世之时，曾国藩、何绍基未起，郑珍、莫友芝在黔，是祁寯藻执着地坚持着宗尚宋诗的创作方向，创作了大量的学杜学韩学苏黄、堪称"学人之言与诗人之言合"的示范之作。陈衍《近代诗钞》将之列为卷首，选诗多达百余篇，足见其在同光体诗人心目中的地位。同时，他还联络张穆、何秋涛、何绍基、苗夔等学者型诗人，常与唱和，扩大声势，加上他官位渐隆，声名渐高，于是，"宋诗运动乃得以有力地开展"②。

应当说，"宋诗运动"不至于与程恩泽人琴俱亡，不能不归结于祁寯藻处京师之地，运宗宋之笔，借高位之势，勉力支撑。即如晚年，他还密疏保荐郑珍，这也可看出他在造育人才方面的一片苦心。

至于郑珍，本为程恩泽在贵州学政任内所取拔贡。稍后，程恩泽调至湖南，郑珍受聘入幕，与程氏朝夕相处两年，在学问与诗文创作上获益很大。其长诗《留别程春海先生》对此作有具体的描绘，如"黄钟一振立起瘘，伟哉夫子文章医，当今山斗非公谁""种我门墙藩以篱，拥肿卷曲难为枝"等句，一来赞叹程氏扭转风气之功，二来感戴程氏指导创作之德。可惜的是，郑珍因急于回乡就试而过早地离开了程幕，而当他中举之后赴京会试之时，程氏却适才去世。郑珍从此僻处穷乡，其间仅得训导、教谕之职，为时不过两年，影响仅及于莫友芝、黎庶昌等亲友及门下从学之士。

对于郑珍的创作成就，人们历来评价甚高。如陈衍《石遗室诗话》称："窃

---

① 陈衍. 陈衍诗论合集：上册[M]. 钱仲联, 编校. 福州：福建人民出版社，1999：881.
② 黄霖. 近代文学批评史[M]. 上海：上海古籍出版社，1993：113.

谓子尹历前人所未历之境，状人所难状之状，学杜、韩而非模仿杜、韩，则读书多故也。"① 钱仲联《论近代诗四十家》进而盛称："清诗三百年，王气在夜郎。"②

相比之下，对于"宋诗运动"而言，祁寯藻的影响偏重于当时，郑珍则指向未来；祁寯藻的意义在于主动响应、及时承续、大力推动了这一运动，郑珍的意义，除了昭示程恩泽泽被黔中，后继有人，更多的在于壮大了声势，代表了这一运动的最高水平。

（三）曾国藩、何绍基在宋诗运动中的作用与地位

谈到这个问题，自《石遗室诗话》以下的诸多文献，几乎皆以曾国藩《题彭宣坞诗集》之"自仆宗涪公，时流颇忻向"为证。但问题正在这里。此诗作于道光二十七年（1847），曾氏时任翰林院侍讲学士，算不得"位尊权重"，这一切，都是受了曾国藩题诗及与曾国藩同时之施山《望云楼诗话》的误导。施曰："今曾相国酷嗜黄诗，诗亦类黄，风尚一变。"③ 其实，对曾氏来说，嗜黄在未相国时，相国以后嗜闲适。而且，"宋诗运动"此时已开展多年，程、祁等人的所作所为已见上述，我们再看道光二十七年前的曾国藩到底做了些什么。

道光二十三年正月十七日，曾国藩在家书中回顾治学经历，称"少时天分不甚低，厥后日与庸鄙者处，全无所闻，窃被茅塞久矣。及乙未到京后，始有志学诗古文并作字之法，亦泹无良友。近年得一二良友，知……马迁、韩愈亦可学而至也"④。由此可证，他是在道光十五年入京之后，才找到诗古文的宗向，而当时京中诗坛，正是程恩泽、祁寯藻辈提倡宋诗之时。曾国藩留京二年，连续参加乙未科、丙申科会试，而程恩泽作为乙未科的知贡举官、丙申科的殿试读卷官，其诗风更易感染公车举子。此时曾国藩虽有心向学，却苦无良友扶掖，且一心应考，未能专注于诗。直到道光二十年（十八年中进士，入翰苑，随即请假回乡，次年腊月返都），他才开始着意诗文。不过说到底，他只是以翩翩词臣之身，处优游清闲之地，当风华正茂之时，乘诗艺初开之机，追求如何"以文章报国"，如何"无失词臣体面"⑤。他在这一时期所作之诗，率多古体，奥衍生涩，多少让人感到一个青年诗人对诗苑风气之揣摩与模仿的痕迹。他这时并没有什么明确的诗学主张，顶多借桐城诗学中的"艺通于道""人与文一"等话头发挥一通。

---

① 陈衍. 陈衍诗论合集：上册 [M]. 钱仲联，编校. 福州：福建人民出版社，1999：882.
② 钱仲联. 当代学者自选文库：钱仲联卷 [M]. 合肥：安徽教育出版社，1999：407.
③ 黄霖. 近代文学批评史 [M]. 上海：上海古籍出版社，1993：113.
④ 曾国藩. 曾国藩全集：家书一 [M]. 邓云生，整理. 长沙：岳麓书社，1985：56.
⑤ 曾国藩. 曾国藩全集：日记一 [M]. 萧守英，等，整理. 长沙：岳麓书社，1987：42-43.

他多次向诸弟介绍自己的学诗取径,称"吾之嗜好,于五古则喜读《文选》,于七古则喜读昌黎集,于五律则喜读杜集,七律亦最喜杜诗"①,而偏不见《题彭宣坞诗集》所称之"自仆宗涪公"。相反,倒是何绍基在道光二十四年写下了《使黔草》二卷,深得涪公恶伪恶俗之趣,次年诗集付印,何氏自序,明确标榜涪公"不俗"之说,梅曾亮、苗夔、张穆等六人作序,张扬鼓荡,这才有几分"时流颇忻向"的味道呢。

明确了曾国藩那首自诩甚高之题诗的写作时间及他当时的种种表现,那么,当我们判断他在"宋诗运动"中的作用与地位时,是不能把它作为依据和证明的了。

还有一点需要指出,曾国藩中年以后,主要专注古文,意欲有所建树,自立门户,故曾门四弟子皆传其古文心法,并未加盟"宋诗运动"。尤其是"太阳、少阴、少阳、太阴"的古文四象说,使得他后期摆脱了对阳刚雄奇的偏嗜,反而逐步趋向于阴柔闲适之趣,这更是已经背离宗宋趋尚了。

尽管位高权重以后,曾国藩很少主动张扬宋诗旗帜,但在客观上他还是对"宋诗运动"起了一定的推动作用。首先是他前期的宗宋热情及其创作给他树立了一个宋诗派新秀的形象,等到他位望日隆,"名人光环效应"使得人们将他认作"宋诗运动"的头领,自觉不自觉地向宗宋诗风靠拢。其次是他的两次引人注目的诗歌创作,客观上激发了人们的学宋兴趣,那便是咸丰四年(1854)的"会合联吟"与同治七年(1868)的"箴邰唱和"。《会合诗》本是曾国藩为他与刘蓉、郭嵩焘重会南昌而作,一时曾营内外皆有和作,积久得百余篇,郭嵩焘还写有《会合联吟集序》。"箴邰"乃曾氏《赠吴南屏》首尾韵脚,系罕见难押之韵,但大江南北赓和者,竟达三百余人之多,当时即已汇刻成书。这两首诗都是典型的宗宋风格,前者诙诡,后者奇崛。曾氏本意,只是一时兴到,初非有意鼓励他人附和。至于《赠吴南屏》之作宋调,则是因为吴乃曾氏早年京中宗宋诗友。在评价这两件诗坛盛事时,我们必须区分曾氏本人的初始意图与客观效果。

其实,作为"宋诗运动"的中坚骨干与理论建设者,何绍基应当受到更加充分的评价。

对于"宋诗运动",何绍基有着比曾国藩更早更深的渊源:其父何凌汉,汉学学问家,父执多为汉学中人,此其一;初学作诗,便追随京师内外有名诗家,

---

① 曾国藩. 曾国藩全集:家书一[M]. 萧守英,等,整理. 长沙:岳麓书社,1985:66.

每有所作,"皆蒙其夸诩,时以为似韩,时以为似苏"①,此其二;乡试取优贡,殿试点翰林,皆出程恩泽门下,此其三;精通金石小学,每与同道切磋,力求学人之诗与诗人之诗合,此其四。因此,当曾国藩初识诗坛风向、走向"宋诗运动"之时,便立即将何绍基当作了切磋请益的良友。两人关系(何长曾12岁,进士早一科,同处翰林院,按玉堂旧仪,曾为晚辈),从现存材料来看,曾氏结纳之意甚切,何则诱掖之心尤殷。兹举两例:何氏藏有顾纯"墨梅图",其上名家题诗甚多,类皆宗宋笔调,何乃向曾索题。曾国藩似乎受宠若惊,于是刻意构思,亟欲显露诗才,两天后诗始作成。恰何氏来访,曾便迫不及待地谈起此诗,闻其奖誉,竟至心忡忡,几不自持。稍后,曾国藩又致书诸弟曰:"子贞(何绍基)深喜吾诗,故吾十月以来已作诗十八首。"② 露才扬己,争奇斗胜,受到表扬便诗兴不可遏止,正是古往今来青年诗人开发诗艺阶段的常见表现。现在来看曾氏题墨梅诗及同时所作《琐琐行》《傲奴》《赠何子贞前辈》诸诗,正是宋诗派一路。评价曾、何两人在宋诗运动中的地位与作用,这一段因缘不能不察。

尤有说者,何绍基奉献给"宋诗运动"的,主要在于他毕生不改的宗宋创作(现存诗30卷、2 300余首)、长篇专题的理论建设(3篇)、受人称颂的艺术质量(陈衍《近代诗钞》选录180首,为入选诗人之冠)。这一切,都是曾国藩远远不及的。

三、必然与机缘:"宋诗运动"的历史成因

"宋诗运动"能成为一种流行风气,一种时代思潮,其中肯定隐含着历史的必然。

首先是存在一个继唐而起的宋诗典范。宋诗的以文为诗、以理趣为诗、以学问为诗等特有的原生态,宋诗的求真求我、恶伪恶俗、尚硬尚涩的质的规定性,使得它足以与唐诗成为中国诗史上对峙媲美的双峰。

其次是物极必反,矫枉过正。作为对明人一味宗唐的反动,有清一代,诗家相继,便一直断断续续存在一个宗法宋诗的逆反心理与趋新情结,文学史家称为"祧唐祢宋"。清代诗人远远超轶明人之处,便是他们的创新气度,这是他们拥有的代代相传的优良传统。比之前后七子的一味复古,从清初煌煌诸老,到道光宋诗派,到晚清同光体诗人,他们一直只是取法宋诗,学习宋诗,而从未一言复

---

① 何绍基. 题鲁川小像册论诗:八[M]//何绍基. 何绍基诗文集. 龙震球,何书置,整理. 长沙:岳麓书社,1992:816.

② 曾国藩. 曾国藩全集:家书一[M]. 邓云生,整理. 长沙:岳麓书社,1985:40.

宋之古。说到底，"宋诗运动"乃是宋诗派建立、实行自己的诗歌理想的一次持续了几十年的创作实践活动。

再次是清代的国势、清人的心理与宋时颇为相似。此从萧华荣《中国诗学思想史》之说，萧先生言之甚详，此处不赘。

也许并非事事都有偶然性，但"宋诗运动"的兴起与发展，却颇有机缘凑合之巧：

第一，道光诗坛理论与创作的双重冷寂，给"宋诗运动"的兴起提供了难得的机遇。神韵、格调、性灵、肌理诸说此起彼伏，各不相下，道光初期出现的短暂诗学空白，无疑让"宋诗运动"乘机而起，得以自由而充分地展开。肌理说晚出而后落，它的重考据、重质实、重创变的观点，便成了嘉庆诗老留给道光诗界的最后一脉余温，程恩泽正好又是翁方纲的再传弟子，这便使得他比别人更有可能继肌理说之后开启新的诗学风尚。

第二，汉宋之争使得双方的主张得以广为传播，深入人心。汉学家的重考据，宋学家的重学问，为"宋诗运动"的兴起提供了双重的基础与空间。"宋诗运动"的参加者多为汉学中人，但也不乏曾国藩、邵懿辰这样的理学之徒。即使是何绍基这位出身汉学的饱学之士，其诗论中的"道艺一源""文与人一"诸说，不也含有浓厚的理学气息吗？因此，"宋诗运动"既可以"以学问为诗""以考据为诗"，又可以畅抒真情，纵论道理。这种因缘际会，似亦仅此时期独有。

第三，桐城派的兴旺为宋诗运动创造了良好的条件。经过姚鼐及其弟子们的苦心孤诣，惨淡经营，时至道光，桐城义法已经趋于精熟，桐城文派成为事实上的文坛盟主。该派自刘大櫆以来，包括姚范、姚鼐、方东树直至梅曾亮，都先后在不同程度上推崇宋诗，客观上为"宋诗运动"的兴起做了理论的积累与舆论的准备。宋诗派的创作，强调理气充足，考据切实，实际上是将桐城派"义理、考据、词章"的文章学运用于诗歌领域。因此，"宋诗运动"这才轻松快捷地得到了人们的认可与响应，梅曾亮及其徒友就多次参加了宋诗派组织的诗会（如纪念欧阳修、黄庭坚生日等），甚至可以说，桐城派中一部分人实际上已经参加了"宋诗运动"。

（原发表于《社会科学研究》2005年第6期）

"学问"与"性情"的诗学同构
——论道咸宋诗派诗论

贺国强

在中国古典诗歌发展的过程中，由于历史传统中的泛文化观念，使得文化与文学浑然难分，文学与哲学、史学、伦理、政治纠缠不清。如果以西方诗学为参照系，就会发现没有哪个国家像古代中国那样将学问置于如此重要的地位，古典诗学中的关键问题几乎皆涉及学问化。如对创作主体的要求：包括修养、积累、准备等；对艺术作品的探求：有诗史、理趣、以文为诗、议论、用典、隐括、僻字等；在创作与世界的关系方面有言志说、明道说、道与艺合等；在诗歌与学问的直接关系上有学问诗、以学为诗、学人之诗等。这些问题的主线是学问与性情的关系。特别是传统学术发达的清代，属于泛文化范畴的诗歌学问化便成为一个日益为人所重视的富有意味的话题。晚清道光、咸丰年间祁寯藻、程恩泽、曾国藩、何绍基、郑珍、莫友芝等人竞学宋诗，形成道咸宋诗派，成为近代同光体的先声，形成影响极大的"宋诗运动"。他们的诗歌理论对古典诗歌学问与性情的关系进行集中探讨。在道咸宋诗派学问化诗学的分析中，我们可以窥测中国古典诗歌学问化问题的一角。

一

文学历史的长河虽然曲折多变，但探究文学现象的源头却是题中之义。只有在历时与共时经纬交错的背景中，方能了解其文学史意义。因而在探讨道咸宋诗派诗论前，必须将其置于清诗发展的脉络中才能明其流变。道咸宋诗派诗论由清诗宋化传统一脉而来，与同时的桐城诗论更有直接的血缘关系，探讨道咸宋诗派学问化诗学中学问与性情关系，似可由此而入手。

清诗宋化的流程，大致而言，清初诗坛惩明七子、竟陵之流弊，转而宗宋。宋诗风之倡导始于钱谦益、黄梨洲，继而有吕留良、吴之振、吴自牧等人编选

《宋诗钞》。他们诗论的核心基本上围绕学问和性情的关系展开。

从钱谦益、黄宗羲推举宋诗到《宋诗钞》的编选,其基础导向主要是在主真求变的基点上而求唐、宋诗之同:在性情求真的起点上求学问之博。钱谦益、黄宗羲在明末清初社会沧桑变故中,主张通经致用,反对明人的空疏不学,为社会生活写照,奏出时代的最强音。他们的论点主要是:其一,以性情为本位,破除门户之见。钱谦益说:"余常谓论诗者,不当趣论其诗之妍媸巧拙,而先论其有诗无诗。"(《书瞿有仲诗卷》)① 明人专主盛唐,诗歌千人一面,陈陈相因,如由情本位出发,自是必须摧陷廓清的,宋诗就自然而然地由一种明以前未被学过的陌生诗风成为必然的选择②。其二,论诗强调学问。钱谦益在《顾麟士诗集序》中云"余惟世之论诗者,知有诗人之诗,而不知有儒者之诗"③,黄宗羲提出"古来论诗有二,有文人之诗,有诗人之诗,文人由学力所成,诗人从锻炼而得"(《后苇碧轩诗序》)④。文人以学为诗和诗人以情为诗存在着差异、矛盾。主学与主情处于两种对立的诗歌本位论。严羽论诗主"诗有别材,非关学也"即就此而言。钱谦益论诗并不落此陷阱,他认为诗文"萌折于灵心,蜇启于世运,而茁长于学问"(《题杜苍略自评诗文》)⑤,三位一体,如"灯之有炷有油有火,而焰发焉"(《题杜苍略自评诗文》)⑥,初步把性情与学问的沟堑填补起来。黄宗羲则认为"诗之为道,以空灵为主,无事于堆积脂粉……空灵,非多读书不可"⑦。可以推断,黄宗羲强调学问,似把学问当作有真性情的一个重要条件,把学诗的主攻方向放在经史的研读上,而视诗歌创作经验为第二义。钱、黄的观点由前人的性情与学问两极对立走向融合。

黄宗羲与吕留良、吴之振、吴自牧等人于康熙二年(1671)编成《宋诗钞》,由此而揭起一股宋诗热,众多诗人评论家对此有着强烈的反应,但主宋派的基本导向仍大致沿袭钱、黄,即主真求变而求唐、宋诗之同。如尤侗继承钱谦

---

① 钱谦益. 牧斋有学集:下 [M]. 钱曾,笺注. 钱仲联,标校. 上海:上海古籍出版社,1996:1557.
② 蒋寅. 王渔洋与康熙诗坛 [M]. 北京:中国社会科学出版社,2001:47-48.
③ 钱谦益. 牧斋有学集:中 [M]. 钱曾,笺注. 钱仲联,标校. 上海:上海古籍出版社,1996:823.
④ 黄宗羲. 南雷文约:卷四 [M]. 上海:上海时中书局,1910.
⑤ 钱谦益. 牧斋有学集:下 [M]. 钱曾,笺注. 钱仲联,标校. 上海:上海古籍出版社,1996:1594.
⑥ 钱谦益. 牧斋有学集:下 [M]. 钱曾,笺注. 钱仲联,标校. 上海:上海古籍出版社,1996:1594.
⑦ 袁行云. 清人诗集叙录:第一册 [M]. 北京:文化艺术出版社,1994:646-647.

益一派的性情优先主张，认为："诗无古今，惟其真尔，有真性情，然后有真格律，有真格律，然后有真风调，勿问其似何代之诗也。"（《吴虞升诗序》）① 再如吴之振在《宋诗钞序》中自述其对宋诗的看法："宋人之诗，变化于唐而出其所自得，皮毛落尽，精神独存。"② 这揭示出宋诗承唐而来，又有所发展创新，并非与唐诗判若水火。

嗣后清中期浙派诗人（包括秀水派）在清诗宗宋的浪潮中，提出了与初期理论家有所区别的看法，其论题逐渐转向以学问为中心，正式提出了学人之诗理论。杭世骏云"三百篇之中，有诗人之诗，有学人之诗"，他声称要"特以学之一字立诗之干，而正天下言诗之趋"（《沈沃田诗序》）③。他认为学人之诗虽与诗人之诗同在《三百篇》中，但学人之诗"非夫官礼制作之手，大雅宏远之才，纯懿显烁，蜚英腾茂，固未易胜任而愉快也"，比起诗人之诗高明，因为"诗缘情而易工，学征实而难假"（《沈沃田诗序》）④。不过浙派学宋的理论整体上较前并无大发明。与杭世骏强调"学"相同，他们的主要倾向在以学为诗，以学为诗料上。朱彝尊认为"诗篇虽小技，其源本经史。必也万卷储，始足供驱使"（《斋中读书十二首》）⑤。厉鹗亦云："夫黏，屋材也；书，诗材也。屋材富，而栾栌桴桷，施之无所不宜；诗材富，而意以为匠，神以为斤，则大篇短章均擅其胜。"（《绿杉野屋集序》）⑥ 诗材是诗人在作品中抒情达志的媒介，一般而言，诗歌创作即情缘事而为，描摹的自然是现实生活中的景物人事，作家可即事运笔，从本质上来说以书为材与以生活中的景物为材并无差别。"以书为诗材"的种种看法，究其根源还在于论者对学问与性情关系的认识。浙派诗人以学问为中心来理解和肯定宋诗，以为学人之诗高于诗人之诗，一味追求以书为诗材，奉陌生化手法为至则，所带来的缺陷是不可避免的。

清中期翁方纲的肌理说在浙派诗说的基础上试图建立起宋诗审美系统来与唐诗分行并峙。首先，他认为"唐诗妙境在虚处，宋诗妙境在实处"，而宋诗"其精诣，则固别有在者。宋人之学，全在研理日精，观书日富，因而论事日密"（《石洲诗话》卷四）⑦，他从历史发展的过程分析："宋诗，则迟更二三百年，

---

① 尤侗. 西堂集［M］. 清康熙刻本.
② 吴之振. 宋诗钞［M］. 北京：中华书局，1986：1.
③ 杭世骏. 道古堂文集［M］//续修四库全书：一四二七. 上海：上海古籍出版社，2002：296.
④ 杭世骏. 道古堂文集［M］//续修四库全书：一四二七. 上海：上海古籍出版社，2002：296.
⑤ 朱彝尊. 曝书亭集：六［M］//四部丛刊. 上海涵芬楼影印本.
⑥ 厉鹗. 樊榭山房集：中［M］. 董兆熊，注. 陈九思，标校. 上海：上海古籍出版社，1992：742.
⑦ 郭绍虞. 清诗话续编［M］. 富寿荪，校点. 上海：上海古籍出版社，1983：1428.

天地之精英，风月之态度，山川之气象，物类之神致，俱已为唐贤占尽。"（《石洲诗话》卷四）① 所以宋诗只能转向社会人事。他认为宋诗这种特点"皆从各自读书学古中来，所以不蹈袭唐人也"（《石洲诗话》卷四）②。其次，翁方纲的理论在阐释"诗言志"理论时认为"在心为志，发言为诗，一衷诸理而已"（《志言集序》）③；同时他又说："夫理者，彻上彻下之谓，性道统契之理，即密察条析之理，无二义也；义理之理，即文理、肌理、腠理之理，无二义也。"（《理说驳戴震作》）④ 这样他用所谓的无所不该的理把学术之理、诗歌之理与万事万物之理统一起来。他凭此对严羽的"不涉理路"说进行反驳。再次，既然理的本体地位得到确认，那么宋诗尚实，主读书学古的特点亦成为一种审美传统可以成立。翁方纲的理论鲜明，他树立了宋诗的审美传统，并创建了自己的以学为中心的理论体系，把学人提升到了可兼才人、诗人的地位。由钱、黄的性情而兼学问至翁方纲的以义理而兼诗理，意味着诗学理论的一种新调整，也是自诗言志理论被接受以来，围绕志分情、理所产生纷争后的一种阐释结果。它使得原本依托于唐诗的宋诗成为与唐诗抒情传统相抗衡的审美传统，深深地影响着后来的宋诗派诗论。但是翁方纲诗论忽视了诗歌的抒情性本质，在创作上造成了不良风气。

稍后的桐城派是清代最具影响力的古文流派，也是晚清一重要的诗歌流派。桐城诗派大致源于刘大櫆、姚范，振起于姚鼐，继者有陈用光、方东树、梅曾亮、姚莹等人。⑤ 桐城诗论对翁方纲理论有所纠正。桐城诗论的主要观点有：其一，追求道艺合一。姚鼐说："夫道有是非，而技有美恶。诗文皆技也，技之精者必近道，故诗文美者命意必善。"（《答翁学士书》）⑥ 他又说："吾尝以谓文章之原，本乎天地，天地之道，阴阳刚柔而已。苟有得乎阴阳刚柔之精，皆可以为文章之美。"（《海愚诗钞序》）⑦ 在他们看来，由艺入道与由道入艺可并行不悖，为"诗之至善者"，是"文与质备，道与艺合"。这种说法把哲学范畴上的道与艺术审美上的艺融合起来，在宏观方面透视艺术规律，得出艺术美为哲理意味的道与艺术形式技巧的结合的结论，实际上可以看作一种对艺术层面的学问与性情的关系问题的哲理阐释。因为诗歌创作上的推行学问化，所带来的趋向就是

---

① 郭绍虞. 清诗话续编［M］. 富寿荪，校点. 上海：上海古籍出版社，1983：1428.
② 郭绍虞. 清诗话续编［M］. 富寿荪，校点. 上海：上海古籍出版社，1983：1427.
③ 翁方纲. 复初斋文集［M］//续修四库全书：一四五五. 上海：上海古籍出版社，2002：390.
④ 翁方纲. 复初斋文集［M］//续修四库全书：一四五五. 上海：上海古籍出版社，2002：419.
⑤ 马亚中. 中国近代诗歌史［M］. 台北：台湾学生书局，1992：580.
⑥ 姚鼐. 惜抱轩诗文集［M］. 刘季高，标校. 上海：上海古籍出版社，1992：84.
⑦ 姚鼐. 惜抱轩诗文集［M］. 刘季高，标校. 上海：上海古籍出版社，1992：48.

富于理味，而诗主性情说强调的是诗歌的审美意味。这样学问与性情就不存在谁优先的问题。其二，从道与艺合推论出"人与天一"。姚鼐区分艺术创作"有全乎天者焉，有因人而造乎天者焉"（《敦拙堂诗集序》）①，他认为自然合道者与学而合道者不可同语。"道德修明，而学术该备"的作者，不可同于"田野闾闳、无足称述之人"（《敦拙堂诗集序》）②。他一面称道是天生的，而一面主张求道以人工为尚，称那种"第求为文士"的读书人是"靡精神销日月"（《稼门集序》）③ 的不足观之人。经过这样推理，"道与艺合"与"余事作诗人"的观点就合而为一。据此"君子求乎道，细人求乎技，君子之职以道，细人之职以技"（《翰林论》）④，"艺与道合"还是偏向了"道"这一端，"道与艺合"论的特色是基本上承认了可以由艺入道、由道返艺的并列位置。在此前提下才强调具有儒家的道义精神的作品和具有道德修养和经世之才的作者高于吟咏性情、脱口而得的作品和专事创作的诗人，这就比同时的翁方纲以抽象的"理"来涵盖一切要显得通达，义理、知识和言志抒情的关系亦由紧张对立趋于平衡。

总之，清代前中期学宋诗家对学问与性情关系的看法，经历了从钱、黄主真求变、性情优先的一元论到浙派与翁方纲学问优先的宗宋论，再到桐城诗派采取一种调和的姿态，道艺并重、唐宋兼采、性情与学问两极同构论这一过程；在对立中逐渐走向统一，对道咸宋诗派诗论起了导源作用。

二

道咸宋诗派诗人处乾嘉以来统治阶级日趋腐败、社会危机四伏之际，时代的悲风打磨着生活在其中的诗人。在暴风雨来临的前夜，以何种方式去反映时代的巨变，是诗人们面临的现实问题。道咸宋诗派诗人对有清以来古典诗学的宗宋倾向做了总结，在学问与性情的关系上，道咸宋诗派主要对学问与理气、性情与真诗这两组范畴提出了不少新见。

（一）学问与理气

前述已言及"学问"问题在古代诗歌创作理论中是一重要问题。自宋代严羽提出"诗有别材，非关学也"，就论争不休，清诗的宋化过程中也经历了从倡导学问以求发挥诗文经世致用的社会功能，到倡导学问以求作品阐衍宏博，形成

---

① 姚鼐. 惜抱轩诗文集 [M]. 刘季高，标校. 上海：上海古籍出版社, 1992: 49.
② 姚鼐. 惜抱轩诗文集 [M]. 刘季高，标校. 上海：上海古籍出版社, 1992: 49.
③ 姚鼐. 惜抱轩诗文集 [M]. 刘季高，标校. 上海：上海古籍出版社, 1992: 273.
④ 姚鼐. 惜抱轩诗文集 [M]. 刘季高，标校. 上海：上海古籍出版社, 1992: 4.

一种清涩峭折的在野文人诗风,再到以学问为中心统摄一切,成为严羽论题的反命题。道咸宋诗派在处理学问问题时,把侧重点放在其与理气的关系上,然后由此而求于性情之真,亦不排除性情的主导地位,这就不同于翁方纲以"理"为中心,而是又大致回到了钱谦益"学殖以深其根,养气以充其志"的比较正确的理论。不过道咸宋诗派无论在理论追求上,还是诗歌实践中,更加强调以身外学问化身内性情,以身内性情遭身外学问,力求学问与性情的异质同构,这种理论特征亦不同于钱谦益等人的"性情优先"主张。

  道咸宋诗派特别重视创作主体的诗学根本,要求创作者有根柢学问和积理养气。郑珍说:"才不养不大,气不养不盛,养才全在多学,养气全在力行。"(《跋内弟黎鲁新慕耕草堂诗钞》)① 他们所推重的是朴学而兼容宋学,程恩泽曾教导郑珍说:"为学不先识字,何以读三代秦汉之书?"(《郑珍传》)② 这种调和汉、宋的学术倾向使得他们的诗论不是一般地强调诗人要有学问,而是比乾嘉诗人更强调学养与人品及诗品的统一。他们的主张在桐城诗论中已显端倪,"道与艺合,天与人一"的主张与道咸宋诗派"学问与诗品的统一"有暗通之处。尤其值得注意的是宋诗派的这种主张在强调学问之时,却暗转为主性情之径。何绍基言:"人可一日不读书乎!当读者何书?经史而已。……极意考究性道处固启发性灵。"(《与汪菊士论诗》)③ 这种把研读经史与抒写性灵结合起来的说法极为微妙。虽然宋人有过"文皆是从道中流出"这类话,但这种论调忽略了性情的作用,有以诗为道之余之嫌。何绍基主张从性情事理出发,以读书助性情发露。他说:"看书时从性情上体会,从古今事理上打量。于书理有贯通处,则气味在胸,握笔时方能流露……有谓作诗文不当考据者,由不知读书之诀,因不知诗文之诀也。"(《题冯鲁川小像册论诗》)④ 如此细密地把性情与学问沟通起来,在此之前似不多见。曾国藩就说:"若谓专务道德,文将不期而自工,兹或上哲有,然恐亦未必果为笃论也。"(《与刘蓉书》)⑤ 这种观点就较好地解决了我们在前面提及的学问与性情问题、学人之诗与诗人之诗的问题。翁方纲那种被袁枚贬为"误把抄书当作诗"的理论的缺陷被弥补。

  明白了道咸宋诗派的根柢学问主张,再来看其积理养气的观点,就是一而二、二而一的问题了。郑珍说:"固宜多读书,尤贵养其气。气正斯有我,学赡

---

① 郑珍. 巢经巢文集:卷第三[M]//郑珍. 巢经巢全集. 前溪吴鼎昌初印本,1940.
② 清史儒林传[M]//郑珍. 巢经巢全集. 前溪吴鼎昌初印本,1940.
③ 何绍基. 何绍基诗文集[M]. 龙震球,何书置,校点. 长沙:岳麓书社,1992:819.
④ 何绍基. 何绍基诗文集[M]. 龙震球,何书置,校点. 长沙:岳麓书社,1992:815.
⑤ 曾国藩. 曾国藩全集:书信十[M]. 长沙:岳麓书社,1994:7036.

乃相济。"(《论诗示诸生时代者将至》)① 读书、养气、性情三者一以贯之，读书可助养气，养气可使人有着独立不二的品格，有真性情，这是宋诗派的一条理论思路，何绍基说："但论古人宜宽厚，不宜刻责……积理养气，皆从此为依据，至于作诗，则吾尝谓天下吝啬人、刻薄人、狭隘人、粘滞人俱不会作诗，由先不会读书也。"(《与汪菊士论诗》)② 不读书的人不积理养气，则难得性情之正，反之性情正才能读书积理，这就形成一双循环的诗学结构，学问与性情的问题就顺着逻辑的理路而解决。道咸宋诗派重创作主体的学行实践，学问与理气的涵养使诗歌产生一种理性体验和感悟，再者他们认为在传统文化结晶的基础上，能够磨砺人格，自立于天地之间，产生一种新的性情，进入一个独立、自创的文学境界。

（二）性情与真诗

中国古代文学的基本特质是以抒情为主。性情是文学作品构成的重要元素。感物吟志是古代诗歌理论中公定的创作论，道咸宋诗派的理论没有忽视性情在作品中的主导地位，涤除了肌理说"以学问为本"的提法，主性情，求真诗，形成了自己的理论观点。

郑珍说："我吟率性真，不自谓能诗，赤手骑祖马，纵行去鞍羁。"③ 祁寯藻也说："诗以言志，言为心声，若徒揣摩格律，雕琢词藻，纵成结构，终乏性情。"(《馕飣亭集自序》)④ 把文学看成作者个人主观心态的表现和外化的主张，在古代诗论的历史长河中一直是一股不断的主流。某位作家或某一流派在认同这一理论时，往往赋予其含纳自我主观意图的新义。道咸宋诗派的主情理论亦同此，在对待性情问题时，他们的看法是感情的激发必须加深阅历，以陶冶人的人格性灵，启迪诗思。何绍基认为"生诗如生水，要储不竭源，灵脉保一掬，万斛云涛翻"(《送黄铁香下第南旋》)⑤，要储备生活，涵养性灵。

道咸宋诗派作家不仅要求深入生活，培养灵心，还特别重视以学问扶植性情。程恩泽说："或曰诗以道性情，至咏物则性情细，咏物至金石则性情尤细；虽不作可也。解之曰：诗骚之原，首性情，次学问。诗无学问则雅颂缺，骚无学问则大招废……学问浅则性情焉得厚……是性情又自学问中出也。"(《金石题咏

---

① 郑珍. 巢经巢诗钞：卷第七 [M] //郑珍. 巢经巢全集. 前溪吴鼎昌初印本，1940.
② 何绍基. 何绍基诗文集 [M]. 龙震球，何书置，校点. 长沙：岳麓书社，1992：819.
③ 郑珍. 巢经巢诗钞：后集卷二 [M] //郑珍. 巢经巢全集. 前溪吴鼎昌初印本，1940.
④ 祁寯藻. 馕飣亭集. 清咸丰刻本.
⑤ 何绍基. 何绍基诗文集 [M]. 龙震球，何书置，校点. 长沙：岳麓书社，1992：29.

汇编序》)① 这段文字是其对诋贬考据诗者的自辩之词。他的立论依据是诗经有《国风》《雅》《颂》之分，则作诗亦有纯抒情与抒情而兼学问之分。以此推理出学问可补性情的浅薄，性情亦可出于学问。程恩泽的说法实际上是承认了诗本性情，但由学问而出的性情更符合其朴学家博雅的审美情趣。就如曾国藩所说："凡作文、诗，有情极真挚，不得不一倾吐之时……若平日蕴酿不深，则虽有真情欲吐，而理不足以适之。"② 如上所言，学问和性情是道咸宋诗派论诗的两极，又相互结合为一个整体，没有性情徒具学问则如翁方纲的诗一样"死气满纸"，而无学问的性情之诗则浅薄轻浮。

道咸宋诗派似没有直接提出"真诗"的观点，但是依据传统诗论中有真性情即有真诗的看法，仍可将何绍基所论的真性情来归纳其义。何绍基有几段话可以看作其对真诗的认识："凡学诗者，无不知要有真性情"，而"作诗文自有多少法度，多少功夫，方能将真性情搬运到笔墨上"(《使黔草自序》)③。这是指明真诗不仅要内容真，而且形式也要留意。他同时认为："诗是自家做的，便要说自家的话，凡可以彼此公共通融的话头，都与自己无涉。"(《与汪菊士论诗》)④ 这就是说在形式方面，要选择适合自抒性灵的话语，通常使用的语言要符合审美规范。这种艺术理论反映在宋诗派的创作实践中就是与众不同的峭劲清涩、聱牙钩棘的艺术风格。

三

在此基石上，道咸宋诗派自然而然地提出了"人与诗一"及"学人之诗"与"诗人之诗"合的命题。文学创作是"心生而言立，言立而文明"，作家的生命精神外化而形成不同的艺术风格。"文如其人""诗如其人"等命题为古人屡屡论述。近代宋诗派强调创作主体的艺术修养，要求写出有价值的真诗，其目的同"人与诗一"的要求相吻合，这种向传统诗说回归的取向，或显或隐地反映了近代追求个性解放的要求。

何绍基在《使黔草自序》中论诗文成家问题时说："诗文不成家，不如其已也；然家之所以成，非可于诗文求之也，先学为人而已矣……就吾性情，充以古籍，阅历事物，真我自立，绝去摹拟，大小偏正，不枉厥材，人可成矣……又刊

---

① 程恩泽. 程侍郎遗集二：金石题咏汇编序[M]//王云五. 丛书集成初编. 上海：商务印书馆，1935：143.
② 曾国藩. 曾国藩全集：日记一[M]. 长沙：岳麓书社，1995：130-131.
③ 何绍基. 何绍基诗文集[M]. 龙震球，何书置，校点. 长沙：岳麓书社，1992：817.
④ 何绍基. 何绍基诗文集[M]. 龙震球，何书置，校点. 长沙：岳麓书社，1992：817.

其词义之美与吾为人不相肖者，始则少移焉，继则半至焉，终则全赴焉，是则人与文一。人与文一，是为人成，是为诗文之家成。"①"人与文一"就是要求艺术作品切合自己的身份，具有个人独特的艺术面目。这种风格即人的观点，使得道咸宋诗派对创作者立身处世之道格外重视。何绍基在强调创作主体的修为时，已显现出某些追求个性解放的色彩，这在他自立不俗的主张中表现得更为明显。郑珍从学诗的角度出发，在默认"诗、学、人一"的前提下，也说："故窃以为古人之诗，非可学而能也；学其诗，当自学其人始。"（《郘亭诗钞序》）②学诗得先学人的性情、气象、抱负、才识，以求内质之美，这样，再求语言之工也就不难了。这种"诗人合一"的观点背后，有其对作家"成人"的特别要求。何绍基以为"诗者，先王六艺之余也。艺以道精，道以艺著。然艺也者，无尽而可尽者也，若道则无尽者也"（《汤海秋诗集序》）③。这种观点正是由宋代重道文艺观而来。近代宋诗派企图在传统典籍中寻找挽救时代弊病的希望之光，以经史之学的厚重质朴给浮华无根的诗坛带来转机。他们竭力使人相信：只要熟读经史便可知古今事理，洞悉兴衰消长之机，明理养气，即可自立于人世，大节不亏。他们一方面有着力避流俗、除旧扬新的勇气，一方面却时时回顾着儒家圣贤的足迹，期望着先人能给予他们解决现实问题的答案。这使得其艺术主张只能是在强调进德修身基础上形成独特的风貌。后来同光体代表作家陈衍在"人与文一"问题上，认为作诗是"寂者之事""荒塞之路"。作诗者"非必蕲于相尚也，而不可无以自尚。自尚者，一人有一人之境地，一人之性情"（《奚无识诗序》）④。其"人与诗一"观提出诗歌需要切合每位作家的独立身份、当时的情境要求。道咸宋诗派"人与诗一"命题讲究文学美与道德美的契合，于性情处求道德之美，借艺术技巧显智性之光，由艺进道，由道返艺，为诗歌创作开辟新天地，这使得近代宋诗派到同光朝而有"学人之诗与诗人之诗合一"的主张提出。

　　"学人之诗"与"诗人之诗"合一虽然直到陈衍才正式提出，但在道咸宋诗派与桐城诗派性情、学问并重的主张中已见端倪。莫友芝在评论郑珍的诗时说"才力赡裕，溢而为诗，对客挥毫，隽伟宏肆，见者诧为讲学家所未有，而要其横驱侧出，卒于大道无所牴牾，则又非真讲学人不能为"（《郑子尹巢经巢诗钞

---

① 何绍基. 何绍基诗文集［M］. 龙震球，何书置，校点. 长沙：岳麓书社，1992：781.
② 郑珍. 巢经巢文集卷第二［M］//郑珍. 巢经巢全集. 前溪吴鼎昌初印本，1940.
③ 何绍基. 何绍基诗文集［M］. 龙震球，何书置，校点. 长沙：岳麓书社，1992：767.
④ 陈衍. 石遗室文集：卷五［M］. 1913年刊本.

序》)①,已经目郑珍诗兼学人、诗人之诗两者之长。桐城派梅曾亮亦说:"诗人不可以无学,然方其为诗也,必置其心于空远浩荡,凡名物象数之繁重丛琐者悉举而空其糟粕,夫如是则吾之学常助吾诗于言意之表而不为吾累,然后可以为诗。"(《刘楚桢诗序》)② 不仅是桐城、宋诗派诗人有这种合性情、学问为一的倾向,同时的林昌彝在《海天琴思录》和《海天琴思续录》中也说:"昔人论诗人之用才也,谓才与境接,出静入动,瞳眬萌拆,惟变所适,变而成方,是有本焉……穷本知变,诗人之诗也;穷本而不知变,为才用而不能用才,成为学人之诗耳。"③ 陈仅说:"性灵,即性分也……沧浪所谓'诗有别趣',此种人学诗最易,然往往缺于学术,转至自误。其由学力进者,多不能成家,以性情不相入也。"④ 这说明作诗"重学问"与"主性情"相对立的情况,到晚清逐渐转变为两者兼融并通、缺一则偏的共识。

受道咸宋诗派的影响,近代名声极大的同光体诗论家陈衍多次在评论道咸宋诗派时提到"学人之诗"与"诗人之诗"合一。他所说的"学人之诗"是"证据精确,比例切当"⑤,以才学为诗,用典精当。"诗人之诗"是"诗中带着写景言情"⑥,富于抒情性。在他看来"学人之诗"不是最高境界,而必须先作"诗人之诗",然后"两者合:才是真诗人",使对诗的本质的认识又有了中国特点的新义界。

总之,道咸宋诗派在诗歌理论上以创作主体为主,以"学问"与"性情"的诗学异质同构为目的,在清初以来宗宋诗人的理论探讨的基石上,对古典诗歌传统诗论的一个侧面做了总结。他们从诗人的身份出发,既看重天机性灵,又着意于后天修炼,力求"诗人合一",形成一种既富于感性形象,又浸润着深厚的学理精神的诗歌艺术风格。他们将"以学为诗、以理为诗"与"诗有别材,非关书也;诗有别趣,非关理也"两种相异质的传统调整和整合,形成一种独具民族特色的诗歌理论;也对我们研究文学的本质、建构新时代的中国文艺理论话语有着一定的参考价值。

[原发表于《苏州大学学报》(哲学社会科学版)2006年第3期]

① 莫友芝. 邵亭遗文:卷二 [M]. 清末刻本.
② 梅曾亮. 柏枧山房文集:卷七 [M] //续修四库全书:一五一四. 上海:上海古籍出版社,2002:12.
③ 林昌彝. 海天琴思续录 [M]. 王镇远,林虞生,标点. 上海:上海古籍出版社,1988:435.
④ 陈仅. 竹林答问 [M] //郭绍虞. 清诗话续编. 上海:上海古籍出版社,1983:2222.
⑤ 陈衍. 石遗室诗话 [M]. 沈阳:辽宁教育出版社,1998:381.
⑥ 陈衍. 石遗室诗话 [M]. 沈阳:辽宁教育出版社,1998:381.

陈衍与同光体

唐宋诗之争：陈衍诗学的近代转义

胡晓明

一、兴会每从探讨出

唐宋诗之争可谓清代诗学的最大问题。从清初黄梨洲、吕晚村（即吕留良）、吴孟举（即吴之振）为代表的浙派播下种子，康、雍时期的查慎行、厉鹗、全祖望，以及乾隆时期秀水派诗人钱载等，推尊宋诗已成林木蔚茂，下启道咸时期程春海（即程恩泽）、祁春圃（即祁寯藻）、何绍基、郑珍等宋诗运动的开花结果，一直下贯到晚清同光体，宋诗复兴成为贯穿全局的主线。作为清代诗学结穴的同光体最著名的诗论家，陈衍也是在这个重要命题中表述他的诗学观念的。其引人注目的特点在于他既明确标举学宋的旗帜，但是又明确反对诗分唐宋。一方面，他说："同光体者，苏堪（郑孝胥）与余戏称同（同治）、光（光绪）以来诗人不墨守盛唐者"①，"若墨守旧说，唐以后之书不读，有日蹙国百里而已"。② 陈衍表明他们的诗风，上接宗宋的传统，将桃唐祖宋的旗帜打到底。而且，他选《近代诗钞》、刊行大型诗话《石遗室诗话》，皆"借以抬, 高同光体, 诗人的地位""标举诗派，俨然为广大教主"③。然而他又说："唐宋名贤共

---

① 陈衍. 石遗室论诗文录 [M] //钱仲联. 陈衍诗论合集：下. 福州：福建人民出版社，1999：1048.
② 陈衍. 石遗室诗话：卷一 [M] //钱仲联. 陈衍诗论合集：上. 福州：福建人民出版社，1999：9.
③ 钱仲联，严明. 袁枚与陈衍：论诗坛盟主对清诗发展的积极影响 [J]. 江海学刊，1995（1）：156.

指归，不须时代判从违"①"宋唐区划非吾意，汉魏临摹是死灰"②"今之人喜分唐诗宋诗……夫学问之事，惟在至与不至耳"③"人之言曰，明之人皆为唐诗，清之人多为宋诗。然诗之于唐宋，果异与否，殆未易以断言也"④。一直到他八十二岁时，还这样回答弟子，问："唐宋之诗，其严格之分别何在？世谓唐诗主情，宋诗主理，其说然否？"答："唐宋诗佳者，无大分别。真能诗者，使人不能分其为唐为宋。使人能分出者，非诗之至也，自家之诗而已；其次，乃似某大家。"⑤ 显然他的诗学宗旨没有什么变化。其实像陈衍这样反对分唐界宋的议论，前人并非没有。清人中典型者如王渔洋（即王士禛）、袁枚，都说过类似的话。但是王氏骨子里仍是主唐音，调停唐宋之说只是一种貌似持平的批评策略。而袁枚根本只是自相矛盾而已。⑥ 那么究竟在陈衍的心目中，反对分唐界宋是不是策略、口号或矛盾？

对此一学案的解释，程千帆的说法是"详老人之意，于唐、宋分疆，未加抑扬，实持平之至论"⑦。钱仲联的回答是："是以宗宋为主而溯源于韩、杜……在学古的基础上要求开辟新境界。"⑧ 也就是说，在陈衍的心目中唐宋并不对立，但有主次之分。黄霖的解释一是认同钱说，说陈衍等人的宋诗派不尽同于何绍基、郑珍、莫友芝的宋诗派，"虽主宋诗而不专宗宋诗"；一是更明确陈衍"在骨子里同其前辈并无二致，最后的落脚点还是在元祐宋诗"⑨。我们可以换一个思路：贯穿清代诗学的唐宋诗之争其实不只是个分门立宗的问题，除了表明诗家的诗学崇尚之外，更大程度上"唐宋诗之争"只是讨论商榷诗学的径路、栏目，

---

① 陈衍. 石遗室论诗诗录 [M] //钱仲联. 陈衍诗论合集：下. 福州：福建人民出版社，1999：1114.
② 陈衍. 石遗室论诗诗录 [M] //钱仲联. 陈衍诗论合集：下. 福州：福建人民出版社，1999：1110.
③ 陈衍. 石遗室论诗文录 [M] //钱仲联. 陈衍诗论合集：下. 福州：福建人民出版社，1999：1059.
④ 陈衍. 石遗室论诗文录 [M] //钱仲联. 陈衍诗论合集：下. 福州：福建人民出版社，1999：1061.
⑤ 陈衍. 石遗室论诗文录 [M] //钱仲联. 陈衍诗论合集：下. 福州：福建人民出版社，1999：1088.
⑥ 钱锺书《谈艺录》："随园论诗，深非分朝代、划时期之说……且时而崇远贱近，时而雄今虐古，矛盾之中，又有矛盾焉。……盖子才立说，每为取快一时，破心夺胆，矫枉过正；英雄欺人，渠亦未必谓安。"钱锺书. 谈艺录 [M]. 补订本. 北京：中华书局，1984：214-218.
⑦ 程千帆. 读宋诗精华录 [M] //古诗考索. 上海：上海古籍出版社，1984：383-384.
⑧ 钱仲联. 论"同光体"[M] //梦苕庵论集. 北京：中华书局，1993：417-421.
⑨ 黄霖. 近代文学批评史 [M]. 上海：上海古籍出版社，1993：126-127.

诗家借此熟悉的话语空间，发表他们有关诗歌的各种议论而已。因此宗宋与不分唐宋，其背后的诗学底蕴仍值得深细描述。

陈衍标举学宋，其理由有三：一曰贵创新，二曰崇尚真实本领，三曰重思想。陈衍说诗贵创新开拓，今人多能认识，此从略。诗学崇尚真实本领，为陈衍"学人之诗"重要主张，容后申论。重思想，这是从反面看出教训。明代人学古摹唐，形成空腔空套，诗只成为语言的美感格调，这是诗的浅薄化、恶俗化。陈衍诗："兴会每从探讨出，深苍也要取材坚。"① 前一句的意思是说：诗以兴会为要事，但是诗兴往往从思想义理读书问学的"探讨"活动中油然而生，明人只标举美感兴会，失却了诗思的重要资源。兴会、兴象，是唐诗的美学特征，而才思笔致，则是宋人的诗美创意。他说：大抵诗要"兴象才思两相凑泊"，他这里讲的"才思"，就是宋诗人的思想功夫。"孟、韦才思，庸有不及时耳。"（《诗话》卷23）同篇文章引郑孝胥论诗语："若处处不忘是作家，而不敢极其才思，诚作家矣，然终于此而已，安有深造自得之境。"② 他对于海藏强调诗人应有哲人那样力求达至强探力索之思、深造自得之境，是完全认同的。思想功夫又称为"推见至隐"。他批评钟嵘《诗品》"观古今胜语，多非补假，皆由直寻"之说，"夫语由直寻，不贵用事，无可訾议也。然何以能直寻，而不穷于所往，则推见至隐故也"③。这相当于叶燮说的"钩致穿凿"和翁方纲说的"刻抉入里"④，都是对宋诗思想力的表彰，然又比他们说得清楚。

道咸以来，清诗趋向由宗唐转向宗宋，表面上看，是诗学风尚的转移、美学趣味的嬗变，其实往深一层看，是清中晚思想史的风气变化使然：由乾嘉诸老埋头文字训诂，转变为经世致用思想的抬头四顾。陈衍明确说："当夫康熙、乾隆之间，虽提倡文学之声极高，而文字之狱滋起，故诗之学无可言，所可言者，亦惟端庄之辞而已"，"道光之际，盛谈经济之学。未几，世乱蜂起，朝廷文禁日弛，诗学乃兴盛"，"是时之诗，渐有敢言之精神"⑤。道、光之际最有成就的诗

---

① 陈衍. 石遗室论诗诗录 [M]//钱仲联. 陈衍诗论合集：下. 福州：福建人民出版社，1999：1109.

② 陈衍. 石遗室论诗文录 [M]//钱仲联. 陈衍诗论合集：下. 福州：福建人民出版社，1999：1050.

③ 陈衍. 诗品平议 [M]//钱仲联. 陈衍诗论合集：上. 福州：福建人民出版社，1999：940.

④ "譬之石中有宝，不穿之凿之，则宝不出。且未穿未凿之前，人人皆作模棱皮相之语。"（叶燮. 原诗：内篇上 [M]. 霍松林，校注. 北京：人民文学出版社，1979：9）"宋人精诣，全在刻抉入里。"（翁方纲. 石洲诗话：卷四 [M]. 北京：人民文学出版社，1981：120）

⑤ 陈衍. 石遗室论诗诗录 [M]//钱仲联. 陈衍诗论合集：下. 福州：福建人民出版社，1999：1086-1087.

人，莫友芝、何绍基、郑珍都是宋诗派的著名诗人，"敢言之精神"，即主张诗要从美学俗调的沉睡之中醒来，思想从政治高压中渐渐苏醒，做时代思想的良知。陈衍标举学宋，上接何、莫、郑，正是凸显此一真精神。他评郑珍诗"历前人所未历之境，状前人所难状之状"，"为道咸以来诗家一变局"；评左宗棠诗"有扶风豪士之气"；评金和诗"一种沉痛阴黑惨黯气象，又过于少陵、子尹"；评张之洞诗："士马精妍，以发挥其名论特识"；评陈书诗"不以空言神韵专事音节者为然"；等等。在陈衍看来，宋诗确比唐诗更长于表达思想。他最心仪的宋诗人是苏轼和杨万里。"东坡志在致泽，诗案几杀其身。位卑虽言无罪，敢怨诗能穷人！"① 推重东坡诗的敢言精神。"宋诗中如杨诚斋，非仅笔透纸背也。言时折其衣襟，既向里折，又反而向表折。因指示曰：他人诗只一折，不过一曲折而已。诚斋则至少两曲折。他人一折向左，再折又向左。诚斋则一折向左，再折向左，三折总而向右矣。生看《诚斋集》，当于此等处求之。"（《陈石遗先生谈艺录》）前人说诚斋诗"最得活法"（刘克庄）、"胸襟透脱"（张紫岩）、"死蛇解弄活鲅鲅"（葛无怀），只是笼统标举其诗思之自由灵活、体物无碍，无意于文而自工；而陈衍更看出诚斋句法背后的刻抉入里，又翻转向表，语多转折，左右逢源的具体诗思姿态，此种姿态是最适于思想性创造的诗歌典范②。

二、深苍也要取材坚

苏东坡批评孟浩然诗是造法酒手段，苦乏材料；梅亮臣说诗"理短则思不深"；黄山谷批评"近世少年，多不肯治经术及精读史书，乃纵酒以助诗，故诗人致远则泥"③——宋诗重取材、重学养。这正是陈衍他们宗宋的第二个理由。"深苍也要取材坚"，意谓：诗之意韵深邃、格调苍古，固然好看。然而须内材充实，语义坚确，方是好诗。"诗以骨力坚苍为一要。"陈衍认为，明人学古，沧浪、渔洋诗学标举唐音，都不能做"取材坚"。而宋诗有学问、有真实本领，

---

① 陈衍. 石遗室论诗诗录 [M]//钱仲联. 陈衍诗论合集：下. 福州：福建人民出版社，1999：1127.

② 周必大《次韵杨廷秀寄题涣然书院》："诚斋万事悟活法。"钱锺书说："则诚斋于诗外事亦一以'活法'贯之。"（钱锺书. 谈艺录 [M]. 补订本. 北京：中华书局，1984：466）李敬斋《敬斋古今黈》称"杨诚斋诗，句句人理"（李冶. 敬斋古今黈：附拾遗 [M]//丛书集成初编. 上海：商务印书馆，1935：108）；赵翼序《诚斋集》，论诚斋"争新，在意不在词"；全祖望说诚斋"以学人而入诗派"（全祖望. 宝甀集序 [M]//黄云眉. 鲒埼亭文集选注. 济南：齐鲁书社，1982：416），皆明其重思想功夫。

③ 引自：梅尧臣. 续金针诗格 [M]//王大鹏，等. 中国历代诗话选：一. 长沙：岳麓书社，1985：152. 陈师道. 后山诗话 [M]//何文焕. 历代诗话. 北京：中华书局，1982：311.

可矫此弊。前人推重宋诗，只是提出过"取材"的命题，"取材"只是说扩大诗材至于经史百家，以充实诗思的来源；而"取材坚"则涉及语言的真实可靠问题。不妨从他有关具体作品批评说起。

> 白乐天《寄韬光禅师》云："一山门作两山门，两寺原从一寺分。东涧水流西涧水，南山云起北山云。前台花发后台见，上界钟声下界闻。遥想吾师行道处，天香桂子落纷纷。"此七言律创格也，惟灵隐、韬光两寺实一寺，一山门实两山门者，用此格最合。其余东西涧、南北峰、前后台、上下界，无一字不真切，故此诗不可无一，不能有二……（《诗话》卷十九）。

这里看出乐天诗灵活新鲜的句式背后，"无一字不真切"的体物功夫，经得起考据家的踏勘实测。故虽为唐音，实开宋调。无怪后来如东坡，极擅学此种诗体。又说：

> 渔洋《雨后观音门渡江》诗云："饱挂轻帆趁暮晴"，雨后作，言暮晴是矣。而第三句又云："吴山带雨参差没"，又说雨何耶？为之解者曰：初晴山尚"带"雨耳。然非方"落"雨，何以会"没"？若因天暝而"没"，又何以知其"带雨"耶？（《诗话》卷十七）

> 昌黎诗云："荆山已去华山来，日照潼关四扇开。"渔洋本之，以对"高秋华岳三峰出，晓日潼关四扇开"。……分明是两扇，必说四扇，似不得借口于古人。（《诗话》卷十七）

"雨后"就是"雨后"，"两扇"就是"两扇"，不得借口写诗而自相矛盾，不得为了字面好看而牺牲语义妥当和事物真确。墨守唐音者，易失去当下的确然，代之以语辞的应然。唐诗的语言浑含，宋诗的语言精准，陈衍极主张精准的语言。他批评严沧浪"羚羊挂角，无迹可求"，是"以浅人作深语，艰深文固陋"。他批评王渔洋"华严楼阁，弹指即现"之喻，"直是梦魇，不止大言不惭"。一首好诗固然不等于一篇说明文、记叙文或一篇翔实的日记、史志，诗道固然广大深远，引人返思神举、迁想妙是，"然不精微何以成广大？作文字先精微而后广大，故能一字不苟，字字有来历，非徒为大言以欺人，即算学之微积、禅宗之渐意也"（《诗话》卷六）。听起来像是个没有诗情趣味的村夫老学究，沧浪、渔洋再世，必指斥为以文字为诗，以学问为诗，不懂诗艺的经师而已！莫非陈衍不懂得诗不是学问、不是历史？如果持艺术性标准，陈衍岂不是大大后退于严沧浪、王渔洋的水平？其实，陈衍诗学不废诗歌的美学原则①，然而他对诗意的体味恰恰是立足于对于诗歌艺术具体经验的真实了解，而不是只满足于笼统印象式的主观概念。老杜名句"晨钟云外湿"，钟惺以不可解为妙。陈衍说："明晨雨湿，寺钟鸣，以关心天气人闻之，觉钟声不如寻常响亮，似从云外来，被湿云裹住，则知天未大晴，推蓬起视，雨湿不得上岸矣。"（《诗话》卷二十三）李白写庐山瀑布名句"海风吹不断，山月照还空"，前人以为古今绝唱②，陈衍亲自到了庐山一看，才知道原来诗仙首先是写实："不知此正言其瀑布之不甚广，若广至寻丈，则吹之自不断，照之亦不空矣。"③杜牧名篇《寄扬州》："青山隐隐水迢迢，秋尽江南草未凋。二十四桥明月夜，玉人何处教吹箫？"风华绝世，音调谐美，言微旨远，如清庙之瑟，一唱而三叹，允为唐音之最。陈衍《扬州杂诗》之四："废池乔木罢吹箫，何处波心廿四桥。一上平山堂上望，山真隐隐水迢迢。"在他看来，唯美的诗歌不是不好，而是要看它有无真实的"底子"。如果只晓得"青山隐隐水迢迢"之风神摇曳、含吐不露、意旨微茫，而无"山真隐隐水迢迢"之当下感发，当下的真山真水，那还叫真诗么？他批评那种用词的浮泛不切的诗风："'寒潦''荒城''荒墟''空斋''虚堂''百年''十日''百里''四方'等字，未免叠见。"（《诗话》卷十三）"读大复（何景明）《明月篇》，反复再四，不知其命意所在，但觉满纸填明月故实耳。但作一明月诗，亦未尝不可。渔洋必谓其接迹风人，妙语从天，则强作解事矣。大复最多月诗，殆必须为李太白乎？其《十四夜》《十六夜》《十七夜》各月诗，刻画题面而已。"（《诗话》卷二十三）

为了追求诗语的精准第一，陈衍引入一个字说诗："称。""余于诗无所偏好，惟能与称也"（《诗话》卷十四），称即"符合真实身份"。一件事物就是那样事物的本然。取材可靠、实在，则相称；反之，则不称，不称则假。他为人写序，有两条原则："诗之貌似古人，率公共习见之语者，不叙；壮盛叹老，素封忧贫，以为穷愁即陶杜者，不叙。"④他说：

---

① 他有大量诗话即以一二句精妙语，点出作品的佳胜处，其中有不少是极推重兴会、妙悟、缥缈之音、唱叹之美，如："古人云'遂为诗人所觉'者此也"；"听雨为诗人一特别意境"；"凄戾绵邈之音，往往使人神往而讽咏不忘"；"有神无迹"；"工诗者多不能忘情之人"等。石遗老人诗感极深微，容后专文讨论。

② 宋人韦居安《梅磵诗话》亦说过："然非历览此景，不足以见此诗之妙。"（丁福保.历代诗话续编：上［M］.北京：中华书局，1983：534）

③ 陈声暨，等.侯官陈石遗先生年谱［M］//陈步.陈石遗集.福州，福建人民出版社，2001：1990-1991.

④ 陈衍.石遗室论诗文录［M］//钱仲联.陈衍诗论合集：下.福州：福建人民出版社，1999：1079.

> 语言文字，各人有各人身分，惟其称而已。所以寻常妇女，难得伟词；穷老书生，耻言抱负；至于身厕戎行，躬擐甲胄，则辛稼轩之金戈铁马、岳武穆之收拾山河，故不能绳以京兆之推敲、饭颗之苦吟矣。（《诗话》卷三十二）

他难道不懂得诗歌须有"伟词""抱负"，须有"金戈铁马、收拾山河"，才算气调雄浑、文姿英发么？"余谓明清两代诗人，墨守盛唐者，往往坐此：声情激越，是其所长，差少变化耳。"（《诗话》卷十三）他觉得好诗的标准不是一种空洞的、超时空的、普遍的伟大或美好，这种伟大或美好如不是发自现实人生中具体真实的人，只能算是俗调。以同样的原则，他批评"假遗民诗人"，说：

> 自前清革命，而旧日之官僚伏处不出者，顾添许多诗料，黍离麦秀、荆棘铜驼、义熙甲子之类，摇笔即来，满纸皆是。其实此时局羌无故实，用典难于恰切，前清钟虞不移，高貌如故，故宗庙宫室未为禾黍也。都城未有战事，铜驼未尝在棘中也。义熙之号虽改，而未有称王称帝之刘寄奴也；旧帝后未为瀛国公、谢道清也。出处去就，听人自便，无文文山、谢叠山之事也。（《诗话》卷九）

我们或许会问：他难道不晓得诗有比兴之义？黍离麦秀，非唯悯周；荆棘铜驼，通指时变；义熙甲子，泛称换代——诗人难道不可以借一套盛衰兴亡的语辞引发时代存亡的个人感受么？但是我们不会天真地以为：写诗是如此一件现成简易的事情。明人诗风之颓，恰在误以为诗语都是如此现成。比兴、比兴，多少不懂诗歌之人假汝之名以行！陈衍明确看到，学唐诗恰恰痛在笼统、肤廓、泛称、大而化之，他偏要以认真的学者理性，与喜笼统含混的诗人较较真：辛亥革命，性质不同于历史上的改朝换代；而前清官僚，身份亦不同于历史上的志士遗民。身份、时代都不相称，使典用事正是不切。陈衍不是谈政治，而是谈诗学，他敏感地发现，诗歌一套传统语汇，如一种流通过程中久久磨损的硬币，已经失去原有价值，他要另铸新币，旨在回俗向真，恢复诗语真价值，回归写诗的生命原点：个人的真身份、实感受。

在传统诗学的理论主张中，陈衍的"称"，是对宋诗学的新发展。他不仅仅主张语能称物、如印印泥那样的精工形似，也不是泛泛主张"人与诗一"的真情实感，而是非常具体、肯定地提出了时间、地点、人物身份的确定性问题。应该说，这种诗学包含着某种理性化原则，具有"反形而上学"的诗学倾向。因为"意境""风神""神"等这样的唐诗学语辞，都有某种不可捉摸、诉诸感悟的主观性原则,而陈衍却要消解它,代之以可考、可求、可分析的时、地、人因素。而这样的因素容不得一点点的苟且、随俗与虚假。因而从深一层看,其实是为他更高宗旨服务的,这就是提升诗的文化品质(不俗)——不仅将诗看成艺能之事,而且更视为涵养士大夫真实本领、真实怀抱的功夫。因为只知道填实典故、刻画字面的诗人,必然将趣味集中在如何做一首好看的诗,而不是如何对自己的生命品质和存在感受负责。诗歌的语言质地与诗人生命的质地必然是有关联的,这就是他"取材坚"一语的深一层意蕴。

三、宋唐区划非吾意

陈衍主张诗不分唐宋,其理由有五。第一,强分唐宋诗者,大多为尊唐派①。所以不分唐宋与推尊宋诗,不仅不矛盾,不仅可以避免尊宋派犯同样的错误,而且是以退为进的一种批评策略。第二,宋诗他并非全盘接受、一味说好。他喜欢陆游、杨万里、苏轼,不喜欢黄山谷(即黄庭坚)、陈后山(即陈师道)。诗话诗论中多次提到他不是"江西派"②。在像陈衍这样诗功极深、品鉴力极精细的诗家法眼中,宋诗是非常具体、丰富的。第三,宗宋的诗与宗唐的一样也有伪诗,所以,分唐界宋反而会给伪诗留下合法的生路③。第四,唐诗并非一种声貌,唐诗也并非宋诗的敌体。"余言今人强分唐诗、宋诗,宋人皆推本唐人诗法,力破余地耳。"(《诗话》卷一)唐、宋诗的关系不是谁胜过谁、谁压倒谁的关系,不是"弑父",而是开新境、拓宇疆。"唐人之声貌,至不一矣。开、天、元和,一其人,一其声貌,所以为开、天、元和也。开、天之少陵、摩诘,元和

---

① "明人事摹仿而不求变化,以鸿沟划唐宋"(陈衍.近代诗钞述评:曾国藩 [M] //钱仲联.陈衍诗论合集:上.福州:福建人民出版社,1999:882)。又沈曾植《寒雨》诗云:"强欲判唐宋,坚城捍城槽。呫囁盛中晚,帜自国严树。"陈衍极赞同此诗观点(《海日楼诗序》及《近代诗钞述评》)。

② "余论诗雅不喜山谷、后山,犹东坡、遗山之不喜东野,非谓其不工也。诗不能不言音节,二家音节,山谷偶有琴瑟,余多柷敔,笙箫则未曾有。不得谓非八音之一,听之未免使人不欢。……黄、陈亦有伪体,未至贬死冻死,何必作如许苦语哉!"(陈衍.石遗室诗话续编:卷六 [M] //钱仲联.陈衍诗论合集:上.福州:福建人民出版社,1999:690)"后生英俊,谬以余与海藏侪诸散原,方诸北宋苏、王、黄三家,以为海藏服膺荆公,遂以自命;双井为散原乡先哲,散原之兀傲僻涩似之,皆成确证。因以坡公属余,余于诗不主张专学某家,于宋人,固绝爱坡公七言各体,兴趣音节,无首不佳,五言则具体而已,向所不喜。双井、后山,尤所不喜。日本博士铃木虎雄,特撰《诗说》一卷,专论余诗,以为主张江西派。实大不然。余七古向鲜转韵,七律向不作拗体,皆大异山谷者。"(陈衍.石遗室诗话续编:卷三 [M] //钱仲联.陈衍诗论合集:上.福州:福建人民出版社,1999:584)

③ "人之言曰,明之人多为唐诗,清之人多为宋诗,然诗之于唐、宋,果异与否,殆未易以断言也。咸、同以降……非其人而为是言,非其时而为是言,与貌为汉、魏、盛唐者,何以异也?"参见:陈衍.石遗室诗话:卷十四 [M] //钱仲联.陈衍诗论合集:上.福州:福建人民出版社,1999:200。

之香山、昌黎，又往往一人不一其声貌。"① 唐诗的佳处，有时非宋诗能及。"宋人写景句，脍炙人口者，亦不过代数人、人数语，视唐人传作之多，不及远甚。"（《诗话》卷十四）这是公允之论。可见，如果强分唐宋，将损失多少诗思诗美资源。

所以就连宋诗派的典型诗家，在陈衍看来，也不是专学宋诗。郑孝胥的诗风源头是"自古诗十九首、苏、李、陶、谢、王、孟、韦、柳以下逮贾岛、姚合"等，"洗炼而熔铸之，佐以宛陵、荆公、遗山"，变化而成"清苍幽峭"一派诗风，沈乙庵、陈散原除了学黄山谷之外，更多的是对韩愈、孟郊、樊宗师、卢仝、李贺等，皆所取法，变化而成"生涩奥衍"一派诗风（《诗话》卷三）。在有成就的大家面前，唐宋诗之分是非常浮面的假问题。当然他也并非真的将唐宋诗看作一回事，如果要说唐宋诗的关系，不妨所以将唐诗看作"正相"，开元、元和的杜、韩、白、孟看作"变相"，而宋诗则是"变本加厉"（《诗话》卷十四）。这是从诗史的立场来整合诗学的。

由此所见，陈衍不主张诗分唐宋，其实与他主张学宋，在诗学原则的逻辑原点上并不矛盾，皆指向诗贵创新，贵有自家面目。因为一说诗分唐宋，必不免成为某家、某派，必不免沦为学古的诗奴。标举学宋，本来就是力破余地，然严判唐宋，又不免沦为宋人仆圉，岂非画虎不成反类犬，转失"学宋贵在创拓"之初衷？所以，他要以宗宋来救墨守盛唐之弊，又要以不分唐宋来救专宗宋调而无自家面目之失。本来，唐诗与宋诗，"性情"与"才学"，"诗人之诗"与"学人之诗"，恰似大辂之两轮，合之双美，离则两伤。所以，合唐宋于一手，正是为了破除学古樊篱，凸显自家真性情，这才是他所说的"真诗人境界"。这里必先澄清一个误解：一般人以为陈衍所谓"诗人之诗"，是他一贯贬低诗人的说法，其实不然。夏敬观评陈衍诗，谓"由学人之诗，作到诗人之诗"，陈衍答曰，"此许固太过。然不先为诗人之诗，而径为学人之诗，往往终于学人，不到真诗人境界，盖学问有余性情不足也"（《诗话》卷十四）。这分明肯定："诗人之诗"的真境界，高于"学人之诗"。他曾说，有些历史上的人物，本来是没有多少诗人气息的，不过是偶然作得一二好诗而已；而真正诗人，是具有读书人本色的人②。由此可

---

① 陈衍. 石遗室论诗文录［M］//钱仲联. 陈衍诗论合集：下. 福州：福建人民出版社，1999：1059.

② "余尝论诗之为道，无贵贱贤否，无不为者也。古之豪杰，若刘季、项藉、诸葛孔明、斛律金之伦，类有一二传作横绝一世，然不得谓之诗人也，所抱负郁积者久，偶一触发，已倾箧倒筐而无余矣。（胡）展堂奔走国事，世所推豪杰巨子也，而所为诗，乃读书人本色，绝不作大言以惊人，呜呼！此其所以为诗人之诗也欤！"（陈衍. 石遗室论诗文录［M］//钱钟联. 陈衍诗论合集：下. 福州：福建人民出版社，1999：1080）

见，真正的读书人，同时亦是真正的诗人。"余语乙庵，吾亦耽考据，实皆无与己事，作诗却是自己性情语言，且时时发明哲理，他学问皆诗料"①，学者与诗人，他心中的分量，或许后者胜过前者。他有时也说诗人"结习累人"，陆游名句："此身合是诗人未？细雨骑驴入剑门。"陈衍评云：

  仆谓以细雨骑驴剑门，博得诗人名号，亦太可怜，况尚未知其是否乎？结习累人至此。然此诗若自嘲，实自喜也。（《诗话》卷二十七）

一般人都认为，陆游一生常思投笔从戎，不满足于一诗人身份，此诗正流露此种心情。而陈衍之所以认定此诗虽有可怜自嘲，实为自喜，这也跟他对"诗人"的看重有关。换言之，尽管诗人有种种不得意，然诗人毕竟有诗人值得自爱珍视的身份。此条诗话约作于1916年，陈衍已是六十岁人，可见他对"诗人"态度依然未变。从《石遗室诗话》中可看出，他常用"诗人之诗"一评语，对他们所赞赏的作品，做正面的褒扬。当他这样说时，相当于说有性情、有情致。晚年他来往苏州、南京，与学人来往甚密，仍说："夫学人不屑为诗人，与不能为诗人，众矣！学人肯致力为诗，自有左右逢源之境。"（《诗话续编》卷五）可见他一以贯之，并不将没有性情的"学人之诗"，看得高于"诗人之诗"。而往往将唐宋诗对立的人，也将"学人之诗"与"诗人之诗"对立。石铭吾《读〈石遗室诗集〉呈石遗老人八十八韵》云："近人盛宗宋，时服炫古妆。根本不盛大，谬云欲祧唐。学人与诗人，大抵非殊方。"（《诗话》卷二十三）这正是陈衍诗学不分唐宋的本意。

四、变风变雅最堪传

与"诗人之诗"相关的一个误解，是认为"学人之诗"是一项好诗的标准。其实陈衍从来没有标榜过自足的"学人之诗"，从未将"学人之诗"单独作为一项好诗的标准。他在《诗话》中极少说到某某是"学人之诗"，更多是赞赏某某学人而能为诗人而已。钱仲联先生从陈衍《近代诗钞序》中，谈及程春海、祁春圃、何绍基、郑子尹等"合学人诗人之诗二而一之"一句话中，加以引申，得出结论："照此逻辑，同光体作者便应该加上'学人之诗'的桂冠"，却是钱先生自己的逻辑推导而已。因为陈衍明明是说"合学人诗人而一"，"桂冠"也只能是"学人诗人合一"的桂冠才对。钱先生说"陈衍'学人之诗'的说法，

---

① 陈衍. 石遗室论诗文录［M］//钱仲联. 陈衍诗论合集：下. 福州：福建人民出版社，1999：1048.

不仅在理论的本身，还值得商榷，即就事论事，也不符合实际"，这一批评也不能落在实处。① 陈衍《聆风簃诗叙》云："余生平论诗，以为必具学人之根柢，诗人之性情，而后才力与怀抱相发越，《三百篇》之大小雅材是也。"其实学人诗人之诗分开的说法，正是对应唐宋诗之分而来，这个误解澄清了，陈衍主张诗不分唐宋才顺理成章。

陈衍主张诗不分唐宋，最后一个理由即是合"学人"与"诗人"为一，即上达中国诗之精神源头：风雅。"肯并学人与词客，何难出笔雅兼风。"（《次韵和吴敬轩》）风雅在中国诗学中的位置，是源而不是流，比"唐宋诗"的位置更尊贵。风即情感深挚，雅即真实本领、怀抱远大、气味纯正。"唐宋诗"还只是一个学古问题，诗艺高下、诗语新旧、诗风好坏问题，而"风雅"绝非学古问题与诗艺层面，《瘿唵诗叙》中，特别提出诗三百之有才情、又有思想见识学问。他说：

> 若《三百篇》则朝章国故，治乱贤不肖之类，足以备《尚书》《逸周书》《周官》《仪礼》《国语》《公》《穀》《左氏传》《戴记》所未有，有之必相吻合。……微论大小《雅》《硕人》《小戎》《谷风》《载驰》《氓》《定之方中》诸篇，六朝人有此体段乎？……微论《三百篇》《骚》之上帝喾，下齐桓，六朝人有此观感乎？

可见在他心目中，"风雅"的境界，尤其是"雅"的境界②，是熔经、史、子为一炉，具史家之实录、志士之忧患、哲人之感怀，有真实本领、真实道理、真实怀抱的贤人君子的诗歌生命境界，最终指向人生历练过程和人文修养功夫。在风雅的精神基础上，他提出更富于时代存在感受的"变风变雅"，在谈到《近代诗钞》的编选目的时，他说之所以不同于王渔洋的《感旧录》和沈德潜的《别裁》，是因为"身丁变风变雅以迫于将废将亡"的时代，表明《近代诗钞》有文

---

① 钱锺书婉讽"学人之诗"，说："原本经籍，润饰诗篇，与'同光体'所称'学人之诗'，操术相同……夫以（钱）箨石之学，为学人则不足，而以为学人之诗，则绰有余裕。此中关揿，煞耐寻味"；"同光以前，最好以学人诗者，惟翁覃溪；随园《论诗绝句》已有夫己氏'抄书作诗'之嘲。而覃溪当时强附学人，后世蒙讥'学究'。以诗痴符、买驴卷之体，夸于世曰：'此学人之诗'，窃恐就诗而论，若人固不得为诗人，据诗以求，亦未可遽信为学人"。（钱锺书. 谈艺录 [M]. 补订本. 北京：中华书局，1984：176-178）

② 孔颖达疏："言当举世之心，动合一国之意，然后得为风、雅，载在乐章。"（李学勤. 十三经注疏：毛诗正义 [M]. 北京：北京大学出版社，1999：17）

化沧桑变化、"天下之变极"① 之悲感。在《山与楼诗叙》中又说：

> 余生丁末造，论诗主变风、变雅，以为诗者，人心哀乐所由写宣，有真性情者，哀乐必过人，时而赍咨涕洟，若创巨痛深之在体也；时而忘忧忘食，履决踵、襟见肘，而歌声出金石、动天地也。其在文字无以名之，名之曰'挚'，曰'横'，知此可与言今日之为诗。

> 诗至晚清同光以来，承道咸诸老，蘄向杜韩，为变风变雅之后，益复变本加厉。言情感事，往往以突兀凌厉之笔，抒哀痛逼切之辞，甚且嘻笑怒骂，无所于恤，……然皆豪杰贤知之子乃能之，而非愚不肖者所及也。

"挚"，即情感深挚强烈，这正是变风的特征："横"，即道理充实、怀抱特大、力量弥漫，这正是变雅的特征。"若创巨痛深之在体"，表明以天下系于一人之身②，所以忧患特大。这不是在时代巨深痛创之外，求"吐属稳、兴味永"之事，这也不是在祧唐祖宋之间，做调和左右之举，而是"豪杰贤知之子"的生命修炼之事。陈衍对弟子说："作诗第一求免俗，次则意足，是自己言，前后不自雷同。此则根于立身有本末，多阅历，多读书，不徒于诗求之者矣"③；"有工为诗者，非独其诗之不屑乎众人，必其人之不屑乎众人也"④；"作诗不徒于诗上讨生活……求诗文于诗文中，末矣。必当深于经史百家以厚其基，然尤必其人高妙，而后其诗能高妙，否则虽工不到什么地步去"⑤，又《冬述四首视子培》诗云：

> 我言诗教微，百喙乃争启。风雅道殆丧，庞言天方瘠。内轻感外重，怨诽遂丑诋。……先生特自牧，颇谓语中綮。年来积怀抱，发泄出根柢。虽肆百态妍，石濑下见底。我虽不晓事，老去目未眯。谅有古性情，汩汩任有滫。

---

① "雅变于上，风变于下，天下之变急。"（陈衍. 石遗室论诗文录［M］//钱仲联. 陈衍诗论合集：下. 福州：福建人民出版社，1999：1082）

② 孔颖达疏："风言一国之事，系一人……雅亦言天下之事，系一人……变雅则讥王政得失，悯风俗之衰，所忧者广，发于一人之本身。"（李学勤. 十三经注疏：毛诗正义［M］. 北京：北京大学出版社，1999：17）

③ 陈衍. 石遗室论诗文录［M］//钱钟联. 陈衍诗论合集：下. 福州：福建人民出版社，1999：1082.

④ 陈衍. 石遗室论诗文录［M］//钱钟联. 陈衍诗论合集：下. 福州：福建人民出版社，1999：1054.

⑤ 陈衍. 陈石遗先生谈艺录［M］//钱钟联. 陈衍诗论合集：上. 福州：福建人民出版社，1999：1018.

"怀抱""根柢""见底""古性情"等语，正与沈曾植的诗学主张相合。沈氏谓"雅人深致者，为诗家第一义谛"。所谓"雅人"，即"博闻强识而让，敦善行而不怠，谓之君子"，所谓"深致"，即"通古今，明得失之迹，达人伦政刑之事变"的史识与思想功夫。诗学的幽深广大处，通往中国文化的核心价值，这是陈衍与沈曾植诗学思想的深层共识，也是"同光体"新诗学运动的最深体认[①]。

五、结语：整合与转义

自从严沧浪（即严羽）标举"唐人兴趣""不作开元天宝以下人物"，明前后七子"诗必盛唐"，以及王渔洋提倡"神韵"、沈归愚标示"格调"——唐诗渐渐与宋诗划分畛域、自成营垒，中国诗学的唐音优势渐成一大传统。然自清初钱谦益、朱彝尊指斥严沧浪，到程、何、郑、莫等诗人兴起宋诗运动，唐宋诗之争渐成两军对列、壁垒分明，而宋调骎骎乎欲凌于唐音之上。虽间有调停之声，然皆缺乏实力。陈衍以晚清诗学大家身份，虽主宗宋，然内心实具力图整合两大营垒之诗学通观，并提出"诗莫盛于三元""学人之诗与诗人之诗合一""性情学问"双济的理论，允为唐宋诗之争作诗学总结，从执一为二，走向合二为一，其整合动力仍然是中国诗学自身的内在逻辑。

陈衍取消诗分唐宋，并非做调停人。其理论指向清楚：一、与尊宋精神相反相成，皆推崇独创、强调变化；二、消解学宋带来的宗派问题和伪诗问题；三、唐宋一并泯除，上达风雅，即由学古转向开新，由诗艺取舍转向人文功夫。这使其超越了传统的唐宋诗之争，不期然而然地关涉到诗学及其相联系的文化存亡问题。应该说，是比唐宋诗之争更为富于忧患意识的文化诗学问题。作为一叶知秋的诗家，陈衍是锐感而深思的。后来，钱锺书以性情类型解说唐宋诗之分[②]，完全化解"影响的焦虑"和"文化的根源"，从文学理论上是一大进步，然而从文化与诗学的关联上，则反不如陈衍思深虑远。

陈衍既主学宋，又合唐宋为一，上达风雅，诗学背景与中晚清时代思想潜潜相通。清代思想中晚以还，渐成一共识，即由汉学通宋学，汉宋兼采，经史合一，到经世思想渐成主流。不妨做一简单比照：陈衍诗学立足于学问读书，即清儒立足于汉学之道问学；陈衍化学问读书为诗艺诗美，即清儒之以汉学通宋学，

[①] 认识沈曾植为陈衍一生中重大关键（黄濬. 花随人圣庵摭忆[M]. 上海：上海古籍出版社，1983）。

[②] 《谈艺录》："天下有两种人，斯分两种诗"；"夫人禀性，各有偏至。发为声诗，高明者近唐，沉潜者近宋，有不期然而然者"；"一生之中，少年才气发扬，遂为唐体，晚节思虑深沉，乃染宋调"。钱锺书. 谈艺录[M]. 补订本. 北京：中华书局，1984：2-4.

以经学通理学；陈衍不分唐宋，即清儒之汉宋兼采，而陈衍诗学之结穴为变风变雅，亦犹如清儒思想之结穴为经世致用①，诗学与经史之学，皆为社会时代文化危机日渐深化的反映。

　　由唐宋诗之争而来的诗学总结，陈衍的理论与后来的"五四"时代文学思想实具诸多潜在关联。如：明确的写实倾向；理性优位的文学观；关怀世道人心的使命感和贤人志士情怀，以及转学古而面向生活世界的文学观。只是，后人匆匆打倒一切传统，新旧文学水火不容，离他们最近的思想资源反而更迅速掩埋于尘埃之中。

（原发表于《古代文学理论研究》第十九期）

---

① 清中晚经学思潮的发展，从"训诂明则义理明"的知识论中心，发展到"微言大义"的价值论中心，再到"离经言道"的工具论中心，是传统中国蜕变为近代中国的关键因素之一。陈衍诗学由学古转到功夫论，是诗学中的宋学因素突出，亦是诗学的近代转义，与思想史为同一逻辑进程。

同光体与桐城诗派关系探论

张 煜

钱锺书先生《谈艺录》云:"桐城亦有诗派,其端自姚南菁范发之。"① 关于桐城诗派,更有论者将其渊源追溯至明末清初遗民钱澄之和方文。② 而其流衍,则直至晚清民国,与同光体发生交集。桐城派论诗虽然与同光体有所不同,但在文化立场上,比起诗界革命、"南社"这些诗派,无疑要更为接近。道、咸宋诗派全盛时,与桐城诗派亦多有交集。本文即欲探讨同光体与桐城派在世变之际有哪些可以互相声援的共通文化观念,他们的交游及在诗歌理论、创作方面的异同与得失。

一、兼采唐宋:桐城派早期的诗学取向

桐城派的先驱人物中,钱澄之尤擅诗名。钱澄之(1612—1693),晚号田间老人,安徽桐城人,明末爱国志士。其论诗从七子入手,推崇杜甫,性情、学问并重。《田间文集》卷十四《文灯岩诗集序》云:"诗之为道,本诸性情,非学问之事也。然非博学深思,穷理达变者,不可以语诗。"③ 他认为:"夫诗之为教,非徒以流连光景、愉悦志气已也,类皆贤人君子不得志于时之所为:或忧在国家,或事属天伦,中有不便于深言者,因托之歌咏以见志,庶几闻之者因以感发兴起而不敢为非,于是乎始贵有诗。"④ 而杜甫诗歌指陈慷慨,眷怀宗国,正是他取法的宗师。他论诗又提倡气韵、神悟,如《说诗示石生汉昭赵生又彬》云:"有才人之才,有诗人之才;有学人之学,有诗人之学。才人之才在声光,

---

① 钱锺书. 谈艺录 [M]. 补订本. 北京:中华书局,1984:145.
② 王成. 桐城诗派二题 [C]//安徽省桐城派研究会成立大会暨第二届全国桐城派学术研讨会论文集,2005:160-167.
③ 钱澄之. 田间文集 [M]. 彭君华,校点. 何庆善,审订. 合肥:黄山书社,1998:256.
④ 钱澄之. 田间文集 [M]. 彭君华,校点. 何庆善,审订. 合肥:黄山书社,1998:259.

诗人之才在气韵；学人之学以淹雅，诗人之学以神悟。声光可见也，气韵不可见也；淹雅可习也，神悟不可习也。是故诗人者，不惟有别才，抑有别学。"① 作为桐城派的先导，钱澄之无论是诗风还是文风，对后来桐城派的姚鼐等都产生了重要的影响。

乾隆间科举进士及第的姚范（1702—1771），为姚鼐伯父，被钱锺书先生直接视为桐城诗派的发端。其论诗主张，如《援鹑堂笔记》卷四十称颂山谷："以惊创为奇，其神兀傲，其气崛奇。玄思瑰句，排斥冥筌，自得意表。玩诵之久，有一切厨馔腥蝼而不可食之意。"② 同书卷四十四"文艺谈史"称赞杜甫："尝谓子美之诗，如诸天共宝器食，随其福德，饭色有异。世之学者，概未诣彻，失于多歧，矜云得髓。往往执迷为悟，鄙夷一切，不知皆眼识之空花，意根之尘妄也。"③ 又批评同时代诗家："《大雅》不作，诗道沦芜。归愚以帖括之余，研究《风》《雅》。自汉、魏以及胜国篇章，悉所甄录。其生平门径，依傍渔洋，而于有明诸公及本朝竹垞之流，绪言余论，皆上下采获。然徒资探讨，殊鲜契悟。"④

姚范与桐城派三祖之一的刘大櫆（1697—1780）交往甚密。姚鼐《刘海峰先生传》曾云："天下言文章者，必首方侍郎。方侍郎少时尝作诗，以视海宁查编修慎行。查编修曰：'君诗不能佳，徒夺为文力，不如专为文。'方侍郎从之，终身未尝作诗。至海峰，则文与诗并极其力，能包括古人之异体，镕以成其体，雄豪奥秘，麾斥出之，岂非其才之绝出今古者哉！"⑤ 方苞虽然主要精力用于作文，但实也有少量诗歌创作⑥并为人作过不少诗序。⑦ 而刘大櫆诗歌传世约 800 首，远超姚范的 393 首。其论诗主张，则重积气、博学、壮游。如《张秋涝诗序》云：

  天地之气，默运于空虚莽渺之中，蕴积之久，不能自抑遏而发之为声，雷乃出地而奋。至于风雨之拂草木，水之激石，其次焉者也。气之精者，托于人以为言，而言有清浊、刚柔、短长、高下、进退、疾徐之节，于是诗成而乐作焉。诗也者，又言之至精者也。若夫鸟兽之噪音，

---

① 钱澄之. 田间文集［M］. 彭君华，校点. 何庆善，审订. 合肥：黄山书社，1998：506.
② 姚范. 援鹑堂笔记［M］//续修四库全书：一一四九. 上海：上海古籍出版社，2002：82.
③ 姚范. 援鹑堂笔记［M］//续修四库全书：一一四九. 上海：上海古籍出版社，2002：114.
⑤ 刘大櫆. 刘大櫆集［M］. 吴孟复，标点. 上海：上海古籍出版社，1990：623.
⑥ 今人辑得15首诗，参见：戴钧衡. 方望溪（苞）先生全集：年谱、集外文补遗［M］. 苏惇元，辑. 台北：文海出版社，1970。
⑦ 潘忠荣. 试论方苞与诗［M］//安徽省社会科学院文学研究所、安庆师范学院中文系、淮北煤炭师范学院中文系. 桐城派研究论文选. 合肥：黄山书社，1986：204.

侯虫蝇蚓之鸣，又其微焉者矣。且夫人之为诗，其间不能无小大之殊。大之为雷霆之震，小之为虫鸟之吟，是其小大虽殊，要皆有得于天地自然之气。而气之大者，其声常充塞于天地之间。嵩、衡、岱、华之巍峨，非部娄之可及也。①

又若《王天孚诗序》："余读其诗，稽其平生之履迹：入巴蜀，探峨眉，下三峡，走金陵，泛秦淮，涉桃叶之渡，至于燕京，上黄金台，睹宫阙之宏壮。挈筪担囊，重茧而累踬，计其所经行不啻万里，则其胸中之所有称是可知。"② 刘大櫆论诗，多有与论文相通之处，桐城后学多受其沾溉。③

桐城诗派早期的最具代表性人物当然还数姚鼐（1731—1815）。有关姚鼐诗论的研究有很多，笔者以为最大特色应是熔铸唐宋。④ 他一方面推尊杜诗，如《敦拙堂诗集序》云："自秦、汉以降，文士得《三百》之义者，莫如杜子美。子美之诗，其才天纵，而致学精思，与之并至，故为古今诗人之冠。"⑤ 但同时又不只囿于学唐，如《荷塘诗集序》："古之善为诗者，不自命为诗人者也。其胸中所蓄，高矣、广矣、远矣，而偶发之于诗，则诗与之为高广且远焉，故曰善为诗也。曹子建、陶渊明、李太白、杜子美、韩退之、苏子瞻、黄鲁直之伦，忠义之气，高亮之节，道德之养，经济天下之才，舍而仅谓之一诗人耳，此数君子岂所甘哉？"⑥ 毫无疑问，这里列出了姚鼐心目中的第一流诗人的名单，其中不仅有宋代诗人，还有魏晋诗人，正属此后同光体标榜的元嘉、开元、元祐时代。他称颂高常德诗"贯合唐、宋之体"⑦，在《与鲍双五》中，他称"然熔铸唐宋，则固是仆平生论诗宗旨耳"⑧。又《与伯昂从侄孙》中云："古体伯昂尤有魔气，就其才所近，可先读阮亭所选古诗内昌黎诗读之，然后上溯子美，下及子瞻，庶不至如游骑之无归耳。"⑨

姚鼐并选有《五七言今体诗钞》，以补王士祯《古诗选》之不足。书中五言只录唐人，七言则唐宋兼采。书中于杜甫五言长律，尤见欣赏。《五言今体诗

---

① 刘大櫆. 刘大櫆集：卷三 [M]. 吴孟复，标点. 上海：上海古籍出版社，1990：88.
② 刘大櫆. 刘大櫆集：卷二 [M]. 吴孟复，标点. 上海：上海古籍出版社，1990：67-68.
③ 徐天祥. 试论刘大櫆的诗歌理论 [J]. 江淮论坛，1989（3）.
④ 柳春蕊. 熔铸唐宋：姚鼐诗学理论及其实践 [J]. 文艺理论研究，2010（5）.
⑤ 姚鼐. 惜抱轩诗文集 [M]. 刘季高，标校. 上海：上海古籍出版社，1992：49.
⑥ 姚鼐. 惜抱轩诗文集 [M]. 刘季高，标校. 上海：上海古籍出版社，1992：50.
⑦ 姚鼐. 惜抱轩诗文集 [M]. 刘季高，标校. 上海：上海古籍出版社，1992：47.
⑧ 姚鼐. 姚惜抱尺牍 [M]. 上海：上海新文化书社，1935：33.
⑨ 姚鼐. 姚惜抱尺牍 [M]. 上海：上海新文化书社，1935：77.

钞》卷六"杜子美下三十七首"云：

> 杜公长律有千门万户、开阖阴阳之意。元微之论李杜优劣，专主此体。见虽少偏，然不为无识。自来学杜公者，他体犹能近似，长律则愈邈矣。遗山云："少陵自有连城璧，争奈微之识碔砆。"有长律如此而目为碔砆，此成何论耶？杜公长律，旁见侧出，无所不包，而首尾一线，寻其脉络，转得清明。他人指陈褊隘，而意绪或反不逮其整晰。①

可以看出，这里仍是以文论诗之意。又如评《奉送郭昌丞兼太仆卿充陇右节度使三十韵》："少陵赠送人诗，正如昌黎赠送人序，横空而来，尽意而止，变化神奇，初无定格。"② 评《寄张十二山人彪三十韵》："情事甚杂，叙来总不费力，但觉跌宕顿挫，首尾浩然。"③ 评《秋日夔府咏怀奉寄郑监审李宾客之芳一百韵》："太史公叙事牵连旁入，曲致无不尽，诗中惟少陵时亦有之。"④ 此亦正是《与王铁夫书》中，"诗之与文，固是一理，而取径则不同"⑤ 之意。

姚鼐论诗忌俗，这点也与宋诗派多有相通之处。如《与陈硕士》云："大抵作诗、古文，皆急须先辨雅俗。俗气不除尽，则无由入门，况求妙绝之境乎？"⑥ 而去俗很重要的一点是要多读书，如《硕士约过舍久俟不至余将渡江留书与之成六十六韵》："我朝王新城，稍辨造汉槎。才力未极闳，要足裁淫哇。岂意群儿愚，乃敢横疵瑕。我观士腹中，一俗乃症瘕。束书都不观，恣口如闹蛙。公安及竟陵，齿冷诚非佳。古今一丘貉，讵可为择差。"⑦ 今观姚鼐诗集中，如《孔□约集石鼓残文成诗》，已有如宋诗派学问化的倾向。故吴汝纶《姚慕庭墓志铭》云："方侍郎顾不为诗，至姚郎中乃以诗法教人。其徒方植之东树，益推演姚氏绪论。自是桐城学诗者一以姚氏为归，视世所称诗家若断潢野潦，不足当正流也。"⑧ 而沈曾植《〈惜抱轩诗集〉跋》亦云："惜抱选诗，暨与及门讲授，一宗海峰家法，门庭阶闼，矩范秩然。及其自得之旨，固有在语言文字音声格律外者。愚尝合先生诗与《篛石斋集》参互证成，私以为经纬唐、宋，调适苏、杜，正法眼藏，甚深妙谛，实参实悟，庶其在此。……抱冰翁不喜惜抱文，而服其

---

① 姚鼐. 今体诗钞 [M]. 曹光甫，校点. 上海：上海古籍出版社，1986：124.
② 姚鼐. 今体诗钞 [M]. 曹光甫，校点. 上海：上海古籍出版社，1986：133.
③ 姚鼐. 今体诗钞 [M]. 曹光甫，标点. 上海：上海古籍出版社，1986：143.
④ 姚鼐. 今体诗钞 [M]. 曹光甫，校点. 上海：上海古籍出版社，1986：147.
⑤ 姚鼐. 惜抱轩诗文集 [M]. 刘季高，标校. 上海：上海古籍出版社，1992：290.
⑥ 姚鼐. 姚惜抱尺牍 [M]. 上海：上海新文化书社，1935：56.
⑦ 姚鼐. 惜抱轩诗文集 [M]. 刘季高，标校. 上海：上海古籍出版社，1992：507-508.
⑧ 吴汝纶. 吴汝纶全集一：文集第三 [M]. 施培毅，徐寿凯，校点. 合肥：黄山书社，2002：213.

诗，此深于诗理，甘苦亲喻者。太夷绝不言惜抱，吾以为知惜抱者，莫此君若矣。"① 钱仲联《梦苕庵诗话》云："自姚姬传喜为山谷诗，而曾求阙祖其说，遂开清末西江一派。"②

曾国藩《欧阳生文集序》云："姚先生晚而主钟山书院讲席，门下著籍者，上元有管同异之、梅曾亮伯言，桐城有方东树植之、姚莹石甫。"③ 姚鼐弟子方东树（1772—1851），继承乃师职志，驳斥汉学，倡导程朱理学，著有《汉学商兑》；论诗亦发扬师说，主张以文通诗，兼采唐宋。其所著《昭昧詹言》，强调作诗要积累学识："要在好学深思，心知其意，多读多见，多识前人论义，而又具有超拔之悟。积数十年苦心研揣探讨之功，领略古法而生新奇。殆真如禅家之印证，而不可以知解求者。"④ 多读书，去凡俗："故今须大作工夫，先多读书，于选字隶事造语，血战用功讲求。世士通病，失在率滑容易，习熟凡近。"⑤ 其打通论诗与论文，则如"顿挫之说，如所云'有往必收，无垂不缩'，'将军欲以巧服人，盘马弯弓惜不发'，此惟杜、韩最绝，太史公之文如此，《六经》、周、秦皆如此"⑥。又如："汉、魏人大抵皆草蛇灰线，神化不测，不令人见。苟寻绎而通之，无不血脉贯注生气，天成如铸，不容分毫移动。昔人譬之无缝天衣，又曰：'美人细意熨贴平，裁缝灭尽针线迹。'此非解读《六经》及秦、汉人文法，不能悟入。"⑦

方东树论诗，历代最推崇的仍是杜甫、韩愈，而于苏轼、黄庭坚，虽然兼取，但仍有所批评。如论五古，"丘壑万状，惟有杜公，古今一人而已"⑧。又以为"坡《石鼓》不如韩，韩《石鼓》又不如杜《李潮八分小篆歌》，文法纵横，高古奇妙"⑨，称谢灵运诗"起结顺逆，离合插补，惨淡经营，用法用意极深。然究不及汉、魏、阮公、杜、韩者，以边幅拘隘，无长江大河，浑灏流转，华岳、沧海之观，能变易人之神志"⑩。而于黄庭坚之取法老杜，则以为"山谷真为善学……但山谷所得于杜，专取其苦涩惨淡、律脉严峭一种，以易夫向来一切

---

① 沈曾植. 海日楼题跋：三 [M]. 钱仲联，辑. 沈阳：辽宁教育出版社，1998：362.
② 钱仲联. 梦苕庵诗话 [M]//张寅彭. 民国诗话丛编：六. 上海：上海书店出版社，2002：226.
③ 曾国藩. 曾国藩诗文集：文集卷三 [M]. 王澧华，校点. 上海：上海古籍出版社，2005：285.
④ 方东树. 昭昧詹言：卷一 [M]. 汪绍楹，校点. 北京：人民文学出版社，2006：9.
⑤ 方东树. 昭昧詹言：卷一 [M]. 汪绍楹，校点. 北京：人民文学出版社，2006：19.
⑥ 方东树. 昭昧詹言：卷一 [M]. 汪绍楹，校点. 北京：人民文学出版社，2006：24.
⑦ 方东树. 昭昧詹言：卷一 [M]. 汪绍楹，校点. 北京：人民文学出版社，2006：27.
⑧ 方东树. 昭昧詹言：卷一 [M]. 汪绍楹，校点. 北京：人民文学出版社，2006：40.
⑨ 方东树. 昭昧詹言：卷一 [M]. 汪绍楹，校点. 北京：人民文学出版社，2006：43.
⑩ 方东树. 昭昧詹言：卷五 [M]. 汪绍楹，校点. 北京：人民文学出版社，2006：135.

意浮功浅、皮傅无真意者耳；其于巨刃摩天、乾坤摆荡者，实未能也"①。又称"韩、苏并称；然苏公如祖师禅，入佛入魔，无不可者，吾不敢以为宗，而独取杜、韩"② 要之，"学黄必探源杜、韩，而学杜、韩必以经、《骚》、汉、魏、阮、陶、谢、鲍为之源"③。

方氏于七古，则以为"杜公、太白，天地元气，直与《史记》相垺，二千年来，只此二人。其次，则须解古文者，而后能为之。观韩、欧、苏三家，章法剪裁，纯以古文之法行之，所以独步千古"④。但又称"所谓章法奇古，变化不测也。坡、谷以下皆未及此。惟退之、太史公文如是，杜公诗如是"⑤。又谓"山谷则止可学其句法奇创，全不由人，凡一切庸常境句，洗脱净尽，此可为法；至其用意则浅近，无深远富润之境，久之令人才思短缩，不可多读，不可久学。取其长处，便移入韩，由韩再入太白、坡公，再入杜公也"⑥。此种寻阶级而上的学习方法，已甚接近于同光体后来提出的"三元"说。而七律则对黄庭坚甚为赞许："七律宜先从王、李、义山、山谷入门，字字著力。但又恐费力有痕迹，入于拑扯饤靪，成西昆派，故又当以杜公从肺腑中流出，自然浑成者为则。……七古宜从韩公入。"⑦

方东树论诗兼采唐宋，在其诗文集中也有所体现。其弟子苏淳元所作《仪卫方先生传》，称乃师"诗尤近少陵、昌黎、山谷"⑧。同治戊辰（1868）年间《仪卫轩诗集》之《半字集题辞》中，同门管同（1780—1831）评价他："七言古诗，缔情如韩、杜，隶事如苏、黄，深博无涯，变化莫测。"姚莹（1785—1853）则曰："七言诸作，横空盘硬，合韩、苏、欧、黄为一手。"方东树为张际亮作《送张亨父序》，亦引张所论云："尝谓唐以后诗人，以李、杜、韩、苏为四祖，作者以是为胚胎，誉者以是为饷遗。"⑨ 又《先集后述》云："古之诗人，如太白、子美、退之、子瞻四公，含茹古今，侔造化，塞天地。……而若半

---

① 方东树. 昭昧詹言：卷八 [M]. 汪绍楹，校点. 北京：人民文学出版社，2006：210-211.
② 方东树. 昭昧詹言：卷九 [M]. 汪绍楹，校点. 北京：人民文学出版社，2006：219.
③ 方东树. 昭昧詹言：卷十 [M]. 汪绍楹，校点. 北京：人民文学出版社，2006：227.
④ 方东树. 昭昧詹言：卷十一 [M]. 汪绍楹，校点. 北京：人民文学出版社，2006：232.
⑤ 方东树. 昭昧詹言：卷十一 [M]. 汪绍楹，校点. 北京：人民文学出版社，2006：233.
⑥ 方东树. 昭昧詹言：卷十一 [M]. 汪绍楹，校点. 北京：人民文学出版社，2006：237.
⑦ 方东树. 昭昧詹言：卷十四 [M]. 汪绍楹，校点. 北京：人民文学出版社，2006：380.
⑧ 方东树. 考槃集文录：卷八 [M] //续修四库全书：一四九七. 上海：上海古籍出版社，2002：222.
⑨ 方东树. 考槃集文录：卷八 [M] //续修四库全书：一四九七. 上海：上海古籍出版社，2002：383.

山、山谷，沉思高格，呈露面目，奥衍纵横，虽不及四公之烨赫，而正声劲气，邈焉旷世。"① 从中皆可见其论诗祈向。

姚鼐弟子梅曾亮（1786—1856）与道咸年间兴起的宋诗派代表人物亦多有交往。② 其集中多与程恩泽唱酬之作，并著有《程春海先生集序》《何子贞诗序》③等文。李详《药里慵谈》卷二云："道光朝，梅伯言倡学韩、黄，参以大苏，如黄树斋、孔绣山、朱伯韩、何子贞、曾文正、冯鲁川、孙琴西，皆奉梅为职志。"④ 黄曾樾《陈石遗先生谈艺录》云："梅伯言则力量当在惜抱上。……非独文佳，诗亦甚佳。"⑤ 可见其诗学造诣。姚鼐另一弟子姚莹，论诗亦兼宗唐宋。其《复杨君论诗文书》云："古之善为诗文者，若贾生、太史公、子建、子美、退之、子瞻，皆取其全集玩之，谓彼特异于古今者，其才其气殆天授，不可以几也。既读书稍广，于数子生平，得其出处言行之大节；然后知数子之异，不仅在诗文，而其诗文才气之盛有由也。"⑥ 姚莹对于当时诗坛之学宋，亦多独到之反思。如《论诗绝句六十首》云："妙语天成偶得之，眉山绝趣苦难追。纷纷力薄争唐宋，断港横流也未知。""𠐊兀天成古所无，涪翁奇气得来孤。而今脆骨屡如此，枉觅江西宗派图。""少陵才力韩苏富，走马驱山笔更遒。举世徒工搬运法，何曾一字著风流？"⑦ 其诗集中，如《荷兰羽毛歌》⑧ 这样的作品，描绘异域舶来之新奇商品，而能寓托忧国忧民之忠愤情怀。

二、趋向宋诗派：咸同之际的桐城作家

钱锺书先生《谈艺录》云："惜抱以后，桐城古文家能为诗者，莫不欲口喝西江。姚石甫、方植之、梅伯言、毛岳生，以至近日之吴挚父、姚叔节皆然。且专法山谷之硬，不屑后山之幽。"⑨ 斯言故是。但桐城诗派中，提倡宋诗最力的，当然还数曾国藩（1811—1872）。事实上，曾国藩不仅是咸同时期的中兴大臣，

---

① 方东树.考槃集文录：卷十一［M］//续修四库全书：一四九七.上海：上海古籍出版社，2002：437.
② 代亮.梅曾亮与道咸年间的宋诗风［J］.山西师大学报（社会科学版），2009（6）：71-75.
③ 梅曾亮.柏枧山房诗文集：卷七［M］.胡晓明，彭国忠，校点.上海：上海古籍出版社，2005：146，154.
④ 李详.李审言文集［M］.南京：江苏古籍出版社，1989：629-630.
⑤ 陈衍.陈衍诗论合集：上［M］.福州：福建人民出版社，1999：1024.
⑥ 姚莹.东溟文集：外集卷二［M］//续修四库全书：一五一二.上海：上海古籍出版社，2002.
⑦ 姚莹.后湘诗集：卷九［M］//续修四库全书：一五一三.上海：上海古籍出版社，2002：36-37.
⑧ 姚莹.后湘诗集：卷四［M］//续修四库全书：一五一三.上海：上海古籍出版社，2002：7.
⑨ 钱锺书.谈艺录［M］.补订本.北京：中华书局，1984：146.

同时也是梅曾亮之后桐城文派中兴的功臣,宋诗派的重要成员。陈衍《石遗室诗话》开篇即云:"道、咸以来,何子贞绍基、祁春圃寯藻、魏默深源、曾涤生国藩、欧阳磵东辂、郑子尹珍、莫子偲友芝诸老,始喜言宋诗。何、郑、莫皆出程春海侍郎恩泽门下。湘乡诗文字皆私淑江西。"① 把曾归入宋诗派的序列。而曾国藩与桐城派的关系,则诚如学者所言,我们应该从曾对桐城三祖尤其是姚鼐的态度入手,并且充分考虑曾国藩与桐城文人的交往,以及桐城派在晚清的振兴所发挥的作用②,而不去过多地纠结于诸如地域、师承、文风等因素。故把曾国藩归入桐城派,主要是出于他对桐城派的私淑,以及对桐城文派后期发展的重要贡献。而他与桐城诗派的联系,则如钱基博《现代中国文学史》云:"道光而后,何绍基、祁寯藻、魏源、曾国藩之徒出,益盛倡宋诗。而国藩地望最显,其诗自昌黎、山谷入杜,实衍桐城姚鼐一脉。"③ 在《陈石遗先生八十寿序》一文中,钱基博先生更是把同光体与桐城诗派直接挂钩,而其中关捩人物则为曾国藩:"桐城自海峰以诗学开宗,错综震荡,其原出李太白。惜抱承之,参以黄涪翁之生崭,开阖动宕,尚风力而杜妍靡。遂开曾湘乡以来诗派,而所谓同光体者之自出也。"④

曾国藩同时集桐城派、宋诗派两重身份于一身,可以看得出他在当时是以重振斯文之雄心为负荷的。他对黄庭坚诗歌的提倡,同时受到了桐城派与宋诗派的双重影响。钱仲联《道咸诗坛点将录》曰:"曾涤生诗,七古全步趋山谷,以此为天下倡,遂开道光以后崇尚江西诗派之风气。"⑤ 其诗集中,诸如《赠何子贞前辈》⑥《送莫友芝》⑦,均可见他与宋诗派的交往。其论诗则曰:"余于诗亦有工夫,恨当世无韩昌黎及苏、黄一辈人可与发吾狂言者。"⑧ 又曰:"吾于五七古学杜韩,五七律学杜,此二家无一字不细看。外此则古诗学苏黄,律诗学义山,此三家亦无一字不看。五家之外,则用功浅矣。我之门径如此。"⑨ 仍然是兼取唐宋,影响及至后起的同光诗派。

曾门弟子中吴汝纶(1840—1903)为近代桐城诗派的发展指出方向。其论诗

---

① 陈衍. 陈衍诗论合集:上 [M]. 福州:福建人民出版社,1999:6.
② 杨怀志. 曾国藩与桐城文人 [J]. 安庆师范学院学报(社会科学版),2010,29(2):73-77.
③ 钱基博. 现代中国文学史:编首 [M]. 傅道彬,点校. 北京:中国人民大学出版社,2004:21.
④ 陈衍. 陈石遗集:下 [M]. 福州:福建人民出版社,2001:2168-2169.
⑤ 钱仲联. 当代学者自选文库:钱仲联卷 [M]. 合肥:安徽教育出版社,1999:642.
⑥ 曾国藩. 曾国藩诗文集:诗集卷一 [M]. 王澧华,校点. 上海:上海古籍出版社,2005:24.
⑦ 曾国藩. 曾国藩诗文集:诗集卷三 [M]. 王澧华,校点. 上海:上海古籍出版社,2005:79.
⑧ 曾国藩. 曾国藩全集:家书二 [M]. 长沙:岳麓书社,1995:92.
⑨ 曾国藩. 曾国藩全集:家书二 [M]. 长沙:岳麓书社,1995:108.

文宗旨如《诒甫生子喜而有作》所云："盛汉两司马，刘扬班踵随。中间曹阮陶，《骚》《雅》亦未亏。唐世盛文章，开元元和时。惟李杜韩柳，前空后难追。欧王苏黄元，明代惟一归。吾县方与姚，国朝所宗师。此人皆千载，至精有留贻。学者如牛毛，成比麟角稀。汝伯所师友，曾张多文辞。"① 其论诗，则有《答客论诗》："吾国近来文家推张廉卿，其诗亦高。所选本朝三家，五言律则施愚山；七律则姚姬传；七古则郑子尹。……杜公，则学诗者不可忘之鼻祖。船山之诗，入于轻俗，吾国论诗学者，皆以袁子才、赵瓯北、蒋心余、张船山为戒。君若得施、姚、郑三家诗读之，知与此四人者，相悬不止三十里矣。……香山自是一大家，能自开境界，前无此体，不可厚非。但其诗不易学，学则得其病痛。苏公独能学而胜之，所以为大才。苏亦谓元轻白俗，其所以胜白者，以其不轻不俗也。欲矫轻俗之弊，宜从山谷入手。"②

吴汝纶为同治四年（1865）进士，是桐城派晚期的主要代表人物，与张裕钊、黎庶昌、薛福成并称为"曾门四弟子"。其思想开明，主张吸收西方新思想，熔中西文明于一炉，晚年主张废除科举，被任命为京师大学堂总教习。这样的一种文化观念，也与同光体诗人比较接近。他与严复多有交往，曾为《天演论》《原富》的译稿作序③。他给过严复翻译方面的建议："若以译赫氏之书为名，则篇中所引古书古事，皆宜以元书所称西方者为当，似不必改用中国人语，以中事中人固非赫氏所及知。法宜如晋宋名流所译佛书，与中儒著述，显分体制，似为入式。"④ 并对严复有极高的评价："鄙论西学以新为贵，中学以古为贵，此两者判若水火之不相入，其能熔中西为一冶者，独执事一人而已。"⑤ 他呼吁："中华黄炎旧种，不可不保，保种之难，过于保国。盖非广立学堂，遍开学会，使西学大行，不能保此黄种。"⑥

身处时代的转折点，吴汝纶对于中西文明的冲突，又有着清醒的认识。光绪二十八年（1902）吴汝纶东游日本，考察学制，感到"新旧二学，恐难两

---

① 吴汝纶. 吴汝纶全集一：诗集 [M]. 施培毅，徐寿凯，校点. 合肥：黄山书社，2002：423.
② 吴汝纶. 吴汝纶全集三：尺牍卷四 [M]. 施培毅，徐寿凯，校点. 合肥：黄山书社，2002：450.
③ 吴汝纶. 吴汝纶全集一：文集第三 [M]. 施培毅，徐寿凯，校点. 合肥：黄山书社，2002：147，196.
④ 吴汝纶. 吴汝纶全集三：尺牍卷一 [M]. 施培毅，徐寿凯，校点. 合肥：黄山书社，2002：144-145.
⑤ 吴汝纶. 吴汝纶全集三：尺牍卷一 [M]. 施培毅，徐寿凯，校点. 合肥：黄山书社，2002：174.
⑥ 吴汝纶. 吴汝纶全集三：尺牍卷三 [M]. 施培毅，徐寿凯，校点. 合肥：黄山书社，2002：311.

存。……西学未兴，吾学先亡。"① 他主张"道以文传"，认为"今欧美诸国，皆自诩文明，明则有之，文则未敢轻许。仆尝以谓周礼之教，独以文胜；周孔去我远矣，吾能学其道，则固即其所留之文而得之。故文深者道胜，文浅则道亦浅"②，又以为"日本汉学，近已渐废，吾国不可自废国学"。③ 总的说来，在政治上，吴汝纶仍忠于大清。如他认为："论者往往谬分大清与中国为二，不知大清事去，即寰宇内无复有中国，而黄炎苗裔，始而奴僇，继而断灭，世界中绝痛心之事，无大于此者。"④ 他又教诫儿辈："民权革命之说，质言之即叛逆也，中国不可行。勤王亦是倡乱之议，有损无益。"⑤ 这些都是他思想的矛盾之处。

曾国藩极其看重的另一位湖北弟子张裕钊（1823—1894），其文章曾被吴汝纶誉为"若谓足与文章之事，则姚郎中之后，止梅伯言、曾太傅，及近日武昌张廉卿数人而已，其余盖皆自郐也"⑥，可以称得上是桐城派在晚清最后一位大师级人物，当之无愧的殿军。他的论文主张因声求气："欲学古人之文，其始在因声以求气。得其气，则意与辞往往因之而并显。而法不外是矣。"⑦ 张裕钊自光绪九年（1883）至光绪十四年（1888）在保定莲池书院任主讲，传道授业，与吴汝纶一起，是桐城派在北地支脉莲池派的开创者。他一生培养弟子有成就者包括范当世、张謇、朱铭盘、马其昶、姚永朴等。如前所述，他曾编选《国朝三家诗钞》，"于施愚山得五律若干首，于姚姬传得七律若干首，于郑子尹得七古若干首"⑧。施闰章诗歌宗唐，姚鼐诗熔铸唐宋，而郑珍是道咸宋诗派的代表人物，可见他论诗并无唐、宋门户之见。张裕钊还为莫友芝写过墓志⑨，与袁昶也有诗歌唱酬⑩，作为曾门弟子，他与宋诗派有交往，是很自然的事情。

---

① 吴汝纶. 吴汝纶全集三：尺牍卷四 [M]. 施培毅，徐寿凯，校点. 合肥：黄山书社，2002：406-407.
② 吴汝纶. 吴汝纶全集三：尺牍卷四 [M]. 施培毅，徐寿凯，校点. 合肥：黄山书社，2002：416.
③ 吴汝纶. 吴汝纶全集三：尺牍卷四 [M]. 施培毅，徐寿凯，校点. 合肥：黄山书社，2002：443.
④ 吴汝纶. 吴汝纶全集三：尺牍卷四 [M]. 施培毅，徐寿凯，校点. 合肥：黄山书社，2002：457.
⑤ 吴汝纶. 吴汝纶全集三：尺牍·谕儿书 [M]. 施培毅，徐寿凯，校点. 合肥：黄山书社，2002：572.
⑥ 吴汝纶. 吴汝纶全集三：尺牍卷二 [M]. 施培毅，徐寿凯，校点. 合肥：黄山书社，2002：236.
⑦ 张裕钊. 张裕钊诗文集：濂亭文集卷四 [M]. 王达敏，校点. 上海：上海古籍出版社，2007：84.
⑧ 张裕钊. 张裕钊诗文集：濂亭遗文卷一 [M]. 王达敏，校点. 上海：上海古籍出版社，2007：211.
⑨ 张裕钊. 张裕钊诗文集：濂亭文集卷六 [M]. 王达敏，校点. 上海：上海古籍出版社，2007：141-143.
⑩ 张裕钊. 张裕钊诗文集：濂亭遗诗卷二 [M]. 王达敏，校点. 上海：上海古籍出版社，2007：379.

三、晚清时局中两派相同的文化运命

桐城诗派在晚清创作上取得最大成就的当然还属通州范当世（1854—1905），他与同光体诗人交往密切，同时也是桐城诗派自姚鼐发初、曾国藩响应之后第三阶段的集成人物，① 可以看作是联系这两个诗派的纽带。其《通州范氏诗钞序》自述为学次第："初闻《艺概》于兴化刘融斋先生，既受诗古文法于武昌张廉卿先生，而北游冀州，则桐城吴挚父先生实为之主。从讨论既久，颇因窥见李杜韩苏黄之所以为诗，非夫世之所能尽为也。而于李诗独尝三复。"② 范当世的第二任妻子桐城著名女诗人姚倚云，其父姚濬昌是桐城派中期著名作家姚莹之子，而范当世也因此得与姚濬昌的两个儿子永朴、永概经常切磋诗艺。陈三立与范当世又是儿女亲家，肯堂之女孝嫭乃陈三立子衡恪妻。因此，范当世又可以被视作是同光体诗人。③

范当世的作诗取向，因为偏重苏黄，汪辟疆《近代诗派与地域》将之与桐城诗派均归入闽赣派，评曰："范当世以一诸生名闻天下，久居合肥幕中，所交多天下贤俊，而吴挚甫、汤伯述、姚叔节、王晋卿、陈散原，尤多切磋之益；晚岁抑塞无俚，身世之感，家国之痛，悉发于诗，苦语高词，光气外溢，盖东野之穷者也。然天骨开张，盘空硬语，实得诸太白、昌黎、东野、山谷为多。《玩月》一篇，陈散原尝叹为苏黄以来，六百年无此奇矣。"④ 钱仲联《梦苕庵诗话》亦云："伯子穷儒老瘦，涕泪中皆天地民物，发为歌诗，力能扛鼎。震荡禽辟，沉郁悲壮，能合东坡之雄放与山谷之遒健为一手。吴中诗人，江叔叔后，未见其匹。"⑤ 又谓："肯堂七律，硬语盘空，全得力于山谷。……时贤学山谷，但得其清瘦之致，肯堂独得其莽苍之态，嗣响颇乏其人。"⑥ 又范当世《除夕诗狂自遣》其二："我与子瞻为旷荡，子瞻比我多一放。我学山谷作遒健，山谷比我多一炼。

---

① 寒碧. 重印《晚清四十家诗钞》序 [M] //晚清四十家诗钞. 吴闿生，评选. 寒碧，点校. 杭州：浙江古籍出版社，2006：1-15.
② 范当世. 范伯子文集卷第六 [M] //范当世. 范伯子诗文集. 马亚中，陈国安，校点. 上海：上海古籍出版社，2003：485.
③ 曾克耑. 论同光体诗 [M] //邝健行，吴淑钿. 香港中国古典文学研究论文选粹（1950-2000）：诗词曲篇. 南京：江苏古籍出版社，2002：6.
④ 汪辟疆. 汪辟疆文集 [M]. 上海：上海古籍出版社，1988：301-302.
⑤ 钱仲联. 梦苕庵诗话 [M] //张寅彭. 民国诗话丛编：六. 上海：上海书店出版社，2002：254.
⑥ 钱仲联. 梦苕庵诗话 [M] //张寅彭. 民国诗话丛编：六. 上海：上海书店出版社，2002：256-257.

惟有参之放炼间,独树一帜非羞颜。径须直接元遗山,不得下与吴王班。"① 均可见其诗学造诣。

晚清桐城派诗人还有方守彝(1847—1924),字伦叔,其父方宗诚,世称柏堂先生,为桐城派后期名家。与桐城派、同光派多有交往,所著《网旧闻斋调刁集》,兼取唐宋,前有诸家题词。其中如陈三立丙午题注(1906):"清泠苍邃,时辟异境,奄有苏梅之胜。"② 沈曾植癸丑(1913)识语:"托体韩苏,是桐城先贤遗矩,而清心独远。澹句、峭句、理句、非理句,即境生心,动成妙谛,此后山所谓正烦胸中度世者耶。假令翁逢惜抱,所造更当若何?"③ 其同里潘田撰《清封中议大夫太常寺博士方赟初先生墓志铭》云:"其为诗,自世所尊唐宋以来杜甫、白居易、韩愈、李商隐、梅尧臣、苏轼、黄庭坚、陈师道诸家,靡不涵茹错综,香山、宛陵尤所诵玩。然绝去模袭,挽藻驱澜,质厚内函。巧力既极,乃以拙胜,取径造格,高厉孤骞,又非唐宋所能囿也。"④

姚永概(1866—1923),字叔节,生于桐城姚氏文学世家,为姚濬昌之三子,姚永朴之弟。柯劭忞在姚永概《慎宜轩诗集》序言中这样写道:"桐城之弟子多以古文名家,至为诗则称石甫、慕庭两先生。慕庭先生有子曰仲实、曰叔节,仲实研究经术,叔节殚力辞章,尤以诗为谈艺者所推服。"并谓:"自石甫先生以至于叔节,皆变风变雅之诗也。"⑤ 姚永朴己未(1919)所为作序言,亦谓"大抵诗之为道,必性情真乃能有物,又必资以学力乃能有章,二者既得之矣,然苟才气不足以副之,终不能以自达"⑥。凡此,均与宋诗派之论诗宗旨甚同。姚永概与同光体诗人也多有交往,其子姚安国为诗集所作《识后》中,称"嘉兴沈乙庵方伯尝取先君诗与马通伯先生文合刊之,称'二妙'"。"侯官严几道先生又谓:'壬子(1912)诗尤排奡惊人,如《万寿山》《天坛古柏》诸歌,想杜公

---

① 范当世. 范伯子诗集卷第十三[M]//范当世. 范伯子诗文集. 马亚中,陈国安,校点. 上海:上海古籍出版社,2003;260.
② 方守彝. 网旧闻斋调刁集:题词[M]//方守彝,姚永朴,姚永概. 晚清桐城三家诗. 合肥:黄山书社,2012;3.
③ 方守彝. 网旧闻斋调刁集:题词[M]//方守彝,姚永朴,姚永概. 晚清桐城三家诗. 合肥:黄山书社,2012;4.
④ 方守彝. 网旧闻斋调刁集:附录[M]//方守彝,姚永朴,姚永概. 晚清桐城三家诗. 合肥:黄山书社,2012;461.
⑤ 姚永概. 慎宜轩诗集:序[M]//方守彝,姚永朴,姚永概. 晚清桐城三家诗. 合肥:黄山书社,2012;557-558.
⑥ 姚永概. 慎宜轩诗集:序[M]//方守彝,姚永朴,姚永概. 晚清桐城三家诗. 合肥:黄山书社,2012;559.

为之不过如是。'"①

被称为姚永概代表作的《方伯岂、仲斐招游天坛，观古柏作歌》全诗如下：

> 天坛锁钥放三日，士女长安空巷出。琉璃厂内鞍影骄，正阳门外车声疾。方生邀客及衰朽，微醺莫放斜阳失。未到先惊势骏雄，入门已觉情萧瑟。绕坛一碧皆种柏，罗列骈生咸秩秩。元耶明耶世不知，百株千株数难悉。阴森夺日色凄凉，惨淡生风寒凛栗。怪根直下渴重泉，霜皮绉裂蟠修绋。真宜虎豹据为宫，恐有狐狸攫作室。旁干犹承累叶露，中枝折为前宵（飚）。无情树木尚如此，系日长绳知乏术。祈年殿上望西山，金碧依然暮霭间。王气已随龙虎尽，夕阳只见雁乌还。往圣千秋垂教泽，严祀昊天咸百辟。彼苍视听悉依民，精意分明存简册。大道原为天下公，此心不隔耶回释。斋宫肃穆水环垣，想见千官助骏奔。中夜燔燎半空赤，连营宿卫万夫屯。五千运过苍天死，更闻开作公园矣。吁嗟乎！倚天拔地之古柏，留与游人勿轻摘。②

此诗作于 1912 年，笔力矫健，戛戛独造，之所以获得众人的称赞，除了与诗中文化遗老的异代之感有关外，那"怪根直下渴重泉，霜皮绉裂蟠修绋"的老柏，不正是中华文明虽然历经风霜雨露、历尽艰难，仍然不屈不挠、尽力支撑的象征吗？而其中也寄寓着诗人在世变之契、新旧文化转型期的几多忧患与沉痛！面对晚清以来的西学东渐，姚永概曾有《与陈伯严书》，其中云："此时所患，正在中学之全弃耳。夫中国之所以见弱于外国者，政也，艺也，非道也。六经之训、程朱之书、韩欧之文章，忠臣孝子、悌弟节妇，至性之固结，文耀如日星，渟浩如江海。由是则治，不由是则乱。虽百千新学，奇幻雄怪，而终莫之夺也。"③ 这种文化保守主义态度，与同光派中的很多诗人若合符契。

以吟咏古树来寄托文化运命变迁的沧桑之感，在同光体诗人中不乏其人。陈三立曾作有《樟亭记》：

> 西湖之胜可指而名者，百数十，独法相寺旁古樟罕为游客所称说。丁巳九月，余与陈君仁先、俞君恪士过而视之，轮囷盘挐，中挺二干，

---

① 姚永概. 慎宜轩诗集：识后 [M] // 方守彝, 姚永朴, 姚永概. 晚清桐城三家诗. 合肥：黄山书社, 2012：731-732.
② 姚永概. 慎宜轩诗集：卷七 [M] // 方守彝, 姚永朴, 姚永概. 晚清桐城三家诗. 合肥：黄山书社, 2012：683-684.
③ 姚永概. 慎宜轩文：文四 [M] // 《清代诗文集汇编》编纂委员会. 清代诗文集汇编：七九一. 上海：上海古籍出版社, 2011：327.

状如长虬待斗互峙、鳞鬣怒张者，度其年岁，或于白乐天、林君复、苏子瞻之时相先后，盖表灵山、偶古德而西湖诸胜迹所仅留之典型瑰物也。……然而偃蹇荒谷墟莽间，雄奇伟异，为龙为虎，狎古今傲宇宙，方有以震荡人心，而生其遁世无闷、独立不惧之感，使对之奋而且愧，则所谓不材者无用之用，虽私为百世之师，无不可也。亭建于戊午（1918）某月，好事图其成者为金香严、朱沤尹、王病山、郑太夷、胡憎仲、蒋苏庵、陈仁先、夏剑丞、俞恪士及余，凡十人①

陈三立②、陈曾寿③均有诗作记之。这种"遁世无闷、独立不惧"的身世之感，正是这些古典诗人共有心声的真实写照。

综上可见，此前的同光体诗人研究，在论及与同时代诗派的关系之时，更多关注于湖湘诗派、诗界革命派或者"南社"、《学衡》派这样一些或者早于、或者晚于同光体的旧新诗派，这种观照并不全面。本文通过梳理，找到了同光体除了宋诗派以外的又一个更远的源头桐城诗派，并且指出他们在清末民初世变之际所要面对的共同文化运命。这些，对于我们无论是理解桐城派还是同光体，包括那些同时代的其他诗派，都有积极的意义。

[原发表于《苏州大学学报》（哲学社会科学版）2015年第2期]

---

① 陈三立. 散原精舍诗文集 [M]. 李开军, 校点. 上海：上海古籍出版社, 2003：935-936.
② 陈三立. 散原精舍诗文集 [M]. 李开军, 校点. 上海：上海古籍出版社, 2003：524.
③ 陈曾寿. 苍虬阁诗集：忠樟行 [M]. 上海：上海古籍出版社, 2009：174.

古文与白话文

"真":梅曾亮文学思想的核心
——兼论嘉道之际桐城文论的发展

彭国忠

道光十四年(1834),梅曾亮四十九岁,入京,纳赀为户部郎中。至六十四岁,即道光二十九年(1849),出都返家。其间十余年,梅氏在京师,联合同道,讲论古文词,发扬古学,振兴人心,姚鼐桐城余绪赖以不坠。梅氏亦俨然一代宗师。李详《论桐城派》曾谓:"至道光中叶以后,姬传弟子仅梅伯言郎中一人。当时好为古文者,群尊郎中为师,姚氏之薪火,于是烈焉。复有朱伯韩、龙翰臣、王定甫、曾文正、冯鲁川、邵位西、余小坡之徒,相与附丽,俨然各有一桐城派在其胸中。伯言遂亦抗颜居之不疑。"盖道光后期,姚鼐弟子中,姚莹、方东树等已经离京,陈用光、吴德旋、刘开、管同先后去世,只有梅氏居京师重镇,且创作成就、声名令誉俱年岁而日隆,"京师士大夫日造门问为文法"(吴汝纶《孔叙仲文集序》),甚至"自曾涤生、邵位西、余小坡、刘椒云、陈艺叔、龙翰臣、王少鹤之属,悉以所业来质,或从容谈宴竟日"(朱琦《柏枧山房文集书后》)。梅氏侄婿朱庆元为光绪石印本《精刊梅伯言全集》作跋时称:"我朝之文,得方而正,得姚而精,得先生而大。"如果将"我朝之文"改成"桐城之文",这个评语还是很恰当的,梅曾亮在桐城派的发展过程中,确实起了承上启下、壮大其声势的重要作用。梅曾亮对桐城派的贡献,不仅仅在古文的创作上,在理论上,他也提出过一些重要的见解,如"诗莫盛于唐,而工诗者多幕府时作"(《陈拜芗诗集序》),以及"侔揣物象、穷闲适之趣,乃不得志于时者之所为诗,非古大臣之诗"(《抚吴草序》),等等,这些显然丰富了桐城派的文学思想。本文不准备展开论述梅氏文学思想之方方面面，仅就其"真"略陈浅见。

一

对梅曾亮的文学思想，前人及时贤多有论述，且各有见地。但我们以为，梅氏文学思想的核心，在一个"真"字。"统观梅曾亮的全部文论，他就是十分强调文学的'真'。"① 人们所津津乐道的"因时"等观点，都须首先纳入"真"的范畴之内考察，方见其文学思想之真谛。

杨钟羲《雪桥诗话·余集》称："温明叔侍郎及惜抱之门，与梅伯言甲乙科皆同榜，自谓实师事之。谓伯言论诗，以真为贵。"温氏以同年、同门兼师法弟子身份所认识的"伯言论诗，以真为贵"，当是其接触梅氏时闻见与感觉的真实记录，颇具可信度。这个说法，是可以被梅氏著述证实的；而"以真为贵"，于梅氏又不止于论诗，亦不限于论古文，确然可作为其文学思想之全部。

梅曾亮对"真"非常推崇。在《庄子·徐无鬼篇》中有这样一个寓言：徐无鬼因女商见魏武侯，告以相狗马之事，武侯大悦而笑；女商不解地问："吾所以说吾君者，横说之则以《诗》《书》《礼》《乐》，从说之以《金板》《六韬》，奉事而大有功者不可数，而吾君未尝启齿。今先生何以说吾君，使吾君说若此乎？"徐无鬼总结道："久矣夫，莫以真人之言謦欬吾君侧者乎！"梅氏借此寓言申而论之："吾以是知物之可好于天下者，莫如真也。"继而又称："吾是以知物之可好于天下者，莫如真也。"（《黄香铁诗序》）他曾明确指出："夫诗，亦何必不奇、不博、不新、不异者，而必贵乎古人，何也？曰：吾非贵古也，贵古之能得其真。"（《朱尚斋诗集叙》）表明他之所以贵古，是因为古诗能得"真"。在《太乙舟山房文集叙》中，他认为："见其人而知其心，人之真者也。见其文而知其人，文之真者也。人有缓急刚柔之性，而其文有阴阳动静之殊。譬之查梨橘柚，味不同而各符其名、肖其物，犹裘葛冰炭也，极其所长，而皆见其短。使一物而兼众味与众物之长，则名与味乖；而饰其短，则长不可以复见。皆失其真者也。失其真，则人虽接膝而不相知。得其真，虽千百世上，其性情之刚柔缓急，见于言语行事者可以坐而得之。盖文之真伪，其轻重于人也，固如此。"其在京城时，继承北宋司马光等人的流风余韵，与十余人结成"真率会"，以"真率"相标榜。在在见出他尚真的文学观。

观其论文之语，"真"字于文学意义十分重要，且"他在论述文学之'真'

---

① 黄霖. 近代文学批评史 [M]. 上海：上海古籍出版社，1993：145.

时颇有特色，也较为透辟"①。梅氏文论之"真"，具多层内涵，今要而言之，约有以下诸端。

（一）景境真

即再现山川风物之真实情状及人物所历所处环境、情境之真实状态。梅曾亮赏叹厉荼心诗集《衡游草》，"几山水之情状，风雨云日之兴象，皆见于诗，悉力呈露，而不使之稍纵"，特别是其中《过洞庭》诗，使洞庭湖"汹涌滂湃之状，震掉纸上。余虽未尝至，恍然遇之"（《衡游草序》）。这种境界的获得，即深得"真"字诀奥，善于为景物传神。他譬喻说：如果要画家"使山渊易其状，草木变其质，虫鱼鸟兽恢其形"，那是极其简单、人人而能之事；如果使所画"山如履其石，水如临其流，虫鱼鸟兽如抚其鳞甲羽毛柯叶，则非国能者将缩手而不进"。因为前者是一种变形的、不真实的描写，没有具体的评判标准；后者却是写实的、真实的，有山水草木虫鱼鸟兽之实物作为判别依据。这颇类似于画论中画鬼与画人的关系。他认为，作者个人"登临游宦之所得，风俗利病之所经，触于情、感于物者，人人之所同也"，写出这人人之所同，并不难，难在能"适肖其情与物之真"（《朱尚斋诗集叙》）。景境之真，是创作的最基本要求，也是作品生命力所在。但细品梅氏所言，这种"真"，不是简单再现的问题，因为无论登临游览，还是仕宦经历，还是风俗民情，都有着不可避免的相似性，一味地如实摹写，可能会产生古今相似、人我雷同现象，也就不真。真正的"真"，是在人人所同之外，能逼真地反映出特定情境中特定对象之"真"。故梅氏对这个问题的看法，其实质已经涉及创作独特性问题，是一种更高层次的艺术真实。

（二）情事真

梅曾亮主张作品通过具体真实的事情，刻画人物性格、形象，抒发作者的思想感情。《黄香铁诗序》中，他称赞"今黄子之诗，述家人亲友悲喜之情，生计忧艰，及耳目所近接、可惊叹悲悯事，亦时有物色慢戏绮丽之作，亦不至于淫放。适乎境而不夸，称乎情而不欺，审乎才而不剽窃曼衍，放乎其真，适足而止。此则黄子之诗，非天下人之诗也，可以言真矣"，而认为"称觞贵人之前，美言洋洋，锦屏高张，而读者神不偕来也"。他在这里不是从"欢娱之词难工，而悲苦之言易好"的角度肯定前者、否定后者，而是从事情的真实与否看问题的。对一般人来说，前者更可能发生，故真；后者则往往不会出现，故不真。不真，就不能吸引读者，也就不会产生感人的力量。这种情事之真，有时就体现为

---

① 黄霖. 近代文学批评史 [M]. 上海：上海古籍出版社，1993：145.

细节的真实，琐事的真实。他的依据是"吾以为观人于微而得其真"（《徐廉峰尺牍遗稿序》），故他服膺明代归有光之为人为文，于其古文善于以小事写人抒情尤其心仪神往："归熙甫撰《先妣事略》，皆琐屑无惊人事，失母者读之，痛不可止。夸者饰浮语过情，人人同，安知为谁氏子乎？"（《艾方来传》）琐屑无惊人之事，之所以感人至深，令失母者读而痛不可止，是因为这些事真实可信，读来历历在目，令人感同身受，从而触动失母者的心弦。否则，如果雕琢文辞，不顾实际地夸大或捏造事实，以求感人，不但不足以感动人，恐怕连让人知道是谁为其母亲记事都做不到。

（三）时代真

创作要有时代性，能反映时代的风云际会、人情物态。在《答朱丹木书》中，他提出："惟窃以为文章之事，莫大乎因时。立吾言于此，虽其事之至微，物之甚小，而一时朝野之风俗好尚，皆可因吾言而见之。"认为创作要具有作者所处时代的特点，即使是非常微小之事之物，也要见出那个时代的印痕。他举例说：为文章于唐代贞元、元和之世，而读者从文章中读不出其为贞元、元和时人；为文章于宋代嘉祐、元祐之世，而读者读不出其为嘉祐、元祐时人，都是不可以的，都没有时代感；而缺乏自己时代面目的文章，不真实，因而也就丧失了生命力。正是缘于文章须具时代气息的观念，他对韩愈"惟陈言之务去"的主张，提出自己新的理解："韩子曰'惟陈言之务去'，岂独其词之不可袭哉！"质言之，他认为韩愈这句话的精神，在于既反对语言文字的沿袭，又反对思想内容的陈因。《复上汪尚书书》在谈及"君子在上位受言为难，在下位则立言为难"时，他解释立言之所以为难，是因为"立者非他，通时合变，不随俗为陈言是已"。"立言"来自儒家"三不朽"说，"陈言"仍然出自韩愈；而将"不为陈言"与"通时合变"提到同样的高度，同样能见出他强调作品思想内容与语言文字都要积极表现时代特征、反映时代变化的创新精神。

（四）情性真

要求创作见出作者的真情性，真情感，见出真"我"。这是更高的一种要求。诗歌如何达到"工"的境界？如何以一人之诗区别于千万人之诗？梅曾亮的回答是："肖乎吾之性情而已矣，当乎物之情状而已矣。"（《〈李芝龄先生诗集〉后跋》）他推崇吴清鹏诗歌能使读者得其人之"性情、居处、笑语"，以及"家林之优游，羁旅之感慨，亲爱疾病之悲欢"，乃至"从容于侍从，回翔于卿寺，华不加荣，寂不嫌寞"之品行操守。其内深原因，即在于吴氏能做到"吾一人之情也，性也，使的然呈露于文字声律之间，而人皆以为境如是情如是者，千万人而不得一也。幸而得之，则其人之神理，绵万世而不竭。吾之境，非人之境也；情，非人之情也。吾不自肖其情，安知不肖乎人之情？人则舍其情，而以吾之自肖其情者为同乎人之情，此吾所以于先生诗而得其人也。然则诗有不能得其人者，何也？得丧不能齐，而自讳其真也。"（《吴笤庵诗集序》）作家完全呈露其一人之情之性于作品中，而非他人之情之性，这既是千万人中难得其一者，又使千万人感觉到真实可信。相反，创作一旦"舍其情""自讳其真"，便失却自家面目。在《杂说》篇中，梅曾亮说："尧之眉，舜之目，仲尼丘山之首，合以为土偶，则不如籧篨戚施，伪与真也……太白之诗豪而夸，子美之诗深而悲，子建之诗怨而忠，渊明之诗和而傲。其人然，其诗亦然，真也。"土偶之不如天下极丑之籧篨、戚施（《淮南子·修务训》），因为籧篨、戚施虽丑而真，有其真情性、真生命在；土偶虽得尧眉为眉，得舜目为目，得孔子首为首，却无真情性、真生命。可见，梅氏已将情性的真实上升到文学生命力的高度。

在论及自然外物山川景观、作家性情才气几者关系时，梅曾亮更强调情性之"真"："人之境，百不同也。境同而性情不同，则其诗舍境而从心。心同而才力不同，则其诗隐心而呈才。境不同，人不同，而诗为之征象，此古人之真也。境不同，人不同，而诗同焉，是天下人之诗，非吾诗也。天下人得为之诗，而吾代为作之，乌乎真？人情之爱人，必不如其自爱也。吾日为不知谁何之人作之，而曰'吾甚爱之'，爱乌乎至！"（《黄香铁诗序》）这段表述，可以看出梅氏"真"的观念中，"境"与"性情"并不处于同一层次，性情之真显然要高于境真，当境同而人性情不同时，他宁可"舍境而从心"。心（情性）之真，是作品有异于"天下人之诗""天下人得为之诗"的最根本因素。此种认识可谓深得创作个中三昧。至于心与才的关系，他并无抑心扬才之意，而是说：在作家心性相同或接近时，"隐心而呈才"，也就是隐淡心性，呈露才情。其实质，是展现才情以显现性情；性情是体，才情是用。故在境、心（人，情性）、才三者关系中，梅曾亮所持乃真情性至上论。

二

梅氏文学观念中，"真"还是成就作家独特艺术风格的重要因素。前文言景境之真时，已涉及此一问题，今略做申说。盖梅曾亮为人，胸襟本即宏达。他身为姚门高弟，却于汉学宋学之争，并不一味是宋非汉，而对两家长处皆有所认可，予两家短处亦洞若观火。其《〈春秋溯志〉序》云："当康熙时，公卿多崇尚理学者。进取之士摹时好以成俗，儒先语录之书遍天下矣，而士或空疏弇陋，立词不根，视经传如异物。有志之士慨然思变之，义理、考证之学，遂判然不可复合。今天下考证之风，如昔之言义理者矣。其设心注意专以为吾学，而不因习尚者，固亦有之，而不可数数觏。然则当昔时而能言考证者，真考证也；当今之世而能言义理者，真义理也。"故他固有菲薄汉学之语，亦有"宋儒说经空虚道术之谈"之说。他出身桐城派，却并不认为一切文章只以桐城为归。为陈用光文集作序时，他首先肯定陈氏文章之真，"虽没世后，读其文如见其生平言语行事。嗟夫，是岂可以伪为之哉！"接着指出："夫公之学，固出于姚先生，而文不必同。然前乎先生者，有方望溪侍郎，刘海峰学博，其文亦皆较然不同。盖性情异，故文亦异焉。其异也，乃其所以为真欤？"（《太乙舟文集叙》）桐城派中，前乎姚鼐者，刘大櫆与方苞文章风格已经"较然不同"，而这种风格之"异"，导源于二人"性情异"；性情不同，各致其文不同，正是"真"的体现。陈用光之学，出于姚鼐，其文不必同于姚鼐，因二人性情不同。在《蒋松士诗序》中，他评论蒋松士诗歌"至五古，则多慷慨激烈，或凄恻幽眇。盖君所抑遏不出之口者，悉移而注之于诗。其身世骨肉之遭遇，言之累欷而不可尽者，诗则尽抉发之以为快"。蒋氏诗歌之内容，来自其"身世骨肉之遭遇"，其风格之"多慷慨激烈，或凄恻幽眇"，来自其人默言而又重忧之个性，皆是真实之暴露；然"于唐诗人储太祝辈，体格不同。要之，任真朴而无客气，则其趣同也。"梅曾亮认为，蒋氏诗歌之"体格"（风格），与唐代诗人储光羲要自不同；但在率性任真、无"客气"这一点上，两者却又大同其趣。人各以其人之不同人其诗，故其诗人各不同；而在所以不同上，却又相同；其所以同而不同，全在"真"。此即梅氏文学思想之要义。

在语言表达及审美境界上，梅曾亮同样崇尚"真"。

梅曾亮提倡朴质畅达的文风，反对华词浮饰以丧"真"，反对奇博新异而无"真"。《马韦伯骈体文叙》是一篇记述他与当时古文大家管同讨论骈体文与古文关系的文献，在文章中他明确提出自己"文贵者辞达耳"的主张。尽管这不是什么新的说法，但它说明了梅氏弃早年颇为下过功夫且已有相当成就的骈文不做而转为古文的重要原因，"盖骈体之文如俳优登场，非丝竹金鼓佐之，则手足无措，其周旋揖让非无可观，然以之酬接，则非人情"（《复陈伯游书》）。在他看来，骈文不合于"人情"之"真"，其表达亦非"辞达"。《温麐生遗稿序》在述及温露皋为其早卒之弟麐生刊刻遗稿以资纪念，并著文介绍其行时，梅氏评云："其爱真，故其词朴；其词朴，故其行昭。"真情是拒绝雕饰的。爱真，勿须华词丽藻；辞达，无暇浮饰雕琢。他认为江宁士人深得当地林壑与秦淮河"清淑之气"之沾溉，"真朴无文饰，有六朝人余习"（《阮小闲诗集序》），从而高度赞赏阮小闲诗歌"清婉恬适如君其人，不以其不得志于有司也而有怨词，有矜气，真德人之音也"。而"辞达"与"词朴"，在梅氏实际是一个要求：文辞不过分，也不窘涩不足。他评人诗，认为其"音节清亮，情词相称，追唐人而从之，非学七子者所能及"（《闲存诗草跋》）。所谓"情词相称"，即辞足以达情而不溢于情，亦不乏于情。这在他是很自觉的追求。《徐廉峰尺牍遗稿序》评论徐氏作品"当其据案即书，称心而言，岂复有人之见哉！"故能让人于微处"得其真"。《黄香铁诗序》中所说"适乎境而不夸，称乎情而不欺，审乎才而不剽窃曼衍，放乎其真，适足而止"，也是从"真"的角度，对表达加以规范：语言文辞不能不足，也不能"夸"（即过分）；要适乎境，称乎情，使"真"得以显现而止。故他最为提倡的表达方式是："乘兴而言，尽意而止，犹夫鸟兽叫音，情竭者不复怀其响；大块噫气，怒郁者不能收其声。"（《柏枧山房诗集自序》）

对创作中的"新""奇""博""异"，他一向持辩证的态度：重视之，而又坚决反对丧失真实性的"新""奇""博""异"。他激赏"奇伟之士"（《赠汪写园序》），欣赏江宁的随园、缘园"皆有幽篁清池、平台奇石，足以舒烦涤忧，包集群雅"，称道袁枚能"搜奇挹胜，吐纳烟景"（《缘园诗序》），追忆年幼与朋友一起习诗时"往往得奇语，如梦中作"（《汤子燮试帖诗稿书后》），都是从赞赏的角度出发。他还肯定郭羽可借竹"吐其胸中之奇"（《郭羽可竹册》），肯定厉荃心于诗歌"悉吐其胸中之奇"（《衡游草序》），孙秋士、管同等人以作品"一吐其胸中之奇"（《题孙秋士小照》）的必要性。为周仪颙《夫椒山馆诗》作跋，他直接称赞其诗"有奇气，有逸趣"①。以上涉及奇景、奇境、奇情、奇语、奇气，都是他认可的。但同时，他又批评不顾真实性而过分求新求异。在《朱尚斋诗集叙》中，他一方面指出"山渊易其状，草木变其质，虫鱼鸟兽恢其形，不可以为不奇、不博、不新、不异也"，故奇、博、新、异自有其价值；另一方面，他又极力赞赏朱尚斋诗歌"以吾之性情，合乎唐贤之格调，而于世之标领新异、矜尚奇博者，夷然不屑"，对一味追求新奇的，则加以否定。在《桑弢甫先生集序》中，他一面肯定桑氏"以孝义奇伟之性，发为诗文，高奇清旷，有自得之趣"，一面又做补充限制"非如同时诸人掇拾南宋后之偏词剩义为奇博者比"，则奇、博、新、异，一以性情真实为主，苟物真、事真、情性真，奇、博、新、异有何不可？苟背离真实的原则，则奇、博、新、异，亦无所施其用。

梅曾亮于言文论诗时，提倡那种自然而然、不刻意求工而自工的艺术境界。此即上文引《桑弢甫先生集序》中所说"有自得之趣"。那么，何谓"自得之趣"？他考察了清初以来三大诗歌阵营，指出：像王渔洋（士禛）、施愚山（闰

---

① 见笔者与胡晓明整理本《柏枧山房诗文集》卷首梅氏手跋稿本《夫椒山馆诗》插页（苏州图书馆藏）（上海：上海古籍出版社，2005）。

章），专以诗歌著名，而不以考证为学；其以考证为学者，如阎百诗（若璩）、惠定宇（栋）、何义门（焯），于学各有所长，而诗非其所好；兼之者只有顾亭林（炎武）、朱竹垞（彝尊）。顾炎武虽兼得诗人与学者之长，却不以诗人自居。朱彝尊于诗，既求工，而又务为多；然其诗成处固多，但自得者少，未必非其学为之累也。所以，他认为"诗人不可以无学；然方其为诗也，必置其心于空远浩荡。凡名物、象数之繁重丛琐者，悉举而空其糟粕。夫如是，则吾之学常助吾诗于言意之表，而不为吾累，然后可以为诗"（《刘楚桢诗序》）。故"自得之趣"之第一义，就是不以学为诗。诗歌是性灵的宠儿，在诗中堆砌故纸中已经僵化的学问，必然影响自然及人心中"真"的显现。他认为只有像刘楚桢那样，虽是学人，但当其为诗时，能够"磊落直致，或跌宕清妙，怡人心神"，而"凡生平之撰述，一空其迹"。这里出现的"直致"，为传统文学批评术语，指抒情叙事较直接，不用典故，又少蕴藉，如《文镜秘府论·南卷》："至如曹刘，诗多直致，语少切对。"在梅氏观念中，"直致"恰是"自得之趣"的表现形式：内容洒净，不枝蔓于学问，语言不"掉书袋"。学养厚殖诗人胸襟，诗人不可无学；但创作时，又不可有学，诗人心灵要"空"。这里，可以看出梅氏诗学思想之透脱圆融。嘉道之际，以学问为诗，已渐成盛势，梅曾亮交游中如何绍基等人，亦以是闻名。梅曾亮要求诗人在进行创作时，严分其"学人"身份与"诗人"身份，使前者不致成为后者之累，这是需要一定理论勇气的。

"自得之趣"的另一要义，是"忽然得之"。他评论朱尚斋诗歌时，分析朱诗"适肖其情与物之真"的特点，即称其诗"若忽然而得之"，并自己加以解释说："夫忽然而得之者，其词常为千百思之所不能易。"（《朱尚斋诗集叙》）也就是说，具"自得之趣"的作品，往往出自灵心一刹那之闪动：其内容不是、也不需要深刻思虑；其词语无须千雕百琢，也是千雕百琢所不能达到、不能改动的。因为一经思虑，一经雕琢，便不"真"。"忽然得之"，其实毫不神秘，在梅曾亮看来，它是诗人以一颗赤诚之心，以真我、真情性拥抱真实的客观万物时，心灵所产生的触动。他认为，只有做到使诗歌是"我"之诗，而非天下人之诗，方可以言真。故"真"的境界，就是"忽然而得之"的"自得之趣"，是"千百思"之苦心孤诣及雕章琢句所绝难达到的艺术极境。

三

作为姚氏四大高弟之一，梅曾亮"崇真"的理论主张，尤其其中"因时"、重视真情性两个方面，是对桐城派文论的补充，反映了嘉庆道光之际桐城派文论的发展。

前此，方苞高举"义法"论大旗，其"义"偏于儒家正统纲常伦理，一以合乎"醇雅"为标准；刘大櫆倡"行文之实"说，其中"义理、书卷、经济"之"经济"，固是对"义"的一种补充，但仍属于传统"言志"的范畴；姚鼐"道与艺合"中的"道"，以及"义理考据辞章"三合一中的"义理"，则是对方苞"义法"之"义"的回归。尽管我们可以说：方苞提倡"义法"，是康熙宋学兴盛时期时代学术、思想的直接产物，姚鼐"义理考据辞章"也是乾嘉汉学鼎隆期时代学术风气的折光，它们都沾濡时代潮流，但不能不承认："桐城三祖"恰恰没有提出"因时""通时合变"的理论主张，这是一大遗憾。

"梅曾亮所处的时代已与方、刘、姚不同。方、刘、姚处在康（熙）、雍（正）、乾（隆）三朝，那是清王朝鼎盛时期；梅曾亮处在嘉（庆）、道（光）、咸（丰）时候，先有嘉庆间的川、楚等地的农民起义，接着是鸦片战争与太平天国运动，这时清王朝的腐朽已经暴露……"① 梅曾亮生当清王朝由盛而衰的大转折时期，敏锐地感觉到这个时代"山雨欲来风满楼"的非同寻常，充分认识到它丰厚的内涵及"新"的意义。他指出："夫古今之理势固有大同者矣，其为运会所移、人事所推演而变异日新者，不可穷极也。执古今之同而概其异，虽于词无所假者，其言亦已陈矣。"（《答朱丹木书》）这段文字高度精辟地阐述了文学代变革新的必然。首先，观念上，不能再"执古今之同而概其异"，只看到今与古相同、近似的一面，而无视其不同、相异的一面。只有这样充分认识到古今之异，方能立足当今，"通时合变"，使当今"一时朝野之风俗好尚，皆可因吾言而见之"（答朱丹木书）。其次，手段上，必须做到"词无所假"而"言不陈"。所谓"词无所假者，其言亦已陈矣"，在要求作品的内容、思想要体现出新时代的特点之外，落实到语言层面，强调语言（语汇）也要代变的重要。这两个层面，对后来"桐城派"古文的发展都具有重大意义。由此时的姚门弟子到同治时的湘乡派"中兴"，曾国藩便参"经济"入"义理、考据、辞章"以为四，与孔门"四科"相比拟，而所谓"经济"，即是"在孔门为政事之科，前代典礼政书及当世掌故皆是也"（《劝学篇示直隶士子》），它比刘大櫆的"经济"，时代性、社会性显然都有所增强。而"洋务运动"的反映于湘乡派创作的思想，海外游记中的新奇风物都给桐城派的古文带来内容、语言的极大新异。再到清末"侯官派"的严、林，翻译西方资产阶级学术著作及各国小说，以古文之规范，传达西学新思想、新概念、新名词。凡此，皆可见出桐城派之发展，而梅氏理论的过渡意义实不容忽略（曾国藩受梅氏影响更是确然无疑）。可以说，梅曾亮适

---

① 吴孟复. 桐城文派述论 [M]. 合肥：安徽教育出版社，2001：120.

时地提出"因时""通时合变"的新理论,既补充发展了"桐城三祖"关于文章内容的见解,也推动了整个桐城派的向前发展。

但是,梅曾亮文学思想的"真"论,可能与章学诚的史学思想有一定渊源。郭绍虞先生曾从"事与道""体与辞""义与法"三个方面分析桐城派在当时所遭遇的非难与批评,其中,"由事与道言,桐城文人即遇到两个劲敌,即是戴东原与章实斋"①。戴震、章学诚对桐城派颇多批评是事实,但桐城派借鉴二家资源也是事实。戴震(1724—1777)与姚鼐(1732—1815)差不多同时,他32岁时撰写了著名的《与方希原书》,提出"古今学问之途,其大致有三,或事于理义,或事于制数,或事于文章"的观点,认为为文之弊即在于对三者关系的误解或偏失:"圣人之道在六经,汉儒得其制数,失其义理;宋儒得其义理,失其制数。"当时,姚鼐24岁,其后来提出的"余尝论学问之事有三端焉,曰:义理也,考证也,文章也"(《述庵文钞序》),虽与戴震所言各有侧重,但汉学家戴震的影响难以抹去。章学诚(1738—1801)比梅曾亮(1786—1856)长出一辈,应属姚鼐同辈人,梅曾亮借鉴其思想,是完全可能的,而取资于反对派,也向来是该派传统。章氏以泛史学观点,将古文也纳入史学统序中,而从浙东实学传统出发,认为"史学所以经世,固非空言著述也"(《浙东学术》);"不知当代而言好古,不通掌故而言经术,则擎蜣之丸,射覆之学,虽极精能,其无当于实用也审矣"(《文史通义·史释》)。"他鼓吹史学,但是反对仅仅将历史看作是静止的过去,提倡史学家必须'知时',史学应当积极介入'当代',通过研究历史,藏往知来,鉴古通今……他提倡古文以史为宗,也就必然地包含对古文家经世致用的期待……这是他对古文价值最简要的概括。"②关注现实、现世,是章氏史学之精神所在;梅曾亮强调古文要"因时""通时合变",亦见章氏史学之影响。

在创作上,"桐城三祖"并不缺乏真情实感之作,甚至可以说:"桐城派作家颇长于写作抒情的散文,他们寓抒情于叙事之中,寥寥数笔,情见乎辞。如我们所熟知的方苞的《左忠毅公逸事》即是。此文不是写缠绵悱恻的儿女之情,而是写师生之情,爱国之情,痛恨奸邪的悲愤之情。他如戴名世的《杨维岳传》《画网巾先生传》及鲁一同的《关忠节公家传》等,刻划民族情感,爱恨交织,

---

① 郭绍虞. 中国文学批评史 [M]. 上海:新文艺出版社,1955:581.
② 邬国平,王镇远. 清代文学批评史 [M]. 上海:上海古籍出版社,1995:597.

诚挚恳切，都不失为上乘之作。"① 但在他们的论文文字中，却少见对"情"的关注。方苞"义法"说中之"义"的"言有物"，虽属于内容范畴，但"方苞将圣贤之经传及'记事之文''道古之文'及'论事之文'都归入'有物'的范围，也就是说，在儒家思想的统领下，一切有益于发扬经典、辨析事理、记载史实、通达世务的作品都可谓'有物'之言，即合乎'义'的准则，反之则不宜入文"②。其中"性情"同样几乎被冷落、被遗忘。刘大櫆论文以"义理、书卷、经济"为"行文之实"，标举神气、音节、字句，以及强调"行文自另是一事"和"文人之能事"，其出发点皆在"作文本以明义理，适世用"（《论文偶记》），此外，就是建立在风格认识基础上的"品藻"论，所谓"文贵奇""文贵大""文贵简""文贵远"之类是也。姚鼐论"道与义合，天与人合"（《敦拙堂诗集序》），义理、考据、辞章"异趣同为不可废"（《复秦小岘书》），论神、理、气、味、格、律、声、色（《古文辞类纂序目》），论文章须兼备阴阳刚柔二气，"统二气之会而弗偏"（《复鲁絜非书》），为文之根本、文章之内容、文章之艺术要素，阐述可谓周备，却唯独于性情、情感鲜加讨论。也许，以上的梳理过于粗疏，桐城三祖的文论中当有关于"性情"的文字论述，但相较于他们内容上的归依程朱之"道"，艺术上的尚各种"法"，性情的地位实在是微不足道。

梅曾亮之重视真情性，应主要源于对归有光的重新"发现"。终有清一代，桐城派之宗崇归氏，从未间断；师归氏为文，乃其不二法门，所谓"近代时文家之言古文者，多宗归氏"③ 即指桐城派而言。然梅曾亮对归氏的认识，与早期方苞颇为不同。方苞《书〈归震川文集〉后》云："震川之文，乡曲应酬者十六七，而又徇请者之意，袭常缀琐，虽欲大远于俗言，其道无由。其发于亲旧，及人微而语无忌者，盖多近古之文。至事关天属，其尤善者，不俟修饰而辞情并得，使览者恻然有隐，其气韵盖得之子长，故能取法于欧曾，而少更其形貌耳。"平心而论，这段话对归有光的论述，还是相当中肯的，但其结论却是："震川之文，于所谓有序者盖庶几矣，而有物者则寡焉。又其辞号雅洁，仍有近俚而伤于繁者。岂于时文既竭其心力，故不能两而精与？抑所学专主于为文，故其文亦至是而止与？此自汉以前之书所以有驳有纯，而要非后世文士所能及也。"他首先

---

① 何鹏. 为桐城派恢复名誉——关于"五四"时期对桐城派批判的批判 [M] //桐城派研究论文选. 合肥：黄山书社，1986：144.
② 邬国平，王镇远. 清代文学批评史 [M]. 上海：上海古籍出版社，1995：419.
③ 章学诚. 文史通义校注：卷三 [M]. 叶瑛，校注. 北京：中华书局，1985：286.

是将归氏定位为一个制艺大家,其次看重其行文之"法",最末者才是文之"情"。梅曾亮与之相异:一是整体上高度认可归氏的品性操守,如《赠汪写园序》中称"熙甫所以宁自居于文人之畸,而不欲以功名之庸庸者自处也",以及"熙甫所以为熙甫"在以"文章复古道为事",还有其他作品中又称赏张岳骏、吴敏树、王少鹤等人能学归氏;二是对归氏文善于通过日常琐事发抒人伦真情加以发明,如前引《艾文来传》赞言:"归熙甫撰《先妣事略》,皆琐屑无惊人事,失母者读之,痛不可止。夸者饰浮语过情,人人同,安知为谁氏子乎?"反对夸饰,一以真事真情为文,这是归有光创作的特点,也是梅曾亮的认识。正是对归氏创作的贴心体会,对归氏的重新"发现",梅曾亮为桐城派文论补上了性情这一重要环节。

(原发表于《文艺理论研究》2007 年第 2 期)

论晚清古文理论中的声音现象

柳春蕊

解析问题的线索,我们从贺涛《答宗端甫书》开始,贺氏云:

> 古之论文者,以气为主。桐城姚氏创为因声求气之说,曾文正论为文以声调为本,吾师张、吴两先生亦主其说以教人。而张先生与吴先生论文书乃益发明之。声者,文之精神而气载之以出者也。气载声以出,声亦道气以行。声不中其窾,则无以理吾气。气不理,则吾之意与义不适,而情之侈敛、词之张缩,皆违所宜,而不能犁然有当于人之心。①

贺涛讲了三个问题:

(1)古文理论中的声音现象经过姚鼐、曾国藩、张裕钊、吴汝纶的努力,逐步完善起来。

(2)声气关系问题。贺涛说"文以气为主",其实谈的还是一"声"字。

(3)诵读的意义。通过诵读,能"契乎其微""神解妙会"。

这三个问题涵盖了古文声音理论的基本问题,也是我们讨论此一现象的三个维度。

较早系统论述此现象的是刘大櫆,其《论文偶记》分析了音节、字句、神韵之间的关系。而后有姚鼐,他认为:"诗古文各要从声音证入,不知声音,总为门外汉耳。"②"大抵学古文者,必要放声疾读,又缓读,只久之自悟。若但能默看,即终身作外行也。""急读以求其体势,缓读以求其神味。"③"深读久为,自有悟入……文章之精妙,不出字句声色之间,舍此便无可窥寻矣。"④ 姚门弟

---

① 贺涛. 贺先生文集: 卷一 [M]. 1914年刻本.
② 姚鼐. 与陈硕士 [M] //惜抱轩尺牍: 卷七. 铅印本. 上海: 商务印书馆, 1928.
③ 姚鼐. 与陈硕士 [M] //惜抱轩尺牍: 卷六. 铅印本. 上海: 商务印书馆, 1928.
④ 姚鼐. 与石甫侄孙莹 [M] //惜抱轩尺牍: 卷八. 铅印本. 上海: 商务印馆, 1928.

子方东树和姚莹都各有发挥。方东树说:"夫学者欲学古人之文,必先在精诵。沉潜反覆,讽玩之深且久,暗通其气于运思置词、迎拒措注之会。……然古人所以名当世而垂为后世法,其毕生得力,深苦微妙而不能以语人者,实在于此。"①姚莹认为:

> 古人文章妙处,全是"沉郁顿挫"四字。"沉"者如物落水,必须到底,方着痛痒,此"沉"之妙也,否则仍是一"浮"字。"郁"者如物蟠结胸中,展转萦遏,不能宣畅。又如忧深念切,而进退维艰,左右窒碍,塞厄不通,已是无可如何,又不能自已。于是一言数转,一意数回,此"郁"之妙也,否则仍是一"率"字。"顿"者如物流行无滞,极其爽快,忽然停住不行,使人心神驰向,如望如疑,如有丧失,如有怨慕,此"顿"之妙也,否则仍是一"直"字。"挫"者如锯解木,虽是一来一往,而齿凿巉巉,数百森列,每一往来,其数百齿必一一历过,是一来凡数百来,一往凡数百往也。又如歌者一字,故曼其声,高下低徊,抑扬百转,此"挫"之妙也,否则仍是一"平"字。文章能去其"浮""率""平""直"之病,而有"沉郁顿挫"之妙,然后可以不朽。②

姚莹此论非常精到。诵读、精读、涵咏玩味文中一段往复流连之气,揣摩古人为文的神形情态,这是桐城诸家一贯的主张。

姚鼐对古文声音理论的发明,除了受刘大櫆影响,还吸收了明代七子派诗歌理论的成果。七子派诗歌理论最重要的贡献之一是集中阐发诗学中的声音现象。姚鼐将古文与诗歌的声音理论相互印证、相互补充。或者说,姚氏关于古文的讨论建立在他对文学的整体认识基础之上。这一讨论的最终成果,是使得桐城派古文和诗歌有了独到的艺术效果,即诗文相通——古文诗意化,成为诗性的散体语言形式;而诗歌则借鉴古文笔法,使得诗歌有古文的意味。

曾国藩对古文声音的认识直接受惠于姚鼐,至少可以找到两例。一例是曾国藩读到吴敏树寄来的诗,回复云:"尊兄诗骨劲拔,迥越时贤。姚惜抱氏谓诗文宜从声音证入,尝有取于大历及明七子之风。尊兄睥睨姚氏,亦颇欲参用其说

---

① 方东树. 考槃集文录:卷五 [M] //续修四库全书:一四九七. 上海:上海古籍出版社,2002:333.

② 姚莹. 康輶纪行:卷十三 [M] //四库未收书辑刊:第五辑第十四册. 北京:北京出版社,2000:319-320.

否?"① 表明曾氏认同姚氏"因声求气"说。另一例是,据戴均衡所说,曾国藩曾经向他问及桐城文法,戴以《姚姬传尺牍》示之②。曾国藩说自己"粗解文章,由姚先生启之"③。究竟曾国藩受到姚鼐哪些启示,弄清这一问题,可以说明曾氏在此问题上的论述哪些是他的独得。《谕纪泽》有一段话,颇值得重视:

> 凡作诗,最宜讲究声调。余所选抄五古九家、七古六家,声调皆极铿锵,耐人百读不厌。余所未抄者,如左太冲、江文通、陈子昂、柳子厚之五古,鲍明远、高达夫、王摩诘、陆放翁之七古,声调亦清越异常。尔欲作五古、七古,须熟读五古、七古各数十篇。先之以高声朗诵,以昌其气;继之以密咏恬吟,以玩其味。二者并进,使古人之声调,拂拂然若与我之喉舌相习,则下笔为诗时,必有句调凑赴腕下。诗成自读之,亦自觉琅琅可诵,引出一种兴会来。④

"先之以高声朗诵,以昌其气;继之以密咏恬吟,以玩其味"是这段话的中心句。它脱胎于姚鼐"急读以求其体势,缓读以求其神韵"。《姚姬传先生尺牍》的不少内容是与学生讨论如何学诗作文。将这些内容与曾氏这段话对读,易知曾氏受姚鼐"启之"的具体内容当是诗文"声音"问题。⑤

关于曾国藩对古文声音的认识,还应补充两点。

(1) 曾国藩自小爱好古乐,观看过浏阳古乐,具见《日记》"咸丰十一年十一月廿七日"条。他的感悟是:"古昔圣王修己治人之术,其精者全存乎乐。""余因古人治兵之道,作诗之法,皆与音乐相通。"⑥ 人们常认为曾氏哲学思想是囊括在其"礼"学之中。事实上"乐治"才是清明有效的方式,故而曾氏文章中再三致意,这一点为论者所忽视。这里将曾氏乐治思想置于其古文声音理论中加以讨论,是因为"乐治"与声音的"周边"紧密相连,两者的连接点则是"文"。大声诵读,使"文"唤醒、复苏并呈现出"文"的"声音世界"来。唤醒和复苏由"文"的声音层面而建筑的"历史世界"——对于曾国藩而言,这样的"历史世界"无论是想象的力量,还是事实的依据,都可视为其事业向前

---

① 曾国藩. 复吴敏树 [M] // 曾国藩全集:书信二. 长沙:岳麓书社,1995:1155.
② 参见:戴钧衡. 味经山馆文钞自序 [M] // 味经山馆文钞. 咸丰三年(1853)刻本.
③ 曾国藩. 圣哲画像记 [M] // 曾国藩全集:诗文. 长沙:岳麓书社,1995:250.
④ 曾国藩. 谕纪泽 [M] // 曾国藩全集:家书一. 长沙:岳麓书社,1995:418.
⑤ 曾国藩说:"夜思君子有三乐:读书声出金石,飘飘意远,一乐也。"参见:曾国藩全集:日记一 [M]. 长沙:岳麓书社,1995:421.
⑥ 曾国藩. 曾国藩全集:日记一 [M]. 长沙:岳麓书社,1995:689.

推进的美好昭示和内在驱动力,而孟子发明的诵声养气在曾氏这里得到较为完整的印证——和由声音而来的"意义世界"(指的是他阅读经验中所获得的知性和慧性上的喜悦)是曾国藩赖以实现立德、立功、立言的重要方式。

(2)在古文声音方面,曾国藩的独得是将这一声音现象延伸到铭、赞、汉赋及其他文体中。《谕纪泽》云:

> 惟四言诗最难有声响,有光芒,虽《文选》韦孟以后诸作,亦复尔雅有余,精光不足。扬子云之《州箴》《百官箴》诸四言,刻意摹古,亦乏作作之光,渊渊之声。余生平于古人四言,最好韩公之作,如《祭柳子厚之文》《祭张署文》《进学解》《送穷文》诸四言,固皆光如皎日,响如春霆。即其他凡墓志之铭词及集中如《淮西碑》《元和圣德》各四言诗,亦皆于奇崛之中迸出声光。其要不外意义层出、笔仗雄拔而已。自韩公而外,则班孟坚《汉书·叙传》一篇,亦四言中之最隽雅者。尔将此数篇熟读成诵,则于四言之道自有悟境。①

曾国藩由四言诗的声响说到铭词的声响。后来,林纾从声音的角度讨论了如何作铭文问题。② 曾国藩发现汉魏人作赋"一贵训诂精确,二贵声调铿锵"③,这也是他的独创。

继曾国藩之后,张裕钊对这一理论有所发展。其《答吴至甫书》云:

> 古之论文者曰:文以意为主。而辞欲能副其意,气欲能举其辞。譬之车然,意为之御,辞为之载,而气则所以行也。欲学古人之文,其始在因声以求气,得其气,则意与辞往往因之而并显,而法不外是矣。是故契其一而其余可以绪引也。盖曰意、曰辞、曰气、曰法之数者,非判然自为一事,常乘乎其机而绠同以凝于一,惟其妙之一出于自然而已。自然者,无意于是,而莫不备至,动皆中乎其节,而莫或知其然。日星之布列,山川之流峙是也。宁惟日星山川?凡天地之间之物之生而成文者,皆未尝有见其营度而位置之者也,莫不蔚然以炳,而秩然以从。夫文之至者,亦若是焉而已。……故姚氏暨诸家"因声求气"之说,为不可易也。吾所求于古人者,由气而通其意以及其辞与法,而喻乎其

---

① 曾国藩. 曾国藩全集:家书二 [M]. 长沙:岳麓书社,1995:900.
② 钱基博. 现代中国文学史 [M]. 上海:上海书店出版社,2004:130-131.
③ 曾国藩. 曾国藩全集:日记一 [M]. 长沙:岳麓书社,1995:481.

深。及吾所自为文，则一以意为主，而辞、气与法胥从之矣。①

将张裕钊与贺涛的文字对读，可知贺涛的观点是本于乃师张裕钊。张氏谈了两个问题：一是论证姚鼐"因声求气"的合理性和阅读接受中的必要性；二是提出古文由"意"到"气""法""辞"的创作原则，这是他的独得。此外，张裕钊认为声音的最高处是"自然"，由此推至"日星之布列，山川之流峙""天地之间之物之生而成文者"，这就谈得相当高了。讲古文，进而由人文讲到天地自然之文，在姚鼐之后的晚清古文家中，谈得最为通脱的当属张裕钊。

二

声音问题何以一直为古文家所关注并不断地被加以阐发？讨论此一问题之前，有必要介绍梅曾亮对于古文声音的看法。他认为：

> 夫观书者，用目之一官而已，诵之而入于耳，益一官矣。且出于口，成于声，而畅于气。夫气者，吾身之至精者也。以吾身之至精，御古人之至精，是故浑合而无有间也。②
>
> 台山氏与人论文，而自述其读文之勤与读文之法，此世俗以为迂且陋者也。然世俗之文，扬之而其气不昌，诵之而其声不文，循之而词之丰杀、厚薄、缓急与情事不相称。若是者，皆不能善读文者也。文言之，即昌黎所谓养气；质言之，则端坐而读之七八年。明允之言，即昌黎之言也。文人矜夸，或自讳其所得，而示人以微妙难知之词，明允可谓不自讳者矣，而知而信之者或鲜。③

这段文字前部分是梅氏独得，是从"观文"方面说。大体上说，就是刘勰讲的"观文者披文以入情"，唯如此才能做到"觇文辄见其心"，只是梅氏的论述较为集中而具体。后一部分是用清初古文家罗有高（1732—1779，字台山）的话来回答孙芝房的疑问，讲的也是"观文"问题。显然，梅曾亮是认同罗有高这一观点。罗有高将"养气"与"端坐诵读"合为"知言"的两面，并用韩愈和苏洵佐证，将问题说足了。

韩、苏合证，在梅曾亮之前，较早注意到的是朱熹。朱熹在《沧州精舍论学

---

① 张裕钊. 濂亭文集：卷四［M］. 光绪八年（1882）查氏木渐斋精刻本.
② 梅曾亮. 与孙芝房书［M］//柏枧山房文集：卷二. 咸丰六年（1856）杨氏海源阁刻本.
③ 梅曾亮. 台山论文书后［M］//柏枧山房文集：卷六. 咸丰六年（1856）杨氏海源阁刻本.

者》一文中①所强调的熟读是从学习方法着眼，而苏洵的古文创作经验只是他的一个论据。朱熹并未谈及古文，但却给我们提供了一个线索。作为一个思想家，能将韩愈、柳宗元、苏洵放在一起，说得这样通融，这是朱子的高妙。② 从"只是要作好文章，令人称赏而已"这句话来看，朱子似乎没明白韩、柳、苏三人那样做的全部意义，这为我们的解读留下了很大空间。

朱熹所征引的文字见于韩愈《答李翊书》、柳宗元《答韦中立论师道书》、苏洵《上欧阳内翰书》。将韩愈的为文态度与苏洵文字对读，十分相似。尽管柳宗元谈的是"羽翼夫道"，换个角度看，他也是在谈古文的"声""气"，使其"气充"而"言宜"，这一切是在熟读百家之编基础上取得的。可以说，大凡在古文上有所创获的人，大多可在这三篇文章中找到类似的写作经验。梅曾亮说"出于口""畅于气""成于声"。罗有高讲"世俗之文""扬之而其气不昌，诵之而其声不文，循之而词之丰杀、厚薄、缓急与情事不相称"。张裕钊认为"欲学古人之文，其始在因声以求气"。贺涛讲"声不中其窾，则无以理吾气，气不理则吾之意与义不适"。吴汝纶认为"以意求之，才无论刚柔，苟其气之既昌，则所为抗坠、诎折、断续、敛侈、缓急、长短、申缩、抑扬、顿挫之节，一皆循乎机势之自然，非必有意于其间，而故无之而不合"③。曾国藩通过诵读"使古人之声调，拂拂然若与我之喉舌相习"，引出"兴味"来。通过诵读，"披文入情"，这属于文学审美和接受问题。

与此相关的是张裕钊文中说的姚鼐"因声以求气"。姚氏的"声"是指诵读文章的声响，"气"指的是文章潜伏的气脉。在传统"知人论世"接受原则下，这个气脉的"意义世界"指涉的是文中所表现的创作主体的精神风貌。姚鼐这一理论的提出是基于学习诗文的途径，而未泛化成一种读书方法。换言之，他所讲的"声"和"气"是有规定的，指向儒家圣贤的仁义道德或狷介不俗的人品。

为何要"因声以求气"？刘大櫆的解释是："音节者，神气之迹也。字句者，音节之矩也。神气不可见，于音节见之。音节无可准，以字句准之。"④ 张裕钊认为："作者之亡也久矣，而吾欲求至乎其域，则务通乎其微，以其无意为之而

---

① 朱熹. 晦庵先生朱文公全集：五［M］//朱子全书：第二十四册. 上海：上海古籍出版社，合肥：安徽教育出版社，2002：3593-3594.

② 姚范云："朱子谓：'韩昌黎、苏明允作文，敝一生之精力，皆从古人声响处学.'此真知文之深者."姚范. 援鹑堂笔记：卷四十四［M］//续修四库全书：一一四九. 上海：上海古籍出版社. 2002：111.

③ 吴汝纶. 答张廉卿［M］//吴汝纶. 吴汝纶全集三：尺牍卷一. 施培毅，徐寿凯，校点. 合肥：黄山书社，2002：36.

④ 刘大櫆. 论文偶记［M］. 舒芜，校点. 北京：人民文学出版社，1959：6.

莫不至也。"贺涛认为:"以其神解妙会无法之可传,不能据成迹以求之也。"就是通过诵读古文,把握文字间的微妙,顺着已有的"迹"去接近作者的意志丰神,去理解孟子"知人论世"的"世"中"人"。其实,这一问题庄子早就思考过。庄周以"轮扁"为喻,说明后世在理解前人的思想时,企图通过语言文字的方式来实现是难以奏效的。而圣贤的精微处不可能用语言记载下来,所以他的办法是"得意忘言"。张裕钊、贺涛等人的解释则是通过诵读,把握字与字之间、词与词之间、句与句之间、段落与段落之间的"气脉"流走,将从字、词、句、段、篇中呈现出"精微"的"气脉"连接起来,唤起和建构起一个文本的"意义世界"。

有了语言文字之后,该如何来表述我们的思想和认识,这是庄周关注的理论问题。而有了文学之后,该如何还原文学的意义,这为桐城派诸家所关注。后一问题的解释,姚鼐的回答是熟读自然妙悟,认为文事如禅事,一如严羽之论诗。张裕钊的回答是"颛取古人之书,反复而熟读之,以意逆志,达于幽眇",这样"其所得盖有远出寻常解说之上者"①。在创作中,"因声以求气"的妙用常被说得很玄。韩愈说"当其取于心而注于手也,汨汨然来矣"。苏洵说"其胸中豁然以明""浑浑乎觉其来之易矣"。刘大櫆、梅曾亮、曾国藩、吴汝纶、贺涛都认为熟诵之后,古人神气与我之神气能相吻合。姚鼐说"其于人也,漻乎其如叹,邈乎其如有思,暖乎其如喜,愀乎其如悲。观其文,讽其音,则为文之性情形状举以殊焉"②。张裕钊将此推向山水自然,更是玄之又玄。

张裕钊在《答吴至甫书》一文中高度肯定姚氏"因声以求气"说之后,提出"因意以摄气"的理论。他说:"吾所求于古人者,由气而通其意以及其辞与法,而喻乎其深。及吾所自为文,则一以意为主,而辞气与法胥从之矣。"③"因声以求气"是由"声"到"文气""意""辞""法",此就接受者而言。"因意以摄气",由"意"而统摄"辞""法""气",此就创作者而言。揣摩古人文里的神气,继而探寻古人作文的内在依据。在他看来,这个内在依据就是"意"。这个"意"——指的是为何"那样"立意而不"这样"立意的"意",即符合对象事物的恰当秩序,做到"当于情而合乎理"——构成创作的主要内容。张裕钊所说的"声""气""意",是一个层面上的表述,有些像理学家讲的"月印

---

① 张裕钊. 归震川平点史记后序 [M]//张裕钊. 濂亭文集:卷一. 光绪八年(1882)查氏木渐斋精刻本.
② 姚鼐. 复鲁絜非书 [M]//姚鼐. 惜抱轩全集:文集卷六. 北京:中国书店,1991:71.
③ 张裕钊. 濂亭文集:卷六 [M]. 光绪八年(1882)查氏木渐斋精刻本.

万川""理一分殊",古文中的声音理论到了他这里可谓博大精深。

三

无论是"因声以求气",还是"因意以摄气",都必须要回答这两个问题:一是声音与声音间的组接,它们的"意义场"是如何生成的,即声音的意义如何成为可能;二是作为散体语言形式的古文,声音是否必然成为古文的内在问题。

(一)因声以得义

曾国藩《日记》"同治二年正月条"载:"因阅钱莘楣先生《声类》一书。此书分《释诂》《释言》《释训》《释语》《释天》《释地》《名号之异》等目,皆因声得义者,足见古人先有声音,后有文字。余前有意为是书而未果。"① "有意为是书而未果",曾国藩的自信很大程度上是缘于他从诵读古文中获取的直接经验——声音的意义经验。曾国藩所说的"因声得义者"既可理解为汉字的特点,也可作为一种训诂的方法。

段玉裁《王怀祖广雅注序》云:"圣人之制字,有义而后有音,有音而后有形。学者之考字,因形以得其音,因音以得其义。……治经莫重于得义,得义莫切于得音。"② 阮元《与郝兰皋户部论尔雅书》云:"言由音联,音在字前。联音以为言,造字以赴音。音简而字繁,得其简者以通之,此声韵文字训诂之要也。……以简通繁,古今天下之言皆有部居而不越乎喉舌之地。"③ 此一现象,近人刘师培和黄侃有深入的论述。刘氏《字义起于字音说》云:"字义起于字音,杨泉《物理论》述叐字,已著其端。……近儒钱溉亭氏欲析《说文》系以声。嗣焦氏说《易》,陈氏、姚氏、朱氏治《说文》,均师其例。……古无文字,先有语言,造字之次,独体先而合体后,即《说文·序》所谓其后形声相益也。"④ 黄侃认为"(形、音、义)三者之中,又以声为最先,义次之,形为最后。凡声之起,非以表情感,即以写物音,由是而义傅焉。声、义具而造形以表之,然后文字萌生"⑤。上古时,有语言而无文字,未造字形,却先有字音。后来,字形与字音相辅,逐渐分化。这一现象对于我们要解释的声音的"意义世界"是否有效?从理论上说,"耳治之音有限,目治之字无穷,以有限御无穷,

---

① 曾国藩. 曾国藩全集:日记二 [M]. 长沙:岳麓书社,1995:849.
② 段玉裁. 经韵楼集:卷八 [M] //续修四库全书:一四三五. 上海:上海古籍出版社,2008:195.
③ 阮元. 揅经室一集:卷五 [M] //阮元. 揅经室集:上. 邓经元,点校. 北京:中华书局,1993:124-125.
④ 刘师培. 左盦集:卷四 [M] //刘申叔先生遗书. 宁武南氏校印本,1936.
⑤ 黄侃. 黄侃论学杂著 [M]. 上海:上海古籍出版社,1980:93.

所谓易简之理即在其中矣"①。所谓"简易"说的是一种有效地把握事物的认识方式。人的认识是一个由约到博、从博返约的过程，声音不出于喉舌之间，从声音证万物，则易于把握。② 此就"声音"于汉字特点上说，具有普遍性，自然为古文所有。

（二）声音问题内在于古文的必然性

骈文是"文字型"的文学，其产生和发展是基于汉字的特点（单音和孤立），并充分发挥这一特点的。因而它基本不考虑语言，这样使得它和当下的口语距离越来越远。但骈文能独立存在于不同历史时期的主要原因是它讲声律，使其文之不"吃"，③ 利用文字的特点来完成人工的声律。所以，声音自然而然地内在于骈文之中了。古文则不同，它是"语言型"的文学，古文家讲得最多的却是文气，因为"气"能使文"贯"穿起来。古文家所讲的"文气"近于自然的音调，而骈文家所谓的声病，则属人工的声律。④

虽然古文家用的是文言，模仿先秦两汉时期的语言，但与当时的口语不完全相同。因此，它使用的是文字化的语言型，是模仿古代的语言型的文学语言。这种准语体的文学，与人们实际生活当中的口头的声音语还是不合，怎么办呢？另外，古文写作必须做到自然流畅，要做到语势的自然，要"贯"而不"吃"，那只好讲开阖、脉络、起伏、长短、高下、擒纵、疾舒之法，只好讲音节。

清代古文家探讨声音与情韵、声音与神气之关系，强调音节字句是情韵神气的外在表现，而情韵神气则内化在音节字句之中。刘大櫆的表述相当精彩，他说：

> 音节高则神气必高，音节下则神气必下，故音节为神气之迹。一句之中，或多一字，或少一字；一字之中，或用平声，或用仄声；同一平字仄字，或用阴平、阳平、上声、去声、入声，则音节迥异，故字句为音节之矩。积字成句，积句成章，积章成篇，合而读之，音节见矣；歌而咏之，神气出矣。⑤

这表明文气具有声律的性质。刘大櫆之前，唐顺之认为：

> 喉中以转气，管中以转声，气有湮而复畅，声有歇而复宣，阖之以助开，尾之以引首。此皆发于天机之自然，而凡为乐者莫不能然也。最

---

① 齐佩瑢. 训诂学概论 [M] 北京：中华书局，1984：39.
② 柳春蕊. 形容词的缺场与动作意谓 [J]. 北京大学研究生学志，2004（3）.
③ 范文澜. 文心雕龙注：下 [M]. 北京：人民文学出版社，1978：553.
④ 郭绍虞. 文气的辨析 [M] //照隅室古典文学论集：上编. 上海：上海古籍出版社，1983：14.
⑤ 刘大櫆. 论文偶记 [M]. 舒芜，校点. 北京：人民文学出版社，1959：6.

> 善为乐者则不然。其妙常在于喉管之交，而其用常潜乎声气之表。气转于气之未湮，是以湮畅百变，而常若一气。声转于声之未歇，是以歇宣万殊，而常若一声。使喉管声气融而为一，而莫可以窥，盖其机微矣。然而其声与气之必有所转，而所谓开阖首尾之节，凡为乐者莫不皆然者，则不容异也。使不转气与声，则何以为乐？使其转气与声而可以窥也，则乐何以为神？①

此论古文音节之意义。

古文家好论文气，不外乎利用语势之浩瀚、文气之流畅，以自然的音调见长而已。然而自然的声音，虽不易把握，但有一定的音节，或宜于高声朗诵，或宜于低声密吟，或偏于阳刚，或毗于阴柔。体会玩索，本是学习古文的重要途径，为创作之主要方法。而且还可以"因声以求气"，能看到作者的精神意气，"虽百世而后，如立其人而与言于此"②，"观其文，讽其音，则为文者之性情形状举以殊焉"③。

将韩愈的"气盛言宜"和姚鼐的"因声以求气"对比，会发现一个很有意思的现象：韩愈主"文气"，但到了姚鼐这里则是主"声色"。姚鼐认为"神理气味"是"为文之精"，它们又是内蓄于"文之粗"，即"格律声色"之中。而"格律声色"，总体上说，为骈文所固有，这大约是姚鼐所没有想到的吧。如果认识到骈文在变化多样、新鲜活泼的语体面前，如何开创新的发展道路的话，那么易于明白桐城派古文家在坚守古文壁垒、日益保守的情形下所做的一切努力，采用的仍是当年在古文强大的语境之下骈文为了生存而所采用的策略，即通过其自身的变化，而不依照外在的语言形态；注重总结古文传统的创作方法，而不去寻求古文在不断发展变化的社会实践中（包括具体的"物"与"序"）的生长点，尽管桐城派在理论上将"有所法而后能，有所变而后大"视为回应时势、要求通变的圭臬，奉为不二科律。晚清古文的保守性日益强化，在这里得到证实。

（三）古文声音"意义场"的形成

古文是一种准语体的语言型文学，由于自身的规定性，创作古文必须是先模仿，而模仿最直接而有效的方式便是诵读。在诵读过程中，声音的内在性（由内向外涟漪式的语义流向）使得古文中那些稍为固定的文义与声音一起被流走。通过诵读，我们能更好地寻找到古文的"意义出口"——由声音的义项（逻辑、结构、符号、字、韵、法等）而组成的"意义场"。声之闳暗与气之短长则成为

---

① 唐顺之. 董中峰侍郎文集序 [M] //荆川先生文集：卷十.《四部丛刊》本.
② 姚鼐. 答翁学士书 [M] //姚鼐. 惜抱轩全集：文集卷六. 北京：中国书店，1991：64.
③ 姚鼐. 复鲁絜非书 [M] //姚鼐. 惜抱轩全集：文集卷六. 北京：中国书店，1991：71.

这一意义生成中的重要一环。在这一点上,"气盛言宜"和"因声求气"可统一起来。韩退之《上襄阳于相公书》说:"手披目视,口咏其言,心惟其义。"① 曾国藩认为韩愈《柳州罗池庙碑》"情韵不匮,声调铿锵",是"文章中第一妙境"。"情以生文,文亦足以生情。文以引声,声亦足以引文。循环互发,油然不能自已,庶渐渐可入佳境。"②

古文家喜欢讨论具体文法,重视开阖顺逆、起承转合、抑扬顿挫,从语言观点来看,唐宋文人善于动用助词,所以能丰神摇曳,曲折表达语言的神态;又善于动用连词,所以开阖顺逆等各变化容易在文中得到体现,这是唐顺之所说的"有法可窥"。"唐宋派"从唐宋文入手,谙于开阖顺逆之法,所以在秦汉之文中也能体会"湮畅歇宣"的自然之法,遗貌而取神,后来桐城派乃至林纾大谈古文中的虚词、助词、语气词等,从语言上说,是因为古文语言不同于口头语,不能较好地表达一时一地的神态情状,表达各种事物的形态和特征,所以必须借助汉字虚词或者音节上的特点;从神气上说,通过文法和词语上的活用,使自己的神态更为形象鲜明(创作上),使古人的神态更为清晰(接受上)。通过诵读,语言的音响与古文所蕴蓄的"意义场"能达到同一约定。

四

通常把桐城派古文看作美文,为文艺散文,那是因为桐城派在古文艺术上的贡献,合乎现代散文的艺术特征。这里我们从声音的角度,认为一旦声音被人们单独用于审美,那么古文和骈文一样,将成为一种美的文学。而古文原本参与社会实践的功能和性质日益减弱,逐渐成为古文家陶冶性情之物。前所举梅曾亮、吴德旋、吴敏树、曾国藩、张裕钊诵之不厌,陶醉在古文的情景中,"益于口,成于声,而畅于气",这着实为晚清古文家提供了莫大的精神补偿。③

桐城派古文对于词汇的吸纳不大,排斥俗语、口头语和新生的语汇。他们更多的精力是用于研究古文的声音上面,从文法、虚词、段落、篇章、字句等方面加强对古文经典的诵读和研究,以求得古文在新历史情境下的生存空间。宗骈文者则用

---

① 韩愈. 上襄阳于相公书 [M] //韩愈. 韩昌黎文集校注. 马其昶,校注. 马茂元,整理. 上海:上海古籍出版社,1986:147.
② 曾国藩. 曾国藩全集:日记一 [M]. 长沙:岳麓书社,1995:420.
③ 张裕钊说:"往在江宁,闻方存之云,长老所传刘海峰绝丰伟,日取古人之文,纵声读之。姚惜抱则患气羸,然亦一不废哦诵。"(张裕钊. 答吴至甫书 [M] //张裕钊. 濂亭文集:卷四. 光绪八年(1882)查氏木渐斋精刻本)

力在文字上面,使之更大限度地挖掘文字的声音美。到了桐城派这里,虽然用力方向不同于骈文,但他们并没有发掘出一片新天地来,而是在既有的语言上进行反复锤炼和吟咏,这让我们看到桐城派古文家在追求古文的声音美、追求古文自身美的同时,他们所走的道路又何尝不是与韩愈同时的那些力主骈文的文家所坚守的道路。

晚清古文艺术化的发展趋向与当初韩愈所创立的"因事以陈辞"①的古文写作原则绝不一样,与韩愈的"文章语言"要"与事相侔"②"辞事相称"③的古文思想背离。我们不能因为桐城派在"义法""声色"上的贡献而回避这一弱点。相比晚清社会重大历史变迁,这时期的古文家在表现与时俱进的"事"方面无能为力,相反在他们既有的"古文世界"(即已有的古文义法、古文的意味形式和情感世界)里饱参不厌。相比韩、柳、欧、曾,晚清桐城派和受其影响的古文家表现了空前的保守性和封闭性。由于与"事"脱离,与以"事"为中心的世界日益疏远,从而使古文成为一门语言艺术,成为一门语言的声音艺术。本来,近代两楚人士,尤其是湖南人,按其"事即理""理在事中"的内在路向,是可以开出晚清古文的新局面。可惜的是,即使是像曾国藩这样的气魄雄奇之士,对于古文的贡献仍然是在古文与骈文二维向度内展开,终未向前迈进一大步,这不能不让后人为之遗憾。

在西潮激荡下,晚清古文在面对自身发展困境时,它与骈文所走的路向基本一致。钱基博讲到近代骈文家孙德谦时说:

"六朝文之可贵,盖以气韵胜,不必主才气立说也。《齐书·文学传论》曰:'放言落纸,气韵天成。'若取才气横溢,则非六朝真诀也。昌黎谓:'惟其气盛,故言之高下皆宜。'斯古文家应尔,骈文则不如此也。六朝文中,往往气极道练,欲言不言,而其意则若即若离。上抗下坠,潜气内转,故骈文蹊径与散文之'气盛言宜',所异在此。"(柳案:引文为孙德谦语)此主气韵,勿尚才气之说。主气韵,勿尚才气,则安雅不流于驰骋,与散行殊科。崇散朗,勿矜才藻,则疏逸而无伤于板滞,与四六分疆。④

---

① 韩愈. 答胡生书[M]//韩愈. 韩昌黎文集校注. 马其昶,校注. 马茂元,整理. 上海:上海古籍出版社,1986:184.

② 韩愈. 上襄阳于相公书[M]//韩愈. 韩昌黎文集校注. 马其昶,校注. 马茂元,整理. 上海:上海古籍出版社,1986:148.

③ 韩愈. 进撰平淮西碑文表[M]//韩愈. 韩昌黎文集校注. 马其昶,校注. 马茂元,整理. 上海:上海古籍出版社,2013:607.

④ 钱基博. 现代中国文学史[M]. 上海:上海书店出版社,2004:120.

孙德谦所说颇得骈文精义。如果将韩愈"气盛言宜"解释为"才气"之"驰骋",还稍成立的话,那么这一观点置于晚清古文的语境中,其说服力就大可怀疑。孙德谦强调骈文比韩愈创立的古文优越,他所讨论的古文是韩愈那个时代的古文。唐宋古文家论文,多从气势上说,因气以品文。清代古文家论文则是将"气"与"韵"联系起来。桐城派古文同样是"主气韵,勿尚才气,则安雅不流于驰骋",桐城派强调渊池停蓄、树茂幽美之气,雅洁懦缓之辞,表明古文与骈文不相抵牾,反而相通相融。钱氏擅长骈偶行文,不过"主气韵""崇散朗"之论却相当泛化。

骈文"其气转于潜,骨植于秀,振采则清绮,陵节则纡徐,缉类新奇"①。孙德谦日取《骈体文钞》"苦不得其奥窔,第领其音节气息而已。既读朱一新《无邪堂答问》,论六朝文云:'上抗下坠,潜气内转。'大悟,创血脉之说;以为:'颜黄门谓文有心肾筋骨皮肤,而不知有血脉。血脉者,以虚字使之流通,亦有不假虚字而气仍流通,乃在内转。刘成国训脉为幕,谓幕落一体,则其贵尤在于通体之气韵。'"② 这使我们看到,骈文在清代后期,并不尚涂泽,而唯务气韵。孙德谦所谓"血脉"何尝不是古文家所讲的"文气"?晚清骈文重遒逸、研炼、疏宕、遹峭、岸异之气,相当程度上是借鉴古文的结果。尽管他们未必如是想,但骈文到后来,必将是与古文有某种一致性。晚清古文注重渊懿、安雅、致韵的审美特点,同样可看成是骈文效用的延续。因为古文要成为一门艺术,必然是与骈文有着内在一致性。在晚清的文论当中,古文家也讲声色,骈文家也讲义法。这一点,郭绍虞归之为"骈文与古文相济"③。补充这一段是为了印证曾国藩在《送周荇农南归序》中所阐发的骈散相合的观点是基于古文骈文相融通上面,这正是古文逐渐成为艺术美文的重要前提。

古文理论中的声音现象对于古文发展的影响自然不止于此,吴汝纶将古文理论中的声音现象引申到解经、注经的领域,使其成为晚清古文家治经的重要方法。古文声音理论中的"耳治"和文学近代化过程中的"目治",在近现代文学的发展变革中,两者力量势位的消长,对于文学的走向有着深远影响。

(原发表于《文艺理论研究》2008年第3期)

---

① 孙德谦. 六朝丽指 [M]. 1923年四益宧刊本.
② 刘梦溪. 中国现代学术经典:钱基博卷 [M]. 石家庄:河北教育出版社,1997:152.
③ 郭绍虞. 文气的辨析 [M]//郭绍虞. 照隅室古典文学论集:上编. 上海:上海古籍出版社,1983:121.

清末白话文运动之理论建树

胡全章

作为"五四"白话文运动和文学革命的领军人物,胡适、周作人为建构新文学的历史谱系而追溯新文学渊源时,均提及清末的白话报和白话文。然而,他们极力强调白话文(学)的开创是在"五四"时代。虽然他们知道和承认清末白话的流行,却只承认其目的在"宣传革命"和"开启民智",而否定其在语言文学观念及实验方面的开创意义,从而一刀斩断了两者之间的历史关联。事实上,清末白话文运动先驱者不仅有了自觉的白话理论,而且已经非常清醒地认识到古今中外语言文学发展史莫不循着"语言文字合一"之趋向演进;"古语之文学"变为"俗语之文学"是包括中国在内的世界文学进化发展的"一大关键"和必然趋势。"五四"白话文运动的倡导者无疑承继了清末启蒙先驱者的白话语言工具观念和历史的文学进化观念。本文拟通过系统梳理清末白话文运动的理论主张,试图还原其被长期遮蔽的历史面貌,彰显其理论建树,揭示其历史意义。

一、维新派启蒙先驱的白话(文)理论

早在1887年,黄遵宪就在《日本国志》中参照日本国语运动经验,明确提出"言文合一"的主张:"盖语言与文字离,则通文者少,语言与文字合,则通文者多,其势然也。"① 他纵览泰西各国及日本语言文字和文学变革发展之大势,敏感地意识到"言文合一"是中国语言文字发展的一条路径,寄希望于他日"变一文体为适用于今、通行于俗者"②。"适用于今"提出了文体语体的近代化变革要求,"通行于俗"指出了文章语言变革的社会化路径。黄氏提出的言文必须合一、行文必须"适用于今、通行于俗"的要求,开清末和"五四"白话文

① 黄遵宪.日本国志:学术志二 [M].上海:上海古籍出版社,2001:346.
② 黄遵宪.日本国志:学术志二 [M].上海:上海古籍出版社,2001:347.

运动理论先声。

1896年，梁启超作《沈氏音书序》，视"民智"为"国强"之根基，视"言文合一"为"开民智"之必要手段与途径。梁氏以为："古者妇女谣咏，编为诗章，士夫问答，著为辞令，后人皆以为极文字之美，而不知当时之语言也。"① 他对"后之人弃今言不屑用"现象和起于秦汉以后的"文言相离之害"痛下针砭，认为这是"中国文字能达于上"而"不能逮于下"的症结所在。这是在为提高"今言"的社会文化地位寻找历史根据。梁氏意欲在"美观而不适用"的"文"和"适用而不美观"的"质"之间，寻求一条"文质两统不可偏废"的语文革新路径。他对黄氏"言文合一"主张深表赞同，对沈学等人所从事的以普及致用为目标的语文改革事业表示赞赏，断言"文与言合，而读书识字之智民可以日多矣"②。1895年"公车上书"事件中崭露头角的梁启超，此时已登上清末政治文化舞台；梁文也借助风行一时的《时务报》而流布甚广，与黄遵宪大受社会欢迎的《日本国志》一起，在知识界起到左右风会的巨大作用。

1897年年初，梁启超在《变法通议·论幼学》中将"言文合一"目标明确指向了"俚语"，极言"俚语"对于社会变革、移风易俗的重大意义，他称："今宜专用俚语，广著群书。上之可以借阐圣教，下之可以杂述史事；近之可以激发国耻，远之可以旁及彝情；乃至宦途丑态，试场恶趣，鸦片顽癖，缠足虐刑，皆可穷极异形，振厉末俗。其为补益，岂有量耶！"③ 尽管黄遵宪和梁启超并未明确打出白话文旗帜，然而由于白话文既符合黄氏"适用于今、通行于俗"的文体革新目标，又符合梁氏"文与言合"的语文革新路径，提倡白话写作已是其"言文合一"思想题中应有之义。

1898年8月，裘廷梁在《论白话为维新之本》一文中旗帜鲜明地提出"崇白话而废文言"的战略口号，标志着白话文运动理论自觉阶段的开始。他将国家危亡之因归结为"国无智民"，将"民智不开"之因归结为"文言之为害"；从语言文字发展史和古人对文字的运用等方面说明"文字之始，白话而已矣"，指出文字诞生时本与语言一致，后人不明祖先创造文字为实际应用之初衷，一味模仿古人言语，致使"文与言判然为二，一人之身，而手口异国，实为二千年来文字一大厄"④。文章列举了省日力、除骄气、免枉读、保圣教、便幼学、炼心力、

---

① 梁启超. 沈氏音书序 [M] //梁启超. 饮冰室合集：文集之二. 上海：中华书局，1936：1.
② 梁启超. 沈氏音书序 [M] //梁启超. 饮冰室合集：文集之二. 上海：中华书局，1936：2.
③ 梁启超. 变法通议：论幼学 [M] //梁启超. 饮冰室合集：文集之一. 上海：中华书局，1936：54.
④ 裘廷梁. 论白话为维新之本 [N]. 中国官音白话报，1898（20）.

少弃才、便贫民等白话八大益处，将泰西诸国人才之盛横绝地球之因归结为"用白话之效"，将区区数小岛之民而皆有雄视全球之志的日本国的崛起，亦归结为"用白话之效"，从而得出一个大胆的结论："愚天下之具，莫文言若；智天下之具，莫白话若"；"文言兴而后实学废，白话行而后实学兴"①。裘文以激进姿态对两千年来"文言之为害"进行了首次认真清算，正式揭开了20世纪文言与白话之争的历史序幕。裘氏还把"白话"提高到"维新之本"的时代高度来认识，将"兴白话而废文言"与民族国家兴亡联系起来，可谓清末"白话文运动急先锋"②。他标榜"白话胜于文言"，把言文一致、朴质天然的白话提高到语言美高度来认识，在一定程度上触及文学层面。

康门弟子陈荣衮亦是白话文运动的理论先驱。1897年，其《俗话说》一文劈头就说："讲话无所谓雅俗也。……今日所为极雅之话，在古人当时俱俗话也。今日所谓极俗之话，在千百年后又谓之雅也。"③ 陈氏对语言雅俗之分提出质疑，对国人头脑中根深蒂固的"重雅轻俗"观念予以针砭，明确倡言"俗话"，对提高白话地位起到积极作用。语言雅俗界限的打破，为俗文学的兴起并最终取代雅文学的正宗地位创造了条件。1900年年初，陈氏《论报章宜改用浅说》刊于《知新报》，继续发挥"论说无所谓雅俗"的观点，将"改革文言"视为"开民智"之法宝，视接近口语的"浅说"为报章应采用的唯一文体。他痛陈"文言之祸亡中国"，言"不改文言，则四万九千九百分之人日居于黑暗世界之中，是谓陆沉；若改文言，则四万九千九百分之人，日嬉游于琉璃世界中，是谓不夜"④。他通过对中日报纸数量和销量多寡及原因之分析，得出中国报纸不广大之根由在于其多用文言，日本报纸多、民智开、国富强之因在于其报章多用浅说。这一轻"文"重"质"的"浅说"导向，对清末报章文体通俗化产生了较大影响。

清末汉语拼音化运动与白话文运动互为孪生兄弟，"普及教育"和"言文合一"是其共同目标。1903年年底，直隶大学堂学生何凤华等六人联名上书总督袁世凯，要求"奏明颁行官话字母，设普通国语学科，以开民智而救大局"；其所提出的五项办法，分别为"设师范院""立演说会""出白话报""编白话书""劝民就学"⑤。其"出白话报"一项言：

---

① 裘廷梁. 论白话为维新之本［N］. 中国官音白话报，1898（20）.
② 谭彼岸. 晚清的白话文运动［M］. 武汉：湖北人民出版社，1956：6.
③ 蕲成文. 清末白话文运动资料［J］. 近代史资料，1963（2）：116.
④ 陈荣衮. 论报章宜改用浅说［N］. 知新报，1899（111）.
⑤ 何凤华，等. 上直隶总督袁世凯书［M］//清末文字改革文集. 北京：文字改革出版社，1958：35-39.

民情顽固，国家一切政治皆无从措手，朝野上下，划然两截，宜乎？政治风俗，尔为尔，我为我也。今欲开通风气，宜如何而后民始难惑？如何而后民始易晓？是非使人人阅白话报不为功。白话报者，以一人之演说能达之千万人，行之千万里之利器也。不必强人人必阅，要必使人人能阅。夫至人人能阅，虽禁之不阅，不可得矣！①

这一提议得到了袁氏的赞助和支持。此后，拼音化运动、国语运动与白话文运动虽未同道，却相辅相成，最终在"五四"时期汇流于"国语的文学，文学的国语"口号之下，形成了双潮合一之观。

著名报人英敛之也是白话的积极倡导者和重要实践者。1904年3月26日，英敛之在《大公报》"附件"栏发表《开通民智的三要策》，第一要策就是"通行白话"，提出"凡是蒙小学堂的教科书，全用白话编成，不必用文话。就是中学堂大学堂的文理，也当改格，但求明白显豁，不必远学周秦"。第二、第三要策分别是"通行新字""实施强迫的教育"。英氏预言："有办此事之权的，倘照这三个法子办去，将来的功效，必有不可思议的""用不了十年，国家文明进步，必不可限量"。1920年1月，国民政府教育部颁令，凡国民学校低年级国文课教育统一运用语体文。英敛之的倡议比这一政令早了16年。

二、知识精英刘师培的白话文（学）理论

庚子国变后，亡国灭种危机空前严重，清廷颟顸面目暴露无遗，知识阶层对"民智不开"酿成的恶果有着切肤之痛，于是，许多革命志士以白话文（学）为载体，以报刊为阵地，以激进的姿态加入了清末白话文运动的时代大合唱。其中，刘师培成绩最著。

1903年夏秋时节，刘师培在上海搭乘上了正疾速行驶的民族民主革命列车，与章太炎、章士钊、蔡元培、林獬等革命志士过从甚密，遂取"攘除清廷，光复汉族"之意，改名"刘光汉"，迅即成为清末文坛和学术界的一匹黑马。是年，刘光汉在《中国文字流弊论》中指出中国文字的五大弊端，提出两项革新措施：一曰"宜用俗语"，二曰"造新字"②。同年，在《国文杂记》中痛诋"中国国文之弊正坐雅俗之分太严"，以为"今之编国文课本也，正所以革其弊耳"③。对

---

① 何凤华，等. 上直隶总督袁世凯书 [M] //清末文字改革文集. 北京：文字改革出版社，1958：38-39.
② 刘师培. 左盦外集 [M] //刘师培. 刘申叔遗书：下. 南京：江苏古籍出版社，1997：1441.
③ 刘师培. 左盦外集 [M] //刘师培. 刘申叔遗书：下. 南京：江苏古籍出版社，1997：1159.

千年以来形成的"文言为雅、白话为俗"的正统观念提出针砭,着力打破雅俗界限。

1904年,刘光汉在《警钟日报》发表《论白话报与中国前途之关系》一文,高度评价白话报的历史作用,将其誉为"文明普及之本",言"白话报推行既广,则中国文明之进步固可推矣";他对白话报的发展前景相当看好,预言"中国文明愈进步,则白话报前途之发达,又可推矣";他对"言文不能合一"之弊有着清醒的认识,谓"欲救其弊,非用白话未由,故白话报之创兴,乃中国言文合一之渐也"①。他将白话报的长处总结为"二善":一曰救文字之穷,二曰救演说之穷。文言艰深,仅及于上流社会,不利于文明普及;采用俗语之白话报体则感人之效大,易于达到"振末俗、开民智、强国家、救危亡"的社会文化功效。近世演说之风虽渐发达,然各省方言参差不一,故演说仅可收效于一乡,难以推行于极远;而"通俗之文,助觉民之用,上至卿士,下至齐民,凡世之稍识字者皆可以家置一编,而觉世之力愈广矣"②。刘氏还就以官话作为全国统一之语言、以白话报作童蒙之教科书等措施,建言献策。

1905年,刘光汉在《国粹学报》发表《论文杂记》,站在古今中外文学语言发展史高度,总结中国语言文字及文体演变的历史规律,力倡"语言文字合一"主张:

> 英儒斯宾塞耳(即斯宾塞)有言:"世界愈进化,则文字愈退化。"夫所谓退化者,乃由文趋质,由深趋浅耳。及观之中国文学,则上古之书,印刷未明,竹帛繁重,故力求简质,崇用文言。降及东周,文字渐繁;至于六朝,文与笔分;宋代以下,文词益浅,而儒家语录以兴;元代以来,复盛兴词曲:此皆语言文字合一之渐也。故小说之体,即由是而兴,而《水浒传》《三国演义》诸书,已开俗语入文之渐。陋儒不察,以此为文字之日下也。然天演之例,莫不由繁趋简,何独于文学而不然?③

在刘氏看来,宋儒语录和元代词曲之兴盛,都是中国语言文学演进过程中"语言文字合一"发展趋势日益滋长之征兆;至于明清兴起的小说,更是"开俗语入文之渐"。对此,他不仅援引英儒斯宾塞时髦的语言进化理论,而且从古代文学

---

① 刘师培. 论白话报与中国前途之关系 [N]. 警钟日报, 1904-04-25, 1904-04-26.
② 刘师培. 论白话报与中国前途之关系 [N]. 警钟日报, 1904-04-26.
③ 刘光汉. 论文杂记 [J]. 国粹学报, 1905, 1 (1).

中找来"语言文字合一"的历史依据,进而痛斥轻鄙小说者为头脑冬烘的无知"陋儒"。这一识见,既有放眼世界的全球化视野和泰西圣哲的先进理论根据,又有"三代传经"的荣耀光环和无人敢小觑的深湛的旧学根柢。

刘师培进而断言:"中国自近代以来,必经俗语入文之一级",此乃"文字之进化之公理"。① 这一卓见,与"五四"时期胡适"历史进化的文学观念"有不少相通之处,只是刘氏在循"天演之例"而主张"言文合一"的同时,并不偏废"古代文词"。他提出的解决办法是,将"近日文词"分为两派,"一修俗语,以启瀹齐民;一用古文,以保存国学"②。在刘师培看来,文言与白话各有短长,应同时使用,发挥各自所长,而不可偏废。

刘师培这一看法,与梁启超区分的"觉世之文"和"传世之文"有着相近的思路。不过,梁氏彼时实践的"觉世之文"系半文半白、亦骈亦散、中西兼采的"新文体",刘氏践履的则是作为"俗语文词"的白话文。"光汉"时期的刘师培以《中国白话报》为主阵地发表的40余篇白话文,是清末白话文写作的重要创获。而正是有了文言与白话并行不悖、各有所长、各有所用的共识,清末不同政治立场、文学派别的新文学家和古文学家才纷纷加入白话文运动的时代大潮中,并产生了巨大的社会影响。

三、革命旗手梁启超的白话文(学)理论

20世纪初年,服膺于进化史观、力倡"言文合"之说且大力肯定"俗语文学"之历史地位与文学价值的,是作为"新民师"和文学界革命旗手的梁启超。梁氏不仅在清末学术思想界、舆论界和文学界功勋卓著,而且在白话文理论建设方面,也比同时代人走得更远。

1902年,梁启超的皇皇大著《新民说》在《新民丛报》连载,其在《论进步》一节中痛陈"言文分",造成的三大"为害":其一,"言日增而文不增"造成文不敷用,难达新名物和新意境;其二,"非多读古书、通古义,不足以语于学问",以至于近数百年学者"瘁毕生精力于《说文》《尔雅》之学,无余裕以从事于实用";其三,言文分而主衍形之国识字难,以致"泰西、日本,妇孺可以操笔札,车夫可以读新闻,而吾中国或有就学十年,而冬烘之头脑如故也"。

---

① 刘光汉.论文杂记[J].国粹学报,1905,1(1).
② 刘光汉.论文杂记[J].国粹学报,1905,1(1).

因此，欲求"群治之进"，必须"言文合"。①

梁启超于20世纪初年发起的那场声势浩大的包括"诗界革命""文界革命""小说界革命""曲界革命"在内的文学界革命运动，与白话文运动相辅而行，共同推动了中国语言文学步入近代化发展的快车道。梁氏那句颇为豪迈的惊世骇俗之言——"小说为文学之最上乘"，极大地提高了作为"俗语之文学"的小说的社会文化地位和文体地位。自此以后，"俗语之文学"不仅获得了与文言作品并驾齐驱的资格，而且被越来越多的有识之士目为文学进化发展的必由之路。

1903年，致力于"小说界革命"事业和"新小说"创作的梁启超，开始用进化史观审视各国文学史，对中国语言文学发展进化之大势做出大胆断言：

> 文学之进化有一大关键，即由古语之文学，变为俗语之文学是也。各国文学史之开展，靡不循此轨道……寻常论者，多谓宋元以降，为中国文学退化时代。余曰不然……自宋以后，实为祖国文学之大进化。何以故？俗语文学大发达故……苟欲思想之普及，则此体非徒小说家当采用而已，凡百文章，莫不有然。②

梁启超所持的文学进化史观和"俗语之文学"必将取代"古语之文学""俗语文体"，必将被"凡百文章"普遍采用的语言文学发展观，与"五四"时期胡适所标榜的"历史进化的文学观念"和"白话文学正宗观"，不仅理路一致，而且说法相近，两者具有明显的承继关系。

梁启超和刘师培的上述理论见解和文学史观，标志着清末有识之士之提倡白话，逐渐从启蒙教育扩大到文学革新领域，"俗语"不只是在普及和实用方面优于文言的启蒙下层社会的必要的语言工具，而且是一种具有审美价值的文学表现手段。在梁氏看来，文体涵盖"凡百文章"包括宋元以降的戏曲小说在内的"俗语之文学"，不仅与"古语之文学"一样具有审美价值，而且是包括中国在内的世界文学进化发展之关键和大势。在刘氏看来，宋儒语录、元代词曲和明清小说之兴盛"皆语言文字合一之渐""中国自近代以来，必经俗语入文之一级"，此乃"天演之例"和"文字之进化之公理"。其"文学"概念，已经接近明治时期在日本得到普及的"literature"一词的译语。近代意义上的"文学"概念和文

---

① 中国之新民. 新民说三第十一节：论进步 一名论中国群治不进之原因 [N]. 新民丛报, 1900, 汇编2 (1).

② 饮冰. 小说丛话 [J]. 新小说, 1903 (7).

学进化史观的形成，标志着中国文学观念与世界的接轨。清末白话文运动和文学革新运动先驱者尽管还没有明确打出"白话文学"这面旗帜，但显然已经清醒地认识到白话文学必将取代古语文学的历史发展趋势。

　　梁启超此番见解发表在"登高一呼，群山响应"① 的《新小说》杂志，刘师培上述言论发表在革命派主持的以鼓吹民族主义而声名大噪的《国粹学报》。他们的白话语言观和文学进化史观，无疑对"五四"一代知识分子产生了直接影响。清末白话文运动和文学革新运动的兴起与试验，无论在理论上，还是在实践上，都为此后的"五四"白话文运动和文学革命奠定了重要基石。

[原发表于《山西师范大学学报》（社会科学版）2011年第5期]

---

① 包天笑. 钏影楼回忆录 [M]. 香港：大华出版社，1971：357.

梁启超与诗界革命

试论晚清诗界革命的发生与发展

张永芳

晚清的诗界革命,是我国文学史上相当重要的一页。但人们提起诗界革命时,往往认为它"不过是主张在旧诗里尽量多用新名词和新典故而已"①,并据此断言它"自然不彻底,自然要失败"②。这种看法其实是对诗界革命的误解,实有辨明之必要。

一

提到诗界革命,人们经常征引梁启超《饮冰室诗话》里的一段记载来进行论述(引文详略互有出入)③:

> 复生(即谭嗣同)自憙其新学之诗。然吾谓复生三十以后之学,固远胜于三十以前之学;其三十以后之诗,未必能胜三十以前之诗。盖当时所谓新诗,颇喜得扯新名词以自表异。丙申、丁酉间,吾党数子皆好作此体。提倡之者为夏穗卿(即夏曾佑),而复生亦篡嗜之。

人们对诗界革命的误解,正是由这段话引出来的。吕姜生同志在《试论晚清

---

① 姜德明. 鲁迅与夏穗卿 [J]. 文汇增刊,1980(4).
② 陈子展. 中国近代文学之变迁 [M]. 上海:中华书局,1931:10.
③ 胡适《五十年来中国之文学》(1924)、陈子展《中国近代文学之变迁》(1929)、王瑶《晚清诗人黄遵宪》(1951)、曾铎《诗谈》(1979)等,莫不如此,余不赘述。

"诗界革命"的意义》①一文中指出："这段话很容易给人造成误解，仿佛'诗界革命'仅只是一个从形式着手，仅只是'捋扯新名词'的问题。"但是，他在论述诗界革命的时候，同样主要依据这段记载，而且发生了同样的"误解"。

这样，尽管他力图肯定诗界革命的意义，却依然估价不足，依然只是"把'诗界革命'看作一批志同道合的爱国人士在历史上所逐渐形成和发展起来的一个文学流派"，认为"在文学史上，'诗界革命'的确不曾直接的、自觉的以'运动'的形式出现"。这当然并不符合历史的本来面貌。

事实上，如果仅仅根据梁启超的那段记载来论述诗界革命的话，只能让人得出诗界革命不过是"捋扯新名词"而已的结论，这中间根本不存在误解不误解的问题。真正的误解在于，梁启超的那段记载，原本仅仅是对"新诗"的评述，人们却经常征引它来论断整个诗界革命，如何能够避免"给人造成误解"呢？深究这种误解的产生，乃是由于最早论及诗界革命的权威著作——胡适的《五十年来中国之文学》——在论述诗界革命时首先依据了梁启超的那段记载，后人便相继沿用下来而一直未加深辨。胡适是这样论及诗界革命的：

> 康梁的一班朋友之中，也很有许多人抱着改革文学的志愿。……在韵文的方面，他们也曾有"诗界革命"的志愿。梁启超《饮冰室诗话》说：（引文略）。这种革命的失败，自不消说。

多年以来人们基本是在重复胡适的见解，习惯于把"新诗"和诗界革命混为一谈，而且引用梁启超的话为证，实际上，梁启超从来没有将两者混淆，恰恰相反，他在论诗界革命时，多次明确地对"新诗"做过批评。除经常被人征引的那段记载外，《饮冰室诗话》还一而再、再而三地对"新诗"进行了深刻而决绝的剖述：

> 当时吾辈方沉醉于宗教，视数教主非与我辈同类者。崇拜迷信之极，乃至相约："以作诗非经典语不用。"所谓经典者，普指佛、孔、耶三教之经。故《新约》字面，络绎笔端。……至今思之，诚可发笑。
>
> 穗卿有绝句十余章，专以隐语颂教主者。……当时在祖国无一哲理政法之书可读。吾党二、三子，号称得风气之先，而其思想之程度若此。今过而存之，岂惟吾党之影事，亦可见数年前学界之情状也。
>
> 此类之诗，当时沾沾自熹，然必非诗之佳者，无俟言也。吾彼时不能为诗，时从诸君子后学步一二，然今既久厌之。穗卿近作殊罕见，所

---

① 吕姜生. 试论晚清"诗界革命"的意义 [M] //文学遗产增刊八辑. 北京：中华书局，1961：74.

见一二,亦无复此等窠臼矣。浏阳如在,亮亦同情。

所谓"新诗",本是夏曾佑、谭嗣同、梁启超几个人首倡创作的,但后来梁启超自己"今既久厌之",夏曾佑"亦无复此等窠臼矣",梁启超甚至推断:"浏阳(谭嗣同)如在,亮亦同情"。可见"新诗"的失败,鼓吹诗界革命的梁启超早已明明白白地下了断言,何须乎后人一再重复地予以申说呢?以此为据去推断诗界革命的失败,理由实在脆弱得很——拿人家自己也否定了的东西,硬当作人家事业的主要部分,未免太不近情理,在逻辑上恐怕也难以成立吧?

由于梁启超毫不客气地批评了"新诗",有人便认为这表明"连梁启超后来也放弃了这一运动(按:指诗界革命)"①。这种看法,并不符合历史事实。

梁启超确实反对"堆积满纸新名词",但恰恰是认为这么做不是真正的诗界革命,何尝有半点放弃诗界革命的意念呢?不但不肯放弃,还明确地提出了诗界革命的目标"以旧风格含新意境"。就是对"新名词",梁启超也没有笼统地加以反对,认为只要能做到"以旧风格含新意境","则虽间杂一二新名词,亦不为病"。如果梁启超真要放弃诗界革命的话,他怎么还会提出诗界革命的目标来呢?显然,梁启超批评"新诗",反对"堆积满纸新名词",正是为了总结过去失败的教训,明确未来努力的方向;这不但不意味着诗界革命的终结,恰是诗界革命进入成熟阶段的标志。

二

"新诗"与整个诗界革命并不能等同,但确乎标志着诗界革命的开始。"新诗"虽只是诗界革命的幼稚阶段,却已经给传统诗坛以猛烈的冲击,表现出力辟新境的初步尝试,带有追求解放这一鲜明的时代特点。

"新诗"产生于戊戌变法前夕、甲午战争之后,正当资产阶级改良主义思潮已经成熟,并由思想宣传进入政治改革运动的时期。当时,中国新败于日本,被迫割地赔款,其他列强也虎视眈眈。瓜分的危险迫在眉睫,一部分爱国知识分子和有识之士,痛伤国耻,深怀隐忧,强烈要求清朝政府变法图强。1895年,康有为带头发动了著名的"公车上书",随后又创立强学会,发行《中外纪闻》,立意"唤起国民之议论,振刷国民之精神"②,一时发生巨大影响,海内风气为之一变。正如梁启超指出的那样:"中国维新之萌蘖,自中日之战生。"③

---

① 王瑶. 晚清诗人黄遵宪 [J]. 人民文学, 1951, 4 (2).
② 梁启超. 改革起原 [M] //梁启超. 戊戌政变记. 北京: 中华书局, 1954: 126.
③ 梁启超. 中国四十年来大事记(一名李鸿章) [M]. 上海: 中华书局, 1936: 42.

政治上变法维新的需要，推动了思想解放的波澜。由于封建的传统思想文化在帝国主义的侵略面前充分暴露出它的腐朽无用，爱国志士无不十分急切地转向外国，从西方资产阶级的思想文化中寻求新的精神武器。这样，夹杂着对西方思想文化的肤浅了解和十分幼稚的社会理想的"新学"，一时十分流行；传统的封建思想文化，包括旧体诗词，则受到爱国志士深深的厌恨。"新诗"的首倡者夏曾佑、谭嗣同、梁启超都是"新学"的狂热追求者，绝非出于偶然。"新诗"又名"新学之诗"，正是"新学"的直接产物；同时，也正是作为"旧学"的对立面而问世的。

"新诗"的产生，首先反映了改良派对于思想解放的要求。梁启超在《饮冰室诗话》中回忆说，他和夏、谭当时相约"以作诗，非经典语不用"。这正出于对"新学"的极度崇信，以及对"旧学"的极端厌恨。

"新诗"的产生，还反映了改良派在诗歌形式上追求解放的要求。"新诗"作者为了输入大量的"新名词"以宣扬"新学"，大胆地突破格律的束缚，毫无顾忌地运用生涩的翻译词语和自造词语，即使把诗写得根本不像诗了，他们也在所不惜。"新诗"的首倡者夏曾佑，就有这样一种泼辣劲头。

> 穗卿自己的宇宙观、人生观，常喜欢用诗写出来。他前后作有几十首绝句，说的都是怪话……当时除我和谭复生外，没有人能解他。因为他创造许多新名词，非常在一块的人不懂。①

谭嗣同也同样有这样的泼辣劲，对"捋扯新名词"的做法"亦綦嗜之"，并将自己旧日的诗作题为"东海褰溟氏三十以前旧学第二种"②，以示与旧诗决绝之意。梁启超自言"不能为诗"，此时"见穗卿、复生之作，辄欲效之"③，也作了一些怪话连篇的"新诗"。

《饮冰室诗话》说"新诗"产生于"丙申、丁酉间"，即1896—1897年，实际应推前些才更确切。梁启超于1897年年底由上海给在天津的严复写信，回忆说"前年"，即1895年他才和谭嗣同相识于京师④。考诸史实，梁启超先与夏曾佑结识，谭嗣同则在1895年年底方到北京，这时康有为已离京南下，他遂与留

---

① 梁启超. 亡友夏穗卿先生 [N]. 晨报副刊，1924-04-29.
② 参见：谭嗣同. 莽苍苍斋诗 [M]. 光绪二十三年（1897）金陵刻本.
③ 梁启超. 汗漫录（一名半九十录）[N]. 清议报，1900（35）.
④ 《与严幼陵先生书》云："此君（指谭嗣同）前年在都与穗卿同识之。"其实，与夏曾佑相识于1892年。《亡友夏穗卿先生》一文云："我十九岁时认得穗卿。"1895年不应是"初识"，但确乎是夏、谭、梁三人初次相聚。

在北京的梁启超相交。1896年春天,梁启超便动身到上海主办《时务报》去了。不久,谭嗣同、夏曾佑也离开北京,分赴南京和天津。分手后,"新诗"的写作当然没有中断,但"新诗"写作的高潮,则在三人于北京聚会期间。也就是说,"新诗"的创作实际开始于1895年年底至1896年年初。这期间,夏、谭、梁三人共同以宗教式的虔诚接受"新学",也"以宗教式的宣传去宣传他",沉浸在思想解放的兴奋之中,"新诗"也就应运而生了。

严格说来,这样的"新诗"其实是韵文化的"新学",与思想界的关系,远比与诗坛的关系更为密切。蒋智由后来评夏曾佑的诗说:"亚欧捭阖谋空壮,耶佛评论语更鲜。"①梁启超评夏曾佑的诗时也说它:"驱役教典庖丁刀,何况欧学皮与毛。"②着眼点都放在了"新诗"与"新学"的关系上,可谓抓住了实质。"新诗"的幼稚正反映了"新学"的肤浅粗疏,"新诗"作者的狂热态度则反映了他们追求思想解放的急切和热情。

"新诗"在当时发生了一定的社会影响,主要正是因为它表现了"新学"的内容。黄遵宪于1897年称自己的诗作是"新派诗"③,显然受有夏、谭"新诗"的启发,但主要是从他自己的诗也表现了外来的新理、新事着眼,并不表示他的诗有意仿效了夏、谭之作。梁启超早已指出,黄遵宪的诗"新语句尚少,盖由新语句与古风格常相背驰,公度重风格者,故勉避之"④。

就诗而论,"新诗"确乎是失败了。梁启超在正式提出诗界革命口号时指出:"夏穗卿、谭复生,皆善选新语句。其语句则经子生涩语、佛典语、欧洲语杂用,颇错落可喜,然已不备诗家之资格。"但它毕竟给诗坛输入大量的新材料、新词语,表现出要在诗中反映新思想、新内容的积极努力,在传统诗歌的领域中打开了缺口,实际上开始了诗界的"革命",其功自不可灭。即使仅从它给诗界革命的进一步发展提供了教训而言,也有一定的历史价值。

戊戌变法的失败,表明改良主义政治改革运动的高潮已经过去;而改良主义文学改革运动的高潮,则在变法失败以后方才澎湃掀起。

戊戌之前,康有为、梁启超等改良派领袖人物早已认识到宣传鼓动的重要性,认为"言自强于今日,以开民智为第一义"⑤。因而,很自然地注意到了文

---

① 蒋智由. 旅居日本有怀钱塘碎佛居士 [N]. 新民丛报, 1903 (35).
② 梁启超. 广诗中八贤歌 [N]. 新民丛报, 1902 (3). 这首诗题曰写给因明子(蒋智由),实际是误把因明子当作夏穗卿了,因而可以认作是对夏的评述。详见《饮冰室诗话》。
③ 黄遵宪. 酬曾重伯编修 [M] // 黄遵宪. 人境庐诗草. 北京:文化社, 1933: 216.
④ 梁启超. 汗漫录(一名半九十录)[N]. 清议报, 1900 (35).
⑤ 梁启超. 变法通议 [N]. 时务报, 1896 (5).

艺的巨大作用："日本之变法，赖俚歌与小说之力。"① 但由于当时有更加紧迫的政治斗争任务，没有可能对文艺过多措意。所谓"新诗"，便根本忽略了文艺自身的特点。

戊戌之后，改良派的主要任务被迫由政治斗争转为宣传鼓动，文艺的巨大作用也就真正开始受到重视了。作为改良派"首席宣传家"的梁启超，此时便自觉地组织发动了改良主义的文学改革运动。1898 年，梁启超发表了《译印政治小说序》，这实际是他后来提倡小说界革命的前奏；1899 年年底，梁启超又在《夏威夷游记》中正式提出了诗界革命与文界革命的口号。诗界革命，至此方才真正成为改良主义文学改革运动的重要组成部分。

关于诗界革命兴起的历史必然性，梁启超是这样论述的：

> 今日不作诗则已，若作诗，必为诗界之哥伦布、玛赛郎（即麦哲伦）然后可。……要之，支那非有诗界革命，则诗运殆将绝。虽然，诗运无绝之时也。今日者革命之机渐熟，而哥伦布、玛赛郎之出世，必不远矣。

诗界革命口号的正式提出，有诗坛本身的变化做基础，是改良派诗歌创作兴旺发展的结果。早在诗界革命的口号正式提出之前，梁启超主办的《清议报》便辟有"诗界潮音集"一栏，专门发表改良派的诗作。由于作者的政治立场比较一致，诗作的思想内容也比较接近，很快形成了改良派诗歌的共同特点——具有强烈的爱国热情和鲜明的政治色彩。"新诗"还只是少数挚友在一起写，只有他们自己才能看懂的诗作；"诗界潮音集"则是一大批改良派诗人一起在共同的阵地上集中发表作品了，规模和影响自然不可同日而语。诗界革命口号的正式提出，正建立在这个基础之上。有人认为康有为、黄遵宪并未直接参加诗界革命。② 这只是"新诗"阶段的情况，与尔后的事实发展不符，依然是一种将"新诗"与诗界革命混为一谈后发生的误解。

诗界革命口号的正式提出，并不仅仅是诗坛本身变化的结果，更主要表现为对外来影响的自觉吸收。早在"新诗"阶段，力辟新境的尝试已经表现为对西方新学理、新事物、新词语的狂热追求；在正式提出诗界革命的口号时，梁启超进一步强调了向西方学习的必要性：

> 欲为诗界之哥伦布、玛赛郎，不可不备三长：第一要新意境，第二要新语句，而又须以古人之风格入之，然后成其为诗。不然，如移木

---

① 梁启超. 蒙学报演义报合叙 [N]. 时务报, 1897（44）.
② 人民文学出版社编辑部. 康有为诗文选 [M]. 北京：人民出版社, 1958：102, 108.

星、金星之动物以实美洲，瑰玮则瑰玮矣，其如不类何？若三者具备，则可以为二十世纪支那之诗王矣。宋明人善以印度之意境、语句入诗，有三长具备者……然此境至今日，又已成旧世界。今欲易之，不可不求之于欧洲。欧洲之意境、语句，甚繁富而玮异，得之可以陵轹千古，涵盖一切。今尚未有其人也。

在强调向西方学习的同时，梁启超又提出必须"以古人之风格入之"，认为非如此则"其如不类何"，诗便不再像诗了。这表明梁启超已经注意到了要保持诗歌本身的特点和民族固有的传统，不再简单生硬地接受外来的影响了。

1903年年初（光绪二十八年十二月十五日）发行的《新小说》第三号，刊载了梁启超的政治小说《新中国未来记》第四回，文末附有扪虱谈虎客（韩孔厂）的总批，批语里转述了梁启超对于诗界革命的主张，仍然特别强调向西方学习，同时注意到保持"我诗"的固有风格：

著者（指梁启超）不以诗名，顾常好言诗界革命，谓必取泰西文豪之意境，之风格，熔铸之以入我诗，然后可为此道开一新天地。

随后，在《饮冰室诗话》里，这一创作主张更提炼概括为"以旧风格含新意境"。提出这种明确的创作主张，标志着诗界革命已经由幼稚的"新诗"阶段，大大迈进了一步。

梁启超强调向西方学习，主要是推重文艺对于社会的影响。《饮冰室诗话》说："读泰西文明史，无论何代，无论何国，无不食文学家之赐，其国民于诸文豪，亦顶礼而尸祝之。若中国之词章家，则于国民岂有丝毫之影响耶？"清楚地吐露了他的意图。当然，这里也包含着在诗歌形式上创新的要求，但由于当时外国文学作品译成中文的为数极少，译诗尤少，而且译文采用的也是旧体诗的形式，所以从形式上借鉴西方的诗歌，几乎无从说起，不管新意境也好，新语句也好，都只能"以古人之风格入之"了。

因而，"以旧风格含新意境"这一主张的提出，既是诗界革命的进展，也是诗界革命的退步，说明诗界革命最终还是无法摆脱传统诗歌形式的束缚，革来革去依旧不过是改良而已。实际上，早期鲜明地表现出追求解放的精神的"新诗"，采用的也还是旧体诗的形式。"诗界潮音集"虽然发表了一些模拟民谣和民间说唱的诗作，甚至也有个别基本是白话体的篇章①，但旧体诗依然占着统治

---

① 如《危哉行》云："看！看！支那帝国风云寒，豺狼当道专兵政，狗彘成群拥位餐。倾印度，剿波兰，前车覆辙请君看。"已可以说是白话体诗了。

地位。诗界革命终于未能创造出崭新的诗体来，与对于"旧风格"的过分留恋直接相关。这也不独改良主义文学运动为然，后起的资产阶级革命派的文学团体，也未能创造出新诗体来。"南社"的创始人之一高旭便表示："新意境、新理想、新感情的诗词，终不若守国粹的、用陈旧的语句为愈有味也。"① 在诗界要来一场"革命"，真是谈何容易！

梁启超正式提出诗界革命的口号之后，诗界革命以《清议报》《新民丛报》《新小说》为主要阵地，进入了高潮阶段；这三家杂志先后停办之后，诗界革命也就随着改良主义政治运动的日趋没落而渐次消歇了。

《清议报》是改良派在戊戌变法失败之后最早办起的机关刊物，它的"诗界潮音集"专栏，在开始时为诗界革命口号的正式提出奠定了基础，尔后更为推进诗界革命的发展起了巨大的作用。梁启超在《清议报》百期祝辞中高度肯定了这一专栏的贡献："类皆以诗界革命之神魂，为斯道别辟新土。"

《新民丛报》出刊后，依然辟有"诗界潮音集"专栏。从第四号（光绪二十八年二月十五日发行）起，又特辟《饮冰室诗话》一栏，连载发表梁启超鼓吹诗界革命的诗话作品，以期更广泛地联系诗歌作者，更及时地评述诗歌新作，大大地扩展了诗界革命的影响。

《新小说》则辟有"杂歌谣"专栏，主要发表富于民间文学特点的通俗化诗作。

诗界革命有口号，有主张，有发表阵地，有作者队伍，比起古代历次文学运动来毫不逊色，如果硬要说它仅仅是一个"文学流派"，事实上未曾"以运动的形式出现"，实在是过于苛刻了。应该说，诗界革命完全可以称作一次文学改革运动。

不过，诗界革命的发展，并未完全遵循梁启超提出的创作主张。梁启超特别强调向西方学习，而诗界革命的实际发展方向却是越来越接近于民间的歌谣和说唱了。这确乎是一个很有意思的现象。

综观诗界革命的发展，起初确实是以接受外来影响为主。不但好"创造许多新名词"的夏、谭是如此，连梁启超认为"重风格"的黄遵宪也是如此。朱自清先生便指出，诗界革命诸先生，特别是黄遵宪，有利用旧诗形式"开埠头"之意："他们在旧瓶里装进新酒去，所谓新酒也正是外国玩意儿。"②

然而，随着诗界革命的进一步发展，通俗化的趋势越来越占了上风。黄遵宪

---

① 高旭. 愿无尽庐诗话 [M] //南社丛刻：第一集. 扬州：广陵书社，2018：125.
② 佩弦. 论中国诗的出路 [J]. 清华中国文学会月刊，1931，1 (4)：72.

于1902年时曾给梁启超写信,提倡创作形式"斟酌于弹词、粤讴之间"的"杂歌谣"①,同时还亲身实践这一主张,创造了通俗歌词体新作,谓之"新体诗",希望梁启超能"等之,拓充之,光大之"②。梁启超当即接受这一建议,在《新小说》特辟"杂歌谣"专栏,专栏的第一辑便发表了黄遵宪和他自己的歌词(即所谓"新体诗")作品。尤可注意的是,连好说"怪话"的夏曾佑,也整理过《湘中童谣》等民间诗歌③;黄遵宪、梁启超、蒋智由等更是大量地模拟过民歌或民间说唱。当时,梁启超还从理论上阐述了通俗化趋势的必然性:"文学之进化,有一大关键,即由古语之文学,变为俗语之文学是也。各国文学史之开展,靡不循此轨道。"④《饮冰室诗话》也极力赞述"杂歌谣"中的部分作品。如珠海梦余生的《新粤讴》,黄遵宪的《军歌》《小学生相和歌》等,叹为"绝世妙文",甚至推为"诗界革命之能事,至斯而极矣"。这表明,特别强调向西方学习的梁启超,也自觉地顺应了通俗化的趋势。

这种通俗化的努力,多年来一直得到热烈的肯定和赞扬,这与人们对"新诗"的一致贬抑,形成了极其鲜明的对比。

笔者觉得,这种看法似乎不大公道。"新诗"即便再幼稚,毕竟给诗坛带来了新东西;通俗化虽模拟得再好,也毕竟基本是原有的东西。老实讲,诗界革命没有创造出能够取代旧诗形式的新诗体来,并不在于它起初主要表现为向西方学习,对民歌养料吸收得不够,恰恰在于它实际上对西方文学的养料吸收得太少,而对民歌的模拟痕迹则太重了。

诗界革命对后人影响最大的产物大概要算通俗体歌词了,人们也经常以这种"新体诗"作为向民歌学习的范例。其实,这种"新体诗"并不能简单看成是古典加民歌的结果,而主要是接受了外来影响的产物:在思想内容上,受尚武精神的激励;在艺术形式上,受德日爱国歌曲的启发。当时,改良派和革命派的爱国志士,都深感中国积弱不振,极力提倡尚武精神,东京的中国留学生还成立了"军国民会"。《新民丛报》从第三期起,曾连载发表奋翮生(蔡锷)的长篇专论《军国民篇》,一时影响很大。该文鼓吹陶铸新的"国魂",并高度评价爱国歌曲

---

① 吴剑青. 黄遵宪的诗歌理论和《人境庐诗草》[J]. 钱仲联,笺注. 华南师范学院学报(哲学社会科学版),1980(3):86.
② 钱仲联. 黄公度先生年谱[M]//黄遵宪. 人境庐诗草笺注. 钱仲联,笺注. 上海:上海古籍出版社,1981:1249.
③ 中国民间文艺研究会国庆献补丛书办公室,北京大学中文系瞿秋白文学会. 中国歌谣资料:第一集[M]. 北京:作家出版社,1959:172.
④ 饮冰. 小说丛话[J]. 新小说,1903(7).

的巨大作用，特意引用王韬以楚辞体译的《德意志祖国歌》歌词，认为这样的爱国歌曲是"国魂"之所寄。此外，《新民丛报》早在第二期便以"棒喝集"的栏目，发表了《日耳曼祖国歌》（即《德意志祖国歌》，译文比王韬的好）、《日本男儿歌》等四首外国爱国歌曲的歌词，提倡发扬蹈厉的爱国主义精神。正是这篇专论和这些译诗，直接促使了黄遵宪创作新体歌词。《饮冰室诗话》对此做有明确的评述：

> 读泰西文明史，无论何代，无论何国，无不食文学家之赐，其国民于诸文豪亦顶礼而尸祝之。若中国之词章家，则于国民岂有丝毫之影响耶？推原其故，不得不谓诗与乐分之所致也。……近年以来，爱国之士注意此业者，渐不乏人，而黄公度其尤也。

梁启超论述得明明白白，黄遵宪有意为合乐而写的新体歌词，深深受到"泰西文明"的影响，哪里仅仅是古典加民歌的结果呢？

说起通俗化来，诗界革命中最突出的代表就是黄遵宪了。他年轻的时候，便提出了"我手写我口"的著名口号，从民歌中汲取的养料也最多，这些为人们所公认。然而，就连他也没有在古典加民歌的基础上，取得多大的成就。早已有人指出："诗人（黄遵宪）一生的名篇杰作，还是旧形式的五七古，能够突出地表现新的时代、新的风格。"① 这一事实，难道不已清楚地说明，仅仅注意向民歌学习，绝非诗歌发展的真正出路吗？强调民族化和群众化，不肯承认接受外来影响的"新诗"的积极作用，是非常片面的。

诗界革命的倡导者在主观上早已认识到接受外来影响的必要，深感这是时代的要求，渴望着在开放门户的基础上创造出真正的新诗，"新世瑰奇异境生，更搜欧亚造新声"②，这充分反映出他们的敏感和魄力。然而，由于当时输入中国的外国文学作品太少，使诗界革命没有条件接受更多的外来影响，再加上宣传鼓动任务的实际需要，这才不得不走上越来越通俗化的道路，因而也就未能在诗歌创作领域取得更大的突破。这与其说是诗界革命的成绩，实在不如说是诗界革命的憾事！

"五四"之后，梁启超在晚年亲见白话新诗的创作情况，回顾诗界革命的历史，"对于诗学的意见"更加成熟了，他准备将金和与黄遵宪的诗作编选成集，

---

① 张仲浦. 黄遵宪诗的新意境和旧风格 [J]. 杭州大学学报（人文社会科学版），1962（1）：95-96.

② 康有为. 与菽园论诗兼寄任公、孺博、曼宣（三首）[M]//人民文学出版社编辑部. 康有为诗文选. 北京：人民文学出版社，1958：264.

作为诗体解放的模范。在《晚清两大家诗钞题辞（未完稿）》中，突出强调的依然是学习西方文学：

> 文学是无国界的，研究文学，自然不当限于本国。何况近代以来，欧洲文化，好像万流齐奔，万花齐苗。我们侥幸生在今日，正应该多预备"敬领谢"的帖子，将世界各派的文学，尽量输入。

同时，对于诗歌创作日趋通俗化的趋势，做了十分明确而中肯的批评，这实际也是对诗界革命的"通俗化"所做的批评：

> 我不敢说白话诗永远不能应用最精良的技术，但恐怕要等到国语经几番改良蜕变以后，若专从现行通俗语底下讨生活，其实有点不够。

在《题辞》中，梁启超还提出："如今我们提倡诗学，第一件是要把'诗'字广义的观念恢复转来"；"格律是可以不讲的，修辞和音节却要十分注意"。又提出："想作名诗，是要实质方面和技术方面都下功夫。"并且就技术方面，评价了白话诗的创作；从实质方面，批评了中国诗家传统的"厌世"观念。尽管在梁启超的诗学见解中，夹杂着许多错误的看法，但大体看来，主要见解十分精当，即使在今天看来也基本可取，既不过于偏狭，又不流于空泛，显然吸取了诗界革命的经验与教训。

梁启超的《题辞》，是一篇相当重要的文学论文，它与《夏威夷游记》《饮冰室诗话》及黄遵宪的《人境庐诗草自序》、康有为的《人境庐诗草序》，同为诗界革命中最重要的理论著述。

回顾一下诗界革命在创作上和理论上的发展过程，对于探讨今天新诗的创作道路，当会有启发和借鉴作用。对于正确评价诗界革命在文学史上的地位，自然更加重要。希望本文的概略论述，能够有助于澄清人们对于诗界革命的偏见，还原历史的真相。

（原发表于《社会科学辑刊》1984年第2期）

"诗界革命"新论

马卫中　张修龄

清代，中国古典诗歌经历了一系列摹古与变古、学唐与学宋的理论纠缠和创作实践，进入同、光以后，随着原有生活秩序的打乱，变法维新运动的崛起，一些具有改良革新的政治愿望和文学思想的知识分子，打出了"诗界革命"的旗号，形成了争写"新派诗"的诗歌风尚。"诗界革命"的出现，是纵向发展的古典诗歌与剧烈变动的社会生活相碰撞的产物。它集中暴露出古老的文学样式反映全新的客观对象时或兼容或矛盾的种种现象。对这一场深刻的诗歌革新运动，有必要把握它的本质特点，理解它的实际内涵，才能正确认识"诗界革命"在诗歌史上的地位和作用。

"诗界革命"的界定，无法完全以诗人的政治倾向或派别划分。"诗界革命"作为一种新的诗歌思潮和流派，并无特定的组织形式。梁启超称："吾党近好言诗界革命"①，"吾党"无疑是指维新派人士，这种说法揭示了"诗界革命"与维新改良运动的天然联系。事实上，热衷变法的志士如谭嗣同、康有为、梁启超、黄遵宪、夏曾佑、蒋智由等，均为"诗界革命"中坚。但是，"诗界革命"的提出与进行，不仅是社会现实、政治思想、文化走向等多种因素作用的结果，又与倡导者的诗学宗趣、艺术素养、友朋交游等紧密相关。因此，维新派并不尽属"诗界革命"，如刘光第、林旭、陈三立、严复等都为戊戌变法运动做出了很大贡献，而他们的诗歌理论与实践却与"诗界革命"相去甚远。相反，像丘逢甲、金天羽（即金松岑）等虽未直接参与变法运动，却是"诗界革命"巨子。

"诗界革命"的界定，也不能以"新派诗"作者个人及作品数量为依据，就"诗界革命"倡导者本身而言，多为旧式文人跨入"过渡时代"，他们的政治立场、文学观念表现为动态的变化过程，如谭嗣同就有"三十以前旧学"与"三

---

① 梁启超. 饮冰室诗话 [M]. 北京：人民文学出版社，1959：51.

十以后新学"之别。他在创作新派诗之前有一段论述自己诗学道路的自白:"嗣同于韵语,初亦从长吉、飞卿入手,旋转而太白,又转而昌黎,又转而六朝。近又欲从事玉溪,特苦不能丰腴。……今时拟暂辍不为,别求所以养之者,久之必当有异。"① 因此,其集中堪称"诗界革命"之作只是一小部分。一些人因政治或文学上的倒退,并没有始终如一地将"革命"的愿望贯穿于创作实践,往往会借助他们日趋深厚的驾驭传统诗歌的功力,写出与"诗界革命"主旨相悖的诗作。如蒋智由,在政治上逐渐转向保守。自编诗稿竟将早年所为新派诗全部删去,唯存"严介坚卓,攀追古人"② 之诗,因此还博得陈三立、陈衍、陈曾寿、夏敬观等"同光体"诗人的赞赏。此外,新派诗人又受到旧式题材的限制,大量的排遣个人情怀和记述日常琐事的作品,是不能为"诗界革命"充数的。所以,尽管"诗界革命"影响巨大,但与当时并存的各复古诗歌流派相比,无论理论的建树,还是创作的实绩,均不占优势。像黄遵宪这样以较大心力投入"诗界革命"者,仅属少数,正如他所自叹,"不过独立风雪中清教徒之一人耳"③。

梁启超曾经论及"诗界革命"的特征:"当时所谓新诗音,颇喜挦扯新名词以自表异。"④ 这是梁氏对"诗界革命"早期形态的概括。他又在《夏威夷游记》中提出:"欲为诗界之哥伦布、玛赛郎,不可不备三长,第一要新意境,第二要新语句,而又须以古人之风格入之。然后成其为诗。"则可视作他对"诗界革命"的理想要求。黄遵宪的《人境庐诗草自序》,是代表"诗界革命"最高成就的诗歌作者的经验之谈,但也不能以此作为对"诗界革命"本质特点的全面总结。

"诗界革命"作为近代诗坛的客观存在,有何基本特点?它的具体标准又是什么?这是研究"诗界革命"的前提,也是本文的中心所在。

一、革新图强的思想性

"诗界革命"伴随着维新变法运动而兴起,它首先以其前所未有的思想锋芒见长,给清末诗坛吹进一股清新之风。

晚清西学东渐,西方资产阶级的进化论、民权学及先进的科学技术进入闭关自锁的封建帝国,给了意在变法图强的维新派知识分子极大的启示,也给"诗界革命"倡导者们灌注了思想养料。以诗歌鼓吹西方文明,阐发新兴学理,一时为

---

① 谭嗣同. 致刘淞芙书[M]//谭嗣同全集. 北京:生活·读书·新知三联书店,1954:380.
② 陈三立. 蒋观云先生诗序[M]//吕美荪. 蒋观云先生遗诗. 1933年印本.
③ 黄遵宪. 与丘菽园书[M]. 郑海麟,张伟雄. 黄遵宪文集. 京都:中文出版社,1991:189.
④ 梁启超. 饮冰室诗话[M]. 北京:人民文学出版社,1959:49.

新派诗人所热衷。他们崇仰欧美资产阶级思想家、政治家,将其推为创世纪的伟人:"孕育今世纪,论功谁萧何?华(盛顿)拿(破仑)总余子,卢(梭)孟(德斯鸠)实先河。赤手铸新脑,雷音疹古魔。"(梁启超《壮别二十六首》)"力收墨雨卷欧风,余事当筵顾曲工。谁遣拿破仑再出,从来岛上有英雄。"① 他们对西方学术著作也倍加赞赏,康有为称"我生思想皆《天演》,颇妒严平先译之"②。夏曾佑对严复的转译之功亦表倾慕:"英英严夫子,先觉开愚蒙。"③ "一旦出数卷,万怪始大呈。"④ 新异的政治体制和学术思想一时便成了维新派人士"拯治"中国的依凭,他们将进化论观点、民主意识渗透在诗中,康有为断言:"万年无进化,大地合沉沦。"⑤ 梁启超坚信"世界进步靡有止期,吾之希望亦靡有止期"⑥。谭嗣同在《金陵听说法三首》中则称"纲伦惨以喀私德,法令盛于巴力门",谭嗣同此诗意在反对封建等级制度,提倡议会立宪。而黄遵宪在他的《己亥杂诗》中也以亲身经历,指出"百年前亦与华同"的泰西各国,"强由法变通",渴望中国出现"万法从新要大同"的一天,海内外政治、经济、文化的强烈反差,使"诗界革命"的倡导者们对"阐哲理指为非圣""倡民权谓曰畔道"⑦ 的混浊世情表现出极度不满,以至于一遇上闻所未闻的域外新学,便产生了"涉海得舟梁"⑧ 之感,并不加掩饰地反映在诗作中。

　　以爱国主义作为诗歌的主题,是屈原以来中国古典诗歌的优秀传统。近代帝国主义列强入侵带来的耻辱,激发了"诗界革命"诗人们的爱国情绪,面对"弱肉供强食,人人虎口危"⑨ 的严峻事实,发出了"四万万人齐下泪,天涯何

---

① 丘逢甲. 饮新加坡舣咏楼次菽园韵[M]//丘峰甲. 岭云海日楼诗抄. 合肥:安徽人民出版社,1984:449.
② 康有为. 康南海先生诗集:卷五大庇阁诗集[M]. 上海:商务印书馆,1937.
③ 中国社会科学院文学研究所《近代文学史料》编辑组. 近代文学史料[M]. 北京:中国社会科学出版社,1985:41.
④ 中国社会科学院文学研究所《近代文学史料》编辑组. 近代文学史料[M]. 北京:中国社会科学出版社,1985:57.
⑤ 康有为. 大同书成题词[M]//康有为. 康南海先生诗集:卷一延香老屋诗集. 上海:商务印书馆,1937.
⑥ 梁启超. 志未酬[M]//梁启超. 饮冰室合集:文集之四十五(下). 北京:中华书局,1989:16.
⑦ 梁启超. 举国皆我敌[M]//梁启超. 饮冰室合集:文集之四十五(下). 北京:中华书局,1989:16.
⑧ 中国社会科学院文学研究所《近代文学史料》编辑组. 近代文学史料[M]. 北京:中国社会科学出版社,1985:56.
⑨ 黄遵宪. 书愤[M]//黄遵宪. 人境庐诗草笺注下:卷八. 钱仲联,笺注. 上海:上海古籍出版社,1981:772.

处是神州"① 的悲诉。他们没有停留在对山河残破、满目疮痍的现状做客观描述和感情宣泄，更多的是理性的剖析，明智的思索，使爱国主义主题得到了深化。爱国不是排外，"诗界革命"摆脱了狭隘的华夷之辨和妄自尊大的天国王朝意识，重新审视古老的华夏民族在国门打破后的现实地位。康有为认为中国的受人凌辱，原因在"腐儒不通时势变，泥古守经成弱虏"②。梁启超也在"尽瘁国事不得志"的境况下，出亡海外，"问政求学观其光"，几千年优胜劣汰的世界发展史，触发了他呼吁同胞效学"海国民族思想高尚以活泼"，来改变"东亚老大帝国"砧上之肉的命运。③ 黄遵宪更是带着"独有兴亚一腔血"④，周游各国，一反盲目自尊的迂腐见解，疾呼"休唱攘夷论，东西共一家""万方今一概，莫自大中华"⑤。

爱国应求治国方。"诗界革命"诗人除了感慨政府腐败、武备不修等表面现象外，还将社会的病根推究到基本国策、政治体制和国民素质这一层面。他们或抨击闭关自守："惜哉闭关守长夜，竟尔绝海召强敌。"⑥ 或强调民权意识："每惊国耻何时雪，要识民权不自尊。"⑦ 或感叹国中无人："神州大陆殊可哀，纷纷老朽无人才。"⑧ 这与"药方只贩古时丹"⑨ 的道光旧儒相比。认识上无疑有了极大进步。丘逢甲鉴于中日海战失利，大胆提出"我不能工召洋匠，我不能军募洋将"的设想，指望"购船购炮""再拼一掷振海军"⑩，许多人在诗中赞叹机器、铁路、电力、汽车、火轮的奇效，以之为强国的手段。更主要的是，他们还

---

① 谭嗣同. 有感一首 [M] //蔡尚思，方行. 谭嗣同全集：下册. 增订本. 北京：中华书局，1981：540.
② 康有为. 睹荷兰京博物院古今制船式长歌 [M] //康有为. 康南海先生诗集：卷七逍遥游斋诗集. 上海：商务印书馆，1937.
③ 梁启超. 20世纪太平洋歌 [M] //梁启超. 饮冰室合集：文集之四十五（下）. 北京：中华书局，1989：19.
④ 黄遵宪. 奉命为美国三富兰西士果总领事留别日本诸君子 [M] //黄遵宪. 人境庐诗草笺注：卷四. 钱仲联，笺注. 上海：上海古籍出版社，1981：337.
⑤ 黄遵宪. 大狱四首 [M] //黄遵宪. 人境庐诗草笺注：卷二. 钱仲联，笺注. 上海：上海古籍出版社，1981：194.
⑥ 康有为. 巴黎睹圆明春山玉玺思旧游感赋 [M] //康有为. 康南海先生诗集：卷七逍遥游斋诗集. 上海：商务印书馆，1937.
⑦ 梁启超. 书感四首寄星洲寓公仍用前韵 [M] //梁启超. 饮冰室合集：文集之四十五（下）. 北京：中华书局，1989：10.
⑧ 丘逢甲. 赠谢生逸桥 [M] //丘逢甲. 岭云海日楼诗钞. 上海：上海古籍出版社，1982：211.
⑨ 龚自珍. 己亥杂诗 [M] //龚自珍. 龚自珍己亥杂诗注. 刘逸生，注. 北京：中华书局，1980：58.
⑩ 丘逢甲. 海军衙门取同温慕柳同年作 [M] //丘逢甲. 岭云海日楼诗钞. 上海：上海古籍出版社，1982：344.

呼吁加强培养强国人才。虽然废除科举、改书院为学堂之举完成在戊戌政变以后，但其有关改革学制的诏书早已由光绪帝在"百日维新"期间颁发，且草自谭嗣同之手。而在这以前，一些"诗界革命"诗人也有这方面的实践。康有为设万木草堂闻名于时，丘逢甲在甲午战争后也曾"主持岭南教育者十数年，专以培植后进，灌输革命为宗旨"①。梁启超、黄遵宪同样都以教育为己任。黄遵宪在与梁启超的通信中探讨教育问题，以为"普及教育……乃救中国之不二法门"。光绪七年（1881），当刚愎自用的留美学生监督吴惠善奏请裁撤留学生得准后，黄遵宪不禁赋诗感叹道："矧今学兴废，尤关国盛衰。十年教训力，百年富强基。"② 这表现了作者教育救国的急切愿望。

"诗界革命"的变法图强思想，自然有其缺陷，诗人们往往离开中国国情，生吞活剥地将西方新思想移植在诗中。但他们能够突破传统观念的桎梏，开始有意识地"熔铸新理想以入旧风格"③ 了。

二、堪称诗史的纪实性

晚清时期，由国内外深刻矛盾引发的政治、军事、外交种种事件，国门洞开后令人眼花缭乱的异国情状，提供了众多现实的诗歌题材。"诗界革命"的倡导者们以其敏锐的观察能力和丰富的个人经历，发现、利用这些诗材，创作了大量的叙事诗，形成了鲜明的纪实特征。

自鸦片战争后，清政府与帝国主义列强战事不断，每次都以割地赔款、丧权辱国告终。国家的奇耻大辱毕竟给他们留下了刻骨铭心的痛苦，促使他们用诗笔为近代中外战争书写一幅幅悲壮的历史画卷。以反映中法甲申战争而传诵一时的著名诗篇有黄遵宪的《冯将军歌》《越南篇》，梁启超的《游台湾追怀刘壮肃公》等。其中《冯将军歌》放言赞颂爱国将领冯子材率军"十荡十决无当前，一日横驰三百里"，再现了谅山之捷的决胜场景。而梁诗记载了刘铭传"跣足督战，忍饥冒雨"④，死守台湾的动人战迹。十年以后，随着"诗界革命"渐成风气，更多的诗人将目光注意到战场内外的屈辱与抗争，诞生了一首首以中日战争为背景，充满硝烟和血泪的纪实史诗。梁启超的《甲午十月纪事诗》、丘逢甲的《有书时事者为赘其端》《往事》《闻海客谈澎湖事》《有感书赠文军旧书记》等，都

---

① 丘瑞甲. 岭云海日楼诗钞跋 [M] // 丘逢甲. 岭云海日楼诗钞. 上海：上海古籍出版社，1982：433.
② 黄遵宪. 罢美国留学生感赋 [M] // 黄遵宪. 人境庐诗草. 北京：文化学社，1933：91.
③ 梁启超. 饮冰室诗话 [M]. 北京：人民文学出版社，1959：2.
④ 龙顾山人. 十朝诗乘：卷二十一 [M]. 郭氏栩楼刊本，1935.

从各个侧面勾画出侵略者的蛮横、求降者的怯懦和反抗者的凛然正气。尤其是黄遵宪的《悲平壤》《东沟行》《哀旅顺》《哭威海》等长篇组诗,全都以真人真事描述中日战争中的历次战役,精细刻写战将、降臣在强敌面前的各种情态,深入探究清廷节节败退的历史原因,为近代甚至整个中国古典诗歌的叙事色彩添上重要的一笔。

"诗界革命"诸诗人,大多是晚清重大政治事件的参与者或见证人。身有所历,情有所感,率笔成诗,便可作为后人回观近代史实的佐证。康有为有诗言及围绕兴修颐和园一事的朝廷争执,黄遵宪《逐客篇》为美国议院禁止华工而作,备述华工渡海赴美始末。丘逢甲作为台湾义军统领,以大量诗歌反映台湾人民抗议割台、组织义军、拥立台湾民主国这一段史实,当然,戊戌变法运动的风行与失败,无疑是"诗界革命"纪实诗的重要内容,谭嗣同、梁启超、黄遵宪等曾将戊戌变法的早期准备、会党活动、新政措施及西后镇压、志士罹难整个过程记载入诗。而康有为所写的《出都留别诸公》《东事战败联十八省举人三千人上书……》《戊戌八月纪变八首》《戊戌八月国变纪事》等,简直就是一部戊戌变法简史。

叙说异域史事,是"诗界革命"诗歌纪实性又一显著特点。"诗界革命"诗人一定的洋务经历和向西方求得真理的强烈欲望促成他们的叙事之笔伸向了海外。黄遵宪有感于"中国士夫,闻见狭陋,于外事向不措意"①,志在介绍日本经验,使中国走上维新自强之路。其《日本杂事诗》两百首,"上自神代,下及近世,其间时世沿革,政体殊异,山川风土服饰技艺之微,悉网罗无遗","字字征实,无一假借"②。出于对国运的关心,他们特别注意那些与中国相关的国际争端,朝鲜覆亡,有识之士以为殷鉴不远,多有咏及此事者。梁启超的《秋风断藤曲》和《朝鲜哀词》最称代表之作。戊戌变法失败后亡命海外的生活,又使他们对国外史事有了更为直接的接触和深刻的体会,康有为"戊戌后周历欧美各国凡十余年,其诗多言域外古迹,恢诡可喜"③。此外,北美独立,俄、土交兵,荷兰称霸海上,越南受并法国,均成了他着笔的对象。

不同题材的大量纪事诗充实了"诗界革命"的内涵,成为新派诗得以立足近代诗坛的重要方面。时事的繁复,政局的动荡,是新派诗内容广度的客观基

---

① 黄遵宪. 日本杂事诗自序 [M] //黄遵宪. 日本杂事诗广注. 钟叔河, 辑校. 长沙: 湖南人民出版社, 1981: 24.

② 日人石川英. 日本杂事诗跋 [M] //黄遵宪. 日本杂事诗广注. 钟叔河, 辑校. 长沙: 湖南人民出版社, 1981: 241-242.

③ 徐世昌. 晚晴簃诗汇: 卷一八三 [M]. 北京: 中华书局, 1990: 7963.

础，而诗人们史识的精邃、体验的真切，也使其达到了同类诗前所未有的深度。

三、求用于世的功利性

"诗界革命"诗歌具有较强的思想性和诗史性，固然与当时复杂的现实世界有关，与作者的社会经历、政治理想有关，而很重要的一点，还与他们求用于世的诗学观念有关。

中国传统的诗学观念，一向讲求诗歌的社会功用，自孔子倡"兴、观、群、怨"之论后，延至近代，"经世致用"的哲学观影响到文学领域，龚自珍、包世臣、姚莹、冯桂芬、王韬等一大批诗文作者，在理论和创作上都十分重视文学的功利性。由于在中国诗歌史上，有人片面理解陆机《文赋》"诗缘情而绮靡"的观点，有的诗偏离社会现实，好发个人幽情，往往无病呻吟、矫揉造作，助长了诗歌的形式主义倾向。与"诗界革命"同时代的湖湘派诗人就提倡"以词掩意"，反对"意多于词"。而近代宋诗派诗力图借助"江西派"诗歌特具的涩语僻典、瘦硬风格，另开诗歌新路，结果只能造成诗歌与现实的脱离。

"诗界革命"继承、拓展了鸦片战争以来的经世风气，将诗歌看作唤起民众、为现实政治服务的有效手段，康有为尖刻批评"吟风弄月"之诗，视同"覆酱烧薪"[①] 一般无补于世。谭嗣同把30岁以前之作称为"旧学"，也因其是"无用之呻吟"。他们从西方国家诗歌作用于社会的事实中得到借鉴，意识到"诗虽小道，然欧洲诗人，出其鼓吹文明之笔，竟有左右世界之力"[②]，并主动以诗歌为宣传工具，为维新变法呼号。梁启超致力于诗歌写作，可以说正是受了这种功利目的的驱动。他曾在《饮冰室诗话》中谈道："余向不能为诗，自戊戌东徂以来，始强学耳。"梁启超学诗，旨在重振民族精神，再造国魂。他还认为："欲改造国民之质量，则诗歌音乐为精神教育之一要件，此稍有识者所能知也。"

"诗界革命"诗学观念的功利性，决定了它具有直接为现实政治、为维新变法服务的特点，其总体的起落过程几乎是与改良主义运动同步进行的。所以，当"诗界革命"诗人感到他们的政治理想已几乎幻灭了，便不但在思想上趋于消沉或保守，诗歌中所反映的功利特点也明显减弱。梁启超出国探求变法新路因不见成效而告罢休，其诗也随之失去了昔日的锋芒。汪国垣说他："壬子（1912）返

---

① 康有为. 与菽园论诗兼寄任公、孺博、曼宣［M］//康有为. 康南海先生诗集：卷十一南兰堂诗集. 上海：商务印书馆，1937.
② 黄遵宪. 丘菽园书［M］. 郑海麟，张伟雄. 黄遵宪文集. 京都：中文出版社，1991：189.

国,乃从赵熙、陈衍问诗法,始稍显敛才就范。"① 梁向"同光体"靠拢,不再高言"诗界革命",也从反面说明"诗界革命"与其政治上的功利目的有着密不可分的关系。同样,黄遵宪眼见"平生怀抱,一事无成",也把自己的古近体诗当作"无用之物"了。②

道、咸时期的经世派诗人,通过其对腐败社会的深层揭示和强烈批判,已经发展强化了传统诗歌的功利内涵,而"诗界革命"则在突破旧的美刺模式,提供新的治国良策方面,给传统诗歌的功利说带来了质的变化与提高。

"经世致用"是今文经学的观点,道、咸时期的一些诗人将其移植到诗论领域,意在让诗歌去影响社会政治,即龚自珍《夜直》诗所谓"安得上言依汉制,诗成侍史佐评论"。但是,他们既没有找到新的政治典范供参照,又缺乏高远的政治眼光,因而看待诗歌的功利作用,只能局限在"宣上德而达下情,导其郁懑,作其忠孝"③ 等旧的道德规范中。"诗界革命"诗人们则不然,他们虽然同样"浸淫西汉今文学家言,究心微言大义"④,但其文学功利观念却比较贴近19世纪末叶中国的实际状况,饱含着社会责任感。他们向民众灌输"民主""自由""君主立宪""大同世界"等思想,即资产阶级改良派的政治纲领,直言了当地将诗歌看作宣传的工具。诚如黄遵宪所称:"草完明治维新史,吟到中华以外天。"⑤ 而丘逢甲的"展卷重吟民主篇"⑥ "有新诗写新政"⑦,也明确表达了这种全新的诗歌功利观。

诗歌功利内容上的差异,决定了"诗界革命"不同于前人的表现风格。道、咸的经世派诗人继承了传统诗学以"温柔敦厚"为诗教的观点,提倡"清真雅正"的诗风,他们认为诗教应"感人心而天下和平"⑧,所以,如有过多的激越亢进之词,他们便斥之为噍杀之音。"诗界革命"诗人旨在以诗歌激励民气,因此,他们往往在诗中发出慷慨赴战的呼唤。同样是反映战争之作,如果说道、咸诸贤重在展示战争所造成的国敝民疲,显得深沉,那么,"诗界革命"诸贤则以

---

① 汪辟疆. 近代诗派与地域 [M] //汪辟疆. 汪辟疆文集. 上海:上海古籍出版社,1988:317.
② 黄遵宪. 与四弟牖达书 [M] //郑海麟,张伟雄. 黄遵宪文集. 京都:中文出版社,1991:228.
③ 魏源. 御书印心石屋诗文录叙 [M] //魏源集:上. 北京:中华书局,1976:244-245.
④ 叶景葵. 卷盦书跋 [M]. 上海:古典文学出版社,1957:167.
⑤ 黄遵宪. 奉命为美国三富兰西士果总领事留别日本诸君子 [M] //黄遵宪. 人境庐诗草. 北京:文化学社,1933:96.
⑥ 丘逢甲. 论诗次铁庐韵 [M] //丘逢甲. 岭云海日楼诗钞. 上海:上海古籍出版社,1982:205.
⑦ 丘逢甲. 东山寄怀南海裴伯谦县令 [M] //丘逢甲. 岭云海日楼诗钞. 上海:上海古籍出版社,1982:191.
⑧ 魏源. 御书印心石屋诗文录叙 [M] //魏源集:上. 北京:中华书局,1976:245.

表现尚武精神为主,显得高昂。杨香池《偷闲庐诗话》称梁启超"欲借诗歌鼓吹民气,尊崇尚武,好为雄壮之词,对于杜子美之《兵车行》及伤乱诸作,亟力痛诋。至谓吾国数千年来民志卑弱,皆由是类诗歌之厉阶也"。梁氏确曾认为"诗界千年靡靡风"导致了"兵魂消尽国魂空",因而对陆游宣扬从军乐的诗什大加赞赏,称之"亘古男儿一放翁"①。可见,"诗界革命"雄迈高昂的诗风在很大程度上取决于它特殊的功利要求。

四、炫人耳目的新奇性

就"诗界革命"的表现形式而言,其明显标志在于词语、格局和意境的新奇。

"诗界革命"倡导者们在改良主义文学观的指导下,摆脱了"同光体"上承"江西派""无一字无来历"戒律的束缚,直接以新名词入诗。这样虽被恪守传统诗法者视为不经,但恰恰是"诗界革命"、特别是它初期的基本特征。梁启超在谈到"吾党数子""颇喜挦扯新名词以自表异"时,曾以夏曾佑、谭嗣同作诗多"无以臆解之语"为例,指出"当时吾辈方沉醉于宗教,视数教主非我辈同类者,崇拜迷信之极,乃至相约以作诗非经典不用",而"所谓经典者,普指佛、孔、耶三教之经"。②梁记载的"诗界革命"形成之初好用新名词"一段因缘",无疑是异域宗教思想进入传统的诗歌领地的极好背景材料。如果说谭、夏辈诗中多中国故实乃出自一时游戏,那么,博览群书,学有渊源的康有为未能免此,就更能说明此风之盛。尽管梁启超以为过渡时代之革命,"当革其精神,非革其形式",反对"以堆积满纸新名词为革命",并说夏、谭所为"至今思之,诚可发笑",但还是没有排斥"间杂一二新名词"③。他后期的诗作,也不时能见"波罗的""阿剌伯""帝国主义""国民责任""版权所有"一类词语。诗采新名词而运用较得当者,应数黄遵宪。他作为"诗界革命"巨擘,自称欲造新诗国,主要成就虽在以旧风格含新理想、新意境,但由于剪裁妥帖,安排费心,许多时尚新词、外国译名熔铸入诗,也能显示出特有的神采。如他的《日本杂事诗》,掺入日本词汇,有助于准确如实地反映东国的政治历史、风土习俗。

"诗界革命"在诗歌体制方面,也有独到之处。"诗界革命"倡导者是一批

---

① 梁启超. 读陆放翁集四首[M]//梁启超. 饮冰室合集:文集之四十五(下). 北京:中华书局,1989:4.

② 梁启超. 饮冰室诗话[M]. 北京:人民文学出版社,1959:49.

③ 梁启超. 饮冰室诗话[M]. 北京:人民文学出版社,1959:51.

深颐穷变的思想家和热衷改良的政治活动家，大多有着丰富的生活经历和深厚的诗学修养，他们能够自然地运用古诗、排律等诗歌形式，创作出前所未有的鸿篇巨制。康有为《南海先生诗集》中百韵以上之古风比比皆是，陈衍《近代诗钞》选其《耶路萨冷观犹太人哭所罗门城壁……赋凡百一韵》，称为"奇作"，表明其长诗成就已被诗坛公认。康《开岁忽六十篇》竟得二百三十五韵，篇幅之长，堪称空前绝后，章士钊曾给以"黄河千里势无回，雨挟泥沙万斛来"①的评价。再如黄遵宪，论者谓其诗"以铺叙为长"②，甚至有"读黄公度诗，如闻广长饶舌"③之说，《罢美国留学生感赋》《流求歌》《逐客篇》《越南篇》《番客篇》都是著名的长篇文字。梁启超存诗虽不多，但也不乏长篇大作，《去国行》《二十世纪太平洋歌》《秋风断藤曲》《南海先生倦游欧美……敬呈一百韵》等诗，可为代表。"诗界革命"诸子还好作组诗，或律诗，或绝句，每题十数首至上百首不等，多侧面、多角度地咏唱重大史事，抒写复杂心态。

随着时间的推移，"诗界革命"诸子，特别是梁启超一方面对"诗界革命"早期的"徒摭拾新学界之一二名词""以骇俗子耳目"④ 深表不满；另一方面，他们更强调"新意境"对"诗界革命"的决定意义。的确，时值"诗之境界，被数千年来鹦鹉名士占尽"⑤ 的晚清，别开古典诗歌的新天地，实非易事，但"诗界革命"在"以旧风格含新意境"方面所做的努力，功不可没。

所谓"以旧风格含新意境"，一般指效学古人诗风，袭用古人诗法，来反映现实世界，抒写时代风貌。如康有为在戊戌政变前后，所作诗歌，固然实录了当时史事并寄托了变法者怀抱，就风格而言，则以学杜甫为主。梁启超说他"最嗜杜诗，能诵全杜集，一字不遗，故其诗非刻意有所学，然一见殆与杜集乱楮叶"⑥。"诗界革命"其他诗人在后期也大抵做了这方面的尝试。与晚清的学古、复古流派的专崇某一朝代、甚至某一诗人不同。他们的旧风格，几乎包容了中国历代诗歌的各种风格。黄遵宪《以莲菊桃杂供一瓶作歌》，仿苏轼、王安石以禅

---

① 章士钊. 论近代诗家绝句［M］∥汪辟疆. 汪辟疆文集：光宣诗坛点将录. 上海：上海古籍出版社，1988：400.
② 夏敬观. 映庵臆说［M］∥黄遵宪. 人境庐诗草笺注：下. 钱仲联，笺注. 上海：上海古籍出版社，1981：1308.
③ 瞿园居士. 绿天香雪簃诗话：卷七［J］. 国学萃编，1910（42）.
④ 梁启超. 新中国未来记［M］∥梁启超. 饮冰室合集：专集八十九. 北京：中华书局，1989：56.
⑤ 梁启超. 夏威夷游记［M］∥梁启超. 饮冰室合集：专集之二十二. 北京：中华书局，1989：189.
⑥ 梁启超. 饮冰室诗话［M］. 北京：人民文学出版社，1959：19.

语入诗,"又参以西人植物学、化学、生理学诸说"①"寄托其种族团结思想"②。丘逢甲七律组诗"皆杜陵《秋兴》《诸将》之遗"③,极言台湾人民奋起抗敌的战斗经历和必胜信心。狄葆贤《感事》四绝,摹晚唐温、李之艳词,借思妇之口,咏日俄战争之际的外交、内政。金天羽《虫天新乐府》,取新乐府之体,以各种动物为喻,叙述欧战期间发生的重大事件。

综上所述,可知"诗界革命"的旧风格,已经不再单一、刻板地重现古人面目,而是创造性运用旧诗体的形式,自觉为描写"新意境"服务。"诗界革命"诗人们深谙六经子史,又神往西方学说。他们植根于中华古国,又得以领略异国风光习俗;他们对《诗》《骚》《乐府》之神理,李、杜、韩、苏之风格都烂熟于胸,又鼓吹"意境几于无李杜,目中何处着元明"④,祈望融入"欧洲之意境语句"⑤,"泰西文豪之意境之风格"⑥。他们的诗笔几乎无所不及:总统选举,议会立宪;欧美风情,海外奇观;太阳地球,东西昼夜;汽车电信,火炮战舰……但大多数是以古人字句、前人技法出之,那些精当的运典、巧妙的比兴,传递出新世界形形色色的人事物理。由于是旧瓶装新酒,有些诗尚欠含蓄醇雅,也难免牵强附会,这正是"诗界革命"追求新奇所带来的负面结果。

五、明白易传的通俗性

中国古典诗歌历来被封建统治阶级及其文人视为文学正宗,决定了历代诗人大多专注于模仿古人,追求诗歌的典雅有则。这样,中国古典诗歌往往给人以古奥难懂、缺乏时代气息的印象。一些现实主义诗人,如白居易、陆游等,要求诗歌反映生活能够做到文从字顺,这曾给中国诗坛吹进了缕缕清风,使之不时有反映人民的劳动、生活及愿望的作品出现,这类作品正是以浅显生动而见长。可惜,明白易传的诗作不仅量少,还常被斥为俚俗和肤浅。因此,"诗界革命"在诗歌通俗化方面所做的努力,就更显难能可贵。

当"诗界革命"诗人把新事物、新理想、新意境融入诗歌时,创作便得到了活力,但任何文学形式的生存发展,还离不开与人民的互通,还须赢得广阔的

---

① 梁启超. 饮冰室诗话 [M]. 北京:人民文学出版社,1959:31.
② 黄遵宪. 人境庐诗草笺注:上 [M]. 钱仲联,笺注. 上海:上海古籍出版社,1981:606.
③ 钱仲联. 论近代诗四十家 [M] //钱仲联. 梦苕庵清代文学论集. 济南:齐鲁书社,1983:152.
④ 康有为. 与菽园论诗兼寄任公、孺博、曼宣(三首)[M] //人民文学出版社编辑部. 康有为诗文选. 北京:人民文学出版社,1958:264.
⑤ 梁启超. 夏威夷游记 [M] //梁启超. 饮冰室合集:专集之二十二. 北京:中华书局,1989:189.
⑥ 梁启超. 新中国未来记 [J]. 新小说,1902,1(3).

读者面。"诗界革命"倡导者们要当诗国的哥伦布、玛赛郎（即麦哲伦），理所当然注意到诗歌的明白晓畅，可感易传，使之为广大民众所接受。诗歌在"诗界革命"诗人那里，被看作是表达新思想、实现其功利目的的工具，这更要求诗歌内容得到极大的传播空间，黄遵宪提出的"我手写我口，古岂能拘牵"①的口号，也是对中国传统诗歌正宗地位的有力冲击，代表了诗人追求形式解放的呼声。

"诗界革命"诗歌的通俗性，首先表现为对诗歌谚语的借鉴。歌谣谚语，源于民间，自然而富有天趣，又为百姓所喜闻乐见。"诗界革命"或效其形式，或采其入诗，以求作品的广泛流行，黄遵宪称"即今流俗语，我若登简编，五千年后人，惊为古斓斑"②。他自幼便受到家乡山歌的影响，深赏民歌的妙处，其《拜曾祖母李太夫人墓》说："牙牙初学语，教诵《月光光》。一读一背诵，清如新炙簧。"他早年的作品《山歌》九首，就是在民歌基础上加工写成的。黄遵宪44岁时，还在伦敦续写了6首，并且在题记中说："十五国风妙绝古今，正以妇人女子矢口而成，使学士大夫操笔为之，反不能尔，叹人籁易为，天籁难学也。"对民间文学有这样的认识，能"尽粲方言俗谚以入篇章"③，在封建士大夫中，是极为罕见的。除《山歌》外，他的《都踊歌》《五禽言》诸诗，无论在格调声韵还是遣词造句上，都带有民间口头创作的印记。此外，丘逢甲《己亥秋感》"遗偈争谈黄檗禅"一首，被梁启超看成是"以民间流行最俗最不经之语入诗，而能雅训温厚"④的佳作，它如《游姜畬题山人壁》《台湾竹枝词》均充满浓郁的民歌风味、乡土气息。梁启超、金天羽亦同样有采山歌民谣入诗的篇目。

诗歌的散文化，导源于唐代韩愈，而大倡于宋代。韩愈的以文为诗，特征在诗中常用佶屈聱牙的词语。宋代诗歌的散文倾向，如以苏、黄为代表，分别表现为笔力意境的开阔宏大和瘦硬盘空。"诗界革命"诗人也以散文笔法写诗。则主要是企图少受格律限制，以利于诗意的晓达流畅。"诗界革命"诗歌的通俗与此也不无关系。黄遵宪"以单行之神，运排偶之体"⑤，其《逐客篇》《罢美国留学生感赋》等犹如明白如诉的叙事文，《拜曾祖母李太夫人墓》"曲折详尽，语

---

① 黄遵宪. 杂感 [M]//黄遵宪. 人境庐诗草. 北京：文化学社，1933：14.
② 黄遵宪. 杂感 [M]//黄遵宪. 人境庐诗草. 北京：文化学社，1933：14.
③ 李渔叔. 鱼千里斋随笔 [M]//沈云龙. 近代中国史料丛刊续编：第八十三辑. 台北：文海出版社，1981：102.
④ 梁启超. 饮冰室诗话 [M]. 北京：人民文学出版社，1959：30.
⑤ 黄遵宪. 人境庐诗草自序 [M]//学衡，1926（60）：21.

皆本色",《冯将军歌》"连用'将'字,此《史》《汉》文法,用之于诗,壁垒一新"①。丘逢甲有"长篇通首数十韵竟至无一偶句"者②,他的《汕头海关歌》《东山松石歌和郑生》等诗,都不难窥见其中蕴含的散文特点。梁启超更以大量单行句式入诗,《雷庵行》《去国行》《老未酬》《举国皆我敌》等都是以诗歌散文化求通俗易懂的尝试。

"诗界革命"诗歌的通俗性还因其注意到了诗歌与音乐的结合,使诗歌能铿锵上口,宣传鼓动民众。如梁启超的《爱国歌》四章一经谱曲,"其音雄以强"。《黄帝》四章在音乐会上演奏,"和平雄壮,深可听"③。

总之,"诗界革命"诗人不是优游世外的名士,更不是附庸风雅的高官,他们在早年的乡村生活中,在长期的政治、教育活动中,与中下层社会有不少接触,了解民众的感情和追求,这些正是"诗界革命"产生通俗性特点的基础,也是反过来用通俗化诗歌影响民众的动因。

[原发表于《苏州大学学报》(哲学社会科学版)1994 年第 2 期]

---

① 钱仲联. 梦苕庵诗话 [M]. 济南:齐鲁书社,1986:7-8.
② 丘菽园. 挥麈拾遗 [M]//丘逢甲. 岭云海日楼诗抄. 合肥:安徽人民出版社,1984:479.
③ 梁启超. 饮冰室诗话 [M]. 北京:人民文学出版社,1959:97.

梁启超与文学界革命

关爱和

20世纪初年中国思想界和文学史上成绩与影响最为卓著的人物当推梁启超。1929年1月,这位在中国近代史上叱咤风云的文化巨匠溘然长逝,国内文化名流追忆他襄助变法、历经成败风雨的一生,最为推重的是梁氏以书生救国、以文学新民的功绩。梁启超堪称中国20世纪初思想启蒙运动的主将和文学界革命的陶铸者。

维新变法失败,梁启超东渡日本后,阅读了大量日本译介的西方政治、经济、哲学、社会学方面的著作。由所读西学之书,反观中国新学的各个领域,梁氏深感需重新建构。出于更新国民精神和新学建设的需要,梁启超提出经学革命、史学革命、文界革命、诗界革命、小说界革命、曲界革命等一系列的主张,企望在输入欧洲之精神思想的前提下,推动20世纪中国知识体系和学术体系的转型,在民族精神的改造与重建工程中,促进中国政治的渐进和社会的文明之化。

在构筑新民救国的理想时,梁启超意识到文学的价值和意义。"文学之盛衰,与思想之强弱,常成比例。"①新民救国既然是一场更新国民精神、改造国民性的思想启蒙运动,文学作为国民精神的重要表征,无疑是"新民"所不可忽视的内容;而文学自身所具有的转移情感、左右人心的特性,又是"新民"最有效的手段。从国民精神进化而言,文学需要"自新";从促进国民精神进化而言,文学又担负着"他新"的责任。对文学,梁启超抱有"自新"与"他新"的双重期待。

---

① 梁启超. 论中国学术思想变迁之大势 [M]//梁启超. 饮冰室合集:文集之七. 北京:中华书局,1989:27.

一、梁启超文学界革命的理论倡导

20世纪初年，梁启超对于文学界革命的倡导，既有一以贯之的"自新"与"他新"的期待视野，又有对诗、文、小说、戏曲等不同文体的革新设想与目标。

文界革命在思想与文学革命的链条中具有最重要的意义。能否在刚刚形成的中国现代公共领域内拥有最广大的阅读公众，以清高之理、美妙之文，输入文明思想，培育国民精神，对于当时思想与学术百废待兴的中国来说，是一项穆高如山、浩长似水的伟大事业。梁启超为文界革命设置的目标，就是要在传统的抒写个人情志的文人之文和以经术为本源的述学之文外，创造出会通中外、融会古今、热情奔放、悲壮淋漓、自由抒写、流畅锐达的文章新体。

维新变法时期，梁启超对文学启蒙的认识停留在倡导"言文合一"，以文字"开通民智、导愚觉世"的层面。开通民智，则应写作"言文合一"，宜于妇人孺子伦常日用的文字。启发蒙昧的文字，要讲求左右人心的效应和遵从从众向俗的方向，救一时明一义的报章文体自当与藏山传世的著述文体有别。对"觉世之文"与"传世之文"的区分，显示着梁启超对文章之体用的价值判断和取舍。

1899年12月，梁启超从日本横滨乘船去夏威夷，在船上阅读日本三大新闻主笔之一德富苏峰的著作，颇有感触，于是在《夏威夷游记》中明确提出"文界革命"的口号："其文雄放隽快，善以欧西文思入日本文，实为文界别开一生面者……。中国若有文界革命，当亦不可不起点于是也。"① 1902年，在《新民丛报》创刊号上，梁启超在介绍严复的译作《原富》时，重提文界革命："夫文界之宜革命久矣。欧美日本诸国文体之变化，常与其文明程度成比例，况此等学理邃赜之书，非以流畅锐达之笔行之，安得使学僮受其益乎？著译之业，将以播文明思想于国民也，非为藏山不朽之名誉也。"② 同年十月，《饮冰室文集》编成，梁启超为序，以为吾辈为文，发胸中所欲言，行吾心之所安，不作藏山名世之想。其对于"觉世之文"的选择可谓矢志不移。

概括而言，梁启超倡言的文界革命大致包含以下层面的内容：其一，文界革命的范围是以报章文体为主的著译之业，著译之业在国家民族"非死中求生不足以达彼岸"③的危急局势下，当以"播文明思想于国民"④，促进国家民族的精

---

① 梁启超. 饮冰室合集：专集之二十二[M]. 北京：中华书局，1989：190.
② 梁启超. 绍介新著：原富[N]. 新民丛报，1902（1）.
③ 梁启超. 敬告我国国民[M]//梁启超. 饮冰室合集：文集之十四. 北京：中华书局；1989：24.
④ 梁启超. 绍介新著：原富[N]. 新民丛报，1902（1）.

神维新为最高责任；其二，著译之业"播文明思想于国民"，当选择从众向俗、化雅为俗、启发蒙昧、导愚觉世的路向，其法度规制与古雅渊懿的述学之文、清正雅洁的作者之文有别；其三，著译之业谋篇行文当讲求条理细备、洗练锐达、雄放隽快、慷慨淋漓的文风。

在1899年12月写作的《夏威夷游记》中，梁启超还明确提出"诗界革命"的主张，发出"支那非有诗界革命，则诗运殆将绝"[①]的感慨。诗界革命呼唤能为诗界开辟新疆土、新领域的"诗界之哥伦布、玛赛郎（即麦哲伦）"出现，"欲为诗界之哥伦布、玛赛郎，不可不备三长：第一要新意境，第二要新语句，而又须以古人之风格入之，然后成其为诗"。以新意境、新语句、古人之风格诗界革命的三个标准，衡量时彦中能为诗人之诗而锐意欲造新国者，都不免有憾。黄遵宪有《今别离》等诗，纯以欧洲意境行之，但其诗重旧风格而新语句偏少；夏曾佑、谭嗣同善选新语句，经子生涩语、佛典语、欧洲语杂用，其意语皆非寻常诗家所存，但使人苦不知其出典，十日思不能索其解。其他如文廷式、丘逢甲等人诗中偶尔点缀一二新语句，常见佳胜，但片鳞只甲，未能确然成一家之言。

稍后，梁启超在《清议报》《新民丛报》《新小说》上开辟了"诗界潮音集""饮冰室诗话""杂歌谣"等专栏。他以传统的诗歌批评方式，评介诗友诗作，进一步阐发诗界革命的主张并推动诗界革命的发展。

在《饮冰室诗话》中，梁启超仍然坚持以新意境、新语句、古人之风格作为诗界革命成功之作必备的三个要素，但他对"新语句与旧风格常相背驰"的矛盾有了更加细致的体察："过渡时代，必有革命；然革命者，当革其精神，非革其形式。吾党近好言诗界革命。虽然，若以堆积满纸新名词为革命，是又满洲政府变法维新之类也。能以旧风格含新意境，斯可以举革命之实矣。苟能尔尔，则虽间杂一二新名词，亦不为病。"在诗界革命的实践过程中，新语句与新意境、旧风格的和谐是更为重要、更为关键的问题。

从改造国民品质的愿望出发，梁启超提倡诗界革命应当陶铸雄壮活泼沉浑深远的国民精神，诗歌音乐教育应成为精神教育的要件："读泰西文明史，无论何代，无论何国，无不食文学家之赐，其国民于诸文豪，亦顶礼而尸祝之。若中国之词章家，于国民岂有丝毫之影响耶？"梁启超为《江苏》杂志提倡音乐改革，谱出军歌校歌多首拍案叫绝，以为此开中国文学复兴之先河。中国人无尚武精神，中国诗发扬蹈厉之气短缺，中国音乐靡曼柔弱，此均与国运升沉有关。梁启超对黄遵宪《出军歌》四章大加赞赏，"读之狂喜，大有含笑看吴钩之乐""其

---

① 梁启超. 饮冰室合集：专集之二十二 [M]. 北京：中华书局，1989：191.

精神之雄壮活泼、沉浑深远不必论，即文藻亦二千年所未有也。诗界革命之能事，至斯而极矣。吾为一言以蔽之曰：读此诗而不起舞者，必非男子"。

《饮冰室诗话》坚持创新求奇，为诗界开疆辟域的价值取向。其品评诗作，裒录于诗友，取材于近世，标榜声气，鼓动风潮的意图十分明确。这种不依傍于古人、求新境于异邦的诗话，在林林总总的侈谈六经之旨、风雅传统，打着宗唐或宗宋旗帜的清代诗话中别具一格。梁启超以为："中国结习，薄今爱古，无论学问文章事业，皆以古人为不可几及。余生平最恶闻此言。窃谓自今以往，其进步之远轶前代，固不待蓍龟；即并世人物，亦何遽让于古所云哉。"今时胜于旧时，今人不让古人，进化论给予新学家从复古拟古迷雾中走出的信心与勇气。

《饮冰室诗话》在以诗友之作诠释诗界革命的主张时，分别以夏曾佑、谭嗣同等人的"新学诗"与黄遵宪等人的"新派诗"作为反正两个方面的借鉴。1896年，梁启超、夏曾佑、谭嗣同在京师有一段"日相过从""文酒之会不辍"的密切交往。夏曾佑喜欢把"自己的宇宙观人生观""用诗写出来"，于是成为"新学诗"的始作俑者。新学诗作者"相约以作诗非经典语不用"，所谓经典者，盖指"佛、孔、耶三教之经"这类"经子生涩语、佛典语、欧洲语杂用"的情况，使新学诗成为几乎难以解读的诗谜。《诗话》列举谭嗣同《金陵听说法》一诗云："而为上首普观察，承佛威神说偈言。一任法田卖人子，独从性海救灵魂。纲伦惨以喀私德，法会盛于巴力门。大地山河今领取，庵摩罗果掌中论。"《诗话》解释说"喀私德即 Caste 之译音，盖指印度分人为等级之制也。巴力门即 Parliament 之译音，英国议院之名也"①。诗中的"听说法"是指佛法，"庵摩罗果"用的是佛典，"卖人子"用的是耶稣被出卖的《旧约》事典，如此用典繁富，意象层叠，"苟非当时同学者，断无从索解"。新学诗另辟诗境的勇气是可贵的，但其诗意艰涩，"捋扯新名词以表自异"的做法过于生硬，未能做到与新意境、旧风格的和谐交融。诗界革命应引为前车之鉴。

《诗话》给予高度评价的是黄遵宪等人的"新派诗"。黄遵宪在年轻时期就有"我手写我口""别创诗界"② 的志向，1891 年写作的《人境庐诗草自序》，又有"古人未有之物，未辟之境，耳目所历，皆笔而书之"③ 的主张。1897 年写作的《酬曾重伯编修》一诗中，把自己的诗称为"新派诗"。④ 《诗话》对于黄

---

① 梁启超. 饮冰室合集：文集之四十五（上）[M]. 北京：中华书局，1989.
② 黄遵宪. 杂感，与丘菽园书 [M] //黄遵宪. 黄遵宪集. 吴振清，徐勇，等，编校整理. 天津：天津人民出版社，2003：90，478.
③ 黄遵宪. 黄遵宪集 [M]. 吴振清，徐勇，等，编校整理. 天津：天津人民出版社，2003：79.
④ 黄遵宪. 黄遵宪集 [M]. 吴振清，徐勇，等，编校整理. 天津：天津人民出版社，2003：229.

遵宪诗"友视骚、汉而奴蓄唐、宗"①的旧风古韵及"吟到中华以外天"②的视野境界,给予了极高的评价。他以为"公度之诗,独辟境界,协然自立于二十世纪诗界中","近世诗人能熔铸新理想以入旧风格者,当推黄公度"③。与黄遵宪同样"理想深邃宏远"并列为近世诗界三杰的还有夏曾佑、蒋智由,以诗人之诗论可以称为天下健者的当数丘炜菱、丘逢甲。新派诗应成为诗界革命推进发展的凭借和基础。

作为诗界革命最重要因素的新意境,在《夏威夷游记》中被表述为"欧洲之精神思想",在《诗话》中被表述为"新理想",它既包含西风东渐背景下纷至沓来的新事物、新知识等未有之物,也包含繁富玮异、日渐传播的西方社会新精神、新思想等未有之意,更包含国民自新、民族文明进化而激发的新理想、新情感等未有之境。"新语句"指与新事物、新知识、新思想相辅相成的话语载体,包含新名词、新语汇、新句式。这些源于西方学术,与民族传统诗歌语言差异较大的新话语运用得当,如唐宋人援佛典入诗一样,会给读者带来耳目一新的阅读感受。旧风格是指中国古典诗歌中诸如格律、节奏、气韵、物象意蕴等特有的表现形式、表现风格和审美特征。新意境、新语句、旧风格三大要素中,新意境是诗界革命之诗的内容方面的支配性要素,旧风格是形式方面的支配性要素,前者决定了诗能否推陈出新,后者决定了诗如何不失为诗。于是,"以旧风格含新意境",便成为诗界革命主张更为简约的表述。

与文界革命、诗界革命先后兴起而精神气脉相通的小说界革命,在改变小说的社会与文学地位,推动小说理论的发展及小说文体改革,促进新小说、翻译小说的繁荣方面,取得了引人注目的成绩。

东渡后的梁启超,对日本流行的"以稗官之异才,写政界之大势"④的政治小说十分欣赏。《清议报》开办的首期,开辟了"政治小说"专栏,并发表了《译印政治小说序》:"在昔欧洲各国变革之始,其魁儒硕学,仁人志士,往往以其身之经历,及胸中所怀,政治之议论,一寄之于小说。""往往每一书出,而全国之议论为之一变。彼美、英、德、法、奥、意、日本各国政界之日进,则政

---

① 黄遵宪. 人境庐诗草笺注 [M]. 钱仲联,笺注. 上海:上海古籍出版社,1981:1086.
② 黄遵宪. 奉命为美国三富兰西士果总领事留别日本诸君子:其三 [M]//黄遵宪. 黄遵宪集. 吴振清,徐勇,等,编校整理. 天津:天津人民出版社,2003:148.
③ 梁启超. 饮冰室合集:文集之四十五(上)[M]. 北京:中华书局,1989:20,2.
④ 梁启超. 清议报第一百册祝辞并论报馆之责任及本馆之经历 [M]//梁启超. 饮冰室合集:文集之六. 北京:中华书局,1989:55.

治小说为功最高焉。"① 梁启超以为"以稗官之异才，写政界之大势"的政治小说是日本文界的独步之作，中国前所未有，中国小说的改革当从这里起步。

1902年10月，《新小说》创刊，梁启超写作《论小说与群治之关系》② 作为发刊词。此文是小说界革命的宣言之作，其思想与理论贡献体现在以下五个方面：一是正式提出小说界革命的口号，并把小说界革命与新民救国、改良群治紧密联系起来。文中明确提出"欲新一国之民，不可不先新一国之小说。故欲新道德，必新小说；欲新宗教，必新小说；欲新政治，必新小说；欲新风俗，必新小说；欲新学艺，必新小说；乃至欲新人心，欲新人格，必新小说"。二是推小说为文学之最上乘。作者从浅而易解、乐而多趣的文体特征等方面，论述小说批窾导窾、移人移情的优长。三是将小说种目区分为写实派与理想派两类。以小说文学作为媒介，常导人游于他境界，满足读者对身外之身、世界外之世界了解愿望的小说，称之为理想派小说；摹写常人行之不知，习焉不察之人生体验和常人心不能自喻、口不能自宣、笔不能自传之情状故事的小说，称之为现实派小说。四是以熏、浸、刺、提四字概括小说支配人道之力。熏即熏染，浸即浸润，刺即刺激，提即提升。凡读小说者，常为四种力所左右，文字移人，至此而极。五是呼吁中国小说界革命。由小说左右人道之作用反观中国小说，则中国小说几为"中国群治腐败之总根源"，中国人的状元宰相思想，江湖盗贼思想，妖巫狐鬼思想，轻弃信义、奴颜婢膝、轻薄无行、多愁善感之国民品格，无一不由旧小说而造成。今日欲新民，必自新小说始。

梁启超《论小说与群治之关系》将文学救国的神话演绎到极致，其对中国旧小说的评价也有失偏激，它体现了作者看重小说革命，不惜矫枉过正的急迫心态。但他对小说文体与审美特征的体味，借助佛学语言对小说移情感人四种力量的描述，根据创作方法的不同合小说为理想派、写实派两类，都是独具匠心、精细深刻的理论贡献。《论小说与群治之关系》在20世纪初期纷纭的小说理论中，具有总领统摄的意义。

戏曲是一种合言语、动作、歌唱为一体的综合艺术形式。其叙事特征与小说相似，其抒情特征与诗歌为近。梁启超在《释革》一文中，将"曲界革命"与"诗界革命""文界革命""小说界革命"并提，他在论及"诗界革命"与"小说界革命"时，都曾涉及"戏曲革命"问题。

自严复、夏曾佑在《国闻报附印说部缘起》中把戏曲笼括在小说名下之后，

---

① 梁启超. 饮冰室合集：文集之三 [M]. 北京：中华书局，1989：34-35.
② 梁启超. 饮冰室合集：文集之十 [M]. 北京：中华书局，1989：6-10.

梁启超在使用"小说"概念时,也包含戏曲。论及小说界革命时,常将《西厢记》《长生殿》与《水浒传》《红楼梦》相提并论。戏曲与小说都具有浅而易解、乐而多趣和不可思议支配人道之力的文体特征。梁启超在"小说丛话"中推曲本是中国韵文文学发展进化的顶点,他以为戏曲文学在表情达意中,有唱白相间,淋漓尽致;描画数人,各尽其情;每折数调,极自由之乐;任意缀合诸调,别为新调等优于他体文学的四大优长。在戏曲作品中,他最为推重的是《桃花扇》。《桃花扇》除了"结构之精严,文藻之壮丽,寄托之遥深",冠绝前古之外,充溢在剧中的种族之感,沉重地叩击着有沉重家国之感的读者与观众的心扉,"读此而不油然生民族主义之思想者,必其无人心者"①。

二、梁启超文学界革命的创作实践

梁启超不仅是文学界革命的倡导者,还是文学界革命的实践者。梁启超自称:"我是感情最富的人。"② 富有感情而又恰逢变革时代的梁启超,把启发国民蒙昧、洗礼民族精神的新民救国运动看成是无比崇高神圣的事业。

东渡后《清议报》《新民丛报》时期,新思想、新知识纷至沓来,梁启超对新学理的推介,不遗余力,对国民性的批判痛快淋漓,对国内时政的纠弹也无所忌惮。破坏的快意,创造的渴望,深广的忧患意识,浓烈的爱国情感,聚拢于胸臆,流淌在笔端,梁氏成为20世纪初执舆论界之牛耳、开文章之新体的人物。他所创造和使用的报章文体被称为"新文体"。

梁启超新文体时代的形成,得益于他对现代舆论媒体的成功运作。东渡后的梁启超,用《清议报》《新民丛报》《新小说》为新思想、新文体的传播搭起了广阔而坚实的平台。

梁启超"新文体"的魔力,首先来自作者对社会变革和公共事物发表言论的思想力量。身居海外的梁启超回望百日维新失败后的中国,以为"今日中国之现状,实如驾一扁舟,初离海岸线而放于中流,即俗语所谓两头不到岸之时"③,这是一个过渡性时代,梁氏断言:"今日之中国,必非补苴掇拾一二小节,模拟欧美日本现时所谓改革者,而遂可以善其后者。"④ "凡一国之能立于世界,必有

---

① 饮冰. 小说丛话 [J]. 新小说, 1903(7).
② 梁启超. "知不可而为"主义与"为而不有"主义 [M]//梁启超. 饮冰室合集: 文集之三十七. 北京: 中华书局, 1989: 60.
③ 梁启超. 过渡时代论 [M]//梁启超. 饮冰室合集: 文集之六. 北京: 中华书局, 1989: 29.
④ 梁启超. 释英 [M]//梁启超. 饮冰室合集: 文集之九. 北京: 中华书局, 1989, 44.

其国民独具之性质，上自道德法律，下至风俗习惯、文学美术，皆有一种独立之精神。"① 重建民族精神，又当以重建现代学术为关键。新学术当在泰西文明与泰东文明的交融汇聚中生成。有鉴于此，梁启超预言："自今以往，思想界之革命，沛乎莫之能御矣""吾侪今日，只能对于后辈而尽播种之义务，耘之获之，自有人焉。"② 这种播种文明思想，再造民族精神的伟大事业，其所构成的精神境界和思想张力，对每一个有爱国之心的读者来讲都是不可抗拒的。

梁启超"新文体"的魔力，其次来自作者"先知有责，觉后是任"的精神力量。梁氏1902年所作《三十自述》，在感慨国家多难、岁月如流的同时，决心以《新民丛报》等"述其所学所怀抱者，以质于当世达人志士，冀以为中国国民遒铎之一助"③。这种"先知有责，觉后是任"的承担精神渗透于梁启超的一生，也渗透在新文体的字里行间。

梁启超"先知有责，觉后是任"的承担精神，既有中国传统士人"天下兴亡，匹夫有责"的情愫，又有现代知识分子终极关怀的精神："欲以身救国者，不可不牺牲其性命；欲以言救国者，不可不牺牲其名誉。甘以一身为万矢的，曾不于悔，然后所志所事，乃庶有济。"④ 拯生民于水火，放眼光于未来，其所具有的胆识和人格魅力，最易赢得读者的青睐与尊敬。梁启超《清议报》《新民丛报》时期的文章，以特有的自信、乐观、热情，给闭塞萎靡中的中国读者以亮色的希望，这种自信、乐观、热情以社会承担精神为底蕴，表现出新一代士人坚毅向上、百折不挠的精神风貌，并给文字本身带来无穷的魅力。

梁启超"新文体"的魔力，还来自条理明晰、平易畅达、笔锋常带情感的文字力量。梁启超在《中国各报存佚表》中说："自报章兴，吾国之文体为之一变，汪洋恣肆，畅所欲言，所谓宗法家法，无复问者。"⑤《清议报》《新民丛报》时期的梁启超，在"传播文明思想于国民"的宗旨下，以"烈山泽以辟新局"⑥ 的气度和兼收并蓄、取精用弘的态度，打破骈文散文、古文时文、文言白

---

① 梁启超. 新民说 [M] //梁启超. 饮冰室合集：文集之四. 北京：中华书局，1989：6.
② 梁启超. 论中国学术思想变迁之大势 [M] //梁启超. 饮冰室合集：文集之七. 北京：中华书局，1989：104.
③ 梁启超. 饮冰室合集：文集之十一 [M]. 北京：中华书局，1989：19.
④ 梁启超. 敬告我同业诸君 [M] //梁启超. 饮冰室合集：文集之十一. 北京：中华书局，1989：40.
⑤ 梁启超. 中国各报存佚表 [N]. 清议报，1901（100）.
⑥ 梁启超. 清代学术概论 [M] //梁启超. 饮冰室合集：专集之三十四. 北京：中华书局，1989：65.

话、中语西语等文体与语言的界限，身体力行于文风、文体、文学语言的改革，努力拓展完善以报纸杂志为主要载体的著译之文表情达意功能，使之走向议论、记叙、言志、抒情更为广阔的天地。

梁启超这一时期写作的《中国积弱溯源论》《释革》《新民说》等政论文，《南海先生传》《李鸿章》《罗兰夫人传》等传记文，《过渡时代论》《少年中国说》《呵旁观者》《饮冰室自由书》等杂文，《论中国学术思想变迁之大势》《新史学》等述学文，或议论风发，纵横捭阖；或娓娓而谈，深中肯綮，无一不真情贯注，流丽生动，其中外兼采，感情充沛，骈散杂糅，文白合一，富有感染力和表现力的文字，显示着文界革命的实绩。

从《清议报》到《新民丛报》，伴随着维新变法与新民救国的进程，梁启超的新文体勉力承载起传播文明思想于国民的责任，并不断丰富着自身的表现力。新文体在体制、文风、语言等方面适应报纸杂志等现代舆论媒体表情达意的需要，并带有梁启超个人鲜明独特的风格。新文体不断输入的新知识、新名词，丰富了现代汉语的语言词汇，它所坚持的从众向俗的价值取向和所运用的浅近平易的文言，为"五四"时期的白话文运动做了坚实的铺垫。

梁启超在《饮冰室诗话》中自述其诗歌创作的状况时说："余向不能诗，自戊戌东徂以来，始强学耳。然作之甚艰辛，往往为近体律绝一二章，所费时日，与撰《新民丛报》数千言论说相等。"① 梁启超现有的四百余首诗作、六十余首词作，其大部分写作在日本的十余年间，而作者致力于"以旧风格含新意境"实践的作品，又集中在东渡后的1899—1902年之间。

此数年间，是梁启超读书最为广博、思想最为活跃、情感最为高昂的年头。其诗作也最少羁绊，最富激情。梁诗对"欧风卷亚雨"理想的追寻，对"牺牲一身觉天下"志向的描述，使用了很多新语句，也创造了很多新意境。其《广诗中八贤歌》以"远贩欧铅掺亚椠"之句，称赞严复之诗思想知识融会中西；以"驱使教典庖丁刀"之句，称赞蒋智由之诗古籍旧典，生发新意。梁诗独辟境界处也是朝着融会中西、古典新意这两个方向努力的。以写作于1899年的《壮别二十六首》② 为例，其诗中"共和""思潮""自由""以太""团体""机会""责任""世纪""远洋"等为新词句，"一卮酹易水""齐州烟九点""更劳陟岵思""大陆成争鹿""劳劳精卫志"等用旧典，"阁龙""玛志""华拿""卢

---

① 梁启超. 饮冰室诗话[M]//梁启超. 饮冰室合集：文集之四十五（上）. 北京：中华书局，1989：42.

② 梁启超. 饮冰室合集：文集之四十五（下）[M]. 北京：中华书局，1989：4-7.

孟"为外国人名，这些诗作已明显脱去"捃扯新名词以表自异"的生硬，也没有了"金星动物入地球"的怪异。梁启超于1901年在《赠别郑秋蕃兼谢惠画》一诗中称自己诗界革命的言论为"狂论"，称自己的诗作为"诗半旧"，"诗半旧"的评价中，包含着诗人对自己在"旧风格含新意境"方面所做的努力的自我肯定。

在《新小说》创刊号上，梁启超推出了他本人创作的《新中国未来记》。《新中国未来记》是作者酝酿多年、构想宏大、以演绎政治理想为主题的政治小说。但小说在《新小说》杂志上连载至第五回时，作者便中断了写作。根据《新民丛报》第十四号上所刊登的内容预告，可以大致了解小说的故事构想。作者起笔于义和团事变，试图叙及六十年中国所发生的变化。作者设想：先于南方一省独立，建设共和立宪之政府，与全球各国结平等之约。数年之后，各省群起独立，为共和政府四五，合为一联邦大共和国。先联结英美日三国，大破俄军，颠覆其专制政府，复合纵连横，联合亚洲国家平复由白种人对黄种人歧视而引发的争端，最终在中国京师开一万国平和会议，中国宰相为议长，议定黄白人种权利平等，互相亲睦。

《新中国未来记》是20世纪初年新小说中政治小说的代表作。新小说报社酝酿创办《新小说》时，把小说从题材上分为历史小说、政治小说、军事小说、冒险小说、侦探小说、写情小说、语怪小说数种。所谓政治小说者，"著者欲借以吐露其所怀抱之政治思想也。其立论皆以中国为主，事实全由于幻想"①。新小说报社对政治小说的界定，点明了政治小说的两个特点：一是以小说为载体，吐露政治思想；二是其创作手法以表现理想、表现未来为主。《新中国未来记》虽然只写了五回，但上述政治小说的两个特点已表现得十分充分。作品通过孔觉民的演讲，表达对新中国未来的畅想；借黄克强、李去病的争论，发表对当下时局的政见；以志士国内的游历，描述中国的现实现状。仅引其绪而未终其意的《新中国未来记》，表达了梁启超对政治小说的理解和对现实生活的解读。

《新中国未来记》是一部注定很难再写下去的小说。首先，由于作者着眼于"专欲发表区区政见，以就正于爱国达识之君子"②，其对小说文体以情节取胜、以故事感人的特点无暇顾及，甚至有意漠视淡化。作者希望以小说浅显的白话所表达的对时局、对政治的精理名言，及对中国未来美好的畅想所构成的新境界去打动读者、吸引读者，但政见与理想不是可以无限制重复的，作者为了取得先声

---

① 《新小说》报社. 中国唯一之文学报《新小说》[N]. 新民丛报, 1902 (14).
② 梁启超. 饮冰室合集：专集之八十九 [M]. 北京：中华书局, 1989：1.

夺人、抓住读者的效果,其政见与理想已在前五回中表述得相当充分,臻于完整,再往下写一省独立、联邦政府形成等子虚乌有之事,则缺少吸引读者的情节而更难敷衍成文了。其次,作者写作《新中国未来记》的想法,虽是酝酿多年,但苦于"身兼数职,日无寸暇"。下笔进入写作过程后,"每月为此书属稿者不过两三日",没有充裕的时间和从容的心境,一部结构宏大的长篇巨制,又怎么保证可以善始善终呢?再次,作者欲发表政见,商榷国计,"编中往往多载法律、章程、演说、论文等",使小说"似说部非说部,似稗史非稗史,似论著非论著,不知成何种文体"。①作者试图将演讲、辩论、游记、新闻、译诗诸种文类合而为一在小说文体中,而对小说的情节、结构、人物描写等基本元素不甚关注,黄遵宪谓之"此卷所短者,小说中之神采(必以透切为佳)之趣味(必以曲折为佳)耳"②,小说作品缺失了这些要素,其写作也势必难以为继。

从改造国民品格、振刷国民精神的愿望出发,梁启超在1902年前后,身体力行于戏曲革新,创作了《劫灰梦》《新罗马》《侠情记》传奇三种,《班定远平西域》粤剧一种,分别在《新民丛报》《新小说》上刊出。

"借雕虫之小技,寓遒铎之微言"③,梁启超的每部剧作无不对域外文学导引民众的事例传闻频频引述,对启发蒙昧、改良群治的创作宗旨再三致意。《劫灰梦》中,作者借主人公杜撰之口表白道:"你看从前法国路易第十四的时候,那人心风俗不是和中国今日一样吗?幸亏有一个文人叫做福禄特尔(今译伏尔泰),做了许多小说戏本,竟把一国的人从睡梦中唤起来了。想俺一介书生,无权无勇,又无学问可以著书传世,不如把俺眼中所看着那几桩事情,俺心中所想着那几片道理,编成一部小小传奇,等那大人先生、儿童走卒,茶前酒后,作一消遣,总比读那《西厢记》《牡丹亭》强得些些,这就算我尽我自己面分的国民责任罢了。"④《新罗马》中作者借但丁之口说道:"老夫生当数百年前,抱此一腔热血,楚囚对泣,感事欷歔。念及立国根本,在振国民精神,因此著了几部小说传奇,佐以许多诗词歌曲,庶几市衢传诵,妇孺知闻,将来民气渐伸,或者国耻可雪。"⑤正是从域外硕彦鸿儒身体力行的示范作用中,从国民自新、民族自新的崇高目标中,作者获得了思想的激情、创作的灵感和对戏曲传统大胆革新的

---

① 梁启超. 饮冰室合集:专集之八十九 [M]. 北京:中华书局,1989:2.
② 黄遵宪. 致梁启超书 [M] //黄遵宪. 黄遵宪集. 吴振清,徐勇,王家祥,编校整理. 天津:天津人民出版社,2003:503.
③ 梁启超. 新罗马传奇 [M] //梁启超. 饮冰室合集:专集之九十三. 北京:中华书局,1989:2.
④ 梁启超. 饮冰室合集:专集之九十二 [M]. 北京:中华书局,1989:3.
⑤ 梁启超. 饮冰室合集:专集之九十三 [M]. 北京:中华书局,1989:1.

冲动。

首先，梁启超的戏曲创作开启了"熔铸西史，捉紫髯碧眼儿，被以优孟衣冠""以中国戏演外国事"的先例。用中国传统的生末净旦丑的戏曲行当、曲词宾白做唱念打的表演形式，演绎外国历史故事，表现西洋人物，并在这种演绎过程中输入文明思想，引发中国读者观众的思考与觉悟，确实是一种大胆的创意。《新罗马》以意大利诗人但丁的灵魂出场，作为全剧的楔子，交代故事发生的有关背景，剧作的主要情节及创作者演说他国兴亡成败故事的意图。第一出戏《会议》以1814年维也纳会议为中心场景，讲述19世纪初欧洲的政治格局和意大利被瓜分割裂的原因。这种讲述，既是故事发展和剧情的需要，又为作者提供了以稗史传奇方式讲述欧洲历史的机会。至于以下剧情的发展、场景的设置及人物的曲词宾白，无一不让读者感到有所寄托，有所影指，感到作者是在借他人酒杯，浇自己块垒。第二出《初革》、第三出《党狱》写意大利烧炭党人为争取民权自由与统治者的血与火的斗争。烧炭党人被指为逆党被逮受审时，有《混江龙》两曲述写心志："我是为民请命，将血儿洗出一国的大光明，便今日拼着个苌宏血三年化尽，到将来总有那精卫冤东海填平。""我是播撒自由的五瘟使，我是点明独立的北辰星，今日里尽了我的责任，骖鸾归去，他日啊飞下我的精神，博虎功也。坦荡荡横刀向天笑，颤巍巍旁人何用惊。"① 读曲至此，人们自然会从烧炭党人的政治革命联想到维新志士的政治变法，由烧炭党人的壮怀激烈联想到戊戌六君子的慷慨就义。"以中国戏演外国事，复以外国人看中国戏"②，《新罗马》的艺术魅力正在于此。

其次，梁启超的戏曲创作，其在剧作结构上凸现出重视议论寄托、淡化情节冲突的整体特征。梁启超曾从结构、文藻、寄托三个方面高度评价《桃花扇》所取得的艺术成就，而对该剧的思想寄托和故国之感更为看重。作为戏曲革命的倡导者、先行者，梁启超借助戏曲媒介发表政见启发蒙昧的欲望依然炽烈，而抒写漂流异域家国之感、驰骋才情的念头也在暗流涌动。他在关目的安排、角色的处理上，更多地考虑政治见解和思想情感如何完整顺畅地表达宣泄，而对戏曲情节的发展、戏曲冲突的构成并不十分关注，其戏剧作品中的主要人物也常常扮演着历史事件见证人、道理议论讲述者的角色。

梁剧情节冲突淡化、人物平面化特点的形成，与作者维新国民的创作思想有关，也和发表在报纸杂志上的戏曲作品逐渐告别舞台、走向案头的发展趋势有

---

① 梁启超. 饮冰室合集：专集之九十三 [M]. 北京：中华书局，1989：11-12.
② 梁启超. 饮冰室合集：专集之九十三 [M]. 北京：中华书局，1989：3.

关。在人们主要用来"阅读"而不再是"观看"的戏曲文学中,剧作者满足于以警世警心的道理论说来吸引读者、左右人心,其他如对情节冲突的设置与人物的刻画,也就无暇用心了。正是在用来"阅读"的戏曲文学曲词宾白错综杂陈的空间里,梁启超获得了充分驰骋才情的自由。明清传奇大多围绕一生一旦展开剧情,正旦或正生必须在第一出即出场,而《新罗马》中主人翁及四五人,主要人物玛志尼至第四出才出场,人们也并不感到突兀怪异。考虑到旦、生角色的搭配,作者在第三出《党狱》中加入女烧炭党人角色,也属别出心裁之举。在装扮和表演方面,《新罗马》中的人物可以着燕尾礼服,做"互相握手接吻介",《班定远平西域》中,剧中的匈奴钦差说话中英文夹杂,随员说话中日文夹杂,为剧作平添若干诙谐气氛。剧中的曲文写作,或激昂慷慨、壮志激烈,或美人芳草、哀感顽艳;其宾白语言,或引用化用前人诗词,赋予新意,或将新名词、音译外来词、地方方言尽情拿来,为我所用,却无不熨帖自然、收放自如。《班定远平西域》一剧中,作者将黄遵宪发表在《新小说》杂志上的《军歌》信手拈来,作为汉人出征与凯旋的《出军歌》《旋军歌》,其气势境界,为全剧增色许多。

梁启超的戏曲创作,充满着昂扬激奋的情感张力。在《新罗马》中,作者借但丁之口点明饮冰室主人编写此剧的心思:"我想这位青年,飘流异域,临睨旧乡,忧国如焚,回天无术,借雕虫之小技,寓遒铎之微言。"剧中以烧炭党人之口说道:"一声儿晨钟,吼得人深省。将奸奴骂醒,把国民唤醒。"自喻为遒铎晨钟,把奸奴骂醒,把国民唤醒,一骂一唤,构成了梁剧特有的思想情感表现模式。《新罗马》中的《党狱》一出戏,被扣虱谈虎客称为壮快之骂。烧炭党人被捕后大骂独裁者"千刀王莽,剚尽你的臭皮袋,三冢蚩尤,磔透你的恶魂灵,你的头便是千人共饮的智瑶器,你的腹便是永夜长明的董卓灯",可谓痛快淋漓,而其与国民与同志励志共勉的话,却又转而语重心长:"是男儿自有男儿性,霹雳临头心魂静,由来成败非由命,将头颅送定,把精神留定。"① 在这一骂与一唤中,读者可以深切地感受到剧作者对民族、对国民自新的热望与执着。

三、20世纪初年文学界革命发生的意义

19世纪与20世纪的交接,在敏锐自信的梁启超看来,有着异乎寻常的意义。他充满热情地预言,这是一个"短兵紧接、新陈换代"和中西文明融合交会的时代,是一个老大帝国行将就木,而少年中国呼之欲出的时代,"今世纪之中国,

---

① 梁启超. 饮冰室合集:专集之九十三 [M]. 北京:中华书局,1989:2,11-12.

其波澜佹诡，五光十色，必更有壮奇于前世纪之欧洲者。哲者请拭目以观壮剧，勇者请挺身以登舞台"①。梁启超即是登上世纪之交思想与文学革命舞台的勇者。梁启超在《释革》一文中解释"革命"之意说：

> 夫淘汰也，变革也，岂惟政治为然耳。凡群治中一切万事万物莫不有焉。以日人之译名言之，则宗教有宗教之革命，道德有道德之革命，学术有学术之革命，文学有文学之革命，风俗有风俗之革命，产业有产业之革命，即今日中国新学小生之恒言，固有所谓经学革命、史学革命、文界革命、诗界革命、曲界革命、小说界革命、音乐界革命、文字革命等种种名词……其本义实变革而已。②

上述种种革命，均属国民变革的范畴。文界革命、诗界革命、小说界革命、曲界革命等项内容，无不从属于世纪之交国民性改造与国民精神革新的整体工程。在古与今的现代转换、中与西的现代融合的矩阵中，探索中国文学变革与发展之路，梁启超既是思想者，又是践行者。

梁启超以国民启蒙、国民自新、国民变革为基本目标，以文体革命为触介点的文学革命思想，蕴含着许多划时代意义的理论命题并具有极强的可实践性，因而得到了世纪初文坛的积极响应。梁启超内容丰赡气象万千的新文体，从"时务体"到"新民体"，走过了一个由生涩到成熟的过程。从时务体到新民体，梁启超和维新思想家找到了一种"或大或小，或精或粗，或庄或谐，或激或随"③ 的发表政见、传播思想的文字载体，其活力和容量使传统的唐宋古文、六朝骈文相形见绌。作为同时代的见证者，黄遵宪于1902年致梁启超的信中以"惊心动魄，一字千金。人人笔下所无，却为人人意中所有，虽铁石人亦应感动。从古至今，文字之力之大，无过于此者也"④ 称赞梁氏发表在《清议报》《新民丛报》上的文字。新文体"震惊一世，鼓动群伦"的辉煌，同时也深刻地影响了"五四"一代的青年。郭沫若谈及青少年时代对《清议报》的印象时说："他负载着时代的使命，标榜自由思想而与封建的残垒作战。在他那新兴气锐的言论之前，差不

---

① 梁启超. 十九世纪之欧洲与二十世纪之中国 [M] //梁启超. 饮冰室合集：文集之二. 北京：中华书局，1989：59.
② 梁启超. 饮冰室合集：文集之九 [M]. 北京：中华书局，1989：42.
③ 梁启超. 清议报一百册祝辞并论报馆之责任及本馆之经历 [M] //梁启超. 饮冰室合集：文集之六. 北京：中华书局，1989：49.
④ 黄遵宪. 黄遵宪集 [M]. 吴振清，徐勇，王家祥，编校整理. 天津：天津人民出版社，2003：490.

多所有旧思想、旧风习都好像狂风中的败叶，完全失掉了它的精采。"① 胡适在谈到读《新民论》等文时的感受说："他在这十几篇文字里，抱着满腔的血诚，怀着无限的信心，用他那支'笔锋常带情感'的健笔，指挥那无数的历史例证，组织成那些能使人鼓舞、使人掉泪、使人感激奋发的文章。"②

在以"旧风格含新意境"为基本指向的诗界革命旗帜下，维新派诗人康有为、黄遵宪、蒋智由、丘逢甲等以各自的努力，显示诗界革命的实绩。流亡海外的康有为响应诗界革命号召，论诗主张"新世瑰奇异境生，更搜欧亚造新声""意境几于无李杜，目中何处着元明"③，其海外诗新境迭出、瑰丽奇异。黄遵宪于1897年曾不无自负地把自己"吟到中华以外天"的诗称为"新派诗"。但在梁启超提出"诗界革命"之前，黄遵宪是寂寞的。梁启超诗界革命的目标从黄遵宪的新派诗中获得灵感，而黄遵宪同时积极对梁启超文学革命的倡导予以支持响应，其晚年诗作忠实体现着诗界革命的精神。丘逢甲《人境庐诗草·跋》称赞黄遵宪是诗界哥伦布、嘉富洱（即加富尔），而提倡"米雨欧风作吟料""新筑诗中大舞台"。④ 蒋智由被梁启超列名于"诗界三杰"之中，其《卢骚》一诗"文字收功日，全球革命潮"因被邹容用作《革命军自序》的结句而广为传诵。"南社"的诗人如柳亚子、高旭、陈去病等人，均是诗界革命的支持者、实践者。即使是同光体巨子陈三立，其1902年前后的诗作中，也有诸如"安得神州兴女学，文明世纪汝先声"⑤ 之类的诗句出现。旧风格、新语句、新意境的目标成为持不同政治和艺术观点的诗人们的时代追求。

梁启超的政治小说《新中国未来记》虽然未能完成，但其小说改良群治的积极实践和以新意境入旧风格的革新尝试，对当时的小说界具有巨大的示范效应。小说界革命给20世纪初的文坛带来的震动与变化远远大于诗界革命。小说界革命把小说与国民教育、国民性改造联系在一起，推为文学之最上乘，改变了小说不被看重的传统观念。随着小说地位的提高，各类专门刊载小说的刊物纷纷问世，梁启超主办的《新小说》之后，《绣像小说》《新新小说》《月月小说》《小说林》相继创刊。与小说的社会需求相适应，小说的作者队伍也不断扩大，

---

① 郭沫若. 少年时代 [M]. 北京：人民文学出版社，1979：112.
② 胡适. 四十自述 [M]. 上海：亚东图书馆，1933：104-105.
③ 康有为. 与菽园论诗兼寄任公、孺博、曼宣（三首）[M] //康有为. 康有为选集. 舒芜，等，选注. 北京：人民文学出版社，2004：226.
④ 丘逢甲. 论诗次铁庐韵 [M] //广东丘逢甲研究会. 丘逢甲集. 长沙：岳麓书社，2001：520.
⑤ 陈三立. 视女婴入塾戏为二绝句 [M] //陈三立. 散原精舍诗文集：上. 李开军，校点. 上海：上海古籍出版社，2003：8.

并出现了以小说的创作和翻译为职业的小说作家群体。政治小说、谴责小说、言情小说、侦探小说、科幻小说等，令人目不暇接。小说堂而皇之地成为20世纪中国文学中的巨大家族。

如同小说界革命一样，梁启超推动的戏曲界革命也获得了强烈的社会反响。借三尺舞台演绎中外家国兴亡故事，以曲词宾白抒写新民救国情怀，成为一种流行的时尚，众多的报刊纷纷成为发表新剧作品的主要阵地。1904年9月，柳亚子等人创办的第一个专门的戏剧杂志《20世纪大舞台》在上海问世，标志着戏曲文学新时代的到来。而戏曲界的艺术表演家和作家，响应戏曲革命的号召，组织新型的艺术团体，改革不同的戏曲剧种，编写适应演出、具有较强艺术生命力的剧本，也给戏曲界革命增添了不少光彩。

以梁启超为旗手的文学界革命的不断推进与深化，给世纪之交的中国文坛带来了前所未有的喧嚣与骚动。文学界革命是20世纪中国文学自我更新、艰难变革的起点。文学界革命借助西方异质文化的撞击力量，打破了中国文学的因循死寂，勉力担负起民族精神革新、民族文明再造的重任，并在历史的废墟上，初步构建新文学的殿堂。一切进行得是那么匆忙，时代并没有留出供人们从容思考、从容选择的时机，维新思想家、文学家凭借创造的热情和破坏的冲动，把文学革命的支架建立在新民救国的思想基础之上。而当社会政治发生急剧变革，迫使维新家退出政治与思想的中心舞台时，他们在文学革命中的地位也被边缘化，历史合乎逻辑地把思想启蒙与文学革命的接力棒传给了后来者。所以，梁启超于20世纪初年提倡并实践的文学界革命，对于后来的"五四"新文学运动来说，无疑具有筚路蓝缕的意义。

（原发表于《中国社会科学》2006年第5期）

南社

南社与"诗界革命派"的异同

孙之梅

在清末民初的诗派中,南社与"诗界革命派"在性质上有相同之处,它们都代表着诗歌革新与前进的方向,但时人和后人又都不把它们统而看之,因为它们的文化精神确实存在着很大的差异,是两个独立的诗派。

出于维新变法的需要,梁启超的"小说界革命""诗界革命""文界革命"把文学推到了政治革命的前沿。其"诗界革命"的纲领性文件《夏威夷游记》提出:"欲为诗界之哥伦布、玛赛郎,不可不备三长:第一要新意境,第二要新语句,而又须以古人之风格入之,然后成其为诗。"所谓"新意境""不可不求之于欧洲",所谓"新语句"则指"欧洲语""新名词",也就是用诗歌输入"欧洲之真精神真思想"及新事物。梁启超进而提出诗界要成为"革命军马垒础润之征",为资产阶级政治改良服务。"诗界革命"派在创作的认识论上经历了由"捋扯新名词以自表异"到"以旧风格含新意境"的过程。但随着维新政治的失败,真正把这一文学精神贯彻下去、并在政治斗争中发挥了巨大作用的则是以南社成员为主体的革命派文学家们。他们用文学开发民智、激扬民气、唤醒人民资产阶级革命的思想。早在1901年高旭就主张"新诗得意挟风雷",1904年编辑《皇汉诗鉴》,对"诗界魂"在民族革命中的作用寄予厚望,《题所编〈皇汉诗鉴〉》云:"飒飒三色旗,忽树骚坛里。奋志吹法螺,鞭策睡狮起!"① 要在"骚坛"树起民族独立、民主共和的旗帜。有理论,也要有创作。在民族革命的

---

① 高旭. 天梅遗集卷二: 未济庐诗 [M]. 万梅花庐藏版, 1934.

高潮中，高旭以一夜之力伪造了石达开遗诗20首，刊后引起了极大的反响。柳亚子《残山剩水楼刊本〈石达开遗诗〉书后》感慨道："当时醵金印千册，流布四方，读者咸为感动。"① 文学在高旭手里确可掀风造雷，充分发挥其政治功能。

陈去病对文字之功也深信不疑。《题警钟日报》云："铸得洪钟着力撞，鼓声遥应黑龙江。何时警彻雄狮梦，共洒同胞血一腔。"他致力于明清之际历史、文学研究，创办《二十世纪大舞台》，都是要凭借文字来掀动反清的风潮。《论戏剧之有益》明白其意："苟有大侠，独能慨然舍其身为社会用，不惜垢污，以善为组织名班，或编明季稗史，而演汉族灭亡记；或采欧美近事，而演维新活历史，随俗嗜好，徐为转移，而以尚武精神、民族主义一振起而发挥之，以表厥目的。夫如是，而谓民情不感动，士气不奋发，吾不信也。"戏剧的内容可以是古今中外，而宗旨则一：感动民情，奋发士气。

柳亚子16岁时就声言："思想界中初革命，欲凭文字播风潮。"② 1906年创办《复报》，发刊词说："想靠着文字有灵，鼓动一世风潮。"这一思想影响了柳亚子一生的创作和批评。他用诗来反清、反袁、反蒋，他的诗多数是政治抒情诗；他的文学批评也以政治为立足点，以政治立场论人论诗，把政治在文学中的地位推崇到了极点。

高燮是南社人中学养深厚的一个，但他没有因学问而走上了同光体"学人之诗"的道路，他注意到了这样一种现象："自近八年（1895—1902）中，适当19世纪之末以至20世纪之初，其文字界变迁之速率，至于不可思议，而影响恒及于政治界。诗也者，其刺激力尤深者也。"③ 1904年《政艺通报》主编邓实致函，表示政治革命关键在于"实力"，而不在于空言，高燮对此持有异议，说书生的"实力"是"空言"，或办报，或演说，都是凭借语言文字，无经济实力，无枪炮之冲杀。但书生的"空言"可以开民智，振民气，在革命事业中为不可或缺的一部分。它与"实力"互为依倚，文字之力不输于腕力之力。《简邓秋枚》诗前四句表达了同样的意思："着身廿纪强权界，置喙群盲横议时。文字有功争宪法，江湖求友契心知。"④

邓实致书高燮持"实力"说，事实上，邓实对文学的鼓吹宣传作用也是非常看重的，他在1902年创办了近代颇有影响的杂志《政艺通报》，并从1903年

---

① 柳亚子. 磨剑室文录 [M]. 上海：上海人民出版社，1993：1216.
② 亚庐. 岁暮述怀 [J]. 江苏，1902（8）.
③ 高燮. 高燮集 [M]. 北京：中国人民大学出版社，1999：45.
④ 高燮. 高燮集 [M]. 北京：中国人民大学出版社，1999：447.

开辟了"风雨鸡声集"专栏,专门发表诗歌。他在序中说:

> 人之所以高于动植物者,贵有精神也,精神何自见?见之于文字。文字者,英雄志士之精神也。虽然,文字之具有运动力,而能感觉人之脑筋,兴发人之志意者,惟有韵之文为易入焉。然则诗者,亦二十世纪新学界鼓吹新思想之妙音也。呜呼!潇潇风雨,嘤嘤鸣鸡,曙光杲杲,天将开幕,当亦乱世诗人所想望不已者乎!

把诗歌称为鼓吹新思想之妙音,号召诗人们用诗呼唤"曙光杲杲"的开幕之天。

湘籍作家的主将宁调元在1903年提出"诗坛请自今日始,大建革命军之旗"①。陈汉元《申江赠亚卢》感慨"诗界千年革命难",邀约柳亚子"东南旗鼓早登坛"②,把诗界早日变为宣传革命的阵地。

对文学的社会功能,南社与"诗界革命派"取得了共识,创作上南社依然保留着"捋扯新名词以自表异"的痕迹。如:"平等楼台春浩荡,共和眷属月婵娟"③"慷慨苏菲亚,艰难布鲁东"④"地球九万里,着身不盈尺"⑤"娶妻要娶意大里,嫁夫当嫁英吉利"⑥……这样的诗用新名词来阐发新学理,未经对学理的融化和诗词的转换,直截了当,仍然是早期"诗界革命派"在创作上的表征。

南社与"诗界革命派"的这些承续之处,说明这两个诗歌流派确有相同之处。仅仅如此,问题便简单化了,其实两者存在着更深层的差异,对诗学传统的体认和诗歌社会功能的具体区别上它们各自独立,不可混为一谈。梁启超在1899年12月的《夏威夷游记》讲中国的诗歌传统:"予虽不能诗,然尝好论诗。以为诗之境界,被千余年来鹦鹉名士占尽矣。虽佳章佳句,一读之,似在某集中曾相见者,是最可恨也。故今日不作诗则已,若作诗,必为诗界之哥伦布、玛赛郎然后可。"他首先否定千年诗人为"鹦鹉名士",继而又否定今日接续固有的诗歌传统,即使作诗,当另辟一新境界。诗歌传统以学术文化传统为底蕴。梁启超对中国诗歌传统的这一认识,实源于他对中国文化传统的否定。戊戌以前,他与夏曾佑、谭嗣同交往甚密,相与论学,否定了垄断学界的汉学,并去打倒汉学的

---

① 杨天石,曾景忠. 宁调元集 [M]. 长沙:湖南人民出版社,1988:136.
② 陈汉元. 申江赠亚卢 [J]. 汉帜,1907:(1).
③ 柳亚子. 磨剑室诗词集 [M]. 上海:上海人民出版社,1985:31.
④ 柳亚子. 磨剑室诗词集 [M]. 上海:上海人民出版社,1985:56.
⑤ 马君武. 马君武诗注 [M]. 谭行,等,注. 桂林:广西民族出版社,1985:42.
⑥ 马君武. 马君武诗注 [M]. 谭行,等,注. 桂林:广西民族出版社,1985:43.

老祖宗,"中国自汉以后的学问全要不得的,外来的学问都是好的"①。打倒了旧有的学术传统,便吸纳西学来建立新的学术体系,随之而产生了夏曾佑除梁、谭外谁也看不懂的"新学之诗",佛、孔、耶三教之经的典故,络绎笔端。"诗界革命派"是在西学东渐的文化背景下,在否定了旧有文化传统基础的同时企图以新学为根基的诗歌尝试,并把诗歌也作为输入西学的工具。

南社的诗学体系与诗学根底与此则截然不同。高燮《简邓秋枚》云:"诗界榛芜不可论,俚蛙噪杂听殊喧。而今大雅无遗响,端赖男儿返国魂。"高旭《甲辰年之新感情》云:"鸦鸣蝉噪尽名家,鼓吹巫风兴未涯。小雅日微夷狄横,几人诗思了无邪!"②陈去病《与宗素济扶两女士论文》:"国学于今绝可哀,和文稗贩又东来。宁知蓬岛高华士,低首中原大雅才。"③柳亚子《怀人诗》之一:"英雄沦落作词人,路索文章屈子魂。小雅式微夷狄横,宗邦多难党人尊。"④他们不约而同地感慨"大雅""小雅"诗歌传统的式微。这一传统远自《诗经》,贯穿了整个中国古代诗歌史,它要求诗歌反映朝政得失,抨击昏暴君主,发抒怨愤之情,如周实《无尽庵诗话序》所言:"内讧外侮,纷起迭乘,当今之世,非复雍容揄扬,承平雅颂时矣,亦遂不能不为变风变雅之音。""雅"训为正,指与"夷俗邪音"不同的正声。这样"大雅""小雅"的传统又内含了"夷夏之辨"的思想。在漫长的古代诗歌史上与这一文化精神最符契而最能发挥意蕴的莫过于明清之际盛极一时的复社、几社和清初遗民所代表的文化精神和诗歌传统,也就自然而然地成了南社人共同追忆的可感而就近的文学传统。高旭《再赠君剑还长沙》云:"谈兵把剑郁难开,飞雁关河暗自猜。种祸从来青史痛,神州岂竟陆沉哀。大都忧国新亭泪,如汝伤时小雅才。几社风微夕堂死,东南今日几骚坛。"⑤诗人哀痛"种祸""陆沉",期待几社、王夫之消歇后遗民文学再兴于骚坛。高旭的这一呼唤很快得到了响应,这倒不是高旭才大名高,有登高一呼的号召力,而是他的这一提法契合了南社人的遗民情结。伴随着他们频繁的凭吊反清志士和盟团结社的活动,几复风流终于成了他们共同的追慕。陈去病结神交社,其《小启》不无感伤地叙述明季社事之盛与清初之凋零,客观上为神交社、南社提供了一个范本。此后,陈去病明确表示:"待续云间事,词林各骋才。"高

---

① 梁启超. 亡友夏穗卿先生 [M] //梁启超. 饮冰室合集:文集之四十四(上). 北京:中华书局,1989:22.
② 高旭. 甲辰年之新感情 [N]. 警钟日报,1904-07-16.
③ 陈去病. 浩歌堂诗钞:卷二 [M]. 百尺楼丛书,1924.
④ 柳亚子. 磨剑室诗词集 [M]. 上海:上海人民出版社,1985:36.
⑤ 高旭. 天梅遗集卷三:未济庐诗 [M]. 万梅花庐藏版,1934.

旭是"云间事"的呼唤者,兴会也最多,络绎吟咏,反复致意:"弹筝把剑又今时,几复风流赖总持。""几复风流三百首,竹林豪饮一千杯。"①"伤心几复风流尽,忽忽于兹三百年。记取岁寒松柏操,后贤岂必逊前贤。"②"几复风微忆惜贤,空山时往听啼鹃。支撑文史东南局,堪与伊人共比肩。"③"今贤那识古贤心,几复风流何处寻?"④神交社雅集后,陈去病请柳亚子为作图记,柳亚子阐发其蕴意:"降及胜国,复社隽流,置酒高会,其意气亦不可一世。迨乎两京沦表,闽粤继覆,其执干戈以卫社稷者,皆坛坫之雄也。事虽不成,义问昭于天壤。孰谓悲歌慷慨之流,无裨于人家国也。板荡以来,文武道丧,社学悬禁,士气日熸,百六之运,相寻未已。岁寒松柏,微吾徒其谁与归?"⑤前车有辙,后车有继。悲歌慷慨之流有裨于家国,神交社、南社追慕几复风流的意义不已昭然若揭了吗?柳亚子与俞剑华坚南社之约:"雅集吴门期不远,饶有风流况味。……好狂呼几复骚魂起。"⑥直把南社称为几复的"骚魂"再起。宁调元的《南社诗序》也径把南社与复社相类比,说南社接踵复社而起。庞树柏《龙禅室摭谈》最后一条记复社,感慨唏嘘之后仍言有未尽,加一段附言:"今日吴江陈去病、柳子弃疾及高子天梅创立南社,……《小启》可诵,附录于下……"究竟是《小启》可诵,还是南社与复社三百年间遥相呼应?作者言在此意在彼。抬出古人,是为了排演现实的场面,南社的这一宗旨在其纲领性文件《南社启》《南社诗序》都做了论述。

那么,"几复风流"有哪些具体内容激发起他们如此普遍而又荡气回肠的共鸣?我们不妨对几社、复社的精神及对南社的影响做一大略的考查。陆世仪《复社纪略》概述复社的宗旨:"自世教衰,士子不通经术,但剽耳绘目,几幸弋获于有司,登明堂不能致君,长郡邑不知泽民,人才日下,吏治日偷。皆由于此。溥不度德,不量力,期与四方多士,其兴复古学,将使异日者务为有用,因名曰复社。"杨凤苞《秋室集》卷五云:"翺(吴翺)与同志孙淳等人创为复社,义取剥穷而复也。"杜登春《社事始末》说几社、复社的异同:"复者,兴复绝学之义也""几者,绝学有再兴之几,而得之几其神之义也"。它们都是希望通过

---

① 高旭. 海上神交社集以事不得往陈佩忍书来索诗且约再游吴门邮此代简[M]//天梅遗集卷三:未济庐诗. 万梅花庐藏版, 1934. 哀蝉. 次佩忍无畏韵[N]. 神州日报, 1908-01-07.
② 哀蝉. 丁未十二月九日国光雅集写真题两绝句[N]. 神州日报, 1908-03-17.
③ 哀蝉. 寄怀太一湘中[N]. 神州日报, 1908-05-07.
④ 高旭. 未济庐诗:感怀[J]. 南社, 1912 (1).
⑤ 柳亚子. 神交社雅集图记[J]. 南社, 1912 (1).
⑥ 柳亚子. 磨剑室诗词集[M]. 上海:上海人民出版社, 1985:1777.

六经三史、秦汉文盛唐诗来矫正当时"似子非子，非汉晋非魏晋，一般似通不通的文章"①。而20世纪初的中国文化面对着强劲的西学冲击，回应的方式有三种：思想融通者言中西文化取长补短，兼容并包；思想激进者言民族文化虚无，全盘西化；还有把国学与国魂相联系，国魂又与国存相并列，这就不能不引起一些人对传统文化的深深忧虑，复兴古学的思潮也一时间甚嚣尘上。南社是第三种思潮的代表者。由于时代的差异和现实需求的不同，南社的复兴古学与复社、几社有着质的区别。南社的古学非顶礼膜拜六经，他们更感兴趣的古学是被禁毁散佚的明遗民的史实和著作，由此连带到宋遗民的史文。陈去病从1903年起潜心于明清之季遗民著作的搜罗，仅东林、复社人手迹就三千余通，先后刊出《陆沉丛书》四种（《建州女真考》《扬州十日记》《嘉定屠城记》《忠文殉节记》）、《清秘史》、《吴长兴伯遗集》、《烦恼丝》、《明遗民录》、《五石脂》等。柳亚子对南明史的热情也始于此时，以后竟成为他一生的学术兴趣。高燮整理出版了陈子龙的《安雅堂稿》《吴日千先生集》。黄节整理出版了《张苍水集》《郑所南集》，《国粹学报》连载的《黄史列传》也多是抗清的志节人物。庞树柏辑录明清之际的节士烈女、奇文佚诗为《龙禅室摭谈》，宁调元搜集抗清志士遗民的诗作为《碧血痕》，苏曼殊这样充满浪漫气质的作家也网罗岭南明清之季的"苦节艰贞"之人之事成《岭海幽光录》。对此鲁迅的《隔膜》概括道："清朝初年的文字之祸，清朝末年才重新提起。最起劲的是南社里的有几个人，为被害者辑印遗集。还有些留学生，也争从日本搬回文证来。"梁启超概括近代三十年的思想变迁，归结为"最初的原动力……是残明遗献思想之复活"②。在"复兴古学"的旗帜感召下，南社确实把"残明遗献"给开掘出来，并演绎成现实政治的历史依据和思想武器。

　　复社、几社在明亡前以文会友，切磋文章，砥砺气节，以在野的清议左右朝政，遥控铨选。明亡后，复社、几社的名士如夏允彝、陈子龙、吴胜兆、吴应箕、顾杲、吴易等都抗清而死；熊开元、方以智、钱秉镫、归庄反清失败后做了和尚；顾炎武、黄宗羲等不仕新朝，做了一代大儒；徐孚远则跑到台湾还组织了海外的几社。一帮读书人在天崩地裂的时代做成如此惊天动地的事业，不能不令人赞叹钦佩，他们的风流文采，反清的志节抱负三百年后终于找到了同道。梁启超描摹残明遗老对清季人们的影响，云：

---

① 谢国桢. 明清之际党社运动考 [M]. 北京：中华书局，1982：131.
② 梁启超. 中国近三百年学术史 [M] // 梁启超论清学史二种. 朱维铮，校注. 上海：复旦大学出版社，1985：123.

> 清初几位大师——实即残明遗老——黄梨洲、顾亭林、朱舜水、王船山……之流,他们许多话,在过去二百多年间,大家熟视无睹,到这时忽然像电气一般把许多青年的心弦震得直跳。……他们反抗满清的壮烈行动和言论,到这时因为在满州朝廷手上丢尽中国人的脸,国人正在要推勘他的责任,读了先辈的书,蓦地把二百年麻木过去的民族意识觉醒转来,……因此从事于推翻几千年旧政体的猛烈运动。①

南社人从几社、复社人反清的壮举中领悟到了自己的职责,将他们未竟的反清事业进行到底,由此,南社人从复社人手中接过了"夷夏之辨"的民族观念和讲求气节的伦理观念。

南社人由这种文化精神也确立了相应的文学传统。首先,他们认同了几社、复社的文学传统。复社主尊经复古,并由知古通经而达到得古人之道,行古人之事。张溥《程墨表经序》云:"夫好奇则必知古,知古则必知经,知经则必知所以为人。至于知所为人,而文已必精矣。故驳而不纯之文,予所甚恶也;才而不德之士,亦予所甚恶也。"《洛如诗序》又云:"欲以事相推,则考理而已,欲以文相推,则论人而已。"张溥的文学批评注重由人而论文。几社的文学思想较之复社更重视文学观念的传承,除了在兴复古学这一基本文化精神与复社一致外,文学上与前后七子有很深的渊源。陈子龙《壬申文选凡例》揭示是书的宗旨:"文章规模两汉,诗必宗趣开元。吾辈所怀,以此为正……。"其论与前后七子完全相同。陈子龙还自觉地把复社、几社的文学活动作为前后七子的后继,建立复古派的文学统系。其序张溥的《七录斋集》就说:"国家景命累叶,文且日盛。敬皇帝时,李献吉起北地为盛,肃皇帝时王元美起吴又盛。今五六十年矣,有能继大雅,修微言,绍明古绪,意在斯乎?"几社的文学确是如此,"绍明古绪",文宗秦汉,诗宗盛唐,词宗晚唐北宋,直接根源,取法乎上。前后七子发动的文学复古体系入清后并没有中断,如沈德潜的格调说可以说是这一脉诗说的理论总结。但与此同时,清朝的复古派理论丢弃了复社、几社在绍述这一理论过程中忧时托志、砥砺气节、反抗异族的诗学精神。三百年后,南社人才从这一诗学体系中将其挖掘出来,使之成为反清革命的思想资源。陈去病《与宗素济扶两女士论文》之一云:"六朝风格不堪看,欲论文章当世难。惟有船山数遗老,浩然正气碧天磐。"把当世文章的宗师确定为"残明遗老"。柳亚子追溯自己的诗

---

① 梁启超. 中国近三百年学术史 [M]//梁启超论清学史二种. 朱维铮, 校注. 上海: 复旦大学出版社, 1985: 123.

歌源流："平生私淑玉樊堂，自向云间爇瓣香。"① "平生私淑云间派，除却湘真便玉樊。"② 以陈子龙、夏完淳为代表的云间派是作者心摹手追的楷模。南社的诗学传统没有就此停住，而是顺着复社、几社指引的方向上溯到前后七子。1917年当唐宋诗之争唇枪舌剑之时，陈去病立马横枪发表《寄安如》，诗序径以明七子为论辩武器，云："明七子教人不读唐以后书，虽甚激切，然余颇亮其悫直焉。自后世拨西江之死灰而复燃之，由是唐音于以始坠；闽士晚出，其声益噍杀而厉。至于今，蜩螗沸羹，莫可救止，而国且不国矣。"③ 又由明七子出发，诗宗法唐音，词宗法晚唐北宋。虎丘雅集发生了诗争，柳亚子说："我以为论诗应该宗法三唐，论词应当宗法五代和北宋。"④ 如此，南社的诗学传统就呈现这样一个图式：几复风流（包括残明遗老）—前后七子—唐音（五代北宋词）。

我们不否认南社有相当一部分人宗法宋诗，也有马君武这样主张"唐宋元明都不管，自成模范铸诗才"⑤ 的人，还有像林獬、冯平这样把"诗界革命"看作"季世一种妖孽""吾国文章实足称雄世界"⑥、不思进取的人，这些观点在南社的发展史中始终存在，但对南社的酝酿、凝聚、发展都不曾发生过明显的作用。南社选择的诗歌传统，几社、复社的文化精神和反清排满的社会功用互为表里，显示出南社与"诗界革命派"的同中之异。

[原发表于《山东师范大学学报》（社会科学版）2000年第5期]

---

① 柳亚子. 磨剑室诗词集 [M]. 上海：上海人民出版社，1985：76.
② 柳亚子. 磨剑室诗词集 [M]. 上海：上海人民出版社，1985：82.
③ 陈去病. 浩歌堂诗钞：卷八 [M]. 百尺楼丛书，1924.
④ 柳亚子. 南社纪略 [M]. 上海：上海人民出版社，1983：14.
⑤ 马君武. 马君武诗注 [M]. 谭行，等，注. 桂林：广西民族出版社，1985：77.
⑥ 高旭. 愿无尽庐诗话 [J]. 民权素，1915（7）.

小说

论林纾对近代小说理论的贡献

林 薇

一

林纾是封建遗老,还是资产阶级革命潮流的人物?——如果从他晚年的某些作品或行迹来看——拜谒光绪皇帝陵寝,七旬老翁于风雪漫天之中,匍匐陵下"九顿首后,伏地失声而哭"①,竟是那样的一片愚忠;撰写《腐解》等文,痛心疾首地号呼:"哀哀父母,吾不尝为之子耶?巍巍圣言,吾不尝为之徒耶?"竟是那样的冥顽,看来确实像个封建遗老。但是,如果综观林纾一生的文学业绩,可以毫无疑问地断言:他是资产阶级革命潮流中的先驱者、启蒙者。19世纪末至20世纪初,在从中国古代文学走向现代文学的大转折的历史进程中,"林译小说"及林纾为它写的大量序跋,曾经起过不可低估的作用。时至今日,他仍然不曾被历史所遗忘。瑞典学院院士、诺贝尔文学奖评委之一的马悦然教授"对林琴南甚为推崇,说他译的狄更斯小说,在某种意义上甚至比原著还要好,能够存其精神,去其冗杂。……已故英国汉学大师亚瑟·韦历也有同感"②。这是经历了将近一个世纪之后历史的回顾。而在当时,"林译小说"的问世,犹如"风乍起,吹皱一池春水"。钱锺书回忆说:"《林译小说丛书》是我十一二岁时的大发

---

① 林纾. 谒陵图记 [M] // 畏庐续集. 上海:商务印书馆,1934:59.
② 陈珏. 中国文学作品应有传神译本——瑞典学院院士马悦然谈翻译与文学传播的关系 [N]. 文汇报,1986-11-04.

现，带领我进了一个新天地，一个在《水浒传》《西游记》《聊斋志异》以外另辟的世界。我事先也看过梁启超译的《十五小豪杰》、周桂笙译的侦探小说等等，都觉得沉闷乏味。接触了林译，我才知道西洋小说会那么迷人。"① 周作人回忆鲁迅的青年时代说："对于鲁迅有很大的影响的第三个人，不得不举出林琴南来了。……我们对于林译小说有那么的热心，只要他印出一部，来到东京，便一定跑到神田的中国书林，去把它买来。"② 茅盾认为林译小说"颇能保有原文的情调，译文中的人物也描写得与原文中的人物一模一样"③。郭沫若谈自己的创作道路，认为林译司各德（即司各特）的《撒克逊劫后英雄略》对于他后来的文学倾向有决定的影响，"那种浪漫主义的精神他是具象地提示给我了。……在幼时印入脑中的铭感，就好像车辙的古道一般，很不容易磨灭"④。林译的《吟边燕语》也使他感受着无上的乐趣，后来他虽然读过莎士比亚原作，"但总觉得没有小时所读的那种童话式的译述来得更亲切了"⑤。至于郭沫若对林纾其人的总的评价，更是经常被人们所引用："前几年我们在战取白话文的地位的时候，林琴南是我们当前的敌人，那时的人对于他的批评或许不免有一概抹杀的倾向，但他在文学史上的地位是不能够抹杀的。他在文学上的功劳，就如梁任公在文化批评上的一样，他们都是资本主义革命潮流的人物，而且是相当有些建树的人物。"⑥

由此可见，林纾和"林译小说"曾经影响了"五四"一代风流人物，这个事实，难道不值得令人注目吗？林纾的不可磨灭的历史贡献就在于：他第一次引进了与数千年的旧传统迥然不同的新的文学模式、文学观念。如果从走向世界的文学发展的潮流来看，"林译小说"正是近代的西方文化与古老的中国文化融会的结晶。林纾一生曾经翻译过一百七八十种外国文学作品，这种功力和素养是任何他的同时代人都不具备的。因此，他对于西方文学有着一种深刻的而非浮光掠影的体会，可以说，他是我国最早的、熟谙西方文学并具慧眼卓识的人物。他所写的大量序跋，虽然也有不少固陋、陈腐的东西，但是其中确有很多真知灼见。至少他是第一次用西方文学作为参照系，对于中国传统的民族心理、民族文化进行了深刻的审视和反思。这在当时无疑具有开辟鸿蒙的作用。

---

① 钱锺书. 林纾的翻译 [M] //钱锺书. 旧文四篇. 上海：上海古籍出版社，1979：66.
② 周作人. 鲁迅的青年时代 [M]. 北京：中国青年出版社，1957：78-79.
③ 郑振铎. 林琴南先生 [M] //郑振铎. 中国文学研究：下册. 北京：作家出版社，1957：1226.
④ 郭沫若. 我的童年 [M] //郭沫若. 少年时代. 北京：人民文学出版社，1979：114.
⑤ 郭沫若. 我的童年 [M] //郭沫若. 少年时代. 北京：人民文学出版社，1979：114.
⑥ 郭沫若. 我的童年 [M] //郭沫若. 少年时代. 北京：人民文学出版社，1979：113-114.

本文不拟全面评价林纾其人，仅是从中国小说理论从封闭性体系向开放性体系转变的角度来探讨林纾所做出的贡献。

二

由于林纾晚年思想落伍，乃至于林纾在近代小说理论方面的建树，也不为时人所屑，一直被漠视和抹杀。很多有关论著不置一词；还有一些论著则以讥消口吻断言"今天我们从他留下的几十篇为译作写的序跋中，却发现他老先生呆头呆脑得厉害"①"硬着舌头说话""怪声怪气"②；或则缺乏全面分析，而多加贬斥，如称林纾"在1907年写的《评〈孝女耐儿传〉序》中，曾大肆宣扬文学要表现'忠臣、孝子、义夫、节妇'"③云云。这些看法，恐怕不免囿于成见，失之偏颇。其实，即以学者所举的《孝女耐儿传序》而论，就是一篇颇有见地的文章，在晚清小说论著中堪称凤毛麟角。

应该注意这样一个基本事实：林纾是在一种封闭、凝固的民族文化心理结构中开始探索中国文学和世界文学潮流的联系的，筚路蓝缕，其功不可埋没。开明与蒙昧杂糅，真理与谬误纠结，本是那个新旧嬗变时代的普遍思想特征，梁启超、严复等人都在所难免。重要的应该是着眼于：他有什么新的开拓？他用何种启迪打开人们的心扉？他提出了哪些属于未来的东西？他为其后的"五四"新文学运动——那石破天惊的伟大时刻准备了什么？平心而论，在近代小说的发展历史上，"林译小说"，就其总体风貌而言，是最接近于其后的"五四"新文学的，依稀可见"五四"新文学所特有的那样一种漱芳挹芬的葱茏；而"五四"时代所建构起来的新的文学观念：改造国民性、为人生、平民文学、写实主义……以及那种开放、自由、江海不捐细流的宽博襟怀和恢宏气度，这些在林纾的小说观中往往可以见其端倪。这是拓荒者的足迹，在林纾为其译著所写的几十篇序跋中，清晰分明地留下了文学观念蜕旧变新的辙痕。

有必要在文学发展的纵横交错的历史联系中找到那应该属于林纾的位置。

中日甲午战争之后，中国社会发生了急剧动荡，大厦将倾的局面已成，"中国向何处去"的问题横亘在每个爱国志士的心头，几千年来的封建专制制度及与之相适应的纲常伦理濒临解体、崩溃。这是一股汹涌澎湃不可遏制的时代潮流。晚清的思想启蒙运动和文学革新运动就是在这样的政治背景下产生的。正统诗文

---

① 姜东赋. 略说中国近代小说理论的特点 [J]. 天津师大学报, 1985 (2): 69.
② 姜东赋. 试论林琴南的小说观 [J]. 河北大学学报, 1984 (4): 126.
③ 敏泽. 中国文学理论批评史：下 [M]. 北京：人民文学出版社, 1981: 1131.

面临着叛逆和挑战，旧式的章回小说，才子佳人、神佛仙怪、镖客响马泛滥，也已陷于一潭泥沼。1899年林纾所译的《巴黎茶花女遗事》刊行问世，1902年梁启超的《小说与群治之关系》发表，这是中国近代小说史上交相辉映的双星。梁启超以"舆论界之骄子""天纵之文豪"倡言"小说界革命"，明确提出"小说为文学之最上乘也"，以笔扫千军之力，摧陷廓清，使小说由不登大雅之堂的"小道"一跃而为文学的正宗。林纾以古文名家翻译西洋名著，公然将西方文豪与中国的太史公相媲美，使小说和小说家在中国文坛和社会上的地位大为提高。其影响之巨，在那个时代，除梁启超外，无人堪与颉颃。就小说观而论，他们都是自觉地把小说当作开启民智、改良社会的工具，具有强烈的爱国保种、救亡图存的社会责任感、神圣使命感。梁启超大声疾呼："欲新一国之民，不可不先新一国之小说。"① 林纾慷慨陈词："纾年已老，报国无日，故日为叫旦之鸡，冀我同胞警醒！"② 这是启蒙主义的共同特色，但是梁、林两人毕竟有很大的不同：梁启超是政论家、思想家，其小说观倾向于政治的、功利的方面；林纾是文学家、翻译家，其小说观倾向于艺术的、审美的方面。梁启超过分夸大了小说的社会作用，带有火色过浓的政治功利色彩，使小说成为金鼓喧天的政治扬声器。他所自撰的政治小说《新中国未来记》，虽然颇有一些"奔放浩荡，洪涛翻涌"的梁氏风格，但是不免声嘶力竭，失之粗率浅露。其中连篇累牍的政治演说、辩论、宣传、口号，乃至党纲政纲、章程条例……无不毕收。这里，政治淹没了一切，文学的自我意识丧失殆尽。他的那种把政治凌驾于艺术之上，视小说为工具，睥睨之、挥斥之、君临之的盛气凌人的态度，给予文学过多的挤压，其价值观念、心理构型却是旧的，并未脱出古老的历史的旧壳。这是民族文化的厚重积淀，上承儒家诗教、文以载道的旧统，下开20世纪历时不衰的、公式化概念化、空梏叫嚣的浊浪。因此，晚清时代，梁启超的小说理论虽以高屋建瓴之势振聋发聩，但是不免流于偏颇。比起梁启超的这种褊狭的功利观念，林纾的小说理论却具有某种醇化、自立的品格。他比较尊重小说自身的艺术规律，在中西文学的比较观照中，探索小说的美学特征，艺术胸襟要来得舒展得多、豁达得多，其价值观念、心理构型体现了某种新的审美意识的渗入。这是对于梁启超的小说理论的扬弃和超越，显示了现代的小说美学的蓬勃活力。

比梁启超稍后、对于近代小说理论有起很大贡献的是黄摩西、徐念慈。他们

---

① 梁启超. 小说与群治之关系 [M] //郭绍虞，罗根泽. 中国近代文论选：上. 北京：人民文学出版社，1981：157-161.

② 林纾. 不如归序 [M] //新译不如归. 上海：商务印书馆，1908：3.

针对梁启超倡导的小说界革命的弊端，提出："小说者，文学之倾于美的方面之一种也。"①"所谓小说者，殆合理想美学、感情美学而居其上乘者乎？"② 在小说理论上显示了一个新的跨度。他们标举美学，直接引用黑格尔、邱希孟（今译作基尔希曼）的话，用德国古典美学来阐明小说原理，这是一种极其可贵的努力，大大拓展了人们的思维空间；但是黄摩西、徐念慈的小说理论，其根本弱点在于照搬西方文艺理论，不能根植于中国土壤，带有明显的生吞活剥的痕迹，失之幼稚、空疏。只看徐念慈引用黑格尔的话："艺术之圆满者，其第一义，为醇化于自然。"所举出的例证，竟是《白兔记》《荆钗记》《杀狗记》等的大团圆结局和《野叟曝言》卷末的踌躇满志③，由此便可见其浅薄和皮相。至于概念之模糊、逻辑之混乱，则比比皆是。

比较起来，林纾似还多得一些现代小说美学之真谛。林纾并不捋扯西方文艺理论的名词术语，他的小说理论是从大量的西方文学作品中抽绎出来的，根植于中国民族文化的土壤，而对于西方文学的灵思美感又有一种灵犀暗通的解悟，表现出中西文化融合、熔铸的特点。这就是生吞活剥洋玩意的人不可望其项背的了。

三

近代文学的总体特征是：民族灵魂的觉醒。这一方面表现为对于英雄精神的崇拜渴求；一方面表现为对于国民劣根性的反思深省。而"改造国民性"——这渗透于20世纪中国文学中的自审意识，在林纾的文学观念中已经萌芽。这是用一种现代意识来观照民族灵魂的最初尝试。

自梁启超倡导"小说为国民之魂"④，至鲁迅刻画阿Q这一艺术典型，"要画出这样沉默的国民的魂灵来"⑤，这一发展线索显示了中国近代思想革命的深化历程。

---

① 黄人. 小说林发刊词［M］∥郭绍虞，罗根泽. 中国近代文论选：下. 北京：人民文学出版社，1981：499.

② 徐念慈. 小说林缘起［M］∥郭绍虞，罗根泽. 中国近代文论选：下. 北京：人民文学出版社，1981：501.

③ 徐念慈. 小说林缘起［M］∥郭绍虞，罗根泽. 中国近代文论选：下. 北京：人民文学出版社，1981：501.

④ 梁启超. 译印政治小说序［M］∥郭绍虞，罗根泽. 中国近代文论选：上. 北京：人民文学出版社，1981：156.

⑤ 鲁迅. 集外集：俄文译本《阿Q正传》序及著者自叙传略［M］∥鲁迅先生纪念委员会. 鲁迅全集：第七卷. 北京：人民文学出版社，1973：446.

据许寿裳回忆，1903年（一说1902年），鲁迅在日本东京经常和他讨论国民性的问题①。几乎与此同时，林纾也在沉思国民性的弱点。如以见于文字、公开发表、产生社会影响而言，林纾对于国民性问题的探索，在当时还几乎是空谷足音。1903年，他译《埃司兰情侠传》时说："余之取而译之，亦特重其武概，冀以救吾种人之衰惫，而自厉于勇敢而已。"② 1907年，他译《剑底鸳鸯》时也说："恨余无学，不能著书以勉我国人，则但有多译西产英雄之外传，俾吾种亦去其偃敝之习，追蹑于猛敌之后，老怀其以此少慰乎！"③ 这与鲁迅之译《斯巴达之魂》"借了异国士女的义勇来唤起中华垂死的国魂"④，同是一掬伤心忧国之泪。而林纾对于卑鄙、怯懦的奴性的批判，实在是开"五四"批判国民性之先河。

他对于国民性的剖析，触及民族文化心理结构的底蕴。

> 自光武欲以柔道理世，于是中国姑息之弊起，累千数百年而不可救。吾哀其极柔而将见饫于人口，思以阳刚振之，又老惫不能任兵，为国民捍外侮，则唯闭户抵几詈。孔光不言温室为畏死，师德唾面自干为无耻，究于国家尺寸不能益也。⑤

> 苏味道、娄师德，中国至下之奴才也，火气全泯，槁然如死人无论矣。⑥

他所举出的几位历史人物，都是圆滑世故、奴性十足的大官僚，跻身青云之上，坐享安富尊荣，俨然正人君子，都是一些"不倒翁"式的数姓家奴。孔光历仕汉成、哀、平三朝，王莽专权，孔光缄口自默，得以保持禄位⑦；唐娄师德教其弟"唾面自干"⑧；苏味道遇事模棱持两端，人称"苏模棱"⑨。对于这种圆

---

① 许寿裳. 我所认识的鲁迅［M］. 北京：人民文学出版社，1953：1-5.
② 林纾.《埃司兰情侠传》序［M］//阿英. 晚清文学丛钞：小说戏曲研究卷. 北京：中华书局，1960：205.
③ 林纾.《剑底鸳鸯》序［M］//阿英. 晚清文学丛钞：小说戏曲研究卷. 北京：中华书局，1960：251.
④ 许寿裳. 我所认识的鲁迅［M］. 北京：人民文学出版社，1953：1.
⑤ 林纾.《埃司兰情侠传》序［M］//阿英. 晚清文学丛钞：小说戏曲研究卷. 北京：中华书局，1960：204.
⑥ 林纾.《鬼山狼侠传》叙［M］//阿英. 晚清文学丛钞：小说戏曲研究卷. 北京：中华书局，1960：217.
⑦ 班固. 孔光传［M］//汉书：第十册卷八十一. 北京：中华书局，1962：3353-3354.
⑧ 欧阳修，宋祁. 娄师德传［M］//新唐书：第十三册卷一百八. 北京：中华书局，1975：4093.
⑨ 欧阳修，宋祁. 苏味道传［M］//新唐书：第十三册卷一百一十四. 北京：中华书局，1975：4203.

滑、敷衍、自私、卑怯的人生哲学，对于这种以屈服、忍耐为美德的奴颜媚骨，林纾表示深恶痛绝，直斥为"中国至下之奴才也！"这是一副锻铸精工的精神枷锁，千百年来禁锢着中华民族的灵魂。

在反奴性的同时，林纾力图改造民族文化心理的构型。他崇拜强者，讴歌英雄精神，甚至呼唤野性。他打破了中国传统文化所固有的中和之美，背离温柔敦厚的儒家诗教，追求阳刚之气。他盛赞未开化的埃司兰之民的武概："其中之言论气概，无一甘屈于人，虽喋血伏尸，匪所甚恤。嗟夫，此足救吾种之疲矣！"①他倾心于狼侠洛巴革的独立自由精神："无论势力不敌，亦必起角，百死无馁，千败无怯，必复其自由而后已。""明知不驯于法，足以兆乱，然横刀盘马，气概凛烈，读之未有不动色者。"②这是对于传统的审美规范的大胆挑战，是对于几千年来流淌在我们民族血液中的安分守己、逆来顺受、谦卑、忍让、中庸之道……种种古训的扬弃和背叛，表现为一种对于野性和力的呼唤。

试看，近代史上的启蒙家们，哪个不曾讴歌过英雄精神？康有为呼唤"倚剑雄才"③，礼赞"深山大泽龙蛇起，瀛海九洲云物惊"④。严复公然标举："何谓公性情？一曰英雄；一曰男女。"⑤迄于辛亥革命时代那些雄飞寰宇、引吭高歌剑花头颅的诗界巨子，他们都曾试图重铸中华民族的灵魂。

到了"五四"晨钟响起，陈独秀庄严宣告，文学革命的使命即在于改变"阿谀、夸张、虚伪、迂阔之国民性"⑥。"改造国民性"成为响彻20世纪、警钟长鸣般的民族心声。从"五四"这个里程碑向前回顾，便可清晰分明地看到：早在20世纪初，林纾对于国民劣根性的鞭挞及对于重铸民族灵魂的渴望，是相当难能可贵的，无疑是闪耀夜空的思想启蒙的火花。

---

① 林纾.《埃司兰情侠传》序［M］//阿英. 晚清文学丛钞：小说戏曲研究卷. 北京：中华书局，1960：205.
② 林纾.《鬼山狼侠传》叙［M］//阿英. 晚清文学丛钞：小说戏曲研究卷. 北京：中华书局，1960：217.
③ 康有为. 秋登越王台［M］//人民文学出版社编辑部. 康有为诗文选. 北京：人民文学出版社，1958：122.
④ 康有为. 与菽园论诗兼寄任公、孺博、曼宣（三首）［M］//人民文学出版社编辑部. 康有为诗文选. 北京：人民文学出版社，1958：264.
⑤ 严复，夏曾佑. 国闻报馆附印说部缘起［M］//郭绍虞. 中国历代文论选：第四册. 上海：上海古籍出版社，1980：197.
⑥ 陈独秀. 文学革命论［M］//郭绍虞. 中国历代文论选：第四册. 上海：上海古籍出版社，1980：539.

四

可以毫不夸张地说，林纾是将西方近代的批判现实主义引进中国的第一人。尽管"林译小说"流品不尽一致，但是林纾所大加揄扬、倾心推许的却是以狄更斯（林译小说是"迭更司"，本文引用林纾原文时保留了"迭更司"）为代表的批判现实主义的杰作。他的《孝女耐儿传序》《贼史序》《块肉余生述序》《滑稽外史短评数则》《冰雪因缘序》等，都是颇具慧眼卓识的小说理论文章。在这些论著中，体现了一种现代的小说意识的觉醒。他大胆地建构了一系列新的小说观念，比如，要求小说无情地暴露社会黑暗，直面惨淡的人生；倡言小说的描写对象由英雄豪杰、才子佳人移向社会底层，大力强调描写下等社会；倡言写家常琐细之事，表现了明显的非英雄化的倾向[1]，使小说由浓重的英雄传奇色彩转向普通的平凡的人生；等等。以上几点，在当时可以说是石破天惊的新论，它透露了未来世界的信息，昭示着一种新的、具有蓬勃生命活力的文学模式的诞生。其眼光之敏锐，思想之深邃，超越了他的时代，因而也不为自己的时代所理解。这种文学观念，就其实质而言，乃是属于下一个历史时代——"五四"。直到"五四"狂飙横扫六合之后，为人生的艺术、写实主义、描写被侮辱与被损害者等，才为人们所理解、所接受，崛起而为一代文学主潮。从文学发展的历史长河来看，林纾的这一组论文，犹如翩然飞来的报春燕子，预示着新旧文学嬗变的大转折时期的到来。

中国固有的文化传统给予小说的深刻影响有二：一是文以载道，代圣贤立言，惩恶劝善，裨世道，助人伦，"警世""醒世""喻世"等，把小说纳入道德伦理的规范，人物造型也流于程序化，大忠大奸，妍媸分明。一是视小说为小道，只供游戏消闲。正如后来人们所概括的："娱乐派的文学观，是使文学堕落，使文学失其天真……传道派的文学观，则是使文学干枯失泽，使文学陷于教训的桎梏中。"[2] 文学走向何方？——其时尚是一片混沌。在这样的文化背景上，引进西方的批判现实主义，便具有横决太空、打破混沌的价值了。

林纾的小说观具有鲜明的社会批判的特色，主张"笔舌所及，情罪皆真；爱书既成，声影莫遁"[3]。所谓"情罪皆真"，即指真实地揭露社会罪恶；"声影莫

---

[1] 讴歌英雄精神与非英雄化的倾向并行不悖：讴歌英雄精神体现辛亥革命时代文学的阳刚之美、昂扬激越的时代精神；非英雄化的倾向下开"五四"时代写实主义、平民文学之先河，体现"人"的觉醒。
[2] 西谛. 新文学观的建设 [J]. 文学旬刊, 1922（37）.
[3] 林纾.《滑稽外史》短评数则 [M] // 阿英. 晚清文学丛钞：小说戏曲研究卷. 北京：中华书局, 1960：275.

遁",即指绘声绘影、追魂摄魄的人物性格刻画。令他感慨万端的是:"嗟呼!魑魅出没之地,不在穷山,而在阛阓!"① 他热切地呼吁狄更斯式的批判现实主义文学在中国的大地上诞生:"所恨无迭更司其人,如有能举社会中积弊著为小说,用告当事,或庶几也。呜呼!李伯元已矣。今日健者,唯孟朴及老残二君,果能出其余绪,效吴道子之写地狱变相,社会之受益宁有穷耶!"② 如果对照鲁迅之名言:"说到'为什么'做小说罢,我仍抱着十多年前的'启蒙主义',以为必须是'为人生',而且要改良这人生。""我的取材,多采自病态社会的不幸的人们中,意思是在揭出病苦,引起疗救的注意。"③ 便可一目了然地看出林纾与"五四"时代"为人生"派的历史联系,当日林纾所持之论,乃是一个伟大乐章的前奏,是冰泮流渐的第一次春潮。

尤其值得珍视的是林纾在这些论著中流露出来的平民意识,在小说发展史上第一次明确地提出了"专为下等社会写照"的命题。这是一种反传统、反潮流的新的美学观点,竟然大胆地亵渎了中国封建士大夫世袭的雍容华贵的艺术殿堂。试看这破壁而出的新论:

>　　天下文章莫易于叙悲,其次则叙战,又次则宣述男女之情。等而上之,若忠臣、孝子、义夫、节妇,决胆溅血,生气凛然,苟以雄深雅健之笔施之,亦尚有其人。从未有刻画市井卑污龌龊之事,至于二三十万言之多,不重复,不支厉,如张明镜于空际,收纳五虫万怪,物物皆涵漾清光而出,见者如凭阑之观鱼鳖虾蟹焉,则迭更司盖以至清之灵府叙至浊之社会,令我增无数阅历,生无穷感喟矣。

>　　中国说部,登峰造极者无若《石头记》。叙人间富贵,感人情盛衰,用笔缜密,着色繁丽,制局精严,观止矣。其间点染以清客,间杂以村妪,牵缀以小人,收束以败子,亦可谓善于体物。终竟雅多俗寡,人意不专属于是。若迭更司者,则扫荡名士美人之局,专为下等社会写照,奸狯驵酷,至于人意所未尝置想之局,幻为空中楼阁,使观者或笑或怒,一时颠倒至于不能自已,则文心之邃曲宁可及耶!余尝谓古文中叙事,惟叙家常平淡之事为最难着笔……今迭更司则专意为家常之言,

---

① 林纾.《滑稽外史》短评数则[M]//阿英.晚清文学丛钞:小说戏曲研究卷.北京:中华书局,1960:277.
② 林纾.《贼史》序[M]//阿英.晚清文学丛钞:小说戏曲研究卷.北京:中华书局,1960:257.
③ 鲁迅.南腔北调集:我怎么做起小说来[M]//鲁迅先生纪念委员会.鲁迅全集:第五卷.北京:人民文学出版社,1973:107-108.

而又专写下等社会家常之事,用意着笔为尤难。①

施耐庵著《水浒》,从史进入手,点染数十人,咸历落有致。至于后来,则如一丘之貉,不复分疏其人,意索才尽,亦精神不能持久而周遍之故。然犹叙盗侠之事,神奸魁蠹,令人耸慑。若是书特叙家常至琐至屑无奇之事迹,自不善操笔者为之,且恢恢生人睡魔。而迭更司乃能化腐为奇,撮散作整,收五虫万怪,融汇之以精神,真特笔也。史班叙妇人琐事,已绵细可味矣,顾无长篇可以寻绎。其长篇可以寻绎者,惟一《石头记》,然炫语富贵,叙述故家,纬之以男女之艳情,而易动目。若迭更司此书,种种描摹下等社会,虽可哕可鄙之事,一运以佳妙之笔,皆足供人喷饭,英伦半开化时民间弊俗,亦皎然揭诸眉睫之下。②

这是俯瞰式地综览古今中外小说之后,所做出的卓有见地的论析。林纾并未否定以《水浒传》《红楼梦》为代表的中国古典小说的优良传统,但是他却勇敢地实行了"拿来主义",敏锐地把握住了文学观念转变的契机。他的建树在于:

第一,倡言小说由描写"忠臣、孝子、义夫、节妇""名士美人"转而"专为下等社会写照""刻画市井卑污龌龊之事"。在中国传统的民族文化心理结构中,审美意识与封建伦理观念浑然一体,小说艺术典型要求体现明确的是非善恶的伦理规范和道德要求,平凡的芸芸众生往往不在小说家们的艺术视野之内,而着力去刻画那些非凡的完美的理想人格,大忠、大孝、大节、大烈,具有强烈的理性色彩和道德感化力量,即所谓"忠臣、孝子、义夫、节妇";或则刻画理想化、诗化了的才子佳人,即所谓"名士美人"。在古代的小说理论中,虽然也有市民意识的抬头,表现出非英雄化、非伦理化的倾向,比如张竹坡在《金瓶梅》的评点中提出"市井的文字",反映了中国小说从英雄传奇到描绘世俗生活的人情小说的重大转折。但是,张竹坡所谓的"市井的文字",主要还是与"花娇月媚的文字"相对照而言,着重于雅俗之分,并不曾将同情关注的目光投向下等社会。所以,林纾所提出的"专为下等社会写照",乃是一种典型的平民意识,标志着现代小说意识的觉醒。文学的主人公由英雄豪杰、才子佳人转为卑微的小人物,第一次将热切关注的目光投向病态的、畸形的下等社会,要求小说真实地、

---

① 林纾.《孝女耐儿传》序 [M] //阿英. 晚清文学丛钞:小说戏曲研究卷. 北京:中华书局,1960:252-253.

② 林纾.《块肉余生述》二题:前编序 [M] //阿英. 晚清文学丛钞:小说戏曲研究卷. 北京:中华书局,1960:254.

毫不粉饰地描绘光怪陆离的社会诸相、卑污龌龊的市井人情。他所译的《孝女耐儿传》《贼史》《块肉余生述》《滑稽外史》等，都刻意摹写了人间地狱般的下等社会，描绘了那些沦入社会底层的被侮辱与被损害者的不幸和痛苦。这是对于传统的审美心理和价值观念的深刻叛离，无疑是"五四"时代"写实主义""平民文学"之先声。没有任何理由割断林纾与"五四"新文学之间的天然纽带。作为"五四"新文学运动的主将，陈独秀在《文学革命论》中标举"三大主义"的文学革命旗帜：打倒贵族文学、古典文学、山林文学；建设国民文学、写实文学、社会文学。这实际是林纾的小说理论的发展、深化和纲领化。至此，写实主义、平民文学方如惊湍飞瀑，迸玉溅珠，蔚为大观。胡适要求新文学表现"今日的贫民社会，如工厂之男女工人、人力车夫、内地农家、种处大负贩及小店铺，一切痛苦情形"①。持论并未见得比林纾深刻。周作人标举"平民文学"，主张"我们不必记英雄豪杰的事业，才子佳人的幸福，只应记载世间普通男女的悲欢成败"②。茅盾提倡"为平民的非为一般特殊阶级的人"的新文学③，鲁迅则着力表现"上流社会的堕落和下层社会的不幸"④。这些主张，就其历史渊源而论，显然同林纾的小说理论之间，存在着一脉相承的联系。

第二，倡言小说"惟叙家常平淡之事""特叙家常至琐至屑无奇之事迹""于不易写生处，出写生妙手"⑤，此即林纾在其自撰小说《洪嫣篁》一篇跋语中所说的："狄更斯先生于布帛粟米中述情，而情中有文，语语自肺腑中流出。"在狄更斯的这些作品中，并无轰轰烈烈、可歌可泣的英雄业绩，有的只是普通的平凡的真实人生。这是一种新的艺术追求，是在更深的层次上，对于传统的审美价值和人生价值标尺的否定。中国古代的旧式小说往往带有过于浓重的政治功利色彩、伦理道德色彩、英雄传奇色彩，这些淹没了个人的情感，柴米油盐的琐屑人生、喜怒爱嗔的世俗情感都被视为卑微的、渺小的、不足道的。所以，林纾提出的"布帛粟米中述情"，体现了一种"人"的觉醒——人对自身价值的发现和肯定，要求小说表现普通的平凡的人的真情实感，虽无惊天地、泣鬼神的崇高、壮美，但却有血有肉、有"歌哭无端字字真"的本性流露，诗意和美正存在于平凡无奇的惨淡人生之中。此即"五四"以后"为人生"派所提出的"匹夫匹

---

① 胡适. 建设的文学革命论[J]. 新青年，1918, 4(4)：301.
② 仲密. 平民文学[J]. 每周评论，1919 (5).
③ 冰. 新旧文学平议之评议[J]. 小说月报，1920, 11 (1).
④ 鲁迅. 集外集拾遗·英译本《短篇小说选集》自序[M]//鲁迅先生纪念委员会. 鲁迅全集：第七卷. 北京：人民文学出版社，1973：819.
⑤ 林纾. 冰雪因缘序[M]//冰雪因缘：一册. 上海：商务印书馆，1909：2.

妇的哭声""潺潺的人生之河的水声"①"抱着这种'人生艺术观',所以所描写的多是日常生活,平凡的琐细的生活"②。因此,林纾所开拓的这种新的审美规范,可以视为"五四"时代"人的文学"之滥觞。

第三,初步地接触到文学的审美主体的问题。林纾在《孝女耐儿传序》中强调"迭更司者盖以至清之灵,府叙至浊之社会""如张明镜于空际,收纳五虫万怪,物物皆涵涤清光而出";《红礁画桨录译余剩语》中亦指出:"天下至刻毒之笔,非至忠恳者不能出。忠恳者综览世变,怆然于心,无拳无勇,不能制小人之死命,而行其彰瘅,乃曲绘物状,用作秦台之镜。观者嬉笑,不知作此者搵几许伤心之泪而成耳。"都是要求小说作者心灵纯洁、高尚,能够对现实人生做出恰如其分的美学评价,具有哲人之冷眼、志士之热肠。这对于以小说为消闲、游戏的不良倾向,实在是有力的针砭。中国的旧式小说中,并非没有描写下等社会的,甚至也写到了沉沦的被侮辱与被损害者,但是由于作者格调不高,没有深刻的人生见解,用了游戏的笔调,往往使血泪斑斑的人生变得戏谑化、庸俗化了。甚至一些比较成功之作也在所不免。比如《儿女英雄传》中的一些章节,作者用相当细致、逼真的笔触,刻画了当时的社会风貌和民俗。即如悦来店的一幕,几乎就是专为下等社会写照。试看那些串店儿的:卖水烟儿的,卖杂货儿的,说书的瞎子,唱曲儿的妓女——那两个擦着一脸怪粉,穿着花里胡哨可是破破烂烂的衣服的大丫头,闯进安公子的屋里,打情骂俏,胡搅蛮缠……这一幕写得鲜蹦活跳,笔墨可谓生动矣,口吻可谓俏皮矣,不失为一幅社会风俗画。但是作者对于这些带着严重的精神奴役创伤的被侮辱与被损害者采取了玩赏态度,没有哲人之冷眼与志士之热肠,所以把畸形的悲惨的人生化为噱头笑料了。这是中国旧式小说的沉疴痼疾。因此,林纾强调了作家的"至清之灵府",还是相当准确地划出了新旧文学泾渭分流的界标。

第四,对于典型化问题的探索。林纾的《滑稽外史短评数则》中说:"迭更司写尼古拉司母之丑状,其为淫耶?秽耶?蠢而多言耶?愚而饰智耶?乃一无所类。但觉彼言一发,即纷纠如乱丝,每有所言,均别出花样,不复不沓,因叹左、马、班、韩,能写庄容,不能描蠢状,迭更司盖于此四子外,别开生面矣。"他将目光放到在当时的小说理论领域中还很少有人注意的一个问题——人物性格的复杂性与模糊性。尽管林纾并未能做出科学的阐释,但不失为一种艺术上的启迪和开拓。中国的旧式小说,为了符合某种审美理想,往往强化人物某一方面的

---

① 西谛. 新文学观的建设 [J]. 文学旬刊, 1922 (37).
② 愈之. 近代文学上的写实主义 [J]. 东方杂志, 1920, 17 (1): 71.

性格特征，正与邪、善与恶、美与丑鲜明对垒，构成人物之间的外在冲突，性格由单一色调构成，呈清晰、明确的形态。西方近代现实主义文学关于典型化的基本要求，就是按照人物的本来面目来写人，着重揭示人物性格的内在矛盾，肯定与否定的二元对立；智与愚、贤与不肖、正义与邪恶……撞击冲突，性格由多种色调、光谱构成，呈复杂、模糊的形态。林纾所谓前"别开生面"，就是他对于这种既非天使、也非魔鬼的典型塑造原则的一种直观感受，不失为一种艺术启示。

五

对于小说的艺术规律的探索，是林译序跋的一个显著特色。在这方面，林纾比他的同时代人都做了更为切实有益的工作。他最早地、比较系统地介绍了近代西方文学的艺术手法和风格流派，尽管他的认识尚是直观的、朦胧的，但是显然林纾是个文学素质很好的人，他对于西洋小说——这种新的文学模式的艺术特征的把握，基本上是准确的，不乏一针见血的精辟见解。尤其可贵的是：他的译作，以简洁，隽永的生花妙笔，忠实地传达了沁香浥露、斑彩纷呈的各种不同风格流派作品的神韵，极大地拓展了人们的视野，其艺术胸襟是开放的、自由的，表现出了一种兼容并包的恢宏气度，从而刷新了中国传统的小说格局。这在中国近代小说的发展里程上具有不可低估的影响。

他的关于西方小说的艺术手法的论述，构成了对于传统的小说模式——框架结构、审美心理、艺术格调等的全面撞击。他在理论上的开拓：

第一，关于小说的总体格局。他的《冰雪因缘序》中指出：

> 此书情节无多，寥寥百余语，可括东贝家事，而迭更司先生叙致至二十五万言，谈谐间出，声泪俱下。言小人则曲尽其毒螫，叙孝女则直揭其天性。至描写东贝之骄，层出不穷，恐吴道子之画地狱变相不复能过，且状人间阘茸诟侮者无遁情矣。呜呼！吾于先生之文又何间焉！

这是极其敏锐地捕捉住了一种新的审美信息——由情节小说到性格小说的蜕变。中国的旧式小说多以故事性强而取胜，追求情节的离奇曲折，叙说娓娓动听的悲欢离合的故事，情节驱遣人物。而批判现实主义的小说则着力于人物性格的开掘，以精雕细刻的笔触刻画作为社会关系总和的人，它淡化情节，切入社会人生的纵深层面，以性格的魅力建构艺术的殿堂。林纾所做的论述，恰如其分地表达了"文学即人学"这样一种新的审美规范，使传统的以情节为框架的小说模式面临着挑战。

第二，关于小说的结构手法，林纾大胆地引进了立体交叉、时空错综处理的新颖的艺术手段。他的《撒克逊劫后英雄略序》中指出：

> 古人为书，能积至十二万言之多，则其日月必绵久，事实必繁伙，人物必层出；乃此篇为人不过十五，为日同之，而变幻离合，令读者若历十余稔之久，此一妙也。

其时中国读者的欣赏习惯，还比较适应于平铺直叙的结构手法，故事完整统一，有头有尾，线索单纯，脉络清楚，空间变换与时间流动串联着情节发展，是流水式的。像《撒克逊劫后英雄略》这样一种跳跃性很大的结构手法，在当时是极富于新鲜感的。它不同于一般的插叙、倒叙，或者"花开两朵，各表一枝"之类的旧套，而是一种在总体上呈立体感的构型。它具有史诗的厚重内涵和赫奕气势，但是却将绵亘久远的复杂纠葛、惊心动魄的激烈冲突，都横切入一个短暂的历史瞬间，大规模地调动了时空错综处理的艺术手段，空间场面的跳跃变幻，时间跨度的交叉错位，根本打破了中国旧式小说流水账式的格局，而是呈现出有如探照灯的一组光束的形态，或则借用唐人杜牧《阿房宫赋》中"钩心斗角"一语，差可比拟。这足以令中国读者耳目一新。

第三，对于细节描写的强调。他摒弃粗枝大叶式的，只叙事件来龙去脉、人物行为动作的手法，强调叙情，强调细腻入微的心理刻画，用传神的细节描写揭示人物的内心世界，透露灵魂深处的心弦震颤。他不止一次地举出《史记·外戚世家》中的一段描写：汉文帝之际，窦皇后弟窦广国幼年家贫被人掠卖，流落为奴，后来听说姐姐在宫立为皇后，因此上书自陈：

> 文帝召见问之，具言其故，果是。又复问他何以为验，对曰："姊去我西时，与我决于传舍中，丐沐沐我，请食饭我，乃去。"于是窦皇后持之而泣，泣涕交横下。

原来窦皇后当年以贫家女被选入宫，稚弟恋姊，囚首垢面，依依姊侧，相别于旅舍中；而门前车马已集，行色匆匆，姊明知一去便当永诀，仓皇之间，乞水来给稚弟洗，求食来给稚弟吃，最后一尽手足之情，方始登车而去。这段描写得到林纾的激赏，赞叹寥寥数语，惨状悲怀，尽皆呈露。他认为狄更斯的文笔"强半类此"，如《孝女耐儿传》一书，"精神专注在耐儿之死。读者迹前此耐儿之奇孝，谓死时必有一番死诀悲怆之言，如余所译茶花女之日记。乃迭更司则不写耐儿，专写耐儿之大父凄恋耐儿之状，疑睡疑死，由昏愦中露出至情，则又《茶花女日记》外别成一种写法"①。这显示了艺术技巧的圆熟,透露了现代小说美学意识的觉醒——由叙事型转为描写型,由粗糙转为细腻,运以出神入化之笔,揭开人物灵魂的帷幕,展现那撕心裂肺的爱和恨、痛苦和挣扎。

林纾对于小说技巧的探索及他的译作本身,无疑对于"五四"一代作家有着潜移默化的影响。

尤其值得重视的是他对于西方文学的风格流派的介绍。他在《孝女耐儿传序》中自述:

> 予尝静处一室,可经月,户外家人足音颇能辨之了了,而余目固未之接也。今我同志数君子,偶举西士之文字示余,余虽不审西文,然日闻其口译,亦能区别其文章之流派,如辨家人之足音。其间有高厉者,清虚者,绵婉者,雄伟者,悲梗者,淫冶者……

虽然林纾尚未具有科学概念,但是不可否认他的艺术直觉的准确与敏锐。他盛赞狄更斯的艺术手腕:"难在俗中有雅,拙而能韵,令人挹之不尽。……言哀则读者哀,言喜则读者喜,至令译者啼笑间作,竟为著者作傀儡之丝矣。"② 他的译作忠实地传达了狄更斯的"俗中有雅,拙而能韵"、令人"啼笑间作"的独特风格——带着含泪的微笑,悲剧性与喜剧性相互渗透,以诙谐幽默的笔调摹写冷峻残酷的人生。郑振铎赞叹林译小说:"如果一口气读了原文,再去读译文,则作者情调却可觉得丝毫未易;且有时连最难表达于译文的'幽默',在林先生的译文中也能表达出。"③ 王靖也倍加揄扬,说:"使迭氏九泉知之,当叹为中土之知己矣!"④ 胡适认为:"平心而论,林译的小说,往往有他自己的风味,他对于原书的诙谐风趣,往往有一种深刻的领会,故他对于这种地方,往往更用气力,更见精采。"⑤

至于美国华盛顿·欧文的作品,则别具风格,带有浓郁的诗和哲理的意味。林纾所译的《拊掌录》《旅行述异》,亦是他的译作中的上乘之品。叶圣陶回忆自己的创作生涯:"中学里读英文,用的本子是华盛顿·欧文的《见闻杂记》(按,林纾译作《拊掌录》)……那富于诗趣的描写,那看似平淡而实有深味的

---

① 林纾. 孝女耐儿传序[M]//中国历代文论选:第四册. 上海:上海古籍出版社,1980:158.
② 林纾.《块肉余生述》二题:续编识[M]//阿英. 晚清文学丛钞:小说戏曲研究卷. 北京:中华书局,1960:254-255.
③ 郑振铎. 林琴南先生[M]//中国文学研究:下册. 北京:作家出版社,1957:1227.
④ 王靖. 英国文学史:上编[M]. 上海:泰东图书局,1927:86.
⑤ 胡适. 五十年来中国之文学[J]. 上海:申报馆,1924:23.

叙述,当时以为都不是读过的一些书中所有的,爱赏不已,尤其是《妻》《睡谷》《李迫大梦》以及叙述圣诞节和威斯明司德寺的几篇……华盛顿·欧文的文趣(现在想来,就是'风格')很打动了我。"① 对比地看林纾早在1906年为《拊掌录》所写的跋语,即可见出林纾赏鉴眼光的不凡。

> 此篇文字,冲叔随意言之,畏庐随意录之,置之败簏中。约数月,一日取而读之,则悲凉凄惋,语语皆含哲理。(《记惠斯敏司德大寺》跋语)

> 试观其词,若吐若茹,若颂若讽,而满腹牢骚,直载笔墨俱出。(《记英伦风物》跋语)

> 大凡严风雪霰中,其中正蕴一番秾春之信,身当其境,但患隆冬,不知跬步所趋,已渐向阳春而去。一到了花明柳媚时,则春光尽泄,咀嚼转无余味……欧西今日之文明,正所谓花明柳媚时矣……长日为欢,而真意已漓。欧文华盛顿,有学人也,感时抚昔,故生此一番议论。须知天下守旧之谈,不尽出之顽固,而太初风味,有令人寻觅不尽者,如此类是也。(《耶苏圣节》跋语)

他对于欧文的艺术风格的体会可谓臻于三昧之境。欧文作品的艺术魅力,不在于故事情节,也不在于人物性格;令人沉浸其中的,是一种诗的氛围,哲理的醰醰深味。构成小说元素的是一种意识的流动,一种"念天地之悠悠,独怆然而涕下"的伤今吊古之情。这是对小说格局的大胆突破,开创了小说向诗化、散文化发展的新蹊径,我们在"五四"新文学中便可见其春风化雨的硕果。

此外,司各德的作品,云谲波诡,文心奇幻,带有浓重的英雄传奇色彩;仲马父子的作品,冶艳秾丽,醉心炫目,富于罗曼蒂克情调;哈葛德(即哈格德)兼擅言情和神怪,作品旖旎风流,多写蛮荒殊俗,充满异域风光……对于这些色彩缤纷、情调迥殊的作品,林纾都能相当准确地捕捉住它们的个性风采,译笔惟妙惟肖,颇有一些"淡妆浓抹总相宜"之致。

较之他的具体论述更为重要的是:"林译小说"开创了不拘一格、云蒸霞蔚的小说总体风貌,不是一枝独艳,不是高蹈独步,而是表现出一种宽博、豁达、江海不捐细流的艺术胸襟,它不偏执,不狭隘,涵盖万有,张扬个性,或雅或俗;或庄或谐;或现实,或浪漫;或横刀跃马,或风月情浓……具有包容千峰竞秀、万壑争流的气度。就一定意义来说,"林译小说"在总体风貌上为"五

---

① 叶绍钧.杂谈我的写作[M]//叶绍钧,等.文艺写作经验谈.重庆:天地出版社,1943:2.

四"新文学提供了范例。

六

如果文章到此为止，人们不免感到某种缺欠。因为林纾除了上述贡献而外，同时还是一代摹情圣手，毕竟他是以翻译《巴黎茶花女遗事》《迦茵小传》而蜚声文坛的。康有为在推许"译才并世数严、林"的那首诗中，既为揄扬"百部虞初救世心""谁伤正则日行吟"；又为赞美"唐人顽艳多哀感，欧俗风流所入深"①。这是林纾不可偏废的一个方面。他的爱情观是颇为值得研究的。

陈炳堃曾经发表过极为警策的见解：

> 他（指林纾）是一个多情的人，他不肯见之于行动，乃发之于文章，很热情地翻译《巴黎茶花女遗事》《迦茵小传》《洪罕女郎传》《红礁画桨录》一类的小说，《冷红生传》《洪罕女郎传序》都是他翻译这类小说的心情的写照。我们要懂得他这样心情，才可以读他这类的小说。他虽颇有几分头巾气，却肯翻译这种东西，还敢讪笑假道学。他说："宋儒嗜两庑之冷肉，宁拘挛曲跼其身，尽日作礼容，虽心中私念美女，颜色亦不敢少动，则两庑之冷肉荡漾于前也。"（《橡湖仙影序》）这是他比一般迂腐的老夫子究竟要高明的地方，也就是他能赏鉴西洋小说的原因之一②。

因此，林纾的杰出贡献在于：他第一次将现代的性爱意识——伴随着人格独立、个性解放的强烈要求的现代性爱意识——引进了封建专制的黑暗王国，在这古老的、阴霾四布的王国上空不啻投掷了一枚重磅的精神炸弹。所以就无怪乎《巴黎茶花女遗事》问世之后，竟然获得出乎林纾意料之外的极大成功。"中国人见所未见，不胫走万本。"③ "一时纸贵洛阳，风行海内。"④ 甚至赢得严复的由衷赞叹："可怜一卷《茶花女》，断尽支那荡子肠。"⑤

中国的封建道统历来是以理制情，男尊女卑、夫唱妇随的伦理规范，将妇女的人格、个性扼杀殆尽，对于性爱更是讳莫如深。19世纪以来，虽有思想界之

---

① 康有为. 琴南先生写万木草堂图题诗见赠赋谢［J］. 庸言，1912，1（7）.
② 陈炳堃. 最近三十年中国文学史［M］. 上海：太平洋书店，1931：96-97.
③ 陈衍. 林纾传［J］. 国学专刊，1927，1（4）：93.
④ 寒光. 林琴南［M］. 上海：中华书局，1935：5
⑤ 参见：阿英. 关于《巴黎茶花女遗事》［M］//钱锺书，等. 林纾的翻译. 北京：商务印书馆，1981：53.

怪杰龚自珍提出"尊情说",倡言"情之为物也,亦尝有意乎锄之矣;锄之不能,而反宥之;宥之不已,而反尊之。龚子之为《长短言》何为者耶?其殆尊情者耶?"① 但是,"尊情"之说在中国当时的思想界,不免"促柱危弦太觉孤",如风瞥电逝,消沉在"夜之漫漫,鹃旦不鸣"的茫茫黑暗之中了②。林纾所做的工作,实在就是给那貌似庄严神圣的礼教殿堂挖了墙脚。只看林译本《迦茵小传》问世所掀起的一场轩然大波,便可见出这枚精神炸弹对于千年铸就的道德心防的轰击力量。

《迦茵小传》原有一个译本,译者署名蟠溪子,但只译了一半,托言"惜残缺其上帙",其实是有意的删节,旨在隐讳迦茵与男爵之子亨利热恋,并有一私生子等情节,以全迦茵之"贞操",使她白璧无瑕,玉洁冰清。林纾颇为欣赏这个译本,称其"译笔丽赡,雅有辞况",惜其残缺不全,所以自己动笔将《迦茵小传》全本译出,书问世后,遭到卫道者们的猛烈抨击。有署名寅半生者撰文痛诋林纾:

> 吾向读《迦因小传》,而深叹迦因之为人清洁娟好,不染污浊,甘牺牲生命以成人之美;实情界中之天仙也;吾今读《迦因小传》而后知迦因之为人淫贱卑鄙,不知廉耻,弃人生义务而自殉所欢,实情界中之蟊贼也。……
>
> 不意有林畏庐者,不知与迦因何仇,凡蟠溪子所百计弥缝而曲为迦因讳者,必欲历补之以彰其丑。……
>
> 林氏之所谓《迦因小传》者,传其淫也,传其贱也,传其无耻也。③

由此可见当时社会心理之一斑。比较起来,林纾的思想显然豁达得多、大胆得多了。对于迦茵这样一个身世畸零,备遭社会凌蔑,而敢于大胆抗争,热烈追求爱的权利终不免被黑暗势力所吞噬的女子,他给予了无保留的同情和肯定,丝毫不曾斥之为"淫"、为"贱"、为"无耻"。在译文中,他以抒情诗的格调忠实地传写了迦茵坎坷不幸的一生,赞美了她的纯真的爱,她的光明纯洁的人格,她的勇烈刚决,她的甘愿牺牲自己以成人之美的善良心地……都写得感人至深。

这是对于雍雍穆穆的中国旧式伦理关系的叛逆和挑战。他在人们饥渴、荒漠

---

① 龚自珍. 长短言自序 [M] //龚自珍. 龚自珍全集. 上海:上海人民出版社,1975:232.
② 龚自珍. 尊隐 [M] //龚自珍. 龚自珍全集. 上海:上海人民出版社,1975:88.
③ 寅半生. 读《迦因小传》两译本书后 [J]. 游戏世界,1900(11).

的心田上浇注了一盏爱情的甘泉,带来了青春的萌动、人性的复苏。他的译作,透露了一个强烈的扣人心弦的信息——借用鲁迅的话来说——"人之子醒了;他知道了人类间应有爱情"!①

有的论著将林译言情小说视为鸳鸯蝴蝶派之滥觞,归咎他开启鸳鸯蝴蝶派之尘嚣浊浪,这委实是冤枉了林纾。林译言情小说——就其代表作品而言,比如《巴黎茶花女遗事》《迦茵小传》,与鸳鸯蝴蝶派的作品相比,其艺术格调之高下不啻天壤之别。当时人们的观感亦是如此,舆论认为:"林琴南译的西洋小说,处处都高人一等,偏是要说李涵秋的《广陵潮》好。研究《广陵潮》的好处;便是粗浅和淫秽!"②

中国小说从旧式的才子佳人的爱情故事过渡到表现现代意义的性爱,这一历史飞跃中,"林译小说"是不可缺少的中间媒介。张静庐断言:"自林琴南译法人小仲马所著哀情小说《茶花女》以后,辟小说未有之蹊径,打破才子佳人团圆式的结局;中国小说界大受其影响。"③近则流风被于苏曼殊所著的哀情小说,如王无为氏所言:"苏曼殊以非佛非仙之闲人,寄其灵感于小说之中,所为《碎簪记》《焚剑记》诸篇,皆与《茶花女遗事》相佛佛。"④远则下开"五四"时代那些浪漫自由的爱情咏叹调。郭沫若回忆自己的文学生涯说:

> 林琴南译的小说在当时是很流行的,那也是我所嗜好的一种读物。我最初读的是 Haggard 的《迦茵小传》。那女主人公的迦茵是怎样的引起了我深厚的同情,诱出了我大量的眼泪哟。我很爱怜她,我也很羡慕她的爱人亨利。当我读到亨利上古塔去替她取鸦雏,从古塔的顶上坠下,她张着两手去接受着他的时候,就好像我自己是从凌云山上的古塔顶坠下来了的一样。我想假使有那样爱我的美好的迦茵姑娘,我就从凌云山的塔顶坠下,我就为她而死,也很甘心。⑤

林纾以其清丽缠绵、柔情似水之笔,诱发了现代的性爱意识的觉醒,竟如春潮澎湃,汩汩泱泱,汗漫无极。

毋庸讳言,林纾是个深受旧学熏陶的人,很难挣脱那渗透于灵魂之中的礼教

---

① 鲁迅. 热风: 随感录四十[M]//鲁迅先生纪念委员会. 鲁迅全集: 第二卷. 北京: 人民文学出版社, 1973: 41.
② 禹钟. 纯正小说与读者[J]. 民众文学, 1924, 8 (10).
③ 张静庐. 中国小说史大纲[M]. 上海: 泰东图书局, 1920: 25.
④ 王无为. 序: 一[M]//张静庐. 中国小说史大纲. 上海: 泰东图书局, 1920: 4.
⑤ 郭沫若, 等. 我的童年[M]//郭沫若. 少年时代. 北京: 人民文学出版社, 1979: 113.

的魔障。他在文章中动辄言及"礼防""以礼自律"。但是正如陈炳堃所说的"他是一个多情的人",一缕情根并未泯除。《洪罕女郎传·序》说:"居士(畏庐居士自称)且老,不能自造于寂照,顾尘义则微知之矣。前十年译《茶花女遗事》,去年译《迦茵小传》,今年译《洪罕女郎传》,其迹与摩登伽近。居士以无相之摩登伽坏人无数戒体,在法当入泥犁;不知居士固有辞以自辩也。"他认为情幻本为心所自生,"幻妄之来,不自外来……即心所照",眼色为缘,"则此心立化为百千万亿之摩登伽,又将化为百千万亿之茶花女、迦茵、洪罕女郎。"他以谈禅论佛的机锋,含蓄曲折地表达了对于性爱这种生命冲动的肯定。他也颇有一些看破世相的超脱见解,大胆地撕破假道学的面具。即如陈炳堃所引的那段话:"宋儒嗜两庑之冷肉,宁拘挛曲跼其身,尽日作礼容,虽心中私念美女,颜色亦不敢少动,则两庑之冷肉荡漾于前也。"① 倒是颇有一点现代的性心理学的味道,表现了他对于虚伪、矫情的深刻憎恶。尤可注意的是他的那篇《冷红生传》:

> 冷红生,居闽之琼水,自言系出金陵某氏,顾不详其族望。家贫而貌寝(丑),且木强多怒。少时见妇人辄踧踖隅匿,尝力拒奔女,严关自捍,嗣相见,奔者恒恨之。迨长,以文章名于时,读书苍霞洲上。洲左右皆妓寮,有庄氏者,色技绝一时,夤缘求见,生卒不许。邻妓谢氏笑之,侦生他出,潜投珍饵,馆僮聚食之尽,生漠然不闻知。一日群饮江楼,座客皆谢旧昵,谢亦自以为生既受饵矣,或当有情,逼而见之,生逡巡遁去。客咸骇笑,以为诡僻不可近。生闻而叹曰:"吾非反情为仇也,顾吾褊(褊)狭善妒,一有所狎,至死不易志,人又未必能谅之,故宁早自脱也。"所居多枫树,因取"枫落吴江冷"诗意,自号曰"冷红生",亦用志其癖也。生好著书,所译《巴黎茶花女遗事》,尤凄惋有情致,尝自读而笑曰:"吾能状物态至此,宁谓木强之人果与情为仇也耶?"

这是一篇极为别开生面的自传。自古及今,几乎很少有人这样为自己作传。这里有林纾的谐谑幽默,也有林纾的真率执拗,可以说是一幅带有漫画意味的林纾的心灵自画像。他用坦白的心理分析手法记录了自己的罗曼史,揭示了在意识的深层结构中理与情、灵与肉的冲突。文中所记都是事实。林纾悼亡之后,确实有名妓慕才垂青于他,而被他所拒。他的《七十自寿诗》曾忆及这段往事:"不留宿孽累儿孙,不向情田种爱根。绮语早除名士习,画楼宁负美人恩。……"自

---

① 林纾. 橡湖仙影序 [M] //橡湖仙影. 上海:商务印书馆, 1906:2.

注:"余悼亡后,有某校书(妓女)者,艳名震一时,初不谋面,必欲从余,屡以书来,并馈食品。余方悲感,卒不之报,且不与相见,同辈恒以为忍。"① 这段不无遗憾的往事,林纾一直耿耿于怀。他后来写过好几篇这类题材的小说:《秋悟生》《赵倚楼》《穆东山》等。这几篇写的都是爱情幻灭的悲剧,同一主题变奏的反复出现,绝非偶然。"水榭当时别谢娘,梦中仿佛想啼妆"②,那魂萦梦绕的刻骨相思;"春风如剪,把缕缕情丝中断"③,那飞鸿雪泥的未了情缘,都留下了抱恨终身的隐痛,伴随着绵绵无尽的苦涩和怅惘。他所写的并不是痴心女子负心郎的社会悲剧,而是情格于理、灵肉分离的人生悲剧。《秋悟生》的跋语中说:"谢娘虽不嫁生,生之心无日不在谢家⋯⋯是生之身不近谢娘,而生心固已娶之矣。"这种矫情,是清白圣洁,也是冷酷残忍。秋悟生几乎就是林纾自托。小说中的名妓谢娘抑郁而死,秋悟生无限怅然,每诵晏小山《鹧鸪天》词"梦魂惯得无拘检,又踏杨花过谢桥"句,不禁潸然泪下。这大约就是林纾自我心情的写照,只有在梦境中去寻觅那灵肉合一的爱情补偿。所以无怪乎人们用弗洛伊德学说的眼光来分析林纾译作言情小说的心理了。这几篇小说的男主人公都是在痴情苦恋的女子面前"逡巡遁去"的彬彬君子,由于性格的软弱无能而成为情场的败北者,在灵与肉的激烈冲突中深深自忏。《穆东山》的跋语中直斥:"此酸腐之东山,终日如蠹鱼。"可以说是林纾的一种自忏意识的流露。这个形象系列,在"五四"以后的很多小说中可以找到他的影子,得到了深化和延伸。

七

关于林纾在近代小说理论方面的建树,自然还有一些研究领域有待深入。比如,中西文学的比较研究,林纾是第一代的拓荒者,在这片未开垦的处女地上犁下了最初的痕迹。虽然他的某些见解不免幼稚、粗疏,带有天真未凿的性质,但是,毕竟他所做的是"烈山泽以辟新局"的事业,仍然留下了一些可贵的启示。比如关于小说结构艺术的中西比照,他很欣赏狄更斯的匠心:"迭更司(原文缺)先生临文如善弈之着子,闲闲一置,殆千旋万绕,一至旧着之地,则此着实先敌人,盖于未胚胎之前已伏线矣。⋯⋯左氏之文,在重复中能不自复;马氏之文,在鸿篇巨制中,往往潜用抽换埋伏之笔而人不觉;迭更氏亦然。虽细碎芜蔓,若不可收拾,忽而井井胪列,将全章作一大收束,醒人眼目。有时随伏随醒,力所不能兼顾者,

---

① 林纾. 七十自寿诗 [M] //朱羲冑. 林畏庐先生年谱: 卷二. 上海: 世界书局, 1949: 46-47.
② 林纾. 秋悟生 [M] //林薇. 林纾选集: 小说卷上. 成都: 四川人民出版社, 1985: 77.
③ 林纾. 赵倚楼 [M] //林薇. 林纾选集: 小说卷上. 成都: 四川人民出版社, 1985: 96.

则空中传响，回光返照，手写是间，目注彼处。"① 在中西文学的横向比较中，强调了"锁骨观音"式的小说结构艺术，此即中国传统小说美学所谓之"草蛇灰线，伏脉千里"。当时的中国小说界尚在流行"其记事遂率与一人俱起，亦即与其人俱讫，若断若续"的松散的结构方式②，林纾对于小说艺术匠心的强调，无疑具有匡救时弊的意义。他所首创的中西文学比较研究，涉猎范围很广，从结构布局至于描写技巧、语言风格诸方面。不过，进一步的研究探索，就俟之异日了。

最后，还应说明，林纾是个过渡时代的人物，思想中新与旧、开明与蒙昧互相消长，其论著自然也是玉石杂糅，掺有很多陈腐、鄙陋之见。随着历史潮汐的冲刷，他终于成为时代的落伍者，演出了堂吉诃德式的悲喜剧。不过，因为对于林纾的批判已经进行了半个多世纪之久，这里就不再赘述了。

（原发表于《中国社会科学》1987年第6期）

---

① 林纾. 冰雪因缘序 [M] //冰雪因缘：一册. 上海：商务印书馆，1909：1-2.
② 鲁迅. 中国小说史略 [M] //鲁迅先生纪念委员会. 鲁迅全集：第九卷. 北京：人民文学出版社，1973：436.

清末民初小说理论概说

陈平原

一

戊戌变法在把康、梁等维新派志士推上政治舞台的同时,也把"新小说"推上文学舞台。"小说界革命"的口号,虽然直到 1902 年才由梁启超在《论小说与群治之关系》一文中正式提出来,但戊戌前后文学界对西洋小说的介绍、对小说社会价值的强调,以及对别具特色的"新小说"的呼唤,都是"小说界革命"的前奏。1902 年《新小说》杂志的创刊,为"新小说"的创作和理论探讨提供了重要阵地。此后,刊载和出版"新小说"的刊物和书局不断涌现,"小说界革命"大放光明,终于在中国小说史上揭开新的一页,成为 20 世纪中国小说的真正起点。

"小说界革命"的口号,是维新派为配合其改良群治的政治运动而提出的;但其基本主张适逢其时,很快打破了政治上党派的局限,得到文学界有识之士的广泛欢迎。因此,政治倾向很不相同的"新小说"理论家,在关于小说的功能及表现特征等理论主张上,并不曾势不两立。当然,这不等于说小说理论界没有争论一团和气,而是指小说理论的发展已经在某种程度上独立运行,并非简单的只是政治斗争或党派利益的工具。硬要在这一批理论家中划分革命派、改良派和保守派,显然是不科学的。我们实在难以把改良派的梁启超的文学主张和革命派的黄小配的文学主张截然对立起来。即使不是从政治观念,而是从文学理想入手来划分流派,同样可能碰到难以克服的障碍:这批理论家并没有自觉的流派意识,甚至很少有独立的理论旗帜。因此,只能从整体上把握这一代人的理论主张。

《新小说》杂志辟"论说"栏,"论文学上小说之价值,社会上小说之势力,东西各国小说学进化之历史及小说家之功德，中国小说界革命之必要及其方法等"①。此后小说理论界的发展，大致不出此一范围，只是论述更为精细，且侧重点略有转移罢了。第一阶段（1897—1906）主要从"社会上小说之势力"，推及"中国小说界革命之必要"；第二阶段（1907—1911）涉及"文学上小说之价值"，对小说界革命的"方法"做进一步探讨；第三阶段（1912—1916）开始研究"东西各国小说学进化之历史"，减少前期那种泛论中外信口雌黄的毛病。当然，这只是就大趋势而言，具体作家具体论点多有交叉。

可以这样说，这三十年的小说理论是既丰富又贫瘠。说它"丰富"，是因为提出了许多有意义的新命题；说它"贫瘠"，是因为这些新命题大多没能很好地展开论证，只是停留在直观感受和常识表述阶段。这不是一堆金子，而是一堆金沙子；可以沙中淘金，可是得费很大力气——在这些粗糙的论述中发现某些精彩的论题和新奇的设想，既是有趣的探险，又是相当艰苦的劳动。即使是选入本集中的文章，也大多只是在一大堆重复无数遍的陈言中夹杂着几句颇具真知灼见的妙语。可也正是这些芜杂浅陋但蕴含着无限生机的小说论，在某种程度上昭示着20世纪中国小说的发展方向，当然也表明观念变革的艰难。

作为20世纪中国小说的前驱，"新小说"不可避免地带有明显的过渡性质。同样，"新小说"理论既是中国古典小说理论的终结，也是中国现代小说理论的开端。这里既有正在逝去的长夜的阴影，又有即将到来的黎明的晨曦。从命题本身，到论证方法及至理论成果，这一时期的小说论无不体现其新旧交替的特性。有新人与旧人之间的直接对抗，但更多的是论者本身就充满"新-旧"的矛盾。

小说理论界的新旧交叉与新旧交替，很大程度上是中国古典小说理论体系与西方近代小说理论体系之间的矛盾与争斗。虽然西方小说理论还没有较系统地介绍到中国来，但某些概念范畴及某些表现技法却已随着西方小说的翻译介绍而逐步为中国读者所理解、接受，有的甚至已经进入小说批评领域。比如梁启超关于"写实派小说"与"理想派小说"的区分②，俞明震（觚庵）关于"记叙派"小说与"描写派"小说的论述③，还有若干小说体裁、小说形态的理论构想，都明显突破金圣叹、张竹坡等评点派理论家的小说批评范式。但在具体的小说批评中，又仍然充斥着大量"字有字法，句有句法，章有章法，部有部法"之类的传统腔调。这与"五四"时期的作家接受西洋小说"情节、性格、背景"三分

---

① 《新小说》报社.中国唯一之文学报《新小说》[N].新民丛报，1902（14）.
② 梁启超.论小说与群治之关系[J].新小说，1902，1（1）.
③ 佚名.觚庵漫笔[J].小说林，1907（7）.

法而展开的一系列论述有很大差别。

不只是所使用的理论框架新旧杂糅，而且所使用的论述方法也是半新不旧。跟中国传统小说批评家一样，"新小说"理论家大多习惯于采用序跋、评语、随感，乃至颇有新意的"小说丛话"和"发刊词"等形式，随感性地发表关于小说的理论见解，主要着眼点仍然是具体作家作品的评论，当然也偶尔引申出某些理论问题，但限于体式，难得深入探讨。值得注意的是，这一时期也出现了一些比较系统地探讨小说原理的文章。梁启超分析小说支配人道的"四种力"，[①] 夏曾佑（别士）论述"作小说有五难"，[②] 狄葆贤（楚卿）用"五种对待"来界定小说的特质与作用，[③] 都有一定的理论深度。到了管达如的《说小说》、吕思勉（成之）的《小说丛话》，已经明显借鉴西方小说理论，试图系统阐明小说的基本性质和具体特征，建立完整的"小说学"了。

不管是继承传统，还是借鉴西方，不管是随感式的序跋，还是条理化的论文，"新小说"理论作为小说界革命的直接产物，自觉地服务于文学运动，贴紧小说创作实践，其主要价值不在于纯理论意义，而在于促进了中国小说从古典形态向现代形态的过渡。也就是说，其实践性远远超过其理论性。只有把这些粗浅的小说论还原到20世纪初中国小说大转变期的文学潮流中，才能理解其真正的价值。

二

"欲改良群治，必自小说界革命始；欲新民，必自新小说始"[④]——这是整个小说界革命的理论前提。从"小说有不可思议之力支配人道"这一现势出发，"新小说"理论家在两个层面上展开论述：一是对"旧小说"海淫海盗的批判，一是对"新小说"觉世新民的赞赏。而这一切，实际上都根源于传统的小说关乎世道人心的古训。只不过如今有了"欧美、东瀛"借政治小说变革现实改良群治的"经验"，小说从不入流的小道一跃而为最上乘的文学。观念转了个一百八十度的大弯，可思维方法和审美趣味并没改变。梁启超提高小说地位的理论主张并没碰到特别大的阻力，真可谓登高一呼应者影从。除了说是顺应时势外，更重要的恐怕是小说应有益于世道人心这一口号带有明显的传统文学观念的印记，

---

① 梁启超. 论小说与群治之关系［J］. 新小说，1902，1（1）.
② 别士. 小说原理［J］. 绣像小说，1903（3）.
③ 楚卿. 论文学上小说之位置［J］. 新小说，1903（7）.
④ 梁启超. 论小说与群治之关系［J］. 新小说，1902，1（1）.

容易为社会各方所接受。这就难怪后来者不管其政治倾向、艺术趣味如何，大多喜欢接过这一口号发挥一通。清末民初的小说论文中，几乎有一半是喋喋不休地谈论这一"翻新的老调"的。凭借政治的力量，把小说从"小道"提升为"大道"，这里并没有什么理论价值，可是很有实践意义。就是这么一个不伦不类的口号，直接促成了清末民初小说界的繁荣，并间接引发出一系列很有意义的理论问题。

首先，什么是小说的功能？认准小说有益于改良群治，把小说作为政治革命的工具，那么最实用的小说类型自然是"借以吐露其所怀抱之政治思想"的政治小说[1]；最有效的技法是把小说当论文写，引入大量科学、法律、军事、政治问题和术语；而最佳的效果是成为思想启蒙的"教科书"。这是一条顺理成章的思路，"新小说"理论家正是这么走过来的。可这种理想的"新小说"很快就面临读者趣味的严重挑战。书商说它"开口便见喉咙"，卖不出去[2]；作家说它"议论多而事实少，不合小说体裁"[3]，要求读者"读小说如读经史"，立意不可谓不高，只是严重脱离一般读者的阅读趣味，把小说推上了危险的悬崖。既要保持教诲色彩，又要增强可读性，"新小说"自我调整的结果，是由"教科书"变为"镜子"。还是讲故事，但并非为故事而讲故事，而是为教诲而讲故事。最时髦的成语是"燃犀铸鼎"，要求读者在鉴赏故事的愉悦中自省自悟。

有人强调"小说者，文学之倾于美的方面之一种也"，反对把小说写成"无价值之讲义、不规则之格言"[4]；也有人主张：读者读小说是"消闲助兴为主"[5]，作家应努力突出小说的娱乐性，使其"一编在手，万虑都忘"[6]。但这两种声音在整个文学潮流中显得过于单薄。"为艺术而艺术"，因时势艰难，作家、读者皆无此心思；"为娱乐而艺术"，则因传统心态的束缚，而为作家、读者所耻于承认。

实际上辛亥革命后不少作家早已不再为教诲而写作，可每当需要表态的时候，作家、理论家都不肯丢下这块"金字招牌"，似乎这是保证小说和小说家价值的护身符，说到底还是不肯承认小说作为艺术的独立价值。作为理论思考，片面强调小说的教诲作用无疑是个很大的缺陷。但只要把作家的创作实践和理论表

---

[1] 《新小说》报社. 中国唯一之文学报《新小说》[N]. 新民丛报，1902（14）.
[2] 公奴. 金陵卖书记 [M]. 上海：开明书店，1902：8.
[3] 俞佩兰. 女狱花叙 [M]. 泉唐罗氏藏板，1904.
[4] 摩西. 小说林发刊词 [J]. 小说林，1907（1）.
[5] 陈光辉. 陈光辉君来函 [J]. 小说月报，1916，7（1）.
[6] 王钝根. 礼拜六出版赘言 [J]. 礼拜六，1914（1）.

述对照起来（这一时期的小说家往往也是批评家），就不难发现一个有趣的现象：两者并不同步。倒不一定是作家理论家有意作伪，而是艺术直觉走在观念思维前面。或者说，活跃的创作实践早已突破了理论家小心翼翼设置的范式。不是没有人意识到这一点——这从不少理论文章的欲言又止、"犹抱琵琶半遮面"中可以猜出，只是文学观念的全面变革要到"五四"作家手里才真正完成，历史注定了这代理论家只能如此地提出问题、解答问题。

跟小说的教诲—娱乐作用密切关联的，是如何看待小说的雅与俗。康有为设想的"六经不能教，当以小说教之；正史不能入，当以小说入之；语录不能谕，当以小说谕之；律例不能治，当以小说治之"①，是以"仅识字之人"为读者对象的。小说作为通俗教育工具的性质规定了小说只能是通俗的艺术。而这，跟"小说为文学之最上乘"②的口号必然存在着矛盾。倘若是"通俗的文学"，面对文学趣味低下的"粗人"，自然是越浅白易懂越好，只求把它作为运送启蒙思想的载体，不必问小说自身的价值；倘若是"最上乘的文学"，自然是以文学修养较高的"文人"为读者对象，除了表达新思想新感情，还有个小说自身艺术上是否精美的问题，单是"浅白易懂"无论如何是不能令人满意的。按徐念慈的统计，当年买"新小说"的，"百分之九十出于旧学界而输入新学者"③。也就是说，"新小说"的主要读者是有文化的"文人"，而不是仅识字的"粗人"。"拟想读者"与"实际读者"的巨大区别，逼得作家、理论家在"雅—俗"之间做重新思考和选择。所谓"有隽味，有至理"④，所谓"小说"变"大说"⑤，都是在看到"拟想读者"与"实际读者"的距离后所做的自我调整。但论者并没有真正从理论上解决"雅—俗"之争，而只是想用互相调和的办法绕开它。这是个困惑着整个20世纪中国小说家的难题。政治与艺术、通俗与高雅、粗人与文人、觉世与传世，一系列的问题，互相关联、互相牵制，非这一代理论家所能解答。但是，问题被正确地提了出来。

三

"小说界革命"是从翻译、介绍西洋小说起步的，"新小说"理论家面临的第一个课题，自然也就是如何理解、评价西洋小说。

---

① 康有为.《日本书目志》识语［M］∥日本书目志.上海：大同译书局，1897.（题名为笔者所加）
② 梁启超.论小说与群治之关系［J］.新小说，1902，1 (1).
③ 觉我.余之小说观［J］.小说林，1908 (10).
④ 宇澄.发刊辞［J］.小说海，1915，1 (1).
⑤ 恽树珏.编辑余谈［J］.小说月报，1914，5 (1).

中国知识分子对西方的理解，从机器军舰，到声光电化，再到法律政治，甲午战争后才全面涉及西方文化。在这股方兴未艾的"西化"热潮中，西洋小说翻译介绍得到广泛的欢迎，很少有直接的反对派。各种杂志、书局纷纷刊载、出版翻译小说，以至竟有不少作家假译本之名而创作（有政治上的原因，也有纯为增加销路）。尽管不断有人呼吁加强创作①，但读者、作家、评论家似乎都对译作更感兴趣。总观这20年的小说界状况，译作在数量上明显压过了创作。

对翻译小说的欢迎，只是中国人接受西洋小说的最表面层次的表现。更重要的是中国读者到底从哪个角度来接受西洋小说。最常见的说法是读西洋小说可考异国风情，鉴其政教得失②。表面上只是堂而皇之引述古老的诗教说，可实际上蕴藏着一种偏见：对西洋小说艺术价值的怀疑。谁也不会否认西洋小说对中国读者的吸引力，理论家们于是或则比较中西小说的表现特征，论证"吾国小说之价值真过于西洋万万也"③，或则把西洋小说的价值局限在认识世界、教育民众范围内④。在这种情况下，林纾提出"西人文体，何乃甚类我史迁也"⑤，"勿遽贬西书，谓其文境不如中国也"⑥，并从古文家眼光再三肯定西洋小说技巧。甚至在自己的创作实践和文论著作中模仿运用、引申发挥，无疑是朝前迈进了一大步。林纾的"以中化西"，不乏因误解而造成的笑话；而经过周桂笙、徐念慈，到恽铁樵、孙毓修，中国小说批评家对西方小说的了解逐步深入，不但肯定了西洋小说独立的艺术价值，而且明确主张以西洋小说来改造中国小说。

跟对西洋小说的价值判断的转移相关联，译文风格也在不断变化。早期的译作颇有人名、地名、故事情节全都中国化，甚至连原作者都一笔抹杀，只当中国人的创作的（时至辛亥革命后，包天笑的不少译作仍标为创作）。即使注明原作者和译者，也多为主观随意性很大的"译述"，而不是严格意义上的"翻译"。除了译者外语水平和读者欣赏口味的限制外，这种"歪译"很大原因是译者并不尊重敬佩原作的表现技巧，自认窜改之处"似更优于原文也"⑦。早期的"直译"（实为"硬译"）之作，确有佶屈聱牙的毛病，不如顺畅的"译述"受欢迎；可这种"顺畅"是以牺牲小说的特征为代价的。徐念慈、吴梼等人已经开

---

① 如吴趼人《〈中国侦探案〉弁言》，吕粹声《〈月月小说〉跋》，佚名《创办大声小说社缘起》等。
② 如蠡勺居士《〈昕夕闲谈〉小叙》，康有为《〈日本书目志〉识语》等。
③ 侠人. 小说丛话 [J]. 新小说, 1905, 2 (1).
④ 最典型的是林纾、陈熙绩等人对侦探小说社会教育作用的强调。
⑤ 林纾. 斐洲烟水愁城录序 [M] //斐洲烟水愁城录. 上海：商务印书馆, 1905：2.
⑥ 林纾. 例言 [M] //黑奴吁天录. 武林魏氏藏板, 1901.
⑦ [法] 焦士威尔奴. 十五小豪杰 [N]. 少年中国之少年, 译. 新民丛报, 1902 (2)：100.

始认真的"对译",但只有到鲁迅才真正为"直译"正名:"迻译亦期弗失文情",目的是"异域文术新宗,自此始入华土"。① 坚持"直译"才能真正做到"以西化中"——用西洋小说来改造中国小说,而不是"以中化西"——用中国小说来误解西洋小说。关于"直译""意译""译述""歪译"之争,"五四"作家还将进一步深入展开,这里只是开了个头。

不管是"译述"还是"直译",毕竟或多或少对传播西洋小说起了积极的作用。但西洋小说也有高低之分,清末民初翻译家到底选择了哪些小说家哪些小说类型,这种选择几乎规定了中国读者对西洋小说的理解。清末四大小说杂志,有三个在创刊号的封面刊登西洋小说家照片,当然有作为旗帜的味道。《新小说》选了托尔斯泰,《小说林》选了雨果,《月月小说》选了哈葛德。实际上真正为这个时代的读者所接受的,不是托尔斯泰,也不是雨果,而是哈葛德。麦孟华说得对,"往往有甲国最著名之小说,译入乙国,殊不能觉其妙"②。雨果、托尔斯泰之所以不如哈葛德受欢迎(清末民初,柯南道尔的小说翻译介绍进来的最多,其次就是哈葛德),很大原因取决于中国读者旧的审美趣味——善于鉴赏情节而不是心理描写或氛围渲染。

小说家的选择与小说类型的选择有联系又有区别,前者往往带有一点偶然性(如因喜欢柯南道尔的侦探小说,连带他的历史小说也一块翻译过来),后者更能说明文学思潮的发展。1899年素隐书屋将《巴黎茶花女遗事》和《华生包探案》合刊时,大概并没有意识到这两者在艺术风格上的绝大差异。两部小说同样大受中国读者欢迎,可《茶花女》只是引进了一个哀艳的故事——中国作家有意识地模仿其表现技巧,要到十多年后徐枕亚创作《玉梨魂》时才开始;而《华生包探案》则引进了一种文学类型——侦探小说。对中国作家来说,西洋的言情小说、社会小说可以鉴赏,但不必模仿,中国有的是此类佳作(谁说《红楼梦》不是言情小说的佳品,《金瓶梅》不是社会小说的杰作?);唯有政治小说、科学小说、侦探小说为我所无,需要积极引进。"新小说"理论家花了很大力气介绍这三种文学类型,不只是划定表现范围,更注意到了各自独特的表现技巧,如强调政治小说的"以政论入小说"③,侦探小说的"一起之突兀"④ 及科学小说的"经以科学,讳以人情"⑤。这种文学类型的界定与分析,没有多大的

---

① 周树人. 序言 [M] //周树人. 域外小说集:第一册. 日本东京版, 1909.
② 蜕广. 小说丛话 [J]. 新小说, 1903 (7).
③ 参阅梁启超《译印政治小说序》、吴趼人《〈上海游骖录〉自跋》等。
④ 参阅周桂笙《〈毒蛇圈〉译者语》、徐念慈《〈电冠〉赘语》、林纾《〈歇洛克奇案开场〉序》等。
⑤ 鲁迅.《月界旅行》辨言 [M] //月界旅行. 东京:进化社, 1903:2.

理论价值，但却直接影响于创作界，催生出一批中国政治小说、侦探小说和科学小说；更重要的是，促成这三种文学类型的表现技法渗入各种小说类型（如言情小说、社会小说），革新了中国小说的叙事模式。

西洋小说的翻译介绍为理论家的思考提出了另一个参照系，使他们得以在中西小说的比较中更深入地了解小说作为一门艺术所可能具备的潜在能量及艺术创新的无限可能性。这对于小说理论建设来说无疑是至关重要的。尽管由于理论思维能力的限制及对中西小说历史的茫然，这种"比较"常有痴人说梦、不着边际的弊病①；但用西方小说眼光反观传统或用传统诗文小说笔法来解读西方小说技巧，两者互为因果循环往复，不断推进了文学运动的深入以及小说理论的成熟。从简单的比附（如《水浒传》是社会主义小说；《红泪影》又名《外国红楼梦》），到较为精确的分析（如林纾评论狄更斯小说，孙毓修介绍欧美小说家和小说类型），理论家在比较、研究西洋小说和中国古典小说的异同中不断拓展理论视野，得出一些有益的结论，如小说应注重"内面之事情"②，应表现"下等社会家常之事"③等，这对改变中国读者的审美趣味无疑起了一定作用。

四

制约着20世纪中国小说发展的"政治与艺术""俗与雅"这两对矛盾，在这一时期关于小说文体的争论中也得到充分体现。表面上，小说文体之争只是白话文运动在小说界的合理展开，可实际上它面临的问题更为复杂。

1903年梁启超就说过："文学之进化有一大关键，即由古语之文学变为俗语之文学是也。各国文学史之开展，靡不循此轨道。"④ 这只是讲大趋势，具体落实到特定历史时期特定艺术形式，事情就没有那么简单。有一点很可能使文学史家感到困惑：这一时期政治上倾向革命、文学上主张革新而且艺术趣味较高的作家，好多反而采用文言写作；而创作态度不大严肃、以牟利为主要目的而且艺术趣味不高的作家，倒是基本采用白话写作。单是描述从文言向白话转化这一"进化的轨道"，并没有把握到这一时期文体争论的关键，而且可能引出一些草率的判断。

在中国古代，白话小说和文言小说各有各的表现天地，各有各的作者队伍，

---

① 如《小说丛话》中曼殊、侠人之比较中西小说异同，《新小说》第11号、第13号，1904年。
② 瑟斋. 小说丛话[J]. 新小说, 1903 (7).
③ 林纾. 孝女耐儿传序[M]//孝女耐儿传. 上海：商务印书馆, 1907：2.
④ 饮冰. 小说丛话[J]. 新小说, 1903 (7).

也各有各的读者群。可以说两者各领风骚,并行不悖,并没有发生直接冲突,理论界也没有细辨两者的高低异同。因为在中国古代文人眼中,章回小说和笔记小说是两种不同的文类,没什么可争可比的。西洋小说及小说观念的输入,逼使作家和理论家站在一个新的角度来思考小说文体。既然过去以为分属不同系统的白话小说和文言小说同为小说文类,那么就有个如何调适这两者距离的问题。用文言写长篇小说,中国古代文人虽偶有试验,但只有从林纾译《巴黎茶花女遗事》起,文言长篇小说才蔚为奇观。用白话写短篇小说,"三言二拍"后虽屡有传人,可都不成气候,而1906年后,"新小说"家则颇有致力于写作白话短篇小说者。不只是体裁之间的互相影响,表现技巧也互相借鉴,其实白话小说与文言小说的区别,基本上已从文类转为文体。同一个小说杂志,既刊白话小说,也刊文言小说;同一部外国小说,既有白话译本,也有文言译本;同一位小说家,既用白话写作,也用文言写作——时间颇有白话、文言和平共处自由竞争的味道。可是很快地,争正统、品高低的意识开始萌现,理论界于是出现裂痕。

从启蒙教育的目的出发,面对不懂"之乎者也"的"粗人",当然是通俗易懂的白话小说更为启蒙者所关注。提倡白话小说者贴近谋求政治变革的时代主潮,且跟白话文运动趋向一致,因而声势浩大。"以俗言道俗情者,正格也。"[1]无论从普通读者的接受能力、从小说的娱乐功能,还是从中国长篇小说注重叙事的传统,显然都是白话小说更理直气壮的。可单从不利于通俗教育这个角度来攻击文言小说,无论如何不能服众,正如恽铁樵等人所再三强调的,小说有独立之文学价值,并非只是通俗教育的手段。在提倡文言小说者看来,若着眼于小说语言的审美功能,则文言优于白话;至于老百姓看不懂,那只能怨中国教育水平低下,而不应该由此而怀疑文言小说的价值[2]。因而,尽管白话运动文日见发展,提倡白话小说者也日益增多,可文言小说不但没有销声匿迹,反而大行其时,甚至可以说揭开了文言小说发展史上最后但也是最辉煌的一页。

这是中国小说史上的一个"谜"。"新小说"理论家并没有为我们揭开谜底,不过从其只言片语中,可以揣摩出当年作家的创作心态,在某种程度上接近谜底。所谓"小说界革命",是以革"诲淫诲盗"的旧小说为己任的。而影响民心的"诲淫诲盗"的旧小说,是指以白话写作的章回小说而不是以文言写作的笔记小说——那对老百姓并没多大影响。既然自觉以章回小说为批判对象,那么对章回小说使用的文体反感,这完全可以理解。只是要影响民心改良群治,就不能

---

[1] 吴曰法. 小说家言 [J]. 小说月报, 1915, 6 (5).
[2] 树珏. 复陈光辉君函 [J]. 小说月报, 1916, 7 (1).

不使用粗人看得懂听得进的"白话"。因而,当年提倡白话小说者,未必真的看重"白话"小说。这也可以理解早期"新小说"的"白话"为什么竟是如此浅陋粗糙,作家很可能写作时对小说文体漠不关心。另外,小说既然成了最上乘的文学,不再只是茶余酒后的消遣品,而是可能成为"经国之大业,不朽之盛事",值得作家苦心经营;而所谓"苦心经营",很可能就是把"小道"的小说当"大道"的文章作——这是由这代人的知识结构决定的。对这些正在转变中的"士大夫"来说,"俗"比"雅"难,用白话远不如文言顺手。① 当他们正儿八经地强调、追求小说的艺术价值时,用文言文写作更合乎他们的趣味和天性。更何况文人舞文弄墨的积习,"青年好绮语"的通病,使他们更倾向于"优雅"的文言而远离"粗鄙"的白话。这里还必须考虑到当年购买、阅读"新小说"者大多是"出于旧学界而输入新学说者",他们对"古朴顽艳""苍劲瘦硬"的笔墨的激赏,无疑也会影响作家的文体选择。

  当然,更根本的是中国古代语言、文字的长期分离造成的巨大裂缝,把这代作家逼到两难的窘境。从理论上讲,白话小说更符合文学发展趋向,可白话的浅白却又限制了现代思想的传播及现代人感情的表达。梁启超是主张以白话取代文言的,可在翻译《十五小豪杰》时,却只能采用浅白的文言,原因是白话未能达意②。鲁迅译《月界旅行》也是"初拟译以俗语",后嫌其冗繁无味而只好"参用文言"③。作为自我封闭的书面语,文言有它难以克服的弊病:艰涩、僵化、远离生活现实,但它的雅驯、含蓄、合文法、有韵味,却又是生动而粗糙的白话所缺乏的。早期比较讲究文体美的翻译家埋怨白话无法传神达意,因而转用文言,不是没有一定道理的。不过,白话文运动的发展,使越来越多的理论家意识到中国文学语言变革的大趋势,因而出现不少调和白话与文言的主张。有主张以白话为主体,渗入文言的句法、词汇使之规范化,力争"俗不伤雅""俗而有味"者;也有主张古文去真难解者使之浅,采用新词使之新者④。立足点不同,但希望白话与文言互相改造、互相补充却是一致的。至于在这种小说文体的改造过程中,如何在官话(普通话)中调入方言,或者干脆创作方言小说;如何在文言小说中又派生出八股文、骈偶文和古文三派,以及这三派的消长起伏,更使这场小说文体之争显得纷纭复杂、丰富多彩。

---

① 宇澄:《小说海发刊词》云:"吾侪执笔为文,非深之难,而浅之难;非雅之难,而俗之难。"
② [法]焦士威尔奴. 十五小豪杰 [N]. 少年中国之少年,译. 新民丛报,1902(6):83.
③ 鲁迅.《月界旅行》辨言 [M]∥月界旅行. 东京:进步社,1903:3.
④ 树珏. 复陈光辉君函 [J]. 小说月报,1916,7(1).

在文、白之争背后还有一股新的力量在崛起，那就是梁启超提倡的取法东洋的"新词语"，以及鲁迅、周作人主张借直译输入的西洋句法文法。"别具一种姿态"的译文体小说，其时已经开始悄悄流行，以致吴趼人戏作"欲令读者疑我为译本"的《预备立宪》①。不过理论家对于西洋文法输入对中国小说文体即将产生的深刻影响并没有预见到，很少就此展开论述。

小说文体的讨论，涉及小说语言的美学功能问题，弥补了白话文运动忽视日常语言与文学语言的区别、只从启蒙教育立论的缺陷。但小说文体是20世纪中国小说的一大问题，"新小说"理论家对此只是有所关注，进一步论述发挥则有待于"五四"乃至新时期的小说家、理论家。不过应当承认，"新小说"家的理论和实践，初步选择了一种调入方言土语、文言韵语乃至新词语、新文法的崭新的"白话文"，作为20世纪中国小说的主要文体。

（原发表于《中国现代文学研究丛刊》1988年第3期）

---

① 偈.《预备立宪》弁言[J]. 月月小说，1906，1（2）：181.（题名为笔者所加）

戏剧与词

近代戏剧变革与外来影响

梁淑安

研究近代文学的变革,外来影响是一个无法回避的问题,戏剧尤其突出。而对于这一问题的认识,学术界历来分歧较大。今天,当我们在十分相似的历史条件下,面对这一课题时,深深感到,这既是一个对过去历史的认识与评价的问题,又具有十分重要的现实意义。

一

近代曲风的转变,始于鸦片战争时期,而西方文学作品的大量翻译出版,是在半个多世纪以后的事,外国戏剧作品的大量翻译出版时间更晚,约在1918年以后。这说明,近代的文学变革、戏剧变革并不是在外国文学思潮和文艺作品的直接影响下发生的。然而,无可否认,它受到西方文化的严重挑战与冲击。

中国近代史的开端本来就不是它自身发展的自然结果,列强的武装入侵与文化挑战使中国社会发生了巨大变化。一方面,是封建的经济基础和上层建筑受到沉重打击,使得在长期的封建社会中具有绝对权威性的传统观念随之动摇;另一方面,具有强烈民族自尊心的中华儿女在心理上与感情上受到极大震动。惨重的失败和敌我力量的悬殊对比,发人深思,促人猛醒。在紧紧闭锁的大门敞开之后,人们终于看见了世界上还有另外一个崭新的天地。面对着亡国灭种危机的日益深重,有识之士救国救民的炽烈的爱国热情和对于现状的强烈不满、焦虑和与日俱增的清醒的改革意识交织在一起。于是,唤起民众,救亡图存,寻求民族自强之路的神圣历史使命,落在了文学的肩上。然而,嘉道年间的文学现状,与风云激变的社会现实无论如何是难以适应的。在旧传统的崩溃中,文学的改革势在必行。

"东南烽火光何烈?歌舞繁华一时歇。黄绢虽成绝妙辞,歌声欲按增呜咽。会当生啖夷虏血,更复何心事声色。"这首凌树棠的《胭脂舄传奇题词》,写于1842年,它反映了当时爱国曲家和知识分子的普遍心理。清代居于曲坛正宗的传奇、杂剧创作,在南洪北孔之后,佳作极少。文人写剧,或借以发泄个人的牢骚幽愤,或以此炫耀自己的学识才华,形式上追求华丽典雅、古奥艰深,逐渐堕落成一种供少数特权阶层和文人雅士消闲享乐的宫廷化、贵族化的艺术。在国家危难的时刻,再从事这类创作,必然要遭到谴责,"歌舞繁华一时歇","会当生啖夷虏血,更复何心事声色"。戏剧的创作和演出,不能再遵循旧路,是理所当然的事情。当然,不事声色并不等于不再从事戏剧创作,但此后的歌,应当再也不是往日寻欢作乐或消愁遣兴之歌了。戏剧观的转变在这个时期已表现出来。

著名诗人、曲家、戏曲理论家姚燮是浙江镇海人,他在1841—1842年间饱尝了战乱的痛苦:"海夷之乱,出入干戈,备尝艰苦。"① 战后,他回到家中,"大病几死……忽大晓悟,取平生绮语十数种摧烧之"②。从此以后,他的文学见解,发生了很大变化。无独有偶,他的同龄人黄燮清,也与他有类似的经历,在鸦片战争中历尽颠沛流离之苦,至晚年亦"自悔少作,忏其绮语,毁板不存"③。这些当然都不是偶然的。

鸦片战争时期社会思潮和文学观念的急剧变迁,使这一时期的剧作在题材、思想、形式、手法和风格诸方面都发生了明显变化。④ 这些深刻变化都发生在外国文学思潮和文学作品传入之前的半个多世纪。鸦片战争以后,中国人羡慕西方先进的科学和技术,因而首先引进的,是西方的物质文明,以后,又发现西方在政治制度和教育制度上比自己先进,从而进行废科举、办学校、兴议会等各项改革。而对于西方的文学艺术,在这期间大多持轻蔑排斥的态度。因而,发生在这个时期的文学变革、戏剧变革,归根结底,是出于中国文学自身发展的内在要求,是为了改变传统文学不能适应时代变化的现状,使文学更好地担负起历史所赋予的神圣使命。

近代中国,在苦苦地寻求国家和民族的出路,近代文学,也在苦苦寻求自己

---

① 潘衍桐. 两浙輶轩续录:卷三十五 [M]. 清光绪十七年(1891)浙江书局刻本.
② 余楙. 白岳庵诗话 [M]. 乌程张氏《适园丛书》排印本.
③ 冯肇曾. 居官鉴跋 [M] //黄燮清. 倚晴楼七种曲:居官鉴. 清光绪七年(1881)刻本.
④ 参见:梁淑安. 从近代戏剧的变革看近代文学史的起讫 [M] //中山大学中文系. 中国近代文学的特点、性质和分期. 广州:中山大学出版社,1986:46-58. 梁淑安. 近代传奇杂剧艺术谈 [M] //中国近代文学研究:第二辑. 广州:广东人民出版社,1985:70-92.

的出路。文学的命运，与国家和民族的命运，是紧紧联系在一起的，这就是推动文学发展的决定性因素。任何外来影响，只是一种启发和借鉴，只有在文学的发展进入一定的历史阶段，本身产生了改革的要求以后，外来影响才能对它发生作用。否则，即使接触到外来文化，也会对它采取排斥和批判的态度。

二

19世纪末20世纪初，中国资产阶级的改良运动和革命运动风起云涌，一场颇具声势的文学改良运动也全面铺开。这期间，西方文艺思潮的传入和戏剧形式的启示，对处于转折关头的中国戏剧产生了重大的影响。

随着东西方交往的日益频繁，不少知识分子、留学生有机会到国外去考察，接触到西方和日本的文学和戏剧，了解到西方国家与我国传统观念完全不同的文学观、戏剧观，从中受到重要的启示。

首先，在对于戏剧的地位和作用的认识上。陈独秀在1904年发表的《论戏曲》一文中（署名三爱）深为感慨地写道："我中国以演戏为贱业，不许与常人平等，泰西各国则反是，以优伶与文人学士同等。盖以为演戏事，与一国之风俗教化极有关系，决非可以等闲而轻视优伶也。"① 在中国长期的封建社会里，优伶与娼妓、乞丐等同处于社会底层。而官宦人家私蓄乐部中的艺人，则与奴仆同等，是没有人身自由的，他们歌舞演戏，供特权阶层消闲享乐。即便是文人创作的传奇杂剧曲本，以正统的文学观念看来，亦是被人"鄙弃不复道""托体稍卑"的"雕虫小技"。当中国的知识分子看到"西人于演剧者则敬之重之，于撰剧者更敬之重之""夫西人之重视戏剧也如此，而吾国则如彼"②，对此，不能不加以比较和研究。从而对于戏剧的地位和职能，有了全新的认识。

梁启超在《译印政治小说序》中说："在昔欧洲各国变革之始，其魁儒硕学，仁人志士，往往以其身之所经历，及胸中所怀，政治之议论，一寄之于小说。……往往每一书出，而全国之议论为之一变。彼美、英、德、法、奥、意、日本各国政界之日进，则政治小说为功最高焉。"③ 这里所说的小说，是包括戏剧在内的。又云："从前法国路易第十四的时候，那人心风俗不是和中国今日一样吗？幸亏有一个文人叫福禄特尔（即伏尔泰——引者）做了许多小说戏本，

---

① 三爱. 论戏曲 [J]. 新小说, 1905, 2 (2). （此文先刊于《安徽俗话报》第11期, 1904年）
② 天僇生. 剧场之教育 [J]. 月月小说, 1908, 2 (1): 5-6.
③ 任公. 译印政治小说序 [N]. 清议报, 1898 (1): 53-54.

竟把一国的人从睡梦中唤起来了。"① 因此，他认为，要寻求民族自强之路，首先要进行思想启蒙，改变国民的精神素质。当他看到西方的小说和戏曲在启蒙教育中所起的重大社会作用时，便把它们看成是开通民智、移风易俗的极好舆论工具。因此，他大声疾呼，倡导小说界革命和戏曲改良。

西方戏剧给予中国的戏剧改革家们的另一个重要启示是：要使戏剧发挥良好的教育作用，"首以改良戏本为先"，多编多演新戏、好戏，禁演坏戏，改变我国曲坛的面貌。发表于1903年的《观戏记》一文的作者，曾游历欧美各国及日本，记下了在各国观戏的感想（可惜作者已失其名）："记者闻昔法国之败于德也，议和赔款，割地丧兵，其哀惨艰难之状，不下于我国今时。……先于巴黎建一大戏台，官为收费，专演德法争战之事……，凡观斯戏者，无不忽而放声大哭，忽而怒发冲冠，忽而顿足捶胸，忽而磨拳擦掌，无贵无贱，无上无下，无老无少，无男无女，莫不磨牙切齿，怒目裂眦，誓雪国耻，誓报公仇，饮食梦寐，无不愤恨在心。故改行新政，众志成城。"② 又云"记者又尝游日本矣，观其所演之剧，无非追绘维新初年情事。是时国中壮士，愤将军之专横，悲国家之微弱，锁国守陋，外人交侵，士气不振，软弱如妇人女子，乃悲歌慷慨，欲捐躯流血以挽之，……日本人且看且泪下，且握拳透爪，且以手加额，且大声疾呼，且私相耳语，莫不曰我辈得有今日，皆先辈烈士为国牺牲之赐，不可不使日本为世界之日本以报之。记者旁坐默默而心相语曰：为此戏者，其激发国民爱国之精神，乃如斯其速哉？胜于千万演说台多矣！胜于千万报章多矣！"③ 正因为戏剧有这么巨大的感人力量，"感之善则善，感之恶则恶，感之正则正、感之邪则邪……感之旧则旧，感之新则新，感之雄心则雄心，感之暮气则暮气，感之爱国则爱国，感之亡国则亡国。演戏之移易人志，直如镜之照物，靛之染衣，无所遁脱。"④ 要占领戏曲舞台这个阵地，首先要编演一批好的曲本。

梁启超身体力行，自己率先以伏尔泰为榜样，写了三部传奇：《劫灰梦》《新罗马》《侠情记》。这三部传奇虽然都没有写完，但在《新民丛报》《新小说》上陆续刊载以后，影响极大。其中，《新罗马》和《侠情记》取材于意大利民族统一运动，并将"19世纪欧洲大事皆网罗其中"，是我国戏曲史上第一部以西方资产阶级革命史为题材的传奇，可谓异军突起，独树一帜。这两部传奇发表以后，很快便有

---

① 梁启超. 劫灰梦传奇［N］. 新民丛报，1902（1）：108.
② 佚名. 观戏记［M］//阿英. 晚清文学丛钞：小说戏曲研究卷. 北京：中华书局，1960：67-68.
③ 佚名. 观戏记［M］//阿英. 晚清文学丛钞：小说戏曲研究卷. 北京：中华书局，1960：68.
④ 佚名. 观戏记［M］//阿英. 晚清文学丛钞：小说戏曲研究卷. 北京：中华书局，1960：72.

响应者竞起，所取皆为"于中国现今社会最有影响"的题材。如《血海花》《断头台》以法国革命为题材，《学海潮》写古巴人民反抗西班牙殖民主义者的斗争，还有不少作品取材于当时的现实革命斗争：如《革命军》《新中国》传奇写当时著名的苏报案，《黄花岗》写黄花岗起义，以秋瑾、徐锡麟的事迹为题材的作品，多达十余种，使传奇杂剧的创作在短短的几年内面貌完全改观："儿女情怀渐平淡，少年积习半推移。从今划却闲愁种，不作流连风景词。"① 伤时子的这首《〈苍鹰击〉题词》，基本上反映了辛亥革命时期传奇剧创作的特点。

还有人着重介绍了西方的悲剧与悲剧观。蒋观云在《中国之演剧界》一文中，引用拿破仑的话："悲剧者，能鼓励人之精神，高尚人之性质，而能使人学为伟大之人物者也。"② 并介绍说："今欧洲各国，最重沙翁之曲，至称之为惟神能造人心，惟沙翁能道人心。而沙翁著名之曲，皆悲剧也。"③ 同时指出"我国之剧界中，其最大之缺憾，诚如訾者所谓无悲剧"④。古典传统的戏曲作品，确实大多以"大团圆"的结局收场，真正的悲剧数量很少。鸦片战争以后，由于时代的巨变，文学作品大多带有悲凉的基调，悲剧意识亦已开始形成。西方的戏剧理论传入以后，则从理论的高度阐释了悲剧的性质与特点，有助于人们加深对于悲剧的理解与认识。辛亥革命时期的剧作，大多格调悲壮、慷慨激昂，塑造出一系列悲剧式的英雄人物，史可法、文天祥、瞿式耜、秋瑾、徐锡麟……

近代传奇杂剧的改良是以西方戏剧为榜样进行的。但是，西方的戏剧无论是启蒙时期还是资产阶级革命时期，都是群星灿烂、硕果累累，但是，我国的近代戏曲改良却没有产生过它的倡导者们所期待的那种感人至深的艺术效果，这究竟是什么原因造成的呢？传奇杂剧的改良是在资产阶级活动家的倡导下进行的，以一批青年知识分子为作者队伍中的骨干，他们中的不少人（包括梁启超本人）对于戏剧创作并不内行。更重要的是，他们对于戏剧这种独特的艺术形式的认识是片面的。他们在向中国读者介绍西洋戏剧时，着重渲染了它的非凡感人力量，不适当地夸大了它的社会作用，却没有去认真地研究西洋戏剧的魅力是怎样产生的。他们只是强调了西洋优秀戏剧之所以产生巨大社会教育作用，其题材和思想内容起着决定性的作用，但却很少去考虑，有了好的题材和思想内容，却并不一定能写出感人至深的好戏剧，戏剧作为一种艺术形式，有其独特的艺术规律，不

---

① 伤时子. 苍鹰击题词 [M] //阿英. 晚清文学丛钞：传奇杂剧卷上册. 北京：中华书局，1962：177.
② 观云. 中国之演剧界 [N]. 新民丛报，1905，3（17）：95.
③ 观云. 中国之演剧界 [N]. 新民丛报，1905，3（17）：97.
④ 观云. 中国之演剧界 [N]. 新民丛报，1905，3（17）：97.

遵循这些规律，就不能产生好的艺术效果。陈独秀在《论戏曲》一文中提出，我国戏剧改良的第二项措施是："（二）采用西法。戏中有演说，最可长人之见识，或演光学、电学各种戏法，则又可练习格致之学。"① 这种看法，不仅是对西洋戏剧的误解，也是对戏剧这种艺术形式缺乏认识。正是由于这一类理论的风行，造成了辛亥革命时期我国戏剧创作在艺术上的严重缺陷。

三

近代传奇杂剧改良运动几乎完全脱离了戏剧舞台，闭门在案头进行。因此，无论它进行得怎样轰轰烈烈，都不能解决中国戏剧舞台上存在的问题。舞台上只有另辟战场了。舞台上的改良分为两条战线进行，一条是地方戏曲的改革，另一条是文明戏——早期话剧在奋战。他们并肩作战，彼此密切地配合着。

当"泰西新声，共太平洋澎湃而来"时，中国的旧剧舞台，不可避免地受到冲击。清末的戏曲舞台，几乎是地方戏的一统天下。昆曲衰微已极，传奇杂剧的改革又成为纸上谈兵，无助于挽回昆曲的颓势。地方戏曲虽然为广大群众所喜闻乐见，但经常上演的传统剧目，大多距现实较远，不能适应当时革命形势的需要。为了改变这一现状，就需要大量编演新戏，而历史较长、影响较大的剧种，如京剧，已形成一套比较固定的表演程式，在演出时装戏、洋装戏时，并不那么得心应手。形式上革新的课题，已提到日程上来了。

当时一些资产阶级活动家与艺人们相结合，首先在上海剧坛造成了改革的声势。发难最早，影响最大的京剧改革家当推汪笑侬。他不仅创作、改编和演出了许多新剧目，还与陈巢南共同发起，创办了中国近代第一个戏剧杂志《二十世纪大舞台》。柳亚子为该刊所撰发刊词，不仅表明了该刊的宗旨，也是当时戏剧改革的宣言书："偌大中原，无好消息，牢落文人，中年万恨。而南都乐部，独于黑暗世界，灼然放一线之光明。翠羽明珰，唤醒钧天之梦；清歌妙舞，招还祖国之魂，美洲三色之旌旗，其飘飘出现于梨园革命军乎？"② 又云："欧亚交通，几五十年，而国人犹茫昧于外情。吾侪崇拜共和，欢迎改革，往往倾心于卢梭、孟德斯鸠、华盛顿、玛志尼之徒，欲使我国胞效之。……今当捉碧眼紫髯儿，被以优孟衣冠，而谱其历史，则法兰西之革命，美利坚之独立，意大利、希腊恢复之光荣、印度、波兰灭亡之惨酷，尽印于国民之脑膜，必有欢然兴者。此皆戏剧改

---

① 三爱. 论戏曲 [J]. 新小说，1905，2 (2).
② 亚庐. 二十世纪大舞台发刊词 [J]. 二十世纪大舞台，1904 (1): 1-2.

良所有事，而为此《二十世纪大舞台》发起之精神。"① 戏剧改良既以此为宗旨，就决定了当时上演的剧目中时装戏、洋装戏数量激增。汪笑侬编演了《瓜种兰因》《波兰亡国惨史》《火里罪人》等，夏月润兄弟与潘月樵等一起，编演了《新茶花》《黑奴吁天录》《波兰亡国惨史》《黑籍冤魂》《潘烈士投海》等剧目。当时上海的各大戏院几乎都有此类剧目演出。

1908年，夏月润亲赴日本，通过日本歌舞的著名演员市川左团次的介绍，约请了日本布景师和木匠到上海，建立了我国近代第一个新式剧场"新舞台"，这个剧场将我国旧式茶园式带柱方台改建成半月形的镜框式舞台，中间设有转台，采用灯光布景。这对于中国戏曲舞台来说，乃是一大创举。新舞台实行卖票制，改革了旧剧场中的许多不良旧习，如满场乱扔手巾把、叫卖东西、泡茶等，改变了剧场的气氛。这个剧场还间演文明戏，新剧演员欧阳予倩、王钟声、汪优游、刘艺舟等均在此演出过，影响极大。新舞台创建，灯光布景的使用，时装戏、洋装戏的大批剧目的上演，以及和文明戏的同台演出，使得京剧的传统表演程式、表演风格有了很大的改变："那戏的性质，不知不觉的趋于写实一途。演员们穿了时装，当然再用不来那拂袖甩须等表情。有了真的，日常使用的门窗桌椅，当然不必再如旧时演戏，开门上梯等，全须依靠着代表式的动作了。虽是改革得不十分彻底，有时还有穿着西装的剧中人，横着马鞭，唱一段西皮。但表演的格式与方法，逐渐的自由了，而且模仿式的动作也多了。"② 所谓模仿式的动作，指的是非程式化的，按照日常生活中的行为动作进行表演的方式。不仅如此，在语言上，不少演员不再使用韵白，改用北京话，有些还使用本地方言。与传统的表演方式，有了很大的不同。因此，当时有人称这种京剧为"改良京戏"。

在北方，则有田际云的玉成班（是一个河北梆子与京戏同台演出的戏剧团体）编演新戏，倡言剧曲教育，所演的时事新剧《孽海波澜》和《惠兴女士》，都是用梆子与皮黄夹演的形式演出的。宣统元年（1909）冬，田际云邀请留日学生王钟声的新剧团与玉成班同台演出。据梅兰芳回忆："王钟声的剧团演大轴，称为'改良新戏'，不用锣鼓场面，实际上就是话剧。前面有京剧名角如杨小楼、尚和玉、龚云甫、黄润甫、孟小如、王长林、张洪林、田雨农（田际云的儿子，唱武生）等轮流演出，阵容极其坚强，这是田际云煞费苦心地为他组织的。王钟声所带的人不多，主要演员有刘木铎（即刘艺舟）、亚方、谏民、光华等，玉成班的京剧演员如李玉桂、纪寿臣、万铁柱、鲍吉祥、周三元、羊喜寿等都参

---

① 亚庐. 二十世纪大舞台发刊词 [J]. 二十世纪大舞台，1904（1）：3-4.
② 洪深. 从中国的新戏说到话剧 [M] //马彦祥. 戏剧概论：序文. 上海：光华书局，1929：4-5.

加在钟声的新剧内演出。我那时也在钟声演的新剧前面演过《落花园》《彩楼配》等折子戏。"① 由此可以看出当时京剧演员对于新剧的无私支持与亲密合作。一些京剧演员直接参加了新戏的演出，还有些京剧演员在新剧的影响下编演时装新戏，有不少京剧的时装新戏是根据新戏改编的。梅兰芳说："我曾看过钟声主演的《禽海石》《爱国血》《血手印》等新戏我以后排演时装戏就是受他们影响，其中《宦海潮》那出戏还是根据钟声演的新剧改编为京剧的。"②

当时，不仅京剧的演员演新剧，不少新剧的演员也演京剧，如刘艺舟、欧阳予倩等。演出的剧经常互相移植、互相影响。在京剧的时事新戏中，常常像新剧那样，插进大段鼓动人心的时事演说，有时还把演说词编成戏词来唱。刘艺舟就擅长于此，他曾说："我之喜欢唱戏，就是因为能够借舞台来说出我心里要说的话。"③ 而他在演出新剧时，有时在一出戏中，夹演几场京剧。如在日本演出新剧《林冲》，中间有几场就用京剧来演，用锣鼓、胡琴起唱，还专门从朝鲜某大学请了一位中国教授给他们打鼓。可戏中的一段独白，刘艺舟是模仿日本歌舞伎的一位名演员的样子来念的。实际上，当时京剧的时事新戏与早期话剧——文明戏，是你中有我，我中有你，并不像一些同志说的那样界线清楚泾渭分明。

四

对于萌生于近代的我国早期话剧而言，西方戏剧的影响更加直接、更加明显。因而有一种流行的观点认为，中国的话剧是从国外输入的，是与我国传统戏曲完全不同的另外一种艺术形式，与我们民族的戏剧毫无血缘关系。但是，如果我们认真地考察一下早期话剧萌生、演变的历史，就不能不承认，它与我国传统戏曲之间有着难以割断的血肉联系。中国话剧的出现，不是我国戏剧传统的中断，而是在特定的历史条件下，根据自己发展的需要，吸收与借鉴了西方戏剧形式，步入了自己民族戏剧历史的新阶段。

早期话剧在近代萌生，绝不是历史的巧合。中国戏剧之所以在近代接受外来影响，发生划时代的变化，是以其内在的变革要求为先决条件的。前文谈到，近代戏剧的变革，始于鸦片战争时期。处于衰落、僵化阶段的传奇杂剧，经过曲律解放的冲击，突破了旧形式的束缚。两种古老的戏剧体制从融合终至最后解体，大约经历了半个世纪。中国剧坛又面临重大的转折关头，急切地寻求新的出路。

---

① 梅兰芳. 戏剧界参加辛亥革命的几件事 [J]. 戏剧报, 1961 (26): 9.
② 梅兰芳. 戏剧界参加辛亥革命的几件事 [J]. 戏剧报, 1961 (26): 9.
③ 梅兰芳. 戏剧界参加辛亥革命的几件事 [J]. 戏剧报, 1961 (26): 15.

早期话剧恰在此时萌生。据目前的资料，关于新剧演出最早记载，是1899年上海教会学校圣约翰书院的学生演戏，剧名《官场丑史》。当时的教会学校，把西方学校演戏的传统带到了中国，让学生们用英、法原文在学校里演出西洋戏剧。后来，学生们在演出外文戏以后，又加演了用中文演出的时装戏。外校学生看了，纷纷仿效，形成了学生演剧的风气。一般论者，皆以此为新剧之滥觞。其实，早在《官场丑史》演出的四十多年前（大约是19世纪50年代），就有外国人在上海演出西洋话剧了。有一个旅沪外国侨民组织的业余剧团，简称A. D. C.，经常演出于上海的兰心剧院。据徐半梅回忆，"他们每年必定演剧三四次，每次演期大概总是三天光景，全是夜场。……A. D. C.每次演剧的戏单上，总把历年来演过的戏名，一一附印着，而且还有开演日期。在四十几年前，我看那戏单，已晓得它有四五十次的演出历史了。"[①] A. D. C.剧团在上海有这么长的演出历史，但在相当长的一段时间里，并没有引起人们的注意；上海教会学校演戏，恐怕也未必始于1899年，但戊戌变法以前，亦没有人去模仿，没有形成演新剧的风气。这说明，当时中国的戏剧变革，还处于"旧瓶装新酒"的阶段。在内部条件尚未成熟的情况下，外来影响不容易发生作用。当中国的传统戏曲在突破旧形式的束缚，进一步发生新变以后，逐渐表现出剧与曲分离的趋势，同时在与现实的生活与斗争关系日益密切的情况下，表现出接近于写实的创作倾向。这时，当他们发现西方话剧这种以日常口语、动作逼真地模仿人生，再现生活的戏剧形式时，一下子就被吸引住了。

中国戏剧界对于西洋戏剧的了解与认识是经历了一个相当长的过程的。他们最初对它感兴趣的，是它的"没有唱工，没有做工"，表现剧情十分自由。用我们现代人的眼光看来，有无唱词并不是区别话剧和戏曲的根本标志，但这一点对于刚刚接触到西洋戏剧的近代人来说，却并不是很清楚的，而且有相当长的时间里都没有搞清楚。他们对西洋戏剧的形式并不了解，并不熟悉，但是对中国的传统戏曲却很熟悉。因此，在最初的新剧中所保留的传统戏的成分反倒比西洋戏剧还要多。这并不奇怪，汪优游在《我的俳优生活》中，记叙了圣约翰书院的演出情况：

> 开幕演的好象是一出西洋戏。我因为听不懂他们说些什么，没有感到什么兴趣。后来演的才是一出中国时装戏。剧名有些模糊了，好象是《官场丑史》一类名称。剧情却记得很清楚，大致如下：
>
> 有一个目不识丁的土财主，到城中缙绅人家去祝寿，看见他们排场

---

① 徐半梅. 话剧创始期回忆录 [M]. 北京：中国戏剧出版社，1957：4.（该书一名《话剧四十年回忆录》，原以"半老伶工"为笔名，连载于《新民报》）

阔绰，弄得手足无措，闹了许多笑话。这是套的旧剧《送礼演礼》。此人回得家去，便中了官迷。就有一个蓰骗出来劝他纳粟捐官，居然捐得了一个知县。他于官场礼节一窍不通，由蓰骗指导他演习。这一场又是套的昆曲《人兽关》中的《演官》。他到任以后，就遇见一件"老少换妻"的奇案，他无法判断，官司打到上司那里，结果他的官职被革，当场将袍套剥去，里面仍穿着那套乡下人的破衣服。戏就这样完了。①

由此可见，《官场丑史》是由"三出旧戏凑合成功的"。汪优游在看了这出戏以后的感觉是："这种穿时装的戏剧，既无唱工，又无做工，不必下功夫练习，就能上台去表演。"② 由此引起了他的模仿心。不久，汪优游又在育材学堂第二次看到学生演的新戏："台上并无装饰，只有两个出将入相式的门帘。演员出场，仍用旧戏排场，念上场诗，通名字，都袭用旧戏形式；偶尔也唱几句皮黄，只是很少。因为那时除了旧戏外，并无别种戏剧可资仿效，自不能跳出旧剧的范围。"③ 徐半梅也说，当时的学生剧"都是就近抄袭那京班戏院中的所谓时装新戏。……所差的，没有锣鼓，不用唱罢了，但也说不定内中有几个会唱几句皮黄的学生，在剧中加唱几句摇板，弄得非驴非马，也是常有的"④。这种新剧与旧剧泾渭不分、你中有我、我中有你的现象，一直继续到民国以后，甚至"五四"以后，仍未绝迹。在清末，这种现象并不是个别的，而是相当普遍的。

在早期的新剧团体中，只有春柳社的情况有所不同。春柳社是日本东京的中国留学生组成的剧团，他们对源出于西洋戏剧的日本新派剧十分熟悉，陆镜若就在日本新派演员藤泽浅二郎办的俳优学校学习过，还用日语登台演出。他还学习过莎士比亚和欧洲近代戏剧。春柳社首次在东京演出《茶花女》时，得到藤泽浅二郎的很多帮助。他们演出的新剧，大多有完整的剧本，有些是从西洋名剧改编的，演出前经过认真地排练。因此，他们演出的戏与学生戏有很大的不同，具有较完整的话剧形式。但是，他们的戏也并没有脱离我国的戏剧传统。欧阳予倩在《谈文明戏》中说："春柳剧场的戏是先有了比较完整的话剧形式，逐渐同中国戏剧传统结合起来的。当时上海的其他剧团，最初对话剧的形式并不熟悉，更

---

① 汪优游. 我的俳优生活 [M] //梁淑安. 中国近代文学论文集（1919—1949）：戏剧卷. 北京：中国社会科学出版社，1988：313-314.
② 汪优游. 我的俳优生活 [M] //梁淑安. 中国近代文学论文集（1919—1949）：戏剧卷. 北京：中国社会科学出版社，1988：314.
③ 汪优游. 我的俳优生活 [M] //梁淑安. 中国近代文学论文集（1919—1949）：戏剧卷. 北京：中国社会科学出版社，1988：314-315.
④ 徐半梅. 话剧创始期回忆录 [M]. 北京：中国戏剧出版社，1957：8-9.

不习惯。他们就按照从学校剧以来的经验,只在舞台前挂上一块幕就搞起来了。当时他们所能看到的只是京戏、昆戏;他们所能看到的剧本,大多数只是街上卖的唱本之类的东西;在表演方而,就他们所耳濡目染,不可能不从旧戏舞台上吸取传统的表演技术,至少是不可能不受影响。所以我想说:文明戏——也就是初期话剧——是用了外来的戏剧艺术形式,从自己的土地上长出来的东西。"① 初期话剧与我国传统戏曲之间的血缘关系,不是很清楚了吗?

倘若因为接受了外来文化的影响,便认为是割断了与传统的联系,那么,中国戏曲的民族传统早就不存在了。佛教文化的传入,对于我国戏曲的形成,有着重大影响。韵散结合的说唱文学形式:变文、宝卷、弹词、鼓词、诸宫调的形成,直接渊源于佛教,我国最早的讲唱文学形式变文,就是用印度的梵音演唱,采取印度散韵结合的表现形式,有说有唱地宣扬佛经教义的一种形式。倘若没有说唱文学,就不会有今天的戏曲。在金元之际,我国再度受到外来文化的冲击。戏曲大师吴梅在论述元杂剧的形成时,有一段十分精彩的论述:"迨胡元入主中华,所用胡乐,嘈杂缓急之间,旧词至不能按,乃更造新声,而北曲大备,天意若悯文明禹甸,拘文牵义者之无所措其手足,别辟一新文界以处之,至不惜破华夏之防,放此异彩。以吹箎鸣角之雄风,汰金粉靡丽之末习。此亦文学上至奇之局。"② 但亦有人因此而提出了中国戏曲出自异域之说,此说至 20 世纪初仍在盛行。是王国维正本清源,排除了戏曲"异域说",以丰富的史料,论证了我国戏曲完全是在自己民族的土壤中生长起来的民族艺术。我国戏曲的民族传统的形成过程,本来就是不断吸收外来文化,把它消融在自己的血液之中,不断丰富自己、提高自己的过程。

[原发表于《新疆师范大学学报》(哲学社会科学版)1989 年第 3 期]

---

① 欧阳予倩. 谈文明戏 [M] //欧阳予倩. 自我演戏以来(1907—1928). 北京:中国戏剧出版社,1959:193-194.

② 吴梅. 词余讲义 [M]. 北京:北大学院出版部,1929.

常州词派与近代词学中的解释学思想

陈水云

1921年9月,严既澄为自己的词集《驻梦词》作序,谈到自己与常州派在词学观念上的分歧说:"向者浙中词人某公,尝为吾友言,吾词亦自佳,独惜了无寄托,不耐人寻味耳,是殆年龄所限欤?不知常州诸子所谓主风骚,托比兴之言,余向目为魔道。温卿之好为侧艳,本传未尝讳言,而张皋文之俦,必语语笺其遥旨。绮罗芗泽,借为朝野君臣;荆棘斜阳,绎以小人亡国。自谓能探奥窔,实皆比附陈言。夫作家之处境万殊,其作又安得咸趋一轨?偶然寄意,固不必无,即兴成文,尤为数见。又岂人人工部,语语灵均,而后能垂诸久远耶?"①他与常州派的分歧有两点:一是常州派不满他的创作"了无寄托",他认为"偶然寄意,固不必无,即兴成文,尤为数见";二是张惠言以微言大义解读温庭筠的词,他认为张氏是"比附陈言",其实温庭筠的词本为侧艳,并无深意。这种词学观念的分歧关涉到近代词学史上关于文本意义阐释的理论论争问题,即作者进行文学创作之前是否有一个预设的意义?读者对文本的解释是否应该符合作者的原意,或者说读者对文本的解释是否以追究作者的书写意图为终极目的?我们认为,要澄清这些问题,必须先从常州派的词学观念谈起,然后进一步分析近代词坛在文本阐释问题上存在分歧的有关词学见解。

一、从"意在笔先"到"意内言外"

以张惠言为代表的常州词派形成于嘉庆初年,当时词坛上流行的是浙西派所倡导的清醇雅正词风。浙派标榜清醇雅正的审美理想,适应了康熙、乾隆时期封建统治者的审美需要,却存在着形式为工、"性灵不存"的弊端,给清代词坛造成极其不良的负面影响。正如谢章铤所说:"自浙派盛行,大抵挹流忘源,弃实

---

① 严既澄. 驻梦词自序[J]. 词学季刊,1933,1(3):183.

佩华。强者哺呶，弱者途泽；高者单薄，下者淫猥；不攻意，不治气，不立格。"① 所谓"不攻意，不治气，不立格"，是指浙派末流创作丧失文学创作抒情写意的本意，与中国古典诗歌艺术缘情言志传统背道而驰，也与正在悄然兴起的经世思潮显得格格不入。在嘉庆以后，清王朝的统治已明显地由盛转衰，一些有识之士也意识到"衰世"已经降临，以庄存与、刘逢禄、宋翔凤为代表的常州学派在治学上已由重考据转向注意"微言大义"的阐发，曾经兴盛于清初而衰落于雍正、乾隆时期的经世思潮再度兴起，这样的社会文化背景呼唤着新的审美理想和审美观念，当时词坛在创作上渐渐地出现了向抒情写意传统复归的迹象。

嘉庆词坛"尚意"思潮的回归，先是在浙派后期词人吴锡麒、郭麐的有关论述里初显端倪。如吴锡麒论词虽坚持清雅为尚的宗派观念，但认为"推其变亦以纵横见赏"，注意到"过涉冥搜，则缥渺而无附；全矜豪上，则流荡而忘归"，他提出自己的变革主张是："一陶并铸，双峡分流，情貌无遗，正变斯备。"② 在吴锡麒变革的基础上，郭麐又指出学习南宋，要学习其抒情达意的观念："写其心之所欲出，而取其性之所近，千曲万折以赴声律，则体虽异而其所以为词者，无不同也。"③ 已初步破除了浙派在风格上的雅洁中心论，树立起多种风格并存共处的边缘思想，重新确立起以尚意为宗旨的话语中心。但真正确立以立意为本、协律为末观念的是张惠言，陆继辂《冶秋馆词序》中谈到自己在乾隆五十八年（1873）初入词坛之际，张惠言教导他说："子学诗之日久矣！唐之诗人，四杰为一家，元白为一家，张王为一家，此气格之偶相似者也。家始大于高、岑，而高、岑不相似；益大于李、杜，而李、杜不相似；子亦务求其意而已矣。……凡文辞皆然，而词尤有然者。"④ 张惠言这段话里提出的"务求其意"的创作主张，实际上是要求文学创作应有生活基础，唐代诗人之间风格的相似只是一种偶然现象，而他们在作品中抒写自己的真情实感才是必然的规律。他认为文学创作中的"意"来自作者的生活感慨，在作者执笔之前就已经成熟于胸。他在《送钱鲁斯序》中说："夫意在笔先者，非作意而临笔也。……当其执笔也，繇乎其若存，攸攸乎其若行，冥冥乎，成成乎，忽然遇之而不知所以然，故曰'意'。"⑤（二编）张惠言认为文学创作的"意"来自平日之所养，故出之而

---

① 谢章铤. 张惠言词选跋 [M] // 赌棋山庄全集：文集卷二. 台北：文海出版社，1975：87.
② 吴锡麒. 董琴南楚香山馆词钞序 [M] // 叶联芬. 有正味斋骈体文笺注：卷八. 清道光二十年（1840）慈溪叶氏刻本.
③ 郭麐. 无声诗馆词序 [M] // 郭麐. 灵芬馆集：杂著卷二. 清嘉庆道光刻本.
④ 陆继辂. 崇百药斋续集：卷三 [M]. 清道光四年（1824）合肥学舍刻本.
⑤ 张惠言. 茗柯文编：二编卷下 [M]. 清嘉庆十三年（1808）刊本.

有"物","意"随作者生活经历的变化而呈流动性,作为表达"意"的艺术手段的"法"却是大体定型的,因此文学创作应以立意为本,浙派唯姜、张是尊,是守"法"而失"意",最终必然走上忽视性灵的穷途末路。

在"意在笔先"的理论前提下,张惠言又提出了"意内言外"的命题。《词选序》中说,传曰:意内而言外者谓之词。其缘情造端,兴于微言,以相感动,极命风谣里巷男女哀乐,以道贤人君子幽约怨悱不能自言之情,低徊要眇,以喻其致。

这里将词的定义追溯到东汉许慎的《说文解字》,是一种"通套语""门面语",是张惠言的一种尊体策略。但他将词定义为"意内言外"却是很符合文学作品的构成实际,即文学作品是由语言构筑的意义世界,外在的语言以生动的艺术形象来传达某种意义,词就是外在的"风谣里巷男女哀乐"与内在的"贤人君子幽约怨悱不能自言之情"的完美结合。外在的"言"是用来构建"象"的,"象"是用来传达"意"的,"言,象也,象必有所寓(意)"①,"言""象""意"组成一个完整的文学作品层深系列,《词选序》中所说的"风谣里巷男女哀乐"即"象","贤人君子幽约怨悱不能自言之情"即象之所寓(意)。张惠言还引进传统诗学中的比兴观念,在《词选序》中对"意内言外"的特定内涵做了进一步的界定:"盖《诗》之比兴,变风之义,骚人之歌,则近之矣。""比兴"是《诗经》中用明喻和暗喻的手段,曲折地对政事进行称美或讽刺的表现手法;"变风"是一种乱世之音,所谓"变风之义"是指作者之所写当合乎封建伦理规范。《诗大序》中说:"至于王道衰,礼义废,政教失,国易政,家殊俗,而变风变雅作矣。国史明乎得失之迹,伤人伦之废,哀刑政之苛,吟咏性情,以风其上,达于政事而怀其旧俗者也。故变风发乎情,止乎礼义。""骚人之歌"是指屈原的《离骚》,王逸《离骚经章句》云:"《离骚》之文,依《诗》取兴,引类譬谕。故善写香草,以配忠贞;恶禽臭物,以比谗佞;灵修美人,以媲于君。"张惠言治学从惠栋,接受的是汉人的经学思想,他以"诗之比兴,变风之义,骚人之歌"来阐释词的意蕴,是主张词和《诗经》《离骚》一样要"发乎情,止乎礼义",有"美人香草"之意。其中的"意"具有很明确的指向性,指的是作者的志向和怀抱,是传统诗学中所说的"志"。张惠言《七十家赋钞目录序》说:"赋乌乎统?曰:统乎志。志乌乎归?曰:归乎正。夫民有感于心,有慨于事,有达于性,有郁于情,故有不得已者而假于言。……有动于中,久而不

---

① 张惠言.七十家赋钞目录序[M]//张惠言,茗柯文编:初编.清嘉庆十三年(1808)刊本.

去，然后形而为言，于是错综其词，回互其理，铿锵其音，以求理其志。"① 在他看来，诗、词、赋三者在本质上是相通的，《词选序》中就说过词应该与"诗赋之流同类而风诵之"。张惠言说赋统乎"志"，其实也是说词统乎"志"，所谓"意"也就是为儒家思想所规范的"志"，从而把词与政治关联起来，把作者创作与现实生活沟通起来，转变了浙西词派回避现实的创作态度。

张惠言论词以立意为本，文本的意义要经过读者的读解才能得以还原，而他将词的义界指定为"《诗》之比兴，变风之义，骚人之歌"，也是进一步说明，作者进行文学创作之前有一个预设的书写意图。文本的意义只有一个，那就是作者的书写意图，而读者的解读活动的任务就是对作者书写意图的本义还原。这实际上是突出作者对文本解释的权威地位，指明作者对读者的读解活动起着导向作用，读者对文本的读解不能背离反叛作者的书写意图。但是张惠言对唐宋词的读解并没有遵循这一原则，如温庭筠《菩萨蛮·小山重叠金明灭》描写的是妇女晨妆的情形，张惠言却断定"此感士不遇也"；欧阳修《蝶恋花·庭院深深深几许》写的是思妇由春归而产生青春虚度的闺怨，张惠言却认为此词深寓北宋庆历新政的失败；苏轼《卜算子·缺月挂疏桐》借咏孤鸿寄寓孤寂之感，张惠言却征用鲖阳居士的意见，认为该词词旨"与《考槃》诗极相似"。很显然，张惠言不是在文本中寻找作者的书写意图，而是根据自己的思想观念对文本的意义做了新的解释，也就是说在他的读解活动中读者取代作者成为文本解释的权威，这样，在创作上他强调作者应有先于文本的书写意图，在接受上却完全抛开作者而把自己的意义带入文本，那怎样理解张惠言思想中的矛盾呢？文本的解释权应该属于作者还是属于读者？也就是说读者对文本的处置，是以作者为中心还是以读者为中心呢？围绕这一问题，近代词学展开了激烈的论争，大多认为读者对文本的解释有自主权，但这种解释的自主权到底有多大，作者的意义对读者的解释是否有限制性？也就是说读者的解释是否具有有效性呢？不同的人因为学术见解不同而存在着极大的分歧。

二、"作者之用心未必然，读者之用心何必不然"

以宋翔凤、周济为代表的常州派后继者，首先积极肯定张惠言以微言大义说词的做法，认为文本的解释权应该属于读者，读者完全可以抛弃作者的书写意图，对文本做自己的解释。宋翔凤说："张皋文先生《词选》，申太白、飞卿之

---

① 张惠言. 茗柯文编：初编［M］. 清嘉庆十三年（1808）刊本.

意，托兴绵远，不必作者如是。是词之精者，可以仁者见仁，智者见智也。"①他指出《词选》对李白、温庭筠词旨的阐释，是张惠言做了发挥，其实作者并非真有此义，它完全是张惠言将自己的意义强加于唐宋词。这实际上是承认张惠言曲解了唐宋词作者的原意，但他同时又以"仁者见仁，智者见智"说明张惠言解释唐宋词有其合理的地方。周济也说："夫人感物而动，兴之所托，未必咸本庄雅，要皆讽诵绁绎，归诸中正，辞不害志……苟可驰喻比类，翼声究实，吾皆乐取，无苛责焉。"②他认为作者感物而发的感情，不必非托之于"庄雅"不可，如果读者在理解的过程中，能持之以中正之心，那么，即使是"乖缪庸劣，纤微委琐"，也可以被视为有中正之意的作品，当然这样的中正之意是读者所赋予的。

在宋、周二氏论述的基础上，谭献又提出了"作者之用心未必然，读者之用心何必不然"的观点，进一步地论证了张惠言以微言大义说词的合理性。他说："皋文《词选》，以《考槃》为比，其言非河汉也。此亦鄙人所谓作者未必然，而读者何必不然。"③他还结合自己多年的治词经验，说明自己对唐宋词的读解经历了一个追寻作者原意到抛开作者趋向尊重读者的过程。"献十有五而学诗，二十二旅病会稽，及始为词，未尝深观之也。然喜寻其旨于人事，论作者之世，思作者之人。三十而后，审其流别，乃复得先正绪言，以相启发。年逾四十，盖明古乐之似在乐府，乐府之余在词。……又其为体固不必与庄语也，而后侧出其言，旁通其情，触类以尽，甚且作者之用心未必然，而读者之用心何必不然，言思拟议之穷，而喜怒哀乐之相发，向之未有得于诗者，今遂有得于词。如是者年至五十，其见始定。"④"寻其旨于人事"是结合作者的人品、生活经历、所处时代来推测作者的书写意图，这说明谭献初入词坛未能深契常州派的寄托之旨，但四十岁以后感悟到词有"侧出其言，旁通其情"的审美特征，故而认识到张惠言的微言大义的真谛是"作者之用心未必然，读者之用心何必不然"。

张惠言以微言大义说词有其合理之处，但更存在着"取类比附""强为指发"的弊端，即张惠言以"《诗》之比兴，骚人之歌"解释词旨往往不合作者原意。李冰若《栩庄漫记》称张惠言："以说经家法，深解温词，实则论人论世，全不相符。""飞卿为人，具详旧史，综观其诗词，亦不过一失意文人而已，宁

---

① 宋翔凤. 论词绝句二十首：其一 [M] //洞箫楼诗纪：卷三. 清道光刻本.
② 周济. 词辨序 [M] //周济. 词辨. 清道光二十七年（1847）刻本.
③ 谭献. 复堂词话 [M]. 北京：人民文学出版社，1959：26.
④ 谭献. 复堂词话 [M]. 北京：人民文学出版社，1959：19.

有悲天悯人之怀抱？……以无行之飞卿，何足以仰企屈子？"① 为此，宋翔凤、周济等对张惠言的"意内言外"之说做了某种程度的改造，有意地淡化张氏词学中的政治寓意，而突出"意内言外"的审美内涵。如宋翔凤释"意内言外"为"期敛散越之意，约以宛转之言，出之靡尽，而留其有余"②。要求作者不可将意说尽，做到意余言外，让人有回味的余地。张惠言所谓"义有幽隐"是指作者无法说出的意义，而宋翔凤所谓"出之靡尽，而留其有余"是指作者故意不给说出的意义。

前者只可结合作者的背景来理解，后者则完全依赖读者自身的感悟。张惠言的外甥董士锡承传张氏衣钵，把"意内言外"解释为"以无厚入有间"，已注意到寄托过程中必须掌握纯熟的艺术技巧。而蒋敦复则将之改易为"以有厚入无间"，强调的是运用寄托应追求内在的复意重旨。王韬解释蒋敦复之意说："词之一道，易流于纤丽空滑，欲反其弊，往往变为质木，或过作谨严，味同嚼蜡矣。故炼意炼辞，断不可少，炼意所谓添几层意思也，炼辞所谓多几分渲染也。"③"添几层意思""多几分渲染"，实质上就是为读者提供一个有再度阐释的可能性空间。

这之后，周济进一步指出读者的理解必须以文本建构的艺术形象为依凭，艺术形象自身的多义指涉性给读者提供了再度阐释的空间。他说："初学词求有寄托，有寄托则表里相宜，斐然成章；既成格调求无寄托，无寄托则指事类情，仁者见仁，知者见知。"周氏所谓"无寄托"，詹安泰先生解释说，"非不必寄托也，寄托而出之以浑融，使读者不斤斤于迹象以求其真谛，若可见若不可见，若可知若不可知，往复玩索而不容自已也"④。指明周济"无寄托"说的实质，就是超越迹象，不落言筌，意余言外，给读者留有再度阐释的文本空间。不仅如此，周济还比较了"有寄托"与"无寄托"在审美意象构成及读者接受方式上的不同。从意象构成方式上看，有寄托要求作者将自己的感受，借助对"一物一事"的刻画摹状，达到假类毕达、意物相称、表里相宜的效果。亦即张惠言所说的"触类条鬯，各有指归"。无寄托则要求作者秉赋深情，遇境而悟，特定的寄托化为由中而出的感情，它触境而生又包容在生动、具体、血肉丰满的艺术形象里。从读者的接受方式看，解读有寄托之词往往是"阅载千百，謦欬弗违"，文

---

① 李冰若. 花间集评注 [M]. 北京：人民文学出版社，1993：10.
② 宋翔凤. 香草词序 [M] // 云自在龛丛书：第四集名家词. 清光绪江阴缪氏云自在龛刻本.
③ 唐圭璋. 词话丛编：第四册 [M]. 北京：中华书局，1986：3627.
④ 詹安泰. 詹安泰词学论稿 [M]. 广州：广东人民出版社，1984：118.

本虽经千百年的传播,但读者所取得的认识只是对作者原意的体认而已,读者与文本之间建立的是精确的认知关系。而解读无寄托之词则有如"临渊窥鱼,意为鲂鲤;中宵惊电,罔识东西"①。读者完全沉浸在文本所营造的艺术境界之中,与文本展开活跃的交流,他不是文本意义的被动接受者,而是文本意义的主动阐释者。他就像赤子随母笑啼,也像乡人缘剧喜怒,带着自己的心灵进入文本世界,与作者做心与心的交流。由此可见,在周济的无寄托理论里,寄托与形象之间的距离被取消了,读者与文本之间的隔阂被解除了,它呈现出来的是"金碧山水,一片空濛"的浑融境界。

在宋翔凤、周济强化"意内言外"审美意蕴的基础上,庄棫与陈廷焯又对张惠言以微言大义说词存在的"字字笺其遥旨"之弊做了修正。庄棫他认为"自古词章,皆关比兴",但比兴不是"义可相附""喻可专指"的浅显明喻,也不是"用意太深,辞为义掩"的晦涩暗喻,而应该是"比兴之旨"与"飘渺之音"的完美结合,亦即深厚的思想意蕴与空灵飘渺的音节辞采有机统一。通过考察古今词史,庄棫认为自宋及今很少有人符合这样的要求,只有南宋王沂孙的词才达到"比兴之旨"与"飘渺之音"结合的完美境界。② 陈廷焯曾向庄棫请教词学,庄棫认为陈廷焯"知清真、白石矣,未知碧山也。悟得碧山,而后可以穷极高妙"。根据陈廷焯的理解,王沂孙高妙所在是:"碧山为词,只是忠爱之忱,发于不容已,并无刻意争奇之意,而人自莫及,此其所以为高。"③ 在庄棫有关论述的基础上,陈廷焯又提出"沉郁说",主张寄托力求深厚,比兴应重含蓄,以纠正张氏"取类比附"之失。什么是陈廷焯所说的沉郁呢?《白雨斋词话》卷一云:"所谓沉郁者,意在笔先,神余言外。写怨夫思妇之怀,寓孽子孤臣之感。凡交情之冷淡,身世之飘零,皆可于一草一木发之。而发之必若隐若见,欲露不露,反复缠绵,终不许一语道破。匪独体格之高,亦见性情之厚。"④ 他也认为寄托不厚则感人不深,只能感其所感,不能感其所不感。怎样才能做到寄托深厚呢?陈廷焯在《白雨斋词话》中说:"感慨时事,发为诗歌,……特不宜说破,只可用比兴体,即比兴中亦须含蓄不露。"⑤ 他理解的比兴,不像张惠言仅仅理解为"言外"与"意内"的比兴关系,而是突出其含蓄蕴藉的审美特征。他说:"所谓兴者,意在笔先,神余言外,极虚极活,极沉极郁,若远若近,可喻不可

---

① 周济. 宋四家词选目录序论 [M] //周济. 宋四家词选. 上海:古典文学出版社,1958:2.
② 庄棫. 复堂词序 [M] //蒿盦文集:卷六. 清光绪十五年(1889)刻本.
③ 陈廷焯. 白雨斋词话:卷二 [M]. 北京:人民文学出版社,1959:41.
④ 陈廷焯. 白雨斋词话:卷一 [M]. 北京:人民文学出版社,1959:5-6.
⑤ 陈廷焯. 白雨斋词话:卷二 [M]. 北京:人民文学出版社,1959:28.

喻，反覆缠绵，都归忠厚。"① 所谓"神余言外""极虚极活""若远若近"，指的就是艺术形象有极大的包蕴性，具有丰厚的审美底蕴，给人以广泛的想象空间，这正是庄棫所说的"比兴之旨"与"飘渺之音"的完美结合。

三、"断章取义则是，刻舟求剑则大非"

后期常州派对张惠言的词学做了这样或那样的改造和补救，但在他们的思想中比兴寄托的意识却是愈来愈坚定。然而，作者从事文学创作，有的是"偶然寄意"，但更多的情况却是"即兴成文"，如果把"即兴成文"之作硬说成是"寄意"之作，就不免有些"胶柱鼓瑟"。张祥龄说："词主谲谏……所谓国风好色而不淫，小雅怨悱而不乱，此固有之，但不必如张皋文胶柱鼓瑟耳。"② 王国维甚至批评说："飞卿《菩萨蛮》、永叔《蝶恋花》、子瞻《卜算子》，皆兴到之作，有何命意？皆被皋文深文罗织。"③ 谢章铤进一步分析说："虽然，词本于诗，当知比兴，固已。究之《尊前》《花外》，岂无即境之篇？必欲深求，殆将穿凿。夫杜少陵非不忠爱，今抱其全诗，无字不附会以时事，将《漫兴》《遣兴》诸作，而皆谓其有深文。是温柔敦厚之教，而以刻薄讥讽行之。"④ 那么，怎样才能确定何者为寄意之作，何者为即兴成文之作呢？

有些论者提出运用"以意逆志"的解释传统，如刘熙载《艺概·词曲概》中指出文天祥词有"风雨如晦，鸡鸣不已"之意，"故词当合其人之境地以观之"。陈廷焯《白雨斋词话》卷六也认为，"读碧山词，不得不兼时事言之"，提出要结合作者的时代去解释词中的意义。但重建作者原意是相当困难的，这是因为读者与作者年代相隔久远，从心境到理解能力诸方面都不可能完全吻合，读者对文本的解释总是或多或少地偏离作者的原意。刘子春《石园诗话序》说："作者之意，岂能必读者之意"，"作者之意，在一时一事，时事在当代，又不必尽人而合之也。以我之意，推求古人之意，而欲其一一尽合，亦不可必得之数矣。言其所能得者，而缺其所不能得者，古人可作，未必不必许之"。读者与作者之间有着无法回避的时空差距，读者时代的审美观念与作者时代的审美观念亦不相同，因此说"作者之意，岂能必读者之意"，从这种意义上讲，张惠言的解释偏离作者原意在某种程度上说有他的合理性，遗憾的是张惠言未能对自己解读活动

---

① 陈廷焯. 白雨斋词话：卷六 [M]. 北京：人民文学出版社，1959：158.
② 张祥龄. 词论 [M] //唐圭璋. 词话丛编：第五册. 北京：中华书局，1986：4213.
③ 王国维. 人间词话：删稿 [M] //唐圭璋. 词话丛编：第五册. 北京：中华书局，1986：4261.
④ 谢章铤. 赌棋山庄词话：续编卷一 [M] //唐圭璋. 词话丛编：第四册. 北京：中华书局，1986：2486.

的合理性做必要的分析和界定,以致引起不少批评者的误解和猛烈的抨击。

谢章铤论词"与时派不同",在文本解释的问题上,对肯定与批评张惠言的两派意见持一种调和态度。他说:"皋文之论词以有怀抱有寄托为归,将以力挽淫艳猥琐虚枵叫呶之末习,其用意远矣。虽然词以温尉为大宗,温尉之诗靡靡,以彼怀抱,较之李杜,不待智者而知其不似也,而谓其词皆遐稽隐讽,字字有着落,或不然矣。《诗三百》,一言以蔽曰:思无邪。说者谓诗不尽无邪,而能以无邪之思读之则无邪矣。吾谓词不尽有托,而能以有托之心读之则有托矣,是故皋文以寄托论词,山阳潘四农以人品论诗,皆诚为能尊诗词之体者,作家虽不必拘其说,要不可不闻其说也。"① 他指出张惠言以比兴寄托说词有纠弊的意义,《赌棋山庄词话》中还肯定张惠言《词选》能补救词坛流行的"淫辞""鄙辞""游辞"三弊,"其大旨在于有寄托,能蕴藉,是固倚声家之金针也"。常州派论词重比兴寄托固然有强化文本立意的意义,但这样也会带来穿凿附会的不良影响。如苏轼的《乳燕飞》、辛弃疾的《祝英台近》皆有本事,而常州词人"竟一概抹杀之,而谓我能以意逆志,是为刺时,是为叹世,是何异读《诗》者尽去小序,独创新说,而自谓能得古人之心,恐古人可起,未必任受也。……故皋文之说不可存弃,亦不可泥也。"② 完全抛开作者的原意去"独创新说"是不可取的,那么应该怎样才能做到既尊重读者的解释权,同时又不至于穿凿附会呢?谢章铤说:"东坡《卜算子》云:'缺月挂疏桐,……。'时东坡在黄州,固不无沦落天涯之感,而鲖阳居士释之云:'缺月,刺明微也;……。'字笺句解,果谁语而谁知之?虽作者未必无此意,而作者未必定有此意,可神会而不可言传。断章取义则是,刻舟求剑则大非矣。"③ 这里,谢章铤将读者对文本的解释,分为"断章取义"与"刻舟求剑"两种,见解有似于赫斯将文本的意义划分为"meaning"与"significance",不过,他的意见与赫斯稍有不同,赫斯从文本意义解释的角度着眼,坚持只有作者的意义才是唯一正确的解释,而谢章铤则主要从读者理解的角度着眼,认为读者的解释可以不以追寻作者的原意为终极目的,而是应该积极肯定读者解释的合理性。在他看来,问题不在于作者是否有一个预设的意义亦即寄托,关键是在于读者以怎样的心态来理解文本,以有寄托之心析

---

① 谢章铤. 周氏《词辨》二卷跋语 [M]//赌棋山庄全集:课余续录卷四. 台北:文海出版社,1975:3260.
② 谢章铤. 赌棋山庄词话:续编卷一 [M]//唐圭璋. 词话丛编:第四册. 北京:中华书局,1986:3486.
③ 谢章铤. 赌棋山庄词话:续编卷一 [M]. 清光绪十年(1884)陈宝琛南昌使廨刻赌棋山庄全集本.

之则有，以无寄托之心读之则无，在具体的理解过程中亦不可作指实之论。

　　谢章铤所说的"刻舟求剑"实际就是比喻张惠言"取类比附"的解词方法，而"断章取义"则近似于文本解释的读者中心论，强调读者对文本解释的自主性，有些接近于周济的"仁者见仁，智者见智"，谢章铤对这两种文本解释方法是肯定后者而否定前者。但谢章铤始终未能说明读者是怎样去解释文本的，近人俞平伯先生对读者文本解释活动的分析，弥补了谢章铤在这一方面的不足。他将读者解释文本的活动分为"深思"与"浅尝"两种，所谓"浅尝"就是求文本之"真"即固有意义，所谓"深思"就是求文本之"美"，它是经过读者的解释而呈现的新义。"浅尝"和"深思"都是文学接受活动中不可缺少的，它们反映出文学接受活动中作者、文本、读者三者之间有不可分割的联系。俞平伯先生认为，"文词之意"并不等于"作者之意"，文本之意有的是"作者之意"的原义复制，有的则是作者"即兴成文"之作，完全依靠读者自己的理解能力去解释它的意义，读者对这种文本意义的解释可"浅尝"亦可"深思"①。这样解释读者的文本阐释活动比较符合文学接受活动的实际，如冯延巳的《鹊踏枝》十四章呈现的就是一种"郁伊惝恍"的境界，不同的读者从中得出的感受是大不相同的。刘熙载认为"其词流连光景，惆怅自怜"，冯煦却认为"有家国之感寓乎其中"，谁是谁非是很难做出定论的，只要不像张惠言那样"字字笺笺其遥旨"都是可取的。我们认为，作者之意、文本之意及读者之意，有着内在联系却也有着外延上的区别，从文学解释学的角度分析，文本之意是文学解释活动的逻辑起点，它连接着作者之意与读者之意的两"轴"。读者对文本的解释，首先应以文本之意的复现为前提条件，这就是俞平伯先生所说的"浅尝"求文本之"真"。而文本之"意"有的即是作者之意，有的却是作者即兴成文之作，并没有什么深刻的寓意，对于有托意的作品当然要寻找作者的书写意图，对无寄托的作品则应该任读者做自己的理解、解释，这就是俞平伯先生所说的"深思"求文本之"美"。"深思"是"浅尝"的深化，"浅尝"是"深思"的先决条件，它们不存在高下优劣的问题，仅仅是读者解读文本过程中的两个阶段而已。

（原发表于《求是学刊》2002 年第 5 期）

---

　① 俞平伯. 积木词序［J］. 词学季刊，1936，3（2）：163-165.

翻译文学论

中国近代文学翻译理论初探

郭延礼

中国近代翻译事业是伴随着帝国主义入侵而开始的,随着中西文化交流的发展,近代翻译也日益发展起来,但作为其理论导向的翻译理论,在近代虽无经典的、系统的论著出现,像英国近代泰特勒(A. Tytler,1747—1814)的《翻译原理论》那样的专著;但散见于各种著作中的论文、序跋、奏稿,却反映了近代对翻译的认识和主张。我这里侧重于谈文学翻译理论。

一

对翻译重要性的认识是近代前期学者们论述的重要主题。因为阐述翻译的重要性,主张译介西书,是当时宣传"西学"的中心内容,也是近代中学与西学之争的一个重要方面。作为近代首先觉醒、睁眼看世界的第一批知识分子,他们都十分重视译介西书的活动。

近代两位经世致用的思想家林则徐、魏源,为了"师夷长技以制夷",他们均主张翻译西书。林则徐在广东禁烟期间就"日日使人刺探西事,翻译西书"①,并设立译馆,他还组织编译过《四洲志》《各国律例》《华事夷言》等书。魏源便将以上三书,以及林译《澳门月报》五辑等扩编为《海国图志》。《海国图志》是当时国人学习、了解西方很重要的一部书,对日本明治维新影响亦很大。在近代初期与林、魏认识和主张相同并有译介西书活动的还有梁廷楠和徐继畬,他们

---

① 魏源. 道光洋艘征抚记上[M]//魏源集:上册. 北京:中华书局,1976:174.

编译的《海国四说》和《瀛环志略》在近代也均有很大影响。不过严格讲起来，以上所述还只是些编译活动，属于实践方面，而从理论上阐发翻译的重要并主张设立专门的翻译机构、培养翻译人才的，其代表性的人物当推曾国藩和马建忠。

1867年，当时曾国藩任两江总督，他看到江南制造局翻译的西书后，十分高兴，于是便正式提出建立江南制造局翻译馆。他在奏请清政府增设江南制造局翻译馆时说："盖翻译一事，系制造之根本。洋人制器，出于算学，其中奥妙，皆有图说可寻。特以彼此文义，扞格不通。故虽日习其器，究不明夫用器与制器之所以然。……拟俟学馆建成，即选聪颖子弟随同学习，妥立课程，先从图说入手，切实研究。庶几物理融贯，不必假手洋人，亦可引伸，另勒成书。"① 此文因系奏折，所谈设立翻译馆的原因虽缺乏理论色彩，但大约这是较早阐述翻译重要性的文字。

马建忠是早期资产阶级维新派的代表人物之一。曾留学法国，获博士学位，并曾任驻法国公使郭嵩焘的翻译。1894年，他在《拟设翻译书院议》中，较早从理论上阐述了翻译中的若干问题，首先论述了翻译的重要。他说："余也蒿目时艰，窃谓中国急宜创设翻译书院，爰不惜笔墨，既缕陈译书之难易得失于右，复将书院条目与书院课程胪陈于左，倘士大夫有志世道者，见而心许，采择而行之，则中国幸甚。"马建忠提出设立翻译书院是基于两方面的考虑：一是根据当时"学习西方"之急需，"译书之不容少缓"；二是"译书之才之不得不及时造就"。要翻译西书，必先造就翻译人才，这是探本之说，马氏抓住了问题的根本。其次，马建忠又指出了当时翻译界的弊端。他说：

> 今之译者，大抵于外国之语言，或稍涉其藩篱，而其文字之微辞奥旨，与夫各国之所谓古文词者，率茫然而未识其名称；或仅通外国文字语言，而汉文则粗陋鄙俚，未窥门径；使之从事译书，阅者展卷未终，俗恶之气，触人欲呕。又或转请西人之稍通华语者为之口述，而旁听者乃为仿佛摹写其词中所欲达之意，其未能达者，则又参以己意而武断其间。盖通洋文者不达汉文，通汉文者又不达洋文，亦何怪夫所译之书皆驳杂迕讹，为天下识者所鄙夷而讪笑也。

马建忠上面这段文字实在是对19世纪后半期中国翻译现状形象而生动的描绘。而其症结就在于："通洋文者不达汉文，通汉文者又不达洋文。"于是所译之书

---

① 曾国藩. 轮船工竣并陈机器局情形疏 [M] // 郑振铎. 晚清文选：卷上. 上海：上海书店，1987：83.

不是佶屈聱牙、难以卒读；就是词不达意，令人不知所云。这种现象，严复在同一时期内也指出过："目下学习洋文（之）人几于车载斗量，……顾其人于中国文学往往仅识之无"，"所以洋务风气宏开，而译才则至为寥落。……复所知者，亦不能尽一手之指。"① 懂外文者不通中文固然不行，但仅通中文而不识西文更容易出笑话。让上面这样两种人去译书，其质量之低劣也就可想而知。于此，严复1898年在《论译才之难》中指出："曩闻友人言，已译之书，如《谭天》、如《万国公法》、如《富国策》，皆纰谬层出，开卷即见。夫如是，则读译书者，非读西书，乃读中土所以意自撰之书而已。敝精神为之，不亦可笑耶？往吾不信其说，近见《昌言报》第一册译斯宾塞尔《进说》数段，再四读，不能通其意。因托友人取原书试译首段，以资互发。乃二译舛驰若不可以道里计者，乃悟前言非过当也。"② 这类"满纸啴哕"的译书，不仅令读者不知所云，而且也严重地歪曲了原著。

正由于当时"通洋文者不达汉文，通汉文者又不达洋文"的现状，故采用了一种较普遍的译法，即所谓"西译中述"。关于这种译法，傅兰雅在《江南制造总局翻译西书事略》中有过描述："将所欲译者，西人先熟览胸中而书理已明，则与华士同译，乃以西书之义，逐句读成华语，华士以笔述之；若有难言处，则与华士斟酌何法可明；若华士有不明处，则讲明之。译后，华士将初稿改正润色，令合于中国文法。"③

马建忠的批评是完全正确的，而他所以指明这些弊端也正是为创建翻译书院、急需培养翻译人才提供现实根据；但话又说回来，这种西译中述的翻译方式，又是当时中国特定的历史条件和文化背景所必然产生的现象，它的存在有一定的历史合理性，对于传播西方科学技术和文化、满足当时国人学习西方的需要均有一定的作用。这点也是应当明确的。

《拟设翻译书院议》一文还对翻译书院的宗旨、学习内容、选拔学员条件、聘请师资标准和译书重点均做了说明，它是我国近代第一篇系统阐述翻译理论、人才培养的重要文献，对当时设立外国语学校、翻译西书乃至近代翻译事业的发展均有一定的倡导和促进作用。

稍后，张之洞在《上海强学会章程》（1896）中说："欲令天下士人皆通西

---

① 严复. 与张元济书：一[M]//王栻. 严复集第三册：书信. 北京：中华书局，1986：526-527.
② 严复. 论译才之难[M]//王栻. 严复集第一册：诗文卷上. 北京：中华书局，1986：90-91.
③ 张静庐. 中国近代出版史料初编[M]. 北京：中华书局，1957：18.

学,莫若译成中文之书,俾中国百万学人人人能解,成才自众,然后可给国家之用。"① 同年,梁启超在《变法通议·论译书》(以下简称《论译书》)中也说:"处今日之天下,则必以译书为强国第一义。"② 再次强调了译书的重要性,他还把译书与推行维新变法结合起来:"今不速译书,则所诸变法者尽成空言。"③ 而日本之变法成,则在于认真学习西方。"至今日本书会,凡西人致用之籍,靡不有译本。故其变法灼见本原,一发即中,遂成雄国。斯岂非其明效大验耶!"④ 故要学习西方,必从译书入手。

如果说在19世纪后半期,近代学者心目中的翻译主要还指翻译一般西书而言的话,至19世纪、20世纪之交,其论述内容则开始涉及文学翻译。首先论述文学翻译(主要是翻译小说)的是严复和夏曾佑,他们在《本馆附印说部缘起》(1897)中说:"且闻欧美、东瀛,其开化之时,往往得小说之助。是以不惮辛勤、广为采辑,附纸分送。或译诸大瀛之外,或扶其孤本之微。"尽管《国闻报》也并未能完全付诸实践,但一些有识之士已看到外国小说的巨大的社会作用,这对国人注目、倡导翻译外国小说则无疑是一种新的文学信息。稍后,康有为编成《日本书目志》(1897),将小说列为十五门之一,收日本小说(包括随笔)1 056种,这是我国第一本收外国小说的书目。作者在小说书目后的《识语》中云:今中国"亟宜译小说而讲通之"。接着,首倡"小说界革命"的梁启超在他著名的《译印政治小说序》(1902)中更竭力宣传外国政治小说对开启民智、增强国家观念的重要作用:"往往每一书出,而全国之议论为之一变。彼美、英、德、法、奥、意、日本各国政界之日进,则政治小说,为功最高焉。"从而明确提倡翻译出版外国小说:"今特采外国名儒所撰述,而有关切于今日中国时局者,次第译之。"这便为20世纪初翻译文学的发展和繁荣做了舆论准备。对于翻译文学迅速占领中国文坛,形成"翻译多于创作"⑤的新局面具有积极的促进作用。

二

翻译之难,几乎是所有翻译家的共同感受,尤其用"信、达、雅"的标准来衡量,真是难乎其难矣。这种情况不仅存在于西译中,而中译西亦然。众所周

---

① 郑振铎. 晚清文选:卷中[M]. 上海:上海书店,1987:285.
② 梁启超. 变法通议:论译书[M]//梁启超. 饮冰室合集:文集之一. 北京:中华书局,1989:66.
③ 梁启超. 大同译书局叙例[M]//梁启超. 饮冰室合集:文集之二. 北京:中华书局,1989:57.
④ 梁启超. 变法通议:论译书[M]//梁启超. 饮冰室合集:文集之一. 北京:中华书局,1989:67.
⑤ 阿英. 晚清小说史[M]. 北京:人民文学出版社,1980:180.

知，辜鸿铭以将中国古籍经典译成英文而驰名欧洲，他所译的《论语》《中庸》至今在欧洲亦作为经典看。辜氏自称于《中庸》涵咏已 20 年，但他所译的《中庸》，王国维仍举出实例说明其翻译不妥之处，并且说："要之辜氏此书如为解释《中庸》之书则吾无间然，且必谓我国之能知'中庸'之真意者，殆未有过于辜氏者也；若视为翻译之书，而以辜氏之言即子思之言，则未敢信以为善本也。"① 由此可见，把一种文字的经典著作译成另一语种的文字，是十分困难的。于此马建忠很早（1894）就有"夫译之为事难矣，译之将奈何"的感叹。为此，他"平日冥心钩考"，反复探索，他认为"必先将所译者与所以译者两国之文字深嗜笃好，字栉句比，以考彼此文字孳生之源，同异之故，所有相当之实义，委曲推究，务审其音声之高下，析其字句之繁简，尽其文体之变态，及其义理精深奥折之所由然"，而后才能谈得到翻译②。通过翻译实践，证实了马建忠的看法是有道理的。以翻译西方学术名著闻名的严复、以翻译侦探小说闻名的周桂笙和以翻译拜伦诗闻名的苏曼殊，所译作品的体裁虽有异，但对翻译之难这点却有共同的感受：翻译是一种艰苦的劳动，绝非可轻易为之的。严复在译亚当·斯密的《原富》时给友人说："《原富》拙稿，刻接译十数册，而于原书仅乃过半工程，罢缓如此。鄙人于翻书尚为敏捷者，此稿开译已近三年，而所得不过如是，则甚矣此道之难为也。"③ 他又说："鄙人于译书一道，虽自负于并世诸公未遑多让. 然每逢义理精深、文句奥衍，辄徘徊踯躅，有急与之搏力不敢暇之概。"④ 又曾形容其难说："复近者以译自课，岂不欲旦暮奏功，而无如步步如上水船，用尽气力，不离旧处，遇理解奥衍之处，非三易稿，殆不可读。"⑤ 于此不难窥察这位近代最著名的翻译大家在译书中的困惑和苦衷。林纾也说："顾译书之难，余知之最深。"⑥《月月小说》在介绍周桂笙所译的《福尔摩斯再生后之探案第十一、十二、十三》中说："夫译书极难，而译小说尤难，苟非将原书之前后情形，与夫著者之本末生平，包罗胸中，而但卤莽从事，率尔操觚，即不免有直译（按实指硬译）之弊，非但令人读之，味同嚼蜡，抑且有无从索解者矣。"梁启

---

① 王国维. 书辜氏汤生英译《中庸》后 [M] //海宁王静安先生遗书：静庵文集续编. 上海：商务印书馆，1940.
② 马建忠. 拟设翻译书院议 [M] //马建忠. 适可斋记言. 张岂之，刘厚祜，校点. 北京：中华书局，1960：90.
③ 严复. 与张元济书：六 [M] //王栻. 严复集第三册. 书信. 北京：中华书局，1986：534.
④ 严复. 与张元济书：八 [M] //王栻. 严复集第三册. 书信. 北京：中华书局，1986：537.
⑤ 严复. 与张元济书：二 [M] //王栻. 严复集第三册. 书信. 北京：中华书局，1986：527.
⑥ 林纾. 译林序 [N]. 清议报，1900（69）.

超在谈到译诗歌时亦说过:"翻译本属至难之业,翻译诗歌尤属难中之难。本篇(指拜伦的《端志安》)以中国调译外国意,填谱选韵,在在窒碍,万不能尽如原意。刻画无盐,唐突西子,自知罪过不小。读者但看西文原本,方知其妙。"①梁启超也深感自己的翻译"万不能尽如原意",但请读者自看原文,便知其中奥妙。在当时能读原文的读者实在寥无几人,只不过表白其难译的苦衷吧!于此,以翻译诗歌驰名译坛的苏曼殊亦有深刻的体会,他在谈到翻译诗歌之难后指出:翻译外国文学,必须先精通所译国家的文字。"衲谓凡治一国文学,须精通其文字。昔歌德逢人必劝之治英文,此语专为拜伦之诗而发。夫以瞿德(即歌德)之才,岂未能译拜伦之诗,以非其本真耳。"② 他已认识到语言的隔阂是翻译文学难以达到"本真"的主要障碍。还应指出:苏曼殊此处所谓语言障碍的英语和德语虽系两个语种,但因均系拼音文字,且同属印欧语系日耳曼语族西日耳曼语支,故英语与德语的差别和西文与中文的差别显然是不可同日而语的。自然,将西文译成中文的难度就更大。

翻译之难,在近代已成共识。其难点甚多,如关于译名问题,就是近代许多翻译家所论及的翻译难点之一。这属于有关翻译中的一个专门问题,兹不论。我这里仅就与文学有关的诗歌翻译略加论述。

诗歌翻译难度远较散文文体难度更大(尤其是抒情诗)。英国著名的诗人雪莱曾经说过:诗不能翻译,译诗是徒劳的。但丁也表示过类似的意见。弗罗斯托(Robert Frost)甚至给诗下了这样一个定义:诗就是"在翻译中丧失掉的东西"。从理论上讲,这些话也许不无道理。但翻译实践又告诉人们:诗是可以翻译的,尽管难度很大;而且诗歌通过翻译还可以诱发人们对原诗的探求与喜爱。歌德曾这样说过:"翻译者可以看着是热心的媒人,他们把半覆着面纱的美人称颂得极其可爱;他们唤起人们对原物发生不可抗拒的爱悦。"③ 比如学界对于苏曼殊所译拜伦的诗就评价颇高,有所谓"唯有曼殊可以创造(译)拜伦诗"之说④,曼殊自己也认为他译的拜伦诗是做到了"按文切理,语无增饰,陈义悱恻,事辞相

---

① 梁启超. 新中国未来记[M]//梁启超. 饮冰室合集:专集之八十九. 北京:中华书局,1989:45.

② 苏曼殊. 致高天梅(1910年6月8日爪哇)[M]//马以君. 苏曼殊文集:下. 广州:花城出版社,1991:517.

③ 参见:钱春绮. 译者后记[M]//歌德抒情诗选. 钱春绮,译. 北京:人民文学出版社,1984,187.

④ 张定璜. 苏曼殊与Byron与Shelley[M]//柳亚子. 苏曼殊全集:第四册附录上. 北京:中国书店,1985:227.

称"①。曼殊说：译诗最基本的条件首在精通所译国家的文字。上面他已引歌德的话说明这点，兹不重复；同样，海涅在对法国人谈到歌德诗歌时也说过："你们法国人假如不通晓德国语言，你们是不可能理解（歌德诗）的。"由此可见，语言的隔阂是诗歌翻译最主要的障碍。其次，曼殊认为诗最难译的也是最重要的还在于神韵。他说："尝谓诗歌之美，在乎气体。"②又说："歌诗之美，在乎节族长短之间。"③参照曼殊这两部译诗集自序的前后文，即指译诗要达到神韵与形式的统一。用曾朴的话说，"神韵是诗人内心里渗漏出来的香味"④。译者如果没有原作中诗人那种真挚浓烈的感情，就无法捕捉到这种"神韵"。于此，茅盾也有类似的意见。他说："神韵是超乎修辞技术之上的一些'奥妙的精神'，是某首诗的个性，最重要最难传达，可不是一定不能传达的。"⑤这说明翻译诗歌较翻译一般文学作品更加困难。

话再说回来，神韵必须靠语言来体现，作为诗的物质外壳的语言，又是与形式密不可分的。近代的翻译诗歌，不论是辜鸿铭、苏曼殊的五言，马君武的七言，抑或是胡适的骚体，均是用的中国古典诗歌的形式，都还带有中国韵味。他们都还没有冲破传统诗歌形式而开创一种新诗体，这种时代的局限我们只需指出，并无丝毫责备先贤之意。

三

关于翻译的标准问题，严复之前也有些零碎的论述，如马建忠就提出过"善译"的问题。何谓"善译"呢？他说："一书到手，经营反覆，确知其意旨之所在，而又摹写其神情，仿佛其语气，然后心悟神解，振笔而书，译成之文，适如其所译而止，而曾无毫发出入于其间，夫而后能使阅者所得之益，与观原文无异，是则为善译也已。"⑥意思是说译文应和原著相同，毫无差别，才可称为"善译"。其实，这只是主观愿望，要做到这一点是很难的。因为这正如近现代两位学贯中西的大师王国维和朱光潜所指出的：汉语和西语在语法结构和词意的

---

① 苏曼殊.《拜伦诗选》自序[M]//马以君.苏曼殊文集.广州：花城出版社，1991：302.
② 苏曼殊.《拜伦诗选》自序[M]//马以君.苏曼殊文集.广州：花城出版社，1991：301.
③ 苏曼殊.《文学因缘》自序[M]//马以君.苏曼殊文集.广州：花城出版社，1991：294.
④ 陈西滢.论翻译[M]//翻译研究论文集（1894—1948）.北京：外语教学与研究出版社，1984：142.
⑤ 玄珠.译诗的一些意见[J].文学旬刊，1922（52）.
⑥ 马建忠.拟设翻译书院议[M]//马建忠.适可斋记言.张岂之，刘厚祜，校点.北京：中华书局，1960：90.

表达上均有不同。王先生以《中庸》为例甚至说："中国语之不能译为外国语者何可胜道。"① 朱先生则具体地比较了中文和西文的不同。他说："拿中文和西文来比较，语句组织上的悬殊很大。先说文法，中文也并非没有文法，只有中文法的弹性比较大，许多虚字可用可不用，字与词的位置有时可随意颠倒，没有西文法那么谨严，因此，意思有时不免含糊，虽然它可以做得很简练。其次，中文少用复句和插句，往往一义自成一句，特点在简单明了，但是没有西文那样能随情思曲折变化而见出轻重疾徐，有时不免失之松散平滑。总之，中文以简炼直截见长，西文以繁复绵密见长，西文一长句所包含的意思用中文来表达，往往需要几个单句才行。"② 可见马氏所说的译文完全等同于原文的"善译"（特别是文学翻译），是很难做到的。于此有丰富翻译经验的傅雷也说过：让译作"真要做到和原作铢两悉称，可以说是无法兑现的理想"③。

继马建忠之后，明确提出翻译标准的是严复。严复在他的译作《天演论·译例言》中：

> 译事三难：信、达、雅。求其信，已大难矣。顾信矣不达，虽译犹不译也，则达尚焉。
>
> ……此在译者将全文神理融会于心，则下笔抒词，自善互备。至原文词理本深，难于共喻，则当前后引衬，以显其意。凡此经营，皆以为达，为达即所以为信也。
>
> 《易》曰："修辞立诚。"子曰："辞达而已。"又曰："言之无文，行之不远。"三者乃文章正轨，亦即为译事楷模。故信、达而外，求其尔雅。④

严复提出理想的翻译应是信、达、雅三者的统一。他说，翻译，"求其信，已大难矣"；但若信而不达，"虽译犹不译也"，故必求"达"，"为达即所以为信也"。可见"信"和"达"是相辅相成的，缺一不可。

所谓"信"，就是忠实于原著，"达"就是译文通顺畅达。这是翻译的起码

---

① 王国维. 书辜氏汤生英译《中庸》后 [M] //海宁王静安先生遗书：静庵文集续编. 上海：商务印书馆，1940.

② 朱光潜. 谈翻译 [M] //翻译研究论文集（1894—1948）. 北京：外语教学与研究出版社，1984：358.

③ 傅雷 1953 年 2 月 7 日致林以亮书，参见：金圣华. 从"家书"到"译文集" [J]. 新华文摘，1987（4）：246。

④ [英] 赫胥黎. 天演论 [M]. 严复，译. 上海：商务印书馆，1933.

条件。但"信"是"达"的前提，无"信"则无所谓"达"。故他认为自己所译的《天演论》"词句之间，时有所颠倒附益"，以"取便发挥"，题为"达旨"，不云"笔译"，且并非"正法"，原因即他认为没有完全做到"信"字。他在《译例言》中引鸠摩罗什法师的话："学我者病。"幸勿以此译本为口实。可见严复对"信"的重视。

话又说回来，只"信"不"达"，也不是好的译文，所以他又说："西文句法，少则二三字，多则数十百言。假令仿此为译，则恐多不可通，而删削取径，又恐意义有漏。"这实在是个难题：照原样译，恐不"达"；稍有增删，则又可能背于"信"，为能既"信"且"达"，他提出的办法是："此在译者将全文神理融会于心，则下笔抒词，自善互备。至原文词理本深，难于共喻，则当前后引衬，以显其意。凡此经营，皆以为达，为达即所以为信也。""为达即所以为信也"，这就是"信"与"达"的辩证关系。

"信""达"之外还要求"雅"。严复引用了《易经》的"修辞立诚"、《论语》的"辞达而已"和"言之无文，行之不远"来说明三者乃"文章正轨""译事楷模"，缺一不可。什么是"雅"呢？如就他所引《论语》"言之无文，行之不远"的话看，应当主要指文采。但严复的"雅"还包括另一种意思，那就是"用汉以前字法、句法"。他说："实则精理微言，用汉以前字法、句法，则为达易；用近世利俗文字，则求达难。"这样他所谓的"雅"，便成了"骎骎与晚周诸子相上下"的先秦古文。鲁迅先生就说过：严复的译文"桐城气息十足，连字的平仄也都留心，摇头晃脑的读起来，真是音调铿锵，使人不自觉其头晕"①。但也带来了艰深难懂的毛病，非多读古书之人简直不能明白。这种"雅"文诚如梁启超所批评的：严译"文笔太务渊雅，刻意摹效先秦文体，非多读古书之人，一翻殆难索解"②。他又说："况此等学理深赜之书，非以流畅锐达之笔行之，安能使学僮受其益乎？著译之业，将以播文明思想于国民也，非为藏山不朽之名誉也。"就当时的思想启蒙和宣传西学的需要来讲，梁启超的意见无疑是正确的。对此，严复却反唇相讥，"不佞之所从事者，学理邃赜之书也，非以饷学僮而望其受益也，吾译正以待多读中国古书之人"③。在这个问题上表现了严复保守的文艺观和认识上的局限。

---

① 鲁迅. 关于翻译的通信：回信 [M]//鲁迅全集第四卷：二心集. 北京：人民文学出版社，1981：381.
② 梁启超. 介绍新著：原富 [N]. 新民丛报，1902（1）：115.
③ 原文刊载于 1902 年《新民丛报》第 7 期，题为《与〈新民丛报〉论所译〈原富〉书》。另可参见：严复. 与梁启超书：二 [M]//王栻. 严复集第三册：书信. 北京：中华书局，1986：516-517.

对严复所提出的"信、达、雅"这一翻译标准,从其主体精神方面,近现代的许多翻译家和学者还是认同的。郭沫若说:"严复对翻译工作有很多的贡献,他曾经主张翻译要具备信、达、雅三个条件。我认为他这种主张是很重要的,也是很完备的。"① 其他如著名语言学家赵元任、美学家朱光潜均认同此说,而更强调"信"的要求。可以这样说,近现代许多翻译家都把这一标准视为"文章之正轨,译事之楷模"。

在近代,除严复外,还没有其他人提出更加完备、为后人所普遍接受的翻译标准。

四

意译和直译是自有译书以来两种主要的翻译方法。梁启超在《翻译文学与佛典》中就论述了汉唐佛经翻译中的两种方式:直译和意译的对抗与交替。佛教翻译初期大约先是"未熟之直译"(汉末)和"未熟之意译"(三国两晋间)的对抗。直译和意译之争,起于道安,他译经主张"按本而传,不令有损言游字;时改倒句,余尽实录"②,力倡直译。鸠摩罗什入中原,他系印度佛学大师,深通梵文,兼会汉语,其主张与道安异,他译《法华经》,"曲从方言,而趣不乖本",他对原本"或增或削,务在达旨",是为意译。道安的大弟子慧远,与罗什同时,其持论则又趋折衷,他指出直译与意译均有缺点的一面,而欲调和之。至唐代佛经翻译家玄奘出,他既精汉文,亦通梵语,能以一人身兼口译、笔述之两役,吸取直译与意译的优点而使译文更趋完美。梁启超总结的古代佛经翻译直译和意译的交替,对我们认识近代翻译文学中的意译与直译也有参照意义。

一般说,19世纪末、20世纪最初几年的翻译多数是属于意译(其中还有译述,或称"未熟的意译")。有人说,周桂笙的《毒蛇圈》(1903)"不失为一部最早的直译的小说"③,其实并不尽然。这部翻译小说的对话"开头",确为首创,从局部来看,小说开头的那段"对话"好像是"直译",但周桂笙的翻译,删节、增添之处很多,还算不上"按本而传,不令有损言游字"的直译。

在近代真正从理论上论述意译与直译的,仍然要首推严复。严复主张翻译要坚持"信、达、雅",他虽未明确提出"意译"和"直译"这两个词,但从他的

---

① 郭沫若. 谈文学翻译工作[N]. 人民日报,1954-08-29.
② 释道安. 鞞婆沙序[M]//释僧佑. 出三藏记集. 北京:中华书局,1995:382.
③ 杨世骥. 文苑谈往[M]. 上海:中华书局,1946:13.

论述中看，他似主张"意译"。他译《天演论》时指出："译文取明深义，故词句之间，时有所颠到附益，不斤斤于字比句次，而意义则不倍本文。"（《天演论·译例言》）其实这也就是所谓"意译"（尽管严复称为"达旨"，即译述）。而他在译《原富》时所说："是译与《天演论》不同，下笔之顷，虽于全节文理不能不融会贯通为之，然于辞义之间无所颠倒附益。"① 勉强一点说，这也可谓"直译"。但，严译名著总的倾向属意译。

上面提到的梁启超，他也主张意译。他在19世纪末就为意译做过一番界说。他说：

> 元（玄）奘之译《瑜伽师地论》等，先游身毒，学其语，受其义，归而记忆其所得从而笔之。言译者当以此义为最上。舌人相承，斯已下矣。凡译书者，将使人深知其意，苟其义靡失，虽取其文而删增之，颠倒之，未为害也。然必译书者之所学与著书者之所学相去不远，乃可以语于是。②

这实在是对意译最全面、最详细的说明。在19世纪末，译书者多采用通西文者口译、精汉文者笔述的"对译"，除林纾外，尚有卧龙仲子（阳羡人）、蔡一谔、天倪子、嵇长康等人。梁启超在此已指出这种方法的不可取，即所谓"舌人相承，斯已下矣"。

在近代翻译界，真正倡导直译的，应当推周氏兄弟（即鲁迅和周作人）。在此之前，周桂笙也提到过直译，但他对直译是赋予贬义的。如他说："今之所谓译书者，大抵皆率尔操觚，惯事直译而已。"③ 这种直译实则是并不完全理解原文的"死译"。鲁迅先生是近代翻译家中首先倡导并实践直译的，他在《域外小说集·序言》中说：

> 《域外小说集》为书，词致朴讷，不足方近世名人译本。特收录至审慎，迻译亦期弗失文情。
>
> 人地名悉如原音，不加省节者，缘音译本以代殊域之言，留其同响；任情删易，即为不诚。故宁拂戾时人，迻徙具足耳。④

---

① 严复. 译事例言 [M] // [英] 亚当·斯密. 原富. 北京：商务印书馆，1981：13.
② 梁启超. 变法通议：论译书 [M] // 梁启超. 饮冰室合集：文集之一. 北京：中华书局，1989：75.
③ 周桂笙. 译书交通公会试办简章·序 [J]. 月月小说，1906，1 (1)：264.
④ 周树人. 序言；略例 [M] // 周树人. 域外小说集：第一册. 日本东京版，1909.

这大约是鲁迅先生关于直译最早的说明。意思虽不十分显豁,也未提出"直译"二字;但读者对这段话的含义还是不难理解的。此外,鲁迅在为周作人的译作《劲草》(阿·托尔斯泰著)写的序中,也说翻译作品应当"使益近于信达",以让原作者"撰述之真,得以表著;而译者求诚之志,或亦稍遂矣"。

周作人也是力倡直译的,他在1918年写的《文学改良与孔教》中说:"我以为此后译本……当竭力保存原作的'风气习惯,语言条理',最好还是逐字译,不得已也应逐句译,宁可'中不象中,西不象西',不必改头换面。"① 这是周作人对直译的最好说明。在当时,像周氏兄弟这样明确提倡用直译的还不多见。他们的这一主张对于纠正近代翻译文学中歪曲原著、肆意增删的不良现象具有积极的作用。

周氏兄弟在翻译文学中实践了自己的主张。鲁迅早年翻译的几部科学小说虽然未能忠实于原著,但后来译的《域外小说集》和《哀尘》,以及周作人的许多译作都是直译。许寿裳评《域外小说集》说:"我曾将德文译本对照读过,觉得字字忠实,丝毫不苟,无任意增删之弊,实为译界开辟一个新时代的纪念碑,使我非常兴奋。"② 在近代,基本上采用"直译"的,除周氏兄弟外,还有陈嘏、吴梼和伍光建。

以上是我对近代翻译文学理论的简要论述。由于近代翻译文学的实践历程只有短短的三四十年,翻译中不少理论问题尚未来得及提出,即使已论述到的也是浅尝辄止。除严复、梁启超少数几人外,多数论述理论色彩较淡薄,这些都是翻译文学初期在理论表述上所难免的局限。此文旨在抛砖引玉,希望引起翻译学界的重视;文中不完备与不妥之处,自知难免,请方家教正。

(原发表于《文史哲》1996年第2期)

---

① 周作人. 文学改良与孔教 [J]. 新青年, 1918, 5 (6).
② 许寿裳. 亡友鲁迅印象记 [M]. 北京: 人民文学出版社, 1981: 54.

王国维

王国维悲观主义人生观成因新探

赵利民

已有的研究论著在涉及王国维的悲观主义及其悲剧观念时，几乎都认为他是由于受到了德国哲学家叔本华哲学观念的影响。我们认为，这一说法并没有什么错误，但研究者却忽视了王国维的矛盾文化心态对其悲观主义人生观所产生的影响作用。叔本华的悲观主义思想何以能在王国维心中扎下根，并对他的悲剧理论以至整个审美理论产生如此大的影响，而这些影响在同时代的其他文论家或美学家身上却并不明显或几乎看不到，显然，这与王国维自身的个体因素有直接的关联。

王国维一开始接触叔本华的学说就产生了强烈的共鸣，可谓一拍即合。他这样描述当时的情景："余之研究哲学，始于辛壬之间，癸卯春，始读汗德（即康德）之《纯理批评》，苦其不可解，读几半而辍。嗣读叔本华之书而大好之。自癸卯之夏，以至甲辰之冬，皆与叔本华之书为伴侣之时代也。其所尤惬心者，则在叔本华之《知识论》，汗德之说得因之以上窥。然于其人生哲学观，其观察之精锐，与议论之犀利，亦未尝不心怡神释也。"① 当他再回头读康德时，才读懂了原来极难理解的康德哲学与美学思想。无疑，叔本华的悲观主义及唯意志论思想对王国维的人生观与学术研究都产生了较大影响。梁启超对西方唯意志论哲学思潮亦有接受，在他的文学观念中也有表现，然而，梁启超的思想中却很少有悲

---

① 王国维. 静庵文集自序 [M] // 姚淦铭，王燕. 王国维文集：第三卷. 北京：中国文史出版社，1997：469.

观主义的成分。叔本华的唯意志论哲学在蔡元培著作中也有反映，但他却摒弃了叔本华的悲观主义，而王国维却表现出不同的倾向，原因何在？这不得不考虑王国维的矛盾文化心态。本文拟从以下几个方面探讨王国维的矛盾文化心态对其悲观主义人生观的形成所产生的影响。

第一，传统思想观念与资产阶级启蒙思想观念的矛盾。在王国维50年的不算太长的人生生涯中，始终交织着新旧思想之间的矛盾。王国维是在心境极为不佳的情况下接触到叔本华的著作的，他在《三十自序》中说："体素羸弱，性复忧郁，人生之问题，日往复于吾前，自是始决从事于哲学。"王国维的性格因素对他选择叔本华确实有影响，叶嘉莹先生曾将王国维的悲观主义人生观及其悲剧性结局归纳为两方面，一是叔本华思想的影响，二是他生来就有一种"忧郁悲观的天性"和"富于悲悯之心的情怀"，由于时代变故的刺激，便一发而不可收拾①。叶先生将王国维的"忧郁"性格归结为天生就有的不是完全没有道理，但我们认为，王国维性格的形成主要来自他的家境的衰落及社会的动荡变化。由于不断思考"人生之问题"，使他走向哲学研究，同时他还读过翻尔彭之《社会学》、器文（今译"杰文斯"）之《逻辑学》、海甫定（即霍夫丁）之《心理学》，这些西方"新学"都促使他对中国封建正统思想及传统思维方式做出了清醒的分析，甚至是猛烈的批判。虽然王国维没有动摇封建统治的动机和目的，但他对正统封建道德的批判却带有鲜明的反封建色彩。蔡元培曾高度评价王国维对中国传统哲学的研究，认为他"对于哲学的观察，也不是同时人所能及的"②。在《论性》《释理》《原命》《国朝汉学派戴阮二家之哲学说》《论哲学家与美术家之天职》等文中，王国维虽从纯学术观点出发来讨论传统伦理道德，但他对儒家道德观念的批判是切中要害的。他认为孔子的"仁义"之说无哲学基础③。在《释理》一文中，他从与康德纯粹"实践理性"的比较角度对宋儒的"天理说"发起挑战。王国维认为本体论上不存在什么"客观天理"的"真"，而"天理"与伦理学上的"善"也没有关系。他还有感于学术的不能独立，对正统儒学给予了激烈批判："今日之时代，已入研究自由之时代，而非教权专制之时代，苟儒学之说而有价值也，则因研究诸子之学而益明其无价值也，虽罢斥百家适足滋世人之疑惑耳。"他大胆地预言："异日发明光大我国之学术者，必在兼通世界

---

① 叶嘉莹. 王国维及其文学批评［M］. 石家庄：河北教育出版社，1997：9，19.
② 蔡元培. 五十年来中国之哲学［M］∥高平叔. 蔡元培全集：第四卷. 北京：中华书局，1984：359.
③ 王国维. 书辜氏汤生英译《中庸》后［M］∥姚淦铭，王燕. 王国维文集：第三卷. 北京：中国文史出版社，1997：45.

学术之人，而不在一孔之陋儒固可决也。"① 由此可以看出，王国维对传统观念的批判是自觉的，他所依据的参照主要是来自西方哲学中以康德、叔本华哲学为代表的"意志自由说"②。伦理学上的"自由"学说是王国维批判正统思想的有力武器，因此，我们认为，虽不能将王国维简单划入资产阶级行列之中③，但从他对封建伦理思想的批判言论中可以看出，王国维是具有资产阶级启蒙思想的。他虽不像康有为、梁启超、蔡元培、胡适、鲁迅等人那样公然举起反对封建、宣传启蒙的大旗，但他所做的工作却一点也不逊色。

王国维对近代社会政治革命的不明朗态度造成了他在近代启蒙思想史上的地位一直没有被人们充分重视，李泽厚的看法很有道理："由于中国近代思想集中在社会政治领域，他们两人（指梁启超与王国维——引者）的代表地位和时代意义在康（有为）、孙（中山）、章（太炎）等巨大身影的遮掩下，显得暗淡得多。但因此而完全忽视和否定他们，则歪曲了历史本来面目。"④ 但是，王国维毕竟是从传统中成长起来的，他不可能完全摆脱封建专制思想的局限，新思想在他心目中占有一席之地，而旧观念又有较多的残留，其结果必然造成王国维心理上的极大矛盾和痛苦，"人生过处惟存悔，知识增时只益疑"是他矛盾文化心态的形象而又确切的表达。难以解决的心理冲突不能不影响他对人生的悲观主义态度，《〈红楼梦〉评论》正是创作于这一时期，文章中所表现的悲观主义人生观也可以看作是王国维思想矛盾的理论展示。尤其是辛亥革命之后⑤，王国维的思想轨迹又出现了新的转向，他的学术研究也更多地向传统回归，甚至表现出极大的落后性。在后期的生活中，他所结交的大多是清廷的遗老。在逃亡日本期间，还写下《颐和园词》《蜀道难》《隆裕皇太后挽歌辞九十韵》三首长诗，以表达他对灭亡了的清王朝的怀念。《颐和园词》开篇云："汉家七叶钟阳九，澒洞风埃昏九有。"把满族统治者称为"汉家"，可见出他对统治者的臣服心理。1922年，王国维应诏回京，做了退位11年的末代皇帝溥仪的"南书房行走"；1927

---

① 王国维. 奏定经学科大学文学科大学章程书后［M］//姚淦铭，王燕. 王国维文集：第三卷. 北京：中国文史出版社，1997：71.
② 虽然王国维在宣称康德、叔本华学说"可爱不可信"之前就对它们产生了怀疑，但所受影响已深入他的思想之中。
③ 我们认为王国维的思想十分复杂，因此不同意聂振斌先生将王国维划入资产阶级思想家行列中的提法。因这一问题不是本部分的中心问题，此处不详细讨论，有关聂振斌的观点，参见：聂振斌. 王国维美学思想述评［M］. 沈阳：辽宁大学出版社，1997.
④ 李泽厚. 中国近代思想史论［M］. 北京：人民出版社，1986：438.
⑤ 辛亥革命后的思想当然不可能影响到体现王国维悲剧观念的《〈红楼梦〉评论》，但其思想是一个整体。为说明王氏思想上的矛盾，对其后期转向稍做说明。

年，北伐军进攻华北，他拖着长辫留下"经此世变，义无再辱"的遗书投昆明湖自杀。王国维的最后自杀显然是他的悲观主义人生观的最好说明。"义无再辱"表面看来似乎是为"殉清"而死，但背后所掩藏着的应是他的无法摆脱的思想矛盾。周作人对王国维的评价可以帮助我们证实这一看法，周作人说："王君是国学家，但他也研究过西洋学问，知道文学哲学的意义，并不是专做古人的徒弟的，所以在二十年前我们对他是很有尊敬与希望，不知道怎样一来，王君以了无关系之'征君'资格而忽然做了遗老，随后还就了'废帝'的师傅之职，一面在学问上也钻到'朴学家'的壳里去，全然抛弃了哲学、文学，去治经史。……在王君这样理智发达的人，不会不发现自己生活的矛盾与工作的偏颇，或者简直这都与他的趣味倾向相反而感到一种苦闷，……徒以情势牵连，莫能解脱，终至进退维谷，不能不出于破灭之一途了。"① 周作人作为与王国维同时代的学者，他对王国维的理解应该是可信的。

第二，王国维对西学本身所具有的矛盾态度是其矛盾心态的重要构成部分，也是其悲观主义人生观形成的一个重要原因。首先，王国维接受"新学"的目的不在于发展中国的科学技术，因此，他对西方新思想的态度不同于洋务运动领袖所奉行的"中学为体，西学为用"。其次，王国维引进"西学"的意图显然也不是为了中国社会政治的进步，不是为了推进政治改革的革命进程，从这一角度来讲，他又同维新派判然有别。他所要解决的是长期萦绕其心中的"人生问题"。因此，王国维虽然受到了西方"进化论"等科学主义哲学思潮的影响，但他对之并不持完全赞成态度，认为"上海、天津所译书"大多是非人文的数学、历学等"形下之学，与我国思想无丝毫关系也"②。再次，王国维反对为政治上的功利主义目的学习"新学"，他曾指出严复翻译《天演论》虽然达到了"一新世人之耳目"的效果，然而"严氏所奉者，英吉利之功利论及进化论之哲学耳，其兴味之所存，不存于纯粹哲学，而存于哲学之各分科。如经济、社会等学其所最好者也"③。他还反对用急功近利的观点看学术问题："夫天下之事物，非由全不足以知曲，非致曲不足以知全，虽一物之解释，一事之决断，非深知宇宙人生之真相者，不能为也。……故深湛幽渺之思，学者有所不避焉；迂远繁琐之讥，学者有所不辞焉。事物无大小，无远近，苟思之得其真，纪之得其实，极其会

---

① 岂明. 闲话拾遗：偶感之二［J］. 语丝，1927（135）.
② 王国维. 论近年之学术界［M］//周锡山. 王国维文学美学论著集. 太原：北岳文艺出版社，1987：106.
③ 王国维. 论近年之学术界［M］//周锡山. 王国维文学美学论著集. 太原：北岳文艺出版社，1987：107.

归，皆有裨于人类之生存福祉。己不竟其绪，他人当能竟之；今不获其用，后世当能用之……世之君子，可谓知有用之用，而不知无用之用者矣。"① 由此看来，王国维选择康德、叔本华哲学正是看中了它们的人文主义的色彩，并以之做"武器"来探讨人生及所谓的"纯学术"问题。但是，王国维后来发现叔本华等人的学说仍然没有帮助他解决人生的根本问题，甚至当时就对它们产生了怀疑。他在30岁所写的《自序》（二）中对于这一困惑讲得十分清楚：

> 余疲于哲学有日矣。哲学上之说，大都可爱者不可信，而可信者不可爱。余知真理，而余又爱其谬误。伟大之形而上学，高严之伦理学，与纯粹之美学，此吾人所酷嗜也。然求其可信者，则宁在知识论上之实证论，伦理学上之快乐论，与美学上之经验论。知其可信而不能爱，感其可爱而不能信，此近二三年中最大之烦闷，而近日之嗜好，所以渐由哲学而移于文学，而欲于其中求直接之慰藉者也。

事实上，也正如王国维所言，他对康德、叔本华的哲学思想确实持有怀疑。康德认为自由属于本体世界，"自由"对现象世界而言，它是处于经验界的因果律之外，是一种本体原因，谓之"自由因"。王国维认为这种说法有待商榷："吾人所以从理性之命令（即指康德的'道德律令'），而离身体上之冲动而独立者，必有种种之原因。此原因不存于现在，必存于过去，不存于个人之精神，必存于民族之精神，而此等表面的自由，不过不可见之原因战胜可见之原因耳，其为原因所决定，仍与自然界之事变无以异也。"② 也就是说，他认为"自由因"只是"表面的原因"。康德认为自由是"纯粹理性之能现于实践"，王国维则认为"理性之势力"能否"现于实践"实在很难说清楚。对叔本华的"意志自由说"，他同样存有疑问，他在《原命》中说：

> 动机律之在人事界，与因果律之在自然界同。故意志之既入经验界，而现于个人之品性以后，则无往而不为动机所决定。惟意志之"自己拒绝"或"自己主张"，其结果虽现于经验上，然属意志之自由，然其谓意志之拒绝自己，本于物我一体之知识，则此知识，非即"拒绝意志"之动机乎？则"自由"二字，意志之本体果有此性质否，吾不能知；然其在经验之世界中，不过一空虚之概念，终不能有实在之内容也。

---

① 王国维. 国学丛刊序 [M]//周锡山. 王国维文学美学论著集. 太原：北岳文艺出版社，1987：180-181.

② 王国维. 原命 [M]//周锡山. 王国维文学美学论著集. 太原：北岳文艺出版社，1987：144.

康德、叔本华的理论虽然使王国维在思考人生问题的路途上产生了强烈的共鸣，然而，他从理智上毕竟看出了他们学说中的可疑之处。这样一来，王国维便在学术思想的层面陷入了深深的矛盾之中，他发现"新学"也不能为其长期思考的人生问题提供明确答案，他的后期转向很能说明这一点。罗振玉曾说过，当王国维放弃西学而转向国学研究时，曾"取行箧《静安文集》百余册悉烧之"。在编辑自己的学术论文集《观堂集林》时，他对自己35岁以前的作品"弃之如土苴"。就是这样在"可爱""可信"之间的矛盾中，王国维的人生痛苦感丝毫没有得到任何缓解。从其诗词作品中可以看出他的心迹："我生三十载，役役苦不平。如何万物长，自作牺与牲。安得吾丧我，表里同澄莹。……何为方寸地，矛戟禁纵横？闻道既未得，逐物又未能。衮衮百年内，持此欲何成？"（《端居》）《欲觅》一诗同样传达出王国维对人生问题索解而不得的困惑、迷惘乃至于失望的心境："欲觅吾心已自难，更从何处把心安？诗缘病辍弥无赖，忧与生来讵有端？起看月中霜万瓦，卧闻风里竹千竿。沧浪亭北君迁树，何限栖鸦噪暮寒。"表现这种矛盾、失望心情的诗作尚有很多，如"宇宙何寥廓，吾知则有涯。面墙见人影，真面固难知"（《来日二首》）等。

王国维到文学中寻求"慰藉"的原因在《自序》（二）中已讲得十分清楚，也就是说，对"新学"的矛盾心理使他产生了排解不开的"烦闷"，他通过哲学研究发现世界的虚无性和人生的无意义，而他又要努力寻找世界的意义，因此就求助于诗，希望通过文学获取内心的平静。刘小枫的有关论述可以帮助我们理解王国维这一转向的原因及意义："世界本身的确无意义可言，但世界的虚无恰恰应该是被否定的对象。必须使虚无的现世世界充满意义，这正是诗存在的意义，正是诗人存在的使命。诗人存在的价值就在于，他必须主动为世界提供意义。正因为如此，人们才常常说，一个没有诗的世界，不是属于人的世界。人多少是靠诗活着的，靠诗来确立温暖的爱，来消除世界对人的揶揄。是诗才把世界的一切转化为属人的、亲切的形态。"① 但事实证明王国维最终仍然没有摆脱内心的冲突和矛盾。

作为一个学术中人，王国维对他所信奉的学说的矛盾心态应该是没有什么不正常之处，因为康德、叔本华的学说本身所存在的弊病是明显可见的。问题是，王国维从"忧生"的角度对之进行解读时，感到它们是最管用的武器。然而，从客观的角度看，它们又不具有客观真理的性质，因而"觉其可爱而不能信"，这种矛盾才是真正让王国维产生极大痛苦的原因。由此可看出，王国维对西学的

---

① 刘小枫. 拯救与逍遥——中西方诗人对世界的不同态度［M］. 上海：上海人民出版社，1988：55.

矛盾心态是他人生理想与社会现实的矛盾的反映，也是形成他悲观主义人生观和美学观的重要原因之一。

第三，王国维对社会现实政治的认识也具有矛盾性，这是他悲观主义人生观形成的更为直接的原因。整个近代社会80年的历史是中国社会的转型时期，在这样一个过渡时期，社会的各个层面都充满着矛盾，新旧价值观念也同时并存。时代的转型在王国维身上体现得相当明显。他既有保守的封建性的思想观念，又有进步的启蒙思想家的理论主张，这种思想上的二重性来自他对社会现实变革的理解，但反过来又影响他对所处时代的认识和把握。因此，他常常以充满着或惊奇或兴奋或失望的眼睛来看风云变幻的时代社会政治变革。当然，这其中更多的还是失望。

王国维一生执着于"纯学术"研究，基本上不参与社会政治运动，对现实采取超然的态度。但他对于列强侵略下的中国社会的惨烈现实和人民艰难困苦的生活状况不可能无动于衷，在诗词创作中曾抒发过强烈的忧患感："几看昆池累劫灰，俄惊沧海又楼台。早知世界由心造，无奈悲欢触绪来。翁埠潮回千顷月，超山雪尽万株梅。卜邻莫忘他年约，同醉中山酒一杯。"（题《友人三十小像》）另在《八月十五日夜月》写道："一餐灵药便长生，眼见山海几变更。留得当年好颜色，嫦娥底事太无情？"这两首诗都是有感于国家遭受外敌入侵、山河破碎而发。我们不能说王国维完全不关心国家政治，只能说他对社会现实的关注往往通过他对人生感悟的表达而曲折隐晦地表现出来。对于维新变法，他也曾公开发表过很有见地的主张："常谓此刻欲望在上者变法，万万不能，惟有百姓竭力去做，做得到一分就算一分。"① 但从总体上说，王国维对近代社会的一系列变革，特别是对待封建专制制度和近代革命的态度是矛盾的。如前所述，王国维青年时代所接受的西方资产阶级的新学说使其思想具有启蒙色彩。在这种较为先进的思想的影响下，他对走向末世的封建专制统治是不满意的，在其早期论文中多有锋芒毕露的批判。然而，王国维所具有的资产阶级新思想本身具有极大的矛盾性，他虽不是民族资产阶级的代表者，但在行动上多少带有这一阶级的某些特点，即资产阶级由于近代特殊的社会现实不能正常发育，在行动上常常处于摇摆状态，因而，他虽对走向末世的封建制度不满，但又不主张社会革命。因此，当辛亥革命发起时，他没有发表过明确的看法，但当辛亥革命失败的时候，他却认为失败的原因是革命本身的混乱所致。他甚至还认为，辛亥革命同军阀混战一样，是造成社会动荡百姓疾苦的原因："自辛亥之冬至于今日，不及五年，成败起灭，均

---

① 王国维.致许同兰［M］//吴泽.王国维全集：书信.北京：中华书局，1984：3.

在我辈眼中,'成家与仲家,奄忽随飘风',作此语时,当在孙公未败之前,今一一皆验。后之视今,亦今之视昔,苟不以辛亥之前之政局有成家仲家之鉴,则必蹈其覆辙,此天理之必然,无可勉强者也。"① 经过几次大的动荡之后,王国维对社会变革产生了"变还不如不变"的惧怕心理。尤其是第一次世界大战之后的欧洲现实状况使他对西方世界的发展也持悲观态度,他在《论政事疏》一文中说:"原西说之所以风靡一时者,以其国家之富强也。然自欧战以后,欧洲诸强国情见势绌,道德堕落,本业衰微,货币低降,物价腾涌,工资之争斗日烈,危险之思想甚多。甚者如俄罗斯,赤地数万里,饿死千万人,生民以来,未有此酷。而中国此十二年中,纪纲扫地,争夺相仍,财政穷蹙,国几不国者,源以半出于此。"正是建立在对中外社会现实的这种认识的基础上,王国维最后才走向政治上的彻底保守。在辛亥革命废除封建帝制后,他对曾演出一场复辟闹剧的张勋如此评价:"三百年乃得此人,庶足饰此历史。"因而对其覆灭倍感痛惜,所谓"曲江之哀,猿鹤虫沙之痛"是王国维心迹的表露。在生命的最后几年,王国维给末代皇帝溥仪做"南书房行走"也是具有必然性的。特别是当他所寄希望的皇帝被赶出禁宫,虚名也难保之时,他就在矛盾困惑中终于走向了绝望。

综上所述,我们认为王国维的悲观主义人生观及他的悲剧观念所产生的直接思想根源,固然部分地来自叔本华的唯意志主义哲学和中国传统的老庄学说,但在思想上和学术上及对现实的矛盾心理所构成的矛盾文化心态是他能够接受以上思想的根本原因。因而,考察王国维的美学思想和文学观念不能忽视这一重要方面。理解了以上问题,王国维自杀的原因也就不难找到。关于王国维自杀的原因已有很多论述②,而我们认为他的自尽主要是由其无法摆脱的矛盾文化心态所决定的。

(原发表于《文史哲》1999 年第 3 期)

---

① 参见:罗继祖.王国维先生的政治思想[M]//吴泽.王国维学术研究论集:第一辑.上海:华东师范大学出版社,1983:402.
② 关于王国维自杀的原因已有的主要观点是:殉清说,殉中国旧文化说,避祸说,窘于经济说,受西方悲观主义哲学影响说,等等。